HEYNE BÜCHER

CATHERINE COULTER

RIVALEN DES GLÜCKS

Roman

Aus dem Amerikanischen
von Christa von Hadeln

WILHELM HEYNE VERLAG
MÜNCHEN

HEYNE ALLGEMEINE REIHE
Nr. 01/12037

Titel der Originalausgabe
THE WYNDHAM LEGACY

Umwelthinweis:
Dieses Buch wurde auf
chlor- und säurefreiem Papier gedruckt.

Printed in Germany 1999
Umschlagillustration: Nikolaus Heidelbach
Umschlaggestaltung: Atelier Ingrid Schütz, München
Gesamtherstellung: Elsnerdruck, Berlin

ISBN: 3-453-15376-6

http:\\www.heyne.de

Prolog

Im Alter von neun Jahren – es war im Juni 1804, am zweiten Tag ihres ersten Besuches in Chase Park – hörte sie, wie eins der Zimmermädchen aus dem oberen Stockwerk Tweenie verkündete, sie sei ein »Bankert«.

»Ein Bankert? Was erzählst du da? Du bindest mir einen Bären auf, Annie! Das Püppchen ein Bankert? Alle erzählen doch, sie sei eine Cousine aus Holland oder aus Italien, was weiß ich.«

»Eine Cousine aus Holland oder Italien, meiner Treu! Ihre Mutter lebt in der Nähe von Dover – und das ist alles, was sie von der Welt gesehen hat. Seine Lordschaft besucht sie, sooft er kann, das habe ich jedenfalls von Mrs. Emory gehört, als sie es dem Koch erzählte. Ja, ja, sie ist die uneheliche Tochter seiner Lordschaft. Ja! Sieh dir doch nur ihre Augen an, blauer als die Punkte auf einem Rotkehlchenei.«

»Daß seine Lordschaft die Stirn besitzt, seine Brut unmittelbar vor ihrer Ladyschaft Nase aufkreuzen zu lassen!«

»So ist das nun einmal in diesen Kreisen. Seine Lordschaft hat wahrscheinlich eine Handvoll Bankerte. Was ist schon einer mehr oder weniger? Aber diese hier, diese Kleine, ist etwas Besonderes. Ja. Sie ist süß und fröhlich. Ein kleiner Sonnenschein. Mir kommt es so vor, als ob sie schon immer hiergewesen wäre. Ihre Ladyschaft wird das kleine Püppchen links liegenlassen, du wirst schon sehen. Wie ich gehört habe, bleibt sie nur vierzehn Tage zu Besuch.«

Annie schniefte und schob den nun geleerten Nachttopf auf die andere Hüfte. »Das hat er noch nie getan. Hat der Mensch Töne, bringt der Graf seinen Bastard nach Chase!«

»Aber sie ist bildhübsch, die Kleine.«

»Ja, und seine Lordschaft sieht so prächtig aus wie sein Großvater. Meine Großmutter erzählte immer, seine blendende Erscheinung habe einem den Atem genommen, also ist es ganz natürlich, daß die Kleine keine Vogelscheuche ist, und ich wette, ihre Mom ist auch keine graue Maus. Zwölf Jahre, habe ich von Mrs. Emory gehört, waren sie zusammen, wie ein verheiratetes Paar, nur daß sie nicht verheiratet waren. Ein Jammer ist das.«

Das Zimmermädchen und Tweenie entfernten sich und tuschelten hinter vorgehaltener Hand weiter. Sie stand da, im Schatten einer der vielen kleinen Nischen im Korridor des ersten Stockwerks, und fragte sich, was wohl ein Bankert war. Bestimmt nichts Gutes, soviel hatte sie mitbekommen.

Der Graf von Chase war ihr Vater? Allein bei diesem Gedanken schüttelte sie heftig den Kopf. Nein, er war ihr Onkel James, der ältere Bruder ihres richtigen Vaters, der sie und ihre Mutter mehrere Male im Jahr besuchte, um sich von ihrem Wohlergehen zu überzeugen. Nein, ihr richtiger Vater wurde im Februar 1797 von den Franzosen umgebracht, als die französischen Truppen auf englischem Boden landeten. Von ihrer Mutter konnte sie die Geschichte nicht oft genug hören: von den zweitausend Franzosen, die keine Soldaten waren, sondern französische Verbrecher, denen man Straferlaß versprochen hatte, wenn sie den Avon hinauffuhren und Bristol in Brand setzten. Dann sollte Liverpool an die Reihe kommen. Ah, pflegte ihre Mutter dann immer zu sagen, aber diese französischen Verbrecher landeten in Pencaern und wurden von den Pembrokeshire Yeomen in Schach gehalten und besiegt. Und ihr Vater hatte diese tapfere Schar Engländer angeführt, die die nichtswürdigen Franzosen schlugen, weil sie es gewagt hatten, den Fuß auf britischen Boden zu setzen. Nein, ihr richtiger Vater war Captain Geoffrey Cochrane, und er starb den Heldentod für England.

Die Augen ihrer Mutter verschwammen und wurden tiefblau, wenn sie sagte: »Dein Onkel James ist ein Edelmann, mein Liebes, ein sehr mächtiger Mann, ein Mann mit viel Verantwortung, der sich stets um uns kümmern wird. Er hat eine eigene Familie und kann daher nicht sehr oft zu uns kommen: so liegen die Dinge nun einmal, und daran wird sich auch in Zukunft nichts ändern. Aber vergiß nicht, er liebt uns und wird uns nie im Stich lassen.«

Als sie neun Jahre alt war, hatte ihre Mutter sie für vierzehn Tage auf Besuch zu Onkel James in sein prachtvolles Haus geschickt, das Chase Park hieß und bei Darlington im Norden von Yorkshire lag. Sie hatte die Mutter angefleht, sie solle sie begleiten, aber die Mutter hatte ihr diesen Wunsch mit einem energischen Kopfschütteln abgeschlagen. Dabei wippten ihre wunderschönen goldenen Locken, die das ebenmäßige, zarte Gesicht umrahmten. »Nein, mein Herz, die Frau deines Onkel James ist nicht gut auf mich zu sprechen. Halte dich von ihr fern, versprichst du mir das? Du hast dort genügend Cousins und Cousinen und wirst dich mit ihnen anfreunden. Aber meide Onkel James' Frau. Und vergiß nicht, mein Liebes, erzähl niemals etwas über dich. Das ist viel zu langweilig. Das verstehst du doch? Es ist viel besser, nicht alles auszuplaudern und Geheimnisse zu haben.«

Es war nicht sehr schwierig, der Gräfin von Chase aus dem Weg zu gehen, denn bei ihrer ersten Begegnung wurde sie stocksteif, wandte sich mit einem verächtlichen Blick jäh ab und verließ das Zimmer. Da weder sie noch die Kinder des Hauses mit dem Grafen und der Gräfin zu Abend aßen, erübrigte sich die Ermahnung ihrer Mutter.

Hier, in seinem Haus mit den ständig hin- und hereilenden Dienstboten, war Onkel James anders als sonst. Das grün-blau livrierte Personal schien überall zu sein, hinter jeder Ecke, hinter jeder Tür. Immer anwesend, immer beobachtend, aber niemals redend. Mit Ausnahme von Annie und Tweenie.

Onkel James war sehr aufmerksam, wenn er sie und ihre Mutter in Rosebud Cottage besuchte, aber nicht hier in diesem riesigen, weitläufigen Gemäuer, das man Chase Park nannte. Sie zog die Stirn in Falten, als sie daran dachte, daß er sie hier nicht ein einziges Mal in den Arm genommen hatte. Nicht ein einziges Mal. Er hatte sie in seine Bibliothek gerufen, einen Raum, der fast so groß wie ihr Zuhause war. Drei der überaus hohen Wände waren mit Bücherregalen vollgestellt. Mehrere schier endlose Leitern ließen sich auf Rollen an den Wänden entlang bewegen. Alles kam ihr bedrückend und düster vor. Beim Eintreten hatte sie zuerst nichts als tiefe Schatten wahrgenommen, da die Vorhänge am Spätnachmittag teilweise bereits zugezogen waren. Dann hatte sie ihren Onkel entdeckt und lächelte.

»Hallo, Onkel James. Vielen Dank für deine Einladung.«

»Hallo, mein liebes Kind. Komm herein. Ich möchte dir ein paar Dinge erklären, die du hier beachten solltest.«

Seine Kinder seien für sie Cousins und Cousinen, erklärte er, aber das wußte sie ja bereits, schließlich war sie nicht auf den Kopf gefallen. Sie würde mit ihren Cousins und Cousinen unterrichtet werden, sollte sie beobachten, ihren Manieren und ihrem Betragen nacheifern, abgesehen allerdings von Cousin Marcus, dem Neffen ihres Onkels, der sich nur für kurze Zeit in Chase Park aufhielt. Er sei der Sohn des Teufels, meinte Onkel James und lächelte. Ein seltsames Lächeln, in das sich Nachsicht und Stolz mischten.

»Ja«, wiederholte er langsam, »der leibhaftige Sohn des Teufels, so hat sich mein Bruder ausgedrückt. Er ist bereits vierzehn, fast erwachsen und daher sehr gefährlich. Folge weder ihm noch deinen anderen Cousins, wenn sie etwas Unartiges im Schilde führen. Aber es ist eher wahrscheinlich, daß die Jungen dich bald nicht mehr beachten werden, denn für sie bist du nur ein kleines Mädchen.«

»Ich habe noch einen Onkel?« fragte sie, und ihre Augen leuchteten begeistert auf.

Er runzelte die Stirn und ging nicht näher auf diese Frage ein. »Ja, aber darüber wirst du nicht mit deinem Cousin Marcus sprechen. Achte darauf, wie sich die Leute benehmen. Wenn sie sich gut betragen, wirst du ihnen nacheifern, wenn nicht, dann schließ die Augen, und wende dich ab. Hast du verstanden?«

Sie nickte. Dann trat er hinter seinem mächtigen Schreibtisch hervor und tätschelte ihr den Kopf. »Du wirst ein braves Mädchen sein, und ich werde dir erlauben, mich einmal im Jahr hier zu besuchen. Sprich nie von deiner Mutter, von mir oder von dir. Du wirst nichts Persönliches von dir erzählen. Aber vermutlich hat dir deine Mutter das bereits gesagt.«

»Ja, Onkel, sie sagte, ich soll Geheimnisse haben, und je besser ich sie für mich behalte, desto lustiger ist es für mich, und du und sie, ihr seid dann sehr stolz auf mich.«

Ein Lächeln huschte ihm über das Gesicht. »Bess hat recht, es wird ein lustiges Spiel. Beherzige ihren und meinen Rat. Jetzt geh, und lern deine Cousinen kennen.« Er zögerte ein wenig und fügte dann hinzu: »Für sie bist du auch eine Cousine.«

»Aber genau das bin ich doch, Onkel James.«

»Tja, also, wie man es nimmt.«

Das verstand sie nicht. Aber sie war nicht dumm und liebte ihre Mutter über alles. Sie wußte, daß es darauf ankam, folgsam, nett und freundlich zu sein. Sie würde nichts von Mutter erzählen. Wer wollte schon langweilig sein?

An diesem ersten Tag waren die Jungen höflich zu ihr gewesen und nahmen ab dann keine Notiz mehr von ihr. Nur ihre beiden

Cousinen, die Zwillinge, wie sie alle nannten, waren selig über den neuen Hausgast.

Alles war traumhaft schön gewesen, bis zu diesem Augenblick.

Was war ein Bankert?

Ihren Onkel James fragte sie nicht. Sie wandte sich vielmehr ohne Umschweife an die Person, die sie nicht mochte – an Onkel James' Frau.

Sie klopfte an die Tür des Morgenzimmers und hörte ein ungehaltenes »Herein, herein!«

Sie stand in der Tür und erblickte die hochschwangere Frau, die an einem Tischchen saß und an einem weißen, schmalen und langen Etwas nähte. Es war ihr unbegreiflich, wie die Gräfin nähen konnte, denn ihre Finger waren sehr dick. Ihr Gesicht war nicht schön, aber vielleicht war es einmal schön gewesen, als sie noch jung war. Sie hatte nichts mit ihrer Mutter gemeinsam, die schlank, graziös und überaus anmutig war. Nein, die Gräfin sah alt und müde aus, und jetzt sah sie gemein und böse aus und machte keine Anstalten, dies zu verhehlen.

»Was willst du?«

Die kalte, barsche Antwort der Countess verhieß nichts Gutes. Ihr Mund schien ausgetrocknet zu sein, als sie einen Schritt in das Zimmer tat und hervorstieß: »Ich habe gehört, wie eins der Dienstmädchen zum anderen sagte, ich sei ein Bankert. Ich weiß nicht, was das ist, aber so, wie sie darüber sprachen, weiß ich, daß es etwas Schlimmes ist. Sie mögen mich nicht, und so dachte ich, Sie sagen mir die Wahrheit.«

Die Countess lachte. »Tja, dann ist es bereits heraus, und du bist erst zwei Tage hier. Ich sage ja immer, wenn einer etwas wissen will, dann braucht er nur die Dienstboten zu fragen. Die wissen über alles Bescheid. Tja, mein Kind, ein Bankert heißt im richtigen Sprachgebrauch Bastard, und genau das bist du tatsächlich.«

»Ein Bastard«, wiederholte sie langsam.

»Ja. Das heißt, deine Mutter ist eine Hure und wird von meinem Mann – deinem sogenannten Onkel James – bezahlt, um ihm zu Diensten zu sein, und du bist das Produkt eines dieser Dienste.« Und sie lachte auf, warf den Kopf zurück und lachte, lachte und lachte und sah noch abstoßender aus, weil es ein gemeines Lachen war.

»Ich verstehe nicht, Ma'am. Was ist eine Hure?«

»Das ist eine Weibsperson ohne Moral. Onkel James ist dein Vater, nicht dein verdammter Onkel. Aber ich bin seine Frau, und deine vielgeliebte Mutter ist nichts anderes als die Mätresse eines reichen Mannes, eine Frau, die er sich hält, um ... tja, das verstehst du auch nicht. Aber wenn ich dein knospendes Äußeres betrachte, dann wirst du eines Tages sogar deine Mutter übertreffen. Hast du dir keine Gedanken darüber gemacht, warum dein lieber Onkel James ein Wyndham ist und du eine Cochrane? Nein? Dann bist du also auch nicht schlauer als diese Dirne, deine Mutter. Und jetzt verläßt du dieses Zimmer und kommst mir nicht mehr unter die Augen, es sei denn, es läßt sich nicht umgehen.«

Sie floh, ihr Herz raste, und ihr Magen rebellierte vor Angst und Übelkeit.

Von diesem Tage an war sie sehr still, sagte nur etwas, wenn sie angesprochen wurde, brachte keinen Laut, kein Lachen, keinen Seufzer über die Lippen, um nicht auf sich aufmerksam zu machen, wenn sie sich in Gesellschaft anderer befand. Gegen Ende ihres Besuches gab ihr Cousin Marcus den Spitznamen »Duchess«.

Ihre Cousine Antonia, kaum sechs Jahre alt, meinte daraufhin stirnrunzelnd zu Marcus: »Warum nennst du sie so, Marcus? Sie ist ein kleines Mädchen wie ich und Fanny. Wir sind Wyndhams. Warum ist sie eine Duchess und wir nicht?«

Marcus, der Sohn des leibhaftigen Teufels, betrachtete sie von oben herab und antwortete Antonia mit ernstem Gesichtsausdruck: »Weil sie nicht lächelt, nicht lacht und kühl und abweisend ist. Zurückhaltender als ein Kind ihres Alters. Sie verteilt ein flüchtiges Lächeln und geizt mit einem lobenden Kopfnicken, als ob es Goldmünzen wären, von denen sie nur wenige besitzt. Ist dir nicht aufgefallen, wie beflissen die Dienstboten ihr gegenüber sind und wie sie ihr jeden Wunsch von den Augen ablesen? Wie sie dahinschmelzen, wenn sie ihnen freundlich zunickt? Und«, fügte er vielsagend hinzu, »eines Tages wird sie verdammt schön sein.«

Sie schwieg, blickte ihn nur an und hätte am liebsten geweint, aber das verkniff sie sich. Sie streckte nur das Kinn vor und sah durch ihn hindurch.

»Die Duchess«, sagte er und lachte laut auf sie herab, als er mit ihren beiden anderen Vettern ausritt.

Sie trug den Titel Duchess mit Fassung, denn ihr blieb keine andere Wahl. Wenn ihr jemand nachsagte, sie sei womöglich ein wenig zu stolz, dann verneinte dies ein anderer und meinte, sie sei nur sehr zurückhaltend. Jedenfalls war ihr Betragen eine Freude für jeden, der sich in ihrer Gesellschaft befand.

Als sie Chase Park im Juni 1808 im Alter von dreizehn Jahren besuchte, war Marcus auch da. Er kam aus Oxford, um seine Cousins zu besuchen. Als er sie sah, lachte er, schüttelte den Kopf und sagte: »Hallo, Duchess! Wie ich höre, ist dir der Name geblieben. Hat man dir schon gesagt, daß er ausgezeichnet zu dir paßt?«

Er lächelte sie an, aber für sie war es nur ein bedeutungsloses, oberflächliches Lächeln, das er für sie übrig hatte, weil ihm im Augenblick nichts Besseres einfiel.

Sie blickte ihn kühl an, reckte das Kinn ein wenig höher und sagte kein Wort.

Er hob eine schwarze Augenbraue und wartete. Aber sie schwieg eisern und haßte seinen spöttischen Blick, seinen spöttischen, flapsigen Tonfall. Dann sagte er schließlich: »Ah, wie arrogant du geworden bist, Duchess, und wie hochmütig! Vielleicht weil ich es vorausgesagt habe, als du noch ein kleines Mädchen warst? Ich glaube nicht. Jedenfalls habe ich dir schon damals prophezeit, daß du einmal sehr schön würdest. Und jetzt bist du auf dem besten Wege dazu. Du bist dreizehn, habe ich gehört. Nicht auszudenken, wenn du erst sechzehn bist.« Er schwieg und fügte dann kaum hörbar hinzu: »Bei Gott, ich möchte dich sehen, wenn du erwachsen bist.« Er lachte wieder, tätschelte ihr die Schulter und schlenderte aus der Diele, um sich Charlie und Mark anzuschließen.

Da stand sie nun mit den beiden Koffern rechts und links, bis Mr. Sampson lächelnd auf sie zukam, wie er es immer tat, gefolgt von Mrs. Emory, die ebenfalls lächelte und laut ausrief: »Willkommen, Miss, willkommen!«

Und jeder nannte sie Duchess, sogar ihr Vater, Onkel James, und Tweenie, die sie vor vier Jahren unbeabsichtigt davon in Kenntnis gesetzt hatte, daß sie ein illegitimes Kind war. Und jeder wußte jetzt, daß sie ein Bastard war. Warum waren sie so nett zu ihr? Das begriff sie nie. Sie war James Wyndhams Bastard, und da gab es nichts zu beschönigen.

Auf die entsprechende Frage hätte sie ohne Zögern geantwortet, sie habe ihre Unschuld im Alter von neun Jahren verloren. Als ihr Onkel James in Rosebud Cottage zu Besuch war, entging ihr nicht, daß er im Schlafzimmer ihrer Mutter schlief, daß beide sich berührten und lachten, die Köpfe zusammensteckten wie der Teufel und ein Engel: sein dunkler Schopf und ihre goldenen Locken. Zwei wunderschöne Menschen, heiter und fröhlich. Einmal wurde sie Zeugin, wie sie sich im schmalen Gang des ersten Stocks küßten und der Rücken der Mutter an der Wand lehnte, während Onkel James die Finger in ihrem Blondhaar vergrub und seinen Mund auf den ihren preßte.

Drei Monate vor ihrem jährlichen Besuch in Chase Park verkündete Onkel James und nicht ihre Mutter, daß sie seine Tochter sei. Sie schwieg und blickte ihn nur an. In dem gemütlichen kleinen Salon im Haus ihrer Mutter saß sie ihm auf einem zierlichen hellblauen Brokatsessel gegenüber. Ohne einleitende Worte sagte er: »Du bist meine Tochter, und wir wollen dich nicht länger darüber im unklaren lassen, jedenfalls nicht hier. Du bist alt genug, um das zu verstehen, nicht wahr, Duchess? Ja, ich sehe es deinen Augen und deinem Mund an, daß du es bereits weißt. Tja, es überrascht dich nicht. Ich erwähnte deiner Mutter gegenüber, daß du es wüßtest, schließlich bist du weder blind noch dumm.« Er hob die Schultern und fügte hinzu: »Leider muß in Chase Park der Anschein weiterhin gewahrt werden. Meine Frau wünscht es, und ich habe mich damit einverstanden erklärt.« Er sprach noch weitere Sätze, an die sie sich nicht mehr erinnerte, weil sie die ganze Zeit nur daran dachte, daß sich dieser Mann ihr, seiner Tochter, gegenüber schuldig fühlte. Liebte er sie überhaupt? Sie wußte es nicht. Sie bezweifelte, ob sie es jemals erfahren würde. Sie hatte ihre Mutter. Sie brauchte ihn nicht.

Sie nickte nur und sagte: »Ja, Onkel James. Ich bin ein Bastard. Das weiß ich schon seit Jahren. Mach dir deswegen bitte keine Gedanken. Ich habe mich mittlerweile daran gewöhnt.«

Er wollte etwas auf ihre Antwort erwidern, die ihr so ungerührt und lakonisch über die Lippen kam, aber dann unterließ er es. Er war erleichtert. Was sollte er noch sagen? Er blickte in die eigenen tiefblauen Augen, auf das eigene rabenschwarze Haar, das ihr Köpfchen in dichten glänzenden Flechten umgab. Aber ihre Mutter brachte sich auch in Erinnerung. Ein paar widerspenstige, gelockte Strähnen ringelten sich an ihren Ohren herab. Oh, und dann hatte sie Bess' Mund, voll und kühn geschwungen, und ihre edle Nase, schmal und gerade. Er schüttelte den Kopf und betrachtete seine Tochter, die ihm unbeweglich gegenübersaß. Sie war so stumm, so gefaßt, wie eine Statue. Sie war beunruhigend, seine Tochter, die kaum lachte oder scherzte und niemals zu Späßen und Albernheiten aufgelegt war wie die Zwillinge.

Er dachte ungern daran, daß er sie am Anfang nicht gewollt, daß er Bess nahegelegt hatte, sich das Kind nehmen zu lassen. Aber Bess hatte ihm deutlich zu verstehen gegeben, daß sie das Kind zur Welt bringen werde und daß er tun könne, was ihm gefalle. Und es gefiel ihm, beide zu behalten, denn er liebte Bess über alles und wollte sie nicht verlieren. Und jetzt saß ihm seine Tochter gegenüber, blickte ihn mit seinen Augen an, unnahbar und gelassen wie eine Duchess. Sein eigen Fleisch und Blut.

Die Duchess erinnerte sich noch genau an die beiden Wochen von 1808. Ihr Cousin Marcus hatte sie mit seinen spöttischen Reden noch mehr in die Enge getrieben. Sie waren nicht böse gemeint, waren nur aus Übermut entstanden und bedeuteten nichts, aber sie hatten ihr sehr weh getan. Dann, an jenem zweiten Mittwoch, ertranken vor den entsetzten Augen mehrerer hundert Zuschauer, die vom Ufer aus Zeugen eines Unglücks wurden, als zwei Segelboote bei einer Regatta auf dem Derwent zusammenstießen, ihre beiden Cousins Charlie und Mark. Über ein Dutzend junger Leute sprang von den eigenen Segelbooten in den Fluß, um zu helfen. Aber jede Hilfe kam zu spät. Als Charlie vom Mast am Kopf getroffen wurde, war er sofort tot und stürzte über Bord. Sein jüngerer Bruder Mark hatte mit anderen Jungen versucht, Charlie unter dem Schiffswrack hervorzuziehen, und fand dabei selbst den Tod, als er sich in den Fallleinen des Klüvers verfing und unter Wasser gedrückt wurde.

Die Jungen wurden auf dem Friedhof der Familie Wyndham beerdigt. Chase Park war verzweifelt. Der Vater der Duchess schloß sich im Bibliothekszimmer ein, und das Weinen der Gräfin war die ganze Nacht lang zu hören. Marcus war schneeweiß und wie versteinert und sprach mit keinem. Er hatte überlebt und seine Cousins nicht. Er war nicht einmal mit ihnen auf dem Segelboot gewesen. Er hatte im Rothermere-Gestüt ein Reitpferd gekauft. Die Duchess reiste zu ihrer Mutter nach Winchelsea zurück.

In den folgenden fünf Jahren war die Gräfin von Chase jedes Jahr schwanger, um einem neuen Stammhalter und Erben das Leben zu schenken, aber leider überlebte keines der Kinder das erste Jahr. Alle waren männlichen Geschlechts gewesen. Der Graf von Chase brütete dumpf vor sich hin und entwickelte sich bis auf die schier endlosen Nächte, in denen er seiner Frau beiwohnte, immer mehr zum Einzelgänger. Für beide war es eine unangenehme Pflicht, die von Jahr zu Jahr unangenehmer wurde, bis er seinen Neffen Marcus allmählich mit Argwohn betrachtete. Marcus war zwar von seinem Blut, gewiß, aber nicht sein eigener Sohn, nicht sein eigen Fleisch und Blut, und er wünschte, daß seine Linie durch sein eigenes Blut weiterlebte und nicht durch das seines Bruders.

Er kam jetzt oft nach Rosebud Cottage. Er war still geworden, und sein Lachen erklang so selten wie das seiner Tochter. Es schien, als ob er die Nähe ihrer Mutter suchte und sich an sie klammerte. Sie ließ ihn gewähren, in Liebe und anspruchsloser Hingabe.

Als der Graf nach Chase Park zurückkehrte, was letztendlich nicht zu umgehen war, blieb ihm nichts anderes übrig, als zuzusehen, wie seine Frau ein Kind nach dem anderen gebar und wie ein Kind nach dem anderen starb.

Marcus Wyndham war der Erbe von Chase.

1
Rosebud Cottage, Winchelsea
Januar 1813

»Ich bedaure, Ihnen das mitteilen zu müssen, Miss Cochrane, aber da kommt noch mehr, und es ist nicht angenehm.«

Mr. Jollis, der Anwalt ihrer Mutter, zeigte durchaus kein Bedauern, sondern schien eher ungemein erfreut zu sein, was sie natürlich verwunderte, aber sie enthielt sich jeglichen Kommentars, teils aus Schmerz über den Tod der Mutter, teils aus Gewohnheit. Sie war mit der Zeit eine schweigsame Zuhörerin geworden, die Gesten und Mimik ihres Gegenübers genau beobachtete und sich dadurch eine beträchtliche Menschenkenntnis aneignete. In dem Augenblick, da Mr. Jollis eine bedeutungsvolle Pause einlegte, wurde ihr klar, daß der Vater noch nichts vom Ableben ihrer Mutter wußte. Der unerwartete Tod der Mutter hatte sie in eine so tiefe Benommenheit gestürzt, daß sie es versäumte, den Vater zu benachrichtigen. Es gab niemanden, der ihn davon in Kenntnis setzte, also würde ihr die Aufgabe zufallen. Sie sah ihn vor sich, wie er ihre Zeilen las, sah seine Fassungslosigkeit und wie er vor Schmerz zusammensank, als er endlich begriffen hatte, daß es Wirklichkeit war. Sie schloß für einen Moment die Augen, weil sie wußte, welche Qualen er durchmachen würde. Sein Schmerz würde unendlich sein, denn er liebte ihre Mutter mehr als alles auf der Welt. Ihre heißgeliebte Mutter, die vor Leben und Übermut sprühte, war tot. Ihr Tod war so sinnlos: ein Unfall mit einer Kutsche. Aus einem nicht ersichtlichen Grund sprang die Gabel des Einspänners aus der Halterung. Das Gefährt raste die gewundene Straße oberhalb der Kalkfelsen der South Downs Cliffs entlang und stürzte beim Leuchtturm von Ditchling achtzehnhundert Fuß tief auf den einsamen Strand. Ihre Mutter war sofort tot. Der Leichnam wurde von der Flut weggespült und konnte noch nicht geborgen werden. Seitdem waren bereits anderthalb Tage vergangen. Sie blickte auf, als Mr. Jollis sich räusperte und offensichtlich anschickte, seinen Gedankengang zu Ende zu bringen.

»Wie ich schon sagte, Miss Cochrane«, fuhr Mr. Jollis fort, und der selbstgefällige Ton wurde noch deutlicher, »ich bedaure es sehr, aber Rosebud Cottage ist gemietet, und der Mieter ist Ihr Vater, Lord Chase.«

»Das wußte ich nicht.« Sie war immer der Meinung gewesen, ihrer Mutter gehöre das Haus. Aber das war vielleicht so üblich, wenn ein Mann eine Frau aushielt. Alles blieb sein Eigentum, und er sicherte dadurch seine Macht und seine Vorrechte. Das war ein weiterer unerwarteter Schlag, dessen Tragweite sie im Augenblick nicht begriff. Schweigend beobachtete sie ihr Gegenüber. Sein Gesicht veränderte sich jetzt. Er blickte sie mit verändertem Ausdruck an, der nichts mit einem Mann gemein hatte, der für eine verwaiste Tochter Mitleid empfand, sondern mit einem Mann, der eine Frau mit eindeutigen Absichten taxierte.

Sie kannte diesen Blick bereits und hatte ihn einige Male in den Gesichtern der Männer gesehen. Damals war sie beschützt gewesen, aber jetzt, dessen wurde sie sich plötzlich deutlich bewußt, war sie diesem Blick schutzlos ausgeliefert. Ihr Vater war in Yorkshire, und sie war hier, allein, bis auf den treuen Badger.

»Ich muß meinem Vater schreiben«, sagte sie, und ihre Stimme klang schroffer als beabsichtigt, aber die Nähe des Mannes war ihr unerträglich geworden, und sie wollte, daß er ging. »Da der Mietvertrag bald auslaufen wird, werde ich nach Chase Park übersiedeln müssen.«

»Da gäbe es vielleicht noch eine zweite Möglichkeit«, sagte Mr. Jollis und beugte sich zu ihr herüber. Wie ein Hund, der eine Spur aufgenommen hat, dachte sie und blickte ihn mit unverhohlener Feindseligkeit an.

»Nein, eine andere Möglichkeit kommt nicht in Frage«, erklärte sie, und ihre Stimme war so kalt wie im Winter die Eiszapfen an der Dachrinne.

»Vielleicht«, sagte er, immer noch nach vorn gebeugt, und streckte ihr die rechte Hand entgegen, »vielleicht möchte seine Lordschaft nicht, daß Sie in Chase Park wohnen.«

»Seine Frau ist vor sieben Monaten gestorben, kurz vor meinem jährlichen Besuch. Ich kann mir nicht vorstellen, daß er etwas dagegen einzuwenden hätte. Sie war die einzige, die meine Anwesenheit in Chase Park nicht schätzte, und das, würde ich meinen, aus verständlichen Gründen. Er war ihr Ehemann, ohne daß sie seine Liebe besaß. Ich habe ihre Verbitterung verstanden. Aber jetzt ist sie tot.«

»Ah, aber jetzt muß seine Lordschaft sehr vorsichtig sein, verstehen Sie, Miss Cochrane? Seine Lordschaft ist in Trauer, in tiefer Trauer. Seine Nachbarn werden ihn nicht aus den Augen lassen, ebenso alle jene Angehörigen der Gesellschaft, deren Meinung ihm wichtig ist.«

»Warum? Er wird bestimmt nicht wieder heiraten, jedenfalls nicht so schnell. Ich bin nur seine uneheliche Tochter. Wen kümmert es, ob ich in Chase Park wohne oder nicht?«

»Es kümmert mehr Menschen, als Sie denken, und so etwas ist schnell in aller Munde. Es würde als eine tiefe Respektlosigkeit seiner verstorbenen Frau gegenüber angesehen, Miss Cochrane. Sie müssen mir glauben, denn ich kenne die Gepflogenheiten der Gesellschaft sehr genau und Sie nicht.«

Sie glaubte ihm nicht, wollte sich aber nicht weiter mit ihm auseinandersetzen. »Ich glaube nicht, daß man Männer so genau unter die Lupe nimmt. Nur die Frauen«, sagte sie. »Und ich glaube auch nicht, daß Männer so tief und so lange um eine Frau trauern.« Ihr Körper wurde noch starrer, als sie innerlich vor seiner Hand zurückwich, die er ihr immer noch entgegenhielt.

Sie erinnerte sich daran, als die Frau ihres Vaters nach einer Entbindung gestorben war. Er war, so empfand sie damals, über den Tod seiner Frau zutiefst erleichtert. Wenn seine Augen tränenfeucht wurden, dann aus Kummer über den Verlust des kleinen Sohnes, der nur zwei Stunden überlebte, und nicht über das Hinscheiden seiner Frau.

»Das ist möglich«, sagte er. »Aber es ist niemand da, der sich um Sie kümmert, Miss Cochrane. Vielleicht sollten Sie sich nach einer wohlsituierten Person umsehen, die Sie beschützt und weiter in diesem reizenden Häuschen wohnen läßt.«

Sie lächelte ihn an. Mr. Jollis war wie jeder hingerissen, der ihr Lächeln einmal erlebt hatte. Ein bezaubernder Charme ging von ihr aus, der ihn bis in die Zehenspitzen erwärmte. Sie hatte zwei Grübchen, und ihre Zähne waren klein und weiß und so vollkommen wie ihr Lächeln. Er erinnerte sich nicht, daß sie jemals gelächelt hätte. »Wenn ich mich entscheiden sollte, hier in dem Haus zu bleiben, würden Sie mir dann sagen, wem dieses Haus gehört?«

»Squire Archibald. Da Sie aber sowenig Geld zur Verfügung haben, werden Sie doch nicht erwägen, den Mietvertrag zu verlängern. Es wäre absurd ...«

Sie erhob sich, ohne ihm die Hand zu reichen. »Ich möchte Sie bitten, jetzt zu gehen, Mr. Jollis. Wenn Sie mir noch mehr mitzuteilen haben, bitte ich Sie, dies schriftlich zu tun.«

Wohl oder übel erhob er sich ebenfalls und blickte auf sie herab. Das entzückende Lächeln war vergessen. »Sie schätzen sich sehr hoch ein, Miss Cochrane. Aber Sie sind ein Bastard und nichts weiter, und das werden Sie immer sein. Sie können hier nicht bleiben. Der Mietvertrag läuft am fünfzehnten des nächsten Monats aus, und Sie haben kein Geld, um ihn zu erneuern. Squire Archibald ist über siebzig und für Ihren Charme nicht mehr empfänglich. Nein, er wird Geld verlangen und sich in seinem alten Bett nicht von Ihnen wärmen lassen. Sie werden ausziehen müssen. Wenn Ihr geschätzter Vater Interesse an Ihnen hat, wird er Ihnen ein Zuhause geben, aber für wie lange? Vergessen Sie nicht, Ihre schöne Mutter ist tot. Glauben Sie wirklich, daß ihm etwas an Ihnen gelegen war? Nein, er liebte Ihre Mutter, nur Ihre Mutter, aber nicht Sie. Ich könnte es in Erwägung ziehen, Ihr Beschützer zu werden, Miss Chochrane ...«

Ihr Gesicht war jetzt sehr blaß geworden, und die Augen verschleierten sich vor Zorn, aber er sah nur ihren verschwommenen Blick, nicht die Wut, denn sie blickte ihn nur an, wandte sich um und verließ wortlos den kleinen Salon.

Mr. Jollis wußte nicht, was er tun sollte. Würde sie über seinen wohlformulierten Vorschlag nachdenken? Er hielt sie für arrogant und hochmütig, aber das würde sich ändern. Ob sie wohl noch Jungfrau war? überlegte er, aber viel Zeit blieb ihm nicht dazu, denn Badger, der treue Diener, der zum Schutz von Mrs. Cochrane und der Duchess eingestellt worden war, erschien in der Tür. Er war sehr groß, muskulös und häßlich wie eine Zaunlatte. Sein voller weißer Haarschopf erinnerte an einen Propheten. Ein blutunterlaufenes Auge vervollkommnete die Erscheinung.

Mr. Jollis trat unwillkürlich einen Schritt zurück.

»Sir«, sagte Badger freundlich, zu freundlich, »es ist Zeit, daß sich Ihr knöchernes Gestell von diesem Anwesen entfernt. Wenn das nicht binnen weniger Sekunden geschieht, werde ich dafür sorgen, daß seine Lordschaft von Ihrem höchst bedauerlichen Betragen erfährt. Seine Lordschaft dürfte darüber nicht sehr erbaut sein.«

»Ha!« rief Mr. Jollis, denn er wußte, daß dieser Mann keine Ahnung hatte, wovon er sprach. »Seine Lordschaft dürfte froh sein, diesen kleinen Bastard recht bald loszuwerden. Und sehr bald, Badger, werden Sie selbst ohne Geld dastehen, denn sie besitzt keinen Penny, um Sie zu bezahlen. Dann, würde ich sagen, werden Sie sich diesen Ton mir gegenüber nicht mehr erlauben dürfen, auch wenn Sie mehr Verstand haben, als man Ihnen zutraut. Sie verstehen es, sich exzellent auszudrücken – wer hat Ihnen beigebracht, wie ein Gentleman zu sprechen? Aber das ist auch gleichgültig, Sie sind nur ein Dienstbote – und bald einer ohne Lohn.«

Badger lächelte nur müde, schüttelte den Kopf und trat einen Schritt auf Mr. Jollis zu, dann hob er ihn sanft in die Höhe, klemmte ihn sich unter den mächtigen Arm, beförderte ihn zur Haustür und ließ ihn auf den gefrorenen Boden fallen, auf dem in fünf Monaten die roten, gelben und weißen Rosen der Duchess in üppiger Pracht erblühen würden. Badger kehrte in das Haus zurück, erblickte die Duchess und grinste breit, wobei eine gewaltige Lücke zwischen den Vorderzähnen sichtbar wurde. »Er wird noch eine Weile im Schnee liegen, aber er ist wohlauf, keine Sorge.« Er nahm ihre Hand und ballte sie zu einer Faust. »Duchess, ich habe Ihnen doch beigebracht, wie man mit der Faust zuschlägt und dabei den Daumen unter die Finger steckt. Warum haben Sie ihm keinen Hieb auf den Adamsapfel versetzt?«

Sie versuchte ein Lächeln, aber ihr Gesicht war gefroren wie die Erde im Garten. »Ich möchte ihn nicht wiedersehen, Badger.«

»Kein Wunder«, sagte er und gab ihre Hand frei. »Aber vergessen Sie nicht: Wenn ein Mann die Grenzen überschreitet, dann versetzen Sie ihm einen Faustschlag ins Gesicht oder heben das Knie mit voller Wucht nach oben.«

»Das tue ich, versprochen. Danke, Badger.«

Er stieß einen grunzenden Laut aus und verschwand in der Küche, um die Currysauce für das Hühnchen vorzubereiten, das schon eine Weile über dem offenen Grill brutzelte. Die Köchin, die zugleich als Dienstmädchen fungierte – von Badger Miss Priss genannt –, war vor zwei Jahren nach Welford-on-Avon gezogen, um sich um ihre alterschwache Tante zu kümmern. Seitdem hatte Badger ihre

Pflichten übernommen. Er war ein ausgezeichneter Koch und wünschte sich nur, die Duchess würde mehr von seinen Köstlichkeiten verspeisen.

Badger hörte, wie die Tür zum kleinen Salon geschlossen wurde, und sah gerade noch, wie sie an ihren zierlichen Schreibtisch trat und anmutig Platz nahm, um seiner Lordschaft den gemeinsamen Verlust mitzuteilen.

Der Earl of Chase las von dem Tod ihrer Mutter, bevor sie es ihm schriftlich mitteilen konnte, und benachrichtigte sie durch seinen Sekretär, Mr. Crittaker, daß sie ihre Sachen packen und auf die Kutsche warten solle, die sie nach Chase Park bringen werde. Sie könne Badger zu ihrem Schutz mitbringen. Er gab ihr zwei Wochen Bedenkzeit, um seinem Wunsche nachzukommen.

Die beiden Wochen kamen und vergingen. Keine Kutsche hielt vor Rosebud Cottage, um sie abzuholen. Sie wußte nicht, was sie tun sollte. Ratlos stand sie am Fenster ihres kleinen Wohnzimmers und wartete. Sie überlegte, ob sie ihrem Vater schreiben sollte, um ihn an seine Anweisung zu erinnern. Aber nein, dazu konnte sie sich nicht überwinden. Es war zu erniedrigend. Sie würde warten. Vier weitere Tage verstrichen. Und sie dachte: Er trauert um meine Mutter und möchte mich nicht mehr haben. Er hat mich vergessen. Ich bin allein. Was soll ich nur tun?

Dann wurde ihr bewußt, daß sie die jährlichen Besuche in Chase Park immer gefürchtet hatte. Bereits beim Betreten der prunkvollen italienisierten Eingangshalle mit der fünfhundert Jahre alten dunklen Holztäfelung und den ebenso alten Gemälden in den schweren verschnörkelten Goldrahmen und der bombastisch breiten, geschwungenen Treppe, die weitere grimmige dunkle Ahnenbilder säumten, fröstelte sie innerlich, und der Magen zog sich ihr zusammen. Kaum hatten sich die hohen schweren Eichentüren hinter ihr geschlossen, da zählte sie bereits die Tage, die sie hier verbringen mußte, und tat so, als ob diese edlen Menschen, die Kinder dieser edlen Menschen und die Dienerschaft dieser edlen Menschen sie liebten und sie mit echter Herzlichkeit begrüßten, während doch jeder insgeheim wünschte, sie wäre nie geboren worden.

Wenigstens war in diesem Jahr die Countess of Chase nicht in der Lage gewesen, sie mit kalten, abwertenden Blicken und bitterer Verachtung einzuschüchtern. Die Countess war eine Woche vor ihrer Ankunft in Chase gestorben. Das ganze Haus war mit schwarzem Kreppapier verkleidet. Die Frauen trugen Schwarz und die Männer schwarze Armbinden. Sie hörte die Dienstboten tuscheln, daß die Countess zu alt gewesen sei, um Kinder zu bekommen. Man habe ja gesehen, was daraus geworden sei – die Arme mußte sterben und verfluchte ihren Mann, der sie zu diesem allerletzten Mal gezwungen hatte, sich ihr so lange aufgezwungen hatte, bis sie empfing. So hatte es sich jedenfalls in den Augen der Dienstboten zugetragen; man sah ja, welch böses Ende die Sache genommen hatte. Was konnte die Ärmste dafür? Dabei hatte sie dem Earl zwei gesunde Jungen und zwei Töchter, die Zwillinge, geschenkt. Alle in Chase Park warteten jetzt darauf, daß der Earl sich eine neue Frau nähme, eine sehr junge Frau, die ihm jedes Jahr ein Kind gebären würde, so daß sich mehrere Unfälle ereignen konnten und immer noch ein Sohn übrigblieb, um den Titel und die Ländereien von Wyndham zu erben. Für den Ehemann betrug die Trauerzeit nur sechs Monate. Das hatte sie mitgehört und Mr. Jollis erzählt, dieser elenden Kreatur.

Sie zog die Stirn kraus. Vielleicht war das der Grund, warum er sie jetzt nicht in Chase Park haben wollte. Der Earl hatte eine Countess gefunden und wollte seinen Bastard nicht in Chase Park haben. Ja, das war es. Natürlich wollte er seiner neuen Frau gefallen und ihr nicht gleich einen Bastard vorstellen, der die Harmonie der neuen Verbindung nur mit Mißklängen stören würde. Aber warum schrieb er ihr nicht einfach die Wahrheit und erklärte ihr die neue Situation? Sie traute ihrem Vater einiges zu, aber ein Feigling war er nicht. Das Ganze ergab keinen Sinn.

Es fing zu regnen an, im Augenblick war es nur ein Tröpfeln, aber die Duchess kannte die Anzeichen. Nach dem Tröpfeln würden sich bald die Schleusen des Himmels öffnen, und ein stürmischer Wind würde graue Wassermassen gegen die Fenster klatschen.

Auch wenn er sie jetzt im Stich gelassen hatte, mußte sie ihm zugestehen, daß er sie beide achtzehn Jahre unterstützt hatte und Mutter bereits zwei Jahre vor ihrer Geburt. Ihre Mutter war seine Frau gewesen, besser gesagt natürlich, seine Geliebte. Ohne Rechte, ohne Anspruch auf Versorgung, mit nichts und gar nichts. Aber jetzt, da Mutter nicht mehr lebte, war sie, die Duchess, für ihn nicht mehr vorhanden, so spann sie ihre Gedanken weiter. Vielleicht fühlte er sich ihr gegenüber nicht mehr verantwortlich und brauchte die Zuneigung zu ihr nicht mehr vorzutäuschen. Wahrscheinlich war er der Meinung, daß sie jetzt, im Alter von achtzehn Jahren, für sich allein sorgen könne. Aber warum sollte er sie dann absichtlich belügen? Warum hatte er sie aufgefordert, nach Chase Park zu kommen? Das war gelogen. Aber warum? Sie wußte sich keinen Reim darauf zu machen. Sie wußte nur eins: Sie war mutterseelenallein. Mama hatte niemanden, soweit ihr bekannt war; jedenfalls trafen zu Weihnachten weder Briefe noch Geschenke von Verwandten ein. Sie nahm an, daß sie Chochranes waren, das war schließlich der Name ihrer Mutter und kein angenommener Phantasiename. Nein, anscheinend gab es keine Brüder, Schwestern oder Tanten. Es hatte immer nur sie beide gegeben und die häufigen Besuche des Earls.

Der Regen klatschte gegen das Fenster. Sie wußte nicht, was sie tun sollte. Der Anwalt ihrer Mutter hatte mit einem unangenehmen verhaltenen Kichern durchblicken lassen, daß er über ihre Mutter informiert war. Sie war keine Witwe, wie sie vorgab, sondern die Geliebte eines Adligen, die er sich in diesem kleinen Liebesnest hielt, aber das Liebesnest war gemietet, und der Vertrag lief am fünfzehnten des kommenden Monats aus. Die Art, wie er mit ihr umgegangen war, hatte sie als demütigend empfunden, und jetzt verspürte sie einen unbeschreiblichen Zorn. Er hatte zu ihr gesagt, sie sei nicht besser als ihre Mutter. Aber, so fragte sie sich, was war schlecht an ihrer wunderschönen, liebenswerten Mutter? Natürlich wußte sie die Antwort, sie verdrängte sie nur, wie sie es immer getan hatte. Jedenfalls hatte sie sein unverschämtes Angebot abgeschmettert, sich als zahlender Nachfolger in dem Liebesnest einzunisten.

Sie erhob sich langsam und fröstelte plötzlich in der feuchten Kühle des Spätnachmittags. Das Feuer im Kamin war heruntergebrannt, und sie legte ein paar große Holzscheite nach. Dann ging sie in dem kleinen Zimmer auf und ab und schlug die Hände gegen die Oberarme, um sie zu erwärmen. Sie mußte etwas tun, aber was? Sie hatte nichts gelernt, sie konnte sich weder als Gouvernante noch als Gesellschafterin einer alten Dame vorstellen. Sie hatte die Erziehung einer höheren Tochter genossen, und ihr Talent, einem Mann zu gefallen, war darauf ausgerichtet, einen Ehemann zu finden, der ihre nicht so lupenreine Abstammung übersähe.

Unruhig ging sie auf und ab. Sie war verbittert und traurig und wollte am liebsten weinen. Ihre Mutter war tot, ihre wunderschöne Mutter, die den Earl wahrscheinlich mehr geliebt hatte als die eigene Tochter, sie hatte ihn so geliebt, daß sie ihm die Lage verzieh, in die er sie gebracht hatte.

Mr. Jollis hatte geprahlt, daß er sich in der Gesellschaft besser auskenne als sie. Seit sie zehn Jahre alt war, hatte sie sich auf die *London Times* und die *Gazette* gestürzt und jeden Artikel über die gesellschaftlichen Ereignisse in den Klatschspalten verschlungen. Sie amüsierte sich über die endlosen Tollheiten und den Blödsinn der oberen Zehntausend und die lässige Art, mit der sie sich über den guten Ton und jegliche Anstandsregeln hinwegsetzten. Ja, sie kannte die Gesellschaft und ihre Gepflogenheiten, und als sie eingehender darüber nachdachte, wurde ihr klar, daß sie eine Begabung hatte, mit der sie ihren Lebensunterhalt verdienen konnte.

Sie blieb unvermittelt stehen und starrte blicklos auf den Regen, der in dicken Schlieren an den Fenstern hinablief. Ja, eine Begabung hatte sie, eine ungewöhnliche Begabung. Eine Begabung, die wahrscheinlich noch nie bei einer Frau zutage getreten war. Konnte das möglich sein? Sie würde es mit Badger besprechen müssen. Wenn man damit Geld verdienen konnte, dann wußte er, wie man das anstellte.

Als sie die schmale, aber sehr hübsche Treppe zu ihrem Schlafzimmer hinaufstieg, lächelte sie zum ersten Mal seit dem Tod ihrer Mutter.

2
Chase Park bei Darlington, Yorkshire
März 1813

Mr. Crittaker führte sein Vorhaben nur ungern aus, aber ihm blieb keine andere Wahl. Überhaupt keine. Er war sichtlich blaß, und sein Atem ging stoßweise. Langsam hob er die Hand, hielt für einen Augenblick in der Bewegung inne, als ob er die verheerenden Folgen überdächte, riß sich wieder zusammen und klopfte endlich an die Tür des Bibliothekzimmers. Es war spät, sehr spät, und Mr. Crittaker wußte, daß es eine Zumutung für seine Lordschaft war, aber er mußte ihm sagen, was er getan – oder besser, was er vergessen – hatte.

Keine Antwort. Mr. Crittaker klopfte wieder, dieses Mal lauter.

Endlich ertönte eine verärgerte Stimme: »Schon gut, kommen Sie herein, bevor Sie sich Ihre verdammten Knöchel aufschlagen.«

Der Earl of Chase stand vor dem rosafarben gemaserten Kamin aus Carrara-Marmor, der neben den drei über zweiundzwanzig Fuß hohen Bücherwänden, die mehr als zehntausend Bände enthielten, das Prunkstück der Wyndhamschen Bibliothek darstellte. Der Raum war nicht so groß, daß sich die Stimme verlor, aber immer noch beeindruckend in seiner dunklen Pracht. Mr. Crittaker blickte zum Schreibtisch, der vor der Wand mit den beiden riesigen Glastüren stand. Eine Kerze brannte auf dem Tisch, aber der Stuhl war leer. Mr. Crittaker erblickte den Earl vor dem Kamin. Er schien nichts anderes zu tun, als nur dazustehen und sich am Feuer zu wärmen, obwohl es kurz vor Mitternacht war.

»Was gibt es, Crittaker? Haben Sie mich heute nicht bereits genug strapaziert? Ich mußte mir die Finger mit einer Bürste schrubben, um die verdammte Tinte von den vielen Unterschriften abzuwaschen. Also, Mann, reden Sie! Was steht mir jetzt bevor?«

»Mylord«, begann Mr. Crittaker und wußte nicht recht, wie er seine Sünde beichten sollte und ob der Earl ihn gehörig abkanzeln oder in den Märzschneesturm hinausjagen würde. Er räusperte sich und begann von neuem. »Mylord, bei allem, was mir heilig ist, ich habe Miss Cochrane vergessen!«

Der Earl starrte ihn an, als ob er nicht verstanden habe. Schließlich fragte er bedächtig: »Miss Cochrane?«

»Ja, Mylord. Miss Cochrane.«

»Wer ist Miss Chochrane?«

»Die Duchess, Mylord. Ich habe sie vergessen, Sir. Ihre Mutter starb und, nun, dann starb Ihr Onkel, und ich, nun, ich hatte alle Vorkehrungen für Ihre Ankunft vorzubereiten, und so, ah, habe ich die junge Dame vergessen.«

Der Achte Earl of Chase starrte weiter auf den Sekretär, den er nach dem Tod seines Onkels übernommen hatte. »Sie haben die Duchess vergessen? Ihre Mutter ist gestorben? Wann, Mann? Mein Gott, wann war das?« Dann wies er auf einen Stuhl. »Setzen Sie sich, erzählen Sie mir die ganze Geschichte der Reihe nach. Vergessen Sie keine Einzelheiten.«

Mr. Crittaker schöpfte Hoffnung. Die tiefe Stimme des Earls hatte ihren gleichmäßigen Ton behalten. Vielleicht würde ihn der Earl doch nicht in die kalte Nacht hinausjagen. »Ihr Onkel hatte eine, ehm...«

»Geliebte,« sagte der Earl scharf. »Sie war einundzwanzig Jahre lang seine Mätresse. Ja, was ist mir ihr?«

»Ja, Mrs. Cochrane, seine Geliebte, kam bei einem Kutschenunfall ums Leben. Ihr Onkel trug mir sofort auf, ihrer Tochter, Miss Cochrane, schriftlich mitzuteilen, sie solle die Koffer packen und nach Chase Park ziehen. In zwei Wochen sollte sie abgeholt werden.«

»Ich verstehe,« sagte der Earl. »Wie viele Wochen sind seit diesen zwei Wochen vergangen, Crittaker?«

»Acht, Mylord.«

Der Earl starrte seinen Sekretär weiterhin nur an. »Wollen Sie damit sagen, daß ein achtzehnjähriges Mädchen zwei Monate lang allein gelassen wurde?«

Mr. Crittaker nickte. Er fühlte sich so elend, daß er am liebsten im Erdboden unter dem kostbaren Aubussonteppich versunken wäre. »Ein Dienstbote war bestimmt bei ihr, Mylord.«

Der Earl wischte dieses Argument fort und meinte nachdenklich: »Warum hat sie meinem Onkel nicht geschrieben und gefragt, warum er keine Kutsche geschickt hat?«

Mr. Crittaker blieb auch nichts erspart, und ihm wurde noch elender zumute. »Sie mußte annehmen, ihr Onkel wolle sie nach dem Tod ihrer Mutter nicht mehr sehen. Er hat sie nie besonders liebevoll behandelt, wenn sie uns hier ihren jährlichen Besuch abstattete. Wie er mit ihr in Rosebud Cottage umging, wenn er ihre Mutter besuchte, entzieht sich meiner Kenntnis. Sie ist sehr stolz, Mylord. Das wissen Sie. Sie ist die Duchess.«

»Oder ihr Brief ist nie angekommen, oder er kam an, und Sie haben ihn verlegt, Crittaker.«

Mr. Crittaker hörte draußen den heulenden Wind und sah sich bereits im naßkalten Schneegestöber stehen, mit nichts als einem dünnen Mantel bekleidet. »Es ist möglich, Mylord, aber ich bin sicher, daß so etwas nicht passiert ist.«

Der Earl ließ eine Suada kräftiger Flüche vom Stapel. Sehr bildhaft und einfallsreich. Mr. Crittaker war beeindruckt, aber klug genug, um die Eloquenz seines Herrn nicht zu loben. Seine Lordschaft hatte als Major in der Armee gedient und seinen Abschied genommen, um das Erbe als Achter Earl of Chase anzutreten.

Endlich gingen dem Earl die Worte aus, und er verstummte für eine Weile. Dann fragte er: »Warum erinnern Sie sich ausgerechnet jetzt an die Duchess?«

Mr. Crittaker zupfte nervös an seinem Halstuch, einer dunkelgemusterten Kreation, dessen Knoten sich daraufhin löste. »Mr. Spears ist es eingefallen.«

»Spears«, wiederholte der Earl, »der Kammerdiener meines Onkels und jetzt der meine, hat sich an die Duchess erinnert?«

»Mr. Spears hat sie in sein Herz geschlossen, als sie noch ein Püppchen war; so nannte er sie«, erklärte Mr. Crittaker. »Mr. Spears meinte, ›etwas sei durch das Netz geschlüpft‹. So drückte er sich wortwörtlich aus, Mylord. Er war der Meinung gewesen, Miss Cochrane halte sich auf Geheiß seiner Lordschaft in London auf, aber da war sie natürlich nicht, was Mr. Spears nicht wissen konnte.«

»Ich verstehe«, murmelte der Earl und dachte nach. Mr. Crittaker rührte sich nicht von der Stelle. Er wollte sich am Ohr ziehen, eine Gewohnheit, die er bereits als kleiner Junge hatte, und verwandte seine ganze Energie darauf, die Hände an der Hosennaht zu halten.

Endlich sagte der Earl: »Wie die Dinge liegen, werde ich eine kurze Reise nach Sussex unternehmen müssen. Ich werde morgen in aller Frühe aufbrechen und Miss Cochrane abholen.«

»Sehr wohl, Mylord.«

»Oh, Crittaker, Ihr Halstuch ist in Unordnung geraten. Und« – seine Stimme wurde merklich streng – »wenn Miss Cochrane etwas zugestoßen ist, dann werden Sie sich nach einer neuen Stellung umsehen müssen.«

Der Earl stieß mit der Stiefelspitze ein glühendes Holzscheit in den Kamin.

Vergessen! Großer Gott, Mr. Crittaker hatte sie einfach vergessen. Das Blut gerann ihm bei der Vorstellung, daß die Duchess zwei verdammt lange Monate allein und schutzlos in Rosebud Cottage leben mußte. Andererseits hatte auch er nicht eine Sekunde lang an sie gedacht. Niemand außer Spears. Marcus hatte sie seit fünf Jahren nicht mehr gesehen, seit jenem Sommer, als seine beiden Cousins bei einer Regatta ertrunken waren. Er fragte sich, ob sie so schön geworden war, wie er es vorausgesagt hatte.

Aber so wichtig war das nicht, schließlich war sie eine uneheliche Cousine. Aber er war es seinem Onkel schuldig, sich ihrer anzunehmen. Was sollte er mit ihr anstellen? Nun, das war eine schwierige Frage.

Am folgenden Nachmittag war die Duchess das Hauptgesprächsthema in dem behaglichen Grünen Salon auf Chase Park.

»Die Duchess«, erklärte Tante Gweneth und blickte in Richtung der Zwillinge, bevor sie fortfuhr und jede Silbe deutlich artikulierte, »ist das schönste Mädchen, das ich je gesehen habe.«

»Aber viele Mädchen hast du nicht gesehen, ob schön oder nicht schön, Tante Gweneth«, meinte Antonia und ließ ihr Buch, einen Radcliffe-Roman, auf den Schoß sinken. »Du bist nie über York hinausgekommen. Trotzdem hoffe ich, es geht ihr gut. Wie schrecklich, einfach vergessen zu werden! Das muß sie sehr gekränkt haben.«

»Marcus wird sich um sie kümmern«, sagte Fanny. »Er bringt alles ins reine. Ja, er wird ihr das Gefühl nehmen, daß sie vergessen wurde. Ich wollte … ich hätte ihn begleiten sollen.«

»Es wäre wirklich wünschenswert, du würdest diese unselige Vernarrtheit in deinen Cousin ablegen«, meinte Tante Gweneth, an Fanny gewandt. Sie dachte an den neuen Earl. Reed Wyndhams einziger Sohn, jetzt der Earl of Chase. Und er hatte auf der Pyrenäenhalbinsel mitgekämpft! Wie leicht hätten diese elenden Franzosen oder die Freischärler ihn niedermetzeln können, von denen es überall wimmelte, wie er es in den wenigen Briefen erwähnte, die Marcus seinem Onkel in den letzten drei Jahren geschrieben hatte. Aber, Gott sei Dank, er lebte, obwohl sie bezweifelte, daß James einen Dank gen Himmel gerichtet hatte. So viele tote Kinder, so viele, und alle männlich. Sie hätte jeden Eid geschworen, daß ihr Bruder sich wieder verheiraten würde, nachdem die Countess mit allen Ehren in der Familiengruft der Wyndhams beigesetzt worden war, und daß es ihm bei der neuen Frau in erster Linie darauf ankäme, daß sie ihm viele Kinder gebäre. Aber trotz mehrfacher Gelegenheit hatte er sich zu ihrer großen Überraschung nicht wieder verheiratet. Und jetzt war er tot.

Sie mußte Marcus' Rücksichtnahme ihr und seinen Zwillingscousinen gegenüber loben. Das hatte sie, wenn sie ehrlich war, sehr erstaunt, denn erfahrungsgemäß besaßen Männer die Empfindsamkeit einer Kröte. Außerdem mußte sie sich eingestehen, daß Marcus ein schöner Mann war. Mit dem vollen dunkelbraunen Haar und den dichtbewimperten tiefblauen Augen hatte er viel vom Aussehen seines Onkels. Ah, und dann dieses Kinn, eigenwillig und störrisch wie ein Esel. Jedenfalls hatte es diese Eigenschaft bei James unterstrichen. Und bei Marcus? James hatte oft gesagt, daß Marcus der leibliche Sohn des Teufels sei.

Sie seufzte. Er war größer als sein Onkel. Er überragte sogar Spears, den Kammerdiener seines Onkels, der sich einverstanden erklärt hatte, und das mit trockenster Stimme, in die Dienste des neuen Earl zu treten. Spears, so hatte Gweneth von Sampson erfahren, hielt die neue Lordschaft für höchst intelligent, fähig und umsichtig, Eigenschaften, die man auf Chase Park dringend benötigte.

Der neue Earl war erst seit vier Wochen auf Chase Park und hatte seine verwitwete Mutter in Lower Slaughter zurückgelassen, da sie sich weigerte, aus Cranford Manor fortzuziehen. Er war jetzt das Oberhaupt der Familie Wyndham. Das Leben ist unberechenbar, so sinnierte Gweneth, und tischt einem höchst Unerwartetes auf.

»Ich bin nicht in ihn vernarrt«, sagte Fanny und sah von ihrer Kreuzstichstickerei auf, deren höchst sinnige Platitüde vom »Sich Regen bringt Segen« bereits in groben Lettern zu lesen war. »Er ist eben einfach wunderbar. Er ist sehr freundlich und zuvorkommend zu uns, Tante, das gestehst sogar du ihm zu, und du weißt auch, daß Papa oft genug wiederholte, Marcus habe kein reines Blut, was immer er damit meinte.«

»Marcus hat reines Blut, Fanny«, erwiderte Gweneth scharf. »Nur daß es nicht das Blut deines Vaters ist. Schade.«

»Hoffentlich ist der Duchess nichts zugestoßen«, sagte Antonia und blickte kurz von ihrer spannenden Lektüre auf, die sie geschickt mit einem Band von Dr. Edwards Morgenpredigten getarnt hatte. »Zwei Monate allein. Glaubst du, sie ist wieder nach Holland zurückgegangen, Tante Gweneth?«

Ihre Zwillingsschwester Fanny, identisch bis zum gespaltenen Daumennagel der rechten Hand, legte ihr Stickzeug auf den Schoß und sagte: »Wenn Papa noch lebte, hätte er sie zur Ballsaison nach London geschickt und ihr einen netten Ehemann gesucht. Und sie hätte eine anständige Mitgift bekommen. Oder glaubst du, sie ist nach Italien zurückgekehrt, Tante Gweneth? Übrigens, sie kommt nicht aus Holland, Antonia.«

Tante Gweneth schüttelte den Kopf und fuhr nach einer Weile mit verbitterter, zorniger Stimme fort. »Euer Vater hatte bei der Auswahl seiner Reitpferde nie eine gute Hand. Dieses Biest hat ihn getötet.«

»Dieses Biest war seit acht Jahren sein einziges Reitpferd, Tante«, belehrte sie Fanny, und ihre Unterlippe zitterte ein wenig, als sie hinzufügte: »Papa liebte dieses Pferd. Ich weiß noch, wie er sich nach einem Platzregen zuerst um das Tier kümmerte und dann um Antonia und mich.«

Gweneth bezweifelte nicht eine Sekunde lang, daß ihr Bruder so gehandelt hatte. Er nahm an allen Fuchsjagden teil, nahm Hindernisse, die sogar Spears zu einem Stirnrunzeln veranlaßten, aber es war ihm nie etwas passiert, nicht der kleinste Sturz, bis vor sechs Wochen. Er drehte sich im Sattel zurück, um einem alten Jagdfreund, der etwas zu langsam hinter ihm ritt, ein Schimpfwort zuzurufen, als sein Kopf gegen den tiefhängenden Ast einer Eiche stieß und er vom Pferd gerissen wurde. Er war sofort tot.

Drei Wochen nach diesem tragischen Unglücksfall wurde Marcus – gerade dreiundzwanzig Jahre alt und auf der Pyrenäenhalbinsel mit seinem Bataillon stationiert – davon in Kenntnis gesetzt, daß er der neue Earl of Chase sei, genauer gesagt, der Achte Earl of Chase. Gweneth fragte sich, ob Marcus das Gefühl hatte, er trete in die Fußstapfen seines Onkels, wenn er die prunkvolle Mitteltreppe im Schloß seines Onkels hinunterstieg und über seine weichen, kostbaren türkischen Teppiche schritt, kurz, ob er sich nicht wie ein Eindringling vorkam.

»Ich weiß nicht, ob Marcus die Duchess zur Ballsaison nach London schickt, damit sie sich einen Mann sucht, und ob er ihr eine Mitgift gibt«, sagte Fanny, als sie aufstand, den Rock glattstrich und sich von einem reichverzierten Silbertablett ein Stück Gebäck holte.

Antonia schnaubte. »Sie braucht keine Mitgift, sondern nur die Gesellschaft junger Männer. Jeder, der sie erblickt, wird ihr sofort zu Füßen liegen, um ihre Hand bitten und ihr einen feurigen Heiratsantrag machen. Die Heldin in Mrs. Radcliffs Roman ist nämlich wunderschön und freundlich, liebreich und gut, aber arm wie eine Kirchenmaus, und sie hat bereits drei Verehrer, die schmachtend die Hand auf das Herz legen, wenn sie vorbeigeht.«

Welch ein Unsinn, dachte Gweneth. Wenn ein Mann die Hand auf den Brustkorb legt, dann bestimmt nicht aus Liebeskummer, sondern vor Magenschmerzen durch den übermäßigen Genuß von Brandy. »Fanny, iß bitte nur ein Stück von diesem Gebäck, und solange man kaut, spricht man nicht. Maggie verriet mir neulich, deine Kleider würden um die Taille spannen. Du kommst mit Antonia in ein Alter, wo man seinen Babyspeck verbergen und nicht vermehren sollte. Und was dich anbetrifft, Antonia, so bezweifle ich, daß in Dr. Edwards Predigten junge Herren vorkommen, die jungen Damen schöne Augen machen. Das paßt eher zu Mrs. Radcliffe. Deiner Mutter hätte das sehr mißfallen.«

Antonias Unterlippe zitterte wieder. Gweneth seufzte. »Du kannst Fanny und mir ja ein Kapitel aus deinem Buch vorlesen.«

3
Pipwell Cottage, Smarden, Kent
Juni 1813

Marcus brachte seinen kräftigen rotbraunen Hengst vor Pipwell Cottage, wie das Haus im Dorf genannt wurde, zum Stehen, stieg ab und band die Zügel an einem eisernen Pfosten fest. Er war hundemüde, über die Verzögerung verärgert und gleichzeitig so sehr erleichtert, die Duchess endlich gefunden zu haben, daß er sich auf die Erde werfen und sie küssen wollte, um dann die Duchess zu schütteln, weil sie allen, besonders ihm, soviel Sorgen bereitet hatte.

Vor ungefähr drei Monaten traf er in Winchelsea ein, um sie abzuholen, fand aber Rosebud Cottage verlassen vor. Sie war fort, schon lange fort – keiner wußte, wohin. Wenigstens hatte sie einen Dienstboten bei sich, einen Mann, was höchst verwunderlich war. Ein achtzehnjähriges Mädchen reist allein und lebt allein, und das in Begleitung eines Mannes, ob Diener oder nicht, ob alt oder nicht.

Es dauerte drei Monate, bis er sie aufgespürt hatte. Wahrscheinlich hätte es drei Jahre gedauert, wenn Spears sich nicht eingemischt hätte. Für Marcus blieb es rätselhaft, wieso Spears auf eigene Faust nach Winchelsea fuhr, wo Marcus bereits jeden Bewohner des kleinen Nestes nach dem Verbleib der Duchess gefragt hatte und dabei mit Bestechungen und Drohungen nicht gespart hatte. Dann fuhr Spears nach London, hielt sich auch hier wie in Winchelsea zwei Tage auf und kehrte anschließend nach Chase Park zurück, verbeugte sich förmlich vor Marcus und reichte ihm ein kleines Blatt Papier, auf dem nichts anderes stand als: *Pipwell Cottage, Smarden, Kent.*

Sie war fast sechs Monate lang allein gewesen, wenn man von der Gesellschaft des Dieners absah.

Marcus beruhigte sich. Er hatte sie gefunden. Wenigstens wirkte Pipwell Cottage nicht heruntergekommen. Im Gegenteil, es sah unter dem frühsommerlichen Laub der Eichen, Ahornbäume und Lärchen recht einladend aus. Die Buchsbäumchen, die den Weg zum Hauseingang säumten, waren ordentlich geschnitten, und der säuberlich gerechte Kieselweg war fest und leicht begehbar. Myriaden von Blüten leuchteten hinter der niedrigen Hecke. In symmetrisch angeordneten Beeten blühten Rosen und Dahlien, daß es eine wahre Pracht war. Das Häuschen selbst war weiß getüncht, und die Fenster waren rot umrandet. Es war ein ansehnliches, gepflegtes Anwesen. Zu ansehnlich, zu gepflegt.

Wie konnte sie das bezahlen? Wieder verdrängte er den Gedanken, daß sie wie ihre Mutter einen Beschützer hatte. Nein, dachte er, nicht die Duchess. In dem Mädchen steckte zuviel Stolz, viel zuviel Stolz.

Als er auf die Haustür zuging, vor der rechts und links Töpfe mit herrlichen Hortensien standen, so blau wie das Auge, das er vor achtzehn Jahren Jimmy Watts verpaßt hatte, wurde ihm bewußt, daß er sich nichts anderes wünschte, als sie gesund und wohlbehalten wiederzusehen.

Er klopfte und betete.

Badger öffnete die Tür und starrte den jungen Mann an, der zurückstarrte.

Marcus zwinkerte mit den Augen und fragte langsam: »Sie wohnen hier, Sir? Gehört Ihnen das Haus? Die Duch ... Miss Cochrane ist weggezogen?«

»Aye, ich wohne hier,« antwortete Badger und wich keinen Schritt von der Türschwelle.

Marcus stieß einen kräftigen Fluch aus, was ihm einen aufmerksamen Blick von Badger einbrachte.

»Dann waren Sie auf der Halbinsel, Sir?« fragte Badger.

»Ja, aber jetzt bin ich ein verdammter Earl und mußte meinen Abschied nehmen.«

»Euer Lordschaft gestatten mir die Frage: welcher verdammte Earl?«

»Chase. Der Earl of Chase.«

»Das«, sagte Badger langsam und ging in Angriffsstellung über, »ist völlig unmöglich. Ich rate Ihnen, jetzt zu gehen, Sir. Ich werde Sie nicht ein zweites Mal auffordern, Sir. Wenn Sie wissen, was ich meine.« Badger rührte sich und stand jetzt breitbeinig in der Tür, und Marcus sah, wie sich die riesigen Pranken zu Fäusten ballten.

Marcus war kein Narr und wußte, wann ein Mann bereit war, ihm an die Kehle zu springen, aber er verstand den Grund nicht. »Es ist die Wahrheit. Ich bin der neue Earl of Chase. Der, eh ... Achte

Earl, nicht der Siebte. Ich hatte gehofft, Miss Cochrane anzutreffen. Ich bin ihretwegen gekommen, verstehen Sie? Man hatte sie nach dem Tod ihres Vaters vergessen, und als sich dann Mr. Crittaker an sie erinnerte, ritt ich sofort nach Winchelsea, aber sie war nicht mehr da. Es dauerte nochmals drei Monate, bis ich sie aufspürte, und jetzt ist sie wieder fort.«

Badger betrachtete ihn von oben bis unten. »Sie sind Marcus Wyndham?«

»Ja, der bin ich.«

»Der alte Earl bezeichnete Sie als den Sohn des Teufels. Sind Sie das?«

Marcus mußte lachen. »Mein Onkel nahm nie ein Blatt vor den Mund. Tja, vielleicht, wenn ich mich bemühe!«

»Sie sagten, Miss Cochranes Vater sei tot?«

»Ja, er ist vor ungefähr sechs Monaten gestorben. Er stürzte vom Pferd und war auf der Stelle tot. Dann ist sie noch da? Sie sind ihr Diener?«

»Darum ist also niemand zu ihr gekommen. Merkwürdig, daß keiner von uns diese Möglichkeit in Betracht gezogen hat. Ich nehme an, es war ein Unfall?« Auf das Nicken des jungen Mannes hin sagte Badger: »Die Duchess sprach öfter von Ihnen, wenn sie von Chase Park zurückkehrte. Sie sagte, Sie seien derjenige gewesen, der ihr den Namen Duchess gegeben habe, und daß Sie der Sohn des Teufels seien. Ich glaube nicht, Sir, daß sie große Sympathien für Sie hegt.«

Marcus lachte schallend. »Mich kümmert nicht, ob sie das Gras haßt, auf dem ich stehe, sagen Sie mir nur, ob sie wohlauf ist.«

»Aye, ihr geht es gut.«

»Ißt sie auch genug?«

»Aye, sie ißt genug.«

»Aber wie kann sie sich dieses Haus leisten?«

»Das, Sir«, sagte Badger und wurde plötzlich feierlich wie ein Weihbischof, »fragen Sie Miss Cochrane am besten persönlich. Wenn ich fragen darf, Sir, was hat Sie hierhergeführt?

»Würde es Ihnen etwas ausmachen, mich hineinzubitten? Ich muß mit ihr sprechen, wie Sie bereits vorgeschlagen haben. Übrigens, wer sind Sie?«

»Ich bin Badger. Ich kümmere mich um die Duchess, wie ich es vordem für ihre Mutter getan habe, und bin ihr Chef de Cuisine.«

»Ah«, sagte Marcus, »Sie kochen?«

Der riesige häßliche Mann nickte und tat endlich einen Schritt zur Seite, um Marcus einzulassen. Er betrat eine kleine Diele. Eine Treppe befand sich gleich hinter ihm und führte zum oberen Stockwerk des Hauses. Der junge Earl roch gebratenes Fleisch zu seiner Linken, so köstlich, daß ihm der Magen knurrte und der Mund wäßrig wurde. Er glaubte eine kleine Melodie zu hören, die eine Frau summte.

»Warten Sie hier, Sir«, bat Badger und ließ Marcus stehen, ohne sich nach ihm umzublicken, öffnete eine Tür auf der rechten Seite, verschwand darin und schloß sie hinter sich. Das Summen hörte jäh auf.

Marcus klatschte sich die Reitpeitsche gegen den Schenkel. Er war hungrig, müde und konnte es nicht fassen, daß ihn ein Mann hier mitten in der kleinen Diele stehenließ, ein Mann, der Diener und Koch war, aber vornehm wie ein Etonschüler sprach.

Wenigstens ging es ihr gut. Wenigstens war sie nicht allein. Aber wer kam für dieses Haus auf? Für das Essen? Für den Koch?

Als sich die Tür wieder öffnete, sagte Badger: »Sie können eintreten, Sir. Miss Cochrane wird Sie jetzt empfangen.«

Verdammt, als ob sie die Königin wäre, dachte Marcus verärgert. Das Zimmer war klein, aber hübsch. Man spürte, daß es bewohnt und belebt war, ja, er hatte das Gefühl, willkommen zu sein, und empfand eine seltsame Behaglichkeit und Wärme. Londoner Zeitschriften türmten sich am Boden neben einer mit blauem Brokat bezogenen Couch. Sonderbar, daß er zuerst die Zeitungen bemerkte, Stapel neben Stapel, bevor er sie sah.

Fünf Jahre waren vergangen.

Sie war das schönste Mädchen, das er sich vorstellen konnte. Sie hatte seine Prophezeiung von damals, als sie dreizehn war, mehr als erfüllt. Nicht, daß sie prächtig gekleidet war, im Gegenteil, sie trug ein einfaches dunkelgraues Musselinkleid mit hohem, bis zum Kinn geschlossenem Kragen. Die Ärmel saßen eng an und waren mit kleinen Knöpfen am Handgelenk geschlossen. Das Haar lag in dichten, miteinander verflochtenen Flechten im Nacken. Sie trug keinen Schmuck. Ein kleiner Tintenfleck hatte sich auf ihre Wange verirrt. Sie stand vollkommen bewegungslos da, nicht eine Fingerspitze rührte sich. Er erinnerte sich wieder an diese statuenhafte Ruhe, die

Unnahbarkeit und den Ernst, der für ein junges Mächen so unpassend schien.

Sie war schöner, als sie sein durfte. Er sagte: »Was tust du mit den vielen Zeitungen?«

»Hallo, Marcus!«

»Ah, hallo, Duchess! Es ist ein Weilchen her.«

Sie nickte nur. »Badger berichtete mir, mein Vater sei gestorben und daß man mich aus diesem Grund nicht abgeholt habe. Seltsam, nicht wahr? Tot oder lebend, man hat mich einfach vergessen.«

»Ja, Crittaker litt Todesqualen, als er mir vor drei Monaten davon berichtete. Es tut mir leid, daß es geschehen ist. Ich bin gekommen, um dich nach Chase Park mitzunehmen.«

Sie zog die Stirn in Falten und bewegte sich immer noch nicht. Sie reichte ihm nicht einmal die Hand oder Wange zum Kuß. Verdammt noch mal, sie war seine Cousine ersten Grades! Und jetzt stand sie sechs Fuß von ihm entfernt und betrachtete ihn prüfend mit gerunzelter Stirn.

In diesem Augenblick begriff er, daß seine Nachricht ihr einen ungeheuren Schreck versetzt haben mußte. Zuerst ihre Mutter und jetzt ihr Vater. Beide waren innerhalb weniger Wochen gestorben.

»Es tut mir leid mit deinem Vater. Er war mein Onkel, und ich habe sehr an ihm gehangen. Er war gleich tot und hat nicht gelitten.«

»Danke, daß du mir das sagst. Ich dachte, er hätte mich vergessen und hätte nach dem Tod meiner Mutter das Interesse an mir verloren.«

»Du weißt, daß er dich auf Chase Park haben wollte. Für sein Schicksal kann er nichts.«

Badger erschien in der offenen Tür. »Die Ente ist vorbereitet, Duchess. Sie liegt auf einer Platte, mit kleinen gekochten Kartoffeln und jungen grünen Bohnen angerichtet. Die Kartoffeln sind mit gehackter Petersilie garniert. Zum Nachtisch habe ich Apfeltörtchen auf Ihre Lieblingsart gebacken. Wünschen Sie jetzt zu speisen? Möchten Sie, daß seine Lordschaft uns Gesellschaft leistet?«

Sie nickte, noch ziemlich verwirrt.

»Sind Sie hungrig, Sir?«

»Ja. Ich bin den ganzen Tag scharf geritten. Wäre es möglich, daß jemand nach meinem Pferd sieht?«

»Du mußt dich selbst um dein Pferd kümmern«, sagte seine Cousine. »Badger hat keine Zeit dafür.«

»Verstehe«, sagte Marcus, machte auf dem Absatz kehrt und verließ den Salon.

Badger rief ihm nach: »Hinter dem Haus ist ein Schuppen. Dort können Sie Ihr Pferd unterstellen.«

Marcus antwortete nicht. Er war selbst in der Lage, sich bestens um Stanley zu kümmern, aber Kopfzerbrechen bereitete ihm die Tatsache, daß die Duchess allein mit einem Mann lebte, der das Englisch eines Gentlemans sprach, der ihr Koch war, eine Ente briet und sie zu mit Petersilie bestreuten Kartoffeln anrichtete. Auch wenn Badger häßlich wie eine knochige alte Eiche und alt genug war, um ihr Vater zu sein, es gehörte sich nicht. Was wurde hier gespielt?

Sie schien nicht am Hungertuch zu nagen. Sie summte, als er ankam, und hatte einen Tintenfleck auf der linken Wange. Und sie sah so wunderschön aus, daß er am liebsten nur dagestanden und sie angesehen hätte, doch dann kam Badger und verkündete, daß serviert sei. Soweit er wußte, hatte sein Onkel sie in seinem Testament nicht bedacht; daher seine wachsende Sorge in den vergangenen vier Monaten, und soweit er wußte, besaß sie nicht einen Penny.

Also, was wurde hier gespielt?

3

*M*arcus schob den Teller zurück, seufzte vor Zufriedenheit und faltete die Hände über dem schlanken Bauch. Die Duchess war längst vor ihm fertig geworden und saß einfach da, ruhig und gelassen, und fühlte sich nicht im geringsten durch seine Anwesenheit gestört. Es schien nichts Außergewöhnliches zu sein, einen Mann zu Tisch zu haben. Ihre einzige Tätigkeit bestand im Warten; sie wartete, daß er zu Ende aß; wartete, daß er sprach; wartete so still und gelassen, wie sie es seit ihrer ersten Begegnung mit neun Jahren immer tat. Langsam drehte sie das Weinglas zwischen den Fingern, ein edles Weinglas, das sah er, eines aus Kristall, das bestimmt einige Guineen gekostet hatte. Es mußte zu einem kostspieligen Satz von Gläsern gehören. Wer hatte das bezahlt? Der Mann, der mit ihr zu Abend aß?

Es fiel ihm leicht, Badger voller Hochachtung ein Kompliment über seine Kochkünste zu machen. »Badger ist ein wahrer Meisterkoch. Die Petersilie war ein genialer Einfall. Das Grün milderte die Blässe der Kartoffeln und verlieh dem Geflügel den Hauch des würzigen Krautes.«

»Ja, er ist ein Genie, ein Mann mit vielen Fähigkeiten.«

»Zum Beispiel?«

Sie hob nur die Schultern, blickte ihn kurz an und überhörte seine scharfe Frage wie eine Ungezogenheit.

»Du siehst gut aus«, sagte er. »Die ganze Familie war in Sorge deinetwegen.«

Nachdem ihnen endlich eingefallen war, daß ich existiere, dachte sie, sagte aber nur: »Danke. Und du bist sehr erwachsen geworden. Hast du das müßige Leben eines Gentleman geführt, bevor mein Va... bevor der Earl starb?«

»Oh, nein! Ich war Major bei der Armee, bis ich nach dem Tod des Onkels meinen Abschied nehmen mußte. Ich wollte diesen verdammten Titel nicht – was er mir zu Lebzeiten nicht geglaubt hatte –, aber es bedeutete mir wahrhaftig nichts, sein nomineller Erbe zu sein. Wie jeder andere auch war ich überzeugt, daß er sich wieder verheiraten würde, nachdem meine Tante im Kindbett gestorben war, um einen männlichen Erben zu zeugen. Aber durch seinen vorzeitigen Tod kam es leider nicht mehr dazu.«

»Sonderbar. Warum hat er nicht wieder geheiratet?«

»Er kam drei Monate nach dem Tod meiner Tante ums Leben. Er hätte erst wieder nach einem Jahr oder, sagen wir, acht oder neun Monaten heiraten können, um die Trauerzeit einzuhalten. Die Meinung seiner Freunde und Nachbarn war ihm sehr wichtig.«

»Nach dem Tod der Countess besuchte er meine Mutter oft. Ehrlich gesagt, er verbrachte den Großteil seiner Zeit bei ihr. Nach Charlies und Marks Tod hatte er sich sehr verändert. Jedenfalls war er in den letzten Monaten sehr glücklich.«

Das überraschte Marcus nicht sonderlich. Schließlich war sein Onkel stets ein lebensfroher Mensch gewesen, der zahlte, um seine Mätresse immer zur Verfügung zu haben. Das sagte Marcus natürlich nicht laut, nicht zur unehelichen Tochter seines Onkels, statt dessen nickte er nur und fragte abrupt: »Siehst du deiner Mutter ähnlich?«

»Ja, aber wie dir nicht entgangen sein wird, habe ich die Augen meines Vaters und sein schwarzes Haar. Das Haar meiner Mutter war unbeschreiblich schön. Golden und blond.« Sie verstummte für einen Augenblick und meinte dann nachdenklich: »Ich weiß, was du denkst. Ein Mann hat zwanzig Jahre lang ein und diesselbe Mätresse gehabt – erstaunlich! Meine Mutter war immer schön, immer liebenswert und immer für ihn da. Sie klammerte sich nicht an ihn. Sie stellte keine Forderungen. Sie liebte ihn, verstehst du?«

»Ja, ich verstehe«, antwortete er ruhig. »Es tut mir leid, Duchess.«

»Ihre Apfeltörtchen«, sagte Badger und trat lautlos ein. Marcus war nicht sicher, ob er ihre Unterhaltung mitgehört hatte und erst im passenden Augenblick eintrat. Wenn es so war, dann hatte er den Zeitpunkt gut gewählt.

»Danke, Badger. Die Törtchen sehen herrlich aus«, sagte sie und lächelte ihn an, dann wandte sie sich an Marcus. »Du wirst dein ganzes Vermögen opfern, wenn du Badgers Apfeltörtchen gekostet hast.«

Marcus lächelte, nahm einen Bissen auf die Gabel und schloß die Augen. »Eine kulinarische Offenbarung«, murmelte er genußvoll. Die Duchess nickte nur und sagte: »Es ist schwer zu glauben, daß dir wirklich nichts an dem Titel und dem Vermögen lag und daß du das Erbe schweren Herzens angetreten hast.«

Er zuckte mit den Achseln. »Es bedeutete mir nichts, das ist die Wahrheit. Bisher war ich mit meinem Leben sehr zufrieden. Ich wollte die Armee nicht verlassen. Ich war nur der Sohn eines Zweitgeborenen, aber beim Militär brauchte man mich. Es macht mich zufrieden, daß ich Entscheidungen traf, die gewisse Ereignisse abwenden oder mildern konnten, und ich bin dankbar, daß es mir gelungen ist, das Leben vieler zu retten und nicht sinnlos zu opfern.«

»Warst du die ganze Zeit auf der Pyrenäenhalbinsel?«

Er nickte. »Im August 1808 trat ich in die Armee ein, gleich nach Charlies und Marks Tod. Die Spanier lehnten unsere Hilfe in Spanien ab, so gingen wir direkt nach Portugal, nach Figueria de Foz in der Nähe von Coimbra. Mein Kommandant war Wellington.« Er hielt inne und blickte sie etwas verlegen an. »Verzeih, daß ich dich damit langweile.«

»Bitte, erzähl weiter!« bat sie, ohne cin weiteres Wort hinzuzufügen.

Er blickte sie erstaunt an. Noch keine Frau in seinem Leben, einschließlich seiner Mutter, wollte Näheres darüber wissen. Er beugte sich vor und sprach langsam weiter. »Napoleon besiegte die Spanier und marschierte mit seinen Truppen in Richtung Lissabon weiter, durch Talavera und Elvas.«

Plötzlich unterbrach ihn die Duchess. »Sagte Napoleon nicht, ›Ich werde die Engländer von der Halbinsel vertreiben. Keiner kann sich meinem Willen lange widersetzen‹?«

»Ja, so etwas ähnliches hat er gesagt«, erwiderte Marcus und blickte sie stirnrunzelnd an.

»Erzähl weiter!«

Alte qualvolle Erinnerungen tauchten auf, als er weitersprach. »Der Winterfeldzug war furchtbar. Sir John Moore führte uns durch die galizischen Berge, und es gelang uns, sie vor den Franzosen zu überqueren. Die Vorräte waren knapp, die Tiere ...« Er schüttelte den Kopf und blickte sie offen an. Wie haßte er diese verdammten Erinnerungen, wenn er die Gesichter seiner Männer vor sich sah, der Offiziere, die seine Freunde waren! So viele von ihnen waren jetzt tot, und er hatte ihnen nicht helfen können. »Nein«, sagte er, »für heute abend habe ich genug erzählt.«

»Wie denkst du über den Waffenstillstand, den Napoleon schloß, nachdem er die preußische Armee bei Lützen und Bautzen geschlagen hatte?«

Marcus hob die Schultern. »Wollen wir abwarten, wie lange er dauert. Keiner, den ich kenne, glaubt daran, daß er den Sommer überdauern wird.«

»Stimmt es, daß Wellington seinen Generalen rät, einen direkten Angriff auf Napoleon zu vermeiden, und daß es Wellington stets auf Napoleons Marschälle abgesehen hat?«

Die Frage überraschte ihn, denn nur wenige wußten davon. »Von wem weißt du das?«

»Ich lese«, sagte sie kurz, und er wußte, daß seine Bemerkung beleidigend war, weil er sie wie ein Neutrum behandelt hatte, das zwischen seinen wohlgeformten Öhrchen nichts Bemerkenswertes besaß.

»Ja, du hast ganz recht. Wellington sagte, Napoleons Anwesenheit auf einem Schlachtfeld sei viertausend Männer wert, nicht nur Männer, Soldaten.«

Sie lehnte sich vor und stützte sich mit den Ellbogen am Tisch ab. Das Kerzenlicht verbreitete ein weiches Licht, und die Apfeltörtchen warteten unbeachtet auf den Tellern. »Das ist ausgezeichnet. Das wußte ich nicht. Stimmt es auch, daß nicht der russische Winter Napoleon zum Rückzug zwang, sondern daß es die Russen selbst waren?«

»Ja, aber darüber ist man geteilter Meinung. Es versteht sich von selbst, daß alle, die Napoleon für den größten Feldherrn aller Zeiten halten, dem heimtückischen russischen Winter die Schuld geben. Man sagt, die Russen hätten aus Napoleons Siegen gelernt, seine Strategie kopiert und ihn so mit seinen eigenen Waffen geschlagen.«

»Vergiß nicht, daß seine Nachschublinien zusammengebrochen sind. Stell dir diese Entfernungen vom Westen bis nach Moskau vor! Unglaublich, wenn man bedenkt, welche Mengen an Nahrungsmitteln, Kleidung und Ausrüstung erforderlich waren.«

»Ja«, sagte Marcus, »wenn man das bedenkt.« Er konnte nicht anders. Er starrte sie an. Er mußte sie unentwegt anstarren. Hatte sie einen Beschützer, der der Armee oder Marine angehörte? Wußte sie daher soviel? Brüsk fragte er: »Wie lange brauchst du, um zur Abreise bereit zu sein?«

»Abreise? Wie bitte?«

»Natürlich kommst du mit mir nach Chase Park zurück.«

»Soweit ich das beurteilen kann, ist das durchaus nicht natürlich«, entgegnete sie, und zu seiner Überraschung bemerkte er, wie sich ihre Hand zu einer Faust ballte. Verdammt noch mal, die Duchess ballte ihre Hand zur Faust? Nein, das konnte nicht wahr sein. Das bildete er sich nur ein. So angriffslustig war sie nicht, diese verdammte Duchess. Was zum Teufel hatte er denn gesagt, daß sich ihr glattes Gefieder sträubte? Fassungslos blickte er auf die blasse, elegante kleine Faust.

»Du hättest bereits seit sechs Monaten auf Chase Park sein sollen. Ich habe mich für das Geschehene entschuldigt. Mehr kann ich nicht dazu sagen. Ich habe dich monatelang gesucht, und jetzt, da ich dich endlich gefunden habe, biete ich dir ein Heim an, eine angemessene Begleiterschaft, und wenn du zur Ballsaison nach London möchtest, steht dir nichts im Wege. Ich werde auch dafür sorgen, daß du eine großzügige Mitgift bekommst. Bei deinem Aussehen und deinem Interesse für militärische Themen wirst du viele Heiratsanträge bekommen, zumindest von einsamen Offizieren auf Heimaturlaub.«

Sie sah ihn nur an, schwieg und strich mit den Händen das weiße Tischtuch glatt. Er bemerkte Tintenflecke an ihren Fingern und sagte: »Vorausgesetzt natürlich, du möchtest dich einmal verheiraten. Aber was gibt es sonst für eine Lady?«

»Nein«, sagte sie ruhig, »nein, ich möchte nicht heiraten. Das ist jetzt mein Zuhause. Es ist sehr freundlich von dir, daß du dir die Mühe gemacht hast, mich zu suchen, aber inzwischen ist viel Zeit vergangen, und ich habe gelernt, allein zurechtzukommen. Ich brauche weder Bälle noch eine Mitgift. Oder einen Ehemann. Für eine Lady, Marcus, gibt es auch noch anderes als die Ehe.«

»Was hat dich so selbständig gemacht? Hast du nach dem Tod deiner Mutter einen Soldaten kennengelernt? Hat er dir das alles ...?« Marcus zuckte mit den Achseln und schloß den Mund. Die Bedeutung seiner Worte war klar. Erschreckend klar.

Sie lächelte ihn an, aber es war ein kaltes Lächeln. Ein Lächeln, das unendliche Rätsel und echten Zorn barg, aber wie gewöhnlich blieb ihre Stimme ungerührt. »Das geht dich nichts an, aber es ist interessant, worauf deine Fragen abzielen. Meine Kenntnis von militärischen Angelegenheiten oder mein Interesse an bestimmten Vorkommnissen – wie Napoleons Versagen in Rußland – kann offensichtlich nicht von mir stammen, sondern muß mir natürlich von einem anderen Menschen vermittelt worden sein – von einem Militär, von dem ich natürlich in diesem hübschen Haus ausgehalten werde, so wie dein Onkel meine Mutter in Rosebud Cottage ausgehalten hat.«

Er schnellte nach vorn und schlug mit der Faust auf den Tisch. »Verdammt noch mal, Duchess, so habe ich das nicht gemeint! Du vergißt wohl, daß ich dein Cousin bin? Daß ich das verdammte Oberhaupt der Wyndham-Familie bin und ab jetzt für dich verantwortlich bin?«

»Du bist mein Cousin, richtig, aber ich bin nur ein Bastard. Du bist mir nichts schuldig, Marcus. Keinesfalls bist du für mich verantwortlich. Mein Vater muß sich wie die meisten Männer für unsterblich gehalten haben, also hat er keine Vorkehrungen für mich getroffen. Und jetzt habe ich meine Unabhängigkeit entdeckt und genieße sie.«

»Du bist achtzehn Jahre alt. Du bist eine Lady. Du kannst nicht allein leben.«

»Ich bin fast neunzehn und lebe allein, und ich bin ein Bastard, und diese Tatsache brauchst du nicht zu beschönigen.«

Ohnmacht und Ärger stiegen in ihm auf. Hier stand er nun, der edle fahrende Ritter, und das Burgfräulein dachte nicht daran, seine helfende Hand zu ergreifen. Und vertrackterweise schien die Schöne durchaus nicht in Nöten zu sein.

Plötzlich lachte sie auf. »Ich sehe dir genau an, was du denkst. Du hast viele Mühen auf dich genommen, um deine arme uneheliche Cousine zu retten, und jetzt weist sie dich ab. Gott der Gerechte! Sie weist dich ab, nachdem sie dir das beste Abendessen serviert hat, das du seit Wochen bekommen hast. Es tut mir leid, Marcus, aber so liegen die Dinge.«

»Nein, ganz und gar nicht! Du wirst deine Sachen packen und mit mir nach Chase Park zurückkehren. Das bin ich deinem Vater, meinem Onkel, schuldig. Ich möchte morgen abfahren. Wird Badger bis dahin alles vorbereitet haben?«

Sie schien ihn nicht zu beachten. Sie blickte ins Leere, und ihre Augen verengten sich, als ob sie angestrengt nachdächte. Plötzlich summte sie eine Melodie, die er noch nie gehört hatte. »Entschuldige mich«, bat sie und erhob sich von ihrem Stuhl. »Bleib bitte da, Marcus, ich bin gleich wieder zurück.«

Sie verließ das Eßzimmer und ließ den Earl of Chase mit dem angegessenen Apfeltörtchen auf dem Teller und dem Ausdruck verblüffter Fassungslosigkeit zurück.

»Wünschen Mylord einen Brandy? Oder vielleicht einen Port oder einen französischen Rotwein?«

»Port«, sagte er. Er nahm einen kleinen Schluck und wartete auf ihre Rückkehr. Fünfzehn Minuten waren vergangen ohne ein Zeichen von ihr. Dann fragte er Badger, der in das kleine Eßzimmer gekommen war, um die Teller abzuräumen: »Wovon lebt sie?«

»Das kann ich nicht sagen, Mylord.«

»Natürlich können Sie das, aber Sie wollen es nicht sagen. Heraus damit, Badger, wie zum Teufel kommt sie für dieses Haus auf? Wie kann sie sich Ihre Dienste leisten? Da gibt es einen Mann, richtig? Einen Militär, und der bezahlt ihre Rechnungen.«

»Das müssen Sie Miss Cochrane fragen, Mylord.«

»Ich möchte morgen abreisen. Können Sie bis dahin alles fertig haben, Badger?«

Badger richtete sich zu so voller Größe auf, daß kleinere Männer vor Neid erblaßt wären. »Das werden Sie mit Miss Cochrane besprechen müssen.« Dann fügte er versöhnlich hinzu: »Sie wissen, was Loyalität ist, Sir. Sie waren in der Armee. Nichts ist höher zu bewerten als bedingungslose Treue.«

Marcus seufzte und stellte das Glas mit dem Port ab. »Sie haben recht, natürlich. Meinen Sie, die Duchess hätte etwas dagegen, wenn ich ihr jetzt folge?«

»Ich glaube, sie kommt gerade zurück. Ah, Sir, es ist nicht einfach für sie, so plötzlich zu erfahren, daß ihr Vater vor sechs Monaten starb und daß er sie nicht vergaß, sondern zu sich nach Chase Park holen wollte und daß sie statt dessen vom Rest der Familie vergessen wurde. So viele Todesfälle in so kurzer Zeit, das ist mehr, als ein Mensch ertragen kann.«

»Sie hat es gut versteckt«, sagte Marcus. »Keine Tränen, kein Schluchzen, nichts. Sie bittet um nichts, erklärt nichts, zeigt keine Freude über das Wiedersehen und geht nicht auf meinen Vorschlag ein.«

»Natürlich. Was hatten Sie von ihr erwartet?«

»Ich verstehe nichts mehr«, sagte Marcus langsam und trank einen Schluck Port, dann schwenkte er die dunkelrote Flüssigkeit in dem Glas. Es war fein geschliffenes, kostbarstes Kristallglas. Verdammt noch mal, erwürgen hätte er sie können!

Marcus sah, wie Badger die Tür zum Eßzimmer offenhielt, als die Duchess zurückkam.

»Verzeih, daß es so lange dauerte«, sagte sie und fügte hinzu: »Möchtest du hierbleiben oder mit mir in den Salon gehen?«

»Ich finde es hier sehr angenehm. Wo bist du gewesen?«

»Oh, hier und dort. Aber das ist unwichtig für dich.«

Wieder spürte er diese Mischung aus Zorn und Ohnmacht. Mit der Selbstsicherheit eines befehlsgewohnten Mannes sprang er auf, schlug mit der Faust auf den Tisch und verkündete: »Du kommst mit mir nach Hause. Punktum.«

»Nein, aber danke, daß du dich mir gegenüber schuldig oder verantwortlich fühlst – oder was immer dich veranlaßt, so heftig zu werden. Dir ist verziehen, Marcus, bitte glaub es mir. Von dir habe ich erfahren, daß mein Vater mich bei sich haben wollte. Das ist mir sehr wichtig, und ich danke dir dafür. So. Leider kannst du hier nicht schlafen. In Biddenden, gleich bei dem Schild von Biddenden Maids ...«

»Wer zum Teufel sind Biddenden Maids?«

»Du bist nicht durch dieses Dorf gekommen, aber das macht nichts. Sie hießen Elizabeth und Mary Chalkhurst und lebten im zwölften Jahrhundert. Es waren siamesische Zwillinge. Jedenfalls ist das *Chequers Inn* sehr ordentlich, wenn auch klein – hoffentlich nicht zu klein für den neuen Earl of Chase.« Sie erhob sich und lächelte ihn an. Es war nur der Anflug eines Lächelns, aber immerhin.

Er stand auf, trat zu ihr und türmte sich vor ihr auf. Sein Blick sollte grimmig und keinesfalls liebevoll wirken. »Ich komme morgen früh wieder.« Ohne ein weiteres Wort zu sagen, ließ er sie stehen. Badger wartete bereits in der kleinen Diele und öffnete ihm schweigend die Haustür.

»Im *Chequers Inn* wird man Ihr Pferd einstallen, Mylord,« sagte er.

»Das ist wenigstens etwas«, meinte Marcus trocken und schüttelte den Kopf. »Siamesische Zwillinge – bemerkenswert!«

Als Marcus am folgenden Morgen zum Haus ritt, sah er die Duchess in einem altmodischen, ausgeblichenen, grauen Baumwollkleid vor einem Blumenbeet knien. Mit den Händen, die in Gartenhandschuhen steckten, wühlte sie in der Erde.

Er stieg ab, band Stanley am Zaun fest und ging zu ihr. »Ich wußte nicht, daß du Gärtnerin bist.«

Sie blickte zu ihm auf. Die Sonne stand hinter ihr und warf einen Strahlenkranz um ihr Gesicht. Auf der Stirn standen ihr kleine Schweißperlen, und die Wangen waren mit Erde verschmiert. Sie sah entzückend aus. Mehr als entzückend. Verdammt noch mal! »Ja, es macht mir Spaß, wie meiner Mutter. Nur daß ich grüne Hände habe. Ich habe gerade Zeit, warum also nicht?«

»Könntest du, wenn du Zeit hast, die Rosen Rosen sein lassen und mir eine Frage beantworten?«

»Das wäre möglich.«

»Ich möchte, daß du mir mit aller Aufrichtigkeit antwortest, Duchess.«

»Wenn mir danach ist, ja.«

Am liebsten hätte er sie geohrfeigt, aber statt dessen kniete er sich neben sie. »Wie bestreitest du deinen Lebensunterhalt?«

»Du glaubst also nicht mehr an den Mann im Hintergrund?«

»Nein, das habe ich nie getan. Nicht wirklich. Das paßt nicht zu dir. Aber bei Gott, es reimt sich nicht zusammen. Das mußt du verstehen. Du bist ein junges Mädchen und ...«

»Es sind fünf Jahre vergangen, Marcus. Du weißt nicht, ob ich Charakter habe oder ob es mir daran mangelt. Du weißt nicht, welche Fehler und Vorzüge ich habe. Kurz, du weißt nichts von mir.«

»Die Zwillinge und Tante Gweneth freuen sich auf dich. Sie möchten, daß du mit mir nach Hause kommst.«

Mit einem kleinen Lächeln blickte sie auf die schmutzigen Handschuhe, auf die fruchtbare schwarze Erde, die ihre kostbaren Rosen so kräftig gedeihen ließ. »Du hast dich zu einem ungeheuer gutaussehenden Mann gemausert, Marcus, und da du der Earl of Chase bist, wird dich jedes Mädchen weit und breit als Ehemann begehren. Du wirst heiraten, um möglichst bald einen Erben in die Welt zu setzen. Ich kann mir nicht vorstellen, daß deine Frau über meine Anwesenheit auf Chase Park erfreut wäre. Ich bin ein Bastard, wenn ich dich nochmals daran erinnern darf.«

»Ich bin noch nicht einmal fünfundzwanzig! Um Gottes willen, ein paar Jahre seien mir wohl noch vergönnt, bevor ich mir die Fesseln anlege!«

»Verzeih. Ich verstehe deine Entrüstung, da ich die gleiche Abneigung hege. Du wirst mir zugestehen, daß ich aufgrund meiner ungewöhnlichen Vorgeschichte die Beziehung zwischen Mann und Frau, insbesondere zwischen einem verheirateten Mann und einer ledigen Frau, mit einigem Zynismus betrachte.«

»Das spielt in diesem Fall keine Rolle, verdammt noch mal! Laß es dir erklären, Duchess. Du kannst nicht hierbleiben, allein mit diesem Mann, auch wenn er dein Diener ist. Dein Ruf wird darunter leiden. Du bist als Lady erzogen worden. Und das wirst du auch bleiben. Du wirst die Frau eines Gentleman werden und die Mutter seiner Kinder. Und diese Zukunft möchte ich dir ermöglichen. Genau das hätte dein Vater für dich getan. Bitte, sieh es ein! Hier kannst du nicht bleiben.«

Sie schwieg. Die Hände lagen bewegungslos auf der Erde. Und die Erde war schwarz, schwer und fruchtbar.

Er stand hastig auf, voller Wut auf ihr verdammtes Schweigen und ihren Starrsinn. Für einen Augenblick war er sprachlos. Dann brüllte er sie mit voller Lautstärke an. »Was tust du, um dieses hübsche Häuschen zu unterhalten?«

Sie erhob sich sehr langsam, streifte die Handschuhe ab und ließ sie neben sich auf die Erde fallen. »Möchtest du frühstücken, Marcus? Es ist noch sehr früh am Tag.«

»Ich erwürge dich«, sagte er und blickte auf ihren Hals, der von diesem unkleidsamen, ausgeblichenen grauen Kleid bedeckt war. »Ja, ich werde dich erwürgen, aber nach dem Frühstück. Was hat Badger anzubieten?«

4
Chase Park
August 1813

Zwei verdammte Monate, dachte er und zerknüllte das Blatt Papier, das nur zwei Absätze an ihn enthielt von Ihro Gnaden, diesem verdammten Mädchen, dem er selbst vor vielen Jahren den Spitznamen Duchess gegeben hatte. Wie konnte sie es wagen?

Er strich den Brief glatt, las ihn ein zweites Mal und spürte, wie ihm die Röte ins Gesicht stieg.

Mylord:
Wie nett von Dir, mir Trauben von Deinem Besitz zu schicken. Badger hat sie mit großer Begeisterung zu verschiedenen Gerichten verwendet.
Meine Empfehlung an Tante Gweneth und die Zwillinge.

Und sie unterschrieb mit »Dein Diener« – nichts weiter, nicht »Duchess«, kein Name, nichts. Nicht einmal »gehorsamer« Diener, was sie sowieso nicht war. Verdammt sollte sie sein!

Als er aufblickte, stand Crittaker in der Tür. Offensichtlich wagte er den Mund nicht zu öffnen und wartete, bis Marcus ihn ansprach.

»Wie heißt Miss Cochrane?«

»Die Duchess, Mylord.«

»Nein, ich meine ihren Vornamen. Ich habe ihr den Namen Duchess gegeben, als sie neun Jahre alt war, aber ihr richtiger Name ist mir entfallen.«

Crittaker sah ihn verduzt an. »Das weiß ich nicht. Soll ich Lady Gweneth fragen?«

»Bemühen Sie sich nicht. Es ist wirklich nicht so wichtig. Ich habe gerade einen Brief von ihr erhalten. Die Trauben sind angekommen. Badger verwendet sie zum Kochen. Sie ist wohlauf, vermute ich. Mehr schreibt sie nicht. Ich glaube, ich werde ihr antworten, aber am liebsten würde ich sie umbringen oder verstümmeln oder ein wenig würgen, damit sie mir mehr Beachtung schenkt.«

Crittaker ging rückwärts zur Tür. »Wir können die restliche Korrespondenz später durchsehen, Mylord.«

Marcus knurrte nur, holte einen Bogen Papier hervor und tauchte seine Feder in das Onyxtintenfaß auf seinem Schreibtisch. Er schrieb:

Liebe Duchess:
Es ist mir eine unbeschreibliche Freude, daß Badger sich sehr über die verdammten Trauben gefreut hat.
Ich hoffe, Du bist wohlauf, obwohl Du nichts davon erwähnt hast. Mir geht es gut, Tante Gweneth geht es gut, den Zwillingen geht es gut. Antonia bestellt laufend Romane bei Hookhams in London und erzählt mir, sie habe eine Vorliebe für Predigten entwickelt, und das sei der Grund ihrer umfangreichen Bestellungen. Fanny setzt Fett an, und Tante Gweneth behauptet, kein junger Mann werde sich mit ihr unterhalten wollen, wenn sie mehr als ein Kinn hat.
Ich nehme an, Du wirst mir nicht mitteilen, wie Du das notwendige Geld für das Haus, das Essen und Badger aufbringst.
Dein Diener, Marcus Wyndham.

Ich habe zuviel geschrieben, dachte er. Sie verdiente es nicht, daß er sich die Mühe machte, so viele Worte zu Papier zu bringen. Trotzdem faltete er den Bogen sorgfältig zusammen, steckte ihn in einen Umschlag und beschriftete ihn mit deutlicher Handschrift. Dann tauchte er seinen Siegelring in das heiße Wachs, das er vorbereitet hatte, und preßte ihn auf den Umschlag.

Zufrieden wandte er sich wieder der Lektüre der *London Gazette* zu und las die neuesten Kriegsberichte. Schwarzenberg hatte das Böhmische Gebirge überquert und versuchte Dresden zu stürmen. Die Franzosen hatten die Stadt jedoch zu einer Festung ausgebaut und den schlecht koordinierten Angriff der verbündeten Truppen abgewehrt. Natürlich war Napoleon in letzter Minute mit weiteren französischen Regimentern auf den Plan getreten, und Schwarzenberg hatte achtunddreißigtausend Mann verloren und wurde zum Rückzug nach Böhmen gezwungen. Achtunddreißigtausend! Marcus konnte es nicht fassen. Großer Gott, so viele Soldaten wurden abgeschlachtet, aus reiner Inkompetenz! So viele Männer waren tot, waren sinnlos geopfert worden. Es drängte ihn, wieder aktiv zu werden, aber das war erst möglich, wenn er verheiratet war und einen Erben in die Welt gesetzt hatte. Das Risiko, ohne einen Nachfolger in die Schlacht zu ziehen, konnte er nicht eingehen, das war er der vierhundert Jahre alten direkten Linie der Wyndhams schuldig.

Verdammt.

Er lehnte sich in seinem Stuhl zur Seite und zog am Klingelzug. Crittakers Gesicht erschien innerhalb von zwei Minuten im Türrahmen. Marcus seufzte. Die nächsten drei Stunden gehörten seinem Sekretär Crittaker, der Buchhaltung und anderen geschäftlichen Dingen, die seinen Besitz betrafen. Wenigstens hatte er jetzt genügend Einblick in die geschäftlichen Transaktionen seines Onkels gewonnen, um sich nicht allzusehr zu blamieren.

Pipwell Cottage
November 1813

Die Duchess starrte auf den Brief. Sie konnte es nicht fassen. Sie las ihn ein zweites Mal und noch einmal. Ohne daß es ihr bewußt wurde, rief sie wie benommen aus: »Badger, bitte kommen Sie her! Schnell!«

Sie hörte ihn hastig durch die Küche und Diele stapfen. Schweratmend und offensichtlich beunruhigt trat er in den Salon.

»Entschuldigen Sie bitte, aber lesen Sie das hier. Ich begreife das nicht. Es ist absurd, sicher ein Scherz. Es ist ...« Sie verstummte und reichte Badger den Brief.

Er blickte von ihrem schneeweißen Gesicht auf das Schreiben, las den Brief und pfiff leise durch die Zähne, dann las er ihn ein zweites Mal und dann noch einmal.

Er setzte sich neben sie auf die Couch, umfaßte ihre Hände mit seinen mächtigen Pranken und sagte ruhig: »Tja, das ist eine Überraschung. Es scheint, daß alle Welt nach Ihnen sucht. Der Earl brauchte nur zwei Monate, um Sie ausfindig zu machen, aber dieser Gentleman ließ sich beträchtlich mehr Zeit. Er behauptet, er suche Sie seit Mai. Tja, und jetzt hat er Sie gefunden.«

»Marcus hat keine Ahnung davon.«

»Nein, und das ist auch richtig, würde ich meinen. Dieser Anwalt steht auf dem Boden der Tatsachen. Er weiß, daß Ihre Situation im Augenblick, so wie die Dinge liegen, anfechtbar ist, daß alles ruhen muß, bis er mit Ihnen gesprochen hat, damit weder der Earl noch ein anderes Familienmitglied vorher an Sie herantritt. Er ist ein kluger Mann.«

»Er will mich kommenden Montag besuchen.«

»Aye, sehr gut.« Badger tätschelte ihre Hände, stand auf und schnüffelte wie ein Hund, der einer Fährte folgt. »Meine Schinkengelatine riecht mir etwas zu kräftig. Das ist weniger erfreulich. Vielleicht war der gemahlene schwarze Pfeffer nicht von erster Güte, wie es mir dieser Gauner versicherte. Also, ich könnte mehr Basilikum hinzufügen und vielleicht ein Stengelchen Rosmarin, dann dürfte es vollkommen sein. Ich freue mich, Duchess, daß Ihr Vater Sie nicht vergessen hat. Er hat gut daran getan. Ab jetzt werde ich mich gern an ihn erinnern.«

»Vielleicht ist ein Haken dabei«, meinte sie.

»Das werden wir erfahren, wenn dieser Mr. Wicks eintrifft«, sagte Badger und ließ sie allein, um zu seinem Schinken in Gelee zurückzukehren.

Mr. Wicks war alt und sehr dünn. Seine wäßrigen Augen blickten sie mit Herzlichkeit an. Sein Lächeln, das zwei unvollständige Zahnreihen entblößte, war ebenfalls herzlich und dämpfte ihre Wachsamkeit.

»Guten Tag«, sagte er und beugte sich galant über ihre Hand. »Ich bin froh, daß ich Sie endlich gefunden habe. Mein Kompliment, Sie haben ein zauberhaftes Anwesen. Oh, wie gern hätte ich jetzt eine Tasse Tee, und Sie, meine junge Dame, werden jetzt vermutlich darauf brennen, alles über diese ungewöhnliche, aber höchst erfreuliche Situation zu erfahren.«

Die Duchess bat ihn einzutreten und schenkte ihm Tee ein, nahm in ihrem Sessel Platz und faltete die Hände im Schoß.

»Ihr Name lautet jetzt, wie ich es in meinem Schreiben erwähnt habe, Miss Wyndham. Ihr Vater heiratete Ihre Mutter im November letzten Jahres, bevor er ums Leben kam. Er hatte mich danach sofort beauftragt, Sie zu legitimieren. Das geschah endlich im Mai. Vorher konnte ich mich nicht mit Ihnen in Verbindung setzen, da der Vorgang nicht abgeschlossen war und ein Mitglied der Familie Wyndham Einspruch erheben konnte, um Sie als Erbin auszuschalten. Aber es ist amtlich, und Sie sind jetzt eine echte Wyndham. Dann, im Mai, liebe Miss Wyndham, konnte ich Sie nicht finden. So habe ich einen Polizisten aus der Bow Street auf Ihre Spur gesetzt und Sie endlich hier in Smarden gefunden.«

Sie war wie vor den Kopf geschlagen.

»Weder meine Mutter noch mein Vater haben mir etwas davon erzählt, Sir. Ich dachte, Sie adressierten das Schreiben aus Höflichkeit an Miss Wyndham – oder aus Versehen.«

»Um genau zu sein, liebe Miss Wyndham, sind Sie jetzt Lady Wyndham, aber ich dachte, das schafft noch mehr Verwirrung. Sie sind die Tochter eines Earls und damit eine Lady, wie seine anderen

Töchter, Lady Fanny und Lady Antonia. Nein, Ihr Vater sagte mir, er wolle es so lange vor Ihnen geheimhalten, bis Sie seine legitime Tochter geworden seien. Es tut mir furchtbar leid, daß Ihre Eltern so plötzlich verstorben sind und Sie allein und schutzlos zurücklassen mußten, vor allem aber, daß sie nicht miterleben durften, wie für Sie alles ins reine gekommen ist. Beide haben Sie von Herzen geliebt.«

»Ja«, sagte sie langsam und starrte über seine linke Schulter, »sie haben alles für mich ins reine gebracht.« Hatte ihr Vater sie wirklich geliebt? Ja, jetzt wußte sie es. Er hatte sie geliebt. Sie senkte den Kopf und weinte. Zum ersten Mal, seit Marcus ihr die Nachricht vom Tod ihres Vaters gebracht hatte, rollten ihr Tränen die Wangen hinunter und tropften auf die gefalteten Hände. Sie gab keinen Laut von sich, sie weinte und weinte nur. Als ob sie ihn gerufen hätte, trat Badger in den Salon, reichte ihr ein Taschentuch und meinte, an Mr. Wicks gewandt: »Sie vergißt immer, ein Taschentuch einzustecken. Ich ermahne sie täglich, aber sie vergißt es. So ist es recht, Duchess, weinen Sie, soviel Sie wollen. Das Taschentuch hat schon lange auf diese Gelegenheit gewartet.«

»Danke, Badger«, sagte sie. Ihr Gesicht war blaß, die Nase rot, die Augen schimmerten tränennaß, und Mr. Wicks fand, daß sie die schönste junge Lady war, die ihm in seinem Leben begegnet war. Er sagte: »Sie haben die Augen und das Haar Ihres Vaters. Ich habe Ihre Mutter nur einmal gesehen. Sie machte einen großen Eindruck auf mich. Sie strahlte von innen wie Sie, und sie war so schön, daß ich sie immer anschauen mußte. Ich fürchte, ich konnte die Augen nicht von ihr wenden, und Ihr Vater schmunzelte nur und sagte, er habe Verständnis dafür, so ergehe es jedem Mann, der sie sah. Und Sie sind ihr ebenbürtig. Sie werden jetzt Ihren rechtmäßigen Platz in der Gesellschaft einnehmen, Lady Duchess. ›Lady Duchess‹ – das klingt sonderbar, aber Ihr Vater bestand darauf, auch als ich ihn darauf hinwies. Das sei Ihr Name. Er sagte, wenn ich mich richtig erinnere: ›Ja, Wicks, sie heißt Lady Duchess, und dabei bleibt es. Sie ist eine junge Frau mit viel Charme und Charakter, die vieles um sich herum verändern wird, wenn sie die Möglichkeit dazu bekommt, und ich habe die Absicht, ihr diese Möglichkeit zu schaffen.‹ Damit, Mylady, sind Sie kein Bastard mehr. Keiner erwartet von Ihnen, daß Sie zurückgezogen leben. Ihnen steht die Welt offen.« Mr. Wicks lehnte sich zurück und strahlte sie an.

»Aber ich bin mit meinem bisherigen Leben zufrieden«, sagte sie. »Ich freue mich, daß meine Eltern geheiratet haben, ja, es freut mich wirklich, aber ich verstehe nicht, wieso sich meine Situation ändern sollte. Wie ich schon sagte, ich bin mit meinem Leben zufrieden und sehe keinen Grund, es zu ändern. Ich darf Ihnen versichern, daß der jetzige Earl, mein Cousin Marcus Wyndham, mich ebenfalls ausfindig gemacht und aufgefordert hat, nach Chase Park zu kommen und dort zu wohnen. Außerdem bot er mir eine Ballsaison in London und eine Mitgift an, und ich habe sein Angebot abgeschlagen. Ich weiß Ihre Vorsicht zu schätzen, Mr. Wicks, aber Marcus hätten den Entschluß meines Vaters spontan begrüßt und nicht versucht, ihn daran zu hindern. Sie hätten es ihm sagen können.«

»Das mag sein«, sagte Mr. Wicks und trank genüßlich einen Schluck Tee. »Aus Erfahrung und von meinen Kollegen weiß ich nur, daß man diese Dinge wie rohe Eier behandeln sollte. Nun, ich habe Ihnen noch mehr zu berichten. Viel mehr. Der jetzige Earl soll, nach allem, was ich gehört habe, ein ehrenwerter Mann sein. Er besitzt das Vertrauen seiner Freunde, ist ein tapferer Soldat, ist klug und loyal, aber er ist nicht mehr bei der Armee. Sein Verantwortungsbereich hat sich geändert. Als Gentleman seines Standes setzt man andere Erwartungen in ihn, stellt andere Anforderungen. Vielleicht bleibt er der Mann, den man bewundert, dem man vertraut. Aber wie ich sagte, wir sind noch nicht am Ende.« Er hüstelte hinter vorgehaltener Hand, dann hob er den Kopf und lächelte sie an. »Darf ich Ihnen gratulieren, Ma'am? Sie sind Erbin.«

Chase Park
Dezember 1813

Marcus zog die Zügel an, um Stanley anzuhalten, sprang ab und warf sie Lambkin zu, seinem Lieblingsstallburschen, der Stanley anbetete. »Reib ihn gründlich ab, Lambkin. Ich habe ihn heute scharf geritten, und laß ihn verschnaufen.«

»Aye, Mylord«, sagte Lambkin, streichelte Stanley bereits und flüsterte dem Hengst unverständliche Laute und Worte ins Ohr. »Aye, so ein gutes Pferd, ist mit seiner Lordschaft schön ausgeritten, ja?«

Lächelnd verließ Marcus den Stall. Die Sonne stand hoch am Himmel, und für Mitte Dezember war es ein sehr milder Tag. Viel Arbeit wartete heute auf ihn, aber als die Sonne frühmorgens in sein Schlafzimmer schien, beschloß er auszureiten. Die Arbeit würde auf ihn warten, nicht aber der blaue Himmel, der in England, insbesondere in Yorkshire, während der Wintermonate eine Seltenheit war. Das erklärte er Spears, der nur genickt hatte und meinte: »Ich habe Ihre Reitkleidung zurechtgelegt, Mylord. Die hellen Breeches wären wohl für diesen Morgen am passendsten. Und dazu der feine dunkelblaue Rock. Die hessischen Stiefel sind auf Hochglanz poliert. Mylord können sich darin spiegeln.«

»Woher wußten Sie, daß ich ausreite?« Marcus zog den Schlafrock an, ein Relikt aus den portugiesischen Wintern, der an den Ellbogen so abgetragen war, daß der Stoff bald reißen würde.

Spears lächelte nur und sagte: »Ich habe Ihnen ein Bad bereiten lassen, Mylord. Wünschen Sie, daß ich Sie rasiere?«

»Das fragen Sie mich jeden Morgen, und meine Antwort lautet immer nein, Spears. Ich möchte nicht so bequem werden, daß ich das Rasiermesser nicht mehr selbst in die Hand nehme.«

»Sehr wohl, Sir. Ich habe es für Sie geschärft, wie üblich. Übrigens, Ihr Onkel gestattete es mir ebenfalls nicht. Nur wenn er dem Alkohol etwas zu kräftig zugesprochen hatte, war er dankbar, daß ich ihm das Rasieren abnahm.«

»Danke, daß Sie mir das sagen. Ich werde Ihnen, wie mein Onkel, die Kehle ans Messer liefern, wenn ich einmal zu tief ins Glas geschaut haben sollte. Was ich noch sagen wollte, Spears, Sie haben vorhin ein Lied gesungen – ich dachte zuerst, ich hätte es geträumt, ich war noch im Halbschlaf. Ich glaube nicht, daß ich es schon einmal gehört habe.«

»Es ist eine witzige kleine Weise, Mylord.« Spears lächelte und sang dann mit wohlklingendem Bariton:

»Dreißig Tage gab uns Napoleon
Ruft eure Männer und lauft davon
Aber er hat uns're Soldaten unterschätzt
Und gibt uns einunddreißig jetzt.«

Marcus schmunzelte und meinte beifällig: »Ihre Stimme ist besser als das Liedchen, Spears. Aber es reimt sich wenigstens. Dreißig Tage gab uns Napoleon, wann war das?«

»Um Berlin zu räumen, Mylord. Schwarzenberg hatte Bernadotte abkommandiert, um die Stadt zu schützen, aber wie Sie wissen, gab Bernadotte den Befehl, Berlin aufzugeben, und er hätte es getan, wenn Bülow ihm das nicht ausgeredet hätte.«

»Ah, aber das stimmt trotzdem nicht ganz, Spears. Von dreißig oder einunddreißig Tagen war nie die Rede. Schön, vielleicht hat man darüber einige Witze gemacht, aber den Tatsachen entsprach es nicht.«

»Dann nennen wir es dichterische Freiheit, Mylord, gewiß das Vorrecht eines Verseschreibers. Soviel ich gehört habe, steht er bei den Unteroffizieren und der Mannschaft hoch im Kurs. Die Männer singen seine Verse, wenn sie marschieren.«

Marcus lächelte, als er merkte, daß er die kleine alberne Weise vor sich hinsang, während Sampson die breite Flügeltür öffnete und ihn mit einer Verbeugung eintreten ließ. Marcus hatte sich langsam an die Ehrerbietung und die zahllosen Dienste gewöhnt, mit denen ihn das Personal überhäufte. Er dankte Sampson wie immer und sagte: »Crittaker erwartet mich sicherlich bereits mit vorwurfsvoller Trauermiene und einem Stapel Briefe und Akten.«

»Ja, Mylord, ich glaube, das ist eine treffende Beschreibung. Vor ungefähr zwanzig Minuten hörte ich ihn brüllen, kurz nachdem ich ihm die Post Eurer Lordschaft gebracht hatte. Ich ging sofort ins Bibliothekszimmer, da ich befürchtete, er habe einen apoplektischen Anfall erlitten, was, wenn ich das hinzufügen darf, völlig unangebracht gewesen wäre, aber dem war nicht so. Es war jedoch offensichtlich, daß die Mitteilung von schwerwiegender Bedeutung war, Mylord, da er den Aufruhr seiner Gefühle verbal zum Ausdruck brachte.«

»Was zum Teufel bedeutet apoplektisch?«

»Das bedeutet soviel wie plötzlich, schlagartig. Ein plötzlicher Gefühlsausbruch, durch Freude oder Ärger ausgelöst, etwas, das sich mit einiger Selbstbeherrschung vermeiden ließe.«

»Sie haben ganz recht, Sampson, wenn das in meiner Gegenwart passiert wäre, hätte ich ihn zurechtgewiesen.«

»Mit gutem Recht, Mylord.«

Marcus war jetzt neugierig geworden und ging sofort, ohne sich umzukleiden, in das Bibliothekszimmer. Er riß die Tür auf und sagte: »Erzählen Sie mir, Crittaker, in aller Ruhe, warum Sie Ihren Gefühlen, eh ... verbal Ausdruck verliehen haben.«

Mr. Crittaker sagte kein Wort und reichte Marcus ein Blatt Papier.

Marcus las und las ein zweites Mal, dann sog er den Atem ein und sagte: »Mein Gott! Das hätte ich niemals erwartet. Crittaker, haben Sie keine Hemmungen, und machen Sie sich mit einem weiteren apoplektischen Anfall Luft.«

»Apoplektisch, Mylord?«

»Sie haben verstanden, Mann. Selbstverständlich wissen Sie, was apoplektisch bedeutet. Schließlich sind Sie mein Sekretär, und es ist Ihre Aufgabe, die Bedeutung aller Ausdrücke zu kennen, die ich benutze.«

Crittaker war stumm wie die Uhr am Kamin, die seit fünfundzwanzig Jahren kaputt war. Er schien Qualen zu leiden.

»Wie es scheint, wird die Duchess uns in Kürze einen Besuch abstatten«, sagte Marcus und blickte durch die schmalen Sprossenfenster, die nach Osten zu dem winterstarren Rasen hinausgingen. »Das heißt, sie wird für ein paar Tage bei uns sein. Sie schreibt nicht, daß sie bleiben wird. Obwohl sie bleiben wird, wenn sie nicht strohdumm ist. Ich glaube, ich werde sie dazu bewegen hierzubleiben. Sie ist eine Frau. Ich bin ein Mann. Sie wird mir gehorchen, denn ich bin ihr Cousin, der Earl, und es ist ihre Pflicht, mir zu gehorchen.«

»Spears glaubt, daß sie nur kurz bleiben wird, Mylord.«

Marcus rollte die Augen nach oben. Anscheinend hatten sein Butler und Sekretär und sein Kammerdiener eine Koalition gebildet. »Die Duchess ist stolz, das gebe ich zu, aber sie ist nicht dumm, hoffentlich nicht in diesem besonderen Fall.«

»Spears meinte, daß Stolz manchmal größere Dummheit hervorbringe als ein leeres Hirn.«

Bedächtig faltete Marcus den Brief zusammen, steckte ihn in seine Rocktasche und stieg die Treppen hinauf, um sich umzukleiden. Tja, Duchess, dachte er bei sich, wenigstens mußt du jetzt zu mir kommen. In der Zwischenzeit hatte er den Brief ein weiteres Mal gelesen und sich an dem Schlußsatz festgebissen. »Mr. Wicks wünscht Dich am Donnerstag nach meiner Ankunft zu sprechen, was Dir sicherlich bereits bekannt ist.«

Was zum Teufel konnte der Londoner Anwalt seines Onkels wollen? War da mehr im Gange, als er wußte? Aber was?

Eine Woche vor Weihnachten traf sie auf Chase Park ein. Der Termin war auf den 1. Januar 1814 festgelegt, aber sie hatte sich entschlossen, die Angelegenheit so schnell wie möglich hinter sich zu bringen. Badger stand auf der Freitreppe neben ihr und trug ihren kleinen Koffer, während sie die behandschuhte Hand hob, um den Türklopfer zu betätigen, einen zähnefletschenden Löwenkopf, vor dem sie sich als Kind gefürchtet hatte, was sie natürlich niemals eingestanden hätte.

Bevor sie die Hand senkte, öffnete sich die Tür, und sie stand einem strahlenden Sampson gegenüber.

»Miss Duchess! Ah, Lady Duchess! Welch eine Freude! Ein unvergeßlicher Tag, treten Sie ein, ja, treten Sie ein. Wer ist dieser Mensch?«

»Das ist Badger. Er ist mein ... Diener.«

»Ah, nun, nicht so wichtig. Seine Lordschaft wird alles veranlassen, damit sich Miss Duchess wohlfühlen. Er erwartet Sie in seiner Bibliothek. Kommen Sie bitte, Lady Duchess. Ihr, ehm ... Diener?«

»Erasmus Badger ist mein Name, Sir.«

»Ah, ja, Mr. Badger, ich werde Sie persönlich hinaufführen und Sie mit Mr. Spears bekannt machen, dem Kammerdiener seiner

Lordschaft. Vielleicht können wir drei uns später zusammensetzen und, ehm, einiges besprechen.«

Badger blickte zur Duchess, aber sie lächelte nur, kühl und unnahbar wie immer. »Folgen Sie Sampson. Seine Lordschaft wird mir in seiner Bibliothek wohl kaum die Kehle aufschlitzen.«

Ruhig und gelassen betrat sie den einschüchternden, hohen Raum. Marcus stand hinter seinem Schreibtisch. Er rührte sich nicht, als er sie im Türrahmen erblickte, und sagte nur: »Du bist gekommen.«

Sie nickte. »Das mußte ich. Ich habe es dir geschrieben.«

»Ja, um eine Wyndham von Wyndham zu sein, war deine Anwesenheit hier vor dem 1. Januar 1814 erforderlich. Aber das ist Unsinn. Entweder du bist legitim oder nicht. Du bist nicht ohne Verstand, Duchess. Da steckt doch mehr dahinter, nicht wahr?«

Das würde sie ihm nicht erzählen. Sie würde ihm nicht den wahren Grund ihrer Anwesenheit erklären. Diesen schweren Schlag konnte sie ihm nicht versetzen. Das würde sie Mr. Wicks überlassen. Also hob sie nur das Kinn und schwieg.

Marcus knurrte, knallte die Papiere, die er in der rechten Hand hielt, auf die Eichenplatte und ging um den schweren Schreibtisch herum. »Meinen Glückwunsch zur Hochzeit deines Vaters und deiner Mutter.«

»Danke. Ich wünschte nur, ich hätte es früher erfahren, vielleicht, bevor ich ...«

»Aber jetzt weißt du es, und du bist zu Hause, da wo du hingehörst. Weihnachten steht vor der Tür. Ich möchte die Zwillinge und Spears mitnehmen, um ein Julscheit für den Salon zu schlagen. Hättest du Lust mitzukommen?«

Er sah, vielleicht zum ersten Mal, seitdem er sie kannte, etwas sehr Aufregendes in ihren blauen Augen aufblitzen, aber dann war es verschwunden, und sie nickte kühl. »Danke, Marcus. Sehr freundlich von dir. Ich möchte mich schon im voraus entschuldigen, daß ich hier bin. Es ist mir ernst damit. Verzeih, wenn ich dir jetzt als legitime Wyndham lästig werden sollte.«

Mit barscher Stimme erwiderte er: »Unsinn, Chase Park ist jetzt dein Zuhause, so wie es meins ist. Wenn du kein solcher Dickschädel gewesen wärst, hättest du schon seit sechs Monaten hier leben können, anstatt ...« Er verstummte, schüttelte den Kopf und stieß dann unbeherrscht hervor: »Womit hast du das Geld verdient, um dir dieses verdammt gemütliche Häuschen zu leisten? Und die Kristallgläser?«

»Wann möchtest du das Julscheit holen?«

»In einer Stunde«, antwortete er und blickte auf ihren weißen Hals, während sich seine Finger schlossen und wieder öffneten. Dieses Kleid war elegant, cremefarbener Musselin, mit dezentem Ausschnitt. Der Busen war leicht angedeutet, was ihm sehr verführerisch erschien. »Zieh dich warm an. Hast du warme Kleidung und festes Schuhwerk?«

»Nein, ich werde nur im Hemd und mit Seidenschühchen kommen. Ich habe genügend Kleider dabei, Marcus. Keine Sorge. Du bist nicht mein Aufpasser. Bitte vergiß nicht, daß du nur fünf Jahre älter bist. Kurz gesagt, Cousin Marcus, wir beide sind ziemlich jung, zu jung, um uns auf die Nerven zu fallen.«

»Wie zum Teufel soll ich das wieder verstehen? Du bist noch achtzehn. Wahrscheinlich wird man mich zu deinem Vormund bestimmen – trotz des knappen Altersunterschiedes –, und daher rate ich dir, Duchess, den Bogen meiner Geduld nicht zu überspannen.«

»Deine Geduld, Marcus, kümmert mich nicht. Ich bin hier, weil ich hiersein muß. Und das ist alles.«

»Und du geruhst hierzubleiben?«

Ein Lächeln huschte über ihre Lippen, als sie das Bibliothekszimmer verließ, ein Lächeln, das ihn wütend machte. Sie schloß die Tür nicht, und er hörte, wie Mrs. Emory – seiner Meinung nach viel zu überschwenglich – ausrief: »Hallo, Duchess, herzlich willkommen! Oh, entschuldigen Sie, Miss, jetzt muß ich ja Lady Duchess sagen. Ich darf Sie zu Ihrem Zimmer bringen. Der Earl hat Ihnen das Princess-Mary-Zimmer zugewiesen, und das ist ausnehmend hübsch. Sie werden sich natürlich noch daran erinnern.«

»Natürlich«, antwortete die Duchess. »Ich erinnere mich sehr gut daran. Sehr freundlich von seiner Lordschaft, mich so hervorragend unterzubringen.«

5

*E*s stimmt, Weihnachten im Kreis der Familie ist etwas Besonderes, dachte Marcus, als er an seinem Glühwein nippte und die Wärme des brennenden Julscheits auf dem Gesicht spürte. Dann wandte er sich um und blickte auf die versammelte Familie. Das letzte Weihnachten hatte er vor Kälte zitternd mit fünfzig Männern im galizischen Bergland am Lagerfeuer verbracht mit der bangen Frage, ob ihnen das neue Jahr den Tod auf dem Schlachtfeld bringen würde.

Ihm fiel ein, daß er noch kein Geschenk für die Duchess gekauft hatte, auch wenn sie es nicht verdiente. Nun, er hatte noch Zeit. Weihnachten war erst in fünf Tagen. Morgen würde der Anwalt seines Onkels aus London eintreffen.

Er zog die Stirn kraus und überlegte, was sein Onkel wohl noch beschlossen haben mochte. Die Legitimierung der Duchess war eine gute Sache, dagegen hatte er nichts einzuwenden, obwohl ihm sofort aufgefallen war, daß Tante Gweneth sie jetzt aus einem anderen Blickwinkel betrachtete. Er konnte sich keinen Reim darauf machen, warum sie der frischgebackenen Lady mißbilligend gegenüberstand, während sie mit dem Bastard einverstanden gewesen war. Merkwürdig war das.

Tante Gweneth sagte: »Duchess, Marcus erzählte uns, daß du in Smarden im Pipwell Cottage mit einem Mann gelebt hast. Ich muß sagen, meine Liebe, so etwas ist höchst ungewöhnlich und wirft ein schlechtes Licht auf dich, vor allem bei deiner unseligen Vergangenheit.«

Die Duchess lächelte kurz, aber freundlich. Die langen schmalen Hände lagen unbeweglich im Schoß. »Ich hatte nie den Eindruck, meine Vergangenheit sei unselig, höchstens etwas zu kompliziert für diese zartbesaitete Gesellschaft.«

»Das ändert nichts daran, daß du allein mit einem Mann in deinem Haus gelebt hast.«

»Ja, er heißt Badger, und er war mein Butler und mein Koch. Er ist ein bemerkenswerter Mensch. Und er ist immer noch mein, ehm, Diener.«

»Trotzdem würde man das von einer Lady nicht erwarten«, erwiderte Tante Gweneth spitz, und Marcus, erschrocken darüber, wie sehr diese rügenden und schulmeisterlichen Worte seinen eigenen Vorhaltungen ähnelten, unterbrach sie hastig: »Das spielt keine Rolle, Tante. Die Duchess ist jetzt hier. Darüber braucht man kein Wort mehr zu verlieren.«

»Aber sie kam in Begleitung dieses Mannes hierher.«

»Ja«, antwortete die Duchess schlicht und kostete von dem Glühwein. »Der Koch sollte einmal mit ihm reden. Badger macht einen ausgezeichneten Glühwein. Er verwendet besondere Zutaten, die er keinem verrät. Meine Mutter bat ihn einmal um das Rezept, aber er lachte nur und schwieg.«

»Ja, für Badgers Kochkünste lege ich meine Hand ins Feuer, Tante Gweneth.«

»Mein lieber Marcus, der Mann lebte bei der Mutter und dann bei der Tochter. Er spricht ein hervorragendes Englisch. Und einem Mann mit diesen Ambitionen gestattet man keine Einmischung in den Haushalt. Und sie behauptet, er sei ihr Kammerdiener? Ihr Diener? Das ist grotesk! Du als Oberhaupt der Familie wirst nicht zulassen, daß es so weitergeht. Ich möchte auf keinen Fall erleben, wie der Name Wyndham noch mehr in Verruf gerät.«

Eine dunkle Augenbraue hob sich mindestens einen Inch hoch. »Unser Name in Verruf? Wieso das? Vielleicht meinst du, ich sei der Grund für diesen sogenannten Verruf, da ich nur der Sohn des zweiten Sohnes bin?«

»Rede keinen Unsinn, mein Junge, das paßt nicht zu dir. Nein, natürlich nicht. Wir sind im Augenblick ins Gerede gekommen, weil dein Onkel die Duchess anerkannt hat. Füge noch diesen Mann hinzu, der als Kammerdiener fungiert, und du kannst dir an den Fingern abzählen, was dabei herauskommt.«

»Ah, meine liebe Tante«, erwiderte Marcus, »bedenke aber bitte, daß mein Onkel, der Vater der Duchess, wußte, was er seiner Tochter schuldig war. Und was ihren Kammerdiener anbelangt ...«

Die Duchess unterbrach ihn vollkommen gelassen und ungerührt. »Das ist nun geschehen, und ich fürchte, es läßt sich nicht rückgängig machen. Aber ich bin sicher, das Gerede wird bald verstummen, nur eins stört mich. Bist du tatsächlich der Meinung, Badgers ausgezeichnetes Englisch sei eine beleidigende Herausforderung?«

»Nein«, erwiderte Marcus kurz und warf seiner Tante einen Blick zu, der ihr prompt den Mund verschloß. »Vor allem dann nicht, wenn Spears ihm in Redegewandheit und Sprechweise Konkurrenz macht.«

»Marcus, das ist alles schön und gut, aber du kannst nicht erlauben, daß er als ihr Diener hier im Schloß bleibt.«

»Diener«, sagte Antonia und blickte von ihrem neuen Buch auf, einem schlecht geschriebenen Liebesroman, der im Mittelalter spielte. »Er ist dein Diener, Duchess? Wie interessant. Frisiert er dich? Bereitet er dir das Bad? Den mußt du mir morgen unbedingt vorstellen!«

»Wenn du möchtest, Antonia.«

»Badger bleibt«, sagte Marcus mit fester Stimme. »In welcher Eigenschaft, werde ich noch festlegen.«

»Ich glaube«, meinte die Duchess ruhig, »daß nur ich darüber zu bestimmen habe.«

»Wohl kaum«, widersprach Marcus. »Du wohnst zwar jetzt hier auf Chase Park, bist aber nicht die Hausfrau. So viele Dienstboten auf einem großen Anwesen zu befehligen, ist etwas ganz anderes, als nur einen Diener in einem kleinen Haus anzuweisen. Jedenfalls werde ich das noch mit dir besprechen, auch mit Badger. Übrigens, Duchess, ich bin froh, daß du dich entschlossen hast, Chase Park als dein Zuhause zu betrachten und hierzubleiben. Würdest du mir erklären, wie es zu diesem Sinneswandel gekommen ist?«

Das wollte ihm die Duchess nicht erklären. Ihr Gesicht blieb unbeweglich, und die weißen Hände ruhten im Schoß. Dann hob sie eine Hand und griff nach dem Glühweinglas auf dem Beistelltisch neben ihr. Wie verdammt anmutig sie doch ist, dachte er. Jede Bewegung war elegant und fließend. Plötzlich sah er sie wieder in ihrem Garten knien, mit verschmutztem Gesicht und gelockten Haarsträhnen, die ihr auf der feuchten Stirn klebten.

Und doch wirkte sie kühl und unnahbar. Er fragte sich, ob sie überhaupt Gefühle hatte, ob sie jemals geweint oder geschrien hatte, ob sie zornig und beleidigt sein konnte. Aber vielleicht waren diese heitere Gelassenheit, diese innere Ruhe, Kühle und Gefaßtheit ihre Natur.

Als Fanny sehnsüchtig auf die Schale mit den Zitronenkeksen blickte, traf sie Tante Gweneths strafender Blick, und sie senkte schuldbewußt die Augen.

»Möchtest du einen Apfel, Fanny?« fragte die Duchess. »Sie sind köstlich. Ich habe gerade einen gegessen.«

Fanny zuckte mit den Schultern, fing den Apfel auf, den ihr Marcus zuwarf, und rieb ihn am Ärmel ab, was wieder mit einem mißbilligenden Blick der Tante quittiert wurde. Marcus lächelte der Duchess zu, aber sie bemerkte es nicht.

»Es ist spät geworden«, verkündete Tante Gweneth kurz darauf. »Ich glaube, es ist Zeit, daß ihr Mädchen zu Bett geht.«

»Gut«, sagte Antonia, schloß ihr Buch und gähnte herzhaft. Zur Duchess gewandt, sagte sie: »Du bist unsere Halbschwester. Marcus hat uns alles erklärt. Du bist nicht mehr die Cousine aus Holland.«

»Ganz richtig. Nach dem Tod eurer lieben Mutter heiratete euer Vater meine Mutter. Er machte mich zu seiner ehelichen Tochter.«

»Du warst ein Bastard«, sagte Fanny ohne Falsch.

»Ja, ich war ein Bastard, bis zum Mai dieses Jahres, um genau zu sein.«

»Ich bitte dich, meine Liebe, so laut brauchst du das nicht hinauszuposaunen«, sagte Tante Gweneth. »Man könnte meinen, du hättest dich deiner unehelichen Geburt nicht geschämt.«

»Da ich bei meiner Geburt kein Wort mitzureden hatte, sehe ich keinen Grund, mich deswegen zu schämen.«

»Trotzdem ...«, erwiderte Tante Gweneth, wurde aber von Antonia unterbrochen: »Jetzt kannst du dir in aller Ruhe einen Mann suchen und brauchst nichts mehr zu verheimlichen.«

»Bedenke nur«, sagte Fanny, als sie in ihren Apfel biß, »du bist ein Kind der Liebe. Wie romantisch!«

»Ach«, sagte Antonia, »du bist kindisch, Fanny.« Dann wandte sie sich nachdenklich der Duchess zu. »Jetzt, da du eine echte Wyndham bist, brauchst du nicht hierzubleiben, um dich von Marcus herumkommandieren zu lassen.«

»Ich ... ich kommandiere herum, Antonia? Wenn ich ein solcher Tyrann wäre, erlaubte ich dir dann, diesen widerlichen Kitsch zu lesen, der auf deinem Schoß liegt?«

»Vielleicht nicht«, sagte Antonia und lachte ihren Cousin schelmisch an, »aber deine Anordnungen und Vorschriften häufen sich mit der Zeit. Wahrscheinlich denkst du dir mit Tante Gweneth neue Schikanen aus, wenn Fanny und ich zu Bett gegangen sind. Aber sei beruhigt, Fanny und ich stehen weiterhin zu dir. Du bist noch nicht lange Graf von Chase, und wir haben Verständnis dafür, daß du dich erst an die Rolle gewöhnen mußt. Also, Duchess, wie sieht es aus, wirst du nach London gehen?«

»Das ist möglich. Vielleicht nach dem zweiten Weihnachtsfeiertag. Warum nicht?«

»Wird Marcus dir Geld geben?« fragte Fanny und blickte wieder zu den Zitronenkeksen hinüber. »London ist sehr teuer, weißt du.«

»Das besprechen wir noch«, sagte Marcus und war sehr bemüht, seine Gereiztheit zu verbergen. »Jetzt aber ins Bett mit euch! Keine Angst, Tante Gweneth und ich werden uns keine neuen Vorschriften ausdenken. Tante Gweneth, du kannst dich zurückziehen, wenn du es wünschst. Duchess, ich möchte dich bitten, noch einen Augenblick hierzubleiben.«

Die Duchess blickte ihn wortlos an. Sie stand hinter einem Sessel und strich wie abwesend über den weichen Brokatstoff, als ob es Esmees Fell wäre. Seltsam, sogar Esmee, eine sehr selbständige Katze, hielt still, wenn die Duchess sie streichelte.

Die Wärme des Kaminfeuers hatte einen rötlichen Hauch auf ihre Wangen geworfen. Sie sah einfach bezaubernd aus. »Ja, Marcus? Du wolltest mit mir sprechen?«

»Warum sagtest du, du würdest nach London gehen?«

»Ich sagte, vielleicht. Nach dem zweiten Weihnachtsfeiertag.«

»Brauchst du Geld für London?«

»Nein, ich erlaube mir zu sagen, daß ich keinen Sou benötige.«

»Und ich war in dem Glauben, du seist hierhergekommen, weil deine Finanzen über Gebühr strapaziert waren. Aber das trifft anscheinend nicht zu. Nicht, wenn du es dir leisten kannst, allein in London zurechtzukommen. Falls du allein bist.«

»Badger wird mich natürlich begleiten.«

»Das kommt nicht in Frage. Ich verbiete es dir. Du wirst warten müssen, bis ich nach London gehe, und das wird Ende März sein. Tante Gweneth wird mit uns kommen und dich als Anstandsdame zu verdammten Bällen und Empfängen begleiten. Sollten du oder ich einen geeigneten Mann für dich finden, dann bekommst du eine Mitgift und kannst heiraten.«

»Lassen wir diesen Unsinn, Marcus. Bitte, unterbrich diesen Schwall von Anordnungen. Der Tyrann steht dir nicht.«

»Das ist wohl kaum Unsinn, verdammt noch mal, und ich bin kein Tyrann, auch wenn die Zwillinge das behaupten. Es gibt genügend sogenannte Gentlemen in London, die nur darauf warten, dem guten Ruf einer Dame zu schaden und sich bei ihr Freiheiten herauszunehmen. Du bist jung und unerfahren und könntest unter die Räder geraten. Und das werde ich nicht zulassen. Schließlich bist du jetzt eine Wyndham. Du wirst mit mir nach London fahren, und ich werde dir jeden Schuft zeigen, vor dem du dich hüten mußt.«

»Wenn du nicht achtgibst, lieber Marcus, dann wirst du noch bei den Quäkern in Bristol landen. Es heißt, dort sei die Sekte am strengsten. Sie dürfen sich niemals unbekleidet sehen, sich nur mit geradeaus gerichteten Augen ausziehen und anziehen und in die Badewanne steigen. Ich kann mir nicht vorstellen, wie das vor sich geht. Ich weiß, Marcus, du meinst es gut, aber mach dir meinetwegen keine Gedanken.«

»Ich habe meine Vormundschaft für dich bereits beantragt.«

»Das wird nicht nötig sein«, sagte sie und lächelte ins Feuer. Ein Lächeln, das ihn wütend machte.

»Verdammt noch mal! Deine Meinung zählt nicht.«

»Oh, ich kann dir verraten, daß meine Meinung mehr zählen wird, als du dir vorstellen kannst.«

»Wieso?«

Sie schwieg.

»Wie hast du deinen Lebensunterhalt finanziert? Da gab es einen Mann, stimmt das? Und ein Mann wartet in London auf dich, stimmt das? Warum bist du nach Chase Park gekommen, wenn du vorhast, gleich wieder abzureisen? Hat dein Vater eine Bedingung an deine Legitimierung geknüpft?«

»Das ist eine Reihe von Fragen, Marcus. Ich werde die erste beantworten. Du scheinst in dem Glauben zu sein, Frauen fehle es an Fähigkeiten. Kannst du dir nicht vorstellen, daß sich eine Frau auf ehrenhafte Weise ihren Lebensunterhalt verdient?«

»Du nicht. Du bist eine Lady. Du wurdest als Lady erzogen, als Ehefrau. Zu nichts anderem. Das heißt nicht, daß es dir an Fähigkeiten fehlt, gewiß nicht. Du wurdest erzogen, um nichts zu tun, außer ...« Er verstummte und blickte in die tiefe Grube zu seinen Füßen, die er sich gegraben hatte.

Kühl, aber freundlich antwortete sie: »Vielleicht um den Arm eines Mannes zu schmücken?«

»Ja, und um ihm Kinder zu gebären und für ein gemütliches Heim zu sorgen und vielleicht auch für Blumenbeete.«

»Und das erfordert weder besondere Kenntnisse noch Fähigkeiten?«

»Nicht die Fähigkeiten, die Geld bringen. Und doch, du scheinst ...« Er verstummte wieder. Das klang alles so schwülstig und herablassend. Aber er wollte kein Wort davon zurücknehmen. Vielleicht würde ihre Stimme jetzt ein wenig schwanken oder sich gar erheben. Bei dem Gedanken daran blitzten seine Augen auf. Aber es sollte nicht sein.

»Marcus, hast du jemals Geld verdient?«

Er starrte sie an und antwortete gefaßter, als er erwartet hatte. »Ich habe als Major in der Armee gedient. Ich verdiente Geld.«

»Und jetzt, da du nicht mehr beim Militär bist?«

Er biß die Zähne zusammen.

»Vielleicht wirst du von einer reichen Dame unterstützt? Ein Adliger kann wohl kein Geld verdienen, sonst würde sein blaues Blut schnell schwarz.«

»Ich habe große Verantwortungen und Pflichten übernommen, wie du sehr wohl weißt. Ich verwalte das Vermögen und kümmere mich um mehr Häuser, als du ahnst. Ich bin für alle Männer, Frauen und Kinder verantwortlich, die auf dem Besitz der Wyndhams leben und arbeiten, ich ...«

»Kurz, du hast alles geerbt.«

»Du weißt sehr wohl, der Titel bedeutet mir wenig, aber ich komme meinen Pflichten nach, wie es von mir verlangt wird.«

»Marcus, wie alt bist du?«

»Wie du weißt, bin ich vierundzwanzig Jahre alt, beinahe fünfundzwanzig.«

»Noch sehr jung«, stellte sie fest und hob die Schultern, eine Geste, die Marcus als anmaßend empfand.

»Das ist gar nicht so komisch. Ich bin für dich verantwortlich, für das Wohlergehen der verdammten Familie. Für den ganzen Besitz. Und wie ich bereits sagte, deine Fähigkeiten bringen kein Geld ein.

Da du nichts geerbt hast, um unabhängig zu sein, frage ich mich, wie du dieses verdammte Häuschen mieten konntest. Und womit du ...« Diesmal verstummte er absichtlich. In seinen Augen blitzte es wieder auf. Vielleicht hatte er sie aus der Reserve gelockt, und sie würde wieder diese kleine Faust machen?

Aber sie hob erneut die Schultern und schwieg. Marcus wartete gespannt auf eine Reaktion, aber nicht einmal ein Anflug von Ärger war in ihren kühlen blauen Augen zu sehen.

Er gab auf. »Dein Mr. Wicks wird morgen kommen. Was sagst du dazu?«

»Ich nehme an, Mr. Wicks wird mit uns beiden sprechen wollen. Wirst du dasein?«

»Ja. Ich gehe jetzt zu Bett. Wir sehen uns zum Frühstück.«

»Gute Nacht, Marcus, schlafe gut.«

Er brummte etwas Unverständliches, während sie ruhig stehenblieb und ihm nachsah. Mit festen Schritten durchquerte er den prächtigen Raum, der mit drei kostbaren türkischen Teppichen und Möbeln aus der Zeit Heinrichs VIII. ausgestattet war. Nachdenklich blickte sie zur Decke des Grünen Salons, den Spears manchmal scherzhaft den Grünen Würfel nannte. Die Balken waren reich mit Schnitzwerk verziert, zeigten an vielen Stellen das Wappen der Familie und ausgefallene geometrische Muster, die sie aufgrund ihrer vielfältigen Formen sehr ansprachen. Die Fresken zwischen den Balken stammten zum Teil aus dem Mittelalter und dem sechzehnten Jahrhundert. Die Männer und Frauengestalten waren kunstvoll ausgearbeitet, und der Ausdruck ihrer Gesichter wirkte lebendig und beredt. Erstaunlich, dachte die Duchess, daß die Farben kaum etwas von ihrer Leuchtkraft eingebüßt haben. Die bewegten Szenen waren bis in die Einzelheiten naturgetreu dargestellt, wie zum Beispiel die Saiten einer Laute, die ein junger Edelmann in mittelalterlicher Tracht für seine Herzensdame schlug. Am Ende der Decke schwirrte eine Schar pausbackiger Engel herum, zu viele und zu rosarot, die mit wäßrigen Augen auf Schwerter und Schilder schwingende Krieger schauten. Dieser Teil war ziemlich neu. Ein Graf von Chase, der mehr Guineen als Geschmack besaß, hatte diese Szene malen lassen.

Die Duchess blickte wieder ins Feuer. Was würde Marcus nach Mr. Wicks' Besuch zu ihr sagen? Sie kannte ihn als wilden, ungebärdigen Jungen, der Charlie und Mark zu gewagten Streichen verleitet hatte. Aber dann hatte er sich bei der Armee verdingt und war für fünf Jahre aus ihrem Leben verschwunden. Hatte sich der tollkühne, aufbrausende Bengel in einen selbstgefälligen Moralprediger verwandelt? Der Sohn des Teufels, so hatte ihr Vater ihn genannt, voller Zuneigung und mit einem Anflug von Respekt. Jedenfalls hatte er Marcus bis zum Tod von Charlie und Mark in sein Herz geschlossen. Wie würde ihr Vater ihn wohl jetzt nennen?

Warum mußte er sich so beweihräuchern, anstatt sich zu freuen und den neuen Lebensabschnitt freudig zu betrachten? Warum machte er ein solch sauertöpfisches Gesicht und lachte nie? Hoffentlich schlief er jetzt und atmete ruhig und gleichmäßig, denn als er den Salon verließ, drohte er zu ersticken.

Aber Marcus hatte sein seelisches Gleichgewicht wiedergefunden und war in tiefes Grübeln verfallen, so daß er sich von Spears aus dem Rock helfen ließ, was er normalerweise ablehnte. »Verdammte Göre! Wenn sie sich nicht besinnt, wird sie in den Armen eines Verführers landen, oder sie wird eines Tages erwürgt werden!« stieß er wütend hervor.

»Wie meinen Mylord?«

»Ihre Ohren sind zu scharf, Spears. Also gut: Die Duchess hat Geheimnisse, die sie nicht preisgibt. Sie verschweigt mir, wie sie dieses verdammte Haus finanziert, womit sie Badger bezahlt, die Lebensmittel, die Kleidung. Wie sie ...«

»Ich verstehe, Mylord.«

»Sie steht einfach da, schaut mich gelassen und unbeteiligt an. Ab und zu lächelt sie, aber es ist ein unbedeutendes kleines Lächeln. Ich habe versucht, sie zu reizen, aus der Reserve zu locken. Ich habe mich über sie mokiert. Ich habe genügend Köder ausgeworfen, aber sie hat nicht angebissen. Verdammt noch mal, warum erzählt sie mir nichts?«

Marcus entzog sich Spears hilfreichen Händen, band sich das Halstuch selbst ab und schleuderte es auf das Bett. »Besitzt sie doch die verdammte Dreistigkeit, mir zu verkünden, daß sie beabsichtigt, am zweiten Weihnachtsfeiertag nach London abzureisen! Aber ich habe sie eines Besseren belehrt.«

»Darf ich fragen, wessen sie Euer Lordschaft belehrt haben?«

»Ich teilte ihr mit, daß ich bald ihr Vormund sein würde und daß sie sich dann meinen Wünschen zu fügen habe, bis sie einundzwanzig ist. Und wenn ich es durchsetze, bleibt sie bis zum fünfundzwanzigsten Lebensjahr unter meiner Obhut.« Marcus unterbrach sich und blickte stirnrunzelnd auf den linken Stiefel, der sich als widerspenstig erwies.

»Setzen Sie sich, Mylord. Erlauben Sie, daß ich Ihnen den Stiefel ausziehe.«

Marcus setzte sich und redete weiter. »Auch wenn es mir gelingt, bis zu ihrem fünfundzwanzigsten Lebensjahr ihr Vormund zu bleiben, wird sie wahrscheinlich den erstbesten Mann heiraten, nur um mir eins auszuwischen. Aber sie erhöbe niemals ihre Stimme, ganz gleich, was ich täte, Spears, o nein, dazu ließe sie sich nie herab. Wahrscheinlich überschreitet das ihren Gefühlsbereich. Nein, sie sähe mich nur an wie ein ... wie ein Samenkorn in ihrem Garten, ein unerwünschtes Samenkorn, aus dem nur Unkraut wachsen könnte.«

»Das bestimmt nicht, Mylord. Sie würde Sie vielleicht als Zwiebel betrachten, aber nicht als Samen.«

»Oder vielleicht als Wurm.«

»Alles ist möglich, Mylord.«

»Verdammt noch mal, sie macht mir zu schaffen. Sie amüsieren sich über mich, Spears?«

»Gewiß nicht, Mylord. Das weise ich entschieden von mir. Ihr zweiter Stiefel, Mylord.«

Marcus streckte Spears das andere Bein entgegen und brütete eine Weile dumpf vor sich hin. Dann schlug er sich mit der flachen Hand auf den Schenkel und wechselte das Thema. »Dieser verdammte Mr. Wicks, der morgen kommt, was zum Teufel will er hier?«

»Wenn ich mir die Bemerkung erlauben darf, Mylord, wir werden es bald erfahren.« Nach einigem Zögern fügte Spears hinzu: »Verzeihen Sie, wenn ich so kühn bin, Mylord, und Ihnen rate, Mr. Badger zu gestatten, auf Chase Park zu bleiben. Er ist ein Mann von außerordentlichen Fähigkeiten und bemerkenswertem Verstand.«

»Zum Teufel, er ist ihr Koch!«

»Ja, ich werde mit Mrs. Gooseberry sprechen. Vielleicht kann man sie, ehm, durch Schmeicheleien dazu bewegen, daß sie Mr. Badger gelegentlich gestattet, eine Mahlzeit für die Familie zu bereiten.«

»Sie haben das Problem nicht verstanden, Spears. Sie lebte mit Badger unter einem Dach, allein. Und sie ist erst achtzehn Jahre alt.«

»Mylord, Ihnen wird nicht entgangen sein, daß Mr. Badger ihr Vater sein könnte. Er liebt sie sehr, so wie ein Vater sein Kind liebt. Er würde ihr nie schaden wollen. Er würde sein Leben für sie opfern.«

Ich auch, dachte Marcus und stieß einen Fluch aus. Er stand jetzt nackend vor dem brennenden Kaminfeuer und hielt die Hände gegen die Flammen.

»Möchten Mylord heute ein Nachthemd anziehen? Von Biddle, einem Bedienten, der sein ganzes Leben hier verbracht hat und dessen Familie hier seit sechs Generationen lebt, habe ich gehört, daß wir in dieser Nacht Frost bekommen werden.«

»Nein«, sagte Marcus und kratzte sich an der Seite, »kein Nachthemd. Diese dämlichen Dinger sind etwas für Frauen, nicht für Männer. Was kann dieser Wicks Ihrer Meinung nach wollen, Spears?«

»Das kann ich nicht sagen, Mylord. Aber wenn Sie jetzt zu Bett gehen würden, hätten Sie Muße, verschiedene Möglichkeiten zu überdenken … und Ihnen wäre warm.«

Marcus schwieg, stieg in das riesige, hohe Bett und seufzte zufrieden auf. Spears hatte das Bett mit einer Wärmpfanne vorgewärmt. Welch ein Unterschied zu der dünnen Decke und dem harten Erdboden in seinem Zelt in Portugal!

»Haben Mylord noch einen Wunsch?«

»Hm? Oh, nein, vielen Dank, Spears. Oh, haben Sie Esmee gesehen?«

»Esmee? Das letzte Mal, als ich sie sah, Mylord, lag sie ausgestreckt vor diesem Kamin und schlief tief und fest.«

»Aua! Da ist sie ja, Spears. Als Sie die Decken wärmten, hat sie den harten Fußboden mit dem weichen Bett vertauscht. Sehr ungewohnt, dieses Tier auf dem Bauch zu haben.«

»Esmee ist eine zärtliche Katze.«

Marcus brummte Unverständliches.

»Schlafen Sie gut, Mylord. Diesen Mr. Wicks werden wir noch früh genug zu Gesicht bekommen.«

Mr. Wicks traf am nächsten Morgen um elf Uhr ein. Marcus beobachtete, wie der alte Herr etwas steif aus der Kutsche stieg. Sein Gesicht konnte er nicht erkennen, da es von den Ohrenklappen einer mächtigen Pelzmütze und mindestens drei dicken Schals verborgen wurde, die sich um den aufgestellten Mantelkragen wanden. Alles in allem, eine schwere wollene Angelegenheit, die ihn fast zu Boden zog.

Marcus kehrte in das Bibliothekszimmer zurück. Vermutlich würde Mr. Wicks eine halbe Stunde benötigen, um sich aus seinen Hüllen zu schälen.

Als Sampson an der Tür klopfte und eintrat, wandte sich Marcus um und hob fragend eine Augenbraue.

»Mr. Wicks äußert die Bitte, die Duchess zu der Unterredung hinzuzuziehen, Mylord. Er, ehm, besteht darauf.«

»Tatsächlich? Das habe ich, ehrlich gesagt, erwartet. Lassen Sie die Duchess bitte holen, Sampson.«

»Sie befindet sich bereits in der Halle, Mylord, und ist Mr. Wicks beim Ablegen behilflich.«

»Ah, wie aufmerksam von ihr«, bemerkte er etwas sarkastisch, weil er sich verunsichert fühlte. Was wollte Mr. Wicks? Wahrscheinlich würde er ihn über den Geldbetrag informieren, den sein Onkel für die Duchess vorgesehen hatte. Was kümmerte ihn das? Er hätte der Duchess sowieso eine Apanage gezahlt und natürlich eine großzügige Mitgift. »Wenn die Duchess ihre Hilfsaktion beendet hat, führen Sie sie bitte mit Mr. Wicks herein, Sampson.«

Es vergingen weitere zehn Minuten, bis Mr. Wicks, ein leicht gebeugter älterer Herr mit wäßrigen Augen, das Bibliothekszimmer in Begleitung der Duchess betrat. Der alte Mann blickte sich äußerst aufmerksam in dem prächtigen Raum um. Die Bibliothek allein ist eine kostbare Rarität, dachte Marcus mit einem Anflug von Stolz. Er blickte die Duchess an. Ihr Gesicht zeigte keine Regung. Sie wirkte heiter und gelassen, als ob sie die Schloßherrin wäre und Mr. Wicks der Vikar, der sich mit ihr über die Einrichtung eines Waisenhauses in Bell Busk unterhielt.

Aber Mr. Wicks war ein renommierter Londoner Anwalt, den Marcus' Onkel mit der Legitimierung der Duchess beauftragt hatte. Steckte hinter seinem Besuch mehr als die Regelung finanzieller Dinge? Merkwürdig, daß sein Onkel ausgerechnet ihn beauftragt hatte und nicht die Bradshaws, die die Wyndhams seit zwei Generationen vom Vater auf den Sohn in Rechtsfragen berieten.

Was, zum Teufel, hatte das zu bedeuten?

6

»Das ist mein Cousin Marcus Wyndham, Graf von Chase, Mr. Wicks.«

»Mylord«, sagte Mr. Wicks mit fester, kräftiger Stimme, die bei einem Mann seines Alters überraschte. Marcus fiel sofort die wache Intelligenz in den Augen des alten Herrn auf, der trotz seiner Gebrechlichkeit ein unerbittlicher Gegner wäre. »Es freut mich, Sie kennenzulernen, Sir. Es mag Ihnen sonderbar erscheinen, daß ich Miss Wyndham hinzugezogen habe.«

»Oh, als Lady Wyndham gehört sie jetzt dazu, besser gesagt, als Lady Duchess Wyndham, was etwas ungewöhnlich klingen mag.«

»Da hast du recht«, sagte sie. »Bleiben wir doch bei Miss Wyndham oder auch Miss Cochrane.«

»Nein«, gab Marcus zurück, »nein, das lasse ich nicht zu. Du bist jetzt eine Wyndham, und so wirst du auch angeredet. Mir gefällt Lady Duchess.«

Sie lächelte ihn kurz an und betrachtete dann schweigend ihre Hände.

Marcus wandte sich wieder dem Anwalt zu. »Vielleicht, Mr. Wicks, möchten Sie lieber am Feuer sitzen?«

»Sehr gern, Mylord. Es ist heute ziemlich frisch draußen, und mit zunehmendem Alter werden meine Knochen dünner. Aber fangen wir an!«

Marcus nahm neben der Duchess auf einer kunstvoll geschnitzten Queen-Anne-Bank Platz, deren Polster mit cremefarbenem und dunkelblauem Brokat bezogen war.

»Mylord, wie Ihnen bekannt ist, heiratete Ihr Onkel, der verstorbene Graf von Chase, Mrs. Cochrane und erkannte das aus dieser Verbindung hervorgegangene Kind als ehelichen Nachkommen an.«

»Ja, was ich begrüße. Aber warum hat man mich nicht umgehend davon in Kenntnis gesetzt?«

Ohne zu zögern, erklärte Mr. Wicks offen: »Ich hatte Ihrem Onkel abgeraten, die Familie Wyndham vorzeitig in Kenntnis zu setzen. Das sollte erst geschehen, wenn die Legitimierung seiner Tochter rechtskräftig geworden war. Das galt auch für die Frau seines jüngsten Bruders und deren Familie, die zur Zeit in den Kolonien in einem Ort namens Baltimore lebt, und natürlich auch für Ihre Mutter. Das war eine reine Schutzmaßnahme zugunsten von Lady Wyndham, ehm, Lady Duchess. Mylord werden dafür Verständnis haben.«

»Ja, gewiß«, sagte Marcus und stand abrupt auf. »Hätte ich es vor Abschluß der rechtlichen Formalitäten erfahren, dann wäre ich sofort nach Smarden geritten, hätte sie im Schlaf erwürgt und ihre Leiche über die Klippen von Dover geworfen. Das würde doch zu einem Unhold wie mir passen.«

Die Duchess räusperte sich. »Er macht nur einen Scherz, Mr. Wicks. Leider hatte sich seine Lordschaft nach dem Tod von Charlie und Mark das Mißfallen meines Vaters zugezogen, weil er am Leben geblieben war und seine Söhne ertranken. Es hatte nichts mit Marcus' Ehre und Loyalität zu tun, aber der lebende Marcus erinnerte ihn wie ein Mahnmal an den Tod seiner Kinder.« An Marcus gewandt, sprach sie weiter: »Ich hoffe, Marcus, du streichst das jetzt endgültig aus deinem Gedächtnis.«

»Das ist nicht alles, Duchess«, erwiderte Marcus bitter. »Er warf mir vor, daß ich nicht bei ihnen war, um sie zu retten oder mit ihnen zu ertrinken. Ich befand mich zwar in der Nähe, bei dem Gestüt der Rothermeres, aber nicht nahe genug. In seinen Augen habe ich sie im Stich gelassen, mich hinterlistig und unehrenhaft verhalten. Er haßte mich, Duchess.«

»Damit übertreibst du«, entgegnete sie ernst.

»Tatsächlich?« erwiderte Marcus spöttisch und wandte sich Mr. Wicks zu. »Hat Ihnen mein Onkel auch verkündet, wie sehr er mich mochte? Wie gern er mich als seinen Erben sah?«

»Wenn Sie erlauben, Mylord, ziehe ich es vor, später darauf zurückzukommen. Nun, Sir, Sie werden sich nach dem Grund meines Besuches fragen.«

Marcus neigte den Kopf zur Seite, was ihn älter und sonderbarerweise streng erscheinen ließ.

»Es ist schwer, Ihnen das zu sagen, Mylord.«

»Dann frisch von der Leber weg, Mr. Wicks!«

»Der verstorbene Graf vermachte sämtliche Gelder, Ländereien, alle Häuser und Liegenschaften, die nicht als Pflichtteil an seinen erbberechtigten Nachfolger übergehen, seiner Tochter Josephina Wyndham.«

Es herrschte Stille. Marcus blickte sie lange an und sagte erstaunlich ruhig: »Josephina? Das ist der häßlichste Name, den ich je gehört habe. Du solltest mir in jedem Nachtgebet danken, daß ich dir den Namen Duchess gegeben habe.«

Mr. Wicks raschelte nervös mit seinen Papieren. »Haben Sie verstanden, was ich gesagt habe, Mylord?«

»Ja, gewiß, Sir. Sie haben mir soeben mitgeteilt, daß ich arm bin. Ein Armer, der in diesem großen Schloß lebt und trotzdem mittellos ist. Du siehst, Duchess, ich habe mich in den wahren Gefühlen meines Onkels mir gegenüber nicht getäuscht. Hat er wenigstens seine Töchter Antonia und Fanny bedacht?«

»Ja, Mylord. Er hat jeder von ihnen in einem vorausgegangenen Testament zehntausend Pfund hinterlassen. Außerdem werden darin die Dienerschaft und die restlichen Mitglieder der Familie Wyndham bedacht.«

»So hat er sich an mir gerächt ... an mir, seinem Erben.«

»Ganz so schlimm sieht es nicht aus, Mylord. Da Lady Josephina ...«

»Benutzen Sie nicht diesen abscheulichen Namen, wenn Sie von ihr sprechen, Mr. Wicks! Ihr gehört alles, außer Chase Park, nehme ich an. Hat er mir sonst noch etwas vermacht?«

»Ja, Mylord. Das Londoner Haus am Putnam Place gehört Ihnen, das heißt, es gehört Ihnen auf Lebenszeit.«

»Ich verstehe. Sonst noch etwas?«

»Ja, eine Jagdhütte in Cornwall, in der Nähe von St. Ives, und ungefähr zweitausend Acres fruchtbares Ackerland. Mehr nicht, Mylord. Es tut mir leid.«

»Und keinen einzigen verdammten Sou, um diesen entsetzlichen Kasten zu unterhalten?«

Mr. Wicks antwortete langsam: »Ihr Onkel, der verstorbene Graf, befürchtete, Sie würden ihn zur Hölle schicken, wenn er Ihnen nichts zum Erhalt der Immobilien hinterläßt, und hat mich zum Treuhänder ernannt. Desgleichen verwalte ich Lady Duchess' Vermögen als Treuhänder und bin bis zu ihrer Volljährigkeit als Vormund bestellt. Wenn sie einundzwanzig geworden ist, wird sie mit mir in gemeinschaftlicher Treuhand das Vermögen und die Liegenschaften der Wyndhams sowie die jährlich steigenden Kapitalerträge aus den Wyndhamschen Besitzungen in Devon, Sussex und Oxfordshire verwalten. Über diese Gelder kann Mylord leider nicht verfügen.«

Marcus schwieg und schaute eher etwas gelangweilt. Der vernichtende Schlag, den ihm sein verstorbener Onkel versetzt hatte, schien ihn nicht sonderlich getroffen zu haben.

Er verschränkte die Arme über der Brust und lehnte sich in lässiger Pose mit einer Schulter an den Kaminsims. Dann lachte er auf. Es war ein kurzes bitteres Lachen. »Du hattest dich geirrt, Duchess. Jetzt mußt du zugeben, daß er mich haßte. Der verdammte alte Dreckskerl – damit will ich dich nicht beleidigen –, dieser verdammte alte Dreckskerl konnte es nicht verkraften, daß ich sein Erbe würde, und hat mich zu einem armen Verwandten abgestempelt, der von Mr. Wicks abhängig ist. Bei jedem Stück Brot, das ich esse, bei jeder Reparatur, die ich für notwendig halte, und bei der Bezahlung der Dienerschaft, muß ich zu ihm gehen und meine Hand aufhalten. Und obendrein bin ich von deiner Gnade abhängig, Duchess, von den Brosamen, die von deinem Tische fallen. Aus seinem abgrundtiefem Haß hat er einem Nachkommen aus dem Geschlecht der Wyndhams die Zukunft genommen.«

Mr. Wicks sah ihn betrübt an. »Wenn ich das erwähnen darf, Mylord, so habe ich Ihren Onkel bekniet, das Testament zu überdenken, aber er ließ sich nicht umstimmen. Seine Abneigung gegen Sie war erheblich, das kann ich nicht leugnen. Trotzdem erklärte er sich bereit, Ihnen eine, ehm, vierteljährliche Apanage auszustellen.«

Marcus kochte innerlich vor Wut. »Jetzt verstehe ich dein süffisantes Lächeln von gestern abend, Duchess. Und ich erzähle dir noch groß und breit, ich hätte die Vormundschaft beantragt, würde dir eine Mitgift zahlen und dich unter meine Kuratel stellen wie den Rest der Familie. Und jetzt gehört dir alles. Jetzt brauchst du keinen Mann, der dich unter seine Fittiche nimmt. Ja, für dich war das alles nur langweiliges Gewäsch, das dich amüsierte.«

»Nein, das ist nicht wahr. Laß es dir erklären, Marcus.«

Zu ihrer Überraschung gelang es ihm, ruhig zu bleiben. »Das ist nicht nötig, Duchess. Ich werde mir alles durch den Kopf gehen lassen. Auf Wiedersehen, Mr. Wicks.«

»Aber Mylord, das ist noch nicht alles. Sie dürfen jetzt nicht gehen! Sie müssen mir zuhören.«

»Das ist noch nicht alles? Ich denke, das reicht, Mr. Wicks.« Er nickte ihr zu und ging, ohne sich umzuwenden, aus dem Zimmer.

Mr. Wicks schüttelte den Kopf. »Das war nicht richtig von Ihrem Vater, meine Liebe. Gewiß, es war in Ordnung, daß er Sie legitimiert hat. Eine großzügige Mitgift wäre angemessen gewesen, aber Ihnen alles zu vererben und seine Lordschaft nur mit einem Taschengeld abzuspeisen, das ist abscheulich.«

Sie schaute, ohne etwas zu erkennen, auf die Spitzen ihrer dunkelblauen Schuhe, die unter dem Rocksaum hervorschauten. »Davon haben Sie mir nichts erzählt, Mr. Wicks. Sie haben mit keinem Wort erwähnt, daß mein Vater soweit gegangen ist. Sie erklärten nur, daß er mich zu einer reichen Frau gemacht habe. Mehr nicht. Was er getan hat, ist unverzeihlich. Dabei spiele ich nicht mit. Es geht nicht an, daß Marcus einen von uns als Bittsteller aufsuchen muß, um größere Ausgaben zu bestreiten.« Sie blickte ihm voll ins Gesicht, und ihre Augen blitzten wütend auf. »Hören Sie mir gut zu, Sir. Ich bin fest entschlossen, mich dem Wunsch meines Vaters zu widersetzen. Marcus hat es nicht verdient, zum Bettler abgestempelt zu werden. Uns beiden soll er über seine Ausgaben Rechenschaft ablegen? Wir zahlen dem Grafen von Chase ein Taschengeld? Nein, ein furchtbarer Gedanke! Das werde ich nicht zulassen.«

Sie erhob sich und schritt unruhig auf und ab. Sie hatte Marcus noch nie so erregt gesehen. Energisch drehte sie sich um und sagte mit dunkler fester Stimme: »Kümmern Sie sich darum, Mr. Wicks. Sie überlassen mir einen kleinen Betrag. Das restliche Vermögen der Wyndhams, die Häuser, Ländereien und so weiter, werden meinem Cousin Marcus überschrieben.«

Mr. Wicks antwortete freundlich: »Ich bedaure, meine Liebe, aber das kann ich nicht.«

»Was soll das heißen: Sie können nicht?«

»Ihr Vater hatte vorausgesehen, daß Sie so reagieren würden. Er wußte, daß Sie ein gutes Herz haben und daß Sie sich Ihrem Cousin gegenüber loyal verhalten würden. Sollten Sie die Erbschaft mit allen damit verbundenen Verantwortlichkeiten und Konsequenzen nicht annehmen, würde alles an die Frau seines jüngsten Bruders fallen, der mit seiner Familie in den Kolonien lebte und vor fünf Jahren verstorben ist.«

Sie nahm ihm das Dokument aus der Hand und las: »Mrs. Wilhelmina Wyndham, vierzehn Springstreet, Baltimore, Maryland.«

»Eine große Familie. Drei Kinder.«

»Aber ich habe nie etwas von dieser Wilhelmina gehört, die meine Tante wäre.«

Mr. Wicks räusperte sich. »Tja, anscheinend war der jüngste Bruder des verstorbenen Grafen ein Spieler und damit das schwarze Schaf der Familie. Er verlor alles, auch das Erbe einer entfernten Tante, und wurde von seinem Vater verstoßen und enterbt. Er ging in die Kolonien, lernte dort Wilhelmina Butt kennen und heiratete sie. Offen gesagt, Grant Wyndham war der Lieblingsbruder Ihres Vaters, und der Gedanke, die Familie seines mißratenen Bruders wieder hierherzuholen, ihr das gesamte Vermögen zu übertragen, natürlich unter der Voraussetzung, Ma'am, daß Sie die Bedingungen, die an das Erbe geknüpft sind, nicht annehmen, amüsierte ihn königlich.«

Er machte eine Pause und blickte sein Gegenüber nachdenklich an. »Sie sehen, Ihnen und mir sind die Hände gebunden. Seien Sie versichert, Duchess, ich würde seine Lordschaft niemals als armen Verwandten oder Bittsteller behandeln, wenn ich ihm vierteljährlich einen Betrag zu seiner persönlichen Verwendung auszahle. Glauben Sie mir, es wird mein Hauptanliegen sein, den Stolz Ihres Cousins in keiner Weise zu verletzen.«

»Sie kennen Marcus nicht, Mr. Wicks. Trotz Ihrer Beteuerungen und ihres freundlichen Verständnisses wird er diese Situation nicht ertragen. Marcus ist sehr stolz und hält an außerordentlich hohen ethischen Prinzipien fest ... sagen wir, er stellt sehr hohe Anforderungen an seine eigene Person. Er ist etwas ganz Besonderes.«

Mr. Wicks blickte sie verdutzt an. »Gut, er mag damit nicht einverstanden sein, aber wird er sich seiner Pflicht und Verantwortung entziehen? Will er diesen Besitz verkommen lassen? Ich glaube nicht. Ich befürchte jedoch, und das habe ich Ihrem Vater gesagt, daß mein Nachfolger, wenn ich nicht mehr unter den Sterblichen weile, seine Stellung ausnutzt und Ihren Cousin demütigt. Das befürchte ich. Und Ihr Vater rieb sich darauf die Hände und lachte schallend.«

»Sie haben sehr viel darüber nachgedacht, Mr. Wicks. Gibt es für Marcus einen Ausweg?«

Sein Gesicht erhellte sich. »Oh, ja. Den gibt es tatsächlich. Gut gelaunt weihte mich Ihr Vater anschließend in seinen Plan ein. Ein hintergründiger Plan, den Sie und, ehm … der junge Graf wahrscheinlich nicht ausführen werden.«

»Und was hatte mein Vater geplant?«

»Ihr Cousin muß Sie heiraten, spätestens achtzehn Monate nach dem Tod Ihres Vaters. Eine Eheschließung würde sämtliche Probleme aus der Welt schaffen, erklärte ich seiner Lordschaft. Ihr Vater wollte, daß Ihr Blut in den Adern der künftigen Grafen von Chase fließt. Er meinte, damit würde der Makel in Marcus' Blut reingewaschen.«

»Das ist schierer Unsinn. Haben Sie bereits vergessen, daß ich ein Bastard bin?«

»Das war der Wunsch Ihres Vaters. Er wollte, daß Ihre Söhne Marcus' Erbfolge antreten.« Mr. Wicks hob die Schultern. »Falls Sie das ablehnen, so gab er mir zu verstehen, liege ihm nichts mehr am Fortbestand des Hauses Wyndham. Das meinte er wortwörtlich, Ma'am, kurz nach dem Tod Ihrer Mutter. Eine Veränderung war mit ihm vorgegangen, eine beunruhigende Veränderung. Er kümmerte sich um nichts mehr. Ich machte mir große Sorgen um ihn, denn es war ihm alles gleichgültig geworden. Einmal sagte er zu mir: ›Wicks, Bess, die einzige Frau die ich geliebt habe, ist gegangen. Sie war nie auf Chase Park, wo sie hingehörte, wenn es eine Gerechtigkeit gegeben hätte. Soll mein Neffe seine eigene Galle schmecken, es kümmert mich nicht. Soll er wenigstens einen Teil der Ungerechtigkeit kosten, die Gott mir zugemutet hat.‹«

Wie eine Statue saß sie da, regungslos und stumm. Für ihre Jugend viel zu beherrscht, dachte der alte Mr. Wicks.

Nach einer Weile sagte sie endlich mit melodischer, ruhiger Stimme: »Mein Vater verstarb im Januar. Das bedeutet, daß wir im Juni heiraten müssen.«

»Ja, so ist es. Um genau zu sein, am sechzehnten Juni.«

»Warum haben Sie Marcus nichts von diesem … diesem Ausweg erzählt?«

»Das hatte ich vor, aber er wollte mir nicht zuhören. Er hat einen Schock erlitten und braucht etwas Zeit, um alles zu begreifen. Ich werde es ihm heute abend sagen. Aber Ihr Wohlergehen steht an erster Stelle, meine Liebe. Wenn Sie nicht den Wunsch haben, Ihren

Cousin zu heiraten, müssen Sie es mir jetzt sagen. Es soll Ihre freie Entscheidung sein.«

Sie erhob sich langsam. Mit einer anmutigen, ungekünstelten Bewegung strich sie den Rock glatt und schob das Armband am Handgelenk zurecht.

»Ich verliere alles, wenn ich Marcus nicht heirate?«

»Genauer gesagt, wenn Sie nicht willens sind, die Bedingungen des Testaments zu erfüllen, aber die fünzigtausend Pfund bleiben Ihnen. Wie ich schon sagte, Sie sind eine reiche junge Lady. Aber das ändert nichts an der mißlichen Lage des Grafen, auch wenn die Erbschaft an die Familie in den Kolonien fällt. Sollte sich diese Familie entscheiden, hier in England zu leben, reich und sorglos, dann wird Ihr Cousin trotzdem nicht mehr als ein Taschengeld bekommen.«

»Marcus ist ein armer Mann, wenn wir nicht am sechzehnten Juni heiraten.«

»Ja, meine Liebe.«

»Mr. Wicks, wie Marcus brauche ich jetzt etwas Zeit, um alles zu bedenken. Ich werde Sie jetzt zu Ihrem Zimmer bringen lassen. Wir sind hier an ländliche Zeiten gewöhnt. Abendessen ist um halb sieben. Wenn Sie so freundlich wären, um sechs Uhr im Salon zu sein.«

Sie lächelte. Wieder war es nur die Andeutung eines Lächelns, aber Mr. Wicks bemerkte es und lächelte zurück.

»Bis später, Mr. Wicks«, sagte sie. »Wenn Sie etwas brauchen, geben sie Sampson Bescheid.«

»Danke«, antwortete er und blickte ihrer anmutigen Gestalt nach und rätselte darüber, wie ein so junges Mädchen es fertigbrachte, seine Gefühle derartig zu verbergen. Die Nachricht mußte sie erschreckt haben. Er fragte sich, wie nahe sie ihrem Cousin stand. Sie hatte ihn verteidigt, das stand fest. Und sie hatte darauf bestanden, daß die infamen Anordnungen ihres Vater rückgängig gemacht würden. Das sprach für eine gewisse Sympathie ihm gegenüber. Würde der junge Graf von Chase die Duchess heiraten? Oder würde er sie wütend zum Teufel schicken, mitsamt ihrem Geld?

Der Graf schien ein stolzer junger Mann zu sein. Nach der Beschreibung des verstorbenen Grafen glaubte Mr. Wicks einen verantwortungslosen Heißsporn vorzufinden, dessen aufbrausendes Temperament an Böswilligkeit grenzte. Kurz, ein Mann, dem man besser aus dem Wege ging. Mr. Wicks revidierte das Urteil des verstorbenen Grafen sehr bald und schrieb es der Melancholie zu, die seinen Verstand nach dem Tode der geliebten Frau getrübt hatte.

Immer wieder probte er die Szene, in der er Marcus mitteilte, daß eine Heirat mit der Duchess alle Schwierigkeiten aus der Welt schaffen würde.

Gewiß, sie war schön anzusehen.

Aber sie war ein uneheliches Kind. Für viele ein Makel, der sich nicht auslöschen ließ, sinnierte Mr. Wicks.

Bald würde er mehr wissen.

Der Graf erschien an diesem Abend pünktlich um sechs Uhr in feierliches Schwarz gekleidet. Das Halstuch war elegant gebunden und das Hemd perlweiß wie seine Zähne. Eine ungewöhnlich gutaussehende Erscheinung, dachte Mr. Wicks, als er ihn betrachtete. Außerdem wirkte er äußerst gelassen und gefaßt. Nichts in seinem Gesichtsausdruck verriet, daß sich seine Träume soeben in Rauch aufgelöst hatten. Er war höflich, mehr nicht, aber ziemte es sich nicht für einen Grafen von Chase, eine gewisse Unnahbarkeit zu zeigen?

Mr. Crittaker befand sich im Salon. Bereits nach fünf Minuten stellte Mr. Wicks fest, daß dieser Mann in die Duchess vernarrt war. Er versuchte es zu verbergen, aber seine braunen Augen konnten sich nicht von ihr losreißen, so daß Mr. Wicks ihn am liebsten getreten oder geschüttelt hätte – oder beides. Hatte der Graf nichts davon bemerkt?

Das Abendessen verlief ruhig. Lady Gweneth, die älteste Schwester des verstorbenen Grafen, hatte die Rolle der Hausfrau übernommen und plauderte charmant mit Mr. Wicks, obwohl er nur ein Anwalt war. Beim zweiten Gang, zu dem geschmorte Tauben, die zu kräftig nach Muskat schmeckten, und gekochte Bohnen gereicht wurden, wandte sich Tante Gweneth an Marcus. »Du mußt dir mit Esmee etwas einfallen lassen. Sie wird immer dreister.«

Marcus blickte auf und hob eine dunkle Augenbraue. »Wie bitte, Tante Gweneth?«

»Deine Katze, Marcus. Mrs. Gooseberry berichtete mir, sie habe eine geschmorte Taube gestohlen, deswegen mußte sie mehr Bohnen servieren lassen.«

»Esmee ist erstaunlich geschickt«, antwortete Marcus. »Ich hoffe, sie konnte mit ihrer Beute entkommen.«

»O ja, und Mrs. Gooseberrys lautes Jammern brachte Sampson aus der Fassung. So etwas kann er nicht ertragen, Marcus.«

»Verständlich, verständlich. Vielleicht sollte Badger in der Küche antreten. Er ist ein ausgezeichneter Koch.«

»Seine Rinderlende ist eine Delikatesse«, meinte die Duchess und blickte auf die zerkochten weißen Bohnen auf ihrer Gabel. »Der Mantel aus Blätterteig zergeht auf der Zunge. Außerdem ist Badger ein guter Diplomat. Möchtest du, daß er eine Mahlzeit für dich zubereitet, Marcus?«

Marcus blickte auf sein Rotweinglas, als er antwortete. »Ich werde Sampson sagen, daß Mrs. Gooseberry sich von der Katze erholen müsse. Badger wird uns morgen abend die Rinderlende zubereiten, und sie kann ihre Schwester in Scarborough besuchen.«

»Sie hat keine Schwester in Scarborough«, erklärte Tante Gweneth.

»Dann muß sie die frische Meeresluft allein genießen«, bestimmte Marcus und beendete das Thema mit einem Achselzucken. Er war der Graf, das Oberhaupt der Familie, auch wenn er sich momentan für enterbt halten mußte. Mr. Wicks konnte das Ende des Essens kaum abwarten, um den jungen Grafen über den noch offenstehenden Punkt zu unterrichten. Es war ihm unangenehm, gewisse Dinge – wenn auch nur für kurze Zeit – nicht aufzuklären.

Der Graf hatte es mit dem Port nicht so eilig und zog sich mit der Familie in den großen Salon zurück. Wenn er ruhiger als gewöhnlich war, so fiel es Mr. Wicks nicht auf, da er den jungen Mann erst seit ein paar Stunden kannte. »Mylord, könnten wir uns für einen Augenblick in der Bibliothek unterhalten? In Ihrer Situation ist es entscheidend, daß Sie über alles Bescheid wissen.«

Marcus hob eine Augenbraue und sagte, nur für Mr. Wicks Ohren bestimmt: »Ah, Sie meinen wohl, es stünde mir nicht zu, Mrs. Gooseberry nach Scarborough zu schicken? Muß ich Sie erst um Erlaubnis bitten, Sir?«

»Nein. Bitte, Mylord, kommen Sie jetzt mit mir.«

Marcus hob die Achseln, wünschte der Familie eine gute Nacht und ging Mr. Wicks voraus. Erst in der Bibliothek bemerkte er, daß die Duchess ihnen gefolgt war. Barsch fuhr er sie an: »Was zum Teufel hast du hier zu suchen, Duchess? Verschwinde und zähl dein verdammtes Geld. Schreib dem Mann, der dich ausgehalten hat, einen

Abschiedsbrief. Er soll sich mit Mrs. Gooseberry in Scarborough treffen. Ah, jetzt muß ich meine Worte auf die Goldwaage legen. Wenn ich dich beleidige, lande ich noch auf der Straße.«

»Laß diese Albernheiten, Marcus. Es gibt eine Lösung. Hör dir bitte an, was Mr. Wicks zu sagen hat.«

»Verdammt noch mal, kannst du nicht ...« Er verstummte, schüttelte sich und nahm mit herausfordernder Pose hinter seinem Schreibtisch Platz. »Also schön, Mr. Wicks. Was kommt jetzt? Muß ich jetzt den Witwenflügel beziehen oder die Sattelkammer?«

7

*N*ein, Mylord,« sagte Mr. Wicks und blickte den jungen Grafen ernst und offen an. »Bitte. Ich bitte Sie, mir unvoreingenommen zuzuhören. Ich bitte Sie, Ihren Zorn und Ihre Enttäuschung zu vergessen, wenigstens für diesen Augenblick. Es gibt einen Ausweg. Eine Möglichkeit, die Ihnen vielleicht grotesk erscheinen mag.«

»Ein Ausweg aus diesem verdammten Schlamassel? Sie meinen, mein lieber Onkel richtet mich zuerst zugrunde und reicht mir dann eine Pistole, damit ich meinem Elend ein Ende setze?«

»Nein, Mylord. Einen Ehering, um zu heiraten.«

»Die sprichwörtliche Erbin, wie? Ein abgegriffener Schlüssel, den Sie mir da durch die Gitterstäbe reichen. Sie meinen, mein Onkel hat mir nicht verboten, eine reiche Erbin zu heiraten? Eine billige Rache ist das! Ich begebe mich nach London, begutachte die Töchter, die im Augenblick zum Verkauf stehen, und treffe meine Wahl. Dann habe ich die Erbin, ihr Vermögen und mein Auskommen als Gentleman. Ein reizvoller Gedanke, Mr. Wicks, so reizvoll, daß ich mich gleich erbrechen muß.«

»Marcus, hör bitte zu!«

»Duchess, ich bin nahe daran, die häßliche chinesische Vase dort drüben von ihrem Sockel zu reißen und auf den Boden zu schmettern. Soviel ich weiß, liebte mein Onkel dieses Stück besonders. Ja, ich bin am Rande meiner Beherrschung und rate dir, dich schleunigst aus der Bibliothek zu entfernen. Ich möchte nur ungern ...«

»Sei still, Marcus. Ich kann jetzt nicht gehen. Die Angelegenheit betrifft mich ebenso wie dich.«

Wenigstens hatte sie jetzt seine volle Aufmerksamkeit gewonnen. »Was, zum Teufel, meinst du damit?«

»Sie meint, Mylord, daß Ihr Onkel Ihnen ein Schlupfloch gelassen hat. Ja, Sie können die Erbin heiraten, die er für Sie ausgesucht hat. Sie brauchen nicht auf Freiersfüßen nach London zu gehen, Sie können die Duchess heiraten.«

Marcus starrte ihn nur an. Mr. Wicks befeuchtete sich die Lippen, um eine Erklärung hinzuzufügen, doch der Gesichtsausdruck des jungen Grafen verschloß ihm den Mund. Das Weiße in seinen Augen hatte sich rot verfärbt, aber er blieb erstaunlich ruhig. Die Duchess wirkte unnahbar und gefaßt wie immer, und Mr. Wicks hatte den Eindruck, daß ihr Verhalten den Grafen vor Zorn erstarren ließ.

Schließlich, nach einer Ewigkeit, wie es Mr. Wicks erschien, kam wieder Leben in ihn. Mit unverschämtem Grinsen machte sich Marcus über sie lustig: »Dich heiraten? Josephina heiraten?« Er blickte sie von oben bis unten an; die Augen ruhten auf ihrem Busen und wanderten dann über den Bauch, die Hüften und Schenkel. »Eine Frau mit diesem abscheulichen Namen heiraten? Wenn ich mir vorstelle, daß ich verliebt den Namen flüstere – Josephina ... Josephina –, schrumpfe ich wie eine alte Kartoffel im Frühjahr zusammen, oder ich bekomme einen Lachanfall. Natürlich ist das alles nur ein Scherz, Mr. Wicks. Das ist doch nur eine neue Infamie, die sich mein Onkel ausgedacht hat. Ich höre. Schießen Sie los!«

»Nein, das ist kein Scherz, Mylord. Und keine Infamie. Könnten Sie nicht weiterhin Duchess zu ihr sagen? Dieser Name sagt Ihnen mehr zu. Schließlich haben Sie ihn erfunden. Bitte, Mylord, überdenken Sie den Vorschlag sehr genau. Es steht soviel auf dem Spiel.«

»Es ist nicht nur ihr verdammt häßlicher Name, Mr. Wicks. Seine Trägerin hat Eiswasser in den Adern. Sehen Sie, wie sie dasitzt. Wie ein Fels, vollkommen geistesabwesend. Wahrscheinlich denkt sie an ihre verdammten Blumen, wenn sie überhaupt an etwas denkt. Wir sterblichen Menschen interessieren sie nicht. Wenn ihr jetzt jemand ein Plakat um den Hals hängt, rührt sie sich auch nicht. Ein Vogel könnte auf ihrem Kopf nisten!

Mein Gott, sie hat mehr Gefühl für die Rosen in ihrem Garten als für ein menschliches Wesen. Nein, Mr. Wicks.« Marcus machte eine abwertende Handbewegung und meinte dann: »Ehrlich gesagt, ich glaube nicht einmal, daß sie etwas für ihre Rosen empfindet. Sie läßt sich von ihrer Schönheit blenden, ihrer kalten Schönheit. Und wenn man sie berührt, wird man von Dornen zerstochen. Ja, ich verstehe, daß sie sich für Rosen erwärmen kann, aber für einen Mann? Können Sie sich vorstellen, Mr. Wicks, wie abstoßend wir Männer für sie sein müssen? Mit den vielen Haaren, unserer Kraft und Größe, unseren Schwüren ...«

»Mylord, bitte mäßigen Sie sich. Ich weiß, es trifft Sie alles hart, aber Sie müssen einsehen, daß es eine Lösung ist ...«

Verstört preßte die Duchess den Rücken gegen das Polster des zierlichen Sofas. Sie wagte es nicht, sich zu bewegen, und atmete kaum. Die zornigen, bitteren Worte hatten sie tief in ihrem Innersten getroffen. Wie eine Welle schlugen sie über ihr zusammen, drohten sie zu ersticken. Es war zuviel, einfach zuviel. Und der arme Mr. Wicks versuchte vergeblich, Marcus' Zorn zu besänftigen, eine Unmöglichkeit, das wußte sie. Sein Temperament ging schnell mit ihm durch, vor Freude oder im Zorn. Aber nie hätte sie gedacht, daß er so beleidigend werden könnte. Aber sie hätte darauf gefaßt sein müssen. Man hatte einen starken, stolzen Mann in die Enge getrieben. Sie sah das häßliche Fauchen, das den wohlgeformten Mund entstellte, und die ohnmächtige Wut, die ihn erbeben ließ.

Marcus redete weiter und schien weder die erstarrten Zuhörer zu bemerken noch den Schaden, den er anrichtete: »Können Sie sich Josephina in Ihrem Bett vorstellen, Mr. Wicks? Denken Sie zurück, Sir, als Sie zwanzig oder dreißig Jahre alt waren und lüsterne Gedanken hatten. Ah, und sie ist wunderschön! Nicht nur ihr Gesicht, sondern ihr Körper. Schmal und schlank, aber mit Brüsten und Hüften, die einen Mann foltern, wenn der Unglückliche mehr als Bewunderung für sie empfindet.

Aber können Sie sich vorstellen, wie Sie von ihr als Ehemann im Schlafzimmer begrüßt würden? Sie hätten das Gefühl, einem Wesen gegenüberzustehen, das nicht von dieser Erde ist. Ja, sie sähe Sie an, als ob Sie ein Nagetier wären, das sich in ihr Schlafzimmer verirrt hat. Natürlich würde sie versuchen, ihr Entsetzen zu verbergen. Vielleicht würde sie Ihnen ein kleines Lächeln schenken – ein blasses, nichtssagendes Lächeln –, um zu zeigen, daß sie sich des Opfers bewußt ist, das sie Ihnen jetzt bringt. Dann würde sie gefaßt zum Bett gehen und sich auf den Rücken legen, äußerlich und innerlich kalt. Mein Gott, wie abschreckend, Mr. Wicks!«

Mr. Wicks versuchte ihn abzulenken. Er räusperte sich, aber seine Stimme zitterte, als er zu Wort kam: »Hören Sie, Mylord, ich weiß, es war ein ungeheurer Schock für Sie ...«

»Eine Frau, die schreiend aus dem Zimmer läuft, wäre mir lieber als eine, die sich hinlegt, den abscheulichen Geschlechtsakt stumm über sich ergehen läßt und wie eine Märtyrerin wimmert, während ich mich an ihr vergehe.«

Mr. Wicks räusperte sich wieder und vollendete seinen Satz, als ob Marcus ihn nicht unterbrochen hätte: »... und daher, Mylord, sind Sie verärgert und reden unbeherrscht. Es mag vielleicht bitter sein ...«

»Bitter, Mr.Wicks? Verärgert? Blutleere Worte für das, was ich empfinde, Sir.«

»Mylord, Ihr Onkel wollte, daß die Duchess Ihre Frau wird. Er wollte, daß seine Enkel Ihrer beider Blut haben. Dafür werden Sie doch Verständnis haben.«

»Noch eine Übertreibung, Mr.Wicks, wenn nicht eine Lüge. Mein Onkel war zweifellos der Meinung, daß ihr hochgepriesenes Blut, das in direkter Linie aus seinem edlen Körper stammte, mein schlechtes Blut bei eventuellen Nachkommen aufbessern oder zumindest in seinen ungeheuerlichen Auswirkungen abschwächen würde. Ah, in Ihrem Gesicht lese ich, daß mein Onkel genau das glaubte.«

»Marcus.«

Ihre Stimme, die ruhig und melodisch wie die einer Kinderfrau klang, brachte ihn wieder zu sich. »Marcus«, wiederholte sie, als er schwieg, »bitte, versuch es zu verstehen!«

»Ah«, sagte er und unterbrach sie mit einer abwinkenden Handbewegung. »Du würdest mich heiraten, Duchess? Du würdest dich auf dem Altar der Rache deines Vaters opfern? Verzeih mir, aber das glaube ich nicht, obwohl ich sehe, daß du zu einem Nicken bereit bist. Nicht zu einem lauten Ja, aber zu einem huldvollen Nicken, vielleicht mit einem resignierten Seufzer, was man bei dir als außerordentliche Gefühlsregung berücksichtigen müßte. Aber ich bin kein Narr.

Doch halt, vielleicht habe ich dich wieder unterschätzt? Könnte mein listenreicher Onkel dich zu dieser Heirat zwingen, Duchess? Hängt dein Erbe davon ab? Verlierst du dein ganzes Geld, wenn du mich nicht heiratest?

»Nein«, sagte sie.

Er wartete – Gott wußte, wie sehr er darauf wartete! –, daß sie mehr als nein sagte, um dieser Situation das Entwürdigende und Demütigende zu nehmen. Daß sie ihm sagte, sie wolle ihn heiraten, daß es nichts mit dem Willen ihres Vaters zu tun habe, gut, in gewisser Hinsicht schon, aber daß es ihr nichts bedeutete. Er wartete, daß sie ihn anschrie und verlangte, die gemeinen Beleidigungen zurückzunehmen, aber sie saß nur da, bewegungslos wie eine Marmorstatue und blickte auf ihre Hände.

»Sie erhält fünfzigtausend Pfund, wie immer Sie sich entscheiden, Mylord. Wenn Sie sich jedoch beide weigern, am 16. Juni 1814 zu heiraten, dann wird die Familie Ihres Onkels aus Baltimore, Maryland, alles bekommen, was nicht in der rechtmäßigen Erbfolge vorgesehen ist.«

»Ich verstehe. Die Duchess hat also einiges zu verlieren, sogar sehr viel, würde ich sagen. Was sind armselige fünfzigtausend Pfund im Vergleich zu der Aussicht, Herrin auf einem riesigen alten Besitz zu werden? Ja, mich zu heiraten ist eine Überlegung wert. Und wenn die Familie meines Onkels nach dem sechzehnten Juni erbt, alles außer Chase Park und dem Titel, dann muß ich Tante Wyndham um Geld für Reparaturen bitten, um mein Erbe instand zu halten.«

»Nein, Mylord, verzeihen Sie, wenn ich mich undeutlich ausgedrückt habe. Dafür bin *ich* zuständig.«

»Darf ich wissen, wie hoch mein Taschengeld ist?«

»Ich glaube, Ihre Apanage beläuft sich auf ungefähr zweihundert Pfund im Quartal.«

»Zweihundert Pfund!« Marcus warf den Kopf zurück und lachte. Ein dunkles, unnatürliches Lachen, das nicht aufhören wollte und seine Schultern schüttelte. Dieses Lachen tat ihr um seinetwillen weh. Sie wollte schreien, ihn bitten, ihr zu vertrauen, und ihm sagen, daß alles gut werden würde. Natürlich sagte sie nichts. Sie wußte nicht, was sie sagen sollte und wie. Sie hatte keine Übung, keine Erfahrung darin.

»Hast du das gehört, Duchess? Zweihundert Pfund! Das ist ja fast soviel, wie ich in einem Jahr bei der Armee verdient habe. Großer Gott, ich wäre reich, ein Nabob mit einem Titel.« Und er lachte und lachte, bis ihm die Augen tränten. »Ich müßte nur zu Mr. Wicks gehen und die Hand aufhalten.

Ich könnte mich auch vor seiner Kanzlei in die Reihe der Bettler stellen und unterwürfig, mit artig gesenkten Augen, die Hand ausstrecken und um meine Guineen bitten in der Hoffnung, daß er mich nicht ermahnt, sparsam mit der Gabe umzugehen. Ja, und ich trage gestrickte Handschuhe ohne Finger, damit ich das Geld, das er mir zuwirft, besser auffangen kann.«

»Die Apanage, Mylord, würde Ihnen ohne Aufforderung viermal im Jahr zugestellt werden.«

»Ah, ja, damit Mr. Crittaker weiß, was mir und ihm zur Verfügung steht. Du lieber Himmel, ich habe Crittaker vergessen! Ist er noch mein Sekretär? Aber die Frage erübrigt sich. Was will jemand, der so arm ist wie ich, mit einem Sekretär? Nun, Mr. Wicks?«

»Ihr Onkel schätzte Mr. Crittaker sehr, Mylord, und hat vorgesorgt. Sein Lohn wird bezahlt, solange er den Wunsch hat, bei Ihnen auf Chase Park zu bleiben.«

»Vorgesorgt«, wiederholte Marcus langsam. »Das ist alles sehr aufschlußreich. So wie für deine Mutter gesorgt wurde, Duchess. Wie man vielleicht auch für dich sorgte, in deinem gemütlichen Häuschen in Smarden. Und wenn ich für mich sorgen will, muß ich mich unter die Bettler begeben.«

Sie hatte die Hände zu Fäusten geballt. Sie blickte auf die weißen Knöchel und bemühte sich, ruhig zu bleiben und die Fäuste zu öffnen. Wenn es ihr nicht gelänge, würde sich ihr Magen noch mehr verkrampfen, und sie würde ohnmächtig werden.

Seine Stimme war heiser vom Lachen, als er weitersprach. »Nun, meine liebe Duchess, willst du diese gottverdammte Scharade mit mir spielen? Willst du mich heiraten? Wärst du bereit, mich vor diesen Demütigungen zu retten? Mich im Bett zu ertragen und viele kleine Jungen zur Welt zu bringen, die vielleicht mir ähnlicher sehen als dir? Hat mein Onkel auch hier vorgesorgt, Mr. Wicks? Jeder Sohn, der mein Ebenbild ist, wird enterbt? Teufel noch mal, ein völlig neuer Aspekt! Was ist, wenn die Söhne mein Temperament, meine Launen, meinen behaarten Körper erben? Was ist, wenn die Kinder nach mir schlagen und nicht nach dir, diesem seelenlosen kalten Wesen?«

Sie öffnete ihren Mund, ja, jetzt würde sie ihm alles sagen, aber er schrie plötzlich dazwischen: »Nein! Ich möchte dein gestelztes Gemaule nicht hören! Glaub mir, Duchess, ich würde dich nicht heiraten, auch dann nicht, wenn ich am Verhungern wäre und du mir das letzte Stück Brot von ganz England reichtest. Welcher Mann möchte schon eine kalte, gefühllose Frau im Bett haben, auch wenn sie noch so reich ist? Ich nicht, Madam, ich nicht! Ich bin nicht so berechnend und intrigant wie dein Vater. Übrigens, Mr. Wicks, ich habe gerade beschlossen, daß die Grafen von Chase mit meinem Tod aussterben. Hat mein Onkel auch für diese Möglichkeit vorgesorgt?«

»Ihre Tante Wilhelmina hat zwei Söhne, Mylord. Sollten Sie ohne Nachkommen sterben, ginge der Grafentitel an den ältesten Sohn Trevor Wyndham über.«

»Trevor? Du lieber Himmel, der Name ist genauso grotesk wie Josephina! Trevor. Ist er etwas schwächlich, Mr. Wicks? Spreizt er den kleinen Finger ab, wenn er ein Gläschen trinkt? Hat er einen Schönheitsfleck auf der Wange? Ist er schwatzhaft und kichert? Umwickelt er sich die Waden mit Watte, damit die Hose nicht schlottert? Polstert er die Schultern mit Buckram, um männlicher auszusehen? Mein Gott, Trevor!«

»Ich kenne den Sohn Ihrer Tante Wilhelmina nicht.«

Der Graf fluchte, aber sein Zorn hatte sich gelegt. Dann, sehr langsam, vorzog sich sein Mund zu einem Lächeln. »Das soll mir auch recht sein. Dann wird ein Geck der nächste Graf von Chase. Oder ein Päderast. Wenn das zutrifft, lasse ich sein Porträt malen und hänge es in Gold gerahmt neben meinem Onkel auf. Dann sind sie bis in alle Ewigkeit vereint. Ach ja, und ich bekomme zweihundert Pfund im Quartal. Ich bin reich. Die Rolle, die ich zehn Monate lang gespielt habe und die mir sowieso nicht auf den Leib geschrieben war, werde ich bald vergessen haben. Glauben Sie mir, Mr. Wicks.«

Dann verließ er mit festen Schritten, ohne sich umzudrehen, die Bibliothek, und wieder war dieses makabre Lachen zu hören.

Mr. Wicks blickte die Duchess an und schüttelte den Kopf. »Einen Ausbruch von dieser Unmäßigkeit, dieser Heftigkeit hätte ich nicht erwartet.«

»Schon als Junge hat Marcus offen seine Meinung gesagt«, erwiderte sie ruhig. »Als Erwachsenen habe ich ihn noch nie so reden gehört. Er ist beredter und eindringlicher geworden. Und treffender. Das habe ich schon immer an ihm bewundert.«

Sie blickte Mr. Wicks an, der betrübt den Kopf schüttelte und Unverständliches vor sich hinmurmelte. »Ich verstehe nicht, wie er Sie so beleidigen konnte. Sie haben ihm nichts getan, im Gegenteil,

Sie wollten ihm helfen. Er ließ Sie nicht einmal zu Wort kommen. Ich glaube, Sie hätten ihn geheiratet, Duchess.«

»Ja. Aber er war außer sich, Mr. Wicks. Er hätte mich nicht verstanden, auch wenn ich ihm mein Ja ins Gesicht geschleudert hätte.«

»Dinge, die man im Zorn gesagt hat, führen oft zu Schlußfolgerungen, die keiner der Beteiligten gewünscht oder erwartet hat.« Er schüttelte erneut den Kopf. »Es steht soviel auf dem Spiel. Vielleicht wird er die Dinge morgen früh mit anderen Augen betrachten.«

Aber dem war nicht so.

Am nächsten Morgen war der Achte Graf von Chase verschwunden.

Sein Kammerdiener Spears ebenfalls.

Stadthaus der Wyndhams, Berkeley Square, London, Mai 1814

Sie lächelte, als sie das Fenster weiter öffnete und sich hinauslehnte, um besser hören zu können. Dann sah sie sie, die drei Soldaten, die leicht angetrunken aus Leibeskräften sangen, die Arme umeinandergeschlungen, als ob sie sich gegenseitig stützen wollten. Sie sangen von Napoleon, von seiner Abdankung.

»Er sagte herzlich Adieu seiner treuen alten Garde,
Die quiekte und schrie wie Schweine vor der Hellebarde.
Aber es half nichts, er wurde nach Elba geschleift, auwei,
Um auf der Insel zu schmoren von Dezember bis Mai.«

Ein flottes Liedchen, dachte sie lächelnd, und sie singen es gern. Die Reime waren vielleicht etwas plump, aber sie paßten gut zu der Melodie. Jetzt kam der Refrain, und die Stimmen schwollen an zu einem lauten fröhlichen Grölen.

»Ab in dein Versteck, ho ho, ab nach Elba für lange Zeit!
Liftet den Anker, mit ihm fortzusegeln meilenweit,
Nach Elba, wo er sterben und verwesen wird,
in Ewigkeit.«

Kaum hatten sie diese Strophe beendet, fielen sie zu ihrer großen Freude in das nächste Lied ein, das Wellington besang, der gerade erfuhr, daß Napoleon abdanken mußte.

»Er zog gerade seine Stiefel an, so erzählt man sich,
und plante den nächsten Feldzug, der siegreiche Wüterich.
Dann, ganz außer Atem, kamen die Boten
und riefen: ›Keine Toten mehr, keine Toten!‹

Und Wellington sagte: ›Laß mich in Ruh, oh,
laß mich in Ruh,
Ich zieh erst mein Hemd an, dann hör ich euch zu.‹

Aber einer der Boten lachte und rief: ›Hört, Mylord!
Napoleon sitzt gefangen am einsamen Ort.
Der Narr speit Gift und Galle,
Frißt seinen Hut und sitzt in der Falle.
Und wir geh'n gelangweilt nach Haus,
der Krieg ist aus.‹

›Hurra, hurra!‹ schrie da Wellington.
›Dankt Gott, wir haben gewonn'!
Keine Schlachten mehr, kein Ruhm, keine Glory,
Ich zieh nach England und werd' ein Tory.‹«

Wie ein Kind freute sie sich über die schmissige Melodie und die drei Soldaten, die nach Herzenslust sangen. Es machte ihnen Spaß, und darauf kam es an. Sie entfernte sich vom Fenster, als die Männer außer Sicht waren und die Stimmen wie ein fernes Echo verklangen.

Der Text war nicht vollkommen, o nein, aber es wärmte das Herz, jedenfalls das ihre, wenn man Wellington musikalisch zitierte. Es gab noch ein Lied, ein kürzeres, das sie bereits mehrmals gehört hatte, wenn sie mit Badger in St. James spazierenging. Das Heftchen mit dem Text und den Noten lag bei Hookhams im Schaufenster aus. Es handelte vom französischen Senat, Spielball des verschlagenen Talleyrand, der den Zaren zweifellos überredet hatte, für den alten Ludwig zu stimmen, den Bruder des letzten Königs. Dieser feiste alte Bock wurde als Ludwig XVIII. auf den Thron gesetzt.

Seitdem war Marcus außer Gefahr, wo er auch sein mochte. Genauer gesagt, seit dem sechsten April, dem Tag, an dem Napoleon abdankte. Nein, das stimmte nicht ganz, es gab noch eine große Schlacht bei Toulouse und unzählige kleine Scharmützel. Wie viele Stoßgebete hatte sie zum Himmel geschickt und gehofft, daß er nicht in Toulouse war, bei dieser sinnlosen Schlacht! Bestimmt war er nicht dort. Bestimmt nicht. Spears mußte ihre Nachricht irgendwie erhalten haben.

Bald würde sie wissen, wo er sich befand, und bald würde er bei ihr sein, dieser verrückte Hitzkopf. Es blieb nicht mehr viel Zeit.

Sie trat an ihren zierlichen Schreibtisch, öffnete die unterste Schublade und zog Spears' letzten Brief hervor. Leider trug der Brief das Datum der letzten Märzwoche. Er schrieb, daß er und seine Lordschaft einen Befehl erhalten hätten, aber noch nicht wüßten, wo man sie hinschicken werde. Er gebe ihr Bescheid, schloß er, wenn es möglich sei. Sonst sei seine Lordschaft eigensinnig wie eh und je, und im Augenblick sei hier die Hölle los.

Was meinte er damit? Ihr schauderte. War er verwundet? Sie überflog die Kriegsberichte in den Zeitungen und die Todesmeldungen. Kein Wort von Marcus. Marcus war weder verwundet noch tot, sonst wäre Spears sofort zu ihr gekommen, ja, ja, ganz bestimmt. Das mußte sie sich einreden, sonst würde sie verrückt werden. Nein, er war am Leben. Sie faltete den Brief zusammen und legte ihn in die Schreibtischschublade zurück.

An jenem Abend, einem lauen Frühlingsabend, der für Liebespärchen wie geschaffen war, saß sie allein in dem prächtigen Salon des Wyndhamschen Stadthauses am Berkeley Square und beschloß, einen Plan zu entwerfen, einen richtigen Schlachtplan, wie der erfolgreiche Wellington. Reden allein half nichts. Marcus mußte man angreifen, aber nicht frontal, sondern aus dem Hinterhalt. Sie stand auf, zog an der Klingelschnur und wartete auf Badger. Dann summte sie die Melodie, die sie vorher auf der Straße gehört hatte.

Als Badger im Salon erschien, lächelte sie ihn an und verkündete strahlend: »Ich hab's, Badger. Ich habe einen Plan. Können Sie sofort aufbrechen, wenn die Nachricht eintrifft?«

»Seit drei Wochen halte ich mich bereit, Duchess«, sagte Badger und lachte sie an. »Wenn Sie endlich einen Plan haben, dann bleibt seiner Lordschaft kein Ausweg.«

»Nein, dann bleibt ihm kein Ausweg, dem Narren.«

8
Paris
Mai 1814

Er war ein Esel gewesen, ein verbohrter Dickschädel, und das hätte er gern vergessen, aber es gelang ihm nicht, obwohl seitdem viele Tage und Wochen vergangen waren. Die Erinnerung hatte sich in seinem Kopf eingenistet und lauerte nur darauf, sich wieder bemerkbar zu machen, wie jetzt. Zum Teufel noch mal! Wie konnte er sich so gehen lassen, so ungerecht sein! Sie hatte zwar keine sichtbaren Anzeichen von Betroffenheit oder Verletztheit gezeigt, als er ihr alle diese Unverschämtheiten an den Kopf geworfen hatte. Mit ihren verflucht schönen Augen hatte sie ihn wortlos angesehen und die Beherrschung behalten, die er an jenem unseligen Tage leider verloren hatte.

Es war ihm verhaßt, vor sich selbst als Esel dazustehen und sich in Grund und Boden zu schämen, und trotzdem hatte er nichts dagegen unternommen. Er hätte ihr schreiben und sie um Entschuldigung bitten, ihr sagen können, es sei nicht ihre Schuld gewesen, daß ihr Vater ihm das angetan hatte. Nein, er hatte nichts unternommen. O Gott, er wünschte, sie wäre hier, dann würde er ... was würde er tun? So genau wußte er das nicht. Jedenfalls könnte er sie bei dieser Gelegenheit um Verzeihung bitten.

Er schüttelte den Kopf. Nachdenklich blickte er auf und erkannte seinen Freund North Nightingale, Major Lord Chilton, der gerade den saalähnlichen Raum betrat. Er wartete, bis North vor ihm stand, und meinte dann: »North, sieh mal, da kommt gerade Lord Brooks mit seinen beiden Adjutanten. Kinnlose Stiefellecker! Sie gingen drei Schritt hinter dir.«

»Da sollen sie auch bleiben«, sagte North finster lächelnd und ließ den Blick durch den riesigen, zehn Meter hohen Raum mit dem prunkvollen weißgoldenen Mobiliar schweifen. Marcus hatte sich bereits an diese überladene Pracht gewöhnt, während sie North noch als bedrückend empfand. Der Raum lag in dem ehemaligen Palais des Duc de Noaille, das Wellington jetzt für sich und seinen Stab gemietet hatte. Zar Alexander hatte unweit davon in derselben Straße das noch prächtigere Palais von Talleyrand bezogen. Natürlich als sein Gast, um den Zaren nach Napoleons Abdankung für seine Machenschaften zu gewinnen, meinte Wellington damals. So hatte der listige alte Fuchs ständig Einfluß auf den Zaren, und der gut bestückte Weinkeller tat ein übriges dazu.

»Unterschätze die beiden Adjutanten nicht, Marcus. Vorhin haben sie einen Gassenhauer über Talleyrand zum besten gegeben. Wie der alte Fuchs nicht nur Zar Alexander vor seinen Karren spannt, sondern auch den französischen Senat, um den dicken alten Ludwig auf den Thron zu bringen. Eine flotte Melodie.«

»Er hat nur so viel Verstand wie ein Bock, dieser Ludwig. Aber der Thron steht ihm wenigstens rechtmäßig zu.«

»Ein aufgeblasener Popanz ist er. Aber Talleyrand hatte Erfolg, und Ludwig sitzt jetzt auf Frankreichs Thron. Gebe Gott, daß ich nie etwas mit ihm zu tun habe! Man sagt, er habe ein Heer von Mätressen!«

Marcus sah seinen Freund nachdenklich an. »Manchmal wünsche ich mir«, sagte er nach einer Pause und warf Lord Brooks und seinen beiden ohrenspitzenden Adjutanten einen Blick zu, »daß Talleyrand Engländer wäre. Castlereagh ist ein brillanter Diplomant. Man vertraut ihm, aber dennoch … mir scheint, er hat zuviel Ehrgefühl im Leib. Ich habe es selbst erlebt: Es fällt ihm schwer, einem anderen die Unwahrheit zu sagen.«

»Wahrlich, ein Fehler«, bemerkte North und stieß Marcus unauffällig in die Rippen, denn Lord Brooks wollte auf ein Schwätzchen zu ihnen herüberkommen.

»Mylords«, sagte Lord Brooks und blickte sie unter der Maske der Liebenswürdigkeit prüfend an. Er war ein älterer Mann mit einem dichten Schopf weißer Haare und mit einer großen Nase. Sein Verstand allerdings ragte kaum über seine Körpergröße von fünfeinhalb Fuß hinaus. »Nun ist also Ludwig XVIII. König von Frankreich. Ein kluger Schachzug, daß Napoleon seinen Kaisertitel behalten hat. Da werden Sie mir zustimmen.«

Marcus hielt diese Bemerkung für unendlich dumm, schwieg aber und blätterte lediglich einige Militärdepeschen durch.

Mit einem Achselzucken warf North ein: »Kaiser wovon? Macht diese Frage nicht stutzig? Aber ja! Er ist der Herrscher über Elba, Kaiser über Strände und Steine, über Buschwerk und Bäume.«

»Und nicht zu vergessen«, ergänzte Marcus, »über eine Schar französischer und polnischer Leibwächter. Und ein Schiff, Lord Brooks, die Brigg Inconstant.«

»Sie mokieren sich hier über eine Begebenheit, die nüchterner Betrachtung bedarf«, tadelte Lord Brooks und warf den beiden Männern einen Blick zu, als wolle er sie am liebsten mit seinen Handschuhen ohrfeigen. Dann zog er sich mit seinen Adjutanten zurück.

»Was hat er gemeint?« fragte North.

»Das weiß nur Gott.«

»Und Gott kümmert sich darum. Wir müssen in Zukunft vorsichtiger sein, Marcus. Es bringt nichts, den Mann zu beleidigen. Er ist verdammt stolz und kann es nicht ertragen, als dumm hingestellt zu werden. Eine gefährliche Kombination.«

Sie lachten, aber nicht zu laut. Es gab keinen Grund, Lord Brooks noch mehr zu verärgern.

»Ich habe die Nase voll«, erklärte Marcus. »Wenn nicht alles so verflucht langweilig und eintönig wäre und oft so sinnlos! Lange werde ich das nicht mehr mitmachen.«

»Das verstehe ich. Dir liegt das Parkett der Diplomatie nicht, wo sich alles umtanzt und einer um den anderen herumschwänzelt, Versprechungen macht und Absprachen trifft, die im Morgengrauen gebrochen werden. Himmel noch mal! Ah, Marcus, lächle kurz zu Lord Brooks hinüber, diesem aufgeblasenen Wichtigtuer!«

»Ein elender Intrigant«, erwiderte Marcus. »Ich glaube, er kam nur zu uns herüber, weil er irgend etwas herausbekommen wollte. Nun, dieser Versuch schlug fehl. Wie oft hat man aus dem Kreis Metternichs, Talleyrands oder des Zaren versucht, mich über Wellingtons Pläne und politische Ansichten auszuhorchen. Ein Pack, diese Diplomaten. Verdammt sollen sie sein!«

»Amen«, schloß North Nightingale. »Dein Arm scheint dir heute Kummer zu machen, Marcus. Du hältst ihn sehr unnatürlich.«

»Ich weiß. Spears ist eisern. Jeden Morgen zählt er, wie oft ich meinen schweren Degen hebe, auf und ab, auf und ab, ganz langsam, fünfzigmal, um dem Arm die alte Kraft zurückzugeben. Dann massiert er ihn. Und ich glaube, heute morgen hat er übertrieben. Ich habe höllische Schmerzen.«

»Aber du kannst ihn zum Glück wieder bewegen. Es sind erst ein paar Wochen vergangen, seit dich die Kugel in Toulouse erwischte.

Bei Spears bist du in guten Händen. Er versteht etwas davon.«

»Oh, North, ich bin am Leben! Was zählt da schon ein steifer Arm? Wir haben viertausendfünfhundert Mann verloren. Große Verluste, wie es beim Kriegsministerium heißt. Und das nur, weil der berittene Bote nicht schnell genug war, um Wellington zu berichten, daß Napoleon bereits vor vier Tagen abgedankt hat. Eine gottverdammte Schande! So viele Männer sinnlos geopfert.« Unbewußt rieb er sich den Arm.

North beobachtete, wie Marcus die Schublade des Sekretärs abschloß und auf den goldenen Schlüssel blickte, der wie ein zierliches Schmuckstück und auch so harmlos wirkte. Marcus trug ihn stets bei sich, seitdem es in den vergangen Wochen zu zwei Einbruchsversuchen gekommen war. Aber selbst wenn es dem Dieb gelingen sollte, die Schublade zu öffnen, fände er nur veraltete Dokumente. Das Geheimfach war sehr gut versteckt.

Die beiden Männer verließen das Palais, verbrachten die folgende halbe Stunde mit einem Spaziergang entlang dem Seineufer und genossen die milde, klare Luft des frühen Abends. Dann überquerten sie die Westspitze der Ile de la Cité auf dem Pont Neuf – einer Brücke, die ganz und gar nicht neu war, sondern die älteste von Paris. Plaudernd schlenderten sie den Boulevard Saint Michel hinunter, überquerten den Boulevard Saint Germain, um dann ihre Wohnungen aufzusuchen, die in einem großen Stadtpalais aus dem frühen 18. Jahrhundert lagen, dem Hôtel Matignon, in der Rue de Grenelle 57.

Marcus winkte einem Offizierskameraden zu, der vor ihnen schräg über die Straße ging. »Wir haben unser eigenes Bataillon hier im Faubourg Saint Germain.«

»Vergiß nicht, daß auch die russischen Soldaten hier wohnen. Letzte Nacht hatte ich vergessen, mein Fenster zu schließen, und wurde von ihrem Gegröle geweckt. Sie sangen in ihrer unverständlichen Sprache fast bis zum Morgen, die Saufbolde. Wie zum Teufel schaffen die es nur, morgens pünktlich zum Dienst anzutreten?«

Marcus schüttelte den Kopf. »Ich habe sie oft im Morgengrauen nach Hause torkeln sehen. Punkt sieben waren sie wieder auf den Beinen. Übrigens, in letzter Zeit sind viele Prostituierte unterwegs.«

»Keiner von ihnen bist du den Sold schuldig, Marcus. Wie geht es der hübschen Lisette?«

»Hübsch wie immer. Ich habe eine kleine Wohnung für sie gemietet, in der Rue de Varenne. Ihre Dankesbezeugungen haben mich sehr gerührt.«

North lachte. »Das glaube ich gern.«

Und ihre Talente, dachte Marcus. Laut sagte er: »Weißt du, was mir an Lisette außer ihren körperlichen Attributen so gefällt? Sie redet ununterbrochen, plaudert wie ein Wasserfall. Ständig ist sie in Bewegung, flattert im Zimmer umher, erzählt mir Witze und lustige Begebenheiten, und sie lacht. Sie lacht andauernd. Sie ist nie still, nie wie ...«

»Wie was, wie wer?«

»Wie die verdammte Duchess, falls du es genau wissen willst.«

North Nightingale schaute zur Seine hinüber.

»Du bist ein Dummkopf, Marcus.«

»Lassen wir das, North. Im Augenblick kann ich mich glücklich schätzen. Weißt du, daß ein Bankwechsel über zweihundert Pfund in meiner Tasche steckt? Meine vierteljährliche Apanage, dafür, daß ich Graf von Chase spiele. Das hat mir Mr. Wicks notariell beglaubigt. Ich frage mich nur, wie Mr. Wicks mich hier gefunden hat.«

»Das frage ich mich auch. Du hast es lange genug verstanden, dich vor deinen Freunden in England zu verstecken. Du wirst das Geld doch nicht zurückschicken, Marcus?«

»Teufel, nein! Ein guter Teil davon geht für Lisettes Unterhalt drauf.« Er lächelte bei dem Gedanken, was Mr. Wicks wohl dazu sagen würde, wenn er wüßte, daß die Guineen das alten Grafen für die Geliebte des verhaßten Neffen ausgegeben wurden. Nun, der Alte hatte selbst eine Geliebte gehabt, die Mutter der Duchess. Aber seltsam, wenn man an die Duchess dachte, stand alles in einem völlig anderen Licht.

Wo mochte sie sein? Wieder in ihrem verdammten Häuschen? Oder hielt sie in der Londoner Gesellschaft mit ihren fünfzigtausend Pfund Hof und machte den jungen Adligen, die um sie her umschwirrten, schöne Augen? Diese verdammten blauen Augen! In schwachen Momenten hatte er sich immer wieder gefragt, ob da ein Mann war, der sie protegierte, der die Miete für das Häuschen in Pipwell bezahlte, für Badger und alles, was sie zum Leben brauchte ... Zum Teufel noch mal, das alles spielte jetzt keine Rolle mehr! Aber im Innern brannte die Wut und ließ sich nicht löschen. Er würde

Chase Park nie wiedersehen, weder die Duchess noch ein anderes Mitglied der Familie Wyndham. Solange er lebte.

Vielleicht waren die amerikanischen Wyndhams schon eingetroffen, um ihr Erbe anzutreten, aber dann fiel ihm ein, daß Tante Wilhelmina den sechzehnten Juni abwarten mußte.

Dann würde alles auf die Amerikaner übergehen, jetzt, nachdem er verzichtet hatte. *Trevor!* Dieser geckenhafte Name paßte zu diesem dämlichen Dandy. Marcus konnte kaum an den Namen und den dazugehörenden Mann denken, ohne daß sich ihm der Magen umdrehte. Aber er hatte sich ja geschworen, daß Trevor sein Nachfolger werden sollte. Ja, Trevor Graf von Chase. Das hatte einen gewissen Klang, einen gespenstischen Klang. Marcus hatte sich damit abgefunden. Er wollte es nicht anders.

»Wo, zum Teufel, bist du mit deinen Gedanken, Marcus? Du bist so schweigsam wie die Duchess, von der du mir soviel erzählt hast.«

»Ich habe dir sehr wenig über die Duchess erzählt. Sehr, sehr wenig.«

»Oh, letzte Woche, als du sturzbetrunken warst, hast du mir sehr viel erzählt.«

»Vergiß, was du über sie weißt. Ich habe sie vergessen. Ich hoffe nur, sie hat einen männlichen Beschützer. Schließlich ist sie die Tochter ihrer Mutter. Und das bringt mich wieder auf Trevor! Cousin Trevor, schmal wie ein Mädchen, weiche Gesichtszüge, schütteres Blondhaar, das sich nur auf seinem Geckenkopf kringelt und sonst nirgendwo am Körper. Wahrscheinlich lispelt er und trägt seinen Kragen bis zu den Ohren.«

North lachte auf und knuffte Marcus in den gesunden Arm.

»Wir sind bei Lisettes Wohnung angelangt. Hinein mit dir! Sie wird dich aufheitern. Ich bin schließlich derjenige mit der finsteren Seele und den tiefen Abgründen, nicht du. Sie soll dich gut unterhalten, und ich, nun, ich glaube, ich werde irgendwo etwas Kleines essen gehen und sehen, wohin mich der Abend treibt.«

Die Freunde trennten sich, und Marcus klopfte an Lisettes Haustür. Kurz darauf hörte er ihre leichten Schritte, als sie herbeieilte, um ihm zu öffnen. Lisette ging nie, und sie schritt nie. Sie schwebte, tänzelte, flatterte. Sie war nie still, wenn er sie liebte. Ah, er hörte ihre kleinen Schreie gern, wenn er sie zur Erfüllung brachte. Nicht wie diese verdammte Duchess. Sie wäre still wie ein Grab.

Lisette DuPlessis freute sich, als sie ihn sah, ihren Major Lord, wie sie ihn mit ihrem lispelnden Englisch nannte – dieser Fatzke Trevor würde es wahrscheinlich genauso aussprechen.

Sie nahm seinen Umhang, seinen Stock, band seinen Degen ab, den sie zärtlich berührte. Dann ließ sie ihre Finger über seine rotweiße Uniform gleiten, genoß das feine Tuch, das seine Körperwärme ausstrahlte, und plapperte die ganze Zeit, erzählte ihm, was sie getan hatte, nachdem er in der Nacht davor gegangen war. Sie sprach jetzt französisch, bis auf die Anrede, und da sein Französisch genauso gut wie sein Portugiesisch war, hatte er keine Schwierigkeiten, ihr zu folgen. Ah, in den vergangenen Wochen hatte sie ihm Liebesworte beigebracht, die ihm bis in die Zehen schossen und ihn hart wie einen Stein machten.

Er küßte sie und merkte, daß er nicht aufhören wollte. Ihr Atem war warm und süß von dem schweren roten Bordeaux, den sie getrunken hatte. Sie trinkt zuviel, dachte er, aber in diesem Augenblick war ihm das gleichgültig. Er wollte jetzt in ihr sein. Ihr Atem ging schneller, und ihre Hände, die niemals Ruhe gaben, machten ihn wild.

Er wollte es langsam machen, aber Lisette kannte die Männer sehr gut, trotz ihrer neunzehn Jahre. Sie wußte, daß er sie wollte, daß er wild vor Verlangen war – ein junger Mann war immer wild danach –, und so kam sie ihm entgegen, streifte ihm schnell und gekonnt die Kleider ab und zog ihn in ihr Schlafzimmer aufs Bett. Sie legte sich auf ihn und ließ ihn in sich eindringen. Es war zu schnell vorbei.

Nachdem sich sein Atem beruhigt hatte und sein Herz wieder regelmäßig schlug, sagte er: »Verzeih, Lisette, ich bin ein Schwein.«

Ihre flinken Hände machten sich an seinem Rücken zu schaffen, streichelten ihn, glitten kräftig auf und ab, strichen über seinen Hintern und machten zwischen seinen Schenkeln halt. Sie kicherte wie ein Schulmädchen und biß ihm ins Kinn. »Das stimmt, Major Lord, aber ich verzeihe dir. Versprichst du mir, es das nächste Mal besser zu machen?«

Er lachte zu ihr hinunter und spürte, wie die Eintönigkeit des Alltags von ihm abfiel. »Ja«, sagte er und rollte sie zur Seite, um sich neben dem Bett aufzustellen. »Ja, ich werde es viel besser machen.«

»Gleich jetzt, Mylord?« Sie betrachtete ihn mit Begeisterung.

Paris, Hotel Beauvau, Rue Royale

Badger wich ihren Augen aus. Sie sah ihn mit wachsender Ungeduld an. »Sagen Sie schon, Badger, haben Sie ihn gefunden? Wissen Sie jetzt, wo er wohnt?«

»Ja«, sagte Badger, nicht mehr, nicht weniger.

Sie wartete. Anscheinend störte ihn etwas, und er wollte ihr nicht sagen, was er wußte. Sie ging zu dem vergoldeten, mit blauem Brokat bezogenen Bänkchen hinüber und setzte sich. Sie legte die Hände in den Schoß, schwieg und wartete. Eine Melodie kam ihr in den Kopf, die sie leise vor sich hin summte.

»Lord Castlereagh braucht mehr List und Kraft.
Er spricht zu leis', hat keinen Saft.
Er sollte bei Talleyrand in die Schule geh'n,
und dann würde alles nach ihm sich dreh'n.«

Das war ein Anfang. Canning wäre der geeignete Mann, er war verschlagen genug, um die beiden Minister in die Tasche zu stecken. Sie summte weiter, merkte aber, daß die Melodie zuviel Ähnlichkeit mit einer anderen hatte. Sie hörte auf, zog die Stirn in Falten, als sie versuchte, eine andere Melodie zu summen.

Plötzlich, ohne Vorwarnung, sagte Badger: »Er hat eine Geliebte. Verdammt! Er ist jung und heiß wie jeder normale junge Mann!«

»Talleyrand?« fragte sie abwesend. »Canning?«

»Nein, nein, seine Lordschaft. Ich bin ihm und Lord Chilton gefolgt – einem Mann, dem wir unbedingt aus dem Wege gehen sollten, Duchess, glauben Sie mir, er ist gefährlich – dann trennten sie sich, und seine Lordschaft ging zu diesem jungen Mädchen, das ihm die Tür öffnete und ihn begrüßte. Ich wußte sofort, daß es seine Geliebte ist, weil sie ihn umarmte und küßte und hineinzog in dieses schmale Haus in der Rue de Varenne. Ihre Hände waren überall, Duchess. Ob er bei ihr wohnt, weiß ich nicht. Jedenfalls geht er ständig bei ihr ein und aus.«

»Nun«, sagte sie gedehnt und zwang sich, die aufsteigende Wut zu unterdrücken. »Seine Mittel sind nicht unerschöpflich. Er wird sich in Sparsamkeit üben müssen. Vermutlich würden zwei Haushalte sein Budget überlasten. Aber trotzdem bin ich sicher, Badger, daß er seine eigene Wohnung hat. Marcus würde nicht mit einer Mätresse zusammenleben. Ich weiß nicht, warum ich mir dessen so sicher bin. Aber so ist es.«

»Sie sollten nicht so verdammt verständnisvoll sein.«

»Er ist frei, zu tun und zu lassen, was er möchte und mit wem er möchte. Jedenfalls tut er das im Augenblick. Wohnt Spears ebenfalls in dieser Wohnung?«

»Das weiß ich nicht.«

»Da haben wir's. Er hat seine eigene Wohnung.«

»Das weiß ich nicht. Ich habe ungefähr zwei Stunden in der Nähe der Haustür gewartet, bis er mit ihr am Arm herauskam. Dann ging er mit ihr in eins dieser speziellen französischen Restaurants, wo sie diese ekligen Kaldaunen servieren, die mit einer noch ekligeren Sauce bedeckt sind. Innereien! Heiliger Himmel, mir wird übel. Nein, Spears habe ich nicht gesehen.«

»Wir müssen ihn finden, bevor wir mit *dem Plan* beginnen. Spears muß eingeweiht werden. Ich bin Mr. Wicks sehr dankbar, daß er schließlich damit herausrückte, daß Marcus mit Wellingtons Stab hier in Paris ist.«

»Duchess, morgen in aller Frühe werde ich mich zu der Wohnung in der Rue de Varenne begeben und dem Grafen auf Schritt und Tritt folgen.«

»Machen Sie sich so früh wie möglich auf den Weg, Badger. Er hat seine eigene Wohnung.«

»Sein Arm ist steif.«

»Wie meinen Sie das?« Sie beugte sich vor und hielt den Atem an. Sie hatte plötzlich große Angst. »Wie meinen Sie das?« wiederholte sie.

»Ich habe mich umgehört. Er wurde bei der letzten Schlacht in Toulouse verwundet.«

»Mein Gott! Hat er ... Haben Sie beobachtet, ob er Schmerzen hat, Badger? Glauben Sie, daß er sehr gelitten hat? Oh, mein Gott!«

Badger blickte sie offen an. Sonderbar, dachte er, aber voller Hoffnung.

»Das weiß ich nicht. Machen Sie sich keine Sorgen, Duchess. Morgen werde ich Spears ausfindig machen. Soll ich ihn hierherbringen?«

»O ja«, sagte sie, aber sie schien zerstreut. Heilige Jungfrau, dachte er, sie denkt an seine Verwundung. Es bewegt sie. Halleluja, das war ja mehr, als er erhofft hatte. Wenn sie nur vor ihrer Abreise aus London Nachricht von Spears erhalten hätten!

Spears sagte mit seiner unverkennbar glatten, unpersönlichen Stimme: »Haben Sie das schon gehört, Mylord? Als man dem alten King George berichtete – während er unauffällig von zwei freundlichen Betreuern festgehalten wurde –, daß die Verbündeten vor zwei Monaten in Frankreich einmarschiert seien, fragte er, wer die britischen Truppen befehligt habe. Wellington, antwortete man ihm. Da brüllte Old George: ›Das ist eine verdammte Lüge. Der wurde vor zwei Jahren erschossen.‹«

Marcus lachte. »Armer verrückter George III. Wenn er noch einmal zu Verstand kommen und entdecken sollte, daß in der langen Geschichte Englands noch nie ein Prinz so verspottet wurde wie sein Sohn, verfiele er in dumpfen Wahnsinn und würde sein Leben aushauchen. Eins muß man ihm lassen: Er war kein schlechter König, bevor er verrückt wurde.«

»Ja, Mylord«, stimmte ihm Spears zu, »und viele glauben, die endlose Dummheit und Freßsucht seines Sohnes hätten ihn um den Verstand gebracht. Es ist Zeit, Mylord, daß Sie ein Bad nehmen und sich ankleiden. Soweit mir bekannt ist, wurden Sie heute zu den Festlichkeiten im Hôtel de Sully in der Rue Saint Antoine abkommandiert.«

Marcus knurrte und fluchte. Trotzdem saß er eine Weile später makellos gekleidet in einer Mietdroschke und ließ sich zum Diplomatenball im Hôtel Sully in die Rue Saint Antoine fahren. Dieser verdammte Kerl wußte auch alles. Marcus schüttelte den Kopf und lehnte sich in die überraschend sauberen Polster zurück, was gar nicht so überraschend war, da Spears auch hier seine Hände im Spiel hatte und die entsprechende Kutsche bestellt hatte.

Spears wartete geduldig, bis er seine Lordschaft in der Kutsche auf dem Weg zur Rue Saint Antoine wußte. Dann zog er Mantel und Hut an und machte sich selbst auf den Weg. Zur Rue Royale.

Zu seinem Mißfallen öffnete ihm die Duchess die Tür. »Duchess«, sagte er steif, »warum sind Sie nicht im Salon? Warum öffnen Sie die Tür? Das sollten Sie nicht tun. Mr. Badger sollte das nicht erlauben. Ich werde mit ihm sprechen müssen.«

»Bitte nicht, Spears. Badger bereitet das Abendessen vor, und Maggie kleidet sich um. Ich glaube, sie trifft sich heute abend mit einem russischen Soldaten, keinem Untergebenen, o nein, einem Mann von Rang und zweifellos gutem Aussehen. Sie sagte, sie hätte sich immer schon für russische Geschichte interessiert und dieser junge Kosak sei genau der richtige Mann, der sie darin unterrichten könne. Oh, geben Sie mir Ihren Mantel und Ihren Hut, und sehen Sie mich nicht so mißbilligend an, Spears. Ich bin nicht hilflos, nur weil ich kein Bastard mehr bin.«

»Das ist nicht üblich«, sagte er und trat einen Schritt zurück. »Aber wie ich sehe, werden Sie weiterhin das tun, was Sie für richtig halten. Diese Maggie – ist das die Frau, die Badger in Portsmouth das Leben gerettet hatte, bevor Sie nach Frankreich übersetzten? Die Frau, die ihn rechtzeitig vor der führerlosen Postkutsche weggerissen hat?«

»Ja. Das ist Maggie. Sie schrie und stieß ihn zurück. Sie sagte, sie wisse nicht, warum sie es getan hat. Sie habe es einfach getan. Sie ist Schauspielerin, wie sie sagt, sogar eine gute. Da sie zur Zeit ohne, ehm, ohne Engagement ist, habe ich ihr angeboten, bei mir als Kammerzofe zu arbeiten. Sie sagte, sie habe das noch nie getan, aber sie sei klug und anstellig und Paris sei so aufregend, daß sie es versuchen wolle.«

»So etwas Kurioses habe ich noch nie gehört. Nach Ihrer Erzählung scheint sie sich nicht als Kammerzofe zu eignen.«

»Ich glaube, Spears, Maggie wird Sie eines Besseren belehren. Ich mag sie. Sie ist anders, irgendwie hat sie sich ihre innere Reinheit bewahrt, trotz ihrer ziemlich bewegten Vergangenheit. Ihre Freundlichkeit kommt von Herzen, und sie kann sehr witzig sein.«

Nachdem er ihr seinen Überrock gereicht hatte, blieb Spears steif und förmlich stehen. Es war nicht ihre Aufgabe, ihm beim Ablegen zu helfen. Es gehörte sich nicht. Wenn sie sich nicht nach der Etikette richtete, er würde es tun, und er würde sich Mr. Badger vornehmen müssen – und diese Maggie, die eher ein witziger Teufel zu sein schien.

»Kommen Sie bitte in den Salon. Ich möchte alles wissen. Erstens, warum haben Sie mir nicht geschrieben? Über Mr. Wicks habe ich erfahren, daß Marcus in Paris ist. Badger brauchte fast drei Tage, um seine Adresse ausfindig zu machen.«

»Ich weiß«, sagte Spears. »Ich werde Ihnen alles erzählen.«

»Sein Arm, Spears, was ist mit seinem Arm? Warum haben Sie mir nicht erzählt, daß er verwundet wurde? Warum haben Sie mir nicht geschrieben oder einen Boten geschickt?«

Spears schwieg für einen Augenblick und schüttelte dann langsam den Kopf. »Ich wollte vermeiden, daß Sie sich beunruhigen.« Er seufzte. »Ich fürchte, seine Lordschaft hat immer noch große Schmerzen. Die Splitter der Kugel sitzen noch im Fleisch, im Oberarm. Oft kann er vor Schmerzen nicht schlafen. Er erlaubt mir nicht einmal, daß ich ihm Laudanum in den Tee gebe. Aber dieser Anordnung habe ich mich oft widersetzt.«

Ihr Gesicht war schneeweiß, und Spears fügte eilig hinzu: »Aber im großen und ganzen verheilt der Arm gut. Ein Arzt könnte auch nichts ausrichten. Die Splitter sind sehr, sehr klein und suchen sich ihren Weg aus dem Arm. Sie eitern heraus, was sich furchtbar anhört, aber es ist gut so. Es ist nur eine Frage der Zeit, bis er wieder vollkommen geheilt ist, Duchess.«

»Die Zeit wird knapp.«

»Ja«, sagte Badger von der Salontür her mit einer großen Schöpfkelle in der Hand, »es bleiben noch genau zwei und eine halbe Woche. Ich zum Beispiel hasse es, wenn man alles auf die letzte Minute verschiebt. Unternehmen in letzter Minute scheitern immer.«

»Mr. Badger hat mich in Ihren Plan eingeweiht, Duchess. Es wird gelingen. Ich schließe mich dieser Verschwörung an.«

Sie vertraute ihm. Er würde einen fabelhaften Außenminister abgeben, dachte sie und ließ sich an seinem Arm in das Eßzimmer führen. Eigentlich schade – niemand konnte sich darüber auslassen, daß diese reiche junge englische Lady, die keine Anstandsdame bei sich hatte und deren Kammerzofe sich oben das leuchtendrote Haar aufsteckte, um einem jungen russischen Kosaken den Kopf zu verdrehen, in diesem kostbar ausgestatteten Eßzimmer mit ihrem Koch und dem Diener eines Grafen dinierte.

Die Duchess hörte erst wieder am kommenden Abend von Spears.

»Seine Lordschaft«, sagte Spears mit bewundernswertem Ernst und zwei roten Flecken auf den mageren Wangen, »wurde letzte Nacht in eine Schlägerei verwickelt. Er liegt mit zwei gebrochenen Rippen, einem blauen Auge und mit zehn aufgeschlagenen Fingerknöcheln im Bett. Seine Zähne jedoch, dem Herrn sei Dank, sind immer noch weiß und glänzend und vollzählig. Er lachte übrigens etwas schuldbewußt.«

»Wie konnte er sich mit seinem verletzten Arm schlagen?«

Badger grinste. »Mr. Spears, erzählte er Ihnen, wieso es zu der Schlägerei gekommen ist?«

»Ja, einer der englischen Offiziere nannte ihn einen verarmten Grafen, und seine Lordschaft verpaßte ihm einen, ehm ... er schlug kräftiger zu als notwendig. Dann griffen ihn die Freunde seines Widersachers an, ein ungleicher Kampf, Duchess. Leider war Lord Chilton nicht bei ihm, sonst wären seine Rippen unversehrt geblieben.«

»Ich verstehe«, sagte die Duchess mit schwacher Stimme. »Wieso wußte dieser Mann vom Testament meines Vaters?«

»Eigenartigerweise verbreiten sich diese Dinge wie die Pest«, sagte Badger.

»Eine ausgezeichnete Analogie, Mr. Badger. Mein Kompliment. Übrigens ist die Geliebte seiner Lordschaft auf seinen Wunsch bei ihm. Sie bat mich sehr artig, ihr die notwendigen Utensilien für seine Pflege zu überlassen. Als ich Seine Lordschaft verließ, betupfte sie ihm mit einem weichen, in Rosenwasser getränkten Tuch die Stirn und sang ihm eins der Liedchen von diesem Engländer vor.«

»Seine Mätresse ist bei ihm?« fragte sie, und die Stimme klang etwas dünn. »Und kühlt ihm die fieberheiße Stirn?«

»Ich glaube nicht, daß er Fieber hat. Trotz seiner Verletzungen bedachte er sie mit, ehm, aufmerksamen Blicken, die erkennen ließen, daß sich sein Allgemeinbefinden plötzlich gebessert hat. Trotz der Absichten und Wünsche seiner Lordschaft werde ich einen Weg finden, sie noch heute nacht in ihre Wohnung zurückzuschicken. Auch wenn es sehr spät ist, es wird geschehen.« Er schnippte ein Stückchen Mull von seinem dunkelblauen Jackenärmel. »Falls es Sie erleichtert, Duchess, sie ist sehr zurückhaltend und drängt ihn nicht, ihr Kleider und Schmuck zu schenken. Ich glaube, sie ist seiner Lordschaft sehr zugetan, soweit es bei einer Frau ihrer Prägung möglich ist.«

Wie meine Mutter, dachte sie und sagte laut: »Das freut mich, obwohl ich mich im Augenblick nicht erleichtert fühle, Spears. Vielleicht sollte ich sie zum Tee einladen und ihr für ihre Zurückhaltung danken.«

Spears wandte sich zur Seite, um sein Schmunzeln zu verbergen. Über die Schulter meinte er: »Das halte ich für keine gute Idee. Sie gäbe vor Schreck den Geist auf.«

»Das wäre ein guter Anfang«, sagte die Duchess.

Sie grollt, dachte Spears. Ganz offensichtlich.

»Übrigens, ihr Name ist Lisette DuPlessis«, meinte Spears obenhin.

Die Duchess schwieg.

»Seiner Lordschaft gefällt der Name. Er findet ihn niedlich.«

»Ich traue Marcus nicht«, erklärte die Duchess schließlich und blickte über Spears' rechte Schulter. »Ich möchte nicht das Risiko eingehen, diese Angelegenheit bis zur letzten Minute aufzuschieben. Ich stimme Badger zu. Ich werde die Sache heute nacht beenden.«

»Wenn seine Lordschaft mir gestatten, seine Geliebte aus dem Schlafzimmer zu entfernen.«

»Sie sagten, Sie fänden schon einen Weg.«

»Ganz richtig«, mischte sich Badger ein. »Mr. Spears wird es bewerkstelligen, Duchess. Keine Sorge. Daß seine Lordschaft nicht ganz bei Kräften ist, dürfte die Angelegenheit vereinfachen. Zudem hält sich Lord Chilton zur Zeit in Fontainebleau auf und wird uns nicht in die Quere kommen.«

Sie blickte auf die schweren Brokatvorhänge, die so überladen, so typisch französisch wirkten. »Seine Lordschaft ist nicht in der Lage, irgend etwas zu vereinfachen. Das entspricht nicht seiner Natur. Wenn Sie beide anderer Meinung sind, dann kennen Sie ihn nicht gut.«

9

*E*s war dunkel. Weder Mond noch Sterne erhellten den Himmel. Dicke schwere Regenwolken hatten sich über Paris zusammengezogen, und es begann zu nieseln. Die Rue de Grenelle war menschenleer. In den prunkvollen Häusern wurden die ersten Kerzen angezündet und erleuchteten einzelne Fenster.

Literarische Salons, dachte sie.

Männer, die sich mit ihrer Frau oder ihrer Geliebten vergnügen, dachte Spears.

Die Duchess zog den Umhang noch fester um sich. »Nein, hören Sie!« sagte sie in scharfem Ton zu Badger. »Ich werde nicht zurückbleiben und warten, bis Sie pfeifen. Ich bleibe bei Ihnen. Keine weiteren Diskussionen.«

Sie legten die letzten paar Schritte zur Wohnung des Grafen zurück.

»Er schläft«, erklärte Spears und deutete auf ein Fenster im zweiten Stock, das vollkommen dunkel war. »Allzuviel Laudanum habe ich ihm nicht gegeben, aber genug, daß es benommen macht.«

»Und was ist, wenn er nicht sprechen kann?«

»Keine Sorge, Duchess«, sagte Badger, »dann werden wir das Gesicht seiner Lordschaft mit dem Rosenwasser seiner Geliebten besprühen, bis er aufwacht und tut, was man ihm sagt.«

Sie warf Badger einen Blick zu, schwieg aber. Zur Hölle mit Marcus, der sie zu diesem Winkelzug trieb! Sie verwünschte ihn insgeheim, mußte aber zugeben, daß sie sich auch amüsierte. Köstlich amüsierte.

»Es ist fast drei Uhr«, sagte sie. »Ich habe die Zeiten überprüft. Es läuft alles nach Plan. Der Beamte, den Sie bestochen haben, wird in zehn Minuten hier sein. Wie heißt er, Badger?«

»Monsieur Junot. Ein Mann mit hungrigen Augen, einer Frau und vier Kindern. Er ging nur zu gern auf Ihren Vorschlag ein. Es mag seltsam klingen, aber ich vertraue ihm, auch wenn er ein verfluchter Franzmann ist.«

»Und ich kann mich darauf verlassen, daß alles ordnungsmäßig im Standesregister eingetragen wird?«

»Zweifellos. Sie werden die Papiere bekommen – mit beglaubigten Unterschriften.«

Sie nickte und trat zurück, damit Spears die Türe aufschließen konnte. Ein unerwartet lautes knarrendes Geräusch war zu hören. Aber Spears schien das nicht zu stören. Er trat in das dunkle Entree, blieb stehen und lauschte. Dann ging er auf den Treppenaufgang an der linken Seite zu. Die Duchess und Badger folgten ihm. Da stolperte sie und stieß mit dem Fuß gegen ein Tischbein. Wieder entstand ein höllischer Lärm, aber Spears schien auch diesmal nicht beunruhigt.

Sie waren schon zur Hälfte die schmale Treppe hinaufgeschlichen – wie Pfaffen in einem Bordell –, als plötzlich Kerzenlicht von oben ihre Gesichter beleuchtete und eine spöttische Männerstimme sich erhob, die jedes Wort unangenehm in die Länge zog. »Schau, schau! Wen haben wir denn da? Eine Bande von Dieben? Nein, Spears, Sie würden mich wahrscheinlich nicht mitten in der Nacht berauben.«

»Mylord«, sagte Spears leise, »legen Sie bitte die Pistole weg. Ihre Hand könnte im Augenblick etwas unruhig sein.«

»Oh, ich bin die Ruhe selbst. Der Lärm allerdings hätte Tote aufgeweckt. Aber ich habe nicht geschlafen. Sind Sie es, Badger? Was! Da ist ja noch jemand. Ihr seid zu dritt! Du lieber Himmel!«

Marcus blieb vor Überraschung die Sprache weg. »Du«, brachte er schließlich hervor. »Darf ich fragen, was dich um drei Uhr morgens in meine Wohnung führt?«

»Ja«, sagte sie.

»Ja, was, verdammt noch mal?«

»Ja, du kannst mich fragen, wenn du es wünschst.«

»Du, Badger und Spears. Rieche ich hier eine Verschwörung? Ich glaube nicht. Was könnte euch drei zusammengeführt haben? Spears, vielleicht befürchten Sie, ich könnte Ihren Lohn nicht mehr bezahlen? Aber ich habe Ihnen doch Mr. Wicks' Verfügung gezeigt.«

»Nein, Mylord. Diese Befürchtung habe ich nicht. Unsere Anwesenheit in Ihrer Wohnung dient nicht dem Zweck, Sie zu berauben. Wenn ich mir die Bemerkung erlauben darf, Mylord sollten wieder zu Bett gehen. Ihre Rippen verursachen Ihnen sicherlich

Schmerzen – ebenso wie Ihre Fingerknöchel, wenn Sie die Pistole so fest halten.«

Langsam, jedes Wort einzeln betonend, sagte Marcus: »Ich möchte wissen, was hier vorgeht, und zwar auf der Stelle. Nein, doch nicht sofort. Ich habe einen besseren Vorschlag. Wir begeben uns jetzt hinunter in den Salon. Spears, Sie gehen voran und zünden die Kerzen an. Duchess, du hast bis jetzt kaum den Mund geöffnet, aber das war ja nicht anders zu erwarten. Badger, Sie nehmen ihren Arm. Ich möchte nicht, daß sie die Treppe hinunterstürzt und sich das Genick bricht. Und wenn es hier zu einem Genickbruch kommen sollte, dann durch meine Hand, verstanden? Nun marsch, ihr drei!«

Sie fühlte, wie Badger ihre Hand nahm und sie leicht drückte.

Sie versuchte, ruhig durchzuatmen, um ihren Herzschlag zu beruhigen. Er hatte sie gehört, weil sie so ungeschickt gegen den Tisch gestoßen war. Nun, es war ihr Fehler, ganz allein ihr Fehler. Bei Marcus war eben nichts einfach. Nichts. Warum schlief er nicht? Offenbar hatte das Laudanum nicht ausgereicht.

Er stieg hinter ihnen die Treppe hinunter. Er trug nur einen Schlafrock, die Füße waren nackt, die schwarzen Haare zerzaust. Wie kam es, fragte sie sich, und ihr Herz pochte noch stärker, daß sie das alles bemerkte?

Spears hatte die Kerzen eines dreiarmigen Leuchters angezündet und hielt ihn in die Höhe, als die Duchess und Badger den kleinen Salon betraten. Vorsichtig setzte er den Leuchter auf einem Tischchen ab, als Marcus hereinkam.

Sie drehte sich nach ihm um und sah, daß er immer noch die Pistole auf sie gerichtet hielt. Ein böses Ding mit einem langen Lauf und einem abscheulichen Loch.

»Setzt euch!« verlangte er und wies mit der Waffe auf ein Sofa. Sie nahmen Platz, die Duchess zwischen den beiden Männern.

Als er auf sie zukam, sah sie, daß er Schmerzen hatte und daß er nicht ganz aufrecht stand. Seine Rippen, dachte sie. Laut sagte sie: »Du solltest im Bett liegen, Marcus. Dies alles ist sicherlich nicht gut für deine Rippen.«

Er lachte, hörte aber plötzlich auf, als ihn ein stechender Schmerz durchfuhr.

»Mütterchen«, spottete er, »bist du hier, um mir die Wunden zu verbinden? Um mich zu umhegen und zu pflegen?«

Sie blickte ihn nur an. »So wie Lisette?«

Er grinste frech. »Spears hat dir also von meinem treusorgenden Engel erzählt? Ah, sie hat das Haus erst vor wenigen Minuten verlassen.«

»Aber ich ...«, begann Spears.

»Ich weiß. Zweifellos haben Sie etwas in den Tee getan, den Sie mir an mein Bett brachten. Aber leider, leider war ich nicht durstig. Ich hatte nur Durst nach Lisette, zum zweiten Mal.«

»Bitte, Mylord ...«

Marcus brachte seinen Diener mit einem kurzen Anheben der Pistole zum Schweigen. Dann warf er der Duchess einen Blick zu. »Nein, ich kann mir nicht vorstellen, daß du jemanden umhegst, höchstens deine verdammten Rosen. Du bist doch nicht mitten in der Nacht aus Pflichtgefühl hierhergekommen? Aus Sorge um mich? Oder hattest du befürchtet, ich könnte dich bei Tage hinauswerfen? Sollte mir mein treuergebener Diener deswegen ein Schlafmittel verabreichen?«

»Ich bin aus einem anderen Grund gekommen, Marcus, und den erfährst du nur, wenn du dich hinsetzt, bevor du umfällst. Bitte, Marcus.«

»Ich möchte mich nicht hinsetzen.«

Sie stand auf und trat zu ihm, den Blick fest auf sein Gesicht geheftet. Obwohl es nur schwach vom Kerzenlicht beleuchtet war, sah sie die eingefallenen Wangen, das blaugrün verfärbte Auge und den geschwollenen Unterkiefer. »Dir geht es nicht gut, Marcus.«

Er stand regungslos da und wartete, bis sie in Armeslänge vor ihm stand, dann legte er ihr die Finger der linken Hand um den Hals. »Sag mir, erbe ich deine fünfzigtausend Pfund, wenn du das Zeitliche segnest?«

»Ich denke schon, obwohl mein Vater das wahrscheinlich nicht berücksichtigt hat. Vielleicht geht auch alles an die Amerikaner. Ich weiß es nicht, aber ich werde Mr. Wicks fragen.«

»Ich könnte aber auf die Fünfzigtausend spekulieren und dich erwürgen.«

»Ich glaube nicht, daß Spears oder Badger das zuließen, Marcus.«

»Leider kennen sie dich nicht so gut wie ich, sonst würden sie mein Vorhaben unterstützen.«

»Marcus, du kennst mich überhaupt nicht.«

Er zuckte die Achseln und verzog das Gesicht vor Schmerzen. Die kleinste Bewegung verstärkte das stechende Pochen in seinen Rippen. »Ob ich dich kenne oder nicht, das ist mir gleichgültig. Was hast du mit Badger in meinem Haus zu suchen? Raus damit! Jetzt will ich es hören.«

In diesem Augenlick war ein leises Klopfen an der Haustür zu hören. Marcus wandte sich überrascht um, und schon waren Spears und Badger über ihm. Er wehrte sich nur schwach. Die Schmerzen hatten sich verstärkt. Im Nu hatten ihn die beiden auf den dicken Teppich gezwungen. Spears wand ihm vorsichtig die Pistole aus der rechten Hand.

»Mylord«, sagte er freundlich, »ich fürchte, Sie müssen nun ein wenig Tee zu sich nehmen. Sind Sie bereit?«

»Sie sind entlassen, Spears.«

»Duchess, das ist Monsieur Junot«, bemerkte Badger ruhig. »Lassen Sie ihn herein.«

Die folgenden zehn Minuten waren von einem so dumpfen Schweigen erfüllt, daß sie daran zu ersticken meinte. Spears und Badger mußten Marcus gewaltsam zwingen, den Mund zu öffnen. Er wehrte sich verzweifelt. Die Schmerzen waren vermutlich unerträglich. Endlich gelang es den beiden Männern, ihm den Tee mit dem Laudanum einzuflößen. Monsieur Junot stand über ihnen, hielt eine Kerze und gab nicht einen Mucks von sich.

Er hatte sich lange nicht mehr so gut unterhalten.

Marcus' Kopf fiel zurück. Die Duchess sah, wie er gegen das Schlafmittel kämpfte und verlor. Das alles gefiel ihr ganz und gar nicht, aber sie konnte sich jetzt keine Gewissensbisse leisten. An ihrem Plan hatte sich nichts geändert. Marcus hatte die Dinge nur etwas komplizierter gemacht. Bei ihm war eben nichts einfach, und es blieb kein anderer Ausweg, um ihn zu retten, diesen Dummkopf.

Mit den Fingerspitzen strich sie zart über den geschwollenen Unterkiefer. »Es wird alles gut, Marcus. Das verspreche ich dir. Mach dir bitte keine Sorgen, bleib ganz ruhig liegen. Bitte.«

Undeutlich kam es über seine Lippen: »Ich werde dich umbringen, Duchess.«

»Im Augenblick ist dir vielleicht danach, aber das wirst du nicht tun.«

»Ich weiß nicht, was du mit mir vorhast, aber ich werde dich umbringen.«

Monsieur Junot trat näher. »Ist er für die Zeremonie bereit?«

Spears blickte dem Grafen in die Augen, die einen verschwommenen Ausdruck angenommen hatten. »Noch zwei Minuten, dann ist er soweit.«

Nach vier Minuten erklärte Monsieur Junot befriedigt: »Die Trauung ist vollzogen, auch wenn ihn Mr. Spears zu dem ›Ja, ich will‹ anstoßen mußte. Sie sind jetzt die Gräfin von Chase. Meinen Glückwunsch. Nun muß er nur noch seinen Namen unter die Urkunde setzen.«

Spears wollte dem Grafen die Hand führen, aber er schrieb seinen Namen selbst, gut leserlich, mit kräftigen Zügen. Die Duchess setzte ihren Namen daneben. Dann erhob sie sich, strich den Umhang glatt, nahm einen schmalen Goldreif aus der Tasche und steckte ihn an ihren Ringfinger. »Gut«, sagte sie und lächelte einen nach dem anderen an. »Es ist vollbracht.«

»Ja«, sagte Badger und rieb die Hände aneinander. »Den verarmten Grafen gibt es nun nicht mehr.«

»Ich frage mich«, gab Spears zu bedenken, »ob seine Lordschaft sich noch erinnert, daß er mich entlassen hat, wenn er aufwacht.«

Monsieur Junot lachte. »Dies dürfte für mich die aufregendste Nacht sein, seit mein Haus vor zwei Monaten fast von russischen Granaten getroffen worden wäre.«

Marcus öffnete ein Auge. Er sah weiße Musselinvorhänge über sich. Das konnte nicht mit rechten Dingen zugehen. Selbst wenn er in Lisettes Schlafzimmer liegen sollte, gäbe es da keine Vorhänge über dem Bett, nur einen riesigen Spiegel.

Langsam öffnete er das andere Auge. Helles Sonnenlicht fiel durch ein großes Fenster zu seiner Linken ins Zimmer. Das mußte die Morgensonne sein. Am späten Morgen, wenn ihn nicht alles täuschte. Er war mit seinem Schlafrock bekleidet. Wie merkwürdig. Normalerweise schlief er nackt.

Er setzte sich auf, schüttelte den Kopf, um die Benommenheit zu vertreiben. Er befand sich im Schlafzimmer einer Frau. Die zierlichen Möbel waren in Gold und Hellgrün gehalten. Alles wirkte zart und weich. Das war nicht das Zimmer eines Mannes.

Er horchte auf, weil er hinter der Tür, die seinem Bett gegenüberlag, eilige Schritte vernahm. Er sah, wie sich die Tür langsam öffnete.

Die Duchess trat mit einem Tablett ein. Sie drehte sich vorsichtig um und stieß mit dem Fuß die Tür hinter sich zu.

»Du«, sagte er. »Es war also kein Traum. Du bist vergangene Nacht in mein Haus gekommen, heimlich, und du hattest nichts Gutes vor. Was wolltest du?«

»Guten Morgen, Marcus. Ich habe dir das Frühstück gebracht.«

»Spears und Badger waren dabei. Jetzt fällt es mir wieder ein. Es klopfte an der Tür, und im gleichen Augenblick warfen mich diese Mistkerle zu Boden und nahmen mir die Pistole ab. Dann ...« Er hielt inne, runzelte die Stirn und versuchte angestrengt, sich zu erinnern. »Ihr habt mich betäubt.«

»Ja, aber das mußte sein. Du bist eigensinnig wie ein Esel, Marcus.« Er rutschte unruhig hin und her, als ob ihn etwas gestochen hätte. »Was ist, Marcus, kann ich dir helfen?« fragte sie wie ein Kindermädchen, daß sich um seinen zweijährigen Schützling sorgt.

»Wenn du nicht sofort hinausgehst, Duchess, mache ich ins Bett.« Sie rührte sich nicht, sondern starrte ihn nur an. Als er die Decke zurückschlug und die schwarzbehaarten Beine über die Bettkante schwenkte, stellte sie das Tablett auf ein Tischchen und verließ wortlos das Schlafzimmer.

Als sie zurückkehrte, saß er an dem Tischchen und verzehrte mit großem Appetit das Frühstück. Die Brioches waren noch warm, und der Kaffee war heiß und stark. Den Schlafrock hatte er fest um die Taille gegürtet.

»Wie geht es deinen Rippen?«

Er knurrte und nahm einen großen Schluck Kaffee.

Mit dem blaugrün verfärbten Auge, den kräftigen Bartstoppeln, dem wirren Haar und dem geschwollenen Unterkiefer sah er aus wie ein Bandit.

Er ließ sich durch ihr Eintreten beim Frühstück nicht stören. Um der Wahrheit die Ehre zu geben: Er würdigte sie keines Blickes.

Schweigend nahm sie ihm gegenüber Platz und schenkte sich selbst eine Tasse Kaffee aus der zierlichen Meißner Kanne ein.

Dann sagte er mit einer Stimme, die sie an das Auge eines Orkans erinnerte. »Ich werde dich umbringen, Duchess. Nach dem Frühstück.«

»Aber du weißt nicht, warum du mich umbringen willst. Ich bin mir nicht sicher, ob du deine Mordgedanken noch verfolgst, wenn du das Motiv kennst.«

»Ich bringe dich so oder so um. Ich ...«

»Ich bin deine Frau. Wir sind verheiratet.«

Er hatte sich bestimmt verhört. Er begriff die Worte nicht. Sie ergaben keinen Sinn. Sie reichte ihm die Hand. Verdutzt blickte er auf den Ringfinger, den sie auf und ab bewegte.

Er sah den goldenen Ring an ihrem Finger.

Immer noch auf den Finger mit dem Ring starrend, brachte er langsam hervor: »Du behauptest, du seist meine Frau?«

»Ja, Marcus. Ich kann dir alles erklären, wenn du erlaubst.«

»Oh, und ob ich es erlaube. Danach werde ich dich umbringen.«

»Wir haben dich betäubt. Es war meine Idee, denn ich wußte, freiwillig würdest du niemals einwilligen. Du bist sehr stolz und eigenwillig, außerdem hättest du mir nicht einmal ruhig zugehört.«

»Spears hat dir dabei geholfen.«

»Ja, und Badger. Ich hoffe, du machst ihnen das nicht zum Vorwurf. Sie konnten nicht mitansehen, wie du dein Erbe verlierst, nur weil ...«

»Ja, Duchess, nur weil?«

»Weil ... weil du ein Dickschädel bist. Und weil du dir einbildest, du könntest meinen Vater bestrafen, wenn du dich seinem Wunsch widersetzt. Aber mein Vater ist tot und wird es nie erfahren. Und weil ... weil du mich so sehr verabscheust.«

»Ich verstehe. Der gute Spears sollte mich also betäuben. Aber das schlug fehl, denn er konnte nicht wissen, daß ich Lisettes warmen, weichen Körper diesem lauwarmen Gebräu vorzog. Es wäre am besten gewesen, wenn ich euch alle erschossen hätte.«

»Bis zum sechzehnten Juni blieb uns nur wenig Zeit, Marcus. Die amerikanischen Wyndhams hätten sonst alles geerbt. Und wie du siehst, habe ich das verhindert. Wenn auch mit unlauteren Mitteln. Ich konnte das nicht zulassen, das wirst du einsehen.«

»Darf ich fragen, seit wann dieser Plan besteht?«

»Seit dem Morgen, da du wegliefst.«

»Ich bin nicht weggelaufen. Ich zog mich aus einer unerträglichen Situation zurück.« Er hielt inne und lehnte sich in seinem Stuhl zurück. Dann trommelte er mit den Fingerspitzen ungeduldig auf die

Tischplatte. »Ich hatte mir geschworen, Chase Park nie wiederzusehen.«

»Du brauchst es nie wieder zu betreten, aber es gehört dir. Du hast jetzt keine Sorgen mehr. Du bist auf keine Apanage angewiesen, brauchst Mr. Wicks nicht um dieses und jenes zu bitten. Du brauchst niemanden um Erlaubnis zu fragen. Dir gehört jetzt alles, Marcus. Alles.«

»Aber dafür bezahle ich einen Preis: Ich mußte dich zur Frau nehmen.«

Er hatte das ruhig und leidenschaftslos gesagt, aber sie fühlte, wie sie sich innerlich verkrampfte. Und jetzt würde er noch etwas Bitterböses hinzufügen. Sie ahnte es, sah förmlich, wie seine Lippen die Worte formten. Aber sie wollte seine Erwiderung nicht abwarten und kam ihm zuvor: »Ich hoffe, nein, ich bete, daß der Gedanke, mich zur Frau zu haben, dir nicht allzusehr widerstrebt.«

Warum mußte sie das sagen? Es war, als ob sie ihn absichtlich zu einer Beleidigung herausgefordert hätte. Was würde er jetzt antworten?

»Der Gedanke ist völlig neu für mich. Gestern war ich noch ein ungebundener Mann mit einer reizenden, bildschönen Geliebten, zufrieden mit einer Apanage von zweihundert Pfund im Vierteljahr. Heute morgen wache ich auf und finde mich in den Stiefeln des Grafen wieder. Ich hatte diese Stiefel ausgezogen, Duchess. Ich wollte sie nicht wiederhaben.«

»Warum hast du dich dann auf den Mann gestürzt, der dich verarmter Graf nannte?«

Er sprang auf, wobei er fast den Tisch umwarf. Eine Kaffeetasse fiel um. Sie sah zu, wie der Kaffee in einem dünnen Rinnsal über die Spitzendecke zur Tischkante lief und auf den Boden tropfte.

»Woher, zum Teufel, weißt du das? Ah, dieser verfluchte Spears hat es dir zugeflüstert! Ich werde ihn erwürgen, wenn ich mit dir fertig bin. Mein Gott, das habt ihr alles geplant?«

Sein Gesicht war weiß. Er hatte die Hände zu Fäusten geballt. Wenn ihn die Rippen jetzt schmerzen, dann spürt er es nicht, dachte sie. Er war am Rand eines Wutanfalls. Langsam stand sie auf und blickte ihm tapfer ins Gesicht. »Marcus, du brauchst mich nicht als deine Ehefrau zu betrachten. Wirklich, ich habe vor, Ende der Woche nach London zurückzukehren, um dir meinen Anblick zu ersparen. Ich habe mein Vorhaben durchgeführt. So wie es geplant war. Ich hoffe, du wirst mir verzeihen und mich vergessen, ohne allzu großen Groll gegen mich zu hegen.«

»Wie eine Ziege bringst du mir dieses Opfer! Ich brauche es nicht. Ich habe dich nicht darum gebeten. Scher dich zum Teufel! Du hast mich heimtückisch in die Falle gelockt und meinen Diener angestiftet, mich zu betäuben, nur um mir etwas wiederzubeschaffen, das ich nicht wollte. Weißt du nicht mehr, was ich zu Mr. Wicks sagte? Ich will Chase Park nicht haben, nichts davon. Trevor, dieser elende Päderast, soll der nächste Graf von Chase werden.« Er rieb sich mit den Fingern den Unterkiefer. »Aber das ist doch noch möglich. Oder nicht? Mein Verstand arbeitet noch nicht richtig. Die beiden Kerle haben mir zuviel Laudanum eingeflößt.«

Er warf ihr einen wütenden Blick zu und fuhr fort. »Ich will den Gedanken weiterspinnen. Ja, Trevor könnte ohne weiteres der nächste Graf werden, wenn unsere Ehe nicht vollzogen wird und kinderlos bleibt. Ja, das wäre ein Ausweg. Und mir bleibt es erspart, mit dir ins Bett zu gehen, um ein Kind zu zeugen. Und wenn du ein Mädchen bekämst, dann müßte ich mich wieder dazu zwingen, so oft, bis du einen männlichen Nachkommen zur Welt bringst. Nein, vielen Dank!«

Sie war kreidebleich geworden, aber es war ihm gleichgültig. »Mich kann keiner zwingen, in das Bett einer eiskalten, gefühllosen Frau zu steigen. Wie gesagt, ich würde schrumpfen wie eine alte Kartoffel im Frühjahr. Ich müßte Lisette neben dich legen und sie anschauen, um mir ihr Lachen und Stöhnen, ihre Schreie vorzustellen. Vielleicht brächte ich es dann fertig, mit dir zu schlafen.«

Schon wieder war er dabei, ihr Beleidigungen ins Gesicht zu schleudern. Infame Beleidigungen, die sie tief treffen mußten. Aber dieses Mal war sie zu weit gegangen. Sie hatte ihn mit einem Betäubungsmittel willenlos gemacht. Zum Teufel, er war nicht bereit, sich zu entschuldigen! Vielleicht stimmte es auch, was er da sagte.

Merkwürdig, obwohl seine Worte sie sehr verletzten, spürte sie keinen Zorn. In sein schweres Atmen hinein sagte sie: »Das sind nur Vermutungen, Marcus.«

»Vermutungen?«

»Ob du deine Mätresse dabeihaben müßtest.«

Er schüttelte den Kopf, während er sich mit der rechten Hand über die Rippen strich. Aber die Schmerzen ließen sofort nach, ja, sie verschwanden nahezu völlig, als er sein verschlagenes, hinterhältiges Gegenüber betrachtete. »Ich kann das alles nicht glauben. Ich werde heute über dein Schicksal nachdenken. Vielleicht werde ich dich doch erwürgen. Schick mir Spears! Ich habe eine Besprechung mit Wellington, die ich nicht versäumen kann.«

Sie nickte nur und verließ das Zimmer.

10
Hotel Beauvau, Rue Royale

Badger blickte sie prüfend an und schwieg dann eine Ewigkeit lang, wie ihm schien. Geduldig wartete er darauf, daß sie etwas sagte. Aber das tat sie nicht, natürlich nicht. In seinem ganzen Leben war ihm noch nie ein Mensch begegnet, der seine Gefühle so verbergen konnte wie die Duchess. Wie ihre Mutter war er immer der Meinung gewesen, daß sie nichts verletzen konnte, aber inzwischen war er sich dessen nicht mehr so sicher. Der Gedanke, daß sie mit diesem aufbrausenden Mann verheiratet war, der ihr in seinem Jähzorn Unverschämtheiten und Beleidigungen ins Gesicht schleuderte, die sie zutiefst verletzen mußten, beunruhigte ihn sehr. Wenn der junge Graf wieder bei klarem Verstande war, wußte er natürlich, daß er furchtbare Dinge gesagt hatte. Aber er ahnte nicht, welche Wirkung seine Worte hatten. Badger schüttelte betrübt den Kopf und brach endlich das Schweigen.

»Duchess, ich habe ihn brüllen hören.«

»O ja! Er brüllt. Darauf versteht er sich prächtig.«

Sie atmete tief durch und überdachte die Vorgänge dieses stürmischen Vormittags. Eigentlich hatte sie ihm nach dem Frühstück aus dem Wege gehen wollen und war nur aus Sorge um seine Verletzung in das Schlafzimmer zurückgekehrt. Sie hatte gerade die Hand erhoben, um anzuklopfen, als er die Tür öffnete. Das blaugrün verfärbte Auge, der geschwollene Unterkiefer und ein höhnisches Grinsen hatten sein Gesicht entstellt.

»Leider kommst du zu spät, Duchess«, hatte er sie begrüßt, »und triffst mich nicht mehr nackend an. Mach dir keine Hoffnungen. Ich werde dieses Haus verlassen. Ich darf annehmen, daß es dir gehört?«

»Nein, ich habe es gemietet, noch vor meiner Ankunft in Paris. Du kannst hierbleiben, wenn du willst, Marcus.«

»Warum? Hat Spears bereits den Umzug veranlaßt?«

»Das weiß ich nicht.«

»Das weiß ich nicht«, äffte er sie höhnisch nach. »Du hast doch alles geplant, oder?«

»Nun, wenn Spears deine Sachen hergebracht hat, kannst du ja bleiben, und wir essen heute abend zusammen.«

Er türmte sich furchterregend vor ihr auf. Mit Schrecken stellte sie fest, daß sie ihm gerade bis zum Kinn reichte.

»Abendessen mit meiner Gemahlin? Ein grotesker Gedanke. Tja, jetzt habe ich einen Klotz am Bein. Bereits damals, als der reizende Mr. Wicks mir das Ultimatum bis zum sechzehnten Juni stellte, drehte sich mir der Magen um, und jetzt muß ich mich gleich übergeben. Nein danke! Ich ziehe es vor, den Abend in Gesellschaft meiner Mätresse zu verbringen.«

»Ich bitte dich, darauf zu verzichten, Marcus, und in die Rue Royale zu kommen. Es gibt einiges zu klären, was unsere Zukunft betrifft.«

»Zukunft? Du glaubst wohl, alles tanzt nach deiner Pfeife. Oder hältst du dich für eine Heilige, die dem armen Grafen wieder das zurückgegeben hat, was ihm von Anfang an zustand? Ich weiß nicht, was ich tun werde, Duchess, aber mit dir hat es bestimmt nichts zu tun. Guten Tag, Madame!«

Mit diesen Worten war er die Treppen hinuntergestürzt, fuhr noch einmal herum und rief: »Warte nicht auf mich! Lisette ist bei Gott ein unersättliches Kätzchen. Wenn ich sie in den Armen halte, vergesse ich dich und alles, was du mir angetan hast!«

Wie verletzend seine Worte waren! Marcus hatte nie gelernt, seine Zunge im Zaum zu halten.

Laut sagte sie zu Badger: »Den Nachbarn wird hier einiges geboten. Ich nehme an, jeder im Haus hat gehört, wie er brüllend die Haustür zuschlug.«

»Ja. Hat er wenigstens in einem Punkt Entgegenkommen gezeigt?«

Ein kaum wahrnehmbares Lächeln flog über ihr Gesicht. »Sie meinen, ob er darüber erfreut ist, daß ich seine Frau bin?«

»Nun, so weit möchte ich bei einem Mann wie dem Grafen nicht gehen.«

»Er hat mir nur mitgeteilt, daß er den Abend und die Nacht mit seiner Geliebten verbringen wird, mit der mit dem niedlichen Namen.«

»Aber … aber das darf doch nicht wahr sein, das ist doch …«

»Er ist wütend auf mich. Ich glaube, Ihnen und Spears wird er bald verzeihen. Allmählich verstehe ich ihn immer besser. Es ist wie bei einem plötzlich hereinbrechendem Unwetter. Nach heftigem Regen folgt schnell wieder Sonnenschein.«

Dieser Vergleich schien Badger nicht sonderlich zu überzeugen. Achselzuckend meinte er: »Glauben Sie, daß er heute abend nach Hause kommt?«

»Das bezweifle ich. Jedenfalls habe ich ihm mitgeteilt, daß ich am Freitag nach London zurückfahre.«

»Wird er Ihr Geschenk annehmen, Duchess?«

Sie schwieg und drehte sich zum Fenster, schob den schweren Brokatvorhang zur Seite und blickte auf die Straße hinaus.

»Es wird ihm nichts anderes übrigbleiben, und ich bin froh, daß ich das für ihn tun konnte. Leider sieht er das nicht so, sonst würde er nicht immer betonen, daß er den Grafentitel nicht will.«

»Daraus könnten sich Schwierigkeiten ergeben, Duchess.«

»So? Inwiefern, Badger?«

»Annullierung.«

Einen Augenblick lang stand eine senkrechte Falte auf ihrer Stirn.

»Ich verstehe. Anscheinend bin ich etwas begriffsstutzig. In der *London Gazette* habe ich gelesen, daß ein gewisser Lord Havering die Ehe seiner Tochter mit einem Major Bradley annullieren ließ.«

»Sie verstehen, was das bedeutet, Duchess?«

»Nun, es bedeutet, daß Marcus unsere Ehe auflösen kann, oder?«

»Ja, ganz richtig, aber das ist nicht möglich, wenn er … nun, wenn Sie und er … die Ehe vollzogen haben.«

Auf ihren Wangen zeigte sich kein verräterisches Erröten. Sie blieb völlig ungerührt und sagte nur: »Du lieber Himmel, daraus könnten sich tatsächlich Schwierigkeiten ergeben!«

»Ja, wenn der Graf auf die Idee kommt, daß man die Ehe annullieren kann – Spears und ich sind dieser Meinung –, dann wird er handeln, bevor er den Gedanken zu Ende gedacht hat. Männer, die sich hintergangen fühlen, sind zu allem fähig. Und gerade der Graf kann es nicht ertragen, wenn er die Dinge nicht selbst im Griff hat. Für ihn ist diese Angelegenheit weit mehr als Betrug und arglistige Täuschung. Sie hat ihn bis ins Mark verunsichert.«

»O je«, seufzte sie. »Da haben Sie völlig recht, Badger. O je …«

Sie erhob sich und ordnete ihre blaßgelben Musselinröcke. »Also Plan Nummer zwei. Haben Sie die Anschrift von dieser Lisette?«

»Ja«, antwortete Badger und blickte sie aufmerksam an. »Mit vollem Namen heißt sie Lisette DuPlessis.«

»Gut«, gab die Duchess zurück und verließ den Salon.

Eine reizende Gegend, dachte die Duchess, als sie die schmalen einladenden Häuschen in der Rue de Varenne betrachtete. Jedenfalls einladend für Marcus. Jetzt, im Frühsommer, waren die Bäume bereits dicht belaubt, so daß die Straße im Schatten lag.

Sie ahnte Badgers Protest und kam ihm zuvor: »Nein, Badger, Sie bleiben hier. Stellen Sie sich unter eine Eiche, und sehen Sie wie ein Franzose aus.«

Er blickte sie erstaunt an, sah dann jenes unnahbare Lächeln und lehnte sich ergeben gegen den nächsten Baumstamm.

Ein adrettes Hausmädchen öffnete auf ihr Klopfen. Sie hat einen Mann erwartet, wahrscheinlich Marcus, dachte die Duchess und reichte dem Mädchen ihre Visitenkarte.

»Ich möchte Ihre Herrin sprechen«, sagte sie.

Das junge Mädchen zog die Augenbrauen zusammen und musterte die Duchess von oben bis unten. Dann warf es den hübschen Blondschopf zurück und ließ sie in der Tür stehen.

Die Duchess trat in das kleine Entree und setzte sich auf den einzigen Stuhl. Dann faltete sie die Hände im Schoß und wartete – das konnte sie sehr gut. Sie hörte zwei Frauenstimmen miteinander sprechen.

Weitere Minuten vergingen, weitere Gesprächsfetzen in lebhaftem, schnellem Französisch drangen an ihr Ohr. Anscheinend wußte Mademoiselle nicht, ob sie sich umziehen sollte. Vielleicht trägt sie ein aufreizendes Negligé, überlegte die Duchess. Marcus würde sich jedenfalls nicht zeigen, solange sie hier war.

Lisette entsprach mehr oder weniger dem Bild, das sie sich von ihr gemacht hatte. Sie war blutjung, hatte eine ansehnliche Figur mit straffem Busen und Wespentaille und war nicht besonders groß. Sie machte den Eindruck einer unschuldigen Eva – gewiß eine reizvolle Mischung. Dann entdeckte die Duchess den unsicheren Ausdruck in ihren Augen.

»Oui?« sagte sie und kam langsam die Treppe herunter. Sie trug ein fließendes, dunkelblaues Musselinkleid mit einer etwas helleren Schleife unter der Brust. Ihren Beruf sieht man ihr nicht an, dachte die Duchess, als sie sich erhob und Lisette in passablem Französisch ansprach. »Mein Name ist Josephine Wyndham, Lady Chase. Darf ich Sie für einen Augenblick sprechen?«

Lisette nickte. »Kommen Sie in den Salon.«

Die Duchess verlor keine Zeit. Nur die Wahrheit würde hier helfen, und die sprudelte nun hervor, rückhaltlos und so schnell es ihr Französisch erlaubte. Sie beendete ihre Geschichte mit den Worten: »... Sie sehen also, ich muß die Ehe mit ihm vollziehen. Er könnte sie sonst für ungültig erklären, und alles wäre für ihn verloren. Man hat mir erzählt, daß Sie ein aufrichtiger, anständiger Mensch sind, Mademoiselle DuPlessis, daß Sie nicht ... nun, daß Sie nicht auf sein Geld aus sind. Wollen Sie mir helfen, ihn zu retten?«

Lisette starrte ihr bildschönes Gegenüber, das da so ruhig saß, ungläubig an.

»Sie sind tatsächlich mit ihm verheiratet? Sie haben ihn betäubt? Und die Geschichte stimmt wirklich?«

»Sie stimmt, jedes Wort davon.«

»Für Marcus muß es furchtbar gewesen sein, mon dieu! Eine Frau, die ihn besiegt. Seine männliche Eitelkeit hat Schrammen bekommen!«

Die Duchess sah noch das schadenfrohe Aufleuchten in Lisettes Augen, bevor diese die Lider senkte. »Mein armer Marcus! Er wird vor Wut außer sich sein, daß Sie ihn überlistet haben. Marcus muß die Dinge immer selbst in die Hand nehmen. Was stellt er heute an? Nimmt er Paris mit bloßen Händen auseinander?«

Die Duchess mußte lächeln, sie konnte nicht anders. »Das wäre ihm zuzutrauen, wenn ihn die Rippen nicht so schmerzen würden. Ich hoffe nur, daß er sich in den nächsten Tagen beruhigt und Vernunft annimmt.«

»Und was möchten Sie von mir?«

»Ich möchte Ihnen zehntausend Francs geben, damit Sie Ihre Wohnung wechseln und ihn nicht mehr wiedersehen. Sie sollen durch Ihre Mithilfe in dieser Angelegenheit keinen finanziellen Schaden erleiden, daher gebe ich Ihnen dieses Geld gern. Sie werden eine neue Wohnung finden ... und einen neuen Begleiter, der Ihren Wünschen entspricht.«

»Ich verstehe«, antwortete Lisette. Ihr Verstand arbeitete fieberhaft. Zehntausend Francs. Das war eine Menge Geld, auf jeden Fall genug, um davon zu leben, bis sie einen neuen Verehrer gefunden hatte, der ihr genehm war, einen wie Marcus und nicht jemanden, den sie ernähren mußte.

Ob sie noch einmal einem Mann wie Marcus begegnen würde? Er war ein guter Liebhaber, der die Schönheit einer Frau genoß und in Liebeskünsten mehr Erfahrung als sie besaß. Sie betrachtete Marcus' frisch angetraute Gemahlin. Mon dieu, wie entzückend sie war! Aber sie wirkte noch so unschuldig und rein. Marcus würde sie als Frühstück naschen. Und dieses zarte Geschöpf hatte ihn betäubt und geheiratet? Und nur, um ihn zu retten? Lisette kam das alles sehr merkwürdig vor. Sie lehnte sich zurück und überdachte diese seltsame Unterredung, bis sie bemerkte, daß sie lachte.

»Verzeihen Sie, Madame«, sagte sie, »aber daß eine Lady die Geliebte ihres Mannes aufsucht – das ist zu komisch.« Sie wischte sich die Tränen aus den Augen und lächelte die Duchess an. »Und Sie sind überhaupt nicht eifersüchtig? Wenn ja, dann verbergen Sie es gut. Oder liegt Ihnen nichts am Grafen?«

»Doch, sehr viel. Aber darum geht es jetzt nicht, verstehen Sie?«

»O ja. Der Graf wird in etwa drei Stunden hiersein. Er kommt immer um diese Zeit. Wenn ich bis dahin verschwunden sein soll, habe ich noch sehr viel zu tun.«

Die Duchess erhob sich und zog ein kleines Stück Papier aus ihrem Täschchen.

»Das ist die Adresse Ihrer neuen Wohnung im Faubourg St. Honoré. In diesem Viertel befinden sich viele Botschaften. Sie werden dort wohlhabenden und einflußreichen Herren begegnen. Die Wohnung liegt ganz in der Nähe des Elysée-Palastes.«

Lisette trat näher an sie heran, um ihr direkt ins Gesicht zu sehen. »Noch nie in meinem Leben ist mir eine Frau wie Sie begegnet. Sie sind viel zu jung, um so abgeklärt und beherrscht zu sein, obwohl ich mit dem Mann, der jetzt Ihr Ehemann ist, ein Verhältnis habe. Marcus ist wie ein Vulkan. Sie erinnern mich mehr an den Comer See, ruhig und ohne Wellengang.«

Die Duchess lächelte. »Vielleicht. Im Augenblick ist nur wichtig, daß Marcus die Ehe nicht annulliert. Ich danke Ihnen für Ihr Entgegenkommen, Mademoiselle DuPlessis.«

»Beim Elysée-Palast, sagen Sie? Ausgezeichnet. Ganz ausgezeichnet.« Sie schwieg und legte dann leicht die Hand auf den Arm der Gräfin. »Hoffentlich tut Ihnen Marcus niemals weh, Madame.«

»Da er der ist, der er ist, kann er mir niemals weh tun.« Mit diesen verwirrenden Worten verließ die Duchess die Geliebte ihres Mannes – oder besser: seine ehemalige Geliebte.

Sie ließ die Tür zum Salon offen, hörte, wie er zur Haustür hereinkam, sie hinter sich zuknallte und nach Spears schrie, dann nach Badger. Als keiner der beiden weisen Herren antwortete, stürmte er wie ein streitbarer Held in den Salon. In seiner rotweißen Offiziersuniform und mit dem gegürteten Degen sah er einfach hinreißend aus. Uniformen sollten verboten werden, dachte sie. Männer sehen darin einfach zu gut aus.

Er blieb abrupt stehen, als er sie bemerkte. Sie saß am brennenden Kamin und hielt ein Buch in der Hand. Sie war reizend anzusehen. Das fiel sogar ihm auf. Sie trug ein blaßgelbes Musselinkleid. Das dichte, schwarze Haar war mit einem gelben Band in losen Flechten um den Kopf gewunden. Sie trug keinen Schmuck.

Nur diesen einfachen goldenen Ring am Finger, den verdammten Ehering, den sie sich selbst übergestreift haben mußte, denn er hatte das in jener verdammten Nacht bestimmt nicht getan.

Sie lächelte ihm zu. »Wollen wir jetzt zu Abend essen, Marcus? Es ist zwar schon spät, aber Badger hat die Speisen so zusammengestellt, daß sie auch zu später Stunde nicht verdorben sind. Oder möchtest du dich lieber auskleiden und ein Bad nehmen?«

Marcus hielt an sich. Er fiel ihm ungeheuer schwer, aber es gelang ihm, die Unverschämtheiten, die ihm auf der Zunge brannten, für sich zu behalten, zumindest in diesem Augenblick. Er trat in den Salon und warf den Umhang über die nächstbeste Stuhllehne, dann ging er zum Kamin hinüber und hielt die Hände über das Feuer. Für Anfang Juni war der Abend ungewöhnlich kühl. Die Luft war feucht, es würde heute noch regnen.

»Wie geht es deinen Rippen?«

»Noch eine Frage, Duchess?« Daraufhin schwieg sie.

»Meinen Rippen geht es besser. Danke. Wie du weißt, hatte ich die Absicht, diesen Abend bei meiner Mätresse zu verbringen. Aber etwas sehr Merkwürdiges hat sich ereignet.«

Sie schwieg beharrlich. Mit leiser zornbebender Stimme fragte er: »Könntest du nicht wenigstens zusammenzucken? Oder erröten?«

Sie schwieg.

»Lisette ist verschwunden. Niemand konnte mir sagen, wo sie ist. Am frühen Nachmittag hat sie das Haus verlassen, in einer sehr eleganten Kutsche, mit allen ihren Koffern auf dem Dach. Findest du das nicht seltsam, Duchess?

»*Soll* ich das seltsam finden, Marcus?«

»Wohin hast du sie geschickt?«

Ohne Zögern kam die Antwort: »Ich habe sie nirgendwo hingeschickt, Marcus.«

»Ich verstehe.« Er betrachtete seine Hände. Langsam schnallte er den Säbel ab, faltete sorgfältig den Ledergürtel und legte beides bedächtig auf einen Stuhl. Mit dem Rücken zum Feuer richtete er sich wieder auf und lehnte sich dann an den Kaminsims, um die Stiefel auszuziehen. Spears pflegte sie so gut, daß sein Gesicht sich selbst nach einem langen Tag im blanken Leder spiegelte. Erst jetzt erkannte er, wie es in ihm kochte und brodelte. Der nächste Vulkanausbruch stand bevor. Er atmete tief durch und bemühte sich, möglichst gleichgültig zu erscheinen. »Offensichtlich sind auch aus meiner Wohnung sämtliche persönlichen Dinge verschwunden. Ich hätte heute nacht bei einem Freund unterkommen können, aber ich glaube, wir müssen uns doch über die Zukunft unterhalten.« Endlich spielte sich etwas in ihrem Gesicht ab. Er entdeckte die tiefempfundene Erleichterung, die ihr plötzlich über das Gesicht huschte.

Sie erhob sich hastig. »Können wir erst essen, Marcus? Ich bin so hungrig.«

»Gern«, antwortete er höflich und reichte ihr seinen Arm. »Madam.«

Sie warf ihm einen unsicheren Blick zu. Das gefiel ihm. Es gefiel ihm sogar außerordentlich. Zum ersten Mal, seit er vor einem Jahr das Häuschen in Smarden betreten hatte, fühlte er sich überlegen. Und das nur, weil sie im Augenblick nicht wußte, was sie von ihm zu erwarten hatte. Er lächelte sie an und schwieg. Sollte sie doch selbst erraten, was in ihm vorging.

Sie schluckte – auch das nahm er wahr. Er führte sie zu dem Sitzplatz am oberen Ende des Tisches, er selbst nahm am anderen Ende

Platz. Das Essen stand in der Mitte des Tisches bereit und wurde unter hohen silbernen Hauben warm gehalten.

»Badger hat sich selbst übertroffen«, lobte Marcus und schloß genüßlich die Augen, als er das Huhn à l'orange in Estragonjus auf der Zunge zergehen ließ. »Die Zwiebeln sind mild, der Stiltonkäse comme il faut – außen nicht verbrannt und innen cremig.«

»Mir ging gerade ähnliches durch den Kopf«, sagte sie und starrte den Stiltonkäse auf ihrem Teller an, den sie nicht angerührt hatte. Was führte er im Schilde?

»Wo hat Badger diese guten Orangen gekauft?«

»In den Markthallen. Vormittags ist er immer für ein paar Stunden dort.«

»Ach, ja, le ventre de Paris – der Bauch von Paris, seit mehr als sechshundert Jahren.« Er aß voller Genuß, trank einen Schluck Chablis und lächelte sie an.

»Dir scheint das Essen nicht zu schmecken, Duchess.«

»Ich habe mittags wohl ein wenig zuviel gegessen.«

»Hattest du heute viel zu erledigen? Hast du Einkäufe gemacht? Freunde besucht? Oder Mätressen? Oder hast du der früheren Wohnung deines frisch angetrauten Ehemannes einen Besuch abgestattet und sie ausgeräumt?«

»Soviel habe ich heute nicht erledigt, Marcus.«

»Ich habe dir wieder zu viele Fragen auf einmal gestellt, mit dem Ergebnis, daß du keine einzige beantwortest. Iß deinen Teller leer, Duchess. Ich werde jetzt eine kleine Pause einlegen. Das Essen war vorzüglich. Übrigens, dieses Eßzimmer ist sehr geschmackvoll eingerichtet, wie alles in diesem Haus. Bei deinem Vermögen dürfte dich der hohe Mietpreis nicht sonderlich gestört haben.«

»Ja, die Miete ist ziemlich hoch. Aber wie ich bereits sagte, wenn du es wünschst, werde ich nach London abreisen. Du bist jetzt sehr vermögend und kannst dir das Haus leisten, wenn du in Paris bleiben möchtest.«

»Ja, ganz richtig, ich bin ein reicher Mann. Die armen Wyndhams in Amerika – die gehen jetzt leer aus.«

»Du bist der Erbe. Du hast bekommen, was dir zusteht.«

»O nein! Charlie wäre der Erbe gewesen und später Mark.«

»Sie sind tot, Marcus, seit fünf Jahren. Und keiner trägt die Schuld an ihrem Tod, am wenigsten du.«

Marcus hielt es nicht mehr aus. Der Anblick der Duchess ihm gegenüber im Kerzenschein war noch zu ertragen, aber nicht diese säuselnde, beschwichtigende Stimme – nein, das war zuviel! Er stand auf und warf seine Serviette auf den Teller.

»Ich gehe jetzt aus.« Damit trat er zur Tür des Eßzimmers.

»Marcus!«

Ohne sich umzudrehen, blieb er stehen und fragte über die Schulter: »Ja? Ich darf dieses Haus wohl nicht mehr verlassen? Hast du deine beiden Wachhunde am Ausgang postiert, damit sie mich packen und knurrend ins Haus zurückzerren?«

»Marcus, wir wollten noch einiges besprechen.«

Nun drehte er sich doch um. Seine Stimme war weder erregt noch zornig, als er sprach. »Ich fürchte, das kann ich jetzt nicht. Es gibt Dinge, über die ich nachdenken muß. Dinge, die nur mich allein und meine Zukunft betreffen. Ich hoffe, du verstehst das, Duchess.«

Ja, sie verstand sehr gut. Die Kehle war ihr wie zugeschnürt, und die Frage, ob er an eine Annullierung dachte, kam ihr nicht über die Lippen. Sie schwieg und blickte ihn nur fragend an, bis er sich wieder umwandte und das Eßzimmer verließ – und sie.

11

Badger rieb sich das rechte Ohrläppchen. Er öffnete den Mund, als ob er etwas sagen wollte, schloß ihn, bearbeitete das Ohrläppchen noch eingehender und meinte schließlich: »Mr. Spears, wir haben darüber gesprochen und waren uns einig. Ich sehe auch ein, daß es unumgänglich ist, aber sie ist nicht aufgeklärt. Das lag an ihrer Mutter. Sie war eine Mätresse, Mr. Spears, und ihre Tochter ein Bastard. Sie wollte die Duchess um jeden Preis vor einem ähnlichen Schicksal bewahren und verschwieg ihr in geradezu sträflicher Weise, was ein heranwachsendes junges Mädchen wissen sollte.«

»Mr. Badger, diese Situation hat keiner von uns beiden herbeigewünscht, und ich verstehe Ihre Nervosität, aber Sie sollten Ihr Ohrläppchen in Frieden lassen. Es ist bereits sehr rot. Möchten Sie vielleicht einen kleinen Brandy? Wichtig ist nur, daß seine Lordschaft seine Ehe nicht annullieren läßt. Es wäre entsetzlich für die Duchess. Alle Opfer wären umsonst gewesen. Es ist ihr eigener Entschluß. Sie muß es tun. Ich werde mir persönlich ein Bild von der Laune seiner Lordschaft machen, bevor ich sie in die Höhle des Löwen lasse.«

»Und wenn er schlechter Stimmung ist?«

»Dann, Mr. Badger, wird ihr nichts anderes übrigbleiben als zu warten.«

»Dieser verfluchte Hitzkopf! Am liebsten würde ich ihm in einem dunklen Winkel auflauern und den falschen Stolz aus ihm herausprügeln!«

Spears seufzte. »Er ist jung, Mr. Badger. Jung, stark und stolz. In seinen Augen ist sie die Ursache für seine Schwierigkeiten.«

»Aber sie hat ihn gerettet!«

»Ja, das ist es ja gerade. Die Rolle des Retters gebührt nur ihm, ihm, dem edlen Ritter, und niemals einer Frau.«

»Armes Ding«, sagte Badger.

»Und dann hat sie zu allem Unglück fünfzigtausend Pfund geerbt. Sie brauchte den edlen Ritter nicht und brachte ihn damit in ein demütigendes Abseits. Bedenken Sie, Mr.Badger, eine Apanage für den Grafen von Chase! Können Sie sich etwas Schlimmeres vorstellen?«

»Aber das ist nicht ihre Schuld.«

»Natürlich nicht. Der arme kleine Bastard aber, dem er in seinem Schloß Schutz und Obdach gewähren wollte, entpuppte sich plötzlich als legitimierte Erbin und beraubte ihn seiner männlichen Beschützerrolle. Nun ja, es soll uns nicht kümmern, was in seinem Kopf vorgeht. Sie wird tun, was sie tun muß. Das war schon immer so bei ihr.«

»Sie scheut vor nichts zurück, das kann ich nur bestätigen«, antwortete Badger und erhob sich aus dem bequemen Schaukelstuhl am Kamin in Spears' Zimmer. »Obwohl sie von Natur aus sehr scheu ist, kann sie sich überwinden.«

»Erlauben Sie mir zu bemerken, Mr. Badger, Ihr Huhn à l'orange mit Estragonjus war schlichtweg köstlich.«

Badger nickte geistesabwesend. »Mr. Spears, was ist, wenn er ihr weh tut?«

»Sie wird es ertragen. Und dann ist sie am Ziel.«

Die Duchess wußte nicht, ob sie ihren gesunden Menschenverstand nur kurzfristig eingebüßt hatte oder ob sie verrückt geworden war. Sie blieb vor der verschlossenen Tür stehen, horchte, vernahm aber keinen Laut.

Schlief er schon? Es war kurz nach Mitternacht. Um diese Zeit lag sie üblicherweise bereits in tiefem Schlaf.

Sollte das bei ihm der Fall sein, dann hatte sie eine Gnadenfrist.

Aber sie schüttelte den Kopf. Nein, das wollte sie nicht. Er sollte wach sein und bereit. Sie durfte sich keine Verzögerung erlauben. Marcus war unberechenbar, glatt wie ein Fisch, den man nicht zu fassen bekam. Sie wußte nicht, was er als nächstes tun würde – und wann. Vorsichtig drehte sie den Messingknopf. Die Tür war gut geölt und ließ sich geräuschlos öffnen. Im Kamin brannte noch ein kleines Feuer, das den Raum in warmes Licht tauchte. Sie huschte hinein und schloß die Tür hinter sich. Im Zimmer war es angenehm warm. Immerhin etwas, dachte sie.

Der Teppich unter ihren nackten Füßen war dick und weich. Sie folgte der Spur seiner Kleider, die er nach und nach auf dem Weg zu seinem Bett ausgezogen hatte. Der Degen steckte in der Scheide, der Gürtel war sorgfältig gefaltet und lag auf der Kommode. Beinahe wäre sie über einen der Stiefel gestolpert, die wie zwei Betrunkene gegeneinandergelehnt vor dem Bett standen. Sein Umhang lag wie eine schwarze Fledermaus im Flug ausgebreitet am Boden.

Sie stand jetzt neben dem Bett und starrte ihn an. Er lag auf dem Rücken und schlief. Ein Arm bedeckte die Stirn, der andere lag ausgestreckt neben ihm. Das Leinentuch bedeckte seinen Körper nur bis zur Hüfte.

Er war stark. Sein Oberkörper war mit schwarzen Haaren bedeckt und muskelbepackt wie seine Arme. Ohne Uniform sieht er auch sehr gut aus, dachte sie und lächelte, bevor sie bemerkte, daß sie in ihren Betrachtungen noch nicht zu dem entscheidenden Unterschied zwischen ihm und ihr vorgedrungen war. Unter dem Laken erkannte sie den Unterschied, und die Größe schien ihr durchaus nachdenkenswert zu sein.

Dann schweiften ihre Augen zu den grünblauen und gelben Verfärbungen an seinen Rippen. Ob sie noch sehr schmerzten?

Was ist jetzt zu tun? fragte sie sich. Sie dachte an das Buch, das Badger ihr heute nachmittag in die Hand gedrückt hatte. Er hatte ihr dabei nicht in die Augen gesehen und nur gemurmelt: »Das könnte vielleicht hilfreich sein, Duchess. Es ... es enthält auch Zeichnungen.«

»Zeichnungen, Badger?«

»Ja, Zeichnungen. Hat Ihre Mutter Ihnen gegenüber nie erwähnt, was zwischen Mann und Frau geschieht?«

Sie schüttelte den Kopf. »Sie sollten sich dieses Buch ansehen, Duchess. Wenn Sie Fragen haben, werde ich Spears zu Ihnen bitten.«

Nun, da sie mitten im Geschehen war, fand sie ihn hübscher als die ziemlich groben Zeichnungen in dem merkwürdigen, aber aufschlußreichen Handbuch. Mit den Fingerspitzen berührte sie sein Kinn, das immer noch nicht abgeschwollen war, und strich über die Bartstoppeln. Dann legte sie die Hand auf sein Herz, fühlte den regelmäßigen Schlag und das kräftige lockige Brusthaar. Er bewegte sich ein wenig. Der Arm lag jetzt auf dem Bauch.

Was nun?

Sie war nicht ängstlich, nur schachmatt gesetzt, denn im Gegensatz zu den Darstellungen im Handbuch befand sich Marcus in völligem Ruhezustand. In diesem Gesicht zeigte sich keine Begierde, kein lustvolles Lächeln. Er war jetzt gewiß nicht in der Stimmung, die in den Zeichnungen dargestellten Übungen zu machen.

Er öffnete die Augen und blickte zu ihr herauf, dann senkten sich die schlaftrunkenen Lider, und sein Blick wurde verschwommen, seine Stimme jedoch klang scharf. »Das ist doch nicht zu fassen! Du, ausgerechnet du! In meinem Schlafzimmer! Was willst du, Duchess?«

»Dich«, sagte sie. »Ich will dich, Marcus.«

Er schwieg, lächelte sie nur an und schloß die Augen. Wenige Sekunden später ging sein Atem wieder ruhig und regelmäßig. Erst da begriff sie, daß er nur im Halbschlaf gesprochen hatte. Also lag nun alles an ihr, ganz allein an ihr.

Sie wischte die feuchten Hände am Morgenmantel ab. Langsam löste sie die Schleife und ließ das Gewand hinter sich zu Boden gleiten. Sie wußte, das mußte sein. Jetzt das Nachthemd, dachte sie. Das mußte auch sein. Noch immer stand sie neben ihm. Sie war nackt und spürte die Wärme des Feuers auf dem Rücken. Vorsichtig beugte sie sich über ihn und berührte seine Lippen mit den ihren.

»Marcus«, flüsterte sie. »Bitte, wach auf. Ich weiß überhaupt nicht, wie es jetzt weitergeht, was ich jetzt tun soll. Ich meine, ich weiß, was jetzt passieren soll, aber ich weiß nicht, was ich tun soll, damit es passiert. Bitte, wach auf, Marcus, du mußt mir helfen.«

Marcus lächelte bei diesen Worten und murmelte zärtlich: »Ach, Lisette, gönnst du mir denn keinen Schlaf? Du bist ein kleiner Nimmersatt.« Seine Hände hoben sich, tasteten nach ihren Brüsten und umfaßten sie. Die Duchess hielt den Atem an. Es gelang ihr stillzuhalten, dann streichelte und knetete er sanft ihre Brüste, behielt aber die Augen geschlossen. Sie bemerkte, wie sich die Konturen unter dem Laken veränderten, und sie wußte, was das bedeutete: Dieser besondere Teil seines Körpers, der wichtigste Teil in bezug auf ihr Vorhaben, war hellwach.

Aber er hielt sie für seine Geliebte.

Plötzlich ließen seine Hände von ihrer Brust ab und umfaßten ihre Taille. Er hob sie auf das Bett, so daß sie rittlings auf ihm saß. Mit den Händen stützte sie sich auf seinen Oberkörper. Das Haar fiel ihr über die Schultern und berührte ihn. Wieder waren seine

Hände an ihrer Brust. Er stöhnte leise, als er sie liebkoste. Sie war zu verängstigt, um sich zu bewegen.

»Nanu, was ist mit meiner Lisette?« flüsterte er mit einem kehligen Lachen und zog das trennende Laken weg. Sie fühlte ihn zwischen den Beinen, hart und unnatürlich heiß. So hatte sie sich das nicht vorgestellt.

Er atmete tief ein und stemmte sie mit beiden Händen in die Höhe. Sie spürte seine Härte, die sich ihr jetzt entgegendrängte, aber sie wußte nicht, was sie tun sollte.

»Was ist denn, Lisette? Du bist noch gar nicht soweit und hast mich trotzdem aufgeweckt? Chérie, halt still, ja, so ist es gut. Halt einfach still. Ich werde dich genießen.« Er zog sie zu sich, so daß sie auf seiner Brust lag. Er fand ihren Mund, und sie spürte wieder die Hitze, die ihre Lippen öffnete. Seine Zunge drang in ihren Mund ein, sie zuckte zusammen, und er lachte leise in sie hinein. Jetzt versuchte sie, sich auf seine Zunge zu konzentrieren, auf die Bewegungen seiner Lippen, bis seine Hände plötzlich wieder da waren. Sanft zogen sie an ihrem Fleisch, und sanft drangen sie in sie ein. Sie schrie auf. Sie konnte nicht anders, aber er beruhigte sie, streichelte ihre Hüften und ihren Rücken. Wie ein Tier, dachte sie entsetzt, das er zu beruhigen versucht. Die Bewegungen seiner Finger schmerzten, aber er hörte nicht auf, sie in ihrem Leib zu bewegen. Sie schob den Kopf zurück und biß sich auf die Unterlippe, um ruhig zu bleiben. Sie wußte, was jetzt kommen würde, laut Handbuch. Der Schmerz wurde roher und stärker. Sie hatte ihn gespürt, als er sie an die Brust zog, und wußte, daß er größer war als diese beiden Finger in ihr. Jetzt spürte sie, wie sie feucht wurde. Wie peinlich. Aber sie hatte kaum Zeit, darüber nachzudenken, denn die Dinge überstürzten sich. Er setzte sie wieder auf, hob sie hoch, und sie merkte, wie er sich hochdrückte, plötzlich in sie eindrang und vor Lust aufstöhnte.

Sie wollte nicht schreien. Nein, das kam nicht in Frage. Ihre Hände stemmten sich auf seine Brust. Sie schloß die Augen und preßte die Lippen zusammen, als er immer weiter in sie eindrang, tiefer und tiefer. Ja, sie spürte, wie er immer heftiger gegen ihre Jungfräulichkeit stieß, bis sich seine Hände plötzlich ohne Vorwarnung in ihre Hüften gruben. Er warf den Kopf zurück, hielt sie fest und bäumte sich ihr in einer einzigen gewaltigen Bewegung entgegen. Ein Schrei entrang sich ihrer Kehle. Sie konnte es nicht verhindern. Der Schmerz brannte wie Feuer. Es war entsetzlich. Er konnte doch unmöglich noch tiefer in sie eindringen! Aber er tat es. Nein, das hielt sie nicht mehr aus.

Er hob ihren Körper, senkte ihn wieder auf sich, ganz rhythmisch, ihre Hüften immer noch fest umklammernd. Er atmete schwer, als er ihr seine Lenden entgegenstieß. Sie wollte sein Gesicht sehen und öffnete die Augen. Die Wangen waren gerötet und die Lippen leicht geöffnet. Er sah aus, als ob er Schmerzen hätte. Wenigstens haben wir das gemeinsam. Dann aber konnte sie nicht mehr klar denken. Seine Bewegungen wurden schneller und schneller, bis er sich wie ein Wahnsinniger in ihr bewegte. Sein Atem ging in ein Keuchen über. Er stöhnte laut und preßte den Kopf seitlich ins Kissen. Sie weinte, spürte das Salz der Tränen im Mund. Sie spürte den Schmerz, den seine Finger in ihrem Fleisch verursacht hatten, spürte den endlosen, wunden Schmerz, als seine Männlichkeit ihr Inneres durchpflügte.

Dann war es vorbei. Er lag unter ihr, erschlafft und regungslos. Er seufzte tief. Seine Hände lösten sich von ihrem Körper. Sie fühlte, wie sich seine Schenkel unter ihr entspannten. Er war noch immer tief in ihr, aber es tat nicht mehr so entsetzlich weh, denn da war jetzt auch diese Nässe, die wie Balsam wirkte. Sein Samen, das wußte sie.

Seine Brust hob und senkte sich gleichmäßiger, als er die Augen öffnete. Er starrte sie ungläubig an. »Duchess«, flüsterte er. »Mein Gott, du bist es, nicht wahr? Du hast dich für Lisette ausgegeben. Wieso bist du hier? Weshalb bin ich in dir? Das kann doch nicht wahr sein. Das träume ich alles. Ja, das muß ein Traum sein.«

Er verstummte und schauderte plötzlich zusammen. Dann lag er bewegungslos da. Sie fühlte, wie sich sein Geschlechtsteil allmählich aus ihr zurückzog. Langsam glitt sie von ihm hinunter und stand wieder neben dem Bett. Ihre Beine schmerzten. Die Muskeln an der Innenseite ihrer Schenkel zitterten.

Das Laken lag zusammengeknüllt unter seinen Knien. Sie blickte auf ihn, sah seinen flachen Bauch, das schwarze Dreieck seiner Schamhaare, sein Geschlecht. Nun war es wieder weich, aber naß von seinen und wohl auch ihren Säften – und von ihrem Blut. Ein Schauder überfiel sie. Schnell zog sie ihm das Laken wieder bis an die Brust.

Hastig warf sie sich das Nachthemd über und schlüpfte in den

Morgenmantel. Erst als sie sich in ihrem Bett unter einem Berg von Kissen und Decken verkrochen hatte, konnte sie weinen. Ihr war so entsetzlich kalt.

Endlich fiel sie in einen unruhigen Schlaf, begleitet von gesichterlosen Gespenstern, die sie peinigten. Aber sie war starr wie Eis und konnte sich nicht wehren, und sie lachten immer lauter. Doch dann spürte sie etwas Warmes. Eine seltsame, wunderbare Wärme, nach der sie sich sehnte. Sie wandte sich diesem warmen Körper zu, der sich so wundersam an sie schmiegte. Die Gespenster waren verschwunden, ebenso der Schmerz und die namenlose Angst. Wenn das ein Traum war, so wollte sie ihn weiterträumen. Große kräftige Hände strichen ihr über den Rücken und zogen sie näher an die Wärme heran. Jetzt fühlte sie das rauhe Brusthaar auf der nackten Haut. Mit einem Schlag war sie wach.

Das war kein Phantom. Das war kein Traum. Es war Marcus. Er lag in ihrem Bett, und er war nackt wie sie. Was war mit ihrem Nachthemd geschehen? Seine Hände fuhren durch ihr Haar, als er ihren Nacken küßte. Er küßte ihr Ohrläppchen, ihr Kinn, ihren Mund. Sie wußte nicht, wie ihr geschah. Sie spürte eine Wärme, die Sehnsüchte weckte, und ein unbekanntes, inneres Drängen durchströmte sie. Sie merkte, wie sich ihre Schenkel unwillkürlich gegen seinen muskulösen Körper preßten.

»Marcus«, flüsterte sie, zog seinen Kopf zu sich herunter und küßte ihn. »Marcus«, hauchte sie. Diesmal flüsterte sie in seinen Mund hinein. »Ich bin nicht Lisette, ich bin nicht deine Geliebte.«

»Ja«, sagte er. »Ja, ich weiß.« Er küßte sie heftig, und wieder waren seine Hände auf ihren Brüsten, die von ihrem langen Haar verdeckt wurden. Sie erinnerten sich an das schöne Gefühl, das seine kräftigen Hände hervorgerufen hatten, und drängten sich ihm entgegen. Dann wanderten diese Hände tiefer, während sie weiterstreichelten. Marcus spürte ihre Feuchtigkeit. Sie sah förmlich, wie er bei dieser Entdeckung lächelte. Plötzlich war er über ihr und drückte sie mit seinem Gewicht in die Decken. Sie spürte seine harten Muskeln und seine Hände unter ihr, die sie jetzt hochhoben, ihm entgegen. Langsam glitt er in sie hinein. Sie hörte, wie sein Atem schwerer wurde, je tiefer er in sie eindrang. Dieses Mal tat es nicht ganz so weh, aber doch immer noch so, daß sie sich ihm zu entziehen versuchte. Aber er hielt sie wie in einem Schraubstock fest.

»Nicht noch einmal!« bat sie leise, als er sich bewegte und sie dehnte. Ihr Fleisch war noch wund, aber er hörte nicht auf. »Nicht noch einmal!« wiederholte sie. Aber er schien sie nicht zu hören. »Bitte, Marcus, du tust mir weh.« Sie spürte, wie sein Verlangen immer ungezügelter wurde und sich in wilden Bewegungen entlud. Sie schrie auf. »Nein, Marcus, bitte nicht. Es muß nicht sein. Bitte, Marcus, nicht ...«

»Oh, doch! Es muß sein«, stieß er mit rauher Stimme hervor. »Es muß sein, weil ...« Seine Stimme verlor sich in einem heftigen Keuchen. Er ließ erst von ihr ab, als er seinen Höhepunkt erreicht hatte. Einen Augenblick lang lag er regungslos auf ihr. Dann zog er sich langsam zurück. Er stand auf und blickte auf sie herab. Er hatte eine Kerze angezündet, als sie die Augen öffnete und ihn ansah. Sie lag mit gespreizten Beinen auf dem Rücken.

»Warum hast du das getan?«

»Warum nicht?« fragte er und zuckte die Achseln. In seinem Gesicht war kein Zorn zu entdecken. Es war vollkommen unbewegt und ausdruckslos. Mit metallischer Stimme sprach er weiter. »Da du mich schon genommen hast, mußte ich mich doch revanchieren, oder? Betrachte es als einen Akt der Höflichkeit.«

Mühsam versuchte sie, wenigstens eine der Decken über sich zu ziehen.

»Bemüh dich nicht. Ich habe deinen Körper gesehen und gekostet. Du bist nicht die erste nackte Frau, die ich in meinem Bett hatte. Oder hältst du dich für einmalig, für einen Geniestreich der Schöpfung? Du bist nur eine Frau, Duchess, weiter nichts.« Er stellte sich in Positur und strich sich über das Kinn.

»Beim ersten Mal war es ziemlich dunkel im Zimmer, und ich war im Halbschlaf, nicht wach genug, um ... nun, wir wollen nicht taktlos werden, oder?«

Sie zog sich eine Decke über die Hüfte und schwieg. Ihr Herz schien davon zu galoppieren, aber äußerlich blieb sie ruhig und gefaßt. Sie hoffte, sich durch ihr Schweigen zu schützen.

Er wollte offensichtlich gehen. Das durfte nicht sein, zumindest nicht, bevor sie ihm alles erklärt hatte. »Ich mußte es tun, Marcus. Das wirst du doch verstehen, oder? Und unangenehm war es dir auch nicht.«

»Ich hielt dich für Lisette. Wenn ich beim ersten Mal bemerkt hätte ...« Er zuckte die Achseln und spürte ihren Blick auf seinem Körper, ohne sie anzusehen. »Du mußtest es tun. So, so. Freiwillig gäbst du dich ja auch niemals einem Mann hin. Dazu bist du zu kalt, es sei denn ...« Seine Stimme brach ab.

»Es sei denn, es war notwendig, wolltest du doch sagen, oder? Ja, es mußte sein. Jetzt kann nichts mehr passieren. Du bist sicher, Marcus, auch vor einer unüberlegten Handlung. Du kannst die Ehe nicht mehr annullieren lassen.«

»Richtig«, sagte er, »das hatte ich eine Sekunde lang vermutet, aber sofort von mir gewiesen, weil ich mir nicht vorstellen konnte, daß du gegen deine Natur handelst. Mein Gott, Josephina, du bringst es sogar fertig, dich von mir durchbohren zu lassen, nur um dein Ziel zu erreichen. Wenn ich nicht aufgewacht wäre, hätte ich bis zum Morgen nicht bemerkt, was sich da abspielte. Aber dann sah ich dein Blut an mir und auf den Laken, dein kostbares Jungfrauenblut – womit Lisette schon seit Jahren nicht mehr aufwarten kann. Aber ich *bin* aufgewacht. Du hast recht. Zu einer Annullierung wird es nicht mehr kommen.« Er sah sie eine Weile mit einem harten, unnachgiebigen Ausdruck an.

»Marcus«, sagte sie und streckte eine Hand nach ihm aus.

Er schüttelte nur den Kopf. »Ich bezweifle, daß ich unsere Ehe annulliert hätte, Duchess. Für wie dumm hältst du mich? Ich würde niemals aus Stolz auf ein solches Vermögen verzichten.«

»Aber du hast den Anschein erweckt, als würde es dir nichts bedeuten, als wolltest du es mit Füßen treten.«

Er lächelte nur. Es war ein böses Lächeln.

»Ich war wütend«, gab er zurück, als ob diese schlichte Feststellung alles erklärte, alles entschuldigte. »Sehr gut, Duchess, keine Annullierung, aber glaub nur nicht, daß damit alles aus dem Weg geräumt ist. Dieser widerliche Päderast Trevor kann mich immer noch beerben – oder die kleinen Päderasten, die er in die Welt setzt. Glaub ja nicht, daß dein edles Blut durch die Adern des nächsten Grafen fließen wird. Diese Genugtuung gönne ich deinem Vater nicht. Wenn ich Vater eines Kindes werden sollte, dann wird es unehelich sein wie du, verzeih, wie du es warst. Aber dieses Kind wird sein Leben lang ein Bastard bleiben. Tja, unsere Ehe kann nicht mehr für ungültig erklärt werden, dafür hast du gesorgt, und dein kleiner Verstand darf wieder zur Ruhe kommen. Du hast deine Jungfräulichkeit geopfert, und ich war brutal genug, dich ein zweites Mal gewaltsam zu nehmen. Wie du siehst: der ideale Ehemann.«

»Möchtest du mein Ehemann sein?« Sie haßte sich für den bittenden Unterton in ihrer Stimme, da sie wußte, daß er daraufhin die nächste Beleidigung ausstoßen würde.

»Ich frage mich, was du dir davon versprichst«, antwortete er mit beißendem Spott und strich sich übers Kinn. »Daß ich beim gemeinsamen Frühstück höflich und aufmerksam bin? Muß ich gezwungenermaßen in dein Bett steigen? Allerdings muß ich zugeben, Duchess, daß du mir beim ersten Mal, als ich dich für Lisette hielt, große Lust bereitet hast. Nun, und das zweite Mal, als ich wußte, daß du es warst ... Tja, da wollte ich herausfinden, ob du wirklich so gefühllos bist, wie ich glaube.«

»Ich bin nicht gefühllos.«

»Duchess, meine Berührungen waren dir unangenehm. Streite es nicht ab. Es war sehr schwierig, überhaupt noch zum Höhepunkt zu kommen bei deinem Geschrei. ›Hör auf, Marcus, bitte hör auf!‹ So war es doch die ganze Zeit zu hören. Dann habe ich an Lisette gedacht, an ihre lustvollen Schreie und wie sie sich an mich schmiegt, an die Art, wie sie mich mit Händen und Lippen liebkost.«

Sie schloß die Augen, um ihn nicht sehen zu müssen. »Deine Nähe war mir nicht unangenehm. Nur hast du mir wieder weh getan, aber das heißt nicht, daß ich gefühlskalt bin. Ich bin unerfahren und wußte nicht, wie ich mit dir umgehen sollte. Und ich habe nicht geschrien, ich habe dich gebeten, aufzuhören. Und ich hatte Angst.«

»Laß es mich mit einfacheren Worten ausdrücken, Duchess. Du wirst jetzt folgendes zur Kenntnis nehmen: Du hast dich gewaltsam in mein Leben gedrängt, und ich kann diese Tatsache nicht rückgängig machen, aber ich brauche sie nicht hinzunehmen. Bitte, kehr nach England zurück. Du brauchst niemanden, und erst recht keinen Ehemann. Du bist dir selbst genug, du bist unabhängig und reich. Du bist von Adel und nicht mehr der namenlose Bastard von einst. Aber ich bitte dich, nimm dir keinen Liebhaber. Aus unserer Verbindung wird es, wie gesagt, keine Nachkommen geben. Ich werde dafür sorgen, daß dein Vater keinen Erben aus deinem Schoß bekommt. Heute nacht habe ich mich gehenlassen, aber das wird nie wieder passieren. Ja, Duchess, fahr nach London, und amüsiere dich. Du bist reich, und dein Name wird dir Zugang zur besten Gesellschaft verschaffen. Aber vorher möchte ich noch wissen, wohin du Lisette geschickt hast.«

Sie hatte gewonnen und doch verloren. Es gab keine Hoffnung mehr. Mild wie sanfter Sommerwind antwortete sie: »Ihre neue Wohnung liegt nicht weit von hier. In der Rue Royale gibt es viele Botschaften, also auch reiche und einflußreiche Männer. Ich habe ihr zehntausend Francs gegeben, Marcus.«

»Du hast sie aufgesucht?«

Sie nickte.

»Was hast du ihr erzählt? Du lieber Gott, du hast ihr von diesem ganzen Debakel erzählt?«

»Ja, ganz richtig. Daß ich befürchten müsse, du würdest die Ehe annullieren lassen, und daß ich das nicht zulassen könne. Sie hat es verstanden. Sie hat dich gern und war sofort bereit, mir um deinetwillen zu helfen.«

»Und du hast nicht die kleinste Spur von Eifersucht gezeigt, wie?«

»Dazu war keine Zeit.«

»Ich verstehe. Dann hast du auch keinen Blick an ihren herrlichen Busen verschwendet und keinen Vergleich mit deinem Busen gezogen, oder?«

Sie schloß die Augen. »Doch.«

»Und du warst nicht eifersüchtig? Und es stört dich nicht, daß mir ihr Körper unsägliche Freuden bereitet? Jetzt bist du wieder stumm wie ein Fisch. Dein Edelmut übertrifft jedes Vorstellungsvermögen. Ich nehme an, du hast die Kosten für die neue Wohnung übernommen?«

»Ja. Rue Royale Nummer 47.«

»Danke, Duchess. Es ist zu spät, um sie heute noch aufzusuchen. Ich gehe wieder zu Bett. Gute Nacht, Duchess. Vielen Dank für diese lehrreiche Lektion.«

Er drehte sich nicht einmal nach ihr um. Nackt verließ er ihr Schlafzimmer. Sein Zorn umstrahlte ihn geradezu. Sie fühlte ihn deutlich. Früher, als sie noch Kinder waren, hatte sie seine Stimmungen immer gespürt, seine Ausgelassenheit wie seinen Weltschmerz. Aber das gehörte der Vergangenheit an und war endgültig vorbei. Sie hatte gewonnen. Er hatte die Ehe vollzogen, und er war abgesichert.

Am nächsten Morgen wurde sie nicht wie gewohnt von Maggie, sondern von Badger geweckt. Er kam mit dem Frühstück, hob ihr Nachthemd vom Boden auf, reichte es ihr und drehte sich um, während sie es überstreifte und glattstrich. Sie ließ sich von ihm in den Morgenmantel helfen und trank gierig den starken Kaffee, den er ihr eingeschenkt hatte. Er wartete, bis sie von dem warmen Brioche abgebissen hatte.

»Wünschen Sie Butter oder Honig?«

Sie schüttelte den Kopf.

»Nein, danke, Badger. Die Brioches sind köstlich. Haben Sie sie gebacken?«

Badger nahm ihre Worte nicht zur Kenntnis.

»Seine Lordschaft hat das Haus verlassen. Mr. Spears erzählte, er habe sich gerade die Stiefel angezogen, als er ihn wecken wollte. Er sei sehr still gewesen, nicht etwa laut und wütend, sondern sehr still. Mr. Spears konnte natürlich keine Fragen stellen. Allerdings fragte er dann doch, wann seine Lordschaft zurückkehren werde, und er antwortete: ›Aber Spears, Sie wissen doch, ich wohne hier.‹« Badger brach ab. Seine Lippen preßten sich zu einem schmalen Strich zusammen.

»Bitte, Badger, erzählen Sie mir alles. Mich kann wirklich nichts mehr erschüttern. Vergessen Sie nicht, daß ich an seine Wutausbrüche und Beschimpfungen gewöhnt bin.«

»Er sagte, er habe Lisettes Anschrift und werde zweifellos sehr viel Zeit bei ihr verbringen.«

Sie biß noch ein Stückchen von der köstlichen Brioche ab.

»Soll ich Maggie zu Ihnen heraufschicken? Sie summt bereits fröhlich vor sich hin, und ihr Haar scheint heute morgen noch röter als sonst zu sein. Sie ist ein liebes Ding.«

»Ja«, antwortete die Duchess. »Sie bringt mich wenigstens zum Lachen. Oh, Badger, bitte sagen Sie ihr, daß wir heute um Punkt zwölf Uhr nach Calais abreisen.«

Er starrte sie ungläubig an, öffnete den Mund und schwieg dann doch. Zehn Minuten später verkündete er Spears und Maggie: »Es ist aus. Der Graf und die Gräfin haben die Angelegenheit gründlich verpfuscht. Wir kehren nach London zurück. Ich schicke Ihnen unsere Adresse, sobald wir dort sind.«

»Wird sie nicht im Stadthaus der Wyndhams wohnen?«

Badger zuckte die Achseln. »Ich habe keine Ahnung, Mr. Spears. Sie sagte nichts dergleichen. Aber es wäre möglich. Sie hat den Vertrag für das Häuschen in Smarden nicht verlängert, und ich kann mir nicht vorstellen, daß sie nach Chase Park zieht. Unter diesen Umständen schon gar nicht.«

»Na, Gott sei Dank!« schnaubte Maggie.

Badger grinste sie an. »Sie werden das Haus in der Stadt mögen, Miss Maggie. Es liegt inmitten all der Dinge, die Sie erfreuen. Ich werde einen Diener anheuern müssen, der die jungen Kerle von Ihnen fernhält.«

»Darum möchte ich gebeten haben, Mr. Badger«, gab sie mit nonnenhaftem Lächeln zurück und zwinkerte Spears kokett zu.

»Ich werde mich melden, Mr. Badger, sobald ich weiß, wie es hier weitergeht.«

»Ihr Graf ist unerträglich, Mr. Spears«, meinte Maggie ernst.

»Ja, Maggie, es scheint so, zumindest im Augenblick. Ich werde auf ihn aufpassen, und dann sehen wir weiter. Die Schlacht ist verloren, aber der Krieg ist noch nicht beendet. Ich wünsche eine gute Reise, Ihnen beiden. Oh, Mr. Badger, ich freue mich schon auf Ihre Kalbsschinkenterrine.«

»Und worauf freuen Sie sich, Mr. Badger?«

»Nun, auf Ihre naseweisen Bemerkungen, natürlich, Miss Maggie.«

12
Stadthaus der Wyndhams
Berkley Square, London
Ende Juni 1814

Badger stand in der Tür zum Salon und beobachtete sie. Sie schrieb und summte dabei. Immer schneller flog die Feder über das Papier. Das bedeutete, daß es ihr heute leicht von der Hand ging. Gott sei Dank, dachte er. Sie war so still gewesen seit der Rückkehr aus Paris vor einigen Wochen.

Er wartete geduldig und war dankbar, daß sie eine Beschäftigung hatte, die sie aus ihren trübsinnigen Gedanken riß. Endlich blickte sie auf, erschrak ein wenig bei dem unerwarteten Anblick und lächelte.

»Kommen Sie herein, Badger. Ich war so in meine Arbeit vertieft. Ein Glück, daß ich das wieder kann.«

»Ich weiß, ich weiß. Das heißt, daß alles wieder wie von selbst aus Ihrem klugen Köpfchen fließt.«

»Klug? Nun, ich weiß nicht so recht. Jetzt schreibe ich, weil es mir Freude macht, und nicht mehr, um die Miete zu bezahlen und Eier zu kaufen – oder um Ihnen den Lohn zu zahlen.«

Das hatte sie immer getan, trotz seiner Proteste. Immer hatte zuerst er sein Geld bekommen, noch bevor die Miete des Häuschens bezahlt wurde. Er wußte, wie wichtig ihr das war. Für sie war es der Beweis, daß sie das Leben meisterte.

Er räusperte sich. »Ich habe den Spottvers über Zar Alexander und die Großfürstin Katharina gehört, die alte Vettel. Geschieht ihr ganz recht, daß sie in dem Lied so schlecht wegkommt. Ich muß allerdings zugeben, daß ich Mitleid mit dem Kronprinzen habe. Er mag ein feister, selbstsüchtiger Dummkopf sein, aber immerhin ist er ein englischer Dummkopf, der nicht zu der Bande dieser russischen Tyrannen gehört, die ihre Bauern abknallen, nur weil sie ihren Geruch nicht mögen.«

»Ja, das stimmt. Die Großfürstin Katharina hat ihn noch übertroffen. An Grobheit, Plumpheit und Geilheit.« Sie lachte, und das wärmte ihm das Herz. »Und die Worte passen auch noch gut zusammen!«

»Ja, sie prägen sich gut ein, wie Schlagworte. Man hört sie überall.«

»Und der Zar ist ein Ekel. Er brüskiert den Kronprinzen und liebäugelt mit den Whigs, die ihn im Grunde für einen Narren halten. Er verdiente einen Spottvers ganz für sich allein.«

»Vielleicht«, meinte Badger. »Aber er ist nicht so rücksichtslos wie Katharina, als sie sich zu diesem Herrenabend in der Guildhall Zutritt verschaffte. Und dann verbat sie sich die Musik, weil sie sie störte. Ach, da wäre ich zu gern dabeigewesen!«

»Ich auch! Können Sie sich das vorstellen: Der Kronprinz muß sie flehentlich darum bitten, den Musikern zu gestatten, ›God Save the King‹ zu spielen!«

Sie lachte wieder. Badger wäre am liebsten vor Freude darüber in die Höhe gesprungen.

»Das ist sehr gut, Badger, daraus ließe sich etwas machen. Vielleicht sollte ich die *London Times* und die *London Gazette* wieder unter einem anderen Gesichtspunkt lesen.«

»Füher haben Sie sämtliche Zeitungen durchstöbert. Keine Zeile haben Sie ausgelassen. Vielleicht wäre es wieder an der Zeit. Aber ich wollte Sie wegen einer anderen Sache sprechen, Duchess.«

Sie legte fragend den Kopf zur Seite, die Feder immer noch in der Hand.

»Es geht um den Grafen.«

Da wurde sie plötzlich vollkommen still. Er war, als ob sie sich in ein Schneckenhaus zurückzöge.

»Worum geht es?«

»Mr. Spears hat geschrieben. Es besteht die Möglichkeit, daß er bald nach London zurückkehrt.«

»So. Hat er seinen Abschied genommen?«

»Ich weiß es nicht. Spears hat nichts davon erwähnt. Ich vermute eher nein.«

»Gut, dann werden wir darüber nachdenken müssen. Nanu, ich glaube, wir bekommen Besuch.«

So war es auch. Nettles, der Londoner Butler, führte Mr. Wicks in den Salon. Der alte Mr. Wicks begrüßte die Duchess mit einer tiefen Verbeugung, der ein erschöpftes Lächeln folgte.

»Lieber Mr. Wicks, was ist denn los? Setzen Sie sich doch. Darf ich Ihnen eine Tasse Tee oder einen Sherry anbieten?«

»Nein. Nein. Danke, Lady Duchess. Es ist ... ach, Gott, ich bringe keine guten Nachrichten, aber ich wollte sofort bei Ihnen vorsprechen, damit wir die notwendigen Vorkehrungen treffen können. Ich bedaure zutiefst, Lady Duchess, ich muß Ihnen mitteilen, daß ... daß...«

»Aber Mr. Wicks, ich bitte Sie, beruhigen Sie sich. Nichts kann so entsetzlich sein. Bitte, nehmen Sie Platz, und erzählen Sie.«

In seiner Erregung fuhr er sich durch das zerzauste weiße Haar. Sie wartete. Ihr Schweigen sollte ihn beruhigen, und das gelang ihr auch. Sie verstand sich gut darauf, aufgeregte, streitbare Menschen zu beruhigen, außer Marcus, ihren Ehemann.

Endlich setzte Mr. Wicks zum Sprechen an. Er holte tief Luft, und es sprudelte nur so aus ihm heraus. Er konnte nicht mehr an sich halten: »Die amerikanischen Wyndhams sind in Chase Park.«

»Ach ja, Onkel Grant, das schwarze Schaf der Familie. Er ging in die Kolonien und heiratete eine Amerikanerin. Sie lebten in Baltimore.«

»Ja, ganz recht. Und Grant Wyndham ist tot. Aber seine Frau, Wilhelmina, erfreut sich bester Gesundheit, wie auch ihre drei Kinder, Trevor, James und Ursula. Dann kennen Sie ja die Geschichte. Und jetzt befindet sich die Familie auf Chase Park.«

»Erzählen Sie weiter, Mr. Wicks.«

»Ich schrieb ihnen, Lady Duchess. Ich mußte es tun, denn ich ahnte nicht, daß der Graf, der seit drei Wochen Ihr Ehemann ist, Sie tatsächlich heiraten würde. Die amerikanische Familie war erbfolgemäßig an der Reihe, also mußte ich sie benachrichtigen und von ihrem Glück in Kenntnis setzen. Wilhelmina Wyndham hat mir weder geantwortet noch mich in meiner Londoner Kanzlei aufgesucht. Sie fuhr sofort nach Yorkshire, direkt nach Chase Park!«

»Das ist merkwürdig. Wieso wußte sie, wo Chase Park liegt? Onkel Grant ist tot, er wußte es. Aber seine Frau?«

»Ich weiß es nicht, Lady Duchess. Ich weiß nur, daß ich sofort aufbrechen muß, heute noch, spätestens morgen früh. Ich muß Wilhelmina Wyndham sagen, daß es nichts zu erben gibt. Gar nichts. Welch vertrackte Situation! Warum habe ich nicht auf Ihr Geschick vertraut, daß Sie den Grafen überzeugen würden! Ich bin ein Tölpel, Duchess, ein Riesentölpel!«

Er hielt inne, erschrocken darüber, daß er sich zu diesem Wortschwall hinreißen ließ.

Sie lächelte nur. »Sie hätten vielleicht noch etwas warten sollen, aber Sie haben getan, was Sie für Ihre Pflicht hielten, Mr. Wicks. Machen Sie sich deswegen keine Vorwürfe.«

Sie erhob sich und strich ihr Kleid glatt. »Ja, ja«, sagte sie mehr zu sich selbst als zu Mr. Wicks. »Das Leben hat noch immer Überraschungen bereit.«

Sie wandte sich ihm zu und streckte ihm die Hand entgegen.

»Ich werde Sie begleiten, Mr. Wicks. Bitte machen Sie sich keine Sorgen. Wir werden uns den gefürchteten Amerikanern gemeinsam stellen. Ob Marcus den Namen Wilhelmina genauso abstoßend findet wie Josephina?«

Marcus Wyndham, der Achte Graf von Chase, traf am sechsundzwanzigsten Juni im Stadthaus der Wyndhams am Berkley Square ein.

Nettles nahm ihm Hut und Mantel ab.

»Mylord«, grüßte er nun ehrerbietiger als je zuvor, da Marcus nun nicht nur über einen Titel, sondern auch über eine beeindruckende Brieftasche verfügte. »Mylord, Lady Duchess ist heute in Begleitung von Mr. Badger und ihrer rothaarigen Kammerzofe nach Chase Park abgereist.«

»Ah, ja, Spears«, sagte er und drehte sich zu seinem Kammerdiener um, der scheinbar unbeteiligt die kunstvollen Einlegearbeiten der Holztäfelung betrachtete. »Kümmern Sie sich um das Gepäck. Wer ist für die Küche zuständig, wenn Badger mit meiner … ehm, mit Lady Duchess abgereist ist?«

»Ich habe Mrs. Hurley angewiesen, Mr. Badgers Aufgaben zu übernehmen, Mylord. Ihre Frau Gemahlin ist in großer Eile aufgebrochen und hat mich beauftragt, alles bestens für Ihre Ankunft vorzubereiten. Wenn Sie erlauben, Mylord, Lady Duchess hat sich persönlich um alle Einzelheiten gekümmert. Sie denkt an alles … Bitte verzeihen Sie meine Offenheit.«

»Schon gut, Nettles, schon gut.«

Erleichtert fügte der Butler hinzu: »Sie ist sehr zurückhaltend und gestattet keinerlei Vertraulichkeiten – als ob jemand so etwas wagen würde. Mylord, darf ich Ihnen einen Port in der Bibliothek servieren?«

Marcus nahm den Port mit in das große Schlafzimmer am Ende

des Flurs im zweiten Stock. Durch die dunklen Vorhänge und noch dunkleren Tapeten wirkte der Raum etwas streng. Das Mobiliar war sehr alt, aber hervorragend gepflegt. Ob wohl auch hier die ordnenden Hände seiner Frau im Spiel gewesen waren?

»Der Zeitplan ist doch bemerkenswert, oder?« sagte er zu Spears, der gerade die Halstücher faltete und in eine Schublade legte.

»Tja, der Mensch denkt, und Gott lenkt, das sage ich immer.«

»Warum mußte sie ausgerechnet jetzt mit Mr. Wicks nach Chase Park fahren?«

»Oh, daß ich es nicht vergesse, Mr. Nettles hat mir einen Brief ausgehändigt. Er erhielt ihn von Lady Duchess mit der Bitte, ihn an mich weiterzugeben. Und ich wiederum sollte ihn Mylord überreichen. Sie verstehen?«

»Aber gewiß doch, Spears. Also, wo ist der Brief, der über diese Umwege zu mir kommt?«

»Hier ist er, Mylord.«

»Umwege erregen immer Verdacht«, bemerkte Marcus, als er den Umschlag aufriß. Er las, fluchte und lachte dann.

»Nun, das ist ja hochinteressant. Sieht so aus, als seien die amerikanischen Wyndhams in Chase Park. Mr. Wicks hatte ihnen mitgeteilt, daß sie ab sechzehnten Juni eventuell ein unverhofftes Glück erwarte. Sie reisten sofort nach England und trafen pünktlich am sechzehnten Juni auf Chase Park ein, und die Duchess und Mr. Wicks sind ihnen zur Begrüßung entgegen geeilt. Sie mischt sich also schon wieder ein!«

»Sie ist Ihre Frau, Mylord. Das würde ich nicht als Einmischung bezeichnen. Schließlich ist es die Pflicht der Ehefrau, die Interessen des Mannes während seiner Abwesenheit zu wahren.«

Marcus kleidete sich aus. »Ich möchte jetzt ein Bad nehmen, Spears«, knurrte er.

»Sehr wohl, Mylord.«

Er war mit einem Bein aus der Hose gestiegen, als er bemerkte: »Warum sind diese Leute eigentlich sofort nach Chase Park gefahren?«

»Das ist mir ein Rätsel, Mylord.«

»Man müßte doch annehmen, daß ein vernünftiger Mensch zuerst nach London fährt und Mr. Wicks aufsucht. Der wiederum hätte die Familie wahrscheinlich zuerst in Clampton im Essex-Haus untergebracht. Ein hübsches Anwesen übrigens, in dem ich vor Jahren einmal mit Charlie und Mark war. Damals gehörte es natürlich noch nicht zur Erbmasse.«

»Nun gehört Ihnen alles, Mylord, einschließlich des Hauses in Clampton.«

»Ich weiß.«

»Werden Sie den Abend zu Hause verbringen, Mylord?«

»Wenn Sie es unbedingt wissen wollen«, sagte Marcus und zog den Morgenmantel über, »ich gehe zu Whites. Dort findet ein Herrenabend statt.«

»Darf ich vorschlagen, Mylord, daß Sie das Trinken etwas einschränken und daß wir morgen früh ebenfalls nach Chase Park aufbrechen?«

»Zum Teufel mit Ihren Vorschlägen, Spears! Ich denke nicht daran, nach Chase Park zu fahren. Mr. Wicks hat sich diese Suppe eingebrockt, jetzt soll er sie auch selbst auslöffeln. Die Duchess wird ihm zur Seite stehen. Sie hätte ihn nicht begleitet, wenn sie sich nicht sowieso wieder einmischen wollte. Nein, sparen Sie sich die Antwort. Außerdem bin ich morgen mit Lord Dracornet im Kriegsministerium verabredet.«

»Ich werde mich jetzt um Ihr Bad kümmern, Mylord.«

»Gut. Versuchen Sie bitte nicht, mich umzustimmen, Spears. Ich werde nicht nach Chase Park fahren, auch wenn Trevor, dieser Weichling, einmal Graf von Chase werden sollte. Vielleicht sollte ich Mr. Wicks anweisen, dem lieben Trevor diese Aussicht zu verkünden, damit sich der Waschlappen besinnt und Nachwuchs anschafft. Für alle Fälle. Ja, ich werde Mr. Wicks entsprechend instruieren.«

»Aber … Ihre Frau, Mylord, Lady Duchess …«

»Sie weiß sehr genau, daß jedes Kind, das sie in die Welt setzt, nicht von meinem Samen gezeugt und daher nicht Erbe des Titels sein wird.«

In dem Zimmer war es bereits dunkel geworden. Marcus hörte, wie Spears heftig die Luft einsog. Aha, sein unnahbarer Kammerdiener war sichtlich betroffen. Das gefiel ihm, und er schmunzelte. Er schmunzelte noch immer, als die beiden Lakaien mit Eimern voll heißem Wasser das Schlafzimmer betraten. Als er sich die Haare wusch, fing er einen Blick von Spears auf, der ihn mit verbissenem

Mißfallen wie ein Vikar ansah, der Zeuge einer Orgie wird. Marcus fühlte sich noch besser.

Als er sah, daß Spears etwas sagen wollte, kam er ihm blitzschnell mit eisiger Stimme zuvor: »Nein, Spears, ich werde nicht nach Chase Park fahren. Es ist mir gleichgültig, was die Duchess oder Wicks tun. Ich habe vor, mich hier in London blendend zu amüsieren. Und dann werde ich mir eine Mätresse nehmen, entweder in der Bruton Street oder vielleicht in der Stretton Street, auf jeden Fall so nahe, daß ich zu Fuß jederzeit zu ihr gehen kann. Das sind meine Pläne.«

»Mylord, derlei Aktivitäten dürften mehr Zeit in Anspruch nehmen, als Ihnen im Augenblick zur Verfügung steht, und lassen sich nur schwerlich mit Ihren Pflichten gegenüber Lord Dracornet vereinbaren. Sicher werden Sie mit den Vorbesprechungen für den Wiener Kongreß ausreichend beschäftigt sein, der im Herbst stattfindet.«

»O nein! Da spiele ich nicht mit, Spears. Die beteiligten Diplomaten werden eine Intrige nach der anderen spinnen, werden sich bespitzeln und belügen und alles tun, um zu erreichen, was sie wollen. Nein, das ist nichts für mich. Verdammt noch mal, wenn man jemandem den Dolch in den Leib stoßen will, dann wenigstens von vorn!

Lord Castlereagh hat mich gefragt, ob ich an dem Kongreß teilnehmen werde, aber ich antwortete ihm, ich hätte leider andere Dinge zu tun. Ehrlich gesagt, in meiner Höflichkeit hätte ich ihm beinahe die Stiefel geküßt, als ich ihm sagte, daß ich leider nicht teilnehmen könne, obwohl ich nichts lieber täte, und so weiter. Und dann bat ich Lord Dracornet um einstweilige Beurlaubung, da ich meine neuen Pflichten als Achter Graf von Chase antreten müsse. Nicht ganz neu, natürlich, aber jetzt mit dem entsprechenden Vermögen verbunden. Ich glaube, Lord Dracornet war so erleichtert, in mir nicht mehr einen mittellosen Schandfleck der Gesellschaft zu sehen, daß er mich mit aufrichtigen guten Wünschen bedachte.«

»Ich verstehe, Mylord. Aber Sie haben auch noch andere Verpflichtungen. Ihr Grundbesitz ist riesig. Sie werden sich noch an die ersten zehn Monate nach dem Tod Ihres Onkels erinnern. Sie mußten viel Zeit aufwenden, um alles in Bewegung zu halten.«

»O ja, Spears, ich erinnere mich genau, aber Sie können sich jetzt weitere Argumente sparen. Ich fahre nicht nach Chase Park. Die

Frau, die ich auf dieser Welt am allerwenigsten sehen möchte, ist diese verdammte Duchess.«

»Sie ist immerhin die Gräfin.«

»Sie werden immer scharfsinniger, Spears. Lassen Sie mich jetzt in Frieden. Vergessen Sie Chase Park. Keine zehn Pferde bringen mich dorthin.«

Chase Park

Die Duchess starrte Wilhelmina Wyndham an. Sicher hatte sie sich verhört. »Wie bitte, Ma'am?«

»Ich sagte, die Moorhühner in dieser Gegend könnten von Parasiten befallen sein.«

Das hatte sie natürlich nicht gesagt, aber die Duchess ließ es dabei.

»Ich werde Badger bitten, sie genauestens zu untersuchen, bevor sie in den Speiseplan aufgenommen werden.«

Wilhelmina Wyndham nickte und ließ den Blick weiter durch den großzügigen Salon schweifen. »Genauso hat mir mein Mann dies alles beschrieben. Mit Worten konnte er Bilder malen. Ich sah Chase Park immer vor mir. Und jetzt sehe ich endlich alles mit eigenen Augen. Sie wunderten sich, warum wir unmittelbar hierherkamen und nicht den Weg über London nahmen. Ich wußte genau, wo Chase Park liegt, und wollte keine unnötige Zeit verschwenden.«

Die Duchess antwortete mit sanfter Stimme: »Aber Madam, selbst wenn Marcus und ich nicht geheiratet hätten, wäre Chase Park bei ihm verblieben. Es gehört zum Titel.«

»Ja, ich weiß. Sie halten Amerikaner für dumm, aber da täuschen Sie sich. Das hier war das Zuhause meines Mannes, und Sie werden mir nicht absprechen, daß ich es sehen wollte.«

»Gewiß wollten Sie das, Ma'am, und Sie sind herzlich willkommen. Chase Park ist sehr eindrucksvoll und hat eine bemerkenswerte Geschichte. Ich nehme an, Sie werden auch London besuchen wollen, bevor Sie nach Amerika zurückkehren.«

»Du kleine Schlampe, du interessiert mich einen Dreck«, kam es leise aus dem Mund Wilhelminas.

»Wie bitte, was sagten Sie, Madam?«

»Ich sagte, ich kann Sie nicht gleich wieder alleinlassen, meine Liebe. Sie wollen doch nicht andeuten, daß wir hier nicht willkommen sind?«

»Gewiß sind Sie willkommen, Madam. Das sagte ich Ihnen bereits. Aber Chase Park ist nun einmal nicht Ihr Zuhause. Wie Ihnen Mr. Wicks bereits gestern mitteilte, können Sie kein Erbe antreten, nachdem ich und Marcus geheiratet haben.«

»Verlogene Hexe.«

Diesmal verstand die Duchess die Worte sehr gut, aber sie war zu entsetzt, um die passende Antwort zu geben. Sie blickte ihr Gegenüber nur abwartend an. Wilhelmina aber schlenderte gleichmütig auf die breiten Flügeltüren zu.

»Ja«, meinte sie, »Reichtum muß etwas Schönes sein.«

»Durchaus.«

Wilhelmina lächelte fröhlich und fragte: »Was sagen Sie zu meinen Jungen?«

Jungen? dachte die Duchess. Trevor war mindestens vierundzwanzig, also in Marcus' Alter, und James immerhin schon zwanzig.

»Sie sind reizend, Madam. Auch Ursula ist sehr nett.«

»Ursula ist ein Mädchen und damit wertlos, so wertlos wie Sie, Sie Miststück.«

»Wie meinen?«

»Ich sagte, Ursula stammt aus einem sehr guten Stall, so wie Sie, meine Süße. Sie wird einmal eine gute Partie abgeben, nicht wahr?«

Die Duchess hatte rasende Kopfschmerzen, nickte nur höflich und war erleichtert, als ihre Tante Wilhelmina freiwillig verschwand.

Dann verließ die Duchess das Haus durch eine Seitentür, in der Hoffnung, sich ein wenig im Garten zu erholen. Es war wunderbar hier, besonders jetzt im Frühsommer. Die Rosen blühten in voller Pracht, und ihr Duft erfüllte die laue Luft. Die wohlriechenden Hortensien und Nelken lockerten den schweren süßen Duft auf, der von den lavendelfarbenen Trauben des Flieders ausströmte und die Sinne betäubte. Langsam ging sie zu einer uralten knorrigen Eiche, die so krumm und verdreht gewachsen war, daß sie in der Walpurgisnacht den idealen Treffpunkt für alle Hexen das Landes abgegeben hätte. Unter ihrem Laub aus frischem hellem Grün stand eine kleine Holzbank, auf der die Duchess sich niederließ. Sie lehnte sich gegen den Stamm und schloß die Augen. Sie war müde und erschöpft. Ihr war, als hätte sie Tante Wilhelmina zehn Jahre lang ertragen und nicht erst einen Tag. Das heißt, eigentlich einen Morgen und einen Abend. Nicht einmal einen ganzen Tag.

Mr. Wicks hatte sich zurückgezogen, nachdem Tante Wilhelmina gestern abend fast auf ihn losgegangen wäre.

Als sie am Nachmittag angekommen waren, hatte Tante Wilhelmina sie als ihre Gäste begrüßt. Ein eigenartiges Gefühl war es gewesen, Tante Gweneth im Hintergrund stehen zu sehen, die deutlich abfiel gegen diese Frau mit dem zwar alternden, aber immer noch schönen Gesicht und dem vollen blonden Haar, das im Sonnenlicht fast weiß aussah. Tante Wilhelmina entsprach nicht dem Durchschnitt. Und Trevor ebensowenig, dieser jämmerliche Weichling, der verdammte Päderast mit dem schütteren Blondhaar, dieser lispelnde Dandy, wie Marcus ihn schimpfte. Sie lächelte, als sie an Marcus' verächtliche Worte dachte. Trevor, ein Päderast, ein affektierter Fatzke!

Sie hatte einen bläßlichen jungen Mann mit dem blonden Haar seiner Mutter erwartet. Es hätte sie auch nicht erstaunt, wenn er mit einem hohen, bis zu den Ohren reichenden Hemdkragen gelispelt hätte. Tja, Marcus würde eine Überraschung erleben. Das hieß: nein, denn er würde nicht nach Chase Park kommen, nicht solange sie hier war.

Ob er bereits in London war, fragte sie sich. Zehn Minuten später hatten Ursula und die Zwillinge sie unter der Eiche entdeckt. Zum Glück waren ihre Kopfschmerzen auf ein erträgliches Maß zurückgegangen.

»Ich habe beschlossen, Trevor zu heiraten, Duchess«, verkündete Antonia. »Ich finde ihn sehr nett.«

Ursula war eine zierliche Vierzehnjährige mit dem weizenblonden Haar ihrer Mutter, und es zeigte sich bereits jetzt, daß sie in vier, fünf Jahren eine Schönheit sein würde. Sie ergriff das Wort: »Oh, Trevor ist so unglücklich. Er kann dich jetzt nicht heiraten, Antonia. Vielleicht nach einem halben Jahr. Außerdem bist du erst fünfzehn. Trevor ist viel zu alt für dich.«

»Oh, das finde ich nicht!« Antonia war zutiefst empört. Sie hatte Trevor zu ihrem neuen Idol erkoren, und daran durfte keiner kratzen.

Die praktisch veranlagte Fanny fragte: »Warum ist er so unglücklich?« Dann biß sie kräftig in ihren Apfel und verbreitete mindestens eine Minute lang ein kauendes Geräusch. Wenigstens keine Süßigkeiten, dachte die Duchess. Fannys Gesicht schien in den letzten

Monaten schmaler geworden zu sein. Sie und Antonia wurden erwachsen. Die Duchess fühlte sich plötzlich uralt.

»Seine Frau ist gestorben.«

Das war eine Überraschung. »Ursula! Er war verheiratet?«

»Ja, Duchess. Sie hieß Helen und war das schönste Mädchen von Baltimore. Aber Trevor meinte, sie war kränklich. Sie starb im Kindbett, nach einem bösen Sturz vom Pferd. Das Baby starb auch. Es ist erst vier Monate her. Sie waren nur eineinhalb Jahre verheiratet. Trevor zog dann weg, nach New York – oder eher nach Washington, glaube ich. Er kam nur zurück, um uns nach England zu begleiten. Mutter hatte ihm geschrieben und ihn darum gebeten. James paßte das gar nicht. Er wollte gern Vaters Stelle einnehmen und auf uns aufpassen. Mindestens eine Woche lang hat er nicht mit Trevor gesprochen, aber Trevor wird das gar nicht bemerkt haben. Er war zwar körperlich anwesend, aber trotzdem weit weg, wenn du verstehst, was ich meine.«

»Ja«, sagte die Duchess, »ich verstehe sehr gut, was du meinst, Ursula.« Mein Gott, dachte sie erschüttert, was weiß man schon über andere Menschen, über ihr Schicksal und wer sie wirklich sind.

»Wenn ich achtzehn bin, wird Trevor seinen Kummer überwunden haben«, erklärte Antonia mit dem Selbstvertrauen eines jungen Mädchens, das reich ist, eine große Mitgift bekommt und gewohnt ist, daß man sich seinem Willen fügt.

»Dann wird Trevor mich heiraten, und ich werde nicht im Kindbett sterben, weil ich ausgezeichnet reite und gesund bin wie ein Ochse. Das sagt Tante Gweneth.«

Fanny biß noch einmal in den Apfel und warf den Rest in den Teich hinter der Eiche. Einige Enten flatterten erschreckt auf und taten laut quakend ihren Unwillen kund. »Vielleicht nehme ich James. Nur müßte er etwas älter sein. Junge Menschen sind so unerfahren. Sie müssen reifen wie Wein, hat Papa immer gesagt. Erinnerst du dich, Antonia? Papa hat sich jedesmal über Mark und Charlie lustig gemacht, wenn sie eine Bemerkung über ein hübsches Mädchen machten. Er sagte dann, sie seien noch Essig und es werde noch ein paar Jahre dauern, ehe Portwein aus ihnen werde.«

Ursula lachte, Antonia war verlegen, und die Duchess meinte lachend: »Ich kann mir gut vorstellen, wie er die Jungen damit aufzog,

Fanny. Gut, daß du dich an die fröhlichen Augenblicke mit deinen Brüdern erinnerst.«

Ursula sagte: »Deshalb ist der Graf so schnell aufgestiegen, nicht wahr? Seit dem Tod meiner beiden Cousins ...«

Ruhig entgegnete die Duchess: »Marcus ist auch dein Cousin. Er ist der Graf von Chase. Dein Vater und sein Vater waren Brüder. Du wirst ihn respektieren, Ursula, denn er ist das Oberhaupt der Familie Wyndham.«

»Ja, Ma'am.«

»Nun, dann kannst du gleich deinen Respekt beweisen. Du bist doch Ursula, nicht wahr?«

Die Duchess rührte sich nicht. Dann, ganz langsam, wandte sie sich um und entdeckte Marcus, der lässig an dem Eichenstamm lehnte. Wie lange hatte er schon dagestanden, zugehört und sie beobachtet? Sie blickte ihn stumm an.

»Ja, Mylord.«

»Du kannst Marcus zu mir sagen. Ich bin dein Cousin.«

»Ja, Marcus.«

»Kein freudiges Hallo für deinen Ehemann?« Er trat auf sie zu, blickte auf ihren gesenkten Kopf, nahm ihre schlaffe Hand und küßte sie.

13

Dieser verdammte Spears! Er summte schon wieder. Marcus zog die Stirn in Falten. Nun fing er auch noch an, aus voller Kehle zu singen, und sein kräftiger Bariton erfüllte das Schlafzimmer, als er fein säuberlich Marcus' Socken zusammenfaltete.

»Gröber als der Kronprinz,
Fader als ihr Hermelin,
Geiler als ein jeder Stenz,
Plumper, als man je geseh'n.

Grobheit, Geilheit, Plumpheit,
Verehrte Großfürstin Kath'rin –
Mit so wunderbaren Gaben
Müßt gewiß Ihr nicht verzagen!«

Er konnte nicht anders, er mußte schmunzeln. Er war Zeuge gewesen, wie Zar Alexander sich verschluckte und den Wein auf seine königlich-weiße Galauniform spuckte, als er dieses Liedchen durch ein geöffnetes Fenster bei Whites vernahm. Die Worte waren nur allzu deutlich zu verstehen gewesen. Er tobte vor Wut, wild entschlossen, diese Dreckskerle sofort zu exekutieren. Nur der altgediente Majordomus Henry, den nichts aus der Fassung brachte, und Herzog Wellington selbst konnten ihn davon abhalten.

»Ach, Mylord, haben Sie die Duchess schon gesehen?«

»Ja, aber nur sehr kurz. Sie sitzt im Garten, umringt von einer Schar junger Mädchen.«

»Ihr geht es gut?«

»Ja, warum nicht? Augenblick, Spears, hat Ihr famos arbeitendes Spionagenetz wieder etwas herausgefunden, das ich wissen sollte?«

»Nein, Mylord, nur ... als ich sie das letzte Mal sah, war sie nicht glücklich. Sie hatten ihr gegenüber nicht einmal die Grundregeln der Höflichkeit eingehalten.«

»Sie verdiente keine Höflichkeit, und die Grundregeln schon gar nicht. Und einen infamen Verräter wie Sie hätte ich sofort hinauswerfen sollen.«

»Ich weiß Ihr Zögern in dieser Hinsicht zu schätzen, Mylord.« Sorgfältig legte Spears sechs frisch gebügelte Hemden in die Schublade.

»Wollen Sie mich auf den Arm nehmen, Spears?«

Spears richtete sich auf.

»Ich, Mylord? Sie auf den Arm nehmen? Niemals! Allein die Vermutung wäre kränkend.«

Marcus räusperte sich. »Als ich sie im Garten sah, bemerkte sie mich nicht sofort. Ich hörte, wie sie Ursula ermahnte, mir mit Respekt zu begegnen, da ich schließlich das Oberhaupt der Familie sei.«

»Das entspricht den Tatsachen, Mylord.«

»Das mag sein, aber warum sagt sie es?«

Spears unterbrach seine Arbeit, indem er Bürste, Kamm und Nagelfeile für einen Augenblick auf Marcus' Kommode ablegte und freundlich erwiderte: »Warum sollte sie das nicht sagen?«

»Ach, halten Sie den Mund, Spears! Sie predigen ja wie der Vikar im Dorf. Übrigens, das geht Sie alles einen Dreck an. Sie und Badger! Ich sollte Sie in eine Strafkolonie schicken, am besten nach Botany Bay!«

»Ein höchst unangenehmer Ort, wie ich hörte. Was sagte die Duchess noch?«

»Also schön. Ich habe mich dann bemerkbar gemacht. Sie erstarrte und war stumm wie ein Fisch, aber das ist ja nichts Neues. Ich reite jetzt aus. Wie ich hörte, ist dieser Waschlappen Trevor mit einem meiner Pferde unterwegs. Wahrscheinlich reitet er die Grenzen des Besitzes ab, um zu sehen, wie reich er ist.«

»Sie sagten selbst, er würde einmal ein reicher Mann sein. Er oder seine Nachkommen.«

»Zum Henker mit Ihnen, Spears! Das hat nichts damit zu tun. Jetzt ist jetzt, und ich gestatte nicht, daß dieser Bengel sich hier aufführt, als wäre er der Graf. Ich werde seinen Frechheiten ein Ende setzen. Ich frage mich, ob dieser Fatzke einen Damensattel benutzt.«

»Eine bemerkenswerte Überlegung, Mylord. Werden Sie zum Lunch zurück sein?«

»Ja, wenn ich den Burschen vorher finde. Ich denke, ich werde ihm die Nase blutig schlagen. Vielleicht doch nicht, sonst lamentiert er den ganzen Tag lang. Nein, ich werde ihm anbieten, sein Pferd zum Stall zurückzuführen. Wenn ich ihn aufgetrieben habe, wird er bestimmt erschöpft sein, und das arme Kerlchen soll sich doch nicht überanstrengen.«

»Sie zeigen sehr viel Mitgefühl, Mylord.«

Obwohl die Duchess hungrig war, hätte sie gern auf das Essen verzichtet, um Tante Wilhelmina nicht wieder zu begegnen. Aber der arme Mr. Wicks wäre dieser Fregatte dann schutzlos ausgeliefert gewesen. Sie konnte ihn nicht allein lassen. Sie schauderte bei der Erinnerung an das, was Mr. Wicks ihr erzählt hatte. Mit zitternder Stimme hatte er berichtet, daß Tante Wilhelmina in sein Schlafzimmer eingedrungen war – in sein Schlafzimmer! –, um noch weitere Informationen aus ihm herauszuquetschen, weil er so verschreckt und unglaubwürdig gewirkt hatte. Kein Zweifel, Tante Wilhelmina war eine Größe, mit der man rechnen mußte.

Wo steckte Marcus?

Er hatte ihr die Hand geküßt, sich Ursula vorgestellt und die Zwillinge umarmt. Danach war er wieder verschwunden, ohne sie noch einmal anzusehen oder gar das Wort an sie zu richten.

Sie saß an ihrem Platz am Eßtisch. Tante Gweneth hatte darauf bestanden, daß sie den Platz der Gräfin einnahm, weil sich das so gehöre. Sie selbst habe den Stuhl nur bis zur Ankunft der neuen Gräfin beansprucht. Zu ihrer Erleichterung war sie freundlich und zuvorkommend, als sei sie noch der kleine Bastard von früher. Feindseligkeiten von Tante Gweneth hätten ihr gerade noch gefehlt. Der Stuhl des Grafen am anderen Ende des vier Meter langen Tisches war leer.

Kein Marcus. Auch Trevor glänzte durch Abwesenheit. Wenigstens war Mr. Crittaker da und unterhielt sich angeregt mit Ursula.

Sie nickte Sampson zu, und er begann zu servieren.

»Wo ist mein Neffe? Der Neffe, der sich gerade zum Grafen ernannt hat. Er hat sich mir noch immer nicht vorgestellt«, ertönte Tante Wilhelminas durchdringende Stimme.

»Ich habe ihn schon kennengelernt, Mama«, sagte Ursula und löffelte ihre Schildkrötensuppe. »Er sieht sehr gut aus und ist sehr groß und sehr, sehr nett. Er hat schwarze Haare wie die Duchess und genauso blaue Augen wie sie.«

»Sie sind miteinander verwandt«, fuhr Wilhelmina dazwischen. »Sie hätten niemals heiraten dürfen. Das ist wider die Natur.«

»Aber Madam, ich bitte Sie«, wandte die Duchess freundlich ein. »Es ist vollkommen legal. Immerhin hatte die Kirche nichts dagegen.«

»Die Kirche«, antwortete Wilhelmina verächtlich. »Was wissen diese Tattergreise schon? Wenn ein Mann einen Titel und genügend Geld hat, um die Kirchenkasse zu füllen, läßt sich jedes Gesetz beugen. So war es doch, oder?«

»Ich versichere Ihnen, Madam, daß keinerlei Bestechung notwendig war. Falls es Ihnen entgangen ist, der Graf und ich haben in Frankreich geheiratet. Frankreich ist ein sehr katholisches Land, in dem die Auflagen der Kirche und des Staates streng eingehalten werden.«

»Franzosen!« meinte Tante Wilhelmina verächtlich und schnaubte dabei genauso wie Birdie, die Stute der Duchess.

»Jetzt verstehe ich alles. Vielleicht sollte ich Mr. Wicks fragen, ob diese Ehe in England überhaupt gültig ist.«

»Auch da kann ich Sie beruhigen. Mr. Wicks wird das bestätigen. Und dies täte er lieber hier im Eßzimmer als in Ihrem Schlafzimmer. So. ich glaube, unser Gespräch ist nicht für alle Anwesenden interessant. Ich schlage vor, wir essen jetzt.«

»Widerliche kleine Wühlmaus.«

»Das kann doch nicht ... Wie bitte, Madam?«

»Ich sagte, dies ist ein würdiges Haus.«

Offenbar fiel es Tante Wilhlemina immer schwerer, ihre Unverschämtheiten zu vertuschen, und nun versuchte sie ihrem Mißmut Luft zu verschaffen, indem sie die Beleidigte spielte.

»Er hätte sich mir vorstellen müssen«, bemerkte sie jetzt. »Der neue Graf zeigt keinerlei Respekt.«

»Sie werden heute beim Abendessen in den Genuß seiner Gesellschaft kommen, Madam«, sagte die Duchess. Sie hob ihr Glas, und Toby, der Hausdiener schenkte ihr Limonade ein. »Danke, Toby«, sagte sie und lächelte ihm zu.

»Soll er zum Teufel gehen!«

»Wie meinen, Madam?« Die Duchess übersah das entsetzte Gesicht Mr. Crittakers, der neben Tante Wilhelmina saß und folglich jedes Wort verstand.

»Ich sagte, er ginge in die Luft, bei diesem Schinken. Er ist völlig versalzen, und die Scheiben sind zu dick geschnitten.«

Mr. Wicks warf der Duchess einen besorgten Blick zu, aß noch einen Bissen und empfahl sich dann. Die Duchess wußte, daß Ursula sich nicht vom Stuhl rühren durfte, bevor ihre Mutter die Erlaubnis gab. Antonia und Fanny waren zu überrascht, um einen Ton von sich zu geben.

Sie trank einen Schluck Limonade und betrachtete dabei nachdenklich ihren Cousin James, der genauso alt war wie sie. Er würde wahrscheinlich einmal so groß wie Marcus werden, wenn er ausgewachsen war. Jetzt wirkte er noch etwas schlaksig und unreif. Sein blondes Haar war leicht gelockt. Er hatte auffallend dunkelgrüne Augen. Das ausgeprägte eckige Kinn verriet einen gewissen Hang zur Sturheit. Er war mürrisch und still, hielt die Augen auf den Teller gerichtet, kaute einen Bissen nach dem anderen in sich hinein und schien seine Umgebung nicht zur Kenntnis zu nehmen. Sie erinnerte sich, daß Ursula erzählt hatte, er sei verärgert, daß Trevor wieder die Rolle des Familienoberhauptes übernommen habe. Am Zeigefinger der rechten Hand trug er einen schönen Onyxring. Woher er den wohl hatte?

Die Zeit kroch dahin. Ihre Gedanken glitten ins Leere ab. Sie langweilte sich nur noch – und sie war unruhig. Wo Marcus nur blieb? Sie wollte ihn sehen, ihn einfach ansehen, und sie wollte wissen, ob seine Verletzungen ausgeheilt waren.

Um den Anstand zu wahren, blieb sie noch eine Weile am Tisch sitzen. Dann erhob sie sich lächelnd. »Entschuldigt, aber ich habe noch etwas zu erledigen.«

»Führt sich auf wie eine Königin, die alberne Ziege.«

»Was hast du gesagt, Mama?«

»Ich sagte, sie sieht aus wie eine Königin, meine Liebe.«

Mr. Crittaker verschluckte sich fast an seinem Gebäck.

In aller Ruhe verließ die Duchess das Frühstückszimmer – obwohl sie am liebsten hinausgerannt wäre. Sie betrat das gemütliche, kleine Morgenzimmer, das sie bezogen hatte, und vertiefte sich in die *London Times*. Sie las die Gesellschaftskolumne in der Hoffnung, einige amüsante Leckerbissen zu finden, aber ohne Erfolg. Ihre Gedanken kreisten nur um Marcus. Wo war er? Außerdem war sie neugierig, was er mit dem »eitlen Fatzken Trevor« angestellt hatte.

Marcus zügelte Stanley in einen leichten Trab. Er genoß die frische Sommerluft auf der Haut. Obwohl die Sonne hoch am Himmel stand, war es nicht zu heiß. Wo steckte bloß dieser dämliche Fatzke? Besaß dieser Lümmel doch die Frechheit, sich Clancy zu schnappen, seinen übernervösen Hengst. Trotz Lambkins Warnung, daß das Tier bösartig, hinterlistig und mit Vorsicht zu genießen sei. Laut Lambkin hatte der amerikanische Herr nur gelacht, war ohne Schwierigkeiten aufgesessen und in östlicher Richtung davongeritten. Clancy hatte offenbar seinen freundlichen Tag – oder nur Mitleid. Aber das hielt niemals lange vor. Hoffentlich war sein Cousin noch am Leben.

Marcus war schon über drei Stunden unterwegs. Noch immer keine Spur von diesem Dummkopf. Er hatte mit seinen Pächtern gesprochen, als er an ihren Höfen vorbeikam. Eigenartig, wie warm ihm ums Herz wurde, als sie ihn freudig begrüßten und in der Heimat willkommen hießen. Die Männer hatten viel zu fragen über die niederträchtigen Franzosen, die endlich bekommen hatten, was sie verdienten. Ja, unsere englischen Helden haben die Franzmänner in die Pfanne gehauen, jawohl, sie außer Gefecht gesetzt und ihren tyrannischen Anführer dazu, diesen Napoleon, der sich König, nein, sogar *Kaiser* schimpft.

In den Augen seiner Pächter hatte er Napoleon ganz allein zum Abdanken bewegen. Die Frauen hatten ihm mit lächelndem Gesicht Apfelwein gereicht, und die Kinder staunten ihn in ehrfürchtiger Bewunderung an.

Das hatte ihm gutgetan, verdammt gut sogar. Zum erten Mal hatte er das Gefühl gehabt hierherzugehören. Als Herr von Chase Park, als der Graf von Chase.

Allmählich machte sich sein Magen bemerkbar und knurrte vernehmlich. Wo steckte Trevor? Hatte Clancy ihn abgeworfen? Vielleicht war er schon tot? Kein allzu unangenehmer Gedanke. Nein, wahrscheinlich hatte er sich nur den Knöchel verstaucht und hinkte jetzt so elegant wie möglich zum Schloß, die weiche weiße Hand auf eine blutende Schramme an der Stirn gepreßt. Dazu zitierte er Gedichte von Byron, um sein Unglück zu untermalen.

Marcus räusperte sich verächtlich. Da sah er plötzlich eine Gestalt, die ihm aus nördlicher Richtung entgegenkam. Sofort hielt er Stanley an und wartete.

Das konnte unmöglich dieser Windbeutel sein. Nein, als Clancy näher kam, sah er, daß sein Reiter groß war, so groß wie er selbst – zumindest von der Hüfte aufwärts. Vielleicht war er ein Sitzriese mit den Beinen eines Zwergs – aber es sah nicht so aus. Der Mann schien mit dem Pferd verwachsen. Locker saß er im Sattel und beherrschte das Tier völlig. Die Zügel liefen ihm leicht durch die Hand. Verdammt, das mußte Trevor sein.

Marcus kochte vor Wut. Er kam sich vor wie ein Narr, und als Clancy nahe genug herangekommen war, brüllte er los: »Warum zum Teufel hast du so einen affigen Namen?«

Er bekam keine Antwort, bis der Mann Clancy exakt und elegant vor Stanleys Nase pariert hatte. Er grinste. Aus seinem strahlenden Gesicht sprachen ein wenig Spott, eine echte Gutmütigkeit und sehr viel Humor. Im weichen Singsang der Südstaatler fragte er: »Und du bist wohl mein Cousin Marcus, der Graf von Chase?«

Marcus wußte nicht, was er sagen sollte. Vor sich sah er einen Mann mit ungeheuer markanten, fast harten Gesichtszügen, gutgeformter Nase und energischem Kinn. Unter dem dichten schwarzen Haar blitzten schilfgrüne Augen hervor. Er war ausgesprochen muskulös, ein Mann, der seinen Körper zweifelsohne trainierte. Der gut geschnittene Reitanzug stand ihm und verlieh seiner lässig-trägen Haltung etwas sehr Gewinnendes. Kurz, er sah einfach nicht so aus, wie ein Trevor aussehen mußte.

»Warum hast du deinen Namen nicht gewechselt? Trevor, du lieber Himmel! Da kann einem als Mann ja schlecht werden.«

Wenn Trevor lachte, zeigten sich kleine Grübchen in den Wangen. Auch die waren keineswegs feminin, sondern gaben seinem Gesicht etwas verschmitzt Lausbubenhaftes. Marcus war sich ziemlich sicher, daß kaum ein Frauenherz vor diesem Mann sicher war. Er hatte ihn zur Zielscheibe seines Spottes machen wollen, aber das war nun nicht mehr möglich. Er ertappte sich dabei, daß er diese Grübchen anlächelte. In aller Ruhe reckte sich Trevor im Sattel. Der breite, leicht genuschelte Tonfall seiner Aussprache mochte bei anderen Menschen affektiert und dämlich wirken. Zu ihm paßte es. »Mein Name erweckt bei einigen tatsächlich diese Vorstellung. Natürlich nur, bis sie mich kennenlernen. Ich glaube, mein verstorbener Vater hielt Trevor für einen vornehmen Namen. Und, ehrlich gesagt, der Name ist mir noch lieber als die anderen, mit denen mich meine Eltern zusätzlich bedacht haben.

»Und die wären?«

»Horatio Bernard Butts.«

»Du meine Güte! Butts?«

»Ja, das war der Mädchenname meiner Mutter. Grauenhaft, nicht wahr?«

Trevor streckte ihm seine behandschuhte Rechte entgegen.

»Ich freue mich, dich endlich kennenzulernen, Vetter Marcus.«

Urplötzlich lachte Marcus schallend los. Er warf den Kopf zurück und lachte aus vollem Hals. Trevor sah ihm zu. Schließlich wischte er sich die Tränen aus den Augen, nahm Trevors Hand und schüttelte sie herzlich.

»Ich mußte nur an das Bild denken, das ich mir von dir gemacht habe, nachdem uns Mr. Wicks von den amerikanischen Wyndhams berichtet hatte. Ich hielt dich für einen verweichlichten Gecken und noch Schlimmeres. Verzeih mir, Vetter. Wenn du möchtest, kannst du mir jetzt eine verpassen. Nur nicht auf die Rippen, bitte, die sind immer noch blau von einem kleinen Rencontre in Paris.«

»Kleines Rencontre? Das kann ich mir bei dir nicht vorstellen. Ich würde sagen, du bist ein harter Knochen. Vielleicht finden wir ein paar Raufbolde, dann können wir ja herausfinden, wer von uns beiden der Bessere ist. Aber nein, das sähe die Duchess nicht gern, und sie würde auch nicht erlauben, daß ich dich schlage. Noch hält sie dich für den bestaussehenden, prächtigsten Mann unter der Sonne – wahrscheinlich weil ihr noch nicht lange verheiratet seid.«

Marcus brummte nur. Er machte einen etwas verlegenen Eindruck, und Trevor hob erstaunt die dichten schwarzen Augenbrauen.

»Ich wage außerdem zu behaupten, daß die Duchess die schönste Frau ist, die ich in meinem Leben gesehen habe.«

»Warst du schon in London und Paris?«

»Nein, aber ich bin ein Mann und habe zwei Augen im Kopf. Das mußt du doch zugeben, deine Frau ist entzückend.«

Wieder nur ein Brummen. Marcus' Wut auf die Duchess begann zu brodeln und kochte schließlich wie in einem Hexenkessel. Wie konnte er es wagen, so von der Duchess zu sprechen – als sei ihm in irgendeiner Weise ein vertrauter Umgang mit ihr gestattet. Er kannte diesen verdammten Cousin erst ein paar Minuten. Er war ein Mann und kein Schwächling, das mußte er ihm zugestehen. Aber wehe, wenn er ihn herausforderte! Dann mochte ihm Gott beistehen.

»Natürlich war Mutter ziemlich vor den Kopf gestoßen, als Tante Gweneth ihr sofort bei unserer Ankunft mitteilte, daß ihr vor jenem entscheidenden sechzehnten Juni geheiratet habt. Mindestens vier Stunden lag sie mit Kopfschmerzen danieder. Diese Nachricht machte ihr schwer zu schaffen.«

»Ich habe erst vor drei Tagen erfahren, daß ihr in Chase Park seid. Die Duchess hinterließ mir eine Nachricht in London.«

»Deine Frau erzählte, du seist in Paris, um dem Bourbonenkönig wieder auf den Thron zu verhelfen.«

»Du kannst davon ausgehen, daß er ihn bald wieder einnehmen wird. Das ganze Drumherum wird auf einem Kongreß geregelt, der im Herbst in Wien stattfinden soll. Dort wird man sich so gut unterhalten wie in *Astleys Amphitheater.*«

Sein Cousin blickte ihn fragend an.

»*Astley* ist so etwas wie ein Varieté. Akrobaten zu Pferd, Jongleure, Mädchen, die in den Pausen Orangen und sich selbst verkaufen, Tanzbären und so weiter. Die Kinder schauen begeistert zu, und die heranwachsenden Jungen gehen hin, um die spärlich bekleideten Mädchen zu bestaunen.«

»In Baltimore gibt es so etwas ähnliches. Es heißt *The Fat Man's Chins.*«

Marcus lachte.

»Eigentlich merkwürdig«, sagte Trevor nachdenklich. »Du siehst mir ziemlich ähnlich, bis auf die Augenfarbe.«

»Stimmt. Der alte Graf, unser Onkel, sagte mehr als einmal zu mir, ich sei der Sohn des Teufels. Trifft das auch auf dich zu?«?

»Vielleicht. Zumindest in letzter Zeit.« Trevor zuckte die Achseln und schüttelte den Kopf. Als will er einen unangenehmen Gedanken loswerden, dachte Marcus.

»Ein stattlicher Besitz«, nahm Trevor das Gespräch wieder auf. »Ich habe mir Clancy ausgeliehen, sehr zum Mißfallen deines Stallmeisters, der befürchtete, das liebe Tierchen könnte mich abwerfen und unter seinen Hufen zermalmen.«

Marcus tätschelte Clancys rotbraunes Fell. Clancy, das hinterhältige Biest, schnaubte und nickte mit dem großen Kopf. Mit einem verächtlichen Blick auf den Hengst bemerkte er: »Er ist nicht gerade ein Musterbeispiel für ausgewogenes Temperament. Gerät er in die Nähe einer Stute, führt er sich wie der Hunnenkönig Attila auf, der eine Orgie vorbereitet. Aber wie ich sehe, mein lieber Vetter, hast du Clancy gut in der Hand.«

»Ich kann gut mit Pferden umgehen, eigentlich mit jedem Tier. Angeboren, schätze ich. Manchmal ist es fast peinlich, wenn ein kleiner Pekinese zu mir auf den Schoß springt, anstatt bei Frauchen zu bleiben. Übrigens, dein Stallmeister verehrt dich so sehr, daß er den Boden küssen würde, auf dem du gehst.«

»Ja, Lambkin ist ein Gewinn für mich. Er hat eine ausgezeichnete Hand mit Pferden. Ich weiß nicht, woher er das hat.«

»Vielleicht, weil er hinkt. So etwas habe ich schon öfter erlebt.«

»Daran habe ich noch nicht gedacht, aber du kannst recht haben.«

»Mein Bruder James ist hellhäutig und blond wie meine Mutter und hat die grünen Augen meiner Mutter geerbt. Mein Vater hatte dunkelblaue Augen, wie die Duchess. Ach, entschuldige. Das hätte ja seine Berechtigung, da der Graf ihr Vater war.«

»Ja«, sagte Marcus nur kurz. »Sieht so aus, als kennst du die Familiengeschichte sehr genau.«

»Natürlich. Meine Mutter versteht es meisterlich, anderen Menschen Informationen zu entlocken. Euer Mr. Wicks ist da keine Ausnahme. Er war ihr hoffnungslos ausgeliefert. Heute morgen erzählte sie mir, sie sei in sein Schlafzimmer marschiert, als die anderen bereits zu Bett gegangen waren. Der Gute war so verblüfft und verängstigt, daß er ihr alles erzählte, was sie wissen wollte. Aber mach dir deswegen keine Sorgen, Vetter.«

»Du kannst Marcus sagen.«

»Marcus, sei unbesorgt. Ich werde ihr schon beibringen, daß es hier überhaupt nichts zu erben gibt, und vorschlagen, daß sie baldmöglichst ihre Koffer packt. Außerdem sähen wir gern London. Vielleicht besuchen wir dann dieses *Astley*-Theater.«

Marcus rieb sich wie Badger das Ohrläppchen.

»Ich ... ich möchte mich nicht in eure Angelegenheiten mischen, Trevor – zum Teufel noch mal, dieser Name will mir immer noch nicht über die Lippen –, aber ihr habt doch keine finanziellen Schwierigkeiten, oder?«

»Durchaus keine«, gab Trevor zurück. Seine Stimme war merklich kühl geworden, was im Widerspruch zu seiner weichen, gedehnten Sprechweise stand. »Meine Mutter kam natürlich überhaupt nicht auf den Gedanken, daß du die Duchess heiraten könntest. Ich hatte sie gebeten, mit der Abreise zu warten, aber sie weigerte sich, und mir blieb keine andere Wahl, als sie nach Chase Park zu begleiten.«

»Warum wollte sie unbedingt hierherkommen? Auch wenn wir nicht geheiratet hätten, so wäre Chase Park mit dem Titel an mich gegangen.«

»Ich weiß es nicht. Sie bestand darauf. Vater hatte immer mit einer gewissen Sehnsucht von Chase Park gesprochen. Vielleicht wollte sie es deswegen sehen. Wer weiß?«

Marcus lachte.

»Außerdem gibt es auch noch das Vermächtnis der Wyndhams.«

»Das *was*?«

»Mein Vater erzählte oft von dem Vermächtnis der Wyndhams, fast flüsternd, als fürchte er, es könne ihn jemand belauschen. Nur er wisse über den Schatz Bescheid, und eines Tages werde er zurückkehren und reicher sein als ein chinesischer Mandarin.«

»Davon habe ich noch nie etwas gehört. Mein Vater hat nie dergleichen erzählt, und der frühere Graf auch nicht. Wie merkwürdig. Hat dein Vater angedeutet, worum es sich dabei handelt?«

»Ich glaube nicht, daß er es genau wußte, obwohl er immer von Juwelen und Goldmünzen sprach. Aber meiner Mutter erzählte er, er habe einige Hinweise gefunden, die wie bei einem Puzzlespiel zusammenpaßten. Leider hat ihn unser Großvater dann hinausgeworfen. Der Schatz sei sehr alt und wurde vor vielen hundert Jahren vergraben, zur Zeit von Heinrich VII., kurz bevor Prinz Arthur starb und als der spätere Heinrich VIII. noch ein kleiner blondgelockter Knabe war. Es seien unermeßliche Reichtümer, erzählte mein Vater flüsternd, und alles gehöre den Wyndhams. Mit hochroten Ohren hingen wir an seinen Lippen und lauschten den geheimnisvollen Andeutungen. Eine Woche später erzählte er dann, der Schatz sei zur Zeit Heinrichs VIII. oder Königin Elisabeths vergraben worden.«

Marcus hatte das Gefühl zu träumen. Trevor fuhr ziemlich unbewegt fort: »Du weißt natürlich, daß Tante Gweneth und mein Vater bis zu seinem Tod korrespondierten. Nach seinem Tod setzte meine Mutter den Briefwechsel fort.«

»Nein, davon hatte ich keine Ahnung. Aber ich bin seit Charlies und Marks Tod nicht mehr hiergewesen, immerhin seit fünf Jahren. Nach dem Tod meines Onkels erbte ich den Titel und kam hierher.

Das Vermächtnis der Wyndhams ...? Ein Schatz aus dem sechzehnten Jahrhundert? Hört sich alles wie im Märchen an.«

»Mir geht es genauso. Aber meine Mutter ist fest davon überzeugt.«

»Wollen wir nach Hause reiten?«

Trevor nickte und meinte in der ihm eigenen gedehnten Sprechweise: »So komme ich wenigstens in den Genuß, die Duchess anzusehen. Es wird einem warm ums Herz, einer Frau zu begegnen, die Charakter und Schönheit in einer Person vereint.«

»Du brauchst eine Brille«, schnappte Marcus zurück, wendete Stanley und gab ihm die Sporen. Schweigend ritten die beiden Männer Seite an Seite zum Schloß zurück.

14

Maggie legte der Duchess die Perlen Elisabeth Cochranes, ihrer Mutter, um den Hals. Dann trat sie einen Schritt zurück, um ihre Herrin im Spiegel zu mustern.

»Herrje«, seufzte sie, begutachtete statt dessen das eigene Spiegelbild und zupfte sich das kupferrote Haar zurecht, das ihr in winzigen Löckchen über dem Kopf der Duchess entgegenleuchtete.

Die Duchess lächelte und wußte nicht recht, wem dieser Seufzer wohl galt. Sie spielte ein wenig mit den Perlen und meinte: »Meine Mutter sagte immer, daß Perlen oft auf der Haut getragen werden müßten, sonst verlören sie ihren Schimmer.«

»Herrje«, seufzte Maggie noch einmal und hielt eine der Perlen zwischen Daumen und Zeigefinger fest. »Diese kleinen Austerneier haben den Grafen ein Vermögen gekostet, vermute ich.«

»Da dürftest du dich nicht getäuscht haben, Maggie.«

»Also, wenn ich das sagen darf, Mylady, mir war immer klar, daß nicht jeder so dichtes und volles Haar wie ich haben kann, aber das Ihre kann sich daneben sehen lassen, auch wenn es schwarz wie die Sünde ist, oder vielleicht gerade deshalb. Bedenken Sie, daß Ihre Haut noch weißer ist als der Yorkshirekäse, den es hier gibt und der eigentlich nach nichts schmeckt. Ja, was ich sagen wollte: Soviel Schwarz zieht die Blicke auf sich. Das sagt mir meine Bühnenerfahrung.«

»Danke, Maggie. Da mögen Sie recht haben.«

»Ja, doch. Ich muß sagen, Sie sehen ganz passabel aus, man könnte Sie sogar schön finden, mit ein wenig gutem Willen. Und ich weiß, seine Lordschaft denkt auch so.«

»Und Sie glauben, daß er ein wenig guten Willen besitzt, Maggie?«

»Wozu, Mylady?«

Marcus stand in der Verbindungstür zwischen den beiden Schlafzimmern. Sie wurde plötzlich still, als sie ihn entdeckte, unfähig, den Blick von ihm abzuwenden. Er trug einen tadellosen schwarzen

Abendanzug; das schneeweiße Hemd war gestärkt; das Halstuch perfekt gebunden, zweifellos das Werk des geschickten Spears. Sein dichtes schwarzes, ein wenig zu langes Haar ringelte sich im Nacken. Die dunkelblauen Augen aber blickten kalt, kälter als der vergangene Winter, der die Themse zufrieren ließ. Sie versuchte ihn anzulächeln, versuchte sich zu vergegenwärtigen, daß er hier war, im Zimmer nebenan schlief und daß nur diese dünne Tür sie trennte. Und nun stand er vor ihr und sah sie an. Mühsam brachte sie die Worte hervor: »Maggie sagt, ich sähe ganz passabel aus, sogar schön, wenn du ein wenig guten Willen zeigst.«

»Nun, Mylord, Sie als ihr Gemahl werden die Duchess wunderschön finden.«

»Ach ja? Jedenfalls haben Sie sie fein herausgeputzt, Maggie. Sie dürfen jetzt gehen.«

»Einen Augenblick noch. Ich will ihr diesen hübschen Schal um die Schultern legen. Der Abend ist kühl, und ich möchte nicht, daß sie sich erkältet. So, Duchess. Jetzt bin ich zufrieden. Sie sehen wirklich verdammt gut aus.«

»Vielen Dank, Maggie. Sie brauchen nicht auf mich zu warten. Gehen Sie ruhig zu Bett.«

Maggie nickte nur, und zu Marcus' größter Überraschung zwinkerte sie ihm zu. Dann verließ sie das Schlafzimmer und ordnete dabei wie immer ihr kupferrotes Haar.

»Wo zum Teufel hast du diese Person eigentlich aufgegabelt?« fragte er und blickte etwas verwirrt auf die Tür, die sich eben geschlossen hatte.

»Badger hat sie kennengelernt, in Portsmouth. Eigentlich war es umgekehrt. Sie hat ihn davor bewahrt, von einer Postkutsche überfahren zu werden. Ich brauchte eine Zofe, sie brauchte eine Stellung, weil sie zufällig kein Engagement hatte. Sie ist Schauspielerin, mußt du wissen. Sie ist anstellig und willig und immer gutgelaunt. Ich bin sehr zufrieden mit ihr.«

»Sie hat mir zugezwinkert.«

»Ach, sie hat vorher noch nie als Zofe gearbeitet. Wahrscheinlich war sie es gewohnt, daß die Männer ihr bewundernd nachsahen. Sie wird sich für einen Augenblick vergessen haben oder hat dich als Partner in einer Rolle gesehen.«

Ja, in der Rolle des Liebhabers, dachte Markus. Laut sagte er:

»Kaum zu glauben. Die Gräfin von Chase beschäftigt eine Schauspielerin als Kammerzofe.« Grinsend fügte er hinzu: »Und sie hat ein freches Mundwerk.«

Er hatte sie gerade als Gräfin bezeichnet. Ein Funken Hoffnung stieg in ihr auf, aber just da drehte er sich um und begann mit den Händen auf dem Rücken auf und ab zu gehen.

»Du solltest ihr nicht gestatten, dich Duchess zu nennen. Das ziemt sich nicht. Jeder nennt dich Duchess. Du bist keine Duchess, du bist Gräfin, die Gräfin von Chase.«

»Darauf lege ich nicht soviel Wert«, antwortete sie und beobachtete ihn genau. »Wie geht es deinem Arm?«

»Wie bitte? Ach so, mein Arm. Er schmerzt immer noch, wenn ich ihn zuviel bewege.«

»Und deine Rippen?«

Nun blieb er stehen und sah sie an. Er stand breitbeinig vor ihr, die Arme über der Brust verschränkt, und blickte schweigend auf sie herunter. Er war so groß. Sie wußte, daß er jetzt versuchte, sie einzuschüchtern. Aber wie sollte ihm das gelingen? Sie kannte ihn bereits als Vierzehnjährigen und erinnerte sich, daß er sich auch damals schon vor ihr aufgetürmt hatte, als sie neun Jahre alt war.

»Was soll das? Mimst du die fürsorgliche Ehefrau?«

»So in etwa.«

»Meine Rippen sind wieder in Ordnung.«

»Das freut mich.«

»Ich habe Trevor gesehen. Er hat Clancy geritten und sah wie ein junger Gott aus.«

Sie lächelte, und diesmal war es nicht nur eine Andeutung, sondern ein richtiges, volles Lächeln. Er wußte, daß er sich kindisch verhalten hatte.

»Aber trotzdem, Trevor ist ein weibischer Name!«

»Vielleicht, aber Trevor hat doch nichts Weibisches an sich, oder?«

»Verdammt noch mal. Es ist lächerlich, daß ein Mann, der so groß und kräftig ist wie ich, diesen Namen trägt.«

»Ja, aber im Augenblick interessiert mich das überhaupt nicht.«

Er blickte sie verdutzt an.

»Ich freue mich, dich wiederzusehen, Marcus. Im stillen hatte ich gehofft, daß du kämst.«

»Eigentlich hatte ich nicht die Absicht, aber nun ja ...« Er hob die Schultern, und sie hätte geschworen, daß er einen Sekundenbruchteil verlegen war.

»Wie auch immer, ich bin froh, daß du da bist. Deine Tante Wilhelmina ist eine schwierige Person, ein Rätsel für mich. Deine kleine Cousine Ursula hingegen ist reizend, aber du hast sie ja heute morgen schon im Garten begrüßt. James ist ungefähr in meinem Alter, aber ich habe keine Ahnung, wie er ist. Er wirkt etwas trübsinnig, als ob ihn etwas bedrückt. Und Trevor – nun, den kennst du ja bereits. Ein bezaubernder Mann. Er ist wirklich sehr, sehr nett.«

»Was meinst du mit bezaubernd?

»Nun, er ist groß und stark und sieht gut aus.«

»Ich möchte, daß du weitere Bemerkungen über ihn unterläßt und nicht allzu freundlich zu ihm bist. Es könnte sein, daß er dein Entgegenkommen ausnutzt. Du bist noch sehr naiv, und er ist ein alter Hase.«

»Ich bin eine verheiratete Frau, also bin ich wohl nicht mehr so naiv.«

Seine Augen schweiften ab. »Ja«, sagte er langsam, »ja, das bist du. Und jetzt laß deine artigen Floskeln, und sag mir, warum du froh bist, daß ich hier bin.«

Sie wurde still. Er hätte sie nicht so direkt fragen sollen. Sie war von Natur aus scheu und war gerade dabei, ihre Zurückhaltung aufzugeben und offen mit ihm zu reden. Aber nun hatte sie wieder diese verhaßte Pose eingenommen.

Die gefalteten Hände lagen ruhig in ihrem Schoß. Langsam hob sie den Kopf und blickte ihn voll an. Es schien sie einige Überwindung zu kosten, bis sie tapfer sagte: »Du bist mein Ehemann. Du hast mir gefehlt.«

»Dein Ehemann.« Der Sarkasmus in seiner Stimme war nicht zu überhören. Der Zorn über ihre perfide Tat stieg wieder in ihm auf.

»Findest du es nicht merkwürdig, daß wir verheiratet sind, Duchess? Ich kannte dich bereits, als du neun Jahre alt warst. Ein mageres kleines Ding mit dünnen Beinchen. Ruhig und unnahbar, ein wenig melancholisch vielleicht. Schon damals erkannte ich deinen besonderen Reiz und prophezeite, daß du einmal sehr schön werden würdest. Tja, und da gab ich dir den Namen Duchess. Und der Name blieb an dir hängen, weil er zu dir paßt.«

»Und du warst vierzehn, als ich neun Jahre alt war. Du warst stolz und stark und wild – ein Sohn des Teufels. Vater hatte recht damit. Du hast Charlie und Mark zu allerlei Unfug angestiftet. Vater wußte immer, wer dahintersteckte, immer. Weißt du noch, wie ihr einen Holzsarg gezimmert und ihn mit Steinen beschwert vor den Altar in der Kirche gestellt habt? Als die Leute zum Sonntagsgottesdienst hereinströmten, stand er einfach da, mit einem zerrupften Blumenstrauß obendrauf, und niemand wagte ihn zu öffnen.« Ein kleines Lächeln erhellte ihr Gesicht. Mit Blick auf ihre gefalteten Hände fügte sie hinzu: »Ich habe dich ungeheuer bewundert, aber ich hatte auch Angst vor dir.«

»Du hattest Angst vor mir, Duchess? Entschuldige, aber ich kann mir nicht vorstellen, daß du dich vor irgend etwas fürchtest. Ein kalter, leerer Blick von dir ließe jeden erstarren, brächte jeden zum Schweigen. Warum solltest ausgerechnet du vor mir Angst haben?«

Sie wandte den Blick ab, und er sah, daß sie verlegen war.

»Warum?«

Sie sprach leise. Ihre Stimme war fast nur noch ein Hauch. »Du gehörtest hierher. Du warst stark und selbstbewußt, und Chase Park war dein Zuhause. Auch jetzt ist es so, obwohl du dich mit Händen und Füßen und deinem absurden, unangebrachten Stolz dagegen wehrst. Ich aber gehörte niemals hierher.«

Darüber wollte er sich jetzt nicht mit ihr auseinandersetzen, nicht jetzt. Es gab zu viele Dinge, über die es nachzudenken galt. Seine Antwort war dementsprechend kurz: »Nun, jetzt bist du die Gräfin von Chase. Verdammt noch mal, jetzt weißt du doch, daß du hierhergehörst, mehr als ich, um ehrlich zu sein, da dein verehrter Papa dir alles vermacht hat, was nicht zum Titel gehört. Hat man dir nicht den nötigen Respekt erwiesen?«

»Oh, doch, alle sind sehr nett zu mir. Als Mr. Wicks und ich vor drei Tagen hier eintrafen, war ich sehr nervös. Immerhin bin ich nur der Bastard des früheren Grafen. Wie man diese Tatsache auch dreht und wendet, dieser Bastard ist jetzt die Herrin von Chase Park. Ja, aber keiner hat es an Respekt fehlen lassen. Und dafür bin ich dankbar.«

»Keiner, außer Tante Wilhelmina.«

»Aus ihrem Verhalten werde ich nicht klar. Um ehrlich zu sein, man ist sprachlos. Du wirst sehr schnell merken, was ich damit meine. Wir dürfen nicht zu spät im Grünen Würfelzimmer erscheinen, Marcus. Du mußt sie und James begrüßen.«

»Ja, schön. Nein! Zum Teufel, du zeigst viel zuviel Dekolleté, Duchess! Warte, halt still!«

Er kam zu ihr herüber und zupfte an ihrem Schal herum. Erst verknotete er ihn und schob den Knoten genau zwischen ihre Brüste, dann zog er ihn zur Seite, so daß der längere Teil des Schals vorn tief herunterhing. Es sah völlig lächerlich aus, aber die Duchess hielt still und ließ die Arme an der Seite herunterhängen. Es gefiel ihm immer noch nicht, und so versuchte er, das Kleid hochzuziehen, was ihm nicht gelang, da es mit einer Schärpe unter den Brüsten festgehalten wurde. Sie spürte seine warmen Finger auf der Haut. Wenn ihm bewußt wurde, wo seine Finger sich befanden, so ließ er es sich nicht anmerken. Mit einer senkrechten Falte auf der Stirn sagte er: »Ich bin noch nicht zufrieden damit. Du wirst es ändern lassen. Ich hoffe, deine anderen Kleider sind weniger offenherzig. Wenn Trevor dich mit lüsternen Augen verschlingen will, wirst du ihn mit deinem kalten, hochmütigen Blick in die Schranken weisen, bis er so klein ist, daß er unter deinen Schuh paßt.«

»Was wäre er wohl lieber, ein Lüstling oder ein Fatzke?«

Aber Marcus hatte nicht hingehört. Seine Augen ruhten auf ihrem Dekolleté und sahen dann auf die Finger, die es gerade berührt hatten. Er schwieg, und sie bemerkte, wie sich seine Pupillen vergrößerten und die Augen dunkler wurden. Sein Gesicht war leicht gerötet. Er ließ die Hände auf ihre nackten Schultern sinken und wanderte an ihnen entlang, völlig in ihren Anblick vertieft. Ein warmer Schauder durchfuhr sie, stieg wie eine zitternde Bereitschaft in ihr auf. Unwillkürlich drängte sich ihr Fleisch seinen Händen entgegen. Da entfernte er sie blitzschnell. Einen Augenblick lang stand sie bewegungslos vor ihm und versuchte sich zu sammeln. Sie hatte sich nicht so benommen, wie es sich gehörte, sondern dem Drängen ihres Körpers nachgegeben, und er hatte die Hände von ihr weggezogen. Endlich brachte sie heraus: »Wir müssen gehen.«

»Ja«, murmelte er, und sein Blick ruhte immer noch auf ihren Brüsten. »Ja, es wird wohl Zeit.«

Es war spät geworden. Sie gähnte und kämpfte vergeblich mit den Knöpfen am Rücken. Sie überlegte, ob sie Maggie rufen sollte, ihr beim Auskleiden zu helfen, aber da öffnete sich die Verbindungstür, und Marcus betrat ihr Schlafzimmer, bekleidet mit einem alten, etwas abgetragenen Morgenmantel aus burgunderfarbenem Samt. Er war barfuß.

Sie erstarrte. »Was tust du hier?'«

Er trat nahe an sie heran und lächelte auf sie herunter. »Ich bin dein Mann. Ich bin der Herr im Haus und kann mich aufhalten, wo immer es mir beliebt.«

»Ich verstehe«, sagte sie und blickte auf das Revers seines Morgenmantels. An manchen Stellen war der Samt so abgewetzt, daß man das Gewebe durchschimmern sah.

»Das bezweifle ich.«

»Was hältst du von Tante Wilhelmina?«

Er dachte nach. »Sie ist schwer einzuschätzen. Zu mir war sie äußerst charmant, da kann man nichts sagen, aber trotzdem traue ich ihr nicht. Was Trevor anbelangt, hatte ich recht. Er hatte nur Augen für deinen Busen. Streit es nicht ab. James übrigens auch, aber er ist mehr mit seinen Sorgen beschäftigt als mit dir. Das Abendessen verlief eigentlich erstaunlich reibungslos, aber das verdankten wir wahrscheinlich dem Gesprächsthema. Politik interessierte sie alle, vor allem durch den Besuch der gekrönten Gäste aus Rußland. Hast du das Spottlied über die Großfürstin Katharina gehört? Das mit grob, geil und plump? Sie und ihr Bruder Zar Alexander mitsamt Gefolge werden in England noch lange Tagesgespräch sein.«

»Spears hat das Liedchen gesungen. Er hat eine gute Stimme.«

»Ja, davon scheint er jedenfalls überzeugt zu sein. Wie gesagt, Tante Wilhelmina war recht umgänglich. Wenn diese Kolonisten nur nicht so langsam sprächen! Das macht einen ganz krank. Ja, ich denke, der Abend ist gut verlaufen.«

Der Abend war tatsächlich nicht so furchtbar, dachte sie und nickte zustimmend. Aber es hatte sie doch überrascht, wie Tante Wilhelmina Marcus mit Freundlichkeiten überschüttet hatte. Sie, seine Frau, hatte ihn bewundernd angesehen, seiner Stimme und dem kehligen Lachen gelauscht. Und sie hatte die Augen nicht von seinen Händen abwenden können, den Händen mit den langen Fingern, die sie berührt hatten.

»Kannst du mir bitte das Kleid aufknöpfen, Marcus? Ich komme damit nicht zurecht.«

Bei jeder anderen Frau hätte Marcus das als Einladung aufgefaßt, nicht bei ihr, der Duchess. Sie drehte ihm den Rücken zu und hob das glänzende, pechschwarze Haar, das ihr weich über den Rücken fiel. Sie hatte die dicken Flechten gelöst, die kunstvoll mit einem Samtband umschlungen und am Kopf zusammengesteckt waren. Diese Haartracht stand ihr gut. Ihr Gesicht war zu fein geschnitten für den wirren Kranz aus Ringellöckchen, die jetzt gerade Mode waren.

Marcus öffnete die lange Reihe kleiner Knöpfe, die bis zum Nacken hinaufreichte. Das Kleid war recht hübsch. Die tiefblaue Seide unterstrich die Farbe ihrer Augen, aber es war einfach zu tief ausgeschnitten.

»So«, meinte er und trat einen Schritt zurück. »Jetzt kannst du dich ausziehen.«

Sie drehte sich wieder zu ihm um, aber er rührte sich nicht vom Fleck, und im Zimmer gab es keinen Paravent.

»Ich möchte mich ausziehen, Marcus. Läßt du mich bitte für einen Augenblick allein?«

»Nein, aber ich werde zu Bett gehen.«

Sie starrte ihn an, unfähig, etwas zu entgegnen, und sah zu, wie er mit nackten Füßen zu ihrem Bett ging. Er hatte wirklich schöne Füße. Sie sah zu, wie er den Gürtel des Morgenmantels löste, ihn auszog und sich dunkel und nackt wie ein Gott in ihr Bett legte. Er zog die Decke bis zur Hüfte, schüttelte die Kissen zurecht und machte es sich bequem. Und nun beobachtete er sie.

Sie war ja nicht dumm. Er wollte mir ihr schlafen. Aber sie fand noch immer keine Worte. Ihr Denken war immer noch mit seinem Anblick beschäftigt, wie er lässig dastand, den Morgenmantel fallen ließ, so daß sie den langen muskulösen Rücken sah, die sehnigen Schenkel samt dem festen Hinterteil und die langen kräftigen Beine. Sie schluckte. Sie hatte es erwartet – und auch wieder nicht erwartet. Nicht so direkt. Nicht, daß er vor ihr in ihrem Bett lag, wach und nüchtern.

Sie blickte auf seine dichtbehaarte Brust, spürte die Anziehungskraft und Stärke, die von ihm ausgingen, und fragte: »Möchtest du, daß ich jetzt deine Frau bin, Marcus?«

Er lächelte sie nur an und verschränkte die Arme hinter dem Kopf.

»Zieh dich aus, Duchess!«

Langsam zog sie ihr Kleid aus, ließ es einfach zu Boden fallen. Sie löste die blauen Strumpfbänder und rollte die Strümpfe nach unten, schlüpfte aus den Schuhen und zog die Strümpfe aus. Nur noch mit dem Hemd bekleidet, näherte sie sich langsam dem Bett. Am Pfosten blieb sie stehen.

»Bis jetzt wolltest du mich nicht«, sagte sie schwach. Das schwarze Haar umrahmte ihr Antlitz, das in dem matten Kerzenlicht sehr weiß war. Maggie hatte recht. Der Kontrast des rabenschwarzen Haares zur schneeweißen Haut ihrer Arme und Beine, zum schneeweißen Hemd war wirklich hinreißend. Sie war von feenhafter Schönheit, diese Frau, seine Ehefrau, die sich mit einem schnöden Trick die Ehe erschwindelt hatte und die ihn durch eine List dazu gebracht hatte, sie zu entjungfern, damit er nicht in blinder Wut die Ehe annullieren lassen konnte.

»Stimmt«, sagte er. »Aber ich bin ein Mann. Und da du meine Frau bist und mir zu Willen sein sollst, kann ich mich deiner bedienen. Das ist bequemer, als nach Darlington zu reiten und bei einer Hure Befriedigung zu suchen. Viel Spaß machst du mir nicht, aber so anspruchsvoll bin ich nicht. Und jetzt komm her. Zieh endlich dieses Hemd aus.«

»Aber du möchtest doch kein Kind von mir, um dich an meinem Vater zu rächen.«

»Das habe ich gesagt und auch so gemeint.«

»Ich verstehe dich nicht.«

»Du wirst mich gleich verstehen. Ich bitte dich, weder zu schreien noch zu lamentieren, wenn ich dich nehme, Duchess. Wenn du schon stocksteif daliegen mußt, dann wenigstens lautlos, und ich will mich damit begnügen.«

»Du wirst doch nicht wieder Lisette zu mir sagen, oder?«

Er lachte, aber es klang nicht sehr freundlich.

»Nein, keine Sorge. Vielleicht aber Celeste?«

Sie zuckte unwillkürlich zusammen, und die letzte Farbe wich aus ihrem Gesicht. Äußerlich zeigte sie sich beherrscht und ruhig. Das Drama spielte sich in ihrem Innern ab.

»Du hast doch nur eine Nacht in London verbracht.«

»Ja, und?«

»Und Celeste ... Hast du mit ihr die Nacht verbracht?«

»Ja. Sie ist sehr erfahren, natürlich kennt sie die Feinheiten nicht so gut wie Lisette. Schließlich kommt sie aus Bristol und hatte nur mit rauhen Matrosen Umgang. Sie braucht vielleicht noch ein Jahr, um ihre Fertigkeiten zu vervollkommnen. Aber ihre Brüste sind beeindruckend. Ich konnte sie nicht umfassen – und meine Hände sind nicht klein. Aber das spielt jetzt keine Rolle. Jetzt komm her, Duchess!«

Aber da regte sich doch etwas wie Stolz. Marcus hatte die Schwelle des Erträglichen überschritten.

»Nein, Marcus.«

Nein, das Maß war voll. Sie konnte kein weiteres Wort ertragen. Sie drehte sich jäh um, griff nach dem Morgenmantel am Fußende des Bettes und ging entschlossen zur Tür, während sie sich wütend das Gewand überwarf. Ihre Hand lag bereits auf dem Türgriff, als er hinter ihr stand. Seine rechte Hand langte über ihren Kopf zur Tür und hielt sie zu. Sie zog heftig am Türknopf, um sie zu öffnen, aber es hatte keinen Sinn. Er beugte sich über sie, strich ihr Haar beiseite und küßte ihren Nacken. Sie war zu keiner Bewegung mehr fähig. Der Morgenmantel hing offen herunter, irgendwie war der Gürtel verschwunden. Er blies ihr sanft ins Ohr und knabberte an ihrem Ohrläppchen. Sie bewegte sich immer noch nicht und gab keinen Laut von sich. Sie hatte Mühe genug zu atmen.

Langsam drehte er sie zu sich herum, schlang die Arme um sie, hob sie hoch und trug sie hinüber zum Bett. Er stand nackt vor ihr, aber sie sah an ihm vorbei. Sie hatte Angst, und sie war erregt. Seine starke Ausstrahlung überwältigte sie und erfüllte ihre Sinne. Sie brachte es einfach nicht fertig, ihn anzusehen. Ohne ein Wort zu sagen, warf er ihren Morgenmantel zu Boden. Dann lächelte er.

»Und nun das Hemd.«

Er hob sie ein wenig hoch, damit er das Hemd hochziehen konnte. Dann richete er sie auf, zog es ihr über den Kopf und bettete sie wieder auf die Kissen. Dann legte er sich neben sie, stützte sich auf einen Ellbogen und betrachtete sie, ohne sie zu berühren.

»Ta, ta … so gefühllos, so kalt«, sagte er und strich ihr das Haar aus der Stirn. »Vielleicht gilt es als wohlerzogen und damenhaft, keine Gefühle zu zeigen, die körperliche Freuden verraten könnten. Du enttäuschst mich, Duchess.« Er küßte ihr Ohr, ertastete die Konturen mit den Lippen. »Du hast hübsche Ohren, Duchess.«

Sie atmete tief durch, blieb aber noch immer bewegungslos.

»Trag mir nie wieder ein Kleid wie heute abend, verstanden?« flüsterte er. »Es ist verführerisch und kostspielig, aber es paßt besser zu einem Flittchen.«

»Du meinst, meine Mutter hätte so ein Kleid getragen?«

Er hielt erstaunt inne.

»Das habe ich mit keinem Wort gesagt.«

»Du hast Angst, ich könnte auch ein Flittchen werden. Du hast Angst, ich hätte es im Blut, und meine Kleider könnten Anzeichen dafür sein!«

»So genau habe ich nicht darüber nachgedacht. Vielleicht. Und jetzt halt still.« Er beugte sich zu ihr herüber, so daß ihre Brüste gegen seinen Oberkörper gedrückt wurden. Er schloß die Augen und wollte sie nur fühlen. Seine Hand fand ihr Gesicht, wanderte mit den Fingerspitzen darin umher, ertastete ihre Wangenknochen, ihre Nase, ihre Augenbrauen, ihren Hals.

»Deine Haut ist weich wie Samt«, flüsterte er und küßte die Mulde an ihrem Hals. Dann wurde sein Mund fordernd, und sie dachte nicht mehr an Lisette oder Celeste. Sie öffnete die Lippen und ließ ihn die warme Erregung spüren, die in ihr aufstieg, die pochend und drängend aus ihr herauswollte.

Er spielte an ihrer Brust und liebkoste sie. Die Erregung nahm zu, durchdrang sie bis in die feinsten Nervenfasern, bis sie glaubte, es nicht mehr aushalten zu können. Sie versuchte sie niederzudrücken. Es half nichts. Die Erregung in ihr trieb sie dazu, die Arme um seinen Nacken zu schlingen. Hilflos ließ sie sich von der Wärme seines Körpers umfangen, von seiner Kraft, seiner Männlichkeit. Jetzt gehörte er ihr, dieser Mann, der ihr Ehemann war. Jetzt, in diesen kostbaren Augenblicken, in denen er weder Verachtung noch Zorn für sie empfand. Er begehrte sie, und das genügte.

Er hob den Kopf und blickte sie an. Ihre Wangen waren gerötet, und ihr Atem ging unregelmäßig. Er spürte, wie ihr Herz raste, wie sie ihn umschlang, wie ihre Hände über seinen Rücken und hinab zu den Lenden strichen.

»Duchess«, murmelte er und kam zu ihr.

Sie stöhnte Worte, die ihr noch nie über die Lippen gekommen waren. Sie konnte sich nicht mehr beherrschen, spürte nur noch ihn, seine Lust und sein Begehren und öffnete sich ihm willig. Sie hörte seinen heftigen Atem, als er über ihr war. Er küßte ihren Hals, ihre Brust, ihren Bauch, bis sie vor Erregung zitterte. Dann hielt er inne und schüttelte ungläubig den Kopf. Mit einer heftigen Bewegung zog er ihre Hüften zu sich hoch. Sie spürte seine Zunge auf ihrem Fleisch, rauh und heftig. Sie verstand nicht, was vorging. Es war ihr gleichgültig. Das drängende Pochen und Vibrieren in ihrem Leib nahm zu und war nicht mehr aufzuhalten. Wenn es jetzt aufhörte, dann würde sie zerbersten.

Sie schrie auf, grub die Finger in die mächtigen Schultern und fuhr ihm wild durch das Haar. Immer tiefer wanderte sein Mund und saugte sich schließlich an ihr fest. Sie schrie auf, als sie die ungeheuren Auswirkungen spürte, die er in ihr wachrief. Sie stöhnte und wand sich vor Lust. Ihr Kopf bohrte sich in die Kissen. Was sie empfand, war jenseits dessen, was sie sich je hatte vorstellen können. Aber dieses Unvorstellbare war da. Sie war mitten in diesem Aufruhr der Gefühle und tauchte willenlos in ihren Strudel ein, um sich mitreißen zu lassen.

Sie hörte ihren keuchenden Atem. Jeder Nerv ihres Körpers schien zu brennen, so wie sein Mund auf ihrer Haut brannte. Heiß und begehrend sogen seine Lippen an ihr, bis sie die erste Glut löschten, um einem neuen Verlangen zu weichen, das tief in ihrem Leib gewartet hatte. Sie merkte, wie er sich aufrichtete und sie anblickte, und sie öffnete sich vollends für ihn, und machtvoll drang er tief in sie ein.

Wieder schrie sie, bäumte sich ihm entgegen, warf ihn beinahe ab. Sie packte seinen Nacken und zog seinen Mund auf ihre Lippen. Sie fühlte sein Gewicht und seine Kraft und sein Geschlecht tief in ihrem Körper. Mit dem Mund fing sie sein Stöhnen auf und hielt ihn umschlungen.

Sie wollte ihn nie wieder loslassen, nie wieder.

15

Schweratmend mit feucht schimmernder Haut stand er neben dem Bett und starrte sie an. Sie sehnte sich danach, ihn zu berühren, ihm mit den Fingern durch das Brusthaar zu fahren, seine Muskeln zu fühlen, die seiner Gestalt dieses Ebenmaß gaben. Niemals hätte sie sich träumen lassen, daß der Körper eines Mannes Sinnbild der Schönheit und Kraft sein konnte. Ein Sinnbild ihrer Lust. Sie zwang sich, zu ihm aufzusehen.

Unwillkürlich streckte sie die Arme nach ihm aus. Sie wollte ihn wieder auf sich spüren, seinen warmen Atem an ihrer Wange, an ihrem Ohr. Als ihr Verstand langsam wieder einsetzte und die Oberhand gewann, merkte sie, daß er sich unendlich weit von ihr entfernt hatte. Sie war wieder allein. Er schwieg. Es gab nichts mehr zu sagen.

Mit einer verlorenen Geste zog sie die Bettdecke bis hinauf zum Kinn, wie um sich in ihrem Schutz zu verbergen. Er war fort, als ob er nie in ihr gewesen und sie aus dieser Welt entführt hätte.

»Verdammter Mist!« zischte er.

Das ist doch sehr merkwürdig, dachte sie und blickte ihn fragend an.

»Warum fluchst du? Habe ich etwas falsch gemacht?«

Er blitzte sie wütend an. »Ich wollte nicht, daß es soweit kommt.«

Jetzt hörte sie den Abscheu in seiner Stimme.

Oh, mein Gott! Jetzt bereute er es. Aber sie war keine dumme Gans, die er einfach fortjagen konnte. Sie würde ihm Paroli bieten. Sie atmete tief durch und versuchte so ruhig wie möglich zu bleiben. »Du wolltest nicht, daß es soweit kommt? Bist du nicht freiwillig, auf eigenen Wunsch in mein Bett gekommen?«

Er zuckte die Achseln und hob seinen Morgenmantel vom Boden auf. »Oh, ja. Ich wollte mir dir schlafen, Duchess. Aber dann habe ich versagt. Das wird nicht wieder vorkommen. Das nächste Mal werde ich tun, was ich tun muß. Bestimmt wird dieses eine Mal nichts passiert sein. Bestimmt nicht.«

Er sprach in Rätseln. »Wovon redest du überhaupt, Marcus?«

»Das wirst du schon begreifen, noch bevor diese verdammte Nacht vorbei ist.« Sein Gesicht verzerrte sich zu einem höhnischen Grinsen.

Wieder wurden ihre Gefühle in eiskaltes Wasser getaucht. Sie verstand die Welt nicht mehr. Sie war eins mit ihm gewesen. Ihre beiden Geschlechter waren miteinander verschmolzen. Aber er hatte nur seine Befriedigung gesucht. An ihrer Stelle hätten es auch Lisette oder Celeste getan. Ein bitterer, galliger Schmerz stieg in ihr auf bei der Erkenntnis, daß sie ein Nichts für ihn war, ein Gefäß, eine Ehefrau, ein Möbelstück, das benutzt wurde. Sie ertrug seinen Anblick nicht mehr und wandte sich ab.

Allmählich schlug sein Herz wieder ruhiger, als er sie betrachtete. Niemals zuvor hatte er bei einer Frau ein derartig wildes, ungezügeltes Verlangen gespürt. Ausgerechnet die Duchess, dieses blutarme, gefühlskalte Geschöpf mußte diesen Feuersturm in ihm auslösen. Nicht zu fassen! Als er sie mit der Zunge liebkost hatte, war sie wild und hemmungslos geworden, wie er es noch nie bei einer Frau erlebt hatte. Ihre zügellose Unbefangenheit hatte ihn maßlos erregt. Als sie ihm stöhnend ihren Leib dargeboten hatte, hätte er sie am liebsten verschlungen und in sich aufgesogen. Verdammt! Er war ihr völlig erlegen. Nein, das gefiel ihm nicht. Bei Gott, es gefiel ihm ganz und gar nicht, was sie da mit ihm getrieben hatte.

Sein Gehirn begann wieder zu arbeiten. Er zog den Gürtel seines Morgenmantels fest und blickte über sie hinweg. »Du hast mich überrascht, Duchess. Diesmal hast du mich nicht stumm wie ein Holzklotz ertragen. Du hast weder lamentiert noch gestöhnt. Oh, Pardon, gestöhnt schon, aber vor Vergnügen.«

Sie schwieg und preßte die Faust auf den Mund.

»Du hast echtes Begehren gezeigt. Du wolltest mich mehr als die beste Hure, die ich je ...«

Er brach ab und redete in verändertem Tonfall weiter. »Nein, das meinte ich nicht. Vergiß, was ich gesagt habe. Ich wollte sagen: Du hast dich nicht verstellt. Ich kenne die Frauen und merke genau, wenn eine Frau ihre Lust vortäuscht. Du hast nichts vorgetäuscht. Du warst echt. Zu meiner großen Überraschung.«

Tränen tropften auf die Faust in ihrem Mund, die jeden Laut ersticken sollte. Lieber wollte sie sterben als ihm zeigen, wie sehr er sie verletzte.

»Aber so geht es nicht weiter. Ich liebe keine Überraschungen. Schon gar nicht, wenn ich dadurch die Kontrolle verliere. Wolltest du das erreichen? Wolltest du, daß ich mich nicht mehr beherrschen kann, damit du einen Sohn ausbrüten kannst, einen Erben für deinen verfluchten Vater? Aber der infame Plan, den ihr ausgeheckt habt, wird sich nicht erfüllen. Bis später.«

Als sich die Verbindungstür hinter ihm geschlossen hatte, setzte sie sich auf und blies die Kerzen auf dem Nachttisch aus. Sein Samen war noch an ihrem Körper. Sie stand auf, und einen Augenblick lang versagten ihre Beine. Sie wusch sich und blies dann die anderen Kerzen aus.

Sie fühlte sich wund, aber es war ein angenehmes Wundsein, als sich jene verborgenen Winkel in ihrem Innern wieder bemerkbar machten. Sie zog das Nachthemd über, schlüpfte ins Bett und kuschelte sich in die Decke. Noch lange lag sie wach. In dieser Nacht kam er nicht mehr zu ihr.

Als sie erwachte, schien die Sonne bereits hell in ihr Zimmer. Sie blinzelte und gähnte. Sie war ein wenig verwirrt, denn sie fühlte noch immer die Wärme in sich, die sie an ihre Lust, an das Einswerden ihrer Leiber erinnerte.

»Guten Morgen.«

Langsam wandte sie ihm den Kopf zu. Er saß am Fußende ihres Bettes, im Reitanzug und mit den spiegelblank polierten hessischen Stiefeln. Die Beine waren übereinandergeschlagen. Die Empfindungen und Bilder der Nacht waren verflogen, weggewischt, wie ein lächerlicher Traum. Sie hatte sich wie eine Närrin benommen.

»Hast du gut geschlafen?«

»Ja, sehr gut.« Sie nickte.

»Ein Mann, der sein Handwerk versteht, kann einer Frau immer zu süßen Träumen verhelfen.«

»Und andersherum?«

Er runzelte unwillig die Stirn. »Andersherum ist es auch möglich. Ja, ich habe auch sehr gut geschlafen. Aber ein Mann ist schließlich auch leichter zu befriedigen als eine Frau.« Die Falten auf seiner Stirn vertieften sich. »Ich bin nicht mehr aufgewacht, sonst wäre ich wieder zu dir gekommen.« Er schwieg und dachte offenbar angestrengt nach.

»Du hast mich überrascht.«

Sie wartete und hoffte verzweifelt, er werde ihr sagen, daß er sie begehrte und daß es nicht ernst gemeint war, was er in der Nacht angekündigt hatte.

»Ja, du warst eine Überraschung. Dein Körper bäumte sich vor Lust unter meinen Küssen auf, und als ich dich nahm, hättest du mich fast abgeworfen. So wild warst du.«

Natürlich sollte er nicht so kühl und nüchtern über ihre Gefühle sprechen, aber so war er nun einmal, und er war ihr Mann. Sie wollte ihm aufrichtig antworten. »Ja, in mir brachen Gefühle hervor, die ich bisher nicht kannte. Ich konnte nicht anders.«

»Nein, gewiß nicht. Wenn du ein Mittel gewußt hättest, um deine Lust zu bremsen, hättest du es genommen.« Er brach ab, und sie fragte sich, was er jetzt dachte. Sie hätte ihre Enttäuschung und ihren Zorn über sein Verhalten laut herausschreien mögen, aber sie beherrschte sich und sagte mit dünner Stimme: »Ich verstehe deine Überraschung nicht, Marcus. Du sagtest doch selbst, das Kleid von gestern abend sei etwas für ein Flittchen. Ein Kleid, das auch meine Mutter getragen hätte. Warum sollte ich also nicht wild sein und mich unter den Küssen eines Mannes aufbäumen? Unter den Küssen eines jeden Mannes, wohlgemerkt. Der Apfel fällt nicht weit vom Stamm. Immerhin war meine Mutter die Geliebte eines reichen Mannes, die er sich wie eine Hure gekauft hatte.«

»Das ist nicht sehr komisch. Das Melodramatische paßt nicht zu dir.« Seine Stimme war eiskalt.

Sie schüttelte nur den Kopf. Er hatte ihr also nicht widersprochen, sondern nur ausweichend geantwortet.

Marcus stand vom Fußende des Bettes auf und ging im Zimmer auf und ab. Bei jedem Schritt schlug er sich mit der Reitgerte gegen den Oberschenkel.

»Dieser impertinente Spears hat mich heute morgen geweckt. Er wußte, daß ich heute nacht bei dir war, und fürchtete wohl, ich hätte mit dem kleinen Unschuldslamm entsetzliche Dinge angestellt. Er schien richtig besorgt. Wahrscheinlich stand Badger vor der Tür und wartete wie ein treuer Bernhardiner auf seinen genauen Bericht. Etwas spitz meinte der arrogante Knopf dann, er werde mir jetzt ein Bad einlassen.«

Die Gerte klatschte nervös in die linke Hand.

»Vielleicht hätte ich ihm sagen sollen, wie bereitwillig du warst? Wohl kaum. Es ist besser, ich lasse ihn in dem Glauben, daß du eine Heilige bist, die Verkörperung der Madonna. Du schweigst? Bitte, dann schweig. Deine rothaarige Zofe hat unrecht. Du bist mehr als passabel. Um das festzustellen, braucht man keinen guten Willen. Du bist wunderschön mit deinem schwarzen Haar. Leider. Es umschmeichelt dein Gesicht, läßt es durchscheinend hell erscheinen und betont deinen roten Mund. Er ist noch ein wenig geschwollen. War ich zu grob?«

Er beugte sich über sie, und sie spürte die lockende Wärme seines Atems an ihrer Wange.

»Ich habe einiges zu erledigen. Sonst bliebe ich hier und würde dich so lange küssen, bis du die Bettdecke zu den zarten Füßchen hinunterschöbst.«

Ruhig blickte sie ihn aus ihren tiefblauen Augen an. »Wie du meinst.«

Er schien verunsichert und wußte ihre Worte nicht zu deuten. »Also, dann bis später«, sagte er unwillig und erhob sich.

Als er gegangen war, versuchte sie zu ergründen, was in seinem Kopf vorging. Sie hatte ihn also überrascht. Das war immerhin etwas.

Maggie kam herein, und bald war sie gebadet, geschminkt und frisiert. Sie trug ein hübsches schlichtes Kleid aus weißem Baumwollmusselin mit breiten Volants am Saum und kleinen Puffärmeln, darunter weiße Strümpfe und weiße Schuhe, die mit einem Lederbändchen über dem Rist geschnürt waren.

Das Kleid war für eine wohlerzogene und schüchterne höhere Tochter wie geschaffen. Wieso hatte sie dieses weiße Kinderkleidchen ausgesucht? Aber natürlich! Damals, als sie es kaufte, war sie noch unschuldig und wußte nichts von den Dingen, die sich zwischen Mann und Frau abspielen. Vor allem ahnte sie nicht, welchen Aufruhr Marcus in ihr auslösen würde.

Sie seufzte und zog den züchtigen Ausschnitt soweit wie möglich hinunter. Aber ihr Dekolleté kam trotzdem nicht zum Vorschein. Es verschwand hinter mehreren Reihen Brüsseler Spitzen, die beinahe bis zum Kinn reichten.

»Was tun Sie da, Duchess?« wollte Maggie wissen. »Das Kleidchen ist entzückend. Sie ruinieren es mit Ihrem Geziehe. Ach, ich sehe schon, Sie wollen den Grafen betören! Nun, ein Dekolleté erfüllt zwar seinen Zweck, aber bei Ihren Vorzügen haben Sie gewiß das nicht nötig.«

Die Duchess lächelte melancholisch, und Maggie verstummte sofort, wenn auch nur kurz. »Jetzt hören Sie mir bitte gut zu. Langes Haar ist jetzt wieder in Mode. Wenn Sie einverstanden sind, drehen wir Ihr Haar zu einzelnen dichten Flechten zusammen, drapieren diese kunstvoll am Kopf und lassen ein paar Strähnen auf Ihre Schultern fallen. Diese lächerlichen kleinen Löckchen über den Ohren stehen Ihnen nicht, zumindest nicht so gut wie mir. Mein wundervolles rotes Haar ist für diese Lockenfrisur wie geschaffen, wohingegen ich Ihnen davon abraten würde. Und jetzt hören Sie bitte auf, sich darüber Gedanken zu machen, ob er Ihre Vorzüge bemerkt oder nicht bemerkt. Männer sehen alles, was es bei einer Frau zu sehen gibt.«

Dieser Monolog verschlug der Duchess für einen Augenblick die Sprache.

»Ich verstehe, Maggie. Danke.«

Maggie strahlte sie an und ordnete mit flinken Bewegungen ihre kupferfarbenen Löckchen, die an den Ohren auf und ab wippten. Die Frisur stand ihr tatsächlich ausnehmend gut.

»So, und jetzt gehen Sie hinunter zum Frühstück.«

Badger wartete bereits in dem halbrunden kleinen Frühstückszimmer auf sie. Durch das Ostfenster strömte die Morgensonne herein und erfüllte den Raum. Der Tisch hier war nicht groß genug für alle Verwandten, die sich im Schloß eingefunden hatten, und die Duchess vermutete, daß sie im großen Eßzimmer frühstückten. Sie war allein, welch ein Glück! Vom Fenster aus konnte man in den großzügig angelegten Garten blicken, auf Walnußbäume, Linden, Eichen und ordentlich zugeschnittene Büsche und Rabatten. Zwischen den Bäumen schimmerte die helle Fassade der Stallungen durch.

»Sie sind bleich und viel zu dünn. Essen Sie diesen Porridge. Ein schottisches Rezept.«

Sie nahm gegenüber dem Fenster Platz und beäugte mißtrauisch den dampfenden Haferbrei. »Ich hasse Porridge, Badger. Und ich bin nicht dünn. Es ist nur dieses albere Kleinmädchenkleid. Es steht mir nicht.«

Er legte die Stirn in Falten und meinte: »Ach ja, wie konnte ich das vergessen? Schon als kleines Mädchen war Ihnen Porridge ein Greuel. Dann versuchen Sie meine Waffeln. Essen Sie wenigstens eine davon. Sie sehen sehr hübsch aus in diesem Jungfrauenkleid, glauben Sie mir. Ein paar Nierchen?«

»Nein, danke. Hat Mrs. Gooseberry Ihnen erlaubt, ihre geheiligte Küche zu betreten? Ich weiß, wie ich aussehe, Badger: lächerlich.«

»Soweit ich gehört habe, hat seine Lordschaft Mrs. Gooseberry heute morgen auf Urlaub geschickt. Der Küchentrakt untersteht jetzt mir. Es sind noch zwei Köche da, die meine Anweisungen befolgen werden, falls ich nicht selbst koche. Ich habe seine Lordschaft darauf hingewiesen, daß ich weiterhin Ihr Kammerdiener bin und daß ich meinen Pflichten Ihnen gegenüber den Vorrang gebe. Seine Lordschaft blickte sehr finster, schwieg aber. Wenn ich das noch einmal sagen darf, Duchess, in dem Kleid sehen Sie entzückend aus. Zart wie ein Hühnchen, und so sollte seine Lordschaft mit Ihnen umgehen.«

»Die Waffeln schmecken köstlich, Badger. Der Graf wird immer das tun, was ihm gerade beliebt. Das können Sie nicht ändern. Außerdem bin ich kein Hühnchen und weder zart noch sonst etwas.«

»Richtig. Und wenn Sie von der Waffel abgebissen haben, dann kauen Sie gut. So ist es brav. Abgesehen davon werden Mr. Spears und ich immer versuchen, seine Lordschaft zu zügeln. Und jetzt erzählen Sie mir, was vorgefallen ist. Mr. Spears erschien mir höchst beunruhigt, da der Graf heute morgen ihm gegenüber ziemlich kurz angebunden und alles andere als freundlich war.«

»Ja, ich weiß. Marcus zischte ihm irgend etwas zu, was Spears entsetzte. Ja, ich glaube, er solle sich verpissen oder so ähnlich.

Badger rollte entsetzt die Augen. »Sie wissen hoffentlich nicht, was das bedeutet?«

»Nein, etwas Freundliches bestimmt nicht, vor allem wenn Marcus schlechtgelaunt war.«

»Ich will es Ihnen nicht erklären, bitte Sie aber, diesen Ausdruck niemals zu benutzen. Und nun berichten Sie, was passiert ist.«

Sie biß ein zweites Mal von der Waffel ab und hätte sich fast verschluckt. »Oh, Badger, das kann ich nicht. Es ist ziemlich persönlich.«

»Aber er hat Ihnen doch nicht wieder weh getan, oder?«

»Er hat mir vorher auch nicht wirklich weh getan. Eher das Gegenteil.«

»Oh, das ist ja höchst bemerkenswert. Hm ... darüber muß ich erst nachdenken. Du meine Güte, Duchess, Sie erröten ja! Unsere unnahbare, kühle Duchess.«

»Badger, lassen wir das. Sie sind mir stets ein väterlicher Freund gewesen. Verstehen Sie nicht, daß mich solche Fragen in Verlegenheit bringen? Und ich bin nicht kühl.«

»Verzeihen Sie, Duchess. Ich ahnte nicht, daß ich Ihnen damit zu nahe treten konnte. Also werde ich Mr. Spears sagen, er brauche sich diesbezüglich keine Sorgen zu machen. Duchess, wenn ich mir als väterlicher Freund noch diese eine Frage erlauben darf. Duchess, wollen Sie mir sagen, ob seine Lordschaft etwas tut, was die Grenzen der Schicklichkeit überschreitet?«

»Das weiß ich nicht«, antwortete sie und war plötzlich sehr aufmerksam. Was könnte mit *Grenzen* gemeint sein? In der letzten Nacht waren Gefühle in ihr freigeworden, von denen sie nichts geahnt hatte. Aber vielleicht, wenn sie ehrlich war und das Kind beim Namen nannte, so hatte sie sich schamlos wie eine Hure betragen. Woher sollte sie das wissen? Sie blickte Badger an, wußte aber, daß sie ihn das nicht fragen konnte. Sie müßte sonst vor Scham im Boden versinken. Und Tante Gweneth war auch nicht die richtige Adresse. Zusammenfassend konnte sie nur sagen, daß sie nicht nur die Selbstbeherrschung verloren hatte, sondern auch das Bedürfnis, sich zu beherrschen. Sie war beinahe geborsten vor Lust.

Wo lag nur diese *Grenze*? Die Grenze wovon, wogegen? Sie mußte es unbedingt wissen.

»Wenn Sie sich anschließend in das kleine Morgenzimmer begeben würden, Duchess, könnten wir den Speiseplan für die nächste Woche festlegen. Es reizt mich, ein paar französische Gerichte auszuprobieren. Diese Franzmänner verstehen einiges von der Cuisine. Ihr filet de truite poché à la sauce aux capres war nicht zu verachten, fanden Sie nicht auch?«

»Ah, ja, Forelle mit Kapern.«

»Und nicht zu vergessen die pommes noisettes.«

»Nein, wie könnte ich die Kartoffelbällchen vergessen.«

Er schmunzelte. »Und vielleicht asperges tendres à la sauce Béarnaise. Ja, das wär's. In zwanzig Minuten?«

Sie nickte. Er tätschelte ihr die Schulter und machte sich wieder auf den Weg in die Küche.

»Du solltest einem Bedienten nicht diese Freiheiten gestatten, Duchess. Apropos Freiheiten. Wenn du mir die Freiheit gestattest, dich zu duzen? Schließlich sind wir eine Familie.«

Die Duchess lächelte und nickte artig, als Tante Wilhelmina, ohne eine Antwort abzuwarten, wie ein Wasserfall weiterredete. »Er hat dich nicht nur berührt, sondern sehr persönlich mit dir gesprochen. Und dann spricht er auch noch französisch!«

»Liebste Tante, hast du alles gehört oder nur den letzten Teil?«

»Ich habe genug gehört, würde ich sagen. Genug.«

Tante Wilhelmina war für die nächste Schlacht bereit.

»Ein herrlicher Tag, findest du nicht auch?« konterte die Duchess. »Ich gehe jetzt spazieren. Was meinst du, Tante Wilhelmina, soll ich ein Häubchen anziehen oder lieber den kleinen Strohhut mit den weißen Bändern?«

Tante Wilhelmina nagte enttäuscht an der Unterlippe.

»Oder vielleicht sollte ich doch ein Reitkostüm tragen mit dem eleganten Biberhut und der schwarzen Straußenfeder. Wozu rätst du mir?«

»Hoffentlich fällst du vom Gaul und landest im Graben.«

»Wie bitte? Habe ich richtig gehört?«

»Ich sagte, hoffentlich war Badger nicht zu faul und du hast etwas im Magen.«

»Oh, natürlich. Wie fürsorglich von dir! Eigentlich sonderbar, daß ich nie etwas von dir gehört habe. Erst durch Mr. Wicks habe ich von deiner Existenz erfahren, als er das Testament meines Vaters eröffnete und mir mitteilte, was ich erben würde.«

»Nun, wir alle wünschten, wir hätten von dir nie etwas gehört. Aber Tante Gweneth hat uns schriftlich von dir berichtet. Außerdem erzählt jeder, daß du den Grafen nur des Titels und des Geldes wegen geheiratet hast.«

»Jeder? Würdest du dich bitte etwas klarer ausdrücken?«

Tante Wilhelmina machte eine wegwerfende Bewegung.

»Mein Sohn Trevor, zum Beispiel.«

Trevor glaubte so etwas? Es gelang ihr, ruhig zu bleiben, als sie antwortete. »Nun, es stimmt nicht. Völlig unabhängig von alldem hier habe ich fünfzigtausend Pfund geerbt. Das ist eine stattliche Summe.

Marcus wäre der Benachteiligte gewesen, wenn wir nicht geheiratet hätten, nicht ich!«

»Fünfzigtausend Pfund! Unerhört, einem Bastard ein solches Vermögen zu hinterlassen!«

»Als er mir das Geld vererbte, war ich schon lange kein Bastard mehr. Wenn ich daran erinnern darf, Tante Wilhelmina, mein Vater hat mich legitimiert. Ich möchte, daß du das nie wieder vergißt. Es wird langweilig, wenn du ständig Dinge vergißt, und ein langweiliger Gesprächspartner bringt mich zum Gähnen oder, besser gesagt, langweilt mich zu Tode.«

»Der Graf liebt dich nicht. Er hat dich nur geheiratet, weil er mußte, also wird er sich eine Geliebte nach der anderen nehmen und sie vor deiner frechen Nase antanzen lassen.«

»Nun, das dürfte nicht deine Sorge sein, oder? Schließlich wirst du bald deine Koffer packen und nach Baltimore abreisen, und dann, entschuldige bitte, habe ich deine Kommentare vergessen.«

Damit ließ die Duchess Tante Wilhelmina einfach stehen, die dieses eine Mal sprachlos war.

Dann besprach sie mit Badger den Speiseplan. Badgers kulinarischen Köstlichkeiten hatte sie nur zwei Wünsche hinzuzufügen. »Können Sie sich noch an die Roehampton-Brötchen erinnern, die Sie früher oft gebacken haben? Die hätte ich gern noch dazu. Ach ja, und vielleicht für heute oder morgen Kabeljau mit Pasternaken.«

Bei diesem Vorschlag mußte Badger lachen. »Tut mir leid, Duchess, heute gibt es keinen frischen Kabeljau. Vielleicht läßt sich der für Mittwoch zum Abendessen zubereiten. Ich werde einen Burschen nach Stockton zum Fischmarkt schicken. Glauben Sie, daß die Amerikaner meinen Hasenpfeffer zu schätzen wissen?«

»Aber ja, so provinziell sind sie nicht. Lassen Sie das Gericht bitte mit Johannisbeergelee und grünen Bohnen servieren.«

Er blickte sie streng an. »Selbstverständlich. Hasenpfeffer bereite ich stets nach dem alten Lincolnshire-Rezept zu.«

Eine halbe Stunde später war sie umgezogen und trug jetzt ein eng tailliertes schwarzes Reitkostüm mit modischen Epauletten und dazu das Biberhütchen mit der kecken Straußenfeder. Sie ging hinüber zu den Stallungen und ließ Birdie satteln, die sanfte Stute, die sie auf Lambkins Anraten ritt.

Sie traf Trevor, der gerade Clancy bestieg und lauthals lachte, als der Hengst versuchte, seinen Reiter abzuschütteln. Er schätzte die ungestüme Kraft dieses Pferdes und tätschelte sein glänzendes Fell. Als er die Duchess entdeckte, rief er: »Komm doch mit, Duchess! Ich will nach Reeth reiten und etwas für meine Mutter besorgen.«

»Das ist mindestens ein Zweistundenritt, Trevor.«

»Ja, ich weiß. Sampson hat mir den Weg beschrieben. Na, komm schon!«

»Einen Augenblick, ihr zwei!«

Marcus kam auf sie zu, und wieder klatschte seine Gerte gegen den Oberschenkel. »Ich werde euch begleiten. Reeth liegt landschaftlich sehr schön, ist aber nicht so einfach zu finden. Du könntest dich verirren, mein lieber Trevor, und die Duchess findet ohne meine Hilfe nicht einmal bis zum nächsten Tal.«

Ähnlich wie Marcus hob Trevor eine dunkle Augenbraue mindestens um einen Inch. Dann sagte er in seiner langsamen, gedehnten Sprechweise: »Ich glaube, wir wären sicher ans Ziel gekommen, Marcus. Aber mir scheint eher, du bist wild entschlossen, der Dritte im Bunde zu sein. Also komm schon, mein Freund, bevor Clancy sich noch in Birdie verliebt. Dann haben wir nämlich das Nachsehen.«

Also brachen sie zu dritt von Chase Park auf, durchquerten in leichtem Trab den Park und ritten auf die lange Zufahrt zu, die mit Eichen und Linden gesäumt war, um dann auf die kleine Landstraße abzubiegen, die nach Südwesten führte. Schweigen herrschte zwischen ihnen. Die Duchess atmete die klare Sommerluft ein und kümmerte sich nicht um Marcus' schlechte Laune. Sie lächelte sogar, als Marcus sein Pferd zwischen sie und Trevor drängte. War er etwa eifersüchtig? Bei dem Gedanken wurde ihr merkwürdig warm ums Herz. Sie lächelte in sich hinein. Wie lange würde er es fertigbringen, den Mund zu halten?

Es dauerte nicht lange.

»Ich möchte nicht, daß du mit fremden Männern ausreitest, Duchess. Nicht ohne meine Erlaubnis.«

16

Sie drehte sich im Sattel um. »Fremd? Du hältst Trevor für einen Fremden? Ich nehme doch an, das beziehst du nur auf seinen Namen, oder?«

»Du weißt sehr wohl, was ich meine, Duchess. Laß diese Wortklaubereien, vor allem in Gegenwart dieses Wichtigtuers.«

In diesem Augenblick erkannte Marcus, daß er wieder dabei war, sich lächerlich zu machen. Er lenkte das Gespräch auf allgemeine Themen, bis sie sich Richmond näherten. Es lag vier Meilen östlich vor Reeth, dem kleinen Dorf in den Hügeln. Im Gasthaus zum *Schwarzen Bullen* wollten sie auf ein Glas Cidre einkehren.

»Da du dich in meiner Begleitung befindest, Duchess«, belehrte sie der Graf von Chase, als er sie vom Pferd hob, »darfst du auch in den Schankraum. Wärst du nur mit diesem Mischling unterwegs, müßtest du als Dame im Stall auf ihn warten, damit jedermann sieht, daß du weißt, was schicklich ist.«

»Wahrlich, ein aufmerksamer Ehemann!« Trevor grinste unverschämt. »Schluß, Marcus, behalt deine Spitzen für dich! Ich habe Durst.« Zur Duchess gewandt, sagte er: »Kümmert es ihn eigentlich immer, was andere Leute von dir denken oder nicht denken könnten?«

»Nein«, gab sie zurück, »das tut er zum ersten Mal, aber es gefällt mir. Ich finde, da kommt er so richtig als Herr und Meister zur Geltung.«

»Herr und Meister? Hört sich doch gut an, findest du nicht, Marcus?«

Was immer Marcus auch fand, er behielt es für sich und betrat als erster den Gasthof.

Bald hatten die beiden Männer je einen Humpen Ale vor sich stehen und die Duchess eine damenhafte Limonade. Zu ihrer Überraschung begannen die beiden den englisch-amerikanischen Krieg zu diskutieren, und das in schönster Eintracht. Sie unterhielten sich wie zwei Soldaten, die sich um Strategie, Taktik und ihre

Männer zu kümmern hatten, und nicht wie Politiker am Schreibtisch.

Sie gingen völlig freundschaftlich miteinander um, solange sie den Mund hielt, und das fiel ihr nicht schwer. Sie war zufrieden damit, Marcus anzusehen und seiner wohlklingenden, tiefen Stimme zu lauschen.

Erst später, als sie kurz vor Reeth waren, ergriff sie wieder das Wort.

»Reeth ist eines der malerischsten Dörfer im Tal der Swale«, erklärte sie Trevor. »Dort unten sieht man schon die schwarz-weißen Häuschen. In Reeth gibt es viele Keramikwerkstätten. Der Ort ist für seine kunstvolle Keramik bekannt.«

Trevor lächelte über ihre Begeisterung. »In Reeth muß ich einen Laden in der High Row aufsuchen.«

Marcus runzelte die Stirn, aber er schwieg.

»Ja, die High Row liegt auf der Westseite. Ach, übrigens, hier in den Hügeln wird auch Bleierz abgebaut«, fügte sie hinzu und lächelte.

»Möchtest du noch etwas zu unserer Bildung beitragen?« brummte Marcus.

»Wenn wir etwas mehr Zeit hätten«, fuhr die Duchess ungerührt fort, »könnten wir noch ins Mukertal reiten. Ein rauhes, abgelegenes Tal, das mit seiner unberührten Wildnis wohl einmalig in Yorkshire ist. So ähnlich stelle ich mir das schottische Hochland vor.«

»Muker, ein hübscher Name.«

In diesem Augenblick wurde ihr klar, daß sie diesen ganzen Unsinn nur von sich gab, um Marcus zu reizen. Seltsam, daß er sich in Trevors Gegenwart so zurückhielt. Wäre sie allein mit ihm gewesen, hätte er ihr schon längst befohlen, mit dem albernen Geschwätz aufzuhören. Er hätte geflucht und ihr Grobheiten an den Kopf geworfen, wie immer. Als sie ihn verstohlen anblickte, wirkte er ruhig und gelassen, wenn auch ein wenig verdrossen, das mußte sie ihm zugestehen. Sie schluckte und wandte den Blick ab. War er tatsächlich eifersüchtig?

Es war ein angenehm warmer Tag. Im Westen sah es zwar nach Regen aus, aber sie hoffte, das Wetter möge sich noch bis zum Nachmittag halten.

Sie überließen die drei Pferde der Obhut eines Bauernjungen, der geschickt die Münze auffing, die Trevor ihm zuwarf.

»Na«, meinte sie zu Trevor, »es scheint, als hätte Marcus nichts mehr gegen dich einzuwenden, trotz deines Namens.«

Trevor lachte herzlich auf und warf Marcus einen verschmitzten Blick zu. »Offenbar habe ich bei dir einen Stein im Brett, weil ich so gut mit Clancy zurechtkomme. Deswegen verzeihst du mir meinen etwas absurden Namen, habe ich recht, lieber Marcus?«

»Clancy ist ein unberechenbares Tier«, gab Marcus zurück. »Ich habe noch nicht herausgefunden, warum er einen Reiter duldet und den anderen abwirft.«

Trevor lachte nur.

»Marcus besitzt die herrliche Gabe, stets das auszusprechen, was er denkt. Gott sei Dank ist er nicht im diplomatischen Corps von Lord Castlereagh, sonst läge England mit der restlichen Welt in Fehde.«

Die Duchess lachte, ein süßes Jungmädchenlachen, das Trevor in Erstaunen versetzte und Marcus zur Weißglut trieb.

Trevor wandte sich wieder an die Duchess. »Hat er dir eigentlich von dem Vermächtnis der Wyndhams erzählt?«

»Nein, was ist das? Erzähl!«

Marcus schaltete sich wieder ein. »Das ist nicht nötig, Duchess. Nur Firlefanz. Eine alberne Geschichte – oder besser ein Märchen, das er selbst nicht glaubt.«

»Trotzdem, es ist eine fesselnde Geschichte. Meine Mutter glaubt fest daran. Also, Duchess, nun höre und staune.«

Und er berichtete von dem Schatz, der im sechzehnten Jahrhundert vergraben worden war, ungefähr um die Zeit, als Heinrich VIII. sich mit Anna Boleyn vermählte. Und er erzählte, wie sie als Kinder ihrem Vater mit hochroten Ohren zugehört hatten, als er flüsternd von den unermeßlichen Reichtümern sprach, die den Finder des Schatzes erwarteten. Hinter vorgehaltener Hand hatte sein Vater dann angedeutet, daß sich der Schatz in Chase Park befinde und damit den Wyndhams gehöre. Es müsse ihn nur jemand finden. Tante Gweneth habe stets mit seinem Vater in brieflichem Kontakt gestanden, und nach seinem Tode habe sie den Briefwechsel mit seiner Mutter aufrechterhalten.

Nach einem kurzen Seitenblick auf Marcus fuhr er fort: »Ich habe

Marcus schon erzählt, daß mein Vater die Geschehnisse zeitlich nicht so richtig einordnen konnte, aber im großen und ganzen hat er die Zeit Heinrichs VIII. öfter erwähnt als eine andere Epoche. Das ist auch der Grund, warum wir in Reeth sind. Meine Mutter glaubt, daß hier, in einem kleinen Antiquitätengeschäft in der High Row, ein Hinweis zu finden ist. Der Laden gehört einem gewissen Mr. Leonardo Burgess. Mein Vater und er waren als Kinder und später als junge Burschen befreundet und haben auch später die Verbindung nicht abreißen lassen. Mein Vater sagte immer, Burgess habe hier stets ein Auge auf die Dinge und Ereignisse gehabt. Erst letztes Jahr schrieb er meiner Mutter, er habe eine Entdeckung gemacht. Wir sind also auf Schatzsuche, Duchess. Was sagst du dazu?«

»Das finde ich wundervoll und aufregend«, antwortete sie und lachte wieder ihr frisches Jungmädchenlachen. Wenn sie sich nicht täuschte, hatte Marcus etwas wie »Wichtigtuer« und »verdammt« gemurmelt.

»Aber deiner Mutter ist es bestimmt nicht recht, daß du uns das alles erzählst.«

»Das ist mir gleichgültig«, sagte Trevor und zuckte die Achseln. »Wie ich schon sagte, ich glaube nicht, daß an der Geschichte etwas Wahres ist. In diesem Punkt bin ich mit Marcus einer Meinung. Es ist ein amüsanter Zeitvertreib, bis ich meine Mutter überredet habe, mit mir und den Geschwistern nach London weiterzureisen. Aber bevor mir das gelingt, muß sie sich selbst davon überzeugen, daß dieser Schatz ein Hirngespinst ist. Euch ist zweifellos nicht entgangen, daß sie ziemlich störrisch ist.«

»Und wenn wir tatsächlich einen Schatz fänden, würde er Marcus gehören. Das muß deiner Mutter doch klar sein.«

»Sie würde mich auf der Stelle ohrfeigen, wenn sie erführe, daß ich euch von dem Vermächtnis der Wyndhams erzählt habe. Sie träumt davon, den Schatz bei Mondschein auszugraben, auf eine Kutsche zu verfrachten und sich heimlich aus dem Staub zu machen, ohne daß du, Marcus, je etwas davon erfahren hättest.«

»Ich werde ihr das sofort auftischen, wenn wir im Schloß sind«, knurrte Marcus. »Ein paar Ohrfeigen täten dir gut.«

»Keine Sorge, Trevor. Marcus wird schweigen wie ein Grab. Deine Mutter wird nie erfahren, daß wir gemeinsam in Reeth waren. Was hält Ursula von der Schatzsuche?«

Trevor warf ihr einen eigenartigen Blick zu. »Ursula ist ein Mädchen.«

»Das bestreitet niemand. Wie denkt sie über den Schatz?«

»Das weiß ich nicht.«

»Mädchen besitzen auch Verstand, und sie haben ihre eigenen Ideen und Talente, von denen ihr Männer nichts wißt.«

»Ja«, sagte Trevor sehr kurz angebunden.

»Die Duchess hat recht. Frauen besitzen Talente, die uns Männer immer wieder überraschen«, ließ Marcus sich hören. Sein Blick war auf ein hübsches junges Mädchen gerichtet, das ihn und Trevor vollkommen ungeniert in Augenschein genommen hatte. »Die Kleine dort drüben, zum Beispiel. Vielleicht will sie uns nur schöne Augen machen. Vielleicht will sie sich aber auch einen Mann ins Bett holen, weil sie Lust auf ihn hat und ihn glücklich machen möchte.«

Die Duchess preßte die Lippen aufeinander, und Trevor warf Marcus einen verblüfften Blick zu.

Schweigend bogen sie in die High Row ein. Mr. Leonard Burgess war für alle drei eine Überraschung.

Als sie sich vorgestellt hatten, schob Mr. Burgess sie schnell in seinen verstaubten Laden hinein, zog die Vorhänge vor die Fenster und bat sie in das noch dunklere Hinterzimmer.

»Das ist wirklich nicht zu fassen«, schnaufte er atemlos und schüttelte Trevors Hand, als wolle er sie nicht mehr loslassen.

Mr. Leonardo Burgess war ein Bulle von einem Mann, völlig kahl, aber stolzer Besitzer eines ausgiebig gewachsten schwarzen Schnurrbarts. Er lachte beim Sprechen und zeigte zwei übereinanderstehende Schneidezähne.

»Ich bin froh, daß Sie gekommen sind, Mr. Wyndham. Und Sie, Mylord. Ich habe Ihren Onkel gekannt, aber ich hatte noch nicht die Ehre, Ihre entzückende Frau Gemahlin kennenzulernen. Es ist mir ein Vergnügen, Mylady. Wunderbar. Wunderbar. Mr. Wyndham, erlauben Sie mir, Ihnen mein Beileid zum Tod Ihres Vaters auszusprechen. Ich habe es durch Mrs. Wyndham erfahren.«

Trevors Vater war vor fünf Jahren verstorben, aber Trevor nickte ernst bei Mr. Burgess' Worten.

»Ich danke Ihnen, Sir. Wenn ich richtig verstanden habe, sind Sie auf etwas gestoßen, das uns bei der Schatzsuche weiterhilft.«

Mr. Burgess kam näher und senkte die Stimme zu einem kaum hörbaren Flüstern.

»Ja, mein Junge, ich bin nicht dumm. Ich weiß, alle glauben, das Gerede vom Schatz sei dummes Geschwätz, Phantasien Ihres Vaters und Ihrer Mutter. Schon der alte Graf hatte nur ein verächtliches Lachen dafür übrig. Aber sehe ich so aus, als ob ich auf dummes Geschwätz hereinfalle? Ich entdecke immer noch Ungläubigkeit in Ihren Augen. Sie halten mich für einen alten Trottel. Das macht aber nichts. Warten Sie, bis Sie das hier sehen.«

Er drehte sich blitzschnell um und verschwand, so schnell es sein massiger Körper zuließ, hinter einem Vorhang, der einen weiteren Raum von dem Hinterzimmer abtrennte. Bald kehrte er mit einem in Leder gebundenen riesigen Folianten zurück. Das Buch sah in der Tat sehr alt aus. Auf dem Einband prangte ein Kreuz, das mit einem Kranz von Perlen umgeben war. Das Kreuz war dunkelrot, und die Perlen waren grau. Die mit roter Tinte aufgemalten Vignetten waren etwas verblaßt und abgeblättert. Ja, es mußte ein uraltes Buch sein.

»Kommen Sie zu mir her! Das Buch darf nicht ins Tageslicht. Das Papier ist bereits sehr porös. Ich fürchte, daß sich die Seiten aufspalten und zerfallen. So, und jetzt sehen Sie bitte alle her. Alle!«

Vorsichtig legte Mr. Burgess das Buch auf eine Konsole. Jedesmal, wenn eine der dicken Seiten umgeblättert wurde, stieg der Duchess eine modrig riechende Staubwolke in die Nase. Jede Seite des Bandes war mit reich verzierten Buchstaben beschrieben, einige in Schwarz, andere in leuchtendem Blau und wieder andere in demselben Rot wie das Kreuz auf dem Einband. Das Buch war zum Erstaunen aller bebildert. Tiere, die auf der Weide grasten; ein Hintergrund aus eigenartigen Felsgebilden. Ein Priester, der auf dem Marktplatz eines Städtchens kniende Männer, Frauen und Kinder segnete. Ein anderes Bild zeigte das Innere einer normannischen Kapelle, die ihnen irgendwie bekannt vorkam. Und schließlich gab es noch die Skizze einer Abtei, die sich mit dicken schwarzen Federstrichen von einem Himmel abhob, in dem sich Wolkenberge drohend zusammenballten. Eigenartigerweise folgten auf den nächsten Seiten wieder friedliche und ruhige Szenen, die Landschaften mit ausgedehnten Äckern und weidendem Vieh zeigten.

»Ich erkenne die Abtei wieder«, sagte Marcus endlich und folgte mit dem Zeigefinger den Konturen des Bauwerks.

»Ja, ich auch, Mylord. Das ist die Abtei von St. Swayle. Es war einmal eines der reichsten Klöster in Nordengland.«

»Die Ruinen liegen ganz in der Nähe von Chase Park«, fügte Marcus hinzu.

»Also doch St. Swayle«, sagte die Duchess jetzt. »Als Kinder haben Fanny, Antonia und ich Indianer in den Ruinen gespielt.«

»Ja, Mylady. Und nun hören Sie die Geschichte. Cromwell, dieser elende Bluthund, hatte St. Swayle zuoberst auf seine Liste gesetzt.«

»Cromwell?« fragte Trevor erstaunt. »Ich dachte, der kämpfte mit seinen Roundheads gegen das absolutistische Regime König Karls I. und ließ ihn dann köpfen – das muß so Anfang des 17. Jahrhunderts gewesen sein.«

»So ist es. Oliver Cromwell war der Urenkel des Neffen unseres Cromwell hier. Betrug, Habgier und Machthunger flossen durch die Adern dieses verfluchten Geschlechts, wenn Mylady verzeihen. Heinrich VIII. machte Cromwell zu seinem Vizekönig – und damit mächtiger, als es einem Menschen guttut.«

»Also spielte sich die Geschichte mit dem Schatz doch zu Zeiten Heinrichs VIII. ab. Was meinten Sie vorhin mit der Liste?« fragte Trevor.

»Der König war bankrott und überlegte sich, wie er die Kasse wieder auffüllen könne. Er kam auf die Idee, sich das fehlende Geld von den Klöstern zu holen. Sie unterstanden dem Papst, und Heinrich VIII. war das Oberhaupt der Anglikanischen Kirche. Also erstellte Cromwell eine Liste der reichsten Klöster des Landes. Die Zeit der Auflösung vieler Orden und Klöster begann 1553 und dauerte drei Jahre.«

»Jetzt verstehe ich allmählich, wo die Legende von diesem Schatz ihren Ursprung hat«, sagte Marcus und strich sich über das Kinn. »Viele Klöster waren vermögend und besaßen nicht nur Ländereien, sondern auch kostbare Juwelen, die sich im Lauf der Jahrhunderte angesammelt hatten, ganz zu schweigen von den sakralen Kunstgegenständen, die damals schon unermeßlichen Wert besaßen. Da gab es Kreuze aus massivem Gold, mit eingelegten Saphiren, Rubinen und Smaragden. Die Mönche wußten, daß Cromwells Schergen unterwegs waren, und versteckten soviel wie möglich.«

»Ganz richtig, Mylord«, sagte Mr. Burgess eifrig und lächelte Marcus wohlwollend an, als dieser hinzufügte: »Aber man müßte doch annehmen, daß die Mönche die Kirchenschätze auf der Flucht mitnahmen, anstatt sie zu vergraben.«

»Es waren heilige Männer«, antwortete Mr. Burgess mit einem Tonfall, der einem Bischof alle Ehre gemacht hätte. »Sie wollten nicht, daß die Schätze ihrer Klöster in die Hände des habsüchtigen Königs fielen.«

»Wenn ich mich recht entsinne«, fuhr Marcus fort, »wurden die Mönche vertrieben und ihrem Schicksal überlassen. Viele von ihnen verhungerten, weil sie nicht wußten, wie sie überleben sollten. Und die Gebäude des Klosters wurden an jeden verkauft, der die geforderte Summe bezahlen konnte.«

»Ja, ganz richtig.«

Trevor fragte: »Gibt es einen Hinweis, wo einer der Ordensleute den Schatz seiner Abbtei vergraben hat?«

Mr. Burgess schlug die nächste Seite auf. Sie enthielt einen lateinischen Text. Mit dem Zeigefinger folgte er einer Zeile nach der anderen.

»Der Mönch schreibt, es sei an dem Tag gewesen, da Beltane gefeiert wurde, das Fest am Abend vor dem ersten Mai.«

»Ja, richtig, ein Fest, das nach uraltem Brauch immer noch in Schottland und Nordengland gefeiert wird«, erklärte Trevor.

»Der Mönch schreibt, es sei am Beltanefest gewesen. Die Nacht war finster und schwarz wie die Augen der Toten. Der Wind fuhr heulend durch die Täler und das Felsgestein. Die Bäume in den Walnußwäldern ächzten und drohten umzustürzen. Die Glut erloschener Feuer loderte hell auf, geriet in Brand und entfachte eine Feuersbrunst, die die Menschen in Schrecken versetzte. Viele verbrannten und starben. Aber die anderen blieben und tanzten nach den Rhythmen aus alter Vorzeit und sangen sich in Trance. So begingen sie das alte Ritual, mit dem sie um Fruchtbarkeit baten, um am Ende eines warmen Sommers die Ernte einzubringen. Der Mönch schreibt weiter, daß er in jener Nacht mit sechs Ordensbrüdern die Truhe aus dem Kloster schaffte und sie im Schutz der Dunkelheit vor den Schakalen Cromwells in Sicherheit brachte. Sie haben auch eine Leiche mitgenommen, heißt es weiter, eine aufgedunsene, schwere Leiche.«

Mr. Leonard Burgess zeigte auf den Text.

»Er verspricht dem Heiligen Vater, schreibt der Mönch, daß der

Schatz des Klosters nicht in die Hände des ketzerischen Königs fallen wird.«

Hier endete die Seite. Vorsichtig wendete Mr. Burgess das Blatt um. Die nächste Seite enthielt eine Zeichnung mit dem auflodernden Beltanefeuer. Flammen züngelten in den Nachthimmel. Gaffende Menschen mit offenen Mündern und irren Gesichtern starrten in das Feuer. Auf der nachfolgenden Zeichnung waren dieselben Menschen zu sehen. Sie starrten und deuteten immer noch auf etwas, schienen sich aber jetzt in einem geschlossenen Raum zu befinden. Und alle Augen blickten nach oben.

Mr. Burgess blätterte weiter. Danach kam nichts mehr. Vorsichtig, als berühre er einen überaus kostbaren Edelstein, strich er an den gezackten Innenrändern entlang.

»Jemand hat diese Seiten herausgerissen.«

»Verdammter Mist«, sagte Marcus.

»Das finde ich auch«, stimmte Trevor zu.

»Wer kann das gewesen sein?« fragte die Duchess. »Und wann?«

»Das ist schon lange her«, antwortete Mr. Burgess. »Sehen Sie, die Ränder sind bereits vergilbt.«

»Aber es wäre doch interessant zu wissen, wer das war. Jedenfalls hat er den Schatz nicht gefunden. Das wäre die Sensation des Jahrhunderts gewesen.«

Plötzlich sagte Marcus: »Sir, Sie kommen mir irgendwie bekannt vor. Die Kopfhaltung, die Art, wie Sie sich bewegen, wie Sie ...«

»Nun, ich bin zur Hälfte Ihr Cousin, Mylord, und auch Ihrer, Mr. Wyndham. Du lieber Himmel! Ich bin ja mit Ihnen *allen* verwandt!« Er lächelte die Duchess an.

»Meine Mutter wurde sozusagen im falschen Bett geboren, verzeihen Sie, Mylady. Sie war die Halbschwester Ihres Großvaters. Daher waren Ihr Vater, Mr. Wyndham, und ich als Kinder so eng miteinander befreundet, und später haben wir uns dann nie aus den Augen verloren, auch als er in die Kolonien ging. Der Graf hat mich natürlich nicht anerkannt.«

Marcus gab seinem unehelich geborenen Cousin die Hand, als sie den Laden verließen, und versicherte ihm, daß er ihn legitimieren werde.

»Ach herrje!« seufzte Marcus, als sie zu dem Jungen zurückkehrten, der geduldig auf die Pferde aufgepaßt hatte. »Ich glaube, den

Präzedenzfall hatten wir bereits«, meinte er mit vielsagendem Blick zur Duchess. »Vielleicht ist es doch mein Schicksal, für Nachkommen zu sorgen, die einem Liebesnest anstelle des Ehebettes entspringen? Ob die Geister meiner Ahnen mich verfolgen, wenn ich keine Bastarde in die Welt setze?«

»Laß gut sein, Marcus, im Augenblick geht es um andere Dinge«, sagte sie und blickte ihn finster an. »Nach allem, was wir von Mr. Burgess gehört haben, ist diese Geschichte kein Larifari. Es steckt also doch etwas Wahres dahinter.«

»Ich habe alles mitgeschrieben«, sagte Trevor.

»Und du«, wandte sich Marcus wieder an sie, »hast alle Zeichnungen kopiert. Sehr gut sogar. Ich hatte keine Ahnung, daß du dieses Talent beherrschst. Du überraschst mich schon wieder, und das gefällt mir nicht.«

»Du hast von vielem keine Ahnung, Marcus, und wirst noch einige Überraschungen erleben, ob es dir gefällt oder nicht.«

Er sah das versteckte Lächeln über ihr Gesicht huschen. Und das gefiel ihm auch nicht. Er hätte Trevor am liebsten zum Mond geschickt. Er begehrte sie. Er wollte ihr schlicht und einfach den Reitrock herunterreißen, sie gegen einen Baum stellen und sich in ihr vergraben.

Er zitterte. Verdammter Trevor.

Langsam drehte sie sich zu ihm um und blickte ihn an. Das Lächeln gefror auf ihrem Gesicht, aber sie wandte den Blick nicht ab. Sie sah ihn einfach an und machte unbewußt einen Schritt auf ihn zu. Marcus stieß einen unverständlichen Fluch aus.

Trevor beobachtete die beiden, schwang sich blitzschnell auf Clancy und gab ihm die Sporen. Über die Schulter rief er ihnen zu:

»Paßt auf, daß ihr nicht über die Klippen stürzt!«

Ein weiterer unverständlicher Fluch.

»Warte!« knirschte Marcus, als er der Duchess in den Sattel half. »Warte nur!«

Sie blickte immer noch in seine blauen Augen, die heller leuchteten als der Sommerhimmel über ihnen.

»Marcus, ich habe mir in den Kopf gesetzt, diesen Schatz zu suchen.«

»Welchen Schatz?« fragte Marcus. Seine Augen ruhten auf ihrem Busen.

17

Während des zweistündigen Ritts zurück nach Chase Park sagte Marcus kein Wort, sondern sah nur stur zwischen Stanleys Ohren hindurch nach vorn. Auch sie vermied es, ihn anzusehen, aber ihre Gedanken kreisten um ihn, nur um ihn. Sie gab Birdie die Sporen.

Als sie die Stallungen des Guts erreichten, zerrte er sie förmlich vom Pferd, ergriff ihre Hand und sagte leise: »Komm! Jetzt.« Halb rennend zog er sie zum Stallgebäude, stieß mit dem Fuß die Tür zu einer der Sattelkammern auf und schlug sie mit dem Stiefelabsatz zu. Im Türschloß steckte ein Schlüssel, den er umdrehte, ohne ihre rechte Hand loszulassen.

Sie hätte sich nie träumen lassen, daß ein Mann am hellichten Tag so ungestüm sein könnte. Und sie befanden sich nicht einmal fünf Minuten von seinem Schlafzimmer und seinem Bett entfernt. Nur zwei Stunden hatte er abgewartet und nicht länger. Es war aufregend. Vielleicht hatte das etwas mit der *Grenze* zu tun.

Sie hoffte es inständig, und plötzlich war da mehr als Hoffen.

»Jetzt«, sagte er und drehte sich zu ihr um. Er faßte sie bei den Händen und zog sie an sich. Seine Wangen waren gerötet, seine Augen schmal, ganz auf sie gerichtet. »Rasch, Duchess!«

Sie fühlte, wie er sie an die Brust drückte, fühlte den schweren Schlag seines Herzens. Sie schloß die Augen. Seine beiden einfachen Worte wühlten sie auf. »Was soll ich tun?« konnte sie nur flüstern, unfähig, vor Erregung laut zu sprechen. Die Hände gegen seinen Brustkorb gestützt, stellte sie sich auf die Zehenspitzen. »Marcus, sag mir, was ich tun soll.«

Er sah sie offen an und sagte: »Sei einfach du selbst. Ich will wissen, ob du wieder stöhnst und schreist und versuchst, mich abzuwerfen.«

Sie spürte, wie seine kräftigen Hände ihre Reitjacke aufrissen, spürte, wie sein Atem stockte, als seine Hände plötzlich durch den dünnen weißen Batist der Bluse ihre Brüste umfaßten. Er schloß die

Augen, warf den Kopf in den Nacken und streichelte ihre Brüste durch das zarte Gewebe hindurch.

»Marcus«, sagte sie noch einmal. Er zog sie an sich. Er nahm ihr den Reithut ab und zog ihr die Hutnadeln aus dem Haar. »Ah!« murmelte er und küßte sie auf das Ohr, während er mit dem Mund kleine Haarsträhnen wegblies. Sein Atem strich ihr warm gegen die Haut.

»Begehrst du mich, Duchess?«

Sie zog ihn fester zu sich heran. Ihre Hände glitten seinen Rücken hinab bis zu den Hüften. »Das ist das Dümmste, was du mich fragen kannst.«

Er mußte schmunzeln, auch wenn es ihm nicht leichtfiel. Im Handumdrehen hatte er sie ausgezogen und flach auf den Rücken gelegt. Er stand über ihr und zog die Stiefel aus. Nicht einen Augenblick lang wandte er dabei die Augen von ihrem Gesicht. Sie lag auf ihrer ausgebreiteten Reitkleidung und sah vor Erregung schaudernd zu, wie er ein Kleidungsstück nach dem anderen ablegte. Als er sich die Hosen abstreifte und mit leicht gespreizten Beinen über ihr stand in voller, unverhüllter Männlichkeit, stöhnte sie: »Bitte, mach schnell, Marcus!« Sie streckte die Arme nach ihm aus. Ihre Augen wurden dunkel. »O Gott, du bist so schön wie dein Hengst!«

»Stanley würde deine Stute verletzen, wenn er sie nähme. Ich möchte dir nicht weh tun. Nie mehr. Und ich will mich auch nicht beeilen, Duchess. Jedenfalls will ich mir verdammte Mühe geben.«

Bei diesen Worten beugte er sich zu ihr, und dann hörte sie nur noch ein gestammeltes Flüstern an ihrer Brust.

Sie stieß einen kleinen Schrei aus und bäumte sich ihm entgegen.

»Langsam!« raunte er und drängte sie zurück, während er ihr eine Hand flach auf den Bauch legte. »Langsam. Es ist ja gut. Sei nur einfach offen für mich, Duchess, gib dich mir hin.«

Seine Lippen suchten drängend ihren Mund. Sie konnte nicht anders, sie zog ihn an sich und spürte, wie sein Körper erzitterte, als seine Hand von ihren Brüsten zu ihrem Bauch glitt, ihn in kleinen Kreisen streichelte, bis sie das warme Fleisch ihrer Schenkel erreichte. Bei der Berührung seiner Finger, seines Mundes und seines heißen Körpers vergaß sie alles. Als die Spannung so stark wurde, daß sie innerlich zu zerreißen drohte, als es nicht mehr auszuhalten war, drang er in sie ein, hart und tief, und ihr Leib schien in einer so starken, so drängenden Lust zu explodieren, daß sie aufschrie und ihm die Finger in den Rücken grub. Es war zuviel.

Er drang weiter in sie ein, zog sie zu sich heran, damit sie ihm entgegenkam. Jetzt sah sie in sein Gesicht, das im düsteren Licht der Sattelkammer hart wirkte mit den glänzenden Augen. Plötzlich schien es, als empfände er einen peinigenden Schmerz. Sein Kiefer schob sich nach vorn, die Haut straffte sich über den Gesichtsknochen. Er wurde still. Sie spürte ihn tief in ihrem Leib, leicht zuckend, voll und schwer. Im gleichen Augenblick löste er sich von ihr, keuchend, als empfände er Schmerzen. Fluchend umfaßten seine Hände ihre Hüften, um sich abzustützen. Sie verstand nichts, konnte nichts von alldem begreifen, bis sie die Nässe seines Samens auf dem Bauch spürte. Dann erhob er sich zwischen ihren Beinen auf die Knie, den Kopf gesenkt, die Augen geschlossen und stoßweise atmend.

Sie schwieg und starrte ihn nur an. Die eben empfundene Lust war nun kalt wie Kaminasche im Sommer. Sie fühlte nichts als eine große Leere, die sie zu verschlingen drohte. Jetzt verstand sie. Sie begriff, was er vergangene Nacht vorgehabt, aber nicht durchgeführt hatte.

Sie sah seinen Samen auf ihrem Bauch. Sie blieb vollkommen still. Wenn sie sich nicht rührte, kein Wort von sich gab, dann würde er vielleicht nichts sagen, das ihre Seele zerriß.

Als er aufstand, bewegte sich sich immer noch nicht. »Ich hole ein Taschentuch.« Sie schloß die Augen, drehte sich zur Seite und zog die Beine an. Es störte sie nicht, daß sie nackt war, daß er sie ansah. Es war einfach nicht wichtig. Sie spürte, wie er sich neben sie kniete, fühlte seine Hände auf ihren Schultern und Hüften, als er sie wieder auf den Rücken drehte. Dann wischte er mit dem Taschentuch seinen Samen ab.

»Wag ja nicht zu weinen, Duchess!« sagte er leise, das Gesicht nahe über dem ihrem. »Wag ja nicht, verdammte Weibertränen zu vergießen und zu behaupten, ich hätte dir Gewalt angetan und dir keine Lust bereitet. Gemessen an deinen Schreien, hast du offenbar viel Spaß gehabt, glaub mir. Ich habe dir nichts vorenthalten außer meinem Samen, aber das hatte ich dir ja angekündigt. Wenn du bisher nicht verstanden hast, was ich meinte, dann weißt du es jetzt. Du wirst kein Kind von mir bekommen, das in die Fußstapfen deines

Vaters, dieses Mistkerls, treten wird. Das ist beschlossene Sache. Steh auf und zieh dich an.«

Er warf das Taschentuch neben sie auf ihren Reitrock. Sie sah zu, wie er sich mit schnellen, sicheren Bewegungen anzog. Er dachte nicht mehr an sie. Sie war nichts anderes für ihn gewesen als ein Gefäß für seine Manneslust. Warum sollte er sie jetzt, da alles vorbei war, weiter beachten? Sie blickte auf seine Hände. Sie waren kräftig und groß, aber vorhin, als diese Hände sie berührten ... Sie schloß die Augen. Er war ganz Herr der Lage, Herr über sich, seinen Körper und über sie. Aber sie hatte ihre Fassung verloren, sie hatte nichts mehr.

Langsam richtete sie sich auf und zog sich das zerknitterte Unterkleid über den Kopf. Mit dem Blick auf einen eleganten spanischen Sattel sagte sie: »Badger bereitet heute das Abendessen vor.«

Marcus sah sie erstaunt an. Wieder diese Ruhe, diese verdammte Reserviertheit. Nicht eine Träne, aber wahrscheinlich würde sie sich damit erniedrigen. Anscheinend zeigte sie nur Gefühle, wenn sie nach ihm verlangte. »Und was kocht er?«

»Geschmortes Lamm in Aprikosensauce. Eigentlich wollte er ein Ragout machen, aber er meinte, das gart zu lange, und so hat er das Fleisch den ganzen Tag in Beize eingelegt.« Marcus brummte etwas Unverständliches, lehnte sich an die Holzwand und zog die Stiefel an.

»Zum Dessert macht er Kirschkuchen mit Mandeln, eine Lieblingsspeise meiner Mutter. Und Kassia-Gewürzplätzchen mit Hagelzucker und Korinthen.«

Marcus blickte auf sie herunter, wie sie da mit gekreuzten Beinen auf ihrem Reitrock saß, neben sich das zusammengeknüllte, feuchte Taschentuch, das Unterkleid nicht ganz heruntergezogen, so daß es auf ihre schön geformten hellen Schenkel fiel. Mit ihrem aufgelösten Haar sah sie bezaubernd aus und doch so verzweifelt in ihrer Regungslosigkeit, daß es ihm einen Stich gab. Er schüttelte den Kopf. Nein, die Duchess ist jetzt wieder eiskalt. Sie würde nur Gefühle zeigen, wenn er mit ihr schlief. In diesen kostbaren Minuten konnte er ihre Ruhe erschüttern, und das schenkte ihm Macht und Genugtuung über sie. Er trat einen Schritt auf sie zu und blieb stirnrunzelnd vor ihr stehen. »Findest du es nicht etwas merkwürdig, ausgerechnet jetzt über Badgers Kochkünste zu sprechen?«

»Soll ich lieber schweigen?«

»Diese Antwort hatte ich erwartet. Du bist, wie du bist, kalt und unnahbar.«

»Ich sprach über das Abendessen, um das Schweigen zwischen uns zu brechen. Hätte ich ein anderes Thema wählen sollen?«

»Ja, du hättest über mich sprechen können und über das, was ich mit dir gemacht habe, was ich dir gegeben habe. Oder über dich. Was ich dir beibringen könnte, damit du es mir geben kannst. Im Augenblick, Duchess, nimmst du nur. Bist du bereit, auch etwas zu geben?«

Sie sah an seiner rechten Schulter vorbei. »Weißt du, wie man Pippinäpfel und Pflaumen kandiert?«

»Nein, ich habe keine Ahnung.«

»Badger kennt sich in diesen Dingen aus, und er weiß auch, wie man aus Nahrungsmitteln Arzneien gegen Krankheiten herstellt.«

Er bückte sich zu ihr herunter, nahm ihr Kinn in die Hand und sagte: »Sei still!«

Sie wurde still wie ein Grab.

Er küßte sie, wollte sie zwingen, den Mund zu öffnen, aber nein, es geschah ganz wie von selbst. Sie fühlte, wie seine Zunge sich sanft in ihren Mund schob, ihre Zunge berührte, ohne etwas zu fordern. Sie schloß die Augen und zwang sich dazu, die prickelnde Wärme zu unterdrücken, die aus den Tiefen ihres Leibes aufstieg.

Er ließ von ihr ab und richtete sich vor ihr auf. »Zieh dich an. Ich nehme an, unsere Stalljungen wissen alle genau, was wir hier getrieben haben. Komm, ich helfe dir. Du hast Stroh im Haar. Ich sollte wohl auch das Taschentuch mitnehmen. Es riecht nach dir und mir, aber es soll dich nicht daran erinnern, daß du wild wie ein Stute bist, über die ein Hengst kommt.«

Plötzlich brach in ihrem Innern etwas auf, zerbarst in tausend Stücke. Eine Wut, die sie in ihren ganzen achtzehn Jahren nicht gekannt hatte, stieg in ihr auf. Es war eine furchtbare, mörderische Wut, dessen war sie sich sicher, auch wenn sie dieses Gefühl noch nie in ihrem Leben erlebt hatte. Ja. Und sie ließ ihr freien Lauf, ließ zu, daß sie ungehemmt hervorbrach, sich über den ganzen Körper ausbreitete, ihn packte und schüttelte.

Der Gleichmut, die schwer erkämpfte Ruhe und Gelassenheit, die sie aller Welt gezeigt hatte seit jenem fernen Tag, da sie hörte, wie das Zimmermädchen dem Aushilfsmädchen erzählte, sie sei ein Bastard, wichen diesem Zorn, der wie heiße Lava in ihr aufstieg.

Sie sah die beiden noch vor sich, hörte, wie sie über sie tuschelten. Dann sah sie sich, klein und verängstigt, so mutterseelenallein in diesem großen Herrenhaus. Es war mehr als abgrundtiefer Haß, den die alte Gräfin von Chase ihr gegenüber hegte. Sie schüttete ihre Gemeinheit, ihre Verachtung und Kälte über das neunjährige Mädchen aus, das soeben erfahren hatte, daß es ein Bastard war. Dieser Haß hatte alle Gefühle in ihr erstickt und ihr die Maske der Ruhe und Unnahbarkeit übergestülpt.

Und dann hatte Marcus ihr den Spitznamen Duchess gegeben, aufgrund dieser Eigenschaften, die sie von nun an hegte und pflegte wie eine edle Rose im Garten ihrer Mutter, bis sie ihr zur Selbstverständlichkeit geworden waren. Sie war die Duchess geworden und geblieben. Bis heute, denn in diesem Augenblick gab es kein anderes Gefühl in ihr als nackte Wut. Sie war zu jeder Gewalttat bereit.

Langsam stand sie auf und strich sich das Unterkleid glatt. Sie merkte, daß ihr die Hände zitterten, aber nicht vor Angst und Schüchternheit, sondern vor Wut. Ihre Augen folgten ihm, als er sich auf einen Holzklotz setzte. Er schlug die Beine übereinander und verschränkte die Arme über der Brust.

»Zieh dich an!« verlangte er. »Ich werde dir ein paar weibliche Tricks beibringen. Mal sehen, ob du Talent dazu hast. Du verstehst nicht, Duchess? Nun, dann zieh dich langsam an. Leg den Kopf kokett zurück, drück den Busen heraus, schwenk die Hüften, versuch verführerisch zu wirken. Ob du das fertigbringst? Ich bin nicht so sicher.«

Sie starrte ihn nur an, diesen Mann, dem sie sich hingegeben hatte, diesen Mann, den sie gerettet hatte. Ja, sie hatte ihn gerettet! Er war ein Tyrann, ein Narr, ein ungehobelter wilder Kerl, der sie geschmäht und gedemütigt hatte. Er hatte sich aus ihr zurückgezogen, um sich an ihrem Vater zu rächen. Er benutzte sie als Gefäß für seine Lust, ohne es zu füllen. Er zürnte ihrem Schoß, weil dieser ein Bindeglied zu dem Mann war, den er so sehr verabscheute. Dieser Haß hatte sich auf sie übertragen.

Aber nichts konnte annähernd so groß sein wie die Wut, die sie jetzt verzehrte, dieser heilige Zorn, der ihre Seele klärte, sie kalt und hart machte.

Sie lächelte, als sie sich suchend in der Sattelkammer umsah, und sie lächelte sogar noch, als sich ihre Wut in etwas Reines, Eiskaltes verwandelte. Wenn sie eine Pistole gehabt hätte, sie hätte ihn erschossen. Sie riß eine Reitpeitsche vom Tisch, schwenkte sie in die Luft und rannte wie eine entfesselte Rachegöttin auf ihn los. »Du verdammter Dreckskerl! Glaubst du, ich lasse mich von dir demütigen? Glaubst du, du kannst mich wie eine Hergelaufene behandeln? Ich hasse dich, verstehst du mich, Marcus? Ich hasse dich! Du gottverdammter Narr! Nie wieder wirst du mich mißbrauchen und es noch als dein gutes Recht betrachten. Nie wieder!«

Sie schlug mit der Peitsche auf seine Brust und Schulter ein. Einen Moment lang rührte er sich nicht und starrte sie nur fassungslos an. Er konnte nicht begreifen, daß diese Furie, dieses rasende Weib, die Duchess sein sollte, die Frau, die er seit zehn Jahren kannte.

Ihr Atem ging stoßweise, als sie weiter zuschlug. »Ich soll die Verführerin spielen? Vor dir wie ein Püppchen tanzen, als wärst du mein Meister? Du bist ein elender Dreckskerl!« Sie schlug wieder mit aller Kraft zu. Seine Reitjacke sprang auf. Der Riemen schnitt durch das dünne Leinenhemd in die Haut. Es brannte wie Feuer.

Brüllend sprang er auf. »Genug! Verdammt noch mal! Was zum Teufel ist in dich gefahren? Gerade sitzt du noch da wie eine dumme Kuh, die wiederkäut, still und artig wie immer. Verdammt noch mal! Was ist los mit dir?«

»Wag es ja nicht noch einmal, mich eine dumme Kuh zu nennen, du Lümmel!« Wieder schlug sie auf ihn ein. Er stürzte sich auf sie, aber sie wich ihm geschickt aus und holte erneut gegen ihn aus, traf aber diesmal nicht. Wenn dieser Schlag getroffen hätte, wäre er ihm tief ins Fleisch gedrungen.

Er stand da wie angewurzelt und konnte nicht fassen, was hier geschah. Wäre da nicht der Schmerz der beiden Peitschenhiebe gewesen, er hätte es nicht für möglich gehalten …

Mit einer Stimme, die härter und kälter war als der Befehl, mit dem er seine Soldaten in die Schlacht schickte, herrschte er sie an: »Du schlägst mich nie wieder, Duchess, nie wieder. Ich werde dich lehren, mich zu schlagen.«

»Versuche es nur! Ich springe dir an die Gurgel, du undankbarer Stinkstiefel! O Gott, und ich habe dich gerettet, glaubte dir dein Erbe schuldig zu sein. Du hast es nicht verdient, Marcus, nur eine

Tracht Prügel, bis du gedemütigt in die Knie gehst. Das ist genau das Richtige für dich, und das brauchst du!«

Sie warf ihm die Reitpeitsche vor die Füße, nahm das nächstbeste Zaumzeug vom Haken und schleuderte es ihm mit aller Kraft entgegen. Sie sah, wie das Metallstück auf die Haut an seinem Schädelknochen prallte. Sie hatte gut gezielt. Er schwankte, preßte eine Hand gegen den Kopf. Ungläubig ins Leere starrend, stand er da und fiel dann wie ein Stein auf die Knie, rollte zur Seite und verlor das Bewußtsein.

Sie atmete tief durch und fühlte sich wie eine siegreiche Amazone aus der Antike. Langsam ließ sie das Zaumzeug sinken, kniete sich neben ihn und fühlte nach seinem Herzen. Es schlug ruhig und gleichmäßig. Er würde wieder auf die Beine kommen, der verdammte Narr. O Gott, sie wünschte ihm höllische Kopfschmerzen!

Sie richtete sich auf, strich sich noch einmal das Unterkleid glatt und zog sich in aller Ruhe an. Sie warf ihm einen letzten Blick zu, lächelte über die beiden langen, sauberen Risse in seinem Reitrock und verließ, leise die Tür hinter sich schließend, die Sattelkammer.

Es regnete. An diesem Nachmittag wurde es schon früh dunkel. Der Wind blies stürmisch von Westen her und zerrte an den Linden und Ahornbäumen. »Wie in der Nacht beim Beltanefest, die der Mönch beschrieben hat«, sagte sie laut und lachte, warf den Kopf zurück und ließ den Regen über Gesicht und Haare strömen. Sie fühlte sich wunderbar.

Sie fühlte sich stark. Sie fühlte sich heil.

18

Der Grüne Salon, der zu Lebzeiten des alten Grafen auch Grünes Würfelzimmer genannt wurde, strahlte mit dem flackernden Kaminfeuer und den schweren Draperien vor den Fenstern Behaglichkeit aus. Es war später Nachmittag, und sie war allein. Aber es machte ihr nichts aus, allein zu sein. An Marcus verschwendete sie nur ein paar flüchtige Gedanken. Was würde er tun, wenn er aus der Ohnmacht erwachte? Was würde er denken? Vielleichte torkelte er gerade zum Haus zurück. Vielleicht sollte sie ihm entgegengehen? Besser nicht, denn sie würde ihm nur ins Gesicht lachen. Statt dessen blickte sie lächelnd in die Flammen und spürte, wie ihr innerlich und äußerlich warm wurde.

»Hallo, Duchess, so ganz allein? Kann ich dich sprechen?«

Sie wandte sich langsam um und erkannte Trevor. Wie stattlich er war. Vor allem war er kein solcher Narr und Dummkopf wie ihr Mann. »Komm doch herein!« bat sie ihn.

Er blieb neben ihrem Stuhl stehen, trat dann zum Kamin und lehnte sich mit der Schulter an den Sims. »Du weißt, Duchess, daß du mir alles erzählen kannst. Wir kennen uns zwar erst kurz, aber du kannst mir vertrauen. Ich bin verschwiegen. Irgend etwas beunruhigt dich doch.«

»Oh, nein. Gewiß nicht«, anwortete sie, »zumindest jetzt nicht mehr. Wie kommst du auf den Gedanken?«

»Deine Ruhe«, sagte er zögernd. »Immer wenn du so still bist und so regungslos dasitzt wie das Mädchen auf dem Gemälde über dem Kamin, dann weiß ich, daß dich etwas bedrückt.«

Zu seiner Überraschung lachte sie auf. »Du bist ein aufmerksamer Beobachter, Trevor, aber meine Ruhe ist nicht die Ruhe von gestern oder die von heute morgen oder die von vor zwei Stunden. Im Augenblick bin ich einfach etwas abgespannt und müde. Also, es ist alles in Ordnung mit mir, vollkommen in Ordnung.«

»Du hast recht«, sagte er nachdenklich. »Du hast dich irgendwie verändert. Als ich dich hier so ruhig und still sitzen sah, dachte ich, daß dich Marcus schon von Kind auf kennt und nicht bemerkt hat, daß deine Ruhe nur eine Pose ist, die du wie einen Schutzschild vor dir trägst. Marcus störte das schon immer, von Kind an. Er hält es für Hochmut und meint, du würdest die Königin spielen, die sich die Bauern vom Leib hält. Und das macht ihn wütend.«

»Du bist nicht nur ein guter Beobachter, sondern beinahe ein Hellseher. Wie du vermutest, ist etwas geschehen. Es hat eine Veränderung gegeben. Das Mädchen, das du gerade beschrieben hast, ist nun endlich hinter der Wandtäfelung verschwunden. Es gibt sie nicht mehr. Wenn ich jetzt ruhig bin und still, dann einfach deshalb, weil mir danach ist. O Gott, das Leben kann sehr schön sein, nicht wahr? Ich sehe dich beim Abendessen, Trevor.«

Die Duchess erhob sich aus ihrem Lehnstuhl, verließ den Salon und pfiff dabei eines der kleinen Soldatenlieder, das Spears immer sang. Er blickte ihr verblüfft nach. Was war geschehen? Wo zum Teufel steckte Marcus?

»Worüber hast du mit der kleinen Schlampe gesprochen, Trevor?«

Er blickte seine Mutter an, die lautlos hereingekommen war.

»Sie ist keine Schlampe, sie ist die Gräfin von Chase. Sie ist eine Lady und von einer Freundlichkeit, wie man sie selten antrifft.« Ein laut vernehmliches »Hrmpf« seiner Mutter unterbrach ihn kurz, dann fügte er hinzu: »Und wenn du ihr gegenüber keinen versöhnlicheren Ton anschlägst, dann wird sie uns möglicherweise bald hinauswerfen.«

»Das wird sie niemals wagen. Sie ist ein Bastard, und der Graf scheint sie nicht besonders zu mögen. Sie hat keine Macht in diesem Haus. Sie ist ein Nichts. Mit dem Grafen verstehe ich mich übrigens glänzend.«

Trevor konnte seine liebe Mutter nur verwundert ansehen, als sie die steifen Löckchen an ihrem linken Ohr betastete. Seufzend sagte er: »Ich versichere dir, Marcus ist der Duchess sehr zugetan.« Gern hätte er hinzugefügt, daß Marcus seine Zuneigung für die Duchess heute bereits auf sehr deutliche Weise bewiesen hatte, aber das behielt er für sich.

Auch wenn Marcus seine ehelichen Pflichten ausreichend erfüllt hatte, eine so auffallend große Veränderung konnte er damit nicht bewirkt haben. Sie strahlte eine elementare Kraft aus, die sie kaum verbergen konnte. Noch zügelte sie diese Kraft, aber sie würde sie einsetzen, wenn es ihr beliebte. Wodurch wurde diese Veränderung nur hervorgerufen?

Trevor warf seiner Mutter einen Blick zu und stellte nachdenklich fest, daß er sie gar nicht so gut kannte. Seit seinem achtzehnten Lebensjahr hatte er nicht mehr in seinem Elternhaus in Baltimore gelebt. Er war nach Washington gezogen und hatte wie ein Berserker gekämpft, als die Briten in die Hauptstadt einmarschiert waren und sie stürmten. Mit zweiundzwanzig war er wieder nach Baltimore zurückgekehrt und hatte das reichste und schönste Mädchen geheiratet, das die Stadt einem jungen Mann bieten konnte. Sie hieß Helen und war noch schöner als ihre Namensvetterin aus der griechischen Sage. Er sah sie wieder vor sich – tot auf dem Rücken liegend, mit offenen Augen, die Haut bleich wie Wachs.

»Nächsten Dienstag werde ich fünfundzwanzig«, murmelte er, mehr zu sich selbst.

»Ich dachte, erst dreiundzwanzig, Trevor. Oder einundzwanzig.«

»Nein, Mutter.«

»Meinen Freunden habe ich erzählt, du seist jünger.«

Grinsend stellte er fest, daß die fünfundzwanzig Jahre seine Mutter älter machten, als sie zugeben wollte, und daß sie darunter litt. »Ich werde es keinem erzählen«, sagte er. »Übrigens, hast du James gesehen?«

»Er ging weg. Vermutlich ist er irgendwo allein unterwegs. Der Junge zehrt an meinen letzten Kräften. Er ist verschlossen und mürrisch. Wenn er nur irgend etwas sagen würde!«

Trevor kannte den wahren Grund für die Unzufriedenheit seines Bruders. James hatte sich seinem älteren Bruder bereits anvertraut. Drei Tage vor ihrer Abreise nach England hatte er sich offenbar verliebt. Und jetzt hatte er Liebeskummer und machte seine Mutter dafür verantwortlich.

»Ich werde mit ihm sprechen, Mutter«, versprach er lachend.

»Gut, und nun erzähl mir alles, was du von Mr. Burgess weißt. Ich werde einen Plan entwerfen. Der Schatz ist unser, den anderen bleibt das Nachsehen. Oh, Trevor, warum hast du den beiden von dem Schatz erzählt? Du mißratener Sohn! Aber der Schatz ist mein, glaub mir, mein geliebter, wenn auch ein wenig zu alter Sohn. Ich werde den Schatz finden.«

Die Duchess saß am Fenster und blickte gedankenverloren zur Auffahrt hinunter. Man konnte nicht viel erkennen. Schwarze Gewitterwolken hingen tief über dem Horizont und verdunkelten den Sommerhimmel. Es regnete noch leicht. Wie schön die Gewitterstimmung ist, dachte sie. Sie blickte auf, als sich die Tür zum Nebenzimmer öffnete. Marcus trat ein, wohlbehalten und stattlich wie ein Lord. Wo hatte er so lange gesteckt? Er mußte scheußliche Kopfschmerzen haben. Himmel, bei diesem Gedanken lächelte sie, und sie lächelte noch immer, als er auf sie zukam. Würde er sie jetzt anbrüllen?

Aber das wollte sie nicht abwarten. Nie wieder würde sie sich von ihm zu einem schweigsamen Nichts erniedrigen lassen. Vielleicht hatte er eine Pistole dabei und würde sie erschießen. Neugierig und mit klopfendem Herzen beobachtete sie seine Bewegungen. Sie würde sich ein Gewehr holen. Ihr war immer noch danach, auf ihn zu schießen, auf seinen rechten Arm zu zielen.

Als könnte er ihre Gedanken lesen, sagte er leichthin: »Nein, ich habe nur ein dumpfes Gefühl im Kopf. Dein Glück, Verehrteste. Nachdem ich aufgewacht war, blieb ich noch eine Weile auf dem Boden der Sattelkammer liegen, um über dich nachzudenken. Jetzt aber ist Zeit für das Abendessen. Du bist schon passend angezogen. Das Kleid ist zwar immer noch zu offenherzig, aber besser als das andere.«

»Danke«, sagte sie und ließ den Blick wieder zum Fenster schweifen. »Dann hast du nicht viel abbekommen. Schade. Ich hatte gewünscht, der Schädel würde dir tagelang brummen. Aber ich hoffe doch, ich habe dich durch die Kleidung hindurch ordentlich ins Fleisch geschnitten. Zwei lange, rote Narben? Für immer von mir gezeichnet?«

Er dachte an die breiten Striemen, die sie ihm mit der Reitpeitsche verpaßt hatte, und sagte: »Du trägst keinen Schmuck. Die Wyndhams besitzen kostbaren Familienschmuck, wollte ich dir sagen. Ich weiß zwar nicht, was im einzelnen dazugehört, aber er soll außergewöhnlich sein. Ich werde ihn dir aus dem Safe im Wappensaal bringen lassen. Du kannst dir aussuchen, was du willst.«

»Vielen Dank, Marcus. Sehr freundlich. Nicht eine einzige rote Narbe auf deinem starken Männerkörper? Das enttäuscht mich. Ich muß kräftiger zuschlagen, damit du eine bleibende Erinnerung an mich behältst.« Sie erhob sich und schüttelte die Röcke. »Und deinen albernen Schmuck kannst du behalten.«

Offenbar wollte er nicht über die Vorgänge in der Sattelkammer sprechen. Plötzlich trat er dicht an sie heran und blieb nahe vor ihrem Gesicht stehen. Er faßte sie mit der Hand am Kinn und zwang sie, zu ihm aufzuschauen. »Der Familienschmuck gehört dir. Wenn du deine Juwelen nicht willst, bitte sehr!« Er betrachtete sie schweigend und nachdenklich und meinte dann: »Von jetzt an ist die Sattelkammer immer mit einem bestimmten Bild von dir verbunden, meine Liebe. Du liegst mit gespreizten Beinen auf dem Rücken und reckst sehnsüchtig die Hände nach mir, und ich werde immer vor Augen haben, wie du den Kopf in den Nacken wirfst und dich stöhnend und schreiend aufbäumst.«

Sie lächelte nur und neigte den Kopf zur Seite in der Hoffnung, dies sei eine kokette Geste. »Es liegt mir offenbar im Blut, in meinem Dirnenblut. Vielleicht würde ich mich anderen Männern auch so anbieten. Und vielleicht habe ich dir gar keinen guten Dienst erwiesen, als ich dich zwang, mich zu heiraten. Wer weiß? Vielleicht raffe ich auch sofort die Röcke hoch, wenn mich ein anderer Mann berührt, und stöhne auch bei ihm. Bedauerlich, daß dir von unserer Begegnung in der Sattelkammer nur dieses Bild im Gedächtnis bleiben wird und nicht die schmerzhaften Peitschenhiebe, die ich dir versetzt habe. Und eine gewisse Demütigung. Schließlich wurdest du erniedrigt. Von einer Frau. Ich hoffe, das macht dir eine Zeitlang zu schaffen.«

»Versuch nicht, mich zu reizen, Duchess. Ich vergesse nichts, aber ich habe noch nicht entschieden, wie ich es dir heimzahlen werde.«

»Dann werde ich hoffentlich als erste erfahren, was du beschlossen hast.« Wieder schenkte sie ihm ein strahlendes Lächeln, das eine Reihe perlweißer Zähne zeigte. »Und ich werde es wieder tun, wenn du dich noch einmal so flegelhaft benimmst. Mach dich darauf gefaßt. Wag es ja nicht zurückzuschlagen. Das, schwöre ich dir, Marcus, wird dir leid tun.«

Er pfiff. »Aha, die duldsame, stille Duchess gibt es nicht mehr. Und was ist an ihrer Stelle aus dem Zylinder geschlüpft?«

»Das geht dich nichts an!«

Er blickte sie an, und sie hätte schwören mögen, daß so etwas wie Interesse, nein, mehr als das, Verwunderung, ja Faszination in seinen

Augen aufblitzte. Dieser verdammte Kerl, was wollte er nur von ihr? Unvermittelt, wie um abzulenken, fragte er: »Was hast du mit den Zeichnungen gemacht, die du aus dem Buch des Mönchs kopiert hast?«

Nun gut. Sie hatte ihn gewarnt. Nie wieder würde sie sich von ihm beleidigen lassen. Nie wieder. Sie fühlte sich ausgesprochen wohl in diesem Augenblick. Sie nahm die Zeichnungen aus der Schublade des Intarsientisches und reichte sie ihm mit einem bezaubernden Lächeln. »Das ist eine Szene auf dem Dorfplatz. Wenn mich nicht alles täuscht, ist das Kirby Malham. Siehst du die Katen im Hintergrund und die kleine Buckelbrücke über dem Wasser? Das könnte die Aire sein.«

»Was bedeutet das hier? Ein Priester, der die Leute segnet?«

»Das weiß ich nicht. Ich bin sicher, diese Zeichnung stellt die Klosterkirche von St. Swayle dar. Auch Mr. Leonardo Burgess – unser interessanter Verwandter – ist dieser Meinung. Ich denke, morgen werde ich die Ruinen näher in Augenschein nehmen. Ich war jahrelang nicht mehr dort. Weißt du noch, wie wir mit den Zwillingen Charlie und Mark in den engen Mönchszellen herumtobten und uns alle möglichen Folterarten ausdachten?«

»Soweit ich weiß, will Trevor morgen mit James auch dorthin, aber nur, wenn es nicht mehr regnet.«

»Der elende Schuft. Er wußte genau, daß ich dich in diesem Augenblick begehrte, und wenn es nicht so stark geregnet hätte, dann wäre er ohne mich auf Schatzsuche gegangen.«

»Er weiß genau, daß der Schatz dir gehört, wenn er gefunden wird, Marcus.«

»Er ist ein Gentleman – nach der Art dieser halsstarrigen Kolonisten, das muß ich ihm leider zugestehen, und er hat Ehre im Leib. Aber sein Name verwirrt mich noch immer.«

Marcus legte die Zeichnungen auf den Tisch, drehte sich um und nahm sie in die Arme. Er beugte sich zu ihr herab und küßte sie. Sie verhielt sich still und abwartend, weil sie gespannt war, was er vorhatte. Er mißverstand sie prompt. »Wieder völlig ruhig und still wie diese Kerze da? Aber das war ja auch nur ein Kuß. Eine Frage, Duchess: Dein Anfall in der Sattelkammer, war der nur gespielt? Und spielst du jetzt die kalte Jungfrau oder die hoheitsvolle Königin? Wenn ich ein paar Minuten Zeit hätte ...« Er seufzte und trat einen

Schritt zurück. »Leider bleibt mir im Augenblick keine Zeit, um dich richtig herzunehmen. Ah, wieder dieses Lächeln, dein verdammtes spöttisches Lächeln. Aber jetzt müssen wir uns unseren Verwandten aus den Kolonien widmen. Badger bereitet einen Lammbraten zu, sagtest du?«

»Ja, mit Aprikosen. Und du hältst wohl besonders viel von deinen Verführungskünsten, Marcus. Vergiß nicht ...« Sie lachte. Es war ein tiefes, verführerisches Lachen. »Ich bin die Tochter meiner Mutter. Vielleicht ist deine Erfahrung mit Frauen gar nicht so groß. Ich bin zu unerfahren, um mir ein Urteil darüber zu bilden. Mag sein, daß mein Körper zu stark auf dich reagiert, aber so ist es nun einmal. Es gibt viele Männer auf dieser Welt, charmante und gutaussehende Männer, erfahrene und kluge Männer, die mich alle unwiderstehlich finden könnten. Vielleicht schenkt mir einer von ihnen ein Kind. Wer weiß? O ja, der gute Badger hatte keine Zeit, ein Ragout zuzubereiten, nein, leider nicht.«

Er lachte, ohne sich um ihre schöne Rede zu kümmern – der Mistkerl –, nahm ihren Arm und legte ihn in seine Armbeuge. Er tätschelte ihr die Hand. Sollte er nur denken, daß sie sich zusammenlegen und falten ließ wie ein Laken in den Händen des Zimmermädchens.

Sie wußte, daß sie ihn gedemütigt hatte. Sicher würde er ihr Verhalten von vorhin nicht so ohne weiteres hinnehmen. Er würde sich rächen. Ein Mann wie Marcus konnte nicht zulassen, daß irgend jemand – und schon gar nicht ein schwaches Weib, das ihm die verdammte Haut gerettet hatte – ungeschoren davonkam. Sie hatte ihn mit der Reitpeitsche geschlagen und ihn mit dem Zaumzeug am Kopf getroffen. Sie würde auf der Hut sein, wenn er versuchen sollte, es ihr heimzuzahlen.

»Badger ist ein wunderbarer Koch.«

»Er ist ein Dienstbote, Ursula. Bitte halt deine Zunge im Zaum, und vergiß nicht, wer du bist.«

»Ich bin Amerikanerin, Mama.«

»Du bist die Enkelin eines Grafen. Achte darauf, was du sagst.«

»Ich würde sagen, Ursula hat recht, Mutter«, unterbrach Trevor und zog die Worte auf die ihm eigene Art in die Länge. »Wir sind alle Amerikaner. Ich habe gegen die Briten gekämpft, trotz meiner

Vorfahren. Aber hier geht es um etwas anderes. Badger ist ein bemerkenswerter Mann mit vielen Talenten.«

Marcus wandte sich an Ursula: »Was hältst du von Spears?«

»Mr. Spears ist so freundlich und geduldig. Und er singt wunderschön. Heute sang er ein Lied über Lord Castlereagh und den bevorstehenden Kongreß in Wien. Es war sehr lustig, obwohl ich nicht alles verstand.«

»Ich glaube, die Duchess hat dieses Lied auch gesummt«, sagte Trevor. »Kannst du noch den Text, Duchess?«

Sie setzte behutsam die Teetasse auf den kostbaren Meißner Unterteller zurück und zitierte:

»Wien ist der Ort, um dich zu profilieren,
Bring genug Taler mit, sonst wirst du verlieren.
Talleyrand verkauft Frankreich für 'n Appel und 'n Ei,
Und Castlereagh bietet ganz Portugal feil.
Lüg durch die Zähne, die Wahrheit läßt grüßen,
Tanz mit der Zunge, nicht mit den Füßen.
Zum Stehlen, zum Spielen, beim Kongreß hast du Zeit,
Bei allem, was heilig, Wien ist der hohen Gesandten Freud.«

»Woher zum Teufel kennst du dieses Lied?«

Sie wandte den Kopf. »Warum sollte ich es nicht kennen, Marcus? Ich finde das Lied sehr gelungen. Der Dichter der Verse ist begabt, ausgesprochen begabt.«

»Davon gibt es noch mehrere Verse, anscheinend kennt Spears sie alle auswendig. Aber du, als Frau?«

»Ursula hat ja gerade erzählt, daß Spears immer singt. Manchmal habe ich ihm zugehört, und ich habe ein sehr gutes Gedächtnis, Marcus, wie die meisten Frauen.«

Sie log, und Marcus konnte sich nicht erklären, warum. Sie machte sich über ihn lustig, eine weitere unerwartete Folge des Angriffs in der Sattelkammer. Sie hatte sich verändert. Zum Teufel, aber sie faszinierte ihn. Er blickte sie immer noch stirnrunzelnd an, als er eine Tasse Tee aus der Hand seiner Cousine Fanny entgegennahm, die ihn mit dichtbewimperten Augen anschmachtete. Ein Blick, dazu angetan, zahllosen jungen Männern den Kopf zu verdrehen, wenn sie in drei Jahren in die Londoner Gesellschaft eingeführt würde. Es wäre doch in drei Jahren, oder? Er durfte nicht vergessen, Duchess, seine Frau, danach zu fragen.

»Ein schmissiges Lied, aber du singst es nicht gut«, sagte Tante Wilhelmina. »Ursula hat eine hübsche Stimme, ich habe sie selbst ausgebildet.«

»Oh, Mutter! Besser als die Duchess singt niemand. Hast du ihr nicht zugehört? Sie ist einfach wunderbar.«

»Nicht immer«, sagte Marcus.

Sie hatte nicht die Absicht, in dieser Nacht in ihrem Schlafzimmer zu bleiben und abzuwarten, ob er er zu ihr kommen würde. Er gehörte zu den Männern, die Macht gewohnt waren. Sie mußte sich eingestehen, daß sie seine Zärtlichkeiten fürchtete, denn dann würde sie zu Wachs in seinen Händen. Das durfte sie nicht zulassen. Sie zog also in das kleine Schlafzimmer am Ende des Ostkorridors um, in das sogenannte Goldblattzimmer, und kroch unter die Decken, die jahrelang nicht benutzt worden waren und nun alt und modrig rochen. Sie konnte nicht schlafen, aber nicht wegen des ungewohnten Bettes. Wenn sie nicht an Marcus dachte, dann fiel ihr der Schatz von Wyndham ein – worin er wohl bestand und wo er wohl verborgen lag. Ein Schatz aus der Zeit Heinrichs VIII. Daß es einen solchen Schatz gab, davon war sie inzwischen restlos überzeugt.

Sie seufzte und schlug die Decken zurück. Wenige Minuten später betrat sie leise die große Bibliothek des Schlosses. Das einsame Licht ihrer Kerze erhellte nur schwach den Raum mit den hohen, vom Boden bis zur Decke reichenden Bücherregalen. Wo sollte sie beginnen?

Sie zündete einen mehrarmigen Leuchter an und begann ihre Suche bei den links unten eingereihten Büchern.

Eine Uhr im Korridor vor der Bibliothek schlug vier, als sie endlich aufblickte. Sie hatte gar nicht bemerkt, daß es bereits so spät geworden war. Sie hielt einen riesigen Band in den Armen und konnte ihr Glück immer noch nicht fassen. Die Entdeckung versetzte sie in freudige Erregung. Als sie die Bibliothek betreten hatte, hatte sie nicht wirklich damit gerechnet, etwas zu finden. Ah, aber nun war sie auf eine Spur gestoßen. Vorsichtig legte sie das Buch auf den Mahagonischreibtisch und schlug es auf.

Es war ein Band mit lateinischem Text – dem in Mr. Burgess' Laden ähnlich – und jenen merkwürdigen Zeichnungen. Ganz zufällig hatte sie ihn entdeckt, als ihr ein uraltes Buch aus den Händen gefallen war, das wohl seit Jahrzehnten an seinem Platz gestanden hatte, aber dennoch einmal im Monat von den fleißigen Hausdienern abgestaubt wurde. Hinter diesem alten Buch hatte sie nun diesen Band entdeckt, der, mit einer dicken Staubschicht bedeckt, offenbar seit der Einrichtung der Bibliothek unbenutzt geblieben war.

Wer hatte dieses Buch versteckt und warum? Sie fühlte, wie ihr Herz klopfte, als sie die ersten Seiten aufschlug. Die Zeichnungen waren etwas verändert, was zu erwarten war, da die Bände einzeln und hintereinander entstanden waren. In düsterem Schwarz dargestellt, wirkte St. Swayle auch hier ausgesprochen unheimlich, und die Dorfszene hier war nicht weniger rätselhaft. Langsam blätterte sie weiter. Die letzten Seiten waren unversehrt vorhanden und nicht herausgerissen wie im Band von Mr. Burgess.

Zwei Seiten waren zusätzlich, ebenfalls in Latein, hinzugefügt.

Sie beugte sich hinunter und hielt den Leuchter an das Buch, um besser lesen zu können. Einige Worte konnte sie entziffern. Da war der Name Cromwell. Ja, sie erinnerte sich, das war doch der Vizeregent Heinrichs VIII., und da stand etwas über die Männer, die er ausgesandt hatte, anmaßende junge Männer, die Cromwell, ihrem Herrn, bedingungslos ergeben waren. Sie fuhr mit dem Finger die Seite entlang und hielt inne, als sie die Wörter für Baum und Zisterne erkannte.

Unfähig, den weiteren Text zu entziffern, drehte sie die letzte Seite um und entdeckte zu ihrer Überraschung eine weitere Zeichnung, auf der eine uralte, knorrige, windgebeugte Eiche abgebildet war, die einen steinernen alten Brunnen überschattete. Von der Querstange über dem Brunnen hing an einer Kette ein in Leder gefaßter Eimer herab. Im Hintergrund waren Steinhaufen zu sehen, die nicht zufällig, sondern planmäßig aufgehäuft zu sein schienen. Was stellten sie dar? Die auf einem kleinen Hügel wachsende Eiche beherrschte die Landschaft. Der Himmel darüber war finster und bedrohlich und schien das Bild förmlich zu erdrücken. Die dicken Tuschestriche verliehen der Szene eine massige Schwere.

Plötzlich vernahm sie ein Geräusch, nicht mehr als einen Laut, vielleicht ein Rascheln, durch den Wind hervorgerufen. Aber doch nicht hier! dachte sie. Nicht hier, in dem geschlossenen, großen Raum der Bibliothek. Und da war es wieder, dieses kleine Geräusch, als würde jemand leise atmen. Sie drehte sich um, bemerkte einen Schatten und hörte das Rascheln im selben Moment, als ihr der Schmerz an den Schläfen die Sinne raubte.

19

Sie öffnete die Augen und sah Marcus' Gesicht ganz nahe über sich. Seine Miene drückte Besorgnis aus, *große* Besorgnis. Ihretwegen? Nein, Marcus war ihr gegenüber zu gleichgültig, um besorgt zu sein. Ihre Augenlider flatterten. Sie sah, wie sich sein Ausdruck verdüsterte und seine blauen Augen eine Schattierung dunkler wurden. Weshalb sollte Marcus beunruhigt sein? Außerdem konnte sie sein Gesicht nur verschwommen wahrnehmen und mußte sich getäuscht haben. Ein plötzlich einsetzender Schmerz hätte ihr beinahe wieder das Bewußtsein geraubt. Sie stöhnte laut auf.

»Marcus«, sagte sie nach einer Weile schwach und hob die Hand, fühlte aber, wie er sie sanft wieder hinunterdrückte. »Schsch!« machte er. »Ganz ruhig. Ich weiß, es tut weh. Hinter dem linken Ohr hast du eine große Beule. Bleib nur ganz still liegen, ja?«

Sie wollte sprechen, ahnte aber, daß dadurch die Schmerzen noch schlimmer würden. Sie nickte und schloß erschöpft die Augen.

Sie fühlte seine Finger auf ihrem Gesicht, fühlte, wie er ihr das Haar sanft von der Stirn strich. Dann fühlte sie, wie ihr ein kühles feuchtes Tuch über die Stirn gelegt wurde. »Spears meint, ein in Rosenwasser getränktes Tuch würde die Schmerzen lindern. Badger möchte dir noch kein Laudanum geben. Er will erst sicher sein, daß du von dem Aufprall keine Gehirnerschütterung bekommen hast.«

Er umschloß mit der Hand ihr Kinn, und unwillkürlich schmiegte sie sich an seine warme Haut.

»So ist es gut. Ich bin bei dir. Wenn du dich besser fühlst, kannst du uns erzählen, was geschehen ist. James fand dich bewußtlos auf dem Boden in der Bibliothek. Das Wachs der brennenden Kerzen tropfte bereits über die Tischkante. Das Licht in der Bibliothek hatte ihn stutzig gemacht, deshalb schaute er nach. Er dachte, du seist tot.

Du hast mir einen Riesenschreck eingejagt, Duchess, ganz zu schweigen von James' Ängsten. Er stotterte vor Schreck und war kalkweiß im Gesicht wie das berühmte Schloßgespenst. Tu uns das ja nie wieder an. Du mußt gestürzt sein und bist dabei mit dem Kopf gegen die Schreibtischkante geschlagen.

Es war kurz nach vier Uhr morgens, als James dich fand. Was hattest du in der Bibliothek zu suchen? Nein, bleib ganz ruhig liegen. Ganz ruhig. Entschuldige. Das klären wir später. Halt die Augen offen, und sieh mich an. So ist es brav. Und versuch, ruhig zu bleiben. Badger sagt, wir müssen dich wach halten. Deshalb rede ich auch wie eine geschwätzige Elster. Und jetzt sag mir, wie viele Finger ich hochhalte.«

Sie sah die Finger, verschwommen zwar, aber sie konnte sie zählen. Sie fuhr sich mit der Zunge über die Lippen und flüsterte: »Drei.«

Der durch die eine Silbe ausgelöste Schmerz ließ sie nach Luft schnappen.

Das feuchte Tuch wurde ihr von der Stirn genommen und durch ein frisches kühles ersetzt. Ein wundervolles Gefühl. Sie hätte ihm gern gesagt, wie gut ihr das tat, aber der Schmerz machte sie halb bewußtlos, und sie wußte, daß sie ihre ganze Kraft brauchte, um wach zu bleiben.

Seine große Hand legte sich ihr auf die Brust, und sie hörte ihn ruhig sagen: »Ihr Herz schlägt langsam, aber regelmäßig, Badger. Machen Sie kein solches Gesicht, Mann, es geht ihr gut!«

»Ich weiß, ich weiß«, hörte sie Badger antworten. »Ich war sicher, daß ihr Herz stark ist. Das überrascht mich nicht. Sie ist überhaupt ein recht kräftiges Mädchen, das war sie immer schon. Decken Sie sie gut zu, Mylord. Wir wollen die Kleine warm und ruhig, aber wach halten. Sie muß unbedingt wach bleiben.«

In diesem Augenblick wurde ihr klar, daß sie in Sicherheit war. Niemand konnte sie angreifen, wenn Marcus und Badger bei ihr waren. Sie hörte Spears sagen, als er an ihr Bett trat: »Ich habe die Mixtur genauestens nach Ihren Anweisungen angerührt, Mr. Badger. Wenn Sie Lady Duchess' Kopf vorsichtig zu mir herüberdrehen, Mylord, dann kann ich die Salbe auf die Beule auftragen.«

»Das wird die Schwellung zum Abklingen bringen und die Schmerzen lindern«, erklärte Badger.

»Ich möchte ihr nicht weh tun«, sagte Marcus, aber dann drehte er ihr doch den Kopf zur Seite.

Sie merkte nicht, daß sie weinte, bis ihr jemand die Tränen von den Wangen wischte und ihr zart die geschlossenen Augenlider betupfte. Marcus sagte ganz leise: »Bleib ganz ruhig, Duchess. Spears hat die geschicktesten Finger von uns allen, trotzdem wird es weh tun, aber danach wird es besser. Das hat Badger uns jedenfalls versprochen. Wenn er sich getäuscht hat, kannst du ihm eins über den Schädel geben, dann haben drei von uns Kopfschmerzen.«

Spears trug die Mixtur auf. Plötzlich wurde sie von einer unbeschreiblichen Übelkeit befallen, die ihr den Magen umdrehte und das entsetzliche Hämmern in ihrem Kopf verstärkte. Sie mußte krampfartig schlucken.

Badger sagte: »Tief durchatmen, Duchess. So ist es gut. Das nimmt die Übelkeit. Nein, nicht dagegen ankämpfen. Tun Sie, was ich Ihnen sage. Tief atmen, ganz tief. Gut so.«

Nachdem ihr Badger ein Laudanum verabreicht hatte, ging es ihr wesentlich besser, aber Marcus erlaubte ihr nicht zu sprechen. »Nein, Duchess, du mußt jetzt schlafen.«

Sie konnte ihm gerade noch zuflüstern: »Geh nicht weg.«

Eine Weile schwieg er. Seine Verwunderung dauerte so lange, daß sie befürchtete, er suche nach einer passenden Ausrede, um ihr zu sagen, daß er nicht bei ihr bleiben könne. Aber dann sagte er in ruhigem Ton: »Ich bleibe bei dir, das verspreche ich.«

Sie zog über ihre Verletzungen Bilanz. Über dem linken Auge war ein dumpfes Hämmern zu spüren. Die Übelkeit war verflogen, ebenso der betäubende Schmerz hinter dem Ohr. Langsam öffnete sie die Augen. Marcus war nicht da! Sie schrie auf. Angst und Schrecken ergriffen sie.

»Ich bin hier«, sagte er, und sie sah ihn mit raschen Schritten an ihr Bett zurückkehren.

»Schsch, hier bin ich.«

»Du hast versprochen, mich nicht alleinzulassen.«

»Ich bin nur zum Kamin hinübergegangen, nicht weiter als dorthin. Ja, und einmal mußte ich austreten, aber ich habe Badger gerufen, damit er so lange über deinen Schlaf wacht. Wie fühlst du dich?«

»Zuerst fühlte ich mich wie ein Fäßchen Ale, das vom Wagen gerollt und auf den Pflastersteinen aufgeschlagen und ausgelaufen ist. Jetzt leckt das Fäßchen nur noch leicht.«

»So ähnlich erging es mir auch«, sagte er und grinste sie an, als er sich herabbeugte und mit seinem Mund leicht über den ihren strich. Seine Lippen waren warm und beruhigend.

»Hier ist Tee für dich. Badger meint, du hättest wahrscheinlich Durst, und sein Kräutertee, den er eigens für dich zusammengestellt hat, sei genau richtig.«

Er half ihr beim Trinken und fragte dann: »Bist du hungrig?«

»Nein, ich möchte nichts. Der Tee ist sehr gut.«

»Bestätigst du mir bitte, daß es dir jetzt wieder gutgeht?«

»Ja, das Fäßchen hat nur noch einen winzigen Sprung.«

»Gut.« Seine Stimme hatte ihre Sanftheit verloren und schwoll zu einem ärgerlichen Grollen an. »Was zum Teufel hattest du in der Bibliothek zu suchen? Um vier Uhr früh mit tropfendem Kerzenleuchter?«

Sie wollte lachen, aber sie brachte nur ein schwaches Lächeln zustande. »Das Vermächtnis der Wyndhams. Ich suchte einen Hinweis und fand ein altes Buch, so wie Mr. Burgess eins besitzt.«

Mit einer steilen Falte auf der Stirn sagte er: »Du hättest mich aufwecken sollen, bevor du auf Schatzsuche gingst. Du wirst nichts mehr allein unternehmen. Und nun zu dem Buch – es war keins da, als ich in die Bibliothek kam.«

»Jemand hat mich auf den Kopf geschlagen und das Buch an sich genommen. Dieser Jemand sah mich in dem Buch lesen und schlug mich nieder, um an das Buch zu kommen.«

»Nein«, sagte er, »das ist einfach unwahrscheinlich. Du erinnerst dich nicht mehr genau daran. Sicherlich bist du ausgerutscht und hingefallen. Und du mußt mit dem Kopf gegen die Schreibtischkante geschlagen sein.«

»Es tut mir leid, Marcus, aber das ist eine Tatsache. Mir hat jemand einen Schlag versetzt.« Sie sah, daß er ihr glaubte, wenn auch nur widerwillig, denn es bedeutete, daß jemand im Haus sie absichtlich verletzt hatte und Böses im Schilde führte. Auch sie wollte das nicht glauben.

»Dieser verfluchte Schatz!« brummte er leise und fuhr sich durch das Haar.

»Wo hast du das Buch gefunden?«

»Ganz unten im Regal hinter einem anderen Band, der offenbar nie gelesen, sondern nur abgestaubt wurde.«

Sie wunderte sich, als er sagte: »Gut. Du gingst in die Bibliothek, um einen Hinweis auf den Schatz zu finden, und du entdecktest das alte Buch. Warst du lange in der Bibliothek? Ich kam in dein Schlafzimmer, aber du warst nicht da. Ich war beunruhigt – wegen verschiedener Dinge –, aber ich habe dich nicht im Haus gesucht.«

»Ich war in das Goldblattzimmer umgezogen, aber ich konnte nicht schlafen. Wie ich schon sagte, ich ging in die Bibliothek. Ich hätte es mir nie träumen lassen, daß ich das Buch finden würde, daß ich überhaupt eine Spur finden würde, aber ich habe es gefunden. Dann muß mich jemand gesehen haben. Ich habe zwar ein leichtes Geräusch wie von einer flüchtigen Bewegung gehört … Es konnte auch ein Flüstern sein, aber ich war so in die Zeichnungen und den Text vertieft …«

Mit den Fingerspitzen berührte er zart ihre Lippen. »Reg dich nicht auf, sonst wird dir nur wieder übel. Schließ die Augen, und atme tief durch. So ist es gut. Versuch dich zu entspannen, Duchess.«

Er betrachtete ihr Gesicht, als sie ruhiger wurde. Sie war sehr blaß, erschreckend bleich, aber Badger hatte ihm geschworen, sie werde durchkommen. Sie braucht noch etwas Zeit, sagte er sich.

Das gleichmäßige Atmen brachte ihr den Schlaf. Langsam erhob er sich vom Bett und reckte sich. Was er jetzt brauchte, war ein Bad und frische Kleider. Er klingelte nach Maggie. Sie erschien prompt, das kupferrote Haar um diese frühe Stunde (es war kaum acht Uhr morgens) noch wirkungsvoll zerzaust. Zumindest war sie inzwischen angezogen. Kurz zuvor war sie eilig in einem Negligé in das Schlafzimmer gehuscht – ein federbesetztes seidiges Etwas in blassem Pfirsichton –, auf das jede Londoner Geliebte stolz gewesen wäre. Sie hatte einen nicht sonderlich feinen, aber ansonsten recht guten Geschmack. Solch ein Negligé würde ein Mann einer Frau kaufen, teuer, extravagant und unglaublich verführerisch.

Er bat sie, Badger zu holen, der sich gerade mit Spears in seiner eigenen Kammer befand, gegenüber der angrenzenden Tür.

Diese verdammten neugierigen Störenfriede, dachte er.

Die Duchess hatte sich im Bett aufgesetzt. Sie war noch etwas schwach, aber schon wieder ganz sie selbst. Sie haßte es, wehleidig und hilflos zu sein.

»Sie sehen immer noch sehr blaß aus, Madam«, sagte Maggie und flocht ihr das Haar zu Zöpfen.

»Nachdem Sie aber heute nacht wie der leibhaftige Tod ausgesehen haben, ist das ein Fortschritt.«

»Danke, Maggie.«

»Sie müssen ein wenig mehr von der Gerstensuppe essen, die Badger für Sie gekocht hat. Jemand, der um ein Haar den Löffel weggelegt hätte, sollte dankbar sein, daß er überhaupt noch etwas essen kann. Ich habe einen Happen davon probiert – das ist nichts für mich. Aber ich bin auch nicht krank wie Sie, Duchess. Im Gegensatz zu Ihnen ist mir nicht danach, mein Innerstes nach außen zu kehren.«

»Ich glaube nicht, daß mir wieder schlecht wird, Maggie. Die Übelkeit ist verschwunden.«

»Welch ein Segen! Ich habe keine große Lust, hinter Ihnen herzuwischen.«

Marcus hörte noch die letzten Worte und konnte sich ein Schmunzeln kaum verkneifen. Es verging ihm aber, als er das Gesicht seiner Frau sah. Sie wirkte so zart, so wehrlos. Ihre Unnahbarkeit war verflogen und einer unsäglichen Hilflosigkeit gewichen, die ihm zu Herzen ging. So hatte er sie noch nie gesehen. Ihr Zustand ängstigte ihn mehr, als er sich eingestehen wollte. Erschrocken stellte er fest, daß es ihm lieber gewesen wäre, wenn sie getobt, gebrüllt, ihn einen Mistkerl und Schurken genannt hätte. Alles wäre ihm recht gewesen, nur nicht dieses Schweigen. Als ob sie sich vor mir fürchtet, dachte er. Nein, sie konnte sich doch nicht vor ihm fürchten! Bald wäre sie wieder die alte. Er würde wieder sehen, wie sie errötete, und beobachten, wie sie sich von einem unnahbaren, kühlen Wesen in eine Frau aus Fleisch und Blut verwandelte, die außerhalb des Bettes genauso leidenschaftlich war wie im Bett. Bei ihrer verdammt kräftigen Attacke mit dem Zaumzeug hatte sie es ja bewiesen.

Und nun hatte jemand sie niedergeschlagen. In diesem Haus. Und dieser Jemand gehörte wahrscheinlich der verdammten Sippe aus den Kolonien an. Am ehesten kam für ihn Tante Wilhelmina in Frage, der elende alte Besen.

»Hallo!« sagte er und trat an ihr Bett. Er beugte sich hinunter und küßte sie auf die Wange. Er suchte ihre Augen, sah, daß sie klar waren, und war zufrieden. »Vielleicht freut es dich zu hören, daß

Badger und Spears diesen guten Mr. Tivit rechts und links am Arm packten und aus deinem Schlafzimmer beförderten.«

»Ich kann mich nur undeutlich an einen kleinen dicken Mann mit rotem Gesicht und lauter Stimme erinnern. Sein dunkler Umhang war schmutzig, nicht wahr?«

»Ja, eher dreckig. Ich bin froh, daß du seine Hände nicht gesehen hast. Mr. Tivit ist unser Dorfarzt, und zwar ein schlechter. Als er seine Instrumente für den Aderlaß hervorkramte und eine Schüssel ans Bett stellte, befahl ihm Badger, er solle seine Marterinstrumente einpacken, verschwinden und sich nie wieder blicken lassen. Der gute Doktor beschwerte sich bei mir, und ich erklärte ihm, du seist im Augenblick so schwach, daß du dich in ein Rosenblatt verwandeln und davonfliegen würdest, wenn er dir jetzt Blut abnähme. Er war schwer beleidigt und fühlte sich in seiner Ehre gekränkt.«

Er nahm ihre Hand und umschloß sie mit seinen Fingern. Es tat gut. »Ich hätte den Alten nicht in deine Nähe gelassen, aber Trevor hatte nach ihm geschickt, ohne zu wissen, welch komischer Kauz er ist, der schon als junger Mann ein wenig wirr im Kopf war.«

»Was sagen eigentlich die anderen dazu?«

»Du meinst, Tante Wilhelmina ist in Tränen ausgebrochen und hat alles gestanden? Tut mir leid, Duchess, dieser Glücksfall ereignete sich nicht. Wie sich herausstellte, war James im Erdgeschoß auf dem Weg nach draußen zu den Stallungen. Er hatte vor, bei Tagesanbruch den Ruinen einen Besuch abzustatten, um nach dem Schatz zu suchen. Ein abenteuerliches Vorhaben, das ihm bei dem Nebel, den wir hier morgens immer haben, eher eine Lungenentzündung eingebracht hätte.

Vielleicht hat sich James an dich herangeschlichen, dich niedergeschlagen, dir das Buch weggenommen und dann Alarm geschlagen. Vielleicht hatte er Angst, er hätte dich getötet oder du würdest hilflos sterben. Ich weiß es nicht, Duchess.« Er hielt inne und sah ihr dann geradewegs in die Augen. »Warum hast du dein Schlafzimmer verlassen?«

»Ich wollte nicht in meinem Bett schlafen, weil ich fürchtete, du kämst zu mir.«

»Ich verstehe«, sagte er angriffslustig, aber es gelang ihm, sich zu beherrschen. Wie dumm von ihm, ihr in dem gegenwärtigen Zustand diese Frage zu stellen. Nein, er würde sie erst fragen, wenn sie wieder bei Kräften war und er sie anschreien konnte, wenn er ihre Röcke hochraffen und sie wild vor Lust machen konnte. Vielleicht würde sie zurückschreien und …

»Warum lächelst du, Marcus?«

»Hm? Oh, ich dachte eben an diese gräßliche Gerstenpampe, die Badger gerade für dich zubereitet. Sogar Esmee, meine Katze, hat die Flucht ergriffen. Vielleicht auch vor Badgers Gesang.«

Das war gelogen, aber es machte ihr eigentlich nichts aus. Sie war ja auch schon mit ein, zwei Ausreden zur Hand gewesen.

»Und jetzt erzähl mir von dem Buch und den letzten Seiten!«

In allen Einzelheiten beschrieb sie die knorrige alte Eiche und die Steinhaufen, die nicht zufällig, sondern in einer bestimmten Reihenfolge aufgeschichtet waren. Und den Brunnen mit dem ledergefaßten alten, sicherlich uralten Eimer. Und da gab es Männer und Frauen. Sie schienen aus dem Mittelalter zu stammen, wenn sie sich recht erinnerte.

Sein Blick war abwesend, als er sich erhob.

»Wohin gehst du?«

Er grinste auf sie herunter. »Meine Anwesenheit ist also erwünscht? Keine Angst, Duchess. Tante Gweneth wird gleich bei dir sein. Sie ist sehr besorgt um dich. Sie wird nicht von deiner Seite weichen, bis ich wieder zurück bin.«

Keine fünf Minuten nachdem Tante Gweneth hereingekommen war und fürsorglich die Schläfen der Duchess massierte, betrat Tante Wilhelmina das Schlafzimmer, in dunkles Rot gehüllt, den eindrucksvollen Busen wie bei einer Galionsfigur nach vorn gewölbt.

»O je«, rief Tante Gweneth aus, »ich glaube nicht, daß Marcus mehr als einen Besucher gleichzeitig erlaubt, Willie. Die Duchess ist noch sehr schwach.«

Die Duchess öffnete die Augen und blickte in ein Gesicht, das früher recht hübsch gewesen sein mochte, jetzt aber unzufrieden und verbittert wirkte. Die kleinen stechenden Augen leuchteten vor Genugtuung auf, daß die Duchess das Bett hüten mußte. *Willie*? Das war doch sicher nicht der richtige Name für ihre Tante. Willie klang nach herzlicher Wärme und Freundlichkeit. Der Name war so unpassend für sie wie der Name Trevor für ihren ältesten Sohn.

»Also, jemand hat dich niedergeschlagen, nur um an das dumme Buch zu kommen?«

»Ja, wie du siehst. Um an das Buch zu kommen, das Buch, das Mr. Burgess ebenfalls besitzt.«

»Du lügst. Kein Mensch schlüge dich nieder, nur um an das dumme Buch zu kommen.«

»Laß das, Willie. Die Duchess ist noch sehr schwach. Ich bitte dich, geh jetzt. Sie braucht Ruhe.«

»Ich wünschte, sie stürbe, damit wir die Hure endlich los sind.«

Tante Gweneth rang nach Atem. »*Was* hast du da gesagt, Willie?«

»Ich sagte, ich wünschte, ich könnte beten, damit wir die Sorge um sie bald los sind.«

Die Duchess schloß die Augen und drehte den Kopf zur Seite.

Wer noch fehlte, waren die Zwillinge und Ursula, und kaum zwei Augenblicke später steckten sie auch schon die Köpfe zur Schlafzimmertür herein.

»Mutter, die Duchess muß sich ausruhen«, sagte Ursula mit wichtiger Erwachsenenstimme. »Komm mit uns. Fanny und Antonia möchten dir das neue Vogelhäuschen zeigen, das wir gebastelt haben. Mr. Oslo, der Schreiner vom Gut, hat uns dabei geholfen, aber das meiste haben wir gemacht. Wir haben es sogar angemalt. Es sieht aus wie unser Haus in Baltimore.«

»Na schön. Dann ruh dich aus, Duchess, hoffentlich für immer.«

»Willie!«

»Was ist los mit dir, Gweneth? Ich habe nur gesagt, sie soll sich ausruhen und immer gesünder werden.«

»Mama, bitte komm jetzt.«

Als sie wieder allein waren, sagte Tante Gweneth leise: »Bitte verzeih ihr, Duchess. Sie verhält sich nicht sehr geschickt, ihr Leben ist nicht immer einfach gewesen.«

»Du meinst, dein Bruder hat sie aus der Gosse geholt, als er sie heiratete? Oder aus einem Waisenhaus? Ja, noch besser, die Ärmste hatte die Blattern. Oder willst du damit andeuten, dein Bruder, mein Onkel, habe sie geschlagen?«

»Nun, das nicht gerade.« Tante Gweneth schwieg kurz und hatte die Augenbrauen nachdenklich hochgezogen. »Du hast dich verändert, Duchess. Aber wie dem auch sei, Tante Wilhelmina ist kein besonders glücklicher Mensch.«

»Sie ist ein bösartiges Weib«, erklärte die Duchess und seufzte tief auf. »Ich möchte jetzt schlafen, Tante Gweneth, aber bestimmt nicht für immer.«

»Nein, mein Liebes, bestimmt nicht. Vergiß nicht, die Medizin zu nehmen, die Badger dir hergestellt hat. Mir gefällt dein Sarkasmus, Duchess. Endlich einmal etwas Herzerfrischendes, nicht wahr?«

20

Als sie erwachte, war es später Nachmittag. Badger saß neben ihr, lächelte und gab ihr einen Schluck Wasser zu trinken, wobei er ihren Kopf vorsichtig in seiner Armbeuge abstützte.

»Sie wissen immer, was zu tun ist. Danke, Badger.«

Er nickte nur. »Miss Antonia hat mir von dem Überfall dieser Amerikanerin erzählt. Diese Person, die ja nur Ihre angeheiratete Tante ist, wird Sie nicht wieder belästigen. Mr. Spears und ich haben einen Zeitplan aufgestellt. Wenn Seine Lordschaft nicht anwesend ist, werden entweder Mr. Spears oder Miss Maggie zur Stelle sein. Man wird Sie nicht mehr inkommodieren, Duchess.«

»Sollten die beiden nicht zur Verfügung stehen, bin natürlich ich bei dir. Wie geht es dir, Duchess?«

Ihre Stimmung besserte sich beim bloßen Klang seiner Stimme. Es war vielleicht töricht, aber so war es nun einmal. »Es geht mir wieder gut, Marcus. Du kannst dich wieder bei mir austoben, wenn du willst, und mich anschreien.«

Er blickte sie stirnrunzelnd an. »Nein, das werde ich nicht tun, und schon gar nicht in Gegenwart von Badger. Also, heute abend werde ich mit dir in deinem Schlafzimmer zu abend essen und morgen früh sehen wir dann, ob du schon aufstehen kannst.« An Badger gewandt, fuhr er fort: »Wie ich höre, mußte meine arme Esmee Gerstenbrei fressen und wäre daran fast eingegangen. Stimmt das?«

Sie lachte, ein schwaches, doch hörbares Lachen.

»Ich dachte, ich hätte sie erwischt, dieses Biest«, sagte Badger, »aber im letzten Moment glitt mir ihr Schwanz durch die Finger. Mr. Spears erzählte mir, sie schlafe ab und zu bei Ihnen.«

»Ja, das kommt vor. Esmee ist ein launisches Geschöpf, genau wie die Duchess.«

»Esmee hat letzte Nacht bei mir geschlafen«, sagte sie. »In meiner Kniebeuge.«

»Bei mir bevorzugt sie die Brust, wenn sie mich zu besuchen geruht«, sagte Marcus. »Und dann zieht sie an meinen Brusthaaren.«

In jener Nacht schlief er bei ihr, nackt neben ihr ausgestreckt, wohlig und vertraut, als wäre es immer so gewesen. Esmee war in das Schlafzimmer gekommen, hatte den beiden einen kurzen Blick zugeworfen und sich dann mit einem kleinen Ruck ihres Schwanzes durch die offene Tür in das angrenzende Schlafzimmer von Marcus zurückgezogen.

Er streckte den Arm aus und nahm ihre Hand. Sie spürte seine Wärme und fühlte sich so geborgen wie noch nie in ihrem Leben.

»Von der Aufregung habe ich tatsächlich die ersten grauen Haare bekommen, Duchess. Ich bitte dich ernsthaft, nachts im Bett zu bleiben und nicht auf Schatzsuche zu gehen.«

»Das glaube ich nicht. Laß mich die grauen Haare sehen.«

»Nein, ich zünde jetzt keine Kerze an, damit du meinen Skalp absuchen kannst. Das kannst du morgen früh tun.«

»Hast du etwas herausgefunden?«

»Nein, alle behaupten, sie hätten fest in Morpheus' Armen gelegen. Allerdings muß ich sagen, daß sich die Wyndhams jahrhundertelang in der Kunst des Lügens geübt haben. Keiner von uns hat je eine Miene verzogen, wenn ihm eine Unwahrheit über die Lippen kam. Auch du nicht, Duchess.«

Ihre Finger umschlossen seine Hand. »Du übertreibst, Marcus.«

»Mitnichten. Übrigens finde ich unsere Situation erwähnenswert. Wir liegen Seite an Seite wie ein verliebtes Ehepaar, und ich muß zugeben, daß ich härter bin als die Backsteine im Kamin, aber ich werde dich in Ruhe lassen, auch wenn ich inzwischen weiß, wie gern du es hast.«

Früher wäre sie stumm wie ein Fisch gewesen, aber jetzt kicherte sie und bog ihm den Daumen um, bis er aufjaulte.

»Du greifst mich schon wieder an! Aber warum meinen Daumen? Bedeutet das etwa, daß du mich begehrst?«

»Nein, sei still, Marcus. Ich habe Kopfschmerzen.«

Er lachte auf. »Ah, die uralte Ausrede jeder Ehefrau, behauptete jedenfalls mein Vater. In deinem Fall trifft es vielleicht sogar zu. Ich erinnere mich noch, wie meine Mutter meinen Vater in den Arm knuffte, wenn er das zum besten gab. Gute Nacht, mein Liebes.«

»Warst du bei der Klosterruine?«

»Ja. Trevor und James haben dort auch schon herumgeschnüffelt, die verdammten Burschen. Und Ursula kam etwas später hinzu, um auf eigene Faust herumzustöbern. Wirklich, eine lustige Familie. Alle hoffen, etwas zu finden, um es dann vor den anderen zu verheimlichen. Das gefällt mir nicht gut, Duchess.«

»Aber Ursula würde sofort mit jedem Fund zu dir rennen. Sie betet dich an, sie und Fanny. Du wirst noch wie ein Pfau umherstolzieren, bei soviel weiblicher Aufmerksamkeit.«

»Oh, nein. Zwei junge Mädchen, die mir schmachtende Blicke zuwerfen, überfordern mich. Vor allem, da meine Frau zu Bett liegt und mich nicht vor ihnen erretten kann. Oder um mich kämpfen kann?«

»Sei beruhigt. Ursula mag mich sehr gern und dächte nicht im Traum daran, dich mir wegzunehmen.«

»Da bin ich aber erleichtert, verdammt erleichtert!«

Eineinhalb Tage lang hielt seine Erleichterung an. Die Duchess ruhte häufig und erholte sich zusehends, auch die Beule hinter dem linken Ohr verschwand. Maggie wusch ihr das Haar und entfernte die ölige Salbe, die nach Badgers Rezept hergestellt und dreimal täglich aufgetragen worden war. In der zweiten Nacht kam Marcus in seinem alten Schlafrock in ihr Schlafzimmer, und sie wußte, daß er darunter nackt war. Warum nicht? dachte sie.

Sie erinnerte sich daran, wie sie aus ihrem Zimmer geflohen war, weil sie nicht mit ihm schlafen wollte. Von jetzt an würde sie nie wieder davonlaufen.

»Hallo!« rief sie ihm zu. »Ich fühle mich sehr wohl heute abend. Hast du die Absicht, deinen ehelichen Pflichten nachzukommen? Wirst du dich wieder von mir zurückziehen und dich über meinen Bauch ergießen?« Sie sah es noch deutlich, wie sich sein Samen über ihren Bauch ergoß und sie nicht füllte. Nur weil er ihren Vater haßte.

Er blieb stehen und blickte sie an. Schon wieder versetzte sie ihn in Erstaunen. Er schüttelte den Kopf. An diesen neuen Ton konnte er sich nur schwer gewöhnen.

Plötzlich ging eine Veränderung mit ihr vor. Sie wurde ernst, todernst, und sagte, als er vor ihrem Bett stand: »Du brauchst einen Erben, Marcus. Dein Stolz sollte dich nicht davon abhalten, für männliche Nachkommen zu sorgen. Vergiß meinen Vater, vergiß, was er getan hat. Es hat keine Bedeutung für uns. Es berührt uns nicht.«

»Oh, doch, es berührt uns und wird es immer tun.« Er lächelte sie an. Niemals sollte sie Macht über ihn gewinnen, wie sehr sie auch versuchte, ihn zu beherrschen. »Als du und deine verdammten Kohorten mich zwangen, dich zu heiraten, schränkte das meinen Handlungsspielraum zwar erheblich ein, Duchess, aber nicht ganz. Hinweg jetzt mit deinem Nachthemd! Ich will nicht mehr warten.«

In diesem Augenblick löste sich etwas in ihrem Innern und brach ab. Sie fühlte, wie sie kalt wurde, wie die Kälte ihr ganzes Ich erfaßte.

»Wie du willst«, sagte sie, und ihre Stimme war kalt wie ihre Augen, die zu ihm aufblickten.

Mehr sagte sie nicht zu ihm. Auch ihm war nicht nach Reden zumute. Er wollte seine Befriedigung haben, ihr Lust verschaffen, weil es seiner Männlichkeit schmeichelte, wenn er ihr gegen ihren Willen einen Höhepunkt verschaffte. Zart, doch bestimmt begann er sie zu liebkosen. Dann war sein Mund auf ihrem Mund, ihren Brüsten, ihrem Bauch. Sie lag da und ließ ihn gewähren. Sie war sich nie bewußt geworden, wie leer seine Liebkosungen sein konnten, wenn sie unbeteiligt blieb und nicht auf ihn einging, und sie bemerkte, wie sich unter seine Leidenschaft Enttäuschung mischte, weil er sie nicht erregen konnte, und das war ihr gleichgültig. Sie lag nur da, die Arme flach neben sich auf dem Bett. Nicht einmal Zorn erfüllte sie, nur eine Dumpfheit, ein Abwarten, bis es vorüber wäre.

Schließlich hörte er auf und erhob sich so weit, daß er zu ihr herunterblicken konnte. Die Kerzen hatte er brennen lassen, damit er ihr Gesicht und ihren Körper betrachten konnte. Beides gefiel ihm, das hatte er ihr nicht nur einmal gesagt. Er hatte ihren Körper mit leiser Stimme in allen Einzelheiten beschrieben und aufgelacht, wenn sie bei den freimütigen Worten rot wurde.

Dieses Mal sagte er jedoch nichts. Er sah in ihr Gesicht, auf ihre Brüste und ihren Bauch. Sein Gesicht war gerötet, sein Atem kam schwer und stoßweise. Er war voll entwickelt und bereit für sie. Anscheinend wollte er etwas sagen, schüttelte aber dann wie zu sich selbst den Kopf. Plötzlich riß er ihre Schenkel auf, für sich, umfaßte sie mit seinen großen Händen und drang tief und hart in sie ein.

Sie hielt den Atem an, als sie ihn fühlte, aber er tat ihr nicht weh, weil er sie vorbereitet und weich gemacht hatte. Sie spürte ihn in ihrem Leib, ohne die geringste Lust zu empfinden, spürte seine Härte, wie er sich auf ihrem Körper hob und senkte, und sie haßte ihn und sein eigenmächtiges Tun, das sie unbeteiligt ließ. Sie wartete einfach ab, ohne sich zu rühren.

Dann, so plötzlich wie das erste Mal, zog er sich aus ihr zurück und preßte sich gegen ihren Bauch.

Und als er fertig war, setzte er sich zwischen ihren Beinen auf seine Fersen.

Mit einer Stimme, so kalt wie die Nordsee bei Wintersonnenwende, sagte sie: »Bist du jetzt fertig mit mir? Ah, natürlich. Kann ich ein Taschentuch haben, Marcus? Ich mag es nicht, wenn dein Samen über mich fließt. Nein, keine Angst, ich habe keine Waffe zur Hand, die ich gegen dich richten könnte, obwohl du eine tüchtige Tracht Prügel verdient hättest. Nein, gib mir nur dein Taschentuch.«

Ihr Ton war völlig unbeteiligt, und es fiel ihm schwer, sie nicht anzubrüllen. Sie machte sich über ihn lustig. Das war neu für ihn, und er wußte nicht, wie er sich in dieser Situation verhalten sollte. Er hatte alles versucht, aber diesmal hatte sie nicht auf ihn reagiert. Wie sehr er das haßte. Er sah hinunter zu seinem Samen auf ihrem Bauch. Sie mochte seinen Samen also nicht auf ihrem Bauch haben? Er blickte sie an. Sie sah völlig gelassen aus, nein, mehr als das, sie wirkte belustigt. Unbeteiligt und belustigt wie ein Zuschauer. Mit dem Ausdruck ihrer Augen hätte man ein ganzes Heer kastrieren können. In diesem Augenblick haßte er sie, haßte sie dafür, daß sie ihn wild gemacht hatte wie einen jungen Burschen, obwohl sie nur regunglos dagelegen hatte und ihn stumm über sich ergehen ließ.

Wütend lehnte er sich auf die Fersen zurück und schlug sich mit der Faust auf den Schenkel.

»Ich fasse es nicht! Warum schreist du mich nicht an wie in der Sattelkammer? Da gingen dir die Pferde durch. Kräftige Lungen hast du. Gott weiß, ich wollte dich nie zur Frau haben. Duchess, das sage ich dir, ich werde dich nur benutzen, bis ich nach London zurückkehre. Dann brauchst du mich nicht mehr zu ertragen.«

Im nächsten Augenblick sprang er vom Bett, ergriff den Schlafrock, stürmte in das angrenzende Zimmer und schlug die Tür hinter sich zu.

Sie stand auf und wusch, was ihr von ihm geblieben war, von sich ab. Dann zog sie langsam das Nachthemd über, strich es glatt und schloß die Bänder über den Schultern zu Schleifen. Als sie wieder in ihrem Bett lag, rückte sie an die äußerste Seite, weil sie sich einbildete, seine Hitze noch zu spüren. Vielleicht sollte sie eine der Duellpistolen ihres Vaters aus dem Wappensaal holen. Ja, sie mußte jetzt auf der Hut sein. Marcus war unberechenbar.

Die Duchess kletterte über den niedrigen Zaun, sehr vorsichtig, um sich den Reitrock nicht zu zerreißen. Sie blickte sich um, nahm jede Einzelheit der Landschaft in Augenschein. Im Westen lag das Fenlow-Moor, öde und kahl. Zum Osten hin sah sie eine dichte Baumgruppe, zum Großteil Tannen und Buchen. Unmittelbar vor ihr lagen mehrere Bauernhöfe – behäbige, dicke Rechtecke in der Sommersonne. Felder und Wiesen, die von niedrigen Steinmauern umgeben waren, breiteten sich wie ein riesiger Flickenteppich um die Gehöfte aus. Ein Bach, kleine Hügel und verstreute Baumgruppen brachten Abwechslung in das prächtige Bild. Ein Anblick zum Niederknien, aber er fesselte sie nicht. Sie hatte anderes im Sinn. Wie bei einem Puzzlespiel wußte sie nicht, wie die einzelnen Teile zusammengehörten.

Sie war auf der Suche nach der knorrigen alten Eiche und deshalb aus einer anderen Richtung gekommen. Sie blieb stehen und betrachtete die massiven grauen Steinmauern, die die Landschaft durchzogen. Dank der Umsicht der Bauern befanden sich die meisten in gutem Zustand, einige waren allerdings bereits zusammengebrochen.

Sie schüttelte ihre Röcke aus und ging weiter. Wo zum Teufel stand der alte Baum?

Nach zwanzig Minuten eiligen Fußmarsches hatte sie die Ruinen von St. Swayle erreicht. Seit eineinhalb Wochen war sie nun Tag für Tag hierhergekommen, hatte auf der Suche nach einem Hinweis Stein für Stein in die Hand genommen. Wenn sie nur eine Ahnung gehabt hätte, wonach sie suchen sollte!

Keiner wußte bis jetzt, wer sie in jener Nacht im Bibliothekszimmer niedergeschlagen und das Buch an sich genommen hatte. Badger, Spears, Maggie und Marcus ließen sie deswegen nur ungern aus den Augen. Sogar Mr. Crittaker und Sampson hatten sich dieser Überwachung angeschlossen. Sie war nie allein im Haus, nie. Im Augenblick glaubte ihr Bewacher, sie halte ihre Mittagsruhe –

wie seit eineinhalb Wochen alle um diese Tageszeit. Aus diesem Grund war sie mittags stets zu Fuß losgezogen. Die Stallburschen waren Marcus treu ergeben. Lambkin hätte einen Anfall bekommen, wenn sie auch nur in der Nähe der Ställe aufgetaucht wäre. Hätte sie Birdie aus dem Stall geholt, dann hätte es Marcus nach wenigen Minuten gewußt.

In einem kleinen Raum, einer vermutlich einstigen Mönchszelle, betrachtete sie kniend eine kleine Zeichnung, die unten in der Wand in einen Mauerstein eingeritzt war, als sie plötzlich hinter sich seine wütende Stimme hörte. »Was zum Teufel tust du hier? Verdammt noch mal, Duchess, ich dachte du hieltest deinen Mittagsschlaf.«

Sie drehte sich langsam um. Ihre Wangen waren schmutzverschmiert. Dicke lockige Flechten hatten sich aus ihrer Frisur gelöst und hingen ihr auf die Schulter herab.

»Marcus«, sagte sie nur.

»Was tust du hier?«

»Ich sehe mich ein wenig um.« Sie zuckte mit den Schultern. »Komm bitte her, und sieh dir diese Skizze an. Sie ist verwittert, aber ich kann die Umrisse erkennen. Das hier ist eine Mönchszelle, da bin ich mir sicher. Knie nieder, und sieh es dir an.«

Das tat er nicht, sondern er packte sie am Arm und zog sie zu sich hoch. »Du hast uns alle belogen, nicht wahr?« Er schüttelte sie. »Du warst nicht die zarte Schönheit, die mittags ein Stündchen ruhen mußte, nicht wahr? Nein, du bist hiergewesen und hast herumgegraben. Und das allein! Verdammt noch mal, bist du von allen guten Geistern verlassen?«

Er schüttelte sie erneut heftig. »Verdammt noch mal, sag etwas! Schrei mich an!«

Plötzlich wurde sie kreidebleich. »Marcus«, murmelte sie ungläubig, »laß mich los. Ich glaube, mir wird schlecht.«

Er war so überrascht, daß er sofort innehielt. Er sah, wie sie auf die Knie sank und das Gesicht verzerrte. Ein trockenes Würgen erfaßte sie. Obwohl sie nicht viel gegessen hatte, drängte ihr Mageninhalt nach oben. Er kniete sich neben sie, strich ihr das Haar zurück und stützte sie, als sie nach dem Erbrechen geschwächt in sich zusammenzusinken drohte. Ein stechendes Schuldgefühl durchfuhr ihn, scharf wie eine Klinge. »Ich habe dir gesagt, du sollst dich noch schonen. Du siehst, wohin das führt. Mein Gott, du hast dich immer noch nicht von dem Schlag erholt. Kein Wunder, daß du mich nicht angeschrien oder sonst etwas getan hast.«

Er zog ein Taschentuch hervor und reichte es ihr. Sie wischte sich den Mund ab und zerknüllte es dann in ihrer Hand, bis es sie wieder würgte. Zitternd und mit feuchtkalter Stirn kam sie langsam wieder auf die Beine.

Als er sie auf die Arme nahm, fluchte er immer noch leise. Erst als sie auf Stanleys Rücken saß, wurde er schweigsam wie der Mond bei Mitternacht. Er hielt sie vor sich in den Armen und gab Stanley die Sporen. Zu ihrem Erstaunen ritt er nicht zum Schloß zurück, sondern brachte seinen Hengst wenige Minuten später an einem schilfgesäumten schmalen Bachlauf zum Stehen.

Er hob sie hinunter und zog sie auf seine Knie. Mit der Hand schöpfte er Wasser, damit sie sich den Mund ausspülen konnte. Dann trank sie einen Schluck von dem klaren eiskalten Wasser. Als es ihren Magen erreichte, wurde ihr wieder übel. Sie stöhnte und preßte die Arme vor den Leib.

Er riß ein Stück aus ihrem Unterkleid heraus, benetzte es mit Wasser und wischte ihr damit das Gesicht ab, dann trug er sie in den Schatten eines Ahornbaumes, setzte sie vorsichtig auf den Boden und zog sie zwischen seinen Beinen zu sich heran. »Bleib ganz still. Hat sich dein Magen beruhigt?«

»Ich weiß nicht.«

»Du fühlst dich schwach und zittrig. Das ist verständlich. Lehn dich nur an mich, und bleib eine Weile ganz ruhig. Und jetzt will ich keine Widerrede mehr hören.«

Sie konnte sich nicht erinnern, ihm widersprochen zu haben. Sie schloß die Augen.

Er merkte, wie sie sich sichtlich entspannte, und hörte ihr langsames tiefes Atmen. Über ihren Kopf hinweg blickte er zum Bach hinüber und weiter, und als er merkte, daß er nichts von der Landschaft wahrnahm, schloß er sie fester in die Arme und lehnte den Kopf an den Baumstamm. Es war warm. Bienen und Hummeln summten, und er hörte den Gesang der Feldlerchen.

Wenige Schritte entfernt kaute Stanley am Schilfrohr. Marcus schloß die Augen. Als er erwachte, war die Sonne schon ein gutes Stück gen Westen gewandert.

Beim Aufwachen hatte er sich offenbar bewegt. Er hatte die Duchess geweckt.

»Bleib ganz ruhig, und sag mir zuerst, wie es dir geht.«

»Es geht mir wieder gut, wirklich. Danke für deine Hilfe, Marcus.«

»Ich sah dich das Haus verlassen und bin dir gefolgt. Warum, zum Teufel, bist du nicht wenigstens mit Birdie ausgeritten?«

»Das hätten dir die Stallburschen sofort hinterbracht, außerdem hätte sich Lambkin wahrscheinlich geweigert, die Stute zu satteln.«

»Bist du schon einmal hiergewesen?«

»Ja, oft. Fast jeden Tag seit mehr als einer Woche. Ich will die Eiche mit dem Brunnen finden. Sie müßte ganz in der Nähe des alten Klosters stehen, aber ich entdecke sie nirgends. Sie muß hier irgendwo sein. Marcus, ich weiß es.«

Vorsichtig hob er sie auf seine Schenkel und drehte ihr Gesicht zu ihm hin.

»Hör mir gut zu. Ist dir nie in den Sinn gekommen, daß die Person, die dich in der Bibliothek niederschlug, es ein zweites Mal versuchen könnte?«

»Warum? Diese Person wollte nur das Buch haben, und ich war im Weg.«

»Das kannst du nicht wissen. Wir reiten jetzt zurück. Nein, versuch nicht aufzustehen, ich werde dich tragen.«

Als er zu Stanley hinüberging, der sich immer noch am Schilfrohr gütlich tat und keine Notiz von ihnen nahm, fragte er: »Hast du außer dieser Übelkeit immer noch Kopfschmerzen?«

»Nein, die Kopfschmerzen sind vorbei. Und bis heute habe ich mich wohl gefühlt. Merkwürdig.«

»Du suchst umgehend dein Bett auf, sobald wir zu Hause sind. Nein, zuck nicht zurück wie eine schreckhafte Jungfer! Keine Widerrede. Ich werde mich nicht sofort danebenlegen, allerdings habe ich die Absicht, heute nacht zu dir zu kommen. Ausreißen gilt nicht. Falls du dir ein anderes Schlafzimmer suchst, werde ich dich finden und dich nicht gerade schonen.«

»Warum kehrst du nicht nach London zurück? Zu Celeste? Oder du läßt Lisette nach London kommen?«

»Ja, keine schlechte Idee.«

»Versuch es nur«, sagte sie und reckte herausfordernd das Kinn.

Ihre Augen blitzten kampflustig auf, die Übelkeit war vorbei. »Ich wüßte gern, ob du so dumm bist!«

Seine Augen funkelten. Mit schleppendem Tonfall, der Trevor in nichts nachstand, zog er jedes Wort absichtlich in die Länge und fragte: »Verstehe ich dich recht? Ein schwaches Weib droht mir? Soll das heißen, du springst mir an die Gurgel, wenn ich eine andere Frau anfasse?«

»Im Augenblick weise ich dich nur darauf hin, daß es dir sehr leid tun würde, wenn du eine von deinen Frauen hierherbrächtest. Was das Anfassen betrifft – nun, über diesen Punkt werde ich noch nachdenken. Ich glaube, ein Mann sollte seine Wahlfreiheiten kennen.«

Sie sagte kein Wort mehr, aber sie lächelte. Insgeheim verfluchte er ihren vielsagenden Blick, den er nicht zu deuten wußte. Er bestand darauf, sie vor aller Augen durch die Eingangshalle und die Treppen hinauf in ihr Schlafzimmer zu tragen, wo er großes Aufhebens davon machte, daß auch gut für sie gesorgt wurde.

21

»Wenn dir doch die Haare ausgingen, von der Wurzel bis zu den Spitzen!«

»Wie? Was hast du gesagt?« Er hielt sie noch fester.

»Ich sagte«, meinte die Duchess in zuckersüßem Ton und lächelte ihn an, »das Herumstehen ist so unbequem, willst du nicht sitzen?«

Er grinste auf sie herab. »Das war nicht schlecht, trotzdem bist du keine Konkurrenz für Tante Wilhelmina. Vielleicht hast du nicht genügend Phantasie für geschickte Formulierungen.«

»Genug, um nicht zu verhungern!« Sie sah ihn erschrocken an und hielt sich mit der Hand den Mund zu. Sie war eine Närrin. Zum ersten Mal hatte sie sich durch ihn zu einer ungewollten Äußerung hinreißen lassen. Sie hätte sich in die Zunge beißen können.

Aber er verstand nicht – oder begriff zumindest den Sinn ihres Versprechers nicht.

»Damit sind wir also leider wieder einmal bei dem geheimnisvollen Mann angelangt, der dich in deinem Häuschen in Pipwell ausgehalten hat.«

»Nein, keineswegs. Vielleicht habe ich auch nur gelogen. Du hast es selbst gesagt: Die Wyndhams haben rasch eine Lüge zur Hand. Oder gab es doch einen Mann? Was meinst du, Marcus?«

Am liebsten wäre er ihr über den Mund gefahren, aber er nahm sich zusammen und meinte in jenem gedehnten, lässigen Tonfall, den sie im Augenblick aufreizend fand: »Jedenfalls war es nicht dein Liebhaber, das steht fest. Wenn du einen Dummkopf gefunden hast, der dich aushielt, ohne daß du ihm deine Gunst gewährtest, nun, wem sollte ich dann einen Vorwurf machen? Nein, schon gut, Duchess, es war nicht so gemeint.« Er grinste, ohne Reue zu zeigen. »Soll ich dich auskleiden? Wo sind deine Nachtgewänder?«

»Ich kümmere mich um sie, Mylord«, erklärte Maggie, als sie mit Grandezza ins Zimmer rauschte, einer Königin gleich, die ihre Soldaten entläßt. »Lassen Sie die Duchess in Frieden. Sie sehen doch, wie erregt sie ist. Sie haben sie wieder verärgert, stimmt's? Das kann ihr nicht guttun, obwohl wir alle gesehen haben, wie Sie sie in das Haus getragen haben. Wir dachten, Sie würden Mittagsruhe halten, Duchess. Es war unklug von Ihnen, allein wegzugehen. Das Ungeheuer, das Sie kürzlich überfiel, hätte wieder zuschlagen können.«

»Dienstbotengewäsch«, murmelte Marcus.

Die Duchess schloß die Augen. Sie fragte sich, ob sie Maggie erzählen sollte, daß sie schlicht und einfach zornig war. Aber sie ließ es bleiben. Zu ihrer Überraschung merkte sie, wie eine tiefe Müdigkeit sie überkam. Innerhalb weniger Augenblicke war sie eingeschlafen.

Marcus hielt Wort. Nachdem er sie fürsorglich in ihr Schlafzimmer gebracht und Maggies Obhut anvertraut hatte, begab er sich in sein eigenes Schlafzimmer. Eine halbe Stunde später öffnete er die Verbindungstür.

Sie saß in einem Lehnstuhl vor dem kleinen offenen Kamin und blickte in die knisternden Flammen.

»Hallo«, sagte er. »Hier bin ich, wie versprochen.«

Sie gönnte ihm nur einen Blick. »Geh, Marcus!«

»O nein! Ich habe erst heute an Celeste geschrieben. Sie kann erst in vier Tagen hiersein. Bis dahin muß ich mit dir vorliebnehmen.«

»Ich habe dich gewarnt«, sagte sie, nichts weiter, nur das. Dann faltete sie die Hände im Schoß und beachtete ihn nicht weiter, eine kühle, gleichgültige Geste nach der Art der früheren Duchess.

Er seufzte wie ein Märtyrer, beugte sich zu ihr herab und nahm sie auf die Arme. Als er sie küssen wollte, drehte sie den Kopf weg, und seine Lippen berührten ihren Hals. »Du duftest herrlich, aber das tust du ja immer.«

»Vielen Dank. Laß mich in Frieden, Marcus. Du bist mir lästig im Bett. Geh, und träum von Celeste.«

»Das hast du hübsch gesagt, Duchess.« Er stellte sie neben ihrem Bett auf die Füße, und ohne Federlesens oder weitere Worte streifte er ihr den Morgenrock und das Nachthemd ab. Dann schob er sie auf Armeslänge von sich. »Der liebe Gott hat dich recht ansehnlich gestaltet«, sagte er, strich ihr mit den Fingerspitzen über das Kinn und betrachtete sie von oben bis unten. »Dabei hat er offenbar auch mich im Sinn gehabt, denn deine Größe und Formen sind für mich wie geschaffen.«

Sie blickte gleichgültig an ihm vorbei. Als er eine Hand ausstreckte und zart ihre linke Brust berührte, zog sie unwillkürlich den Atem ein. »Ja, deine Formen sind sehr schön. Verblüffend, Duchess. Einmal bist du stumm wie die Duchess von ehedem und dann wieder nicht. Ich weiß eigentlich nie, was ich von dir zu erwarten habe.«

»Das wird auch in Zukunft so sein, Marcus, du elender Schuft.«

Er lachte noch, als seine Hand ihre Rippen und den Bauch streichelte. Dann trat sie einen Schritt zurück und stieß einen hohen Schrei aus. Mit weit geöffneten Augen starrte sie ihn entsetzt an. Dann drehte sich sich um und lief zur anderen Seite des Bettes. Mit wenigen Schritten war er hinter ihr und blieb fassungslos stehen, als sie auf die Knie sank und sich über dem Nachttopf übergeben mußte. Er kniete neben ihr nieder und hielt sie fest. »Das ist dir schon heute nachmittag passiert«, sagte er und strich ihr das Haar aus dem Gesicht. »Das gefällt mir gar nicht. In Darlington gibt es einen Arzt, der hat einen guten Ruf. Ich lasse ihn holen, noch heute abend.«

Sie schauderte und kauerte sich zusammen. Hastig erhob er sich, holte ihren Morgenrock und wickelte sie darin ein, dann brachte er sie wieder zu Bett und sagte: »Du bleibst jetzt still liegen, keine Widerrede, Duchess. Bleib liegen, bis ich zurück bin.«

Bereits nach fünfzehn Minuten erschien er wieder. Bei ihm waren Spears, Badger und Maggie, die ein leuchtendblaues Gewand trug mit einem Dekolleté, das einen Vikar entsetzt hätte. Marcus betrat das Schlafzimmer mit den Worten: »Sie hat sich am Nachmittag und jetzt wieder übergeben. Der Arzt in Darlington soll sehr gut sein. Badger, ich möchte, daß Sie ihn holen.«

Badger räusperte sich und blickte auf seine zusammengekrümmte blasse Herrin in dem großen Bett.

Spears studierte aufmerksam die Traubenornamente am Kaminsims.

Maggie strich sich den weit fallenden blauen Satin über den Hüften glatt.

Marcus runzelte die Stirn. »Was zum Teufel geht hier vor, Badger?«

Ohne näher auf seinen Herrn einzugehen, sagte Spears zur Duchess: »Maggie wird Ihnen einen Keks zum Knabbern bringen. Das wird Ihren Magen beruhigen.«

»Woher zum Teufel wollen Sie das wissen?«

»Nun, Mylord«, sagte Spears in einem unerträglich onkelhaften Ton, »einen Anlaß zur Sorge gibt es hier eigentlich nicht. Gemeinsam haben wir die Situation diskutiert und sind zu dem Schluß gekommen, daß wir uns keine Sorgen machen müssen und Sie dementsprechend auch nicht. Mylady zeigen nur völlig natürliche Anzeichen.«

»Natürliche Anzeichen! Was zum Henker meinen Sie damit? Habt ihr vergessen, daß sie vor knapp zwei Wochen niedergeschlagen wurde?«

Darauf antwortete Badger lakonisch: »Die Duchess brütet, Mylord. Sie ist schwanger mit dem *Erben*. Die Übelkeit und das Erbrechen sind natürliche Begleiterscheinungen. Sie werden bald vorüber sein. Mr. Spears sagt, noch drei Wochen, und sie ist wieder völlig in Ordnung. Nun, vielleicht auch ein wenig länger, aber wie wir wissen, ist sie eine außergewöhnliche Frau und wird es in genau drei Wochen überstanden haben.«

Es herrschte eine Totenstille im Zimmer. Wie aus weiter Ferne hörte Marcus die Stimme der Duchess: »Mir geht es gut, Spears. Bitte, Badger, Maggie, bitte geht jetzt. Ich möchte mit meinem Mann allein sein.«

Die drei entfernten sich zögernd.

Wie in Trance schloß Marcus die Schlafzimmertür. Dann drehte er den Schlüssel im Schloß um. »Wird dir wieder übel? Brauchst du etwas zu essen?«

Sie schüttelte den Kopf.

Jetzt bemerkte er, daß jede Farbe aus ihrem Gesicht gewichen war, daß sie die Augen weit aufriß und den Körper verkrampfte.

»Hast du das gewußt?« fragte er und hoffte, daß ihr das Beben seiner Stimme entgangen war.

»Nein.«

»Wie kann ich dir glauben?«

»Das kannst du nicht. Du sagtest selbst, die Wyndhams seien gute Lügner, einschließlich meiner Person.«

»Du trägst mein Kind. Das ist nicht möglich. Die drei naseweisen Narren müssen sich täuschen. Du hast dich übergeben, weil du einen Schlag auf den Kopf bekommen hast.«

»Gut, dann ist es nicht möglich. Aber angenommen, es ist wahr, handelt es sich dann um eine unbefleckte Empfängnis, oder habe ich dir Hörner aufgesetzt? Ah, vergiß meinen großzügigen Liebhaber aus dem Häuschen in Pipwell nicht.«

Mit einer unwilligen Geste machte er seinem Unmut Luft. Er wirkte verwirrt, wie der ungläubige Thomas oder wie ein Mann, der gerade angeschossen wurde, aber den Schmerz noch nicht spürt. »Das verstehe ich nicht. Ich habe doch nur ein paarmal mit dir geschlafen, wenige Male, als ich nicht standhaft war, mich aus dir zurückzuziehen. Es dauert doch viel, viel länger, um eine Frau zu schwängern, wahrscheinlich Monate.«

»Anscheinend nicht.«

Er ging auf und ab. Sie blickte auf seinen wehenden Morgenrock, die schwarzbehaarten Beine, die nackten Füße. Er war schön, dieser Mann, der nicht wollte, daß sie sein Kind trug. Ah, sie war schwanger! Ihr Körper hatte seinen Samen aufgenommen. In der Hochzeitsnacht? In der zweiten Nacht, als er zu ihr gekommen war? Sie hatte große Lust, zu singen, zu jauchzen und zu tanzen. Statt dessen fühlte sie, wie die Übelkeit wiederkehrte, und sie atmete tief und langsam durch.

»Hast du deine Monatsregel gehabt, seitdem wir in Paris verheiratet wurden?«

Sie schüttelte den Kopf.

»Du bist doch eine Frau, verdammt noch mal! Ist dir nicht in den Kopf gekommen, daß das einen Grund haben mußte? Daß zum Beispiel ich der Grund war? Ich, der Mann, der seinen Samen in dich ergossen hat?«

»Bei mir läßt sich nicht alles so vorhersagen wie bei anderen Frauen.«

»Willst du mit deiner unverbindlichen Art ausdrücken, daß deine Monatsregel nicht unbedingt dann kommt, wenn du sie erwartest?«

Sie nickte ernst und sah ihm in die Augen.

»Ich will dieses Kind nicht, und du weißt das verdammt genau!«

Sie schwieg, obwohl ihr die passenden Worte auf der Zunge lagen. Sie mußte sich zu sehr zusammennehmen, um nicht wieder zu erbrechen.

»Das hast du absichtlich getan.«

Ah, endlich hatte er das Kriegsbeil geschwungen! Ihr Gesichtsausdruck wirkte verängstigt und ergeben, aber dann veränderte er sich plötzlich zu einer wütenden Grimasse. Ein wenig schimmerte die alte Duchess allerdings noch durch, als sie sagte: »Ich hatte mir schon überlegt, wie lange du wohl brauchen würdest, die Schuld auf mein Haupt zu laden. Meine Mutter hat mir oft erzählt, daß Männer es nicht ertragen können, unrecht zu haben. Sie sagte, ein Mann behaupte alles mögliche, nur um zu beweisen, daß die Frau im Unrecht sei.« Wie auf wundersame Weise war ihre Wut jetzt verflogen, und sie lächelte ihn tatsächlich an. »Du wirst Vater, Marcus, und ich werde Mutter. Ich trage ein Kind, unser Kind.«

»Um nichts auf der Welt werde ich es hinnehmen, daß dieser Bastard, dein Vater, gewonnen hat. Verzeih mir. Der Bastard bist du, aber nur von Geburt. Er war es vom Herzen. Das kann ich nicht hinnehmen, Duchess. Hörst du mich? Ich werde nicht hinnehmen, daß du schwanger bist.« Er schlug sich mit der Hand gegen die Stirn. »Mein Gott, was habe ich getan, um so gestraft zu werden? Verdammt noch mal! Ich war mit meinem Leben zufrieden und glücklich, bis dein Vater starb und ich sein Erbe wurde. Eine andere Wahl blieb nicht. Und weil er verbittert und im Kopf verdreht war, machte er mich zum Sündenbock. Sein Haß gegen mich war so groß, daß er mich aller Mittel beraubte, um den Wyndhamschen Besitz zu unterhalten, es sei denn, ich heiratete dich, seinen kostbaren Bastard. Die einzige Frau auf dieser verfluchten Welt, die ich nie wollte. Allenfalls damals, als ich vierzehn Jahre alt und geil wie ein junger Bock war, aber dann nicht mehr, als er mich bis auf den Grund meiner Seele demütigte. Und trotzdem hast du mich durch eine List bezwungen. Wie dein Vater hast auch du mir keine andere Wahl gelassen.

Ich möchte mein Leben selbst gestalten. Dich und dein verdammtes Kind kann ich dabei nicht gebrauchen.«

Er ging zur Verbindungstür, blieb jedoch bei dem Klang ihrer ruhigen Stimme stehen.

»Ich verstehe. Willst du, daß ich morgen gehe, Marcus?«

»Lieber heute als morgen. Aber in deinem Zustand wäre das zuviel verlangt. Wahrscheinlich brichst du auf der Vordertreppe ohnmächtig zusammen.«

Er schlug die Verbindungstür hinter sich zu.

Einen Augenblick lang starrte sie die geschlossene Tür an. Dann, ganz langsam, berührte sie leicht ihren Bauch. In ihrem Schoß war ihr Kind, ihrer beider Kind.

Sie lag da und blickte zur Decke, als es an der Tür klopfte. Sie erhob sich und schloß die Tür auf. Badger, Spears und Maggie standen davor; Maggie trug einen zugedeckten kleinen Teller.

Schweigend kamen sie ins Schlafzimmer, als die Duchess einen Schritt zurücktrat.

»Hier, Duchess, essen Sie das!« bat Maggie und führte sie zum Stuhl vor dem Kamin.

Die drei stellten sich vor ihr auf und schwiegen, bis sie eines von Badgers frischgebackenen Teebrötchen anknabberte.

»Ich habe sie mit kleinen Apfelstückchen zubereitet«, erklärte er. »Und frischer Sahne. Das Rezept habe ich von meiner Tante Mildred.«

»Sie schmecken köstlich.«

»Hat sich Ihr Magen beruhigt?« fragte Maggie.

Die Duchess nickte und kaute bedächtig weiter, während sie nachdenklich in die Flammen blickte.

Spears räusperte sich. »Seine Lordschaft ist ein leidenschaftlicher Mann. Er ist der geborene Offizier. Ein Mann der Tat. Jedes Zaudern lehnt er ab. In allen Schlachten, die er geschlagen hat, vertrauten ihm seine Männer mehr als dem Herrgott. Er schützte sie und verlangte von ihnen das Äußerste, aber sie wußten, er wäre für jeden einzelnen von ihnen gestorben. Das wußten sie und gaben ihr Bestes.«

Badger fuhr fort: »Er ist hitzköpfig, das war er schon als Kind, sagt Mr. Spears. Er ist nicht nur eine Führernatur, sondern auch ein Mann, der loyal bis auf die Knochen ist. Andererseits ist er nicht gerade der kühle Denker, nicht der bedächtige Gelehrte oder der weise Philosoph. Er handelt erst und denkt dann.«

»Es heißt, wir Frauen neigen dazu, die Ruhe zu verlieren und alles auszuplaudern, was uns in den Sinn kommt«, sagte Maggie, die Hände auf den seidenumhüllten Hüften, »aber das gilt nicht für alle Frauen. Sehen Sie sich nur an, Duchess, Sie sind verschlossen und still wie eine Auster. Nie verlieren Sie den Kopf und schreien einfach herum. Sie sind das genaue Gegenteil seiner Lordschaft.« Maggie runzelte die hübsche Stirn und zuckte mit den Achseln. »So waren Sie zumindest bisher. Merkwürdig, Sie sind jetzt anders, wir alle haben es bemerkt.«

Spears sagte: »Es stimmt, daß seine Lordschaft gelegentlich die Beherrschung verliert und daß die Zunge mit ihm durchgeht, aber er wird sich bessern, Duchess. Sie mögen Ihre bewundernswerte Zurückhaltung aufgegeben haben, werden aber niemals so launisch und aufbrausend werden wie seine Lordschaft, wenn Sie Ihren Gefühlen Ausdruck geben. Er ist kein schlechter Mann, er ist nur ...«

»Ich weiß«, unterbrach sie ihn, »ich weiß. Aber eins solltet ihr alle wissen, wie ihr hier steht. Er will das Kind nicht haben. Das hat er oft genug gesagt und nicht erst heute abend entschieden.«

»Er ist ein Mann, aber er ist nicht dumm«, meinte Maggie und zog die hübsche Stirn wieder in Falten. »Nun ja, er ist *doch* dumm, schließlich ist er ein Mann, und alle Männer müssen ... Nun, das ist hier und jetzt nicht wichtig, nicht wahr? Seine Lordschaft muß sich vor Augen halten, daß Kinder die Folge des Liebesaktes sind. Auch wenn er noch so geflucht und getobt hat, er wußte doch, was daraus entsteht, denn seine Lordschaft ist ein leidenschaftlicher Mann ...«

»Ja«, fügte Badger hinzu, »wie Maggie sagt, er ist nicht dumm.«

Die Duchess wurde ganz weiß und still. »Ihr versteht nicht.«

Die drei sahen sie verständnislos an.

»Ihr versteht nicht«, sagte sie noch einmal gedehnt und preßte dann rasch die Lippen aufeinander.

»Nun, wie auch immer«, sagte Maggie, »ich kenne die Männer, Duchess. Mag seine Lordschaft auch noch so stolz und starrsinnig sein, eines Tages wird er vernünftig werden. Er wird lernen, was richtig ist.«

»Er wird einen gemäßigteren Standpunkt einnehmen«, sagte Badger.

»Er wird einen gemäßigteren Standpunkt einnehmen, oder wir werden etwas unternehmen müssen«, bestätigte Spears, und Badger und Maggie nickten.

Sie blickte von einem zum anderen und sagte schließlich: »Ja, oder wir werden etwas unternehmen müssen.«

»Sie werden nicht weglaufen, nicht wahr, Duchess?« fragte Badger.

Sie blickte ihn nachdenklich an.

22

*M*arcus blieb wie angewurzelt am Fuß der mächtigen Treppe stehen, die in einem weiten Bogen zur Eingangshalle von Chase Park hinabführte. Vor den Flügeltüren standen drei Koffer, und daneben stand Maggie, die einen flammendroten Schutenhut mit einer bis zum Kinn geschwungenen Straußenfeder und einen dunkelblauen Umhang trug, der einen eleganten, kleinen Schuh freigab, mit dem sie rhythmisch auf den Boden tappte. Offensichtlich wartete sie.

Sie wartete auf die Duchess.

Er brüllte: »Wo zum Teufel ist sie, Maggie?«

Maggie drehte sich betont langsam um und machte einen tiefen Knicks. »Mylord, verzeihen Sie, aber wer zum Teufel ist *sie*?«

»Mach dich nicht lustig über mich, Kleine, sonst ...«

»Schluß jetzt, Marcus! Hier bin ich, aber nur noch einen Augenblick, dann verlassen Maggie und ich Chase Park.«

»Du gehst nicht weg, verdammt noch mal!«

»Du hast diesen Wunsch sehr deutlich geäußert. Du wolltest, daß ich sofort gehe, lieber heute als morgen. Das hast du wortwörtlich gesagt, aber schließlich konntest du deine schwangere Frau nicht mitten in der Nacht vor die Tür setzen. Das hätte deinem Ansehen geschadet.«

»Unsinn, es war nicht mitten in der Nacht, und jetzt ...«

»So wartete ich aus purer Höflichkeit bis heute früh. Ade, Marcus.«

Hoch erhobenen Hauptes, das Kinn nach vorn gestreckt, machte sie auf dem Absatz kehrt, unnahbar wie eine Duchess. Beim Hinausgehen stieß sie an eins der Gepäckstücke und stürzte zu Boden.

In Sekundenschnelle war er bei ihr und fing sie in seinen Armen auf. »Hast du dir weh getan? Sag doch endlich etwas, du verdammtes Weibsstück!«

»Mir fehlt nichts. Wie peinlich. Ausgerechnet jetzt mußte ich zu Boden gehen und mir meinen spektakulären Abgang verpatzen!«

»Das kommt davon, wenn man seine Nase zu hoch trägt. Jetzt hör mir gut zu, Duchess. Du wirst Chase Park nicht verlassen. Du bist hier zu Hause, und hier bleibst du auch.« Er schüttelte sie. »Hast du verstanden?«

»Ich glaube nicht, Marcus. Du solltest mich noch einmal schütteln, dann kann ich klarer denken.«

Er stellte sie unsanft auf die Füße und blickte unheilverkündend wie einer von Lord Byrons tragikomischen Helden.

»Warum ist Chase Park so plötzlich mein Zuhause? Heute morgen sangst du ein anderes Lied. Wahrhaftig, mein Teuerster, ich verstehe dich nicht.«

»Chase Park ist immer dein Zuhause, auch wenn ich etwas anderes geäußert haben mag. In den Stunden zwischen Nacht und Morgen ändert sich einiges.«

»Ich werde dich nie verstehen.«

»Ich bin ein Mann. Und Männer sind schwer zu ergründen. Unsere Gefühle liegen nicht auf dem Präsentierteller, damit jeder sie begutachten kann wie bei euch verdammten Frauen.«

Maggie schnaubte hinter ihm.

»Oh, du lieber Himmel!« seufzte die Duchess mit einer Betonung, die er nur zu gut kannte, und er ließ sie unverzüglich los.

Sie rannte zur Tür hinaus, die breiten Marmorstufen hinunter, an dem verdutzten Gärtner vorbei, der den Spaten fallen ließ, und fiel auf ihre Knie, um sich im Rosenbeet zu erbrechen.

Maggie musterte ihn von oben bis unten. »Sie haben sie mit Absicht geschüttelt, Mylord, damit ihr übel wurde. Und ich kann es wieder wegputzen. Sehen Sie sich ihren Umhang an!«

»Ich habe sie nicht absichtlich geschüttelt. Aber vielleicht hat ihr Weiberhirn jetzt doch Verstand angenommen. Sampson! Ah, da sind Sie ja. Direkt hinter mir. Sie scheinen ja wie Badger und Spears auf der Lauer zu liegen. Bringen Sie die Koffer von Mylady in ihr Zimmer zurück. Und zwar sofort, damit ihr nicht die nächste Dummheit einfällt, wenn sie wieder auf den Beinen ist.«

Maggie schnaubte.

Markus trat in den herrlichen Sommermorgen hinaus. Der hellblaue Himmel war mit weißen Wölkchen betupft. Der würzige Duft frisch gemähten Grases hing in der Luft, und seine Frau erbrach sich in den Rosenbeeten.

Er wartete, bis sie fertig war, hob sie auf die Arme und trug sie die Treppen hinauf ins Haus zurück, ohne ihre Kohorten eines Wortes zu würdigen. Er schritt an Tante Wilhelmina vorbei, die ihn fragend anblickte. »Vielleicht hat sie sich endlich die Seele aus dem Leib gekotzt.«

»Nein. Ich wünsche einen schönen Tag, Tante Wilhelmina.«

»Mama«, hörte er Ursula sagen, »du solltest nicht so eklig sein. Sie ist die Duchess und die Herrin von Chase Park.«

»Ich? Ich habe doch nichts Ungebührliches gesagt. Ich frage mich nur, ob sie sich nicht zuviel aufgebürdet hat, das arme Ding.«

»Halt den Mund!« zischte Marcus. Die Duchess wollte lachen, aber ihr war zu elend zumute.

»Du wirst jetzt ruhig und friedlich sein wie ein Kälbchen und genau das tun, was ich sage.«

Er betrat ihr Schlafzimmer, warf dem Zimmermädchen einen so wilden Blick zu, daß es alles stehen und liegen ließ und wie ein verängstigter Hase aus dem Zimmer floh. Vorsichtig legte er die Duchess auf das Bett.

Sie trank das Wasser, das er ihr in einem Glas reichte, in kleinen Schlucken aus. Sie stöhnte und faßte sich an den Leib.

Er verließ das Zimmer, und sie hörte, wie er in den Korridor schrie: »Maggie, hol ihr ein paar Kekse. Schnell! Die haben Sie doch bestimmt massenweise eingepackt.«

Keine drei Minuten später kaute sie an einem Zimtkeks.

Sie seufzte beruhigt.

»Du willst doch, daß ich gehe. Was ist auf einmal in dich gefahren? Hast du Angst, der Dorfvikar könnte dir die Leviten lesen, wenn er erfährt, daß deine Frau dich verlassen hat?«

Marcus blieb stumm wie ein Fisch und wandte sich von ihr ab. Mit blankpolierten Schaftstiefeln ging er mit großen Schritten zwischen Bett und Sessel auf und ab.

Er sah einfach umwerfend aus. Sie sah ihn gern in den eng anliegenden Reithosen aus Hirschleder. Mit einem Seufzer erinnerte sie sich an seine rotweiße Uniform. »Ich bin bereit, dich zu verlassen, Marcus. Wie du weißt, bin ich vermögend, aber ich käme auch zurecht, wenn mir mein Vater kein Geld hinterlassen hätte. Ich bin nicht absichtlich schwanger geworden, das ist ausgeschlossen. Aber wie die Dinge liegen, erwarte ich ein Kind von dir und kann es nicht ändern.« Sie hielt plötzlich den Atem an und flüsterte kaum hörbar: »Nein, das kann nicht sein. Du willst doch nicht, daß ich das tue?«

»Was ist denn jetzt schon wieder? Was soll ich nicht wollen?«

»Ich habe von Frauen gehört, die ihr Kind nicht haben wollten. Manchmal stirbt man auch daran.«

»Du lieber Himmel, Duchess, hör mit diesem Unsinn auf! Oh, ich sehe dich schon in einer dunklen Gasse in York auf der Suche nach einer alten Hexe herumirren, die das Kind abtreiben soll. Laß dieses dumme Geschwätz!«

Er ging erneut auf und ab, diesmal mit rascheren Schritten, so daß die Absätze auf dem hölzernen Fußboden hallten. Er sah wirklich umwerfend aus, dieser Mistkerl.

»Was hast du vor, Markus?«

Er blickte sie lächelnd an. »So wie die Dinge liegen, brauche ich nicht mehr aufzupassen, wenn ich mit dir schlafe. Den Schaden habe ich bereits, könnte man sagen.«

Ihr fehlten die Worte.

»Du sagtest, Celeste werde in vier Tagen hier sein.«

»Vielleicht habe ich gelogen. Wie du weißt: eine Eigenschaft der Wyndhams. Vielleicht habe ich den Brief nicht abgeschickt. Also, mach kein Theater. Da deine Übelkeit nicht ständig anhält, werde ich mich deiner bedienen, wenn sich der geeignete Augenblick ergibt. Wie jetzt.«

Sie lag regungslos da und war unfähig, auch nur ein Wort zu sagen. Dann stand sie mühsam vom Bett auf, ging zum Nachttopf und übergab sich.

»Zum Teufel!« rief er, stieß einen Stuhl um und hielt seine Frau fest, bis sie sich ermattet an ihn lehnte.

»Weißt du«, sagte er gedehnt, als er ihr das Haar aus dem Gesicht strich, »vielleicht sollte ich doch besser Celeste kommen lassen. In deiner jetzigen Verfassung kannst du mir nicht viel bieten. Was meinst du dazu, Duchess?«

»Versuch es.«

Er blickte sie lange an. Sie merkte, wie er nachdachte und die Gedanken ordnete. »Ich glaube, jetzt sehe ich die Dinge etwas klarer: Du hattest überhaupt nicht vor, Chase Park und mich zu verlassen. Stimmt's?«

»Hast du die Koffer nicht gesehen? War Maggie für die Reise nicht fein herausgeputzt? Stand nicht die Kutsche bereit?«

Natürlich hatte er vollkommen recht. Ihre Abreise war nur gespielt gewesen. Sie hoffte, er werde zur Besinnung kommen, wenn sie ihn glauben machte, sie wolle ihn verlassen. Sie hoffte inständig, er möge sich bewußt werden, daß er sie brauchte, daß er sie und das Kind brauchte. Und jetzt wußte sie nicht, woran sie war.

Sie schwieg, um ihm nicht noch mehr Munition zu liefern. Ihr Kinn richtete sich wieder auf.

»Du stellst mich erneut auf die Probe«, sagte er, und seine blauen Augen funkelten. »Ihr beliebt zu spielen, Madam? Gut, ich nehme die Herausforderung an. Aber glaube mir, Duchess, du wirst unterliegen. Du wirst die Demütigung des Verlierers zu spüren bekommen – falls du dich nicht gerade über den Rosen erbrichst.«

»Ich könnte dich noch heute abend verlassen.«

Er lachte nur.

»Das gefällt mir nicht«, sagte Marcus zu Badger und Spears. »Ihr ist die ganze Zeit unwohl. Sie ist blaß und verdammt mager. Zu erschöpft, um wütend zu werden.«

»Das ist in der Tat verdächtig, Mylord, denn Sie verstehen es, einen Menschen bis zur Weißglut zu reizen.«

»Mir gefällt das auch nicht«, stimmte Badger zu.

»Noch zwei Wochen«, meinte Spears. »Ich verstehe Ihre Besorgnis, Mylord, aber ich habe diesen Fall sorgsam geprüft. Nach zwei Wochen wird es ihr viel besser gehen. Mr. Badger verwöhnt sie mit köstlichen Speisen, und was sie davon im Magen behält, ist für sie und das Kind ausgesprochen bekömmlich.«

Marcus zuckte zusammen, als von dem Kind die Rede war. Er wußte noch immer nicht, wie es weitergehen sollte. Sollte er sie wegschicken, wenn es ihr besserging? Nach Pipwell? Bei dem Gedanken fluchte er laut, worauf Badger und Spears ihn mit einiger Verwunderung ansahen.

»Ich nahm an, Mylord«, sagte Spears, »wir hätten uns zu diesem Gespräch eingefunden, um Sie wegen der ständigen Unpäßlichkeit Ihrer Frau zu beruhigen.«

»Sie haben den vorwurfsvollen Ton meiner Mutter, Spears. Übrigens: Wann wird meine Mutter eigentlich erwartet?«

»Mr. Sampson sagte, sie werde in der dritten Juliwoche eintreffen.«

»O Gott! Können Sie sich meine Mutter mit Tante Wilhelmina vorstellen? Sie und diese Fregatte aus Baltimore werden sich prächtig unterhalten. Arme Tante Gweneth – sie wird mit uns allen das Nachsehen haben, wenn die beiden Damen ihre Giftpfeile abschießen.«

»Ihre Mutter ist in keinster Weise schwierig«, meinte Spears. »Sie ist geistreich und kann Dummköpfe nicht ausstehen. Ich wette, daß sie die Xanthippe aus Baltimore bald schachmatt setzen wird.«

»Trotzdem, meine Mutter hat eine scharfe Zunge, die ich manchmal fürchte.«

An der Tür hustete jemand. Es war James Wyndham, der Marcus anstarrte.

»Ah, James, komm doch herein! Spears, Badger und ich überlegen uns gerade, wer nächsten Monat in Ascot gewinnen wird. Was meinst du, Elysian Fields oder Robert the Bruce? Beides sind kräftige, ausdauernde Tiere und laufen schneller als der Wind.«

»Ich würde auf Robert the Bruce setzen.«

»Sehr richtig, Master James«, sagte Spears. »Also, Mr. Badger, die Küche erwartet Sie.«

»Was gibt es zum Abendessen, Badger?« fragte Marcus.

»Gebackenen Kabeljau mit geräucherten Muscheln, Mylord, und natürlich noch viele andere Gänge, mit deren Aufzählung ich Sie jetzt nicht langweilen möchte. Zum Nachtisch Obstgelee, eine Liebslingsspeise der Duchess. Das Gelee ist so leicht, daß ihr Magen nicht rebellieren dürfte. Ich könnte auch noch ein weiteres Gericht versuchen, nach einem französischen Rezept. Eine Crème de pommes de terres aux champignons dürfte ihren Magen besänftigen.«

»Kartoffeln und Champignons? Ja, versuchen Sie das«, sagte Marcus und wandte sich James zu, der Badger und Spears ansah, als träte er in einem Theaterstück an der Drury Lane auf und hätte seinen Text vergessen.

Als sie allein waren, sagte Marcus: »Was ist los, James. Du siehst so bekümmert aus.«

»Ich habe mir noch einmal alles durch den Kopf gehen lassen, Marcus. Als ich die Duchess bewußtlos am Boden fand, lag das Buch nicht auf dem Schreibtisch. Das weiß ich ganz genau. Wenn es dir nichts ausmacht, die Bibliothek aufzuschließen, könnten wir an der

Stelle im Bücherregal weitersuchen, wo sie diesen Band entdeckte. Vielleicht gibt es noch mehrere Bände, die uns einen Hinweis auf den Schatz geben.«

»Gehen wir«, stimmte Marcus zu. Er nahm den Schlüssel von Sampson entgegen und betrat mit James den abgedunkelten Raum. Marcus zog die dicken Vorhänge zurück. Helles Nachmittagslicht flutete herein. »Wir sollten die Fenster öffnen. Hier muß gut gelüftet werden.«

Als er sich umdrehte, sah er James auf Knien vorsichtig ein Buch nach dem anderen aus dem untersten Regal ziehen. Hinter der vorderen Reihe verbargen sich keine weiteren Bücher.

Während James die alten Bände wieder an ihren Platz zurückstellte, räumte Marcus die Bücher aus dem darüberliegenden Fach aus. Noch immer nichts.

Ohne viele Worte zu wechseln, setzten sie ihre Tätigkeit fort, bis James einen Schrei ausstieß. »Allmächtiger! Hier ist etwas, Marcus.«

Er zog einen sehr alten dicken Wälzer heraus und wirbelte dabei eine gewaltige Staubwolke auf. Der Band war hinter den Predigten eines gewissen George Common versteckt, eines Wanderpredigers aus dem letzten Jahrhundert.

»Der scheint genauso alt zu sein wie der andere Band«, stellte Marcus fest. »Hier, James, leg ihn auf den Schreibtisch. Du bist ein kluger Kopf, James. Mein Kompliment.«

»Dieser Meinung ist auch meine Mutter«, sagte James etwas verschmitzt. »Ich muß zugeben, daß sie mich auf die Idee brachte, als sie immer wieder von dem versteckten Schatz sprach und überlegte, wie sie dich davon abhalten könnte, ihn zu finden.«

»Sehen wir uns die letzten Seiten an.«

»Marcus, ich weiß, du verdächtigst meine Mutter, die Duchess niedergeschlagen zu haben. Ich weiß, daß es einer aus dem Haus gewesen sein muß – aber meine Mutter? Das will mir nicht in den Kopf.«

»Dann bleiben immer noch Trevor, du oder Ursula.«

»Ich verstehe«, sagte James, als er vorsichtig die Seiten umblätterte.

Marcus blickte sie prüfend an. Höchstwahrscheinlich hatte sie die Wahrheit gesagt. »Also schön, dein Magen wird in den nächsten zwei Minuten nichts von sich geben. Hier ist das Buch, das James gefunden hat. Allerdings enthält es keine Zeichnungen. Ich habe es von A bis Z durchgearbeitet und nach bestem Vermögen übersetzt. Der Mönch oder die Mönche, die dieses Buch und die beiden anderen Bände geschrieben haben, sagen uns hier, wo wir den Klosterschatz finden können. Und hier sind die Verszeilen, die ich so genau wie möglich übersetzt habe:

Sieh hinauf, um unser Zeichen zu finden,
Sieh genau hin, und du wirst die Zahl Neun entdecken.

Nimm sie zu der klaren Quelle
Unter dem Eichenbaum in der Senke.

Hol einen festen Eimer und ein Seil,
Bereit dich vor, es mit dem Schwert zu töten.

Beug dich tief hinunter, aber sei auf der Hut,
Das Ungeheuer lebt schon ewig hier.

Die januskōpfige Neun wird die Bestie hervorlocken.
Aber sei schnell, sonst fällst du ihr zur Beute.

Ich habe mich sehr genau an den Text gehalten. Was ist mit dem Ungeheuer gemeint? Die Bestie lebt in einem Brunnen. Und dann ist von einer Neun mit dem Januskopf die Rede. Eine falsche Neun? Was hältst du davon, Duchess?«

»Marcus, die Eiche und der Brunnen! Danach habe ich doch die ganze Zeit gesucht.«

»Aber so einfach kann es nicht sein. Vorher müßte man diese Neun finden. Was zum Teufel ist damit gemeint? Und mit dem Ungeheuer im Brunnen?«

»Mylord?«

»Ja, Spears, was gibt es?«

»Mr. Trevor Wyndham möchte Sie sprechen.«

»Darf ich ihn in dein Schlafzimmer bitten, Duchess? Hoffentlich kommt der Halunke nicht auf dumme Gedanken, wenn er dich so zart und hilflos im Bett liegen sieht. Er ist ein Mann, und ein Mann könnte bei deinem Anblick verrückt werden.«

»Bitten Sie Mr. Wyndham herein, Spears«, sagte sie. »Mein Mann wird meine Tugend schützen.«

Er war groß und dunkel und sah blendend aus. Sie bemerkte, daß Marcus ihm einen gehässigen Blick zuwarf. »Hallo, Trevor. Du möchtest sicherlich das Buch sehen, das James gefunden hat.«

»Du siehst bezaubernd aus, Duchess. Dir geht es doch hoffentlich besser! Hat dich dieser ungehobelte Tropf zu sehr strapaziert? Soll ich ihn entfernen oder zu einem Rededuell herausfordern?«

»Bei einem Rededuell, mein lieber Vetter, wirst du immer den kürzeren ziehen. Neben meinem messerscharfen Verstand, Trevor, nimmt sich deiner wie der Stummel einer verrosteten Klinge aus. Aber ich besitze eine Duellpistole, die automatisch auf gottverdammte Amerikaner zielt, insbesondere auf hungrige Amerikaner, die meine Frau wie geifernde Wölfe anstarren.«

»Glaubst du, Duchess, es gibt hier so viele Amerikaner?« Trevor grinste und zeigte eine Reihe blitzender Zähne.

»Verdammt noch mal, mir wäre es lieber, du wärst dieser kleine schwächliche Fatzke, für den ich dich hielt, dann könnte ich dich je nach Laune verspotten oder übersehen.«

»Tja, damit kann ich dir leider nicht dienen, und klein war ich mit fünf Jahren, und das ist bereits eine Weile her. Und nun zur Sache! James hat mir den Band gezeigt. Und mehr soll da nicht drinstehen? Nur Klagen der Ordensbrüder, daß sie durch den Suprematseid gezwungen wurden, Heinrich VIII. als Herrscher in Kirchensachen anzuerkennen, und daß sie somit dem Papst abschwören mußten? Was natürlich der Wahrheit entsprach. Und schließlich diese lächerlichen Zeilen im Zusammenhang mit dem Schatz der Abtei.«

»Ja«, sagte Marcus, »aber vielleicht fällt unserem Wichtigtuer noch etwas dazu ein?«

»Zeig mir das Buch, dann kann ich mehr dazu sagen.«

Nach zehn Minuten sagte Marcus scharf: »Nimm dieses verdammte Buch, und bring es deiner Mutter. Wir haben den Vers gelesen, der dem Hirn eines geistig Umnachteten entsprungen sein dürfte, und das genügt uns. Weder James noch ich sehen darin einen brauchbaren Hinweis. Ein Ungeheuer in einem Brunnen, eine januskopfige Neun. Vielleicht zwei Neunen, die zusammengehören und in verschiedene Richtungen sehen. Es klingt alles ziemlich unsinnig.«

»Ich pflichte dir bei, und ich werde das Buch meiner Mutter geben. Sie platzt fast vor Neugier und ist natürlich wütend auf James, daß er das Buch mit dir gesucht hat. Diese geheimnisvollen Zeilen werden sie für eine Weile beschäftigen.«

»Trevor ist durchaus kein Wichtigtuer«, sagte die Duchess, nachdem ihr schöner Cousin das Schlafzimmer verlassen hatte.

»Nein, da hast du recht. Er ist eher das Monster aus dem Brunnen, dieser Mistkerl.«

23

Die Duchess schlug mit der Reitgerte gegen den Stiefel. Sie fühlte sich herrlich. Ihr Magen war dank Badgers Honigkuchen zufriedengestellt, und sie war mit Birdie ohne weitere Zwischenfälle um die St.-Swayle-Abtei herumgeritten. Sie hatte nichts endeckt. Weder eine Eiche noch eine Senke, und auch keinen Eimer. Nichts. Nicht das geringste. Nicht einmal ein Ungeheuer oder etwas, das einem Ungeheuer ähnelte, geschweige denn eine janusköpfige Neun.

Aber sie war nicht enttäuscht, o nein! Sie konnte es nicht erwarten, Marcus wiederzusehen. Seit drei Tagen hatte er ihr Schlafzimmer nicht mehr betreten, aber tagsüber war er ihr gegenüber die Aufmerksamkeit in Person gewesen. Sie wollte ihn am liebsten in Grund und Boden stampfen, weil er sich nicht so verhielt, wie sie es von ihm gewohnt war. Seit sie ihn kannte, hatte er sie gehänselt und sich so lange über sie lustig gemacht, bis sie ihm am liebsten an die Kehle gesprungen oder um den Hals gefallen wäre. Und jetzt benahm er sich wie ein vernünftiger Mensch, wie ein Mann, der den Dingen des Lebens gefaßt und überlegen gegenübersteht. Kurz, ein leidenschaftsloser Mann, den sie nicht ausstehen konnte.

Sie pfiff eine kleine Melodie vor sich hin, die ihr gerade in den Sinn gekommen war, und dachte über den dazu passenden Reim nach. Das Thema hatte sie bereits. Schmunzelnd stellte sie sich vor, was Lord Byron und Caroline Lamb sagen würden, wenn sie den Kongreß in Wien besuchten. Wahrscheinlich würden sie die eroberten Gebiete auf ihre Art verteilen.

Sie pfiff noch immer vergnügt vor sich hin, als sie um eine Hecke aus mächtigem Eibengesträuch bog, die die Auffahrt säumte. Eine von vier schnaubenden Pferden gezogene Kutsche war vorgefahren. Der Wagenschlag öffnete sich, und Marcus half einem entzückenden weiblichen Wesen beim Aussteigen. Das zierliche Persönchen trug elegante dunkelgrüne Reisekleidung mit passendem Hütchen, dessen Bänder kleidsam unter dem Kinn gebunden waren. Der jetzt sichtbar werdende schmale Fuß steckte in farblich abgestimmten dunkelgrünen Lederstiefeletten.

Sie beobachtete, wie Marcus die in feinem Glacéleder steckende Hand an die Lippen führte und dabei das Gesicht der Frau nicht aus den Augen ließ. Sie hörte ein glockenhelles Lachen, sah, wie die Frau ihm mit den behandschuhten Fingern über die Wangen strich, sich auf die Zehenspitzen stellte und ihn mitten auf den Mund küßte.

Sie sah rot.

»Sie wagen es, meinen Mann zu küssen! Marcus, laß sie sofort los, du gemeiner Kerl!«

Sie brachte ihr Pferd zum Stehen, als sich das zierliche Persönchen nach ihr umwandte und sie erstaunt, verwirrt oder belustigt anblickte. Die Duchess wußte den Blick der klaren grauen Augen nicht zu deuten.

»Oh«, sagte die Frau, »und wer sind Sie? Sind Sie vielleicht in den Stallungen seiner Lordschaft beschäftigt?«

»Das auch«, antwortete Marcus trocken. »Sie ist sehr anstellig und für vieles im Hause zuständig.« Dann streichelte er die Hand des zierlichen Persönchens. »Das gefällt mir so an ihr. Das ist übrigens die Duchess, meine Frau, von der ich dir geschrieben habe, Celeste.«

Celeste!

Sie sah nicht rot, sondern blutrot. »Du sagtest, es könnte sein, daß du gelogen hast und nicht nach London geschrieben hättest. Wie kannst du es wagen, sie hierherzubringen! Du hinterhältiger Schuft! Ich bringe dich um.«

Sie dachte nicht lange nach. Sie handelte. Mit der Peitsche hatte sie ihn bereits geschlagen. Sie brauchte etwas anderes. Greifbar war höchstens ein Zweig des Limonenstrauches, aber er ließ sich nicht abbrechen. Kurz entschlossen setzte sie sich auf den Boden, zog einen Reitstiefel aus, sprang auf die Beine und stürzte sich stiefelschwingend auf ihn.

Als sie zuschlug, schrie sie: »Ich habe dich gewarnt, es werde dir noch leid tun. Oh, warum ist nie eine Pistole zur Hand, wenn man sie braucht?«

Der Stiefel sauste auf seine Schulter herab. Rasch schob er Celeste von sich.

»Aber Duchess, du fühlst dich dauernd unwohl, und ich habe mich in den letzten Tagen wie ein Heiliger benommen, um deine zarte Gesundheit zu schonen. Aber meine Liebe, ich bin ein Mann, und du wirst doch nicht so egoistisch sein und die Unpäßlichkeit deines armen geplagten Bauches in den Vordergrund stellen. Celeste wird sich netterweise meiner annehmen. Du brauchst dich also weder aufzuregen noch besorgt zu sein.«

»Ich habe mich in den letzten vier Tagen nicht einmal unwohl gefühlt. Ich dachte, du übst vier Tage Enthaltsamkeit, um heiliggesprochen zu werden! Du hast mich nicht einmal angebrüllt. Du hast nicht einmal den Wunsch in mir erweckt, dich zu verprügeln. Ich kann dich nicht mehr ausstehen, du blutleere Null!«

Ihre Augen blitzten böse auf, als sie zum nächsten Schlag ausholte. Der Stiefelabsatz landete mit voller Wucht auf seinem Oberarm. Wo steckte dieses Weibsstück? Ah, sie hatte sich hinter Marcus' breitem Rücken versteckt. Dieses Luder war auch noch verachtenswert feige.

Sampson erschien mit zwei Dienern am Treppenabsatz. Aus einem Augenwinkel sah sie, wie einer der beiden einen Schritt vortreten wollte, aber von Sampson daran gehindert wurde. Gut, demnach war Sampson auf ihrer Seite. Sie schlug wieder auf Marcus ein.

Marcus trat drei Schritte zurück. »Ich bitte dich, Duchess. Zieh den verdammten Stiefel wieder an!«

»Wie kannst du es wagen, es hier mit ihr zu treiben?« schrie sie ihn an. »Du hättest wenigstens eine Ausrede gebrauchen können, wie es die meisten Männer tun. Du hättest mir sagen können, du führst aus geschäftlichen Gründen nach London. Du verflixter Halunke, dafür wirst du mir büßen. Ich hatte dich gewarnt, Marcus.« Sie schlug noch zweimal kräftig mit dem Stiefelabsatz zu. Ein Hieb landete zu ihrer vollen Zufriedenheit mitten auf seiner rechten Schulter.

»Duchess, deine Schlagkraft wird immer besser. Mein Kompliment. Aber jetzt laß bitte diese Turnübungen sein. Du kannst nicht immer auf einem Fuß herumhüpfen. Dein Strumpf ist zerrissen – und du wirst dich überanstrengen.«

»Ich werde dir deinen Kopf vom Rumpf schlagen, Marcus Wyndham. Ich werde dich mit meinem zerrissenen Strumpf erdrosseln. Ich werde nicht eher ruhen, bis du im Staub liegst und um Gnade winselst.«

Wütend schwang sie den Stiefel über dem Kopf, als es ihr plötzlich auffiel. Er war nicht wütend, er lachte! Er lachte!

Über sie.

Sie hielt mitten in der Bewegung inne und blickte ihn entgeistert an. Das zierliche Persönchen lugte hinter seinem Rücken hervor. Die Frau schien nicht im geringsten verwirrt oder verängstigt zu sein. Wenn die Duchess sich nicht täuschte, versuchte dieses Weib sogar krampfhaft, sich das Lachen zu verbeißen.

Wieder erhob sie den Stiefel, dann ließ sie ihn langsam sinken. Sie setzte sich auf den Boden, zog den Stiefel an und erhob sich.

Sie ballte die Faust, streckte sie ihm drohend entgegen und sah, wie er sich vor Lachen krümmte.

Fauchend wie Esmee sprang sie ihn an und schlug fest zu. Sie wehrte sich verzweifelt, als Marcus sie bei den Händen packte und so lange festhielt, bis sie sich beruhigt hatte.

»Das einst schweigsame, sanftmütige Wesen ist ein für allemal begraben. Du führst eine kräftige rechte Faust, Duchess. Nein, bitte versuch nicht wieder, mich umzubringen. Geh davon aus, daß du mich ausreichend verstümmelt hast.«

»Du Schuft, laß mich sofort los!«

»Wenn ich es tue, versprichst du mir dann, daß du keine Pistole holst und mich erschießt?«

Sie trat ihm gegen das Schienbein.

Er stöhnte und riß sie unsanft an seine Seite. »Ich möchte dich mit Celeste Crenshaw bekannt machen. Eine reizende Person, nicht wahr? Sie ist eine Verehrerin von mir und hat den weiten Weg nach Norden nicht gescheut, um in die Bresche zu springen. Sie wäre unglücklich gewesen, wenn man mir etwas vorenthalten hätte.«

Sie hatte sich lächerlich gemacht. Das Ganze war ein abgekartetes Spiel! Er hatte sie dazu verleitet, daß sie ihren gesunden Menschenverstand verlor. Er hatte sie in eine Falle gelockt!

Um sich zu beruhigen, versuchte sie tief durchzuatmen. Sie mußte jetzt ihren ganzen Verstand zusammennehmen, um die Situation und ihren Stolz zu retten. Einigermaßen gefaßt, wenn auch etwas schrill, sagte sie: »Hallo, Miss Crenshaw. Wie reizend von Ihnen, diesen Tölpel aus meinem Bett zu locken. Ich bin entzückt. Wahrhaftig. Meine Verärgerung von vorhin hatte einen anderen Grund, aber es würde zu weit führen, wenn ich ihn jetzt erklärte. Sie sind herzlich willkommen in Chase Park. Ich bin es müde geworden, ewig Kopfschmerzen oder ein Fußleiden vorzutäuschen. Glauben Sie mir, ich habe mich sogar krank gestellt, um ihn loszuwerden. Aber jetzt kann ich endlich wieder lachen und essen. Mein Gott, ich war entsetzlich hungrig, aber wenn ich zu großen Appetit gezeigt hätte, wäre er mir auf die Schliche gekommen und hätte bemerkt, daß ich alles nur gespielt habe. Welches Glück ich doch habe! Jetzt brauche ich nicht mehr die Kranke und Schwächliche zu mimen. Dank Ihrer Hilfe, liebste Celeste. Möchten Sie ihr eigenes Schlafzimmer, oder ziehen Sie es vor, im Bett seiner Lordschaft zu schlafen?«

Sie spürte, wie sein Griff um ihren Oberarm immer unbarmherziger wurde. Sie blickte zu ihm auf und zeigte ihm eine Reihe perlweißer Zähne. »Verzeih, Marcus, wenn ich zu ungebärdig war, aber manchmal bringst du mich etwas aus der Fassung. Aber nun erkenne ich die Vorteile, die Miss Crenshaws Anwesenheit für uns beide bringt, und bin dir für dein umsichtiges Handeln dankbar. Oh, mein Liebster, welch liebevoller Ehemann bist du doch! Ich weiß gar nicht, womit ich das verdient habe.«

»Ich bringe dich um«, zischte Marcus zwischen den Zähnen hervor. Dann schüttelte er sie, hörte aber plötzlich damit auf. »Nein, lieber nicht, sonst rennst du womöglich wieder in die Rosenbeete. Mr. Biggs, der arme Gärtner, brach das letzte Mal fast in Tränen aus, denn du hattest beinahe seine neue Pflanzung vernichtet. Nein, das möchte ich nicht. Also, meine Liebe ...«

Er gab sie frei und streichelte statt dessen ihre Oberarme. Seine Augen waren tiefblau. »Wenn ich ein so liebevoller Ehemann bin, dann stehst du mir, liebste Duchess, in nichts nach. Es macht dir also nichts aus, wenn ich Miss Crenshaws Arm nehme und sie hinauf in ihr Zimmer begleite, um mich liebevoll um sie zu kümmern.« Wie ein Onkel tätschelte er die Wange seiner Frau und küßte sie keusch auf die Stirn. Dann wandte er sich wieder der entzückenden Celeste zu.

»Du siehst, wie reizend sie ist, Celeste. Ich habe also nicht übertrieben. Deine Bedenken, sie werde dich nicht mit offenen Armen empfangen, waren umsonst. Ich werde dich jetzt in dein Schlafzimmer bringen und dir aus den Reisekleidern helfen. Du scheinst ein wenig erhitzt zu sein. Ein kühles Bad wird dir guttun, und wenn du möchtest, reibe ich dir den Rücken ab – jedenfalls werden wir den Rest dieses Nachmittags sehr genießen.«

»Marcus.«

»Ja, Duchess?« fragte er und drehte sich um.

»Wenn du nicht sofort die Hände von ihr nimmst, wirst du es sehr bedauern.«

Sofort ließ er die Arme sinken. »Und weiter?«

»Wenn du noch einmal über mich lachst, dann wirst du es ebenfalls sehr bedauern.«

»Mir ist nicht im geringsten zum Lachen zumute, Duchess.«

»Gut. Miss Crenshaw, Sampson wird Sie zu Ihrem Zimmer führen.«

Miss Crenshaw schüttelte den Kopf und kicherte. »Ich darf wohl sagen, Mylord ... und Mylady, ich habe mich in den letzten zehn Minuten besser unterhalten als im ganzen vergangenen Jahr im Drury-Lane-Theater. Und für diesen Auftritt habe ich noch zehn Guineen erhalten. Vielen Dank, Mylord. Übrigens, ich heiße Hannah Crenshaw, Mylady. Celeste ist frei erfunden. Ich finde es reizend, daß ich eine Nacht Ihr Gast sein darf.«

»Mit einer Nacht bin ich einverstanden«, erklärte die Duchess. »Sie sind einfach zu hübsch, um länger bleiben zu dürfen. Ich werde anordnen, daß man seine Lordschaft im Zimmer einschließt!«

Miss Crenshaw lachte kokett und folgte Sampson ins Haus.

Die Duchess drehte sich zu Marcus um, der kurz davor stand, wieder in ein dröhnendes Lachen auszubrechen. Sie schlug ihm mit der Faust in den Magen. Er stöhnte auf, dann zog er sie an sich und hielt sie fest.

»Fünf lange Minuten hatte ich dich an der Angel. Du bist ungebärdiger, als Spears und Badger annahmen. Maggie wettete, daß du dich wieder in einen stummen Fisch verwandeln und gottergeben in dein Schicksal fügen würdest, aber Badger meinte, du würdest mich schachmatt setzen. Spears allerdings rümpfte nur hochmütig die Nase und meinte, diese Scharade sei eines Grafen von Chase nicht würdig.«

Sie sah ihn unverwandt an. Schließlich rieb sie ihm die Brust und die Arme an den Stellen, wo ihn ihr Stiefelabsatz getroffen hatte. »Ich habe dir doch nicht weh getan, oder?«

»O doch! Ich habe entsetzliche Schmerzen.«

Das kräftige Reiben ging in ein zärtliches Streicheln über. Mit einem Seufzer meinte er: »Wir haben Zuschauer, Duchess. Mr. Biggs steht sprungbereit hinter seinen Rosen, um sie vor dir zu schützen.

»Ich weiß«, sagte sie, stellte sich auf die Zehenspitzen und küßte seinen Mund. Sie sah ihn voll an und ließ ihre Lippen weiter über sein Kinn, seine Wange, sein Ohr wandern. »Du wirst mich nie langweilen, Marcus.«

»Und du mich auch nicht, vor allem dann nicht, wenn du deinen linken Stiefel ausziehst. Diese seltsame Attacke hätte ich nicht erwartet.«

»Tja, als Frau muß man sich mit dem begnügen, was einem zur Verfügung steht.«

24

Sie lag da, starrte in die Dunkelheit und wartete auf ihn. Sie hatte ihn vor wenigen Minuten heraufkommen hören. Er hatte mit Trevor und der von ihm angeheuerten Celeste, die in Wirklichkeit Hannah hieß, Whist gespielt. Es war ein reizender Abend gewesen. Marcus hatte Miss Crenshaw als eine entfernte Cousine vorgestellt, noch entfernter als seine Verwandten aus Amerika, noch entfernter als eine Cousine aus China. Alles lachte, war vergnügt und ergötzte sich an Badgers hervorragender Küche, nur Tante Wilhelmina nicht, die bei Marcus' Lieblingsdessert ihr Gift verspritzen mußte. »Diese laute Fröhlichkeit ist sehr unangebracht, und das ist ihre Schuld. Sie ist ein Bastard und weiß sich nicht zu benehmen.«

Marcus hätte sich beinahe an der Stachelbeercreme verschluckt, beherrschte sich dann aber und meinte gelassen: »Ja, ich bin ganz deiner Meinung, Tante Wilhelmina. Betrachte Miss Crenshaw als mögliche Nachfolgerin der Duchess, wenn ich sie losgeworden bin. Bist du mit Miss Crenshaw einverstanden?«

»Sie stammt aus einer guten Familie, das steht fest. Ich werde sie für eine Ehe mit Trevor oder James ins Auge fassen. Miss Crenshaw, würde Ihre Mitgift meinen Ansprüchen genügen?«

Das Gelächter brach nicht ab, aber Tante Wilhelmina schien es zu überhören. Zum Glück saßen weder die Zwillinge noch Ursula mit an der Abendtafel.

Aber jetzt war es vorbei, es war dunkel, und sie trug immer noch ein Kind unter dem Herzen, das er nicht wollte.

Als sich die Verbindungstür öffnete, fühlte sie sich leer und kraftlos. Die Heiterkeit des Abends war wie weggeblasen.

»Na«, sagte er, nachdem er sich auf die Bettkante gesetzt hatte, »ich hätte ein trällerndes Hallo und ein strahlendes Lächeln erwartet. Bekomme ich keines von beidem?«

Sie schluckte die dummen Tränen hinunter. »Mein Lächeln ist strahlend, du siehst es nur nicht.«

Er entzündete eine Kerze.

Sie wandte ihr Gesicht zur Seite, aber er war schneller. Zart umfaßte er ihr Kinn mit den Fingern und drehte ihr Gesicht zu sich. Er sah sie mit einem Blick an, der dem Weltschmerz eines romantischen Helden Ehre gemacht hätte. »Duchess, mir wäre es lieber, du erschießt mich, als daß ich deine Tränen sehen muß.«

»Ich erschösse dich auch lieber. Es hat nichts zu bedeuten, Marcus. Es hat wirklich nichts zu bedeuten.« Er räusperte sich, und sie wußte natürlich, daß er nicht lockerlassen würde, bis er den Grund erfahren hatte. Marcus war eben Marcus. Also setzte sie sich auf und warf sich in seine Arme. »Bitte, Marcus, vergiß, daß du mich nicht wolltest. Vergiß, daß ich dich zur Heirat gezwungen habe. Vergiß, daß ich ein Kind bekomme, das du nicht haben willst. Küß mich, und liebe mich.«

Er war still, aber nicht lange. Als er tief in ihr war und sie noch die Nachwehen der Wonnen spürte, die er ihr geschenkt hatte, senkte er den Kopf und küßte sie. Sein Atem war warm und süß in ihrem Mund. »Du bist für mich geschaffen, Duchess, weißt du das? Nur für mich. Fühl uns, fühl, wie wir zusammengehören. Ich hätte mir nie träumen lassen, daß dieses Einssein möglich ist. Fühlst du es, Duchess?«

Sie fühlte es. Und sie glaubte, daß sie satt sei, erschöpft vor Lust, aber als sie seine Worte hörte und seine Finger auf ihrer Haut spürte, hielt sie den Atem an. Jetzt war sie es, die seinen Kopf zu sich zog und ihn küßte, mit einer Inbrunst, die älter war als sie selbst. Sie wußte, sie würde ihn bis zum letzten Atemzug lieben.

Er schlief dicht neben ihr ein und hatte ihren Kopf in die Beuge zwischen seinem Hals und seiner Schulter gebettet. Sie wollte schlafen, aber der Schlaf kam nicht zu ihr. Sie machte sich Gedanken über die Zukunft, vielleicht zum hundertsten Mal, seitdem sie das Kind in sich trug. Ihr Arm lag über seiner Brust. Langsam streichelte sie seine warme Haut und fühlte die Stärke und Kraft, die von ihm ausging. Unwillkürlich preßte sie den Leib an ihn. Würde sie noch in Chase Park sein, wenn sich ihr Bauch rundete? Und wenn es so wäre, hielte er sie dann noch so in den Armen, wenn das Kind, das er nicht wollte, zwischen ihnen wäre?

Marcus fühlte ihre warmen Tränen auf der Haut. »Nein«, flüsterte er an ihr Ohr, »nein, Duchess, nicht weinen. Schrei nach mir.« Er kam über sie, und als sie ihre Erfüllung fand, schrie sie nicht, sondern stöhnte leise an seinem Mund.

Dieser Tag, dachte Marcus, gehört zu den seltenen und kostbaren Hochsommertagen, die uns einen azurblauen Himmel mit frischer, klarer Luft schenken. Entweder man läßt sich zu romantischen Schwärmereien hinreißen oder zu einem schnellen Galopp über die Felder. Marcus entschied sich für den Galopp. Er und die Duchess hatten Hannah Crenshaw am frühen Morgen verabschiedet.

Als er ihr beim Einsteigen in die Kutsche half, besaß sie die Unverforenheit, leise zu ihm zu sagen: »Sie ist etwas Besonderes, Mylord. Ich hoffe, das ist Ihnen klar. Sie ist unglücklich, das sollte nicht sein. Ich hoffe, Sie wissen, was Sie ihr schuldig sind.«

Er hatte dazu geschwiegen, hätte ihr aber am liebsten eins hinter die Ohren gegeben. Statt dessen schlug er den Wagenschlag zu und wies den Kutscher an abzufahren. Er trat zurück und sah dem Gefährt nach, als es sich auf der breiten Zufahrtsallee entfernte.

»Das war eine Erfahrung, Marcus, die ich nicht missen möchte«, hatte die Duchess zu ihm gesagt und dann nachdenklich hinzugefügt: »Du hast dir mehr herausgenommen, als erlaubt ist, aber dein Sinn für Humor gefällt mir. Ich glaube, jetzt ist es an mir, dich zu übertreffen.«

Besorgt hatte er sofort abgewehrt: »Nein, verschwende keinen Gedanken daran, bevor du nicht wieder wohlauf bist. Versprich es mir, Duchess.«

»Mir geht es wieder ausgezeichnet, Marcus. Ich bin gesund und schwanger.«

»Ja«, hatte er einsilbig mit einem kurzen Blick auf ihren flachen Bauch geantwortet, der durch das Negligé aus hellblauem Batist schimmerte. In der Nacht hatte er mit eigenen Händen gefühlt, wie flach sie über dem Becken war. Es schien ausgeschlossen, daß sein Kind in ihrem Bauch heranwuchs.

Er blieb stehen, stieß einen kräftigen Fluch aus und ging dann zu den Pferdeställen. Als Lambkin Stanley herausführte, sah er noch einmal zum Himmel hinauf. Ein Blau, das einen Dichter zu Hymnen inspiriert hätte.

»Mr. Trevor ist mit Clancy ausgeritten«, sagte Lambkin, während er das linke Vorderbein des Pferdes hob und den Sitz des Hufeisens überprüfte.

»Mein Tier reiten, ohne mich zu fragen«, knurrte Marcus, nahm den Sattel und schwang ihn über Stanleys breiten Rücken. »Elender Schmarotzer.«

»Tja, Mr. Trevor ist ein hervorragender Reiter. Wirklich hervorragend. Wie eins dieser Fabelwesen, Sie wissen schon, Mylord, die oben ein Mensch sind und unten einen Pferdeleib haben.«

»Ein Zentaur. Aber es gibt keinen Zentaur, der Trevor heißt.«

»Ja, so ist es. Und Mr. James war bei ihm. Der reitet Alfie gern, den braven alten Alfie, der nur sabbert und knurpst, aber er ist lammfromm. Mr. James ist anders als sein Bruder. Mr. Trevor behandelt sein Pferd wie ein Mann eine schöne Dame. Er hat Zauberhände, ja, das muß man ihm lassen.«

»Hü!« rief Marcus, warf einen verdrossenen Blick auf Lambkin und ritt davon.

Auf seinem Weg zu den Klosterruinen von St. Swayle begegneten ihm weder James noch Trevor. Wo war dieser Wichtigtuer? Wo war James? Er merkte, daß er unwillkürlich nach einer Senke, einem Brunnen, einer knorrigen Eiche Ausschau hielt – und nach dieser dämlichen Neun mit dem Januskopf. Oder waren es zwei Neunen, die Rücken an Rücken standen? Warum mußte sich dieser niederträchtige Mönch so geheimnisvoll ausdrücken, daß selbst ein heller Kopf wie er nicht dahinterkam?

Auf einem schmalen Zufahrtsweg zu der Auffahrtsallee entdeckte er eine einsame weibliche Gestalt. Als er auf sie zuritt, erkannte er Ursula und ließ Stanley an ihrer Seite weitergehen. »Guten Morgen, Cousinchen. Zu Fuß und nicht zu Pferd?«

»Der Tag ist zu schön. Wenn ich auf dem Pferd sitze, habe ich Angst hinunterzufallen, und heute möchte ich alles sehen. Sogar die Blätter sind heute grüner, findest du nicht auch? So einen Tag muß man im Gedächtnis behalten. Es regnet hier sehr viel. Viel mehr als bei uns zu Hause, obwohl mein Vater immer sagte, Baltimore sei vom Wettergott benachteiligt worden.«

Marcus lachte. »Hast du Heimweh, Ursula?«

»Ja, aber ich betrachte England auch als meine Heimat, weil Papa hier geboren wurde. Chase Park ist wunderschön. Solche Häuser gibt es nicht in Amerika. Ja, es gibt Herrenhäuser und prächtige Villen, aber sie sind neu und nicht mehrere hundert Jahre alt, mit geheimen Gängen und dunklen Winkeln. Und –«, sie zögerte etwas, »mit einer uralten Bibliothek, in der man einen Hinweis auf das Vermächtnis der Wyndhams finden kann …«

Marcus stieg ab, schlang Stanleys Zügel um die Hand und ging neben seiner Cousine weiter.

»Vermächtnis? Warum gebrauchst du dieses Wort?«

»Mutter sagt, es ist nicht nur ein Schatz, sondern ein Vermächtnis. Ein Vermächtnis an den jüngeren Sohn, da der ältere den Titel, Chase Park, sämtliche Liegenschaften und das ganze Vermögen bekommt. Sie betrachtet es als ein Legat für ihren Mann, und nachdem Papa starb, gehört es jetzt ihr.«

»Ich verstehe«, sagte er laut und dachte, Tante Wilhelmina kommt auf Umwegen tatsächlich zu beachtlichen Rückschlüssen. »Ich fürchte nur, daß der Schatz oder, wie du sagst, das Vermächtnis mir gehört, mir, dem Grafen von Chase – falls wir etwas finden. Tut mir leid, Cousinchen. James und Trevor sind auch in diese Richtung geritten, aber ich habe keinen von beiden gesehen.«

»Nein, ich auch nicht. Trevor möchte lieber heute als morgen abreisen und bearbeitet Mutter ständig mit Blicken und Anspielungen. James hingegen möchte unbedingt das Vermächtnis finden, aber ich glaube nicht, daß er es für sich behalten will wie Mutter.

»Deine Mutter«, sagte er vorsichtig, »ist eine sehr ungewöhnliche Frau. War sie das immer schon?«

Ursula legte den Kopf schief. »Ja, ich glaube. Aber mir kam sie immer seltsamer vor, je älter ich wurde – oder je älter sie wurde. Das ist schwer zu sagen, wenn man jung ist. Glaubst du, daß die Duchess ihre bösen Bemerkungen übelnimmt? Es sieht nicht so aus, obwohl sie Grund genug dazu hätte. Mutter ist manchmal unberechenbar. Sie macht unmögliche Sachen und vergißt sie dann wieder. Oder vielleicht tut sie auch nur so. Ich weiß es nicht.«

»Die Duchess ist viel zu klug, um Beleidigungen ernst zu nehmen, auch wenn sie als Schmeicheleien getarnt sind. Was das schlechte Gedächtnis deiner Mutter betrifft, so finde ich das bemerkenswert. Hat sie das schon seit längerem?«

»Ihr Gedächtnis war gut, bis sie einem Nachbarn aus Versehen verdorbene Speisen vorsetzte und er um ein Haar daran gestorben wäre.«

»Hat sie ... Nun, sagen wir, mochte sie den Nachbarn nicht?«

»Woher weißt du das?«

»Purer Zufall. Sieh mal da hinüber zu der Eiche. Du lieber Himmel, die ist bestimmt älter als du!«

»Älter als ich, Marcus? So alt wie du und Mutter zusammen! Übrigens sagte Mr. Sampson, daß Major Lord Chilton heute komme.«

»Meine Güte! Das habe ich bei diesen Aufregungen glatt vergessen.«

»Bei welchen Aufregungen?«

»Nun, Miss Crenshaws Stippvisite.«

»Ich hörte, wie Trevor und James darüber lachten. James sagte, die Duchess habe es dir heimgezahlt. Und Trevor sagte, du hättest sie so gereizt, daß sie dich mit einem Stiefel geschlagen habe, aber das kann ich mir nicht vorstellen. Was meinte er wohl damit, Marcus?«

»Ich habe keine Ahnung, was sich dieser verdammte Mistkerl immer ausdenkt. Entschuldige, Ursula, ich sollte in deiner Gegenwart nicht fluchen.«

»Macht nichts. Das bin ich von meinen Brüdern gewöhnt. Wer ist dieser Lord Chilton?«

»Mit vollem Namen heißt er Friedrich North Nightingale, Viscount Chilton, und ist einer meiner besten Freunde. Wir kennen uns seit einem kleinen Scharmützel mit den Franzosen. Willst du wissen, was er sagte, als ich den Soldaten erschoß, der ihm um ein Haar mit seinem Säbel die Kehle durchschlagen hätte? ›Darauf trinken wir einen portugiesischen Wodka.‹ Er ist noch in Paris bei Lord Brooks geblieben, als ich nach London abreiste.«

»Er muß sehr nett sein.«

»Ja, er ist verschlossen und trübsinnig und fände diesen herrlichen Tag, den wir so genießen, einfach gräßlich. Er liebt das verwunschene Heideland mit seiner Kargheit und dem wilden Felsgestein. Und er ist voller Grillen und Rätsel. Ein gefährlicher Mensch, und so sieht er auch aus. Ich mag ihn sehr.«

Sie lachte und ergriff seine Hand, worauf er vergnügt meinte: »Laß das die Duchess nicht sehen. Sie hat ein einnehmendes Wesen und kann sehr eifersüchtig werden. Ich könnte mir gut vorstellen, daß sie mich erdolcht, und ich bin doch noch zu jung, um unter einem Grabstein in der Erde zu liegen!«

»Oh, du bist abscheulich. Das würde die Duchess nie tun. Sie ist mehr Dame als die Königin.«

»Nachdem unsere Königin bekanntlich nicht im entferntesten etwas mit einer Dame zu tun hat, gebe ich dir recht. Aber täusch dich nicht in der Duchess. Sie hat mir bereits hart zugesetzt mit einer Reitpeitsche, einem Zaumzeug und gestern mit ihrem linken Stiefel. Ja, dein widerwärtiger Bruder, dieser Wichtigtuer, hat nicht gelogen. Sie setzte sich auf die Erde, zog den Stiefel aus und rannte todesmutig wie ein Furie auf mich los. Hoffentlich nimmt sie demnächst nicht eine Pistole in ihr Waffenarsenal auf.«

Ursula lachte. Sie lachte laut und übermütig aus vollem Hals und rief ihm über die Schulter zu: »Wahrscheinlich hast du die Schläge auch verdient. Ich gehe zu dem kleinen Bach dort drüben. Erzähl meiner Mutter nicht, daß du mich getroffen hast.«

War er jemals so jung gewesen? Hatte er jemals so unbeschwert gelacht? Doch, bis Mark und Charlie in jenem Sommer ertranken und er seine Jugend verlor. Er bestieg Stanley und ritt zu den Stallungen zurück.

In der Eingangshalle von Chase Park war der Teufel los.

North Nightingale stand auf dem unteren Absatz der Treppe im Haus. Er hielt die Duchess in den Armen. Sie war bewußtlos oder tot. Marcus schrie wie ein Besessener.

Marcus war verrückt vor Sorge. Er wußte, daß sie Schmerzen litt, daß sie schwach und wehrlos war, und sagte deshalb mit einer Stimme, so sanft wie ein Regentropfen, der ans Fenster fällt: »Erzähl mir alles der Reihe nach. Versuch dich zu erinnern, Duchess. Was tatest oder dachtest du, als du an die Treppe kamst?«

»Ich wollte frühstücken, weiter nichts, Marcus. Ich stand oben an der Treppe. Ich erinnere mich, daß ich aus dem Augenwinkel einen Schatten bemerkte und mich umdrehte. An mehr kann ich mich nicht erinnern. Als ich aufwachte, hielt mich dieser fremde Mann in den Armen, mit einem Gesicht, so weiß wie die Farbe an der Wand.«

»Dieser leichenblasse Gentleman ist Lord Chilton. Ich vergaß, dir zu erzählen, daß er mich besuchen wollte. In Paris hast du ihn leider nicht kennengelernt, aber das hast du ja jetzt nachgeholt.« Er hatte in leichtem Plauderton gesprochen, aber sein Herz krampfte sich zusammen, als er an die durchlebte Todesangst dachte, die ihn bei ihrem Anblick in Norths Armen durchfahren hatte. Er wußte nur noch, daß er aus Leibeskräften gebrüllt hatte, bis er sich davon überzeugt hatte, daß sie am Leben war. Unwillkürlich drückte er ihre Hand so fest, daß sie stöhnte.

»Verdammt«, sagte er und massierte ihre mißhandelten Finger. »Ich habe Trevor zum Arzt nach Darlington geschickt. Das ist wenigstens kein Schlachter wie der verdammte Tivit. Er ist jung und kennt die neuesten Methoden.« Stirnrunzelnd sprach er weiter. »Hoffentlich ist er nicht zu jung. Ich will nicht, daß dich ein junger Mann ansieht und befühlt. Er wird versuchen, möglichst objektiv zu bleiben, aber bei einem jungen Spund kann ich mir das nicht vorstellen, dazu bist du einfach zu schön. Mußte das alles sein? Verdammt noch mal, und du bist schuld. Jetzt muß ich mich auch noch um dich sorgen! Und wenn dieser junge Arzt kommt, werde ich bei der Untersuchung dabeibleiben. Wenn er Feuer fängt, zertrete ich ihn wie einen Wurm.«

»Danke, Marcus, daß du mich vor den Nachstellungen eines lüsternen jungen Mannes bewahren willst, aber mir geht es gut, und ich kann auf mich selbst aufpassen. Es ist unnötig, daß du nach ihm geschickt hast. Ärzte finden immer etwas, und dann bekomme ich eine abscheulich schmeckende Medizin zu trinken. Wenn nur nicht mein Kopf wäre. Er schmerzt furchtbar.«

»Kein Wunder, du bist die Treppen hinuntergestürzt; dabei wurden auch andere Körperteile in Mitleidenschaft gezogen. Um deinen Kopf mache ich mir keine großen Sorgen, der ist hart wie ein Brett. Aber hast du vergessen, daß du schwanger bist? Dir hätte Ernsthaftes zustoßen können.«

»Warum sorgst du dich?«

»Wenn du mir noch einmal diese Frage stellst, erwürge ich dich, oder ich schlage mit meinem Reitstiefel zu. Ich möchte nicht, daß dir etwas passiert – will dir das nicht in den Kopf?«

Sie seufzte und schloß die Augen. »Nein«, hauchte sie und wandte das Gesicht ab. Am liebsten hätte er sie jetzt geschüttelt, aber er wollte erst abwarten, bis der tüchtige junge Arzt sie untersucht hatte. Vorsichtig massierte er ihre Schläfe, wie es ihm Badger kurz zuvor gezeigt hatte.

Sie verwandte alle Kraft darauf, den bohrenden Schmerz in ihrem Kopf zu vergessen, und konzentrierte sich auf Marcus' Finger, die mit stetigem Kreisen den Schmerz immer mehr eindämmten. Sie erinnerte sich, daß der Name Lord Chilton mehrmals während ihres Aufenthaltes in Paris gefallen war. Er war der Mann, den Badger und Spears tunlichst gemieden hatten. Der Major sei, wie die beiden ihr versicherten, der beste Freund des Grafen, und soviel sie wüßten, habe Marcus ihm das Leben gerettet, und jeder bekomme es seitdem mit ihm zu tun, der Marcus in irgendeiner Weise zu nahe trete oder ihm Schaden zufügen wolle. North Nightingale sei ein gefährlicher Mensch, außerdem sei er wortkarg und trübsinnig.

Dann hatte sie ihm zweifellos ein abwechslungsreiches Willkommen geboten.

25

Dr. Raven, ein wohl etwas zu phantasievoller Name für einen Mann, der so klein war, wie die Duchess mit zwölf Jahren gewesen war, und so dünn wie eine Bohnenstange. Zum Ausgleich zu seiner schmächtigen Gestalt hatte ihm die Natur einen wohlgeformten Kopf mit einem dichten blonden Lockenschopf geschenkt. Er zeigte sich keineswegs über Gebühr von der überwältigenden Schönheit der Duchess beeindruckt. Seine Stimme war angenehm sanft, seine Bemerkungen waren sachlich. Er warf sogar Maggie, die das Schlafzimmer ihrer Herrin betreten hatte, einen strengen, abweisenden Blick zu, was sie mit einem erstaunten Hüsteln und einer wegwerfenden Handbewegung quittierte. Marcus bedeutete ihr, das Zimmer zu verlassen, und schloß umgehend die Tür hinter ihr.

Mit Argusaugen beobachtete Marcus den Arzt, jederzeit bereit, ihn bei dem geringsten Anzeichen einer Unbotmäßigkeit wie eine Schnecke unter dem Stiefelabsatz zu zertreten.

Dr. Raven bemerkte ruhig, während er ihren Kopf nur mit den Fingerspitzen berührte: »Ihr Gatte berichtete mir, daß Sie vor nicht allzu langer Zeit schon einmal mit dem Kopf aufgeschlagen seien, Mylady. Ich fühle eine kleine Schwellung hinter Ihrem Ohr. Sie rührt aber nicht von diesem Sturz her. Soweit ich es beurteilen kann, werden Sie noch einige Tage Kopfschmerzen haben, aber dann dürfte es überstanden sein. Etwas Laudanum wird Ihnen helfen, Mylady.«

»Sie ist schwanger«, fuhr Marcus dazwischen. »Sie ist die Treppe hinuntergestürzt, und sie ist schwanger. Hier steht mehr als der Kopf auf dem Spiel.«

Dr. Raven nickte kurz und lächelte die Patientin an: »Bleiben Sie ganz ruhig liegen, und lassen Sie mich Ihren Bauch abtasten.«

Marcus trat dicht an das Bett heran. Dr. Raven steckte seine Hände unter die Decke und fühlte ihren Leib ab, ohne das Nachthemd hochzuziehen.

»Haben Sie Schmerzen oder Krämpfe?«

»Nein.«

»Blutungen?«

»Nein.«

»Sehr gut.«

Seine Hände waren leicht wie Rosenblätter, aber seine Berührungen waren gezielt und sicher, und sie wußte, daß er ein guter, erfahrener Arzt war. Als sie ihn ansah, bemerkte sie, daß er die Augen geschlossen hielt. Für ihn war ihr Bauch eine wohlbekannte Landschaft, in der er nach besonderen Merkmalen suchte.

»Waren Sie krank, Mylady?«

»Sie war sehr krank, erbrach das Frühstück, das Mittagessen, das Abendessen und alles andere ebenfalls. Sie ist dünn wie eine Spindel, aber seit ungefähr eineinhalb Wochen fühlt sie sich wieder wohl.«

Sie strahlte ihren Mann an, der auf sie aufpaßte wie der Vikar auf seine Kollekte. »Ich fühle mich auch ausgezeichnet, Dr. Raven. Ich ermüde etwas schneller als sonst, aber Badger meint, das sei normal.«

»Badger?«

»Unser Küchenchef.«

»Und mein Kammerdiener.«

»Interessant«, meinte Dr. Raven und schwieg, als er mit geschlossenen Augen fortfuhr, weiter an verschiedenen Stellen zu drücken. Schließlich zog er die Hände unter der Decke hervor, richtete sich auf und stieß beinahe mit Marcus zusammen.

»Nun?«

»Ihr scheint nichts zu fehlen, Mylord. Trotzdem rate ich, daß sie zwei Tage lang das Bett hütet. Sie ist am Anfang ihrer Schwangerschaft, und es könnten sich nach dem Sturz Beschwerden einstellen. Die ersten drei Monate einer Schwangerschaft sind kritisch. Warum, kann ich Ihnen nicht sagen, Mylord. Das weiß keiner. Achten Sie darauf, daß Ihre Gattin im Bett bleibt und sich ruhig verhält. Sollten sich Krämpfe oder Blutungen einstellen, holen Sie mich bitte sofort.«

Die Duchess meinte liebenswürdig: »Dr. Raven, Sie können mit mir sprechen. Ich habe ein sehr gutes Gehör, und mein Verstand läßt nichts zu wünschen übrig.«

»Das weiß ich, Mylady, das weiß ich. Aber Ihr Gatte ist sehr besorgt um Sie und steht wie ein Wachtposten vor Ihnen, daher wage ich es nicht, mich unmittelbar an Sie zu wenden. Er könnte es als Aufdringlichkeit Ihnen gegenüber mißverstehen. Ich bin jung, stehe am Anfang meiner Karriere und habe eine gut gehende Praxis. Sie verstehen, daß ich das alles nicht leichtfertig aufs Spiel setzen möchte.«

»Da bin ich völlig Ihrer Meinung, Dr. Raven. Zuweilen ist mein Mann recht unberechenbar. Ich werde im Bett bleiben.«

»Ausgezeichnet. Ich komme am Mittwoch wieder, falls sich keine neuen Symptome einstellen.«

Marcus begleitete Dr. Raven aus dem Schlafzimmer. Sie schloß die Augen und wünschte sich, die Kopfschmerzen sollten aufhören. Badger würde jeden Augenblick mit dem Laudanum auftauchen.

Gehorsam trank sie die Limonade, die Badger ihr reichte, und wußte, daß sie das aufgelöste Schmerzmittel enthielt. Während das Medikament zu wirken begann, erinnerte sie sich wieder des Schattens, der schattenhaften schnellen Bewegung, ehe sie stolperte und die Treppe hinunterstürzte. Kurz bevor der Schlaf sie übermannte, wußte sie, daß sie nicht gestolpert war, daß eine Hand sie zwischen den Schulterblättern gepackt und mit brutaler Gewalt nach vorn gestoßen hatte. Sie hörte wieder ihren Schreckensschrei, fühlte die ohnmächtige Hilflosigkeit, als sie kopfüber die Stufen hinunterrollte und verzweifelt am Geländer Halt suchte, und plötzlich waren Hände da, die sie auffingen, Hände, die sie aufrichteten, bis sie in eine willkommene schwarze Ohnmacht fiel.

»Mir gefällt das nicht, ganz und gar nicht.«

»Mir auch nicht. Selten habe ich in meinem Leben solche Angst ausgestanden, Marcus. Ich befand mich in der Eingangshalle, vollkommen eingeschüchtert von den vielen Ahnen, die auf mich herabstarrten, als ich diesen gräßlichen Schrei hörte und beim Aufblicken sah, wie deine Frau die Treppe herunterstürzte. Ich fing sie so rasch wie möglich auf.«

»Wenn du nicht so schnell gehandelt hättest, wäre sie am Fuß der Treppe mit aller Wucht auf dem Marmorfußboden aufgeschlagen und wahrscheinlich tot. Großer Gott, mir gefriert das Blut in den Adern, wenn ich daran denke. Danke, North. Jetzt sind wir quitt.«

»O nein, noch lange nicht, Marcus.«

Marcus schüttelte nur den Kopf. In seinem Leben war ihm bisher kein eigensinnigerer, treuerer Mensch begegnet als North. »Wie du willst. Aber ich stehe in deiner Schuld, jedenfalls aus meiner unmaßgeblichen Sicht. Mein Gott, als ich in die Halle kam und dich mit ihrem leblosen Körper in den Armen sah! Ich möchte nie wieder in meinem Leben einen solchen Schrecken erfahren. Nein, das Ganze gefällt mir nicht. Es gefällt mir ganz und gar nicht.«

»Möchtest du dich nicht etwas deutlicher ausdrücken, Marcus?«

Marcus berichtete ihm von dem Vermächtnis der Wyndhams, von dem alten Folianten, den die Duchess in der Bibliothek entdeckt hatte und wie sie daraufhin niedergeschlagen wurde. Er erzählte ihm von den amerikanischen Wyndhams, insbesondere von Tante Wilhelmina, die sehr exzentrisch sei und möglicherweise einen unliebsamen Nachbarn vergiftet habe.

»Als James Wyndham sie in den frühen Morgenstunden ohnmächtig auf dem Fußboden liegend vorfand, nahm ich an, daß man sie wegen des verdammten Buches niedergeschlagen hatte, aber das glaube ich jetzt keine Sekunde lang mehr. Jemand wollte sie absichtlich töten.«

»Großer Gott, Mann, du wirst Graf, wirst deines Vermögens beraubt, du heiratest, kommst wieder zu deinem Reichtum, und jetzt versucht jemand, deine Frau umzubringen?«

»So ungefähr ließe sich das Ganze beschreiben. Möchtest du einen Cognac, North? Mein Onkel, der Mistkerl, Gott möge seine Seele verrotten lassen, der frühere Graf, hat nur den allerfeinsten französischen Cognac im Keller.«

Als er North Nightingale einen Fingerhut des uralten kostbaren Getränks einschenkte, den sein Onkel aus Frankreich herübergeschmuggelt hatte, meinte sein Freund: »Ein Gentleman, dein Butler. Übrigens schlug er die Hände vor dem Gesicht zusammen und war den Tränen nahe, als er etwas murmelte, was sich so anhörte, als ob die Duchess schwanger sei. Stimmt das, Marcus?«

»Ja.«

»Nun? Ist dem Kind nichts passiert?«

»Ich hoffe es. Der Arzt hat sie untersucht. Sie soll noch für zwei Tage im Bett bleiben.«

»Meinen Glückwunsch zu deiner Heirat und der bevorstehenden Geburt eines Sohnes oder einer Tochter.«

Marcus gab nur ein Knurren von sich.

North zog erstaunt die Augenbrauen hoch: »Hier scheint mehr im Spiel zu sein als zwei Mordanschläge auf deine Frau und die Suche nach einem vergrabenen Schatz.«

»Verdammt noch mal, das geht dich nichts an, North!«

»Schön. Ich glaube, ich gehe vor dem Mittagessen hinauf, um mich frisch zu machen. Außerdem brauche ich eine kleine Pause. Der Schreck von vorhin steckt mir noch in allen Gliedern. Und ich will für diese berüchtigte Tante gewappnet sein. Meinst du, sie wird meine Suppe vergiften, weil ich die Duchess gerettet habe?«

Marcus lachte. »Wer will das bei Tante Wilhelmina wissen? Jedenfalls kann diese Fregatte meine Frau nicht ausstehen.«

»Deine schwangere Frau.«

»Dämlicher Hund, North, verschwinde!«

North grinste, schaute dann aber sehr nachdenklich drein, als er Marcus das leere Cognacglas reichte und die Treppen hinaufging.

»Marcus meinte, Sie seien verschlossen, trübsinnig und voller Geheimnisse. Er vermutete sogar, Sie seien gefährlich.«

»Das stimmt nicht, Ursula. Nun, das mit den Geheimnissen stimmt nicht. Er ist so geheimnisvoll wie eine Kröte auf einem Lilienblatt.«

»Du hast aber noch mehr über ihn erzählt, Marcus.«

»Ja, das kann zutreffen«, meinte North. »Ich bin ein melancholischer Zeitgenosse, ohne Witz, aber mit schwarzem Humor und einem Schatten auf der Seele.«

Tante Wilhelmina rief über die lange Tafel hinweg: »Ursula, Gentlemen, insbesondere Aristokraten, lieben es, sich auf gewisse Weise darzustellen. Sie bevorzugen den melancholischen Romantiker, um auf die Damen Eindruck zu machen. Wahrscheinlich ist er ein bärbeißiger Choleriker.«

Keiner antwortete auf diese Bemerkung, und Tante Wilhelmina blieb nichts anderes übrig, als sich mit ihren Schinkenscheiben zu beschäftigen, die sie mit Badgers vielgerühmter Aprikosensauce bestrich.

Trevor lachte und sagte, um das Schweigen zu unterbrechen: »Eine Dame aus den Kolonien hat Ihnen eine Lektion verpaßt, Mylord.«

»Nennen Sie mich North. Wenn ich mit Marcus diesen vertrauten Umgang pflege, freue ich mich, seinen Cousin einzubeziehen.«

Trevor nickte ihm zu und erhob sein Weinglas. »Mein lieber Marcus, als Oberhaupt des amerikanischen Zweigs der Familie Wyndham habe ich beschlossen, daß wir am Freitag Chase Park verlassen. Ja, mein Alter, bis dahin bleiben noch vier Tage. Dann mußt du nur noch North loswerden, um die Gesellschaft der Duchess allein und ungestört genießen zu können.«

»O nein!« erwiderte Tante Gweneth vorwurfsvoll. »Willie, du hast mir nichts von eurer bevorstehenden Abreise erzählst!«

»Wenn sie stürbe, könnte ich bleiben.«

»Um Himmels willen, Mama, was hast du da gesagt?«

»Mein gutes Kind, ich sagte nur, wenn sie bereit wäre, den lieben Marcus mit uns zu teilen, dann könnten wir hierbleiben.«

North starrte sie mit offenem Mund an. Also doch eine Giftmischerin, dachte er.

»Aber Willie, du wirst doch jetzt nicht abreisen wollen. Der Sommer in London ist recht anstrengend.«

»Liebe Tante Gweneth«, sagte Marcus und lächelte ihr zu. »Du bist nie über York hinausgekommen. London ist sehr abwechslungsreich. Zu jeder Jahreszeit.«

»Marcus, im Sommer ist es in London heiß und stickig, ein pestilenzartiger Gestank breitet sich aus. Ihr solltet die Abreise verschieben. Trevor, das hast du wirklich vor?«

»Ja, Tante Gweneth. Das Spiel mit dem Schatz der Wyndhams wird allmählich langweilig. Und wenn er doch noch auftauchen sollte, dann gehört er Marcus und nicht uns.«

»Trevor!«

»Mama, tröste dich, daß wir nicht unvermögend sind und keine Almosen brauchen. Außerdem habe ich vor, unsere Barschaft aufzubessern, und werde James mit einer geeigneten englischen Erbin verheiraten. Was hältst du davon, Bruderherz?«

James war offensichtlich entsetzt. »Heiraten? Ich? Du lieber Gott, Trevor, ich bin erst zwanzig Jahre alt. Ich brauche noch ein Weilchen, um reif zu werden.«

»Zeit, um dich auszutoben, wolltest du wohl sagen? Laß es gut sein, James. Mich hat man zum Altar geschleift, kaum daß ich zweiundzwanzig Jahre alt war.«

Marcus blickte belustigt von einem Bruder zum anderen. Anscheinend war es ein Sport der beiden, sich gegenseitig zu hänseln.

»Von wegen geschleift! Du wärst gestorben, wenn du Helen nicht bekommen hättest. Wie ein Hündchen bist du ihr nachgejapst. Du wolltest sie unbedingt haben!«

Antonia sagte nur: »Ursula hat uns erzählt, daß Helen das schönste Mädchen in Baltimore war und daß es eine Liebesheirat war, wie sie in den Romanen von Mrs. Radcliffe beschrieben werden.«

»Glaubst du diese Geschichten? Mrs. Radcliffe war damals noch blutjung.«

»Aber, Trevor«, meinte Ursula völlig verwirrt, »ich dachte, du hättest Helen angebetet. Ich hielt sie für die glücklichste Frau der Welt, weil sie deine Liebe genoß, bis sie starb.«

Fanny blieb still und blickte sehnsüchtig nach den mit Zimt kandierten Birnen. Heroisch entschloß sie sich für einen Apfel.

Trevor schüttelte nur den Kopf und sagte dann, an North gewandt: »Ich verstehe vollkommen, daß du wie Marcus nicht an meinen Gestaden gekämpft hast, sondern lieber für den kleinen Napoleon. Ich beglückwünsche euch zu eurer weisen Voraussicht, denn es wäre mir schrecklich gewesen, einem von euch das Bajonett in den Bauch zu stoßen, wenn ihr in Baltimore aufgekreuzt wärt.«

»Oho, Marcus, soll ich ihn hinausbitten und gründlich verprügeln?«

»Das könntest du nicht«, antwortete James. »Trevor ist kräftiger als ein Pferd, schnell und geschickt.«

»Ich hörte nur, wie du einmal erwähntest, er kämpfe mit allen Tricks«, sagte Ursula.

»Mit welchen Tricks?« wollte Fanny wissen und biß kräftig in den Apfel.

»So, meine Kinder«, sagte Tante Wilhelmina. »Das reicht jetzt. Ihr habt meine Geduld hinreichend strapaziert. Sampson, sagen Sie bitte Badger, er möge mir ein Schälchen Zitronenquark für meinen Magen zubereiten.«

Antonia flüsterte Fanny zu: »Ich glaube, wir sollten zur Duchess gehen und ihr alles erzählen. Das Lachen wird ihr guttun.« Die Zwillinge hüpften von ihren Stühlen, nachdem Tante Gweneth zustimmend genickt hatte, und sausten aus dem Morgenzimmer.

»Ich will aber nicht, daß ihr abreist, Willie«, nörgelte Tante Gweneth. Marcus lächelte ihr mitfühlend zu. »Das ist allein Trevors Entscheidung.«

»Warum? Er ist genauso jung wie du, Marcus. Warum sollte er das letzte Wort haben? Schließlich ist sie seine Mutter und nicht seine Ehefrau.«

»Er ist aber immer noch der Mann im Haus, Tante Gweneth. Er ist das Oberhaupt der Familie.«

»Ausgemachter Blödsinn«, erklärte Tante Wilhelmina. »Er ist höchstens zweiundzwanzig oder dreiundzwanzig Jahre alt, wenn es hochkommt. Darauf habe ich ihn erst vor ein paar Tagen aufmerksam gemacht, als er irrtümlich darauf bestand, fünfundzwanzig zu werden. Ich werde noch einmal mit ihm reden, Gweneth. Er wird schon Vernunft annehmen.«

Trevor zog nur die Schultern hoch und schmunzelte in sich hinein. Marcus und North tauschten Blicke, auf die sich die weiblichen Mitglieder am Tisch keinen Vers machen konnten.

Sie standen sich im Schlafzimmer der Duchess gegenüber.

»Nein, das verbiete ich dir. Basta!«

»Marcus, mir geht es prächtig. Mein Ehrenwort. Ich werde verrückt, wenn ich hier noch länger in meinem Schlafzimmer bleiben muß. Bitte, ich möchte ausreiten. Ich werde auch achtgeben.«

Sein Verwalter wartete bereits seit gut zwei Stunden auf ihn. Crittaker scharwenzelte in seiner Nähe herum in der Hoffnung, zumindest einen Teil der Briefe und Rechnungen zu erledigen und durchzusprechen. Außerdem wollten heute zwei Pächter bei Marcus vorsprechen. »Nur wenn ich mit dir reite. Allein lasse ich dich nicht ausreiten.«

Sie warf die Arme um ihn. »Oh, ich danke dir.«

Er zog sie sanft an sich. »Du bist so dünn, Duchess.«

»Das wird sich bald ändern. Im Herbst bin ich so rund wie die Kürbisse in Mr. Popplewells Garten.«

Er schwieg. Seine Arme lockerten sich.

»Marcus.«

Sie hatte das Gesicht zu ihm hinaufgewandt. Einen Augenblick lang versank er in ihren tiefblauen Augen, in diesen unbeschreiblich tiefgründigen Augen voller Unsicherheit, Fragen und voller Wärme. Wärme für ihn? Das konnte er für sich verbuchen, sonst hätte sie die Ehe mit ihm nicht so lange durchgestanden. Er küßte sie, berührte mit der Zunge sanft ihre Unterlippe. Sie stellte sich auf Zehenspitzen und preßte sich an ihn.

»Ich kann jetzt nicht mit dir schlafen, sonst trifft den jungen Dr. Raven der Schlag. Nein, Duchess, nein. Oh, du schmeckst wundervoll, weißt du das? Und du bist so verdammt weich und anschmiegsam. Bist du gern bei mir?«

»Für mich gibt es auf dieser Welt nur dich. Es gibt nur einen Mann wie dich, Marcus. Weder der Frauenheld Trevor noch der verdrossene und trübsinnige Lord Chilton können es mit dir aufnehmen.«

Er schmunzelte und spielte mit der Zunge weiter an ihrer Unterlippe.

»Ich spüre, daß du mich begehrst, Marcus. Ich spüre es.«

»Wenn du das nicht spüren würdest, dann könnte ich mir gleich die Pulsadern aufschneiden. Ich will dich, wenn ich an dich denke. Ich will dich, wenn ich deinen Duft einatme. Ich will dich, wenn deine Röcke an mir vorbeirascheln.«

Aber er wollte das Kind nicht, das sie trug, weil er ihren Vater so gehaßt hatte.

Sie fragte sich in diesem Augenblick, ob er sich eine Fehlgeburt wünschte. Nein, das bestimmt nicht. Nicht Marcus. Sie schüttelte den Kopf, sogar als sie an seinem Mund stöhnte. Auch wenn er sich für oder gegen das Kind entscheiden sollte, Marcus bliebe immer der Mittelpunkt in ihrem Leben und in ihrem Herzen.

»Bei allem, was mir heilig ist, ich will dich.« Seine Hände strichen über ihren Rücken, packten ihre Hüften und zogen sie fest an sich.

»Ja«, hauchte sie an seinen Lippen.

Im nächsten Augenblick preßte er sie gegen die Wand und hob sie hoch. »Leg deine Beine um meine Hüften.« Sie tat es, ohne den Grund zu verstehen. Aber ihre Verwirrung dauerte nur kurz, nur so lange, bis er die Hose fallen ließ, ihr Nachtgewand hochschob und sie für sich zurechtrückte. Er drang in sie ein, und sie war für ihn bereit, warm, weich und gierig, und sie stöhnte auf, als er sie ausfüllte. Er kam zum Höhepunkt. Sein mächtiger Körper erzitterte, seine Muskeln entspannten sich, aber er blieb in ihr, weil er wußte, daß sie noch keine Erfüllung gefunden hatte. Während sie sich ihrem Höhepunkt näherte, wußte sie, daß er nicht eher aufhören würde, bis sie ihre Lust hinausschreien würde.

Sie rang nach Atem, als sie das Drängen der Lust immer heftiger durchströmte. Sie spannte die Muskeln an, wollte laut aufschreien, aber er fing ihre Schreie in seinem Mund auf und küßte sie so lange und so oft, bis sie sich matt und erschöpft an ihn lehnte. Er hielt sie an sich gepreßt, küßte sie, streichelte sie weiterhin und murmelte: »Mir fehlt etwas. Ich habe deine wunderschönen Brüste nicht geküßt.«

»Und ich habe deinen Bauch nicht geküßt, Marcus. Vielleicht kann ich mit meinen Küssen auch tiefer wandern? Was meinst du dazu?«

Er stöhnte nur auf und gab ihr einen kurzen Klaps auf den Hintern, um sie sofort wieder zu streicheln.

»Bade jetzt, mein Liebes, und wenn du dich dann noch kräftig genug fühlst, reiten wir gemeinsam aus.« Für einen Augenblick blieb er im Türbogen der Verbindungstür stehen. »Wenn du das versuchen solltest, werde ich nicht nein sagen.«

Sie warf ihm einen fragend-sinnlichen Blick zu, und sein Körper signalisierte ihm neue Lustgefühle.

Vielleicht, dachte die Duchess, vielleicht ist das die *Grenze*, von der Badger sprach? Sie konnte es kaum erwarten.

26

Die Wyndhams aus Übersee verabschiedeten sich am Freitag morgen. Riesige Gepäcktürme stapelten sich auf der Chaise, die Trevor für seine Familie bestellt hatte.

Tante Wilhelmina sagte zu der Duchess: »Du siehst wieder wohl aus, wirklich jammerschade.«

»Was hast du eben gesagt, Mama?«

»Mein lieber James, ich sagte nur, sie sieht wieder wohl aus und kann uns in London besuchen.«

»Ja, sehr richtig, Tante, sehr richtig«, bestätigte die Duchess. »Hoffentlich erkrankst du an einer schmerzhaften Verbalpest.«

»Und was hast du eben gesagt, Duchess?« fragte James und grinste sie hinter vorgehaltener Hand an.

»Ach, ich sprach nur die Hoffnung aus, deine Mutter möge uns bald wieder besuchen.«

Tante Wilhelmina starrte sie an und fuhr mit leiserer Stimme fort: »Wirklich bemerkenswert, wie es dir gelingt, immer wieder auf die Beine zu kommen. Eines Tages wird das ein Ende haben.«

»Zweifellos hast du recht, liebe Tante, aber es ist nun einmal der Lauf der Dinge, daß du aller Wahrscheinlichkeit nach deine Tage vor mir beschließen wirst, da du um einiges älter bist.«

»Ja, das wollen wir hoffen«, sagte Marcus mehr zu sich selbst, aber laut genug, damit es die Tante hörte.

»Du hast ebenfalls einen frühen Tod verdient, Marcus, wenn du ihre Beleidigungen duldest.«

»Großer Gott, Mama! Was hast du da gesagt?«

»Nichts, Ursula, nur daß seine Frau sehr vorlaut ist. Leider weiß sie sich nicht zu benehmen. Bei ihrer Herkunft nicht verwunderlich!«

Die Duchess lachte.

»Du bist eine gräßliche alte Vettel, Tante. Ich hoffe, daß dich das nächstbeste Kutschenrad überrollt.«

»Marcus!« schrie Tante Gweneth außer sich. »Was hast du eben gesagt?«

»Eine Freundlichkeit, Tante Gweneth, nur eine artige Freundlichkeit.« Dann wandte sich Marcus an Trevor: »Unseren Dandy werden wir wohl in London wiedersehen. Wie lange willst du in England bleiben?«

»James möchte sämtliche Lasterhöhlen und Spielhöllen besuchen, einfach alles, was das anrüchige London zu bieten hat.«

»Unsere Hauptstadt ist ein echter Sündenpfuhl«, bestätigte North. »Um alles kennenzulernen, braucht er zehn Jahre.«

»James ist jung und unternehmungslustig. Ich wette, daß er in drei Monaten genug erlebt hat«, meinte sein Bruder. »Vielleicht in noch kürzerer Zeit, wenn ihr, ehm, unsere Fremdenführer seid. North und Marcus?«

»Ich weiß nicht«, mischte sich die Duchess ein, »ob ich es meinem Mann erlauben sollte, euch zu begleiten. Schließlich sind Etablissements dieser Art Neuland für ihn, nicht wahr, mein Liebster?«

»Ja, in diesem Punkt bin ich ein Waisenknabe«, pflichtete ihr Marcus vergnügt bei.

»Du wirst mir doch schreiben, Willie?«

»Selbstverständlich, Gweneth. Oh, wie leid es mir doch tut, das Vermächtnis der Wyndhams *ihm* und *ihr* zu überlassen. Das Vermächtnis gehört den *amerikanischen* Wyndhams.«

»Trotz der Hinweise, die wir entdeckt haben, Tante Wilhelmina«, meinte Marcus völlig ungezwungen, »bin ich nicht überzeugt, daß wir irgend etwas finden werden. Diese janusköpfige Neun mit dem lauernden Ungeheuer im Brunnen ist die Ausgeburt eines kranken Hirns. Ein verrückter Mönch hat diese Geschichte niedergeschrieben.«

»Da pflichte ich dir bei«, sagte Trevor. Er gab Marcus die Hand und schüttelte sie herzlich. Dann küßte er die Duchess leicht auf die Stirn und trat einen Schritt zurück: »Wir verabschieden uns jetzt. Marcus, kümmere dich gut um deine wunderschöne Frau. North, ich hoffe, dich in London wiederzusehen. Marcus weiß, wo wir absteigen. Dann werden wir uns gemeinsam in dem Sündenbabel umsehen und die schwarzen Schafe bekehren.« Er küßte die Zwillinge und Tante Gweneth und winkte Sampson, Badger, Spears und Maggie zum Abschied zu.

»Du hast hier in Chase Park ein paar sehr interessante Typen um dich versammelt«, meinte James und winkte jetzt auch. »Vor allem

Maggie. Für eine Zofe benimmt sie sich sehr ungewöhnlich. Sie hat mir doch tatsächlich einen Klaps auf den Hintern gegeben, Marcus.«

»Na, hoffentlich hast du das nicht auf dir sitzen lassen, James«, antwortete Marcus und half Tante Wilhelmina in die Kutsche.

»Tja, das wollte ich, aber sie meinte, ich hätte noch Eierschalen hinter den Ohren.«

Sie sahen der Kutsche nach, als sie auf der breiten Auffahrt von Chase Park davonfuhr.

Als Ursula noch einmal den Kopf zum Kutschenfenster herausstreckte und ihnen zuwinkte, meinte Tante Gweneth mit einem Seufzer: »Man ist niedergeschlagen, wenn so liebe Gäste abreisen.«

»Es war Trevors Entscheidung«, gab Marcus zu bedenken.

»Trotzdem«, sagte Tante Gweneth und kehrte mit hängenden Schultern ins Haus zurück.

Maggie schniefte laut und meinte, nur für die Duchess bestimmt: »Ein Alptraum, dieser alte Besen. Ich traue ihr nicht über den Weg, Duchess. Ich bin überzeugt, daß sie es war, die Sie im Bibliothekszimmer auf Ihren armen Kopf schlug und die Sie die Treppe hinunterstieß.«

»Woher weißt du das mit der Treppe, Maggie?«

»Nun, Mr. Sampson hat es mir erzählt. Und Mr. Badger. Und Mr. Spears. Wir haben natürlich darüber gesprochen. Deswegen war ja immer einer von uns in Ihrer Nähe, bis die alte Hexe abfuhr.«

»Das sind alles nur Vermutungen«, sagte die Duchess.

»Amen«, schloß Badger und berührte sie am Ellenbogen. »Sie sehen etwas angegriffen aus. Ich begleite Sie in das Grüne Würfelzimmer und werde Ihnen dann einen köstlichen schwarzen Tee bringen.«

Der Frieden hielt bis zum Nachmittag an. Um ein Uhr, als sie gerade zum Mittagessen Platz genommen hatten, tauchte Sampson im Morgenzimmer auf und verkündete majestätisch: »Mylord, Ihre Mutter ist eingetroffen.«

»Allmächtiger!« rief Marcus und ließ die Gabel fallen, mit der er ein Stück halbrohes Beefsteak oder, wie Badger es nannte, *Rosbief anglais à la sauce des fines herbes* aufgespießt hatte, und erhob sich. »Sie kommt früher als erwartet, aber das sollte mich nicht überraschen. Schließlich setzten die Wehen bei ihr auch zu früh ein, als sie mich zur Welt brachte, und das hat sie mir ständig zum Vorwurf gemacht. Zu meiner Verteidigung sage ich dann immer, daß es bestimmt nicht meine Absicht war, sie zu foltern.«

Die Duchess stand auf, um zur Begrüßung an seiner Seite zu stehen. Er nahm ihre Hand. »Und ihr bleibt bitte sitzen. Die Duchess und ich werden unserer Pflicht als Sohn und Schwiegertochter nachkommen.«

Die Mutter des Grafen von Chase, Patricia Elliott Wyndham, eine elegante Person von fünfzig Lenzen, der man annähernd nur vierzig ansah, war klein und zierlich, mit einem Kopf voller dichter schwarzer Haare. Keine einzige graue Strähne war zu entdecken. Ihre Augen waren so blau wie die ihres Sohnes.

Patricia Elliott Wyndham musterte die Duchess von oben bis unten. »Als Junge pflegte Marcus, wenn er von den Ferien in Chase Park nach Hause kam, von dir zu erzählen. Er meinte, du seist ein außergewöhnliches Mädchen und keineswegs mit den Zwillingen zu vergleichen, die zu allem ja und amen sagten. Er beschrieb dich als zierlich, kühl und hochmütig. Und wenn man dich ansprach, hättest du deine Nase steil in die Luft gereckt und dort gelassen. Ich hatte nicht das Gefühl, daß er dich besonders mochte. Warum hat er dich eigentlich geheiratet? Ganz davon abgesehen, daß er mich nach der Hochzeit mit einem Brief vor vollendete Tatsachen stellte. Und warum mußte es ausgerechnet Paris sein?«

Die Duchess blickte ihre Schwiegermutter unschuldig an. »Er hatte sich in mich verliebt, Madam. Er hielt um meine Hand an und schwor, er könne ohne mich nicht leben und daß ihm weder der Portwein noch die köstlichste Mahlzeit ohne mich schmecken würden. Er warb auf den Knien um mich. Was sollte ich tun? Ich bin kein grausamer Mensch und wollte nicht, daß er verhungert und verdurstet oder sich zwischen die Räder einer Kutsche wirft. Er ist sehr leidenschaftlich und zu allem fähig. Ich traf ihn rein zufällig in Paris. Sie werden ihm verzeihen, wenn er seinen Sohnespflichten nicht genügen konnte, um sich vorher mit Ihnen zu beraten. So war es doch, Marcus, nicht wahr?«

»Ganz richtig«, pflichtete Marcus ihr bei.

»Und, Madam, um ganz ehrlich zu sein, ich selber bete ihn an. Ich habe ihn aus freien Stücken geheiratet. Natürlich hätte ich es vorgezogen, ihm in Ihrem Beisein mein Jawort zu geben, aber die Zeit drängte. Es tut mir sehr leid.«

Er starrte seine Frau an und wunderte sich – wie so oft in letzter Zeit – über die veränderte Duchess. Er war sich nicht im klaren, was tatsächlich in ihr vorging. Sie betete ihn an? Hatte sie ihn wirklich heiraten wollen, oder hatte sie nur der verdammte Sinn für Gerechtigkeit dazu getrieben? Oh, es gab ungeheuer viele Punkte, über die er gründlich nachdenken mußte.

»Er war ein kluger, charmanter Junge«, sagte Mrs. Wyndham. »Ja, die Mädchen in der Nachbarschaft liefen ihm hinterher und machten ihm schöne Augen. Ich fürchte, dadurch wurde er sehr eingebildet. Er machte allen Mädchen Hoffnung und verstand es, seine Gunst geschickt zu verteilen, dieser Lausebengel. Alle fielen auf sein unwiderstehliches Lächeln herein. Ich weiß bis heute nicht, Marcus, ob du damals mit Melissa Billingstage im Stall der Billingstages im Heu warst.«

»An ein derartiges Ereignis kann ich mich nicht erinnern, Mama, auch nicht an eine Melissa. Es war nicht zufällig dieses entzückende kleine Wesen, dessen Vater Besitzer von Bassing Manor war? Das Mädchen mit den großen Veilchenaugen, hm, und auch sonst sehr ansehnlich gebaut?«

»Du weißt sehr wohl ... ah! Duchess, schon wieder hat er den Spieß umgedreht. Es ist nicht zu fassen.«

»Ja, in diesen Dingen ist er sehr geschickt. Ich muß zugeben, daß er immer noch sehr eingebildet ist, aber das macht seinen Charme aus. Sein Lachen ist bei Gott etwas ganz Außergewöhnliches. Ich glaube Ihnen aufs Wort, Madam, daß er seinen unwiderstehlichen Charme und sein Lachen als Junge bereits zur Vollkommenheit entwickelt hatte, denn beides bereitet mir großes Vergnügen.«

»Sie entspricht genau der Frau, die ich für dich ausgesucht hätte, Marcus«, erklärte Patricia Wyndham und nahm die Hand der Duchess. »Dein Ehering ist sehr schlicht, Duchess. Du bekommst meinen Ring, der sich seit drei Generationen in Familienbesitz befindet. Ich werde ihn dir schicken lassen.«

»Danke, Madam. Ist es dir recht, Marcus?«

»Selbstverständlich. Ich hatte es ganz vergessen.«

»Sie ist deine Frau, Marcus. Der Ring gehört an ihren Finger.«

»Ja, Mama. Sicher. Willkommen auf Chase Park! Wie lange gedenkst du zu bleiben? Kurz oder lange?«

Bei dieser Frage zog Patricia Wyndham die Stirn auf die gleiche

Art in Falten wie Marcus. »Sampson erzählte mir, die Amerikaner seien gerade abgereist, was ich natürlich bereits wußte. Die gute Mrs. Emory, eine treue Freundin, schrieb, daß Trevor vorhabe, mit seiner Familie nach London weiterzufahren. Aber dieser *Frau*, dieser alten Hexe, traue ich nicht über den Weg. So verbrachte ich die vergangenen zwei Tage in Darlington, postierte einen Mann in der Nähe von Chase Park, der mich sofort benachrichtigte, als die Kutsche dieser amerikanischen Sippschaft endlich die Auffahrt hinunterfuhr und links abbog. Diese Wilhelmina konnte ich noch nie leiden.«

»Aber du hast sie nie kennengelernt, Mama.«

»Das spielt keine Rolle. Eine Mutter weiß alles. Sie ist ein ungehobeltes, widerwärtiges altes Lästermaul.«

»Ja«, bestätigte die Duchess, »das ist sie tatsächlich. Man weiß nie, was aus ihrem Mund alles herauskommt. Sie hat ihre scharfen Krallen unter Samthandschuhen verborgen.«

»Ich wußte es ja. Also, meine Lieben, jetzt bin ich hier, und die Tage werden harmonisch und fröhlich verlaufen. Wo ist Gweneth? Wo sind die Zwillinge? Und was hat es mit dem Vermächtnis der Wyndhams auf sich? Und du, Josephina, wärst zweimal beinahe ermordet worden, schrieb Mrs. Emory. Erzähl mir davon, mein Liebes. Ich liebe Schauergeschichten.«

»Sie heißt Duchess, Mama. Josephina ist der Name für eine Kuh oder Stockente.«

»Schön. Ich möchte meine Schwiegertochter nicht unverdienterweise kränken.«

Der Morgen war herrlich und der Himmel strahlend blau. Während der Nacht hatte es geregnet, und die Luft war frischer und wärmer als der Mund ihres Mannes, der sie stürmisch im Frühstückszimmer geküßt hatte, bevor der Rest der Familie erschienen war.

Sie blickte zu ihm hinüber. Er ritt Stanley in leichtem Trab und blickte angestrengt nach vorn. Sie wußte, daß er nach der alten Eiche Ausschau hielt, vielleicht auch nach der Senke, der janusköpfigen Neun und dem Brunnen mit dem lauernden Ungeheuer. Wenn man ernsthaft darüber nachdachte, hörte sich die Geschichte recht unglaubwürdig an.

In den vergangenen drei Tagen hatten sie das Vermächtnis der Wyndhams mit keinem Wort erwähnt – eine Erholung für die ganze

Familie. Sie mußte plötzlich lachen, als sie sich an den Gesichtsausdruck ihrer Schwiegermutter beim Betreten des Morgenzimmers erinnerte. Just in diesem Augenblick hatte Marcus seine Frau an sich gezogen und geküßt.

»Gibt es heute morgen geräucherte Heringe, mein lieber Sohn?«

Marcus hörte sofort auf und ließ die Hand von ihrer Brust sinken. »Ich weiß es nicht, Mama. Ich dachte, du kannst sie nicht ausstehen.«

»Ganz richtig, mein lieber Sohn. Und ich dachte, das sei ein geeignetes Mittel, um deine Aufmerksamkeit zu erregen, ohne dich allzusehr zu überraschen. Guten Morgen, meine liebe Tochter. Ich sehe, mein Sohn liefert dir gerade einen Beweis seines Temperaments. Merkwürdig, ich dachte immer, seine Leidenschaft bezöge sich mehr auf Diskussionen über Politik und andere weltliche Dinge.«

Marcus räusperte sich. »Das hast du ganz und gar nicht gedacht, Mama. Bitte, setz dich. Ich werde dich bedienen. Porridge?«

Die Duchess ritt jetzt in gleicher Höhe mit ihrem Mann und sog die frische Luft tief in die Lungen ein. »Ich finde deine Mutter sehr nett. Sie scheint sich wirklich leidenschaftlich für Politik zu interessieren. Vielleicht hast du das von ihr geerbt. Nur gut, daß sie gestern abend zu müde war, sonst hätte sie uns sämtliche Intrigen gegen Maria, Königin der Schotten, aufgezählt. Wir hätten uns alle Begebenheiten anhören müssen, die sich am französischen Hof abspielten. Oh, Marcus, siehst du die schwarzen Wolken? Ich fürchte, wir werden patschnaß.«

Im nächsten Augenblick donnerte es bereits. Ein starker Wind kam auf, und es wurde merklich kühler. Dunkle Wolkenfetzen flogen über den Himmel und verdeckten die Sonne. Ein greller Blitz zuckte über den Horizont.

Marcus fluchte. »Verdammt! Noch vor drei Minuten stand kein Wölkchen am Himmel, nicht der leiseste Windhauch war zu spüren!« Die Duchess lachte. »Uns ist jedenfalls noch warm, und wir werden uns nicht gleich einen Schnupfen holen. Wollen wir zum Park zurückreiten?«

In diesem Augenblick schlug ein Blitz krachend neben Birdie ein und riß einen Ahornast ab. Es roch nach verbranntem Holz. Der schwere Zweig fiel mitten auf den Weg, und Birdie stieg erschrocken auf die Hinterbeine.

»Duchess!«

»Keine Angst, ich halte sie.« Die Duchess beugte sich vor, tätschelte den Hals des Tieres und vermied, wie sie es gelernt hatte, jede ruckartige Bewegung. Während sie beruhigend auf Birdie einredete, war ein scharfer Laut zu hören. Das Tier scheute erneut, stieg auf und riß ihr die Zügel aus der Hand.

Marcus drängte Stanley gegen Birdie, legte einen Arm um die Taille seiner Frau, bereit, sie auf sein Pferd hinüberzuziehen. Wieder vernahm er diesen zischenden Laut und dann noch einen. Zu seinem Entsetzen spürte er einen brennenden Schmerz am Kopf. Er hob eine Hand und stellte sachlich fest, daß auf sie geschossen wurde und daß eine Kugel seine linke Schläfe gestreift hatte. Für den Bruchteil einer Sekunde befand er sich wieder im Kugelhagel der Schlacht bei Toulouse, hörte die Schreie seiner Männer und trieb sie an, die französischen Linien mit einem Überraschungsmanöver zu durchbrechen. Blut, dunkelrotes Blut bedeckte das Schlachtfeld.

Sie schrie seinen Namen, als ihr klar wurde, was passiert war.

Wieder dieses Geräusch. Sie sah, wie sich ein großes Stück Rinde vom Ahornstamm löste, knapp zehn Fuß hinter ihm. Ohne nachzudenken, sprang sie zu ihm auf das Pferd. Es knallte noch einmal.

Sie spürte einen scharfen Stich an der linken Seite, als sie nach Marcus' Schultern griff und sich an ihn preßte, um ihn so gut wie möglich zu schützen. Stanley wieherte und gebärdete sich wie toll. Birdie galoppierte aufgeschreckt davon und ließ seine Reiterin in den Armen ihres Mannes zurück.

»Duchess, mein Gott!«

Es fiel noch ein Schuß und noch einer. Marcus stieß seinen Stiefel in Stanleys Flanken. »Los, mein Guter, zeig, was du kannst!«

Stanley lief, als ob es um sein Leben ginge. Marcus hielt die Duchess fest umklammert, obwohl sie nicht ohnmächtig war. Er wußte nur, daß sie getroffen war wie er, aber nicht, wo und wie schlimm.

Er riß Stanley an der nächsten Wegbiegung herum und flog im gestreckten Galopp über die Felder in Richtung Park zurück. Sie hätten es geschafft, wäre nicht ein Schwarm Stare aus dem dichten Unterholz einer gewaltigen Eiche aufgeschreckt worden. Es donnerte, ein Blitz zerriß den schwarzen Himmel, und die Vögel schwirrten in Panik auf. Stanley wieherte und warf den mächtigen Kopf in die

Höhe. Marcus wußte in diesem letzten klaren Augenblick, daß er die Zügel losgelassen hatte und vom Pferd stürzte. So gut wie möglich versuchte er die Duchess zu schützen, als sie einen Abhang hinunterrollten und in einem seichten Tümpel landeten. Er lag auf dem Rücken und hielt die Duchess fest an sich gepreßt. Sie stöhnte leise und lag wie leblos auf seinem Körper.

Mit der bewußtlosen Duchess auf der Schulter gelang es ihm, den Abhang hinaufzukriechen. Das Blut aus der Kopfwunde lief ihm über die Augen und nahm ihm die Sicht.

Stanley war mit bebenden Flanken und rollenden Augen stehengeblieben. Gott sei Dank war er nicht wie Birdie zu den Ställen zurückgelaufen. Nur mühsam gelang es Marcus, mit seiner leblosen Last in den Sattel zu steigen. Dann galoppierte er davon, ließ das Tier am lockeren Zügel nach seiner Wahl über Zäune und Gräben springen. Das letzte Hindernis, ein hoher Grenzzaun, übersprang Stanley mit einem so gewaltigen Satz, daß noch gut ein Fußbreit Zwischenraum zu den Hinterhufen blieb.

Marcus' Griff um die Duchess hatte sich nicht gelockert. Seine Hand war blutüberströmt. Das fiel ihm erst jetzt auf. Seltsam, daß er keinen Schmerz gespürt hatte, nur entsetzliche Angst. Es war der längste Ritt seines Lebens. Als er Stanley vor der breiten Freitreppe von Chase Park parierte, schrie er aus voller Lunge: »North, Spears, Badger! Schnell! Alles herkommen! Schnell!«

Er stieg ab und trug die Duchess auf den Armen die Treppe hinauf. Ihr Kopf hing über seinem Oberarm. Großer Gott. North stürzte durch die Tür. Badger folgte ihm auf dem Fuß.

»Sie ist angeschossen worden. Hol Dr. Raven aus Darlington! Beeil dich!«

Badger war neben ihm, als North zu Stanley rannte, seine Zügel nahm, sich auf den Rücken schwang und davongaloppierte.

»Tragen Sie sie hinauf, Mylord. Sampson, Sie holen heißes Wasser und weiche Tücher. Lord Chilton holt Dr. Raven.«

Marcus war sich nicht im klaren, daß er sie immer noch fest an sich preßte, bis Badger ihn leise ermahnte: »Mylord, legen Sie sie aufs Bett. Gut. Und jetzt müssen wir ihr aus dem Kleid helfen.«

Marcus starrte auf seine Hand. »Das ist ihr Blut, Badger.«

»Ja, Mylord, aber auch Ihres. Sie haben auch einen Schuß abbekommen. Mein Gott. Es hat Sie ja zweimal erwischt. Am Kopf und an der Hand. Allmächtiger, das ist doch nicht zu fassen. Warum mußte das passieren?«

»Was im Himmel ist hier los?« Es war Maggie, die beinahe wie von Sinnen aufschrie. Spears stand hinter ihr.

»Man hat auf sie geschossen«, erklärte Badger ruhig. »Maggie, zieh ihr die nassen Sachen aus. Wir müssen versuchen, das Blut zu stillen.«

»Nicht schon wieder!« rief Maggie. »Großer Gott, nicht schon wieder!«

Innerhalb weniger Minuten lag die Duchess auf der rechten Seite. Marcus preßte seine Hand oberhalb der Hüfte auf die stark blutende Wunde. »Endlich. Da kommt Mr. Sampson mit Wasser und Tüchern«, murmelte Spears.

Marcus ließ sich ein nasses heißes Tuch reichen, beugte sich über die Duchess und blickte auf das rohe Fleisch, aus dem dickes Blut quoll. Die Kugel hatte zum Glück nur das Fleisch zerfetzt. »Mein Gott!« stöhnte er und säuberte die Wunde. Vorsichtig drehte er seine Frau ein wenig zur Seite, um festzustellen, wo die Kugel ausgetreten war.

Er schluckte. Im Verlauf der Jahre hatte er bei seinen Soldaten viele Verwundungen gesehen, aber das hier, das war zuviel. Hier ging es um die Duchess, um seine Frau, die von zarter Gesundheit war. Die Schmerzen der Verwundung würde sie nicht ertragen können. Unwillkürlich ballte sich eine Hand zur Faust. Er schüttelte den Kopf.

»Sie haben recht, Mylord«, sagte Spears ruhig, »sie braucht erst Hilfe. Die Vergeltung kann später kommen. Wir werden uns überlegen, was zu tun ist. Lassen Sie das unsere Sorge sein. Die Kugel ging, Gott sei Dank, durch das Fleisch hindurch. Wir haben es wahrscheinlich nur mit einer Fleischwunde zu tun, und der Bauch und das Kind wurden nicht getroffen.«

»Allmächtiger!« Er hatte nicht an das Kind gedacht, das in ihrem flachen Bauch heranwuchs.

Er hob den Kopf und blickte sich um. Badger, Spears, Maggie und Sampson standen am Bett, und er spürte ihre Sorge, ihr Mitgefühl und ihre Hilfsbereitschaft. Er atmete tief durch und preßte ein frisches feuchtes Tuch auf die Wunden. Er merkte, wie Spears ihm das Blut aus dem Gesicht wischte und die offene Kopfwunde abtupfte. Es schmerzte überhaupt nicht.

Plötzlich trat Maggie einen Schritt vor. »Sie hat noch ihren Hut auf«, sagte sie, entfernte vosichtig die Hutnadeln samt Hut. Marcus mußte ein wenig lächeln. Seine Frau lag halbnackt auf der Seite und trug auf dem zerzausten Haar einen kecken kleinen Reithut mit geknickter Feder.

»Und jetzt, Mylord, sind Sie an der Reihe.« Das war Spears' Stimme, mit einem so energischen Tonfall, wie ihn Marcus noch nie vernommen hatte. »Es wird Zeit, daß Sie aus Ihren nassen Kleidern kommen. Ich muß Ihnen Kopf und Hand bandagieren. Nein, Mylord, Badger wird Sie jetzt ablösen und das Mulltuch auf die Wunde pressen. Kommen Sie. Ja. Sehr gut.«

Obwohl es nur zwei Stunden dauerte, bis North mit Dr. Raven zurückkehrte, kam das Warten allen wie eine Ewigkeit vor.

Dr. Raven fragte, noch bevor er am Bett stand: »Ist sie wieder bei Bewußtsein?«

»Ja, aber nur zum Teil«, erwiderte Marcus. »Sie treibt immer wieder ab. Aber ich glaube, die Schmerzen spürt sie noch nicht.«

»Gut«, sagte Dr. Raven, krempelte die Ärmel hoch und schob Marcus zur Seite. »Gut gemacht, Mylord«, lobte er, nachdem er das Tuch abgenommen und die Wunde untersucht hatte. »Ein glatter Durchschuß, Gott sei Dank. Sie haben die Blutung zum Stillstand gebracht. Ja, sehr gut. Ich werde die Austrittswunde mit Cognac beträufeln und sie sofort nähen, solange unsere Patientin noch bewußtlos ist.«

»Hoffentlich bleibt keine häßliche Narbe zurück«, meinte Maggie.

»Sie wird eine Narbe zurückbehalten, aber sie bleibt am Leben. Was bedeutet schon eine kleine Narbe?«

»Sie wird durchkommen«, sagte Marcus heiser. »Mein Gott, sie wird doch nicht etwa sterben? Nein, sie nicht! Sie ist meine Frau, und wir stehen erst am Anfang unseres Lebens, und ich habe ihr noch soviel zu sagen.«

Dr. Raven richtete sich auf und blickte den Grafen an. »Sie kann sterben, damit muß man rechnen. Aber keine Angst, ich bin ein guter Arzt. Beeilen wir uns.«

Auch wenn Dr. Raven es für sehr ungewöhnlich hielt, daß fünf Männer und eine Frau ihm mit klopfenden, bangen Herzen bei seiner Tätigkeit zusahen, so sagte er nichts. Er brachte es nicht übers

Herz, sie hinauszuschicken. Statt dessen bat er den Grafen, eine Hand auf die Rippen und die andere auf den Oberschenkel seiner Frau zu legen und sie festzuhalten.

»Es geht los«, sagte Dr. Raven. Er durchstach mit der Nadel das Fleisch und zog den Faden durch. Stich für Stich. Marcus sah, wie ihm das Blut durch die Finger quoll, und hätte am liebsten aufgeschrien.

Als die Duchess aufstöhnte, stockte allen das Blut in den Adern.

27

O nein!« stöhnte Marcus laut auf.
»Nein, bitte, nein!« »

Halten Sie sie fest, Mylord!«

Marcus stand auf, um sie besser festhalten zu können. Sie war so weit bei Bewußtsein, daß sie die Nadelstiche spürte. Sie keuchte, versuchte sich aufzubäumen und gegen den brennenden Schmerz zu wehren. Kleine Schreie lösten sich aus ihrer Kehle. Tränen rannen ihr die Wangen hinunter. Badger versuchte verzweifelt, ihr Brandy und Laudanum einzuflößen.

»Ganz ruhig, Duchess. Ich weiß, es tut weh. Lieber Gott, ich weiß es. Halt durch, Geliebtes, du hast es gleich überstanden.«

Er redete weiter auf sie ein. Er hatte keine Ahnung, ob sie verstand, was er sagte. Aber das war unwichtig.

Es schien eine Ewigkeit vergangen zu sein, als Dr. Raven endlich sagte: »So, das ist der letzte Stich. Ich verknote den Faden jetzt.«

Dr. Raven blickte auf. »Mr. Badger, flößen Sie ihr den Cognac mit dem Laudanum ein. Ich werde ihren Kopf schräg halten. Mr. Spears, bitte den Basilikumpuder. Miss Maggie, feuchten Sie das weiße Baumwolltuch hier an, und halten Sie es bereit. Mr. Sampson, Sie bleiben auf Ihrem Posten und achten darauf, daß meine Anweisungen befolgt werden.«

Marcus hielt sie noch immer fest umklammert, als ihr Kopf zur Seite fiel und sie in tiefe Bewußtlosigkeit sank.

»Marcus, komm, laß sie los!« North packte ihn am Arm und zog ihn vorsichtig fort. »Maggie wird ihr ein Nachthemd anziehen, wenn Dr. Raven sie verbunden hat. Sie wird durchkommen, Marcus. Sie wird wieder gesund. Ich weiß es. Der Arzt muß sich jetzt um dich kümmern. Du bist auch verwundet. Dr. Raven, jetzt ist seine Lordschaft an der Reihe. Nein, Marcus. Laß sie! Ihr geht es bald besser.«

»Verdammt noch mal, woher willst du das wissen?« Marcus mußte seinem Zorn Luft machen und schüttelte seinen Freund. »Verdammt noch mal, sie kann sterben! Habt ihr das alle gehört? Sie kann sterben, weil sie mich schützen wollte. Sie sieht, wie die Kugel mich am Kopf trifft, und was tut sie? Sie wirft sich auf mich und versucht mich mit ihrem Körper zu schützen. Mich! Verdammt noch mal, sie hätte mir doch nur etwas zuschreien können!«

»Mylord«, erklärte Dr. Raven, »im Moment erübrigt sich diese Frage. Zeigen Sie mir jetzt Ihre Hand. Ah, gut, das war nur ein Streifschuß. Und jetzt der Kopf.«

Das Schlafzimmer war abgedunkelt. Nur eine Kerze brannte neben ihrem Bett. Sie lag auf der Seite. Kissen stützten ihr den Rücken, den Bauch und den Brustkorb ab und verhinderten, daß sie auf den Bauch rollte. Sie war nur bis zur Hüfte zugedeckt. Sie trug ein Nachthemd aus feinem Batist. Es war züchtig bis zum Hals mit kleinen Perlmuttknöpfen verschlossen. Er hatte es ausgesucht, damit man es ihr leichter über den Kopf ziehen konnte.

Er stand auf und streckte die Glieder, ohne ein Auge von ihr zu wenden. Sie hatte sich auf ihn geworfen, ohne eine Sekunde zu zögern. Verflucht. Er hatte nicht einmal Zeit gehabt, ihr Gesicht auf seine Schenkel zu drücken. So schnell war alles gegangen. Er hörte die Schüsse. Es waren mindestens sechs Schüsse abgegeben worden. Der Dreckskerl hatte mehrere Pistolen benutzt, sonst hätte er nicht in so rascher Reihenfolge abdrücken können.

Er beugte sich vor und legte ihr die rechte Handfläche auf die Stirn. Seine linke Hand war verbunden. Sie hatten beide Glück gehabt. Die Kugeln hatten nur Fleischwunden verursacht. Er fluchte lange und gotteslästerlich. Sie fühlte sich heiß an. Sie hatte Fieber. Er wartete nicht lange, zog seinen Morgenmantel enger um sich und eilte aus dem Schlafzimmer in die Eingangshalle, wo Dr. Raven schlief.

»Sie hat Fieber«, sagte er nur, als der junge Mann das blonde Haar schüttelte und ihn ansah.

»Ich komme sofort. Maggie soll kaltes Wasser und Tücher bringen, Mylord. Haben Sie Eis im Haus?«

»Ich hole Badger.«

Wieder standen sie alle an ihrem Bett, diesmal um zwei Uhr morgens. Sie stöhnte leise und warf den Kopf unruhig hin und her.

Marcus war den Tränen nahe. Er beugte sich über sie und tupfte ihr Gesicht mit einem feuchten kühlen Tuch ab, das er in eine Schüssel mit Eiswasser getaucht hatte.

»Ziehen Sie sie aus, Mylord. Wir werden sie mit Eiswasser abreiben. Wenn das Fieber weiter steigt, legen wir sie in eine Badewanne mit kaltem Wasser.« Jetzt erst wurde Dr. Raven bewußt, daß fünf Männer im Zimmer standen. Er räusperte sich. »Bitte, meine Herren, lassen Sie uns allein. Seine Lordschaft und ich werden uns um sie kümmern.«

»Nein«, erklärte Badger.

»Nein«, erklärte Spears.

»Gehen Sie bitte, Badger und Spears!« bat Marcus. »Keine Widerrede, Spears. Mit der verbundenen Hand werde ich mich ein wenig ungeschickt anstellen, aber es wird ausreichen.«

Als sie allein waren und sogar Maggie das Schlafzimmer ihrer Herrin verlassen hatte, knöpfte Marcus die vielen kleinen Perlmuttknöpfe auf und zog ihr das Nachthemd aus. Der Verband war noch weiß und trocken.

»Sehr gut. Die Wunde blutet nicht mehr«, stellte Dr. Raven fest.

»Wie heißen Sie mit Vornamen?«

»George.«

»Gut, George, sagen Sie mir, was ich tun soll.«

Sie rieben sie abwechselnd über eine Stunde lang mit kalten feuchten Tüchern ab. George befühlte ihre Stirn, ihren Oberkörper und die Hüfte. »Das Fieber ist gesunken. Wir wollen beten, daß es so bleibt.«

»Sie ist so schwach«, sagte Marcus, als er ein frisches Nachthemd holte und es ihr überzog. »Mir kommt es so vor, als wäre sie weit weg.«

»Sie ist hier, Mylord, und sie bleibt hier. Dafür werden wir sorgen. Sie wird nicht sterben, das schwöre ich. Das Fieber hatte ich erwartet. Sie werden sich jetzt ausruhen, und ich bleibe hier. Ich möchte Sie nicht auch noch mit Eiswasser abreiben, dafür sind Sie mir einfach zu lang und zu breit.«

Ihr träumte etwas Wunderschönes. Sie befand sich in einem Meer aus Blumen, sog ihren Duft ein und fühlte sich wohl und leicht. Sie trällerte eines ihrer Liedchen, das sie für die Seeleute geschrieben hatte, die wochenlang auf hoher See waren. Der Text war frech und witzig, die Melodie ging leicht ins Ohr. Bisher hatte es sich von allen ihren Versen und Liedern am besten verkauft. Mr. Dardallion von Hookhams hatte ihr berichtet, daß die Matrosen das Lied am Hafen sängen und daß es wahrscheinlich niemals in Vergessenheit geraten werde. Bei dem Gedanken, daß sie dadurch unsterblich würde, mußte sie lächeln. Dann ließ sie sich in der blühenden Wiese inmitten von Lilien und Glockenblumen nieder. Plötzlich tauchte in dem hohen Gras eine höchst merkwürdige Gestalt auf, die wie ein greisenhafter, zusammengeschrumpfter Mönch mit Kutte und Tonsur aussah. Der Alte sagte: »Ich war beim Brunnen und hielt aufmerksam Wacht, aber Ihr habt mich nicht gefunden. Ich habe gewartet, ich habe Hunderte von Jahren gewartet, aber Ihr kamt nie. Ihr seid beschränkt und besitzt weder meine Phantasie noch die meiner Ordensbrüder, als wir uns zum Handeln entschlossen.«

Mit krächzender Stimme fuhr das Mönchlein fort: »Er war nur der Baron Dandridge, ja, Lockridge Wyndham war nur ein einfacher Baron, aber er half uns und versuchte uns zu retten. Alles war umsonst. Niemand konnte uns helfen. So beschlossen wir, uns seiner anzunehmen, wenn er Haus und Hof verlieren sollte. Ach, dieser infame König und sein Mordbrenner Cromwell! Gnadenlos zerstörte er mit seinen wilden Horden unser Kloster. Ein Jahr später starb der Baron, viel zu früh, der arme Mann. Er konnte seinem Sohn nichts mehr davon erzählen und nahm sein Geheimnis mit ins Grab. Nur bruchstückhafte Hinweise über das Versteck des Schatzes blieben erhalten und wurden von Generation zu Generation hinter vorgehaltener Hand weitergegeben, aber dann hörte auch das auf. Die nachfolgenden Wyndhams waren törichte Narren. Sogar jetzt habt Ihr die Suche wieder aufgegeben, deswegen mußte ich zu Euch kommen. Nun, was seht Ihr?«

Langsam antwortete sie: »Ich sehe eine Neun. Und ich sehe eine zweite Neun, aber verkehrt herum.«

»Tatsächlich, Gräfin? Vielleicht ja, vielleicht nein. Ihr schreibt diese Liedchen, ja, Ihr habt Phantasie, Ihr seid nicht dumm. Warum bemüht Ihr Euren Verstand nicht? Ihr seid mit Blindheit geschlagen. Versucht zu sehen. Wenn nicht, werdet Ihr es bereuen, wenn ich das nächste Mal wiederkomme. Ungeheuer sterben niemals. Sie leben weiter. Vergeßt das nicht.«

Der Mönch verschwand, und sie saß wieder allein inmitten der vielen farbenprächtigen Blumen. Plötzlich welkten sie, wurden braun und schrumpften zusammen, so wie der greisenhafte Mönch. Die klare, frische Luft wurde stickig. Der Himmel verdunkelte sich.

Es wurde kalt, und sie fröstelte. Sie schrie laut auf und fürchtete, sie werde der Fäulnis und dem Zerfall nicht mehr entkommen.

»Schscht, mein Liebstes! Es ist alles gut.«

Seine Stimme weckte sie. Sie öffnete die Augen und sah ihn vor sich mit einem dicken weißen Verband um den Kopf. »Du siehst wie ein Pirat aus, verwegen wie der Teufel. Würdest du mich doch rauben und auf deinen Armen davontragen! Und wenn ich mich wehrte, es wäre nur zum Schein.«

»Schön, ich werde dich davontragen, aber nur, wenn du wieder ganz gesund bist. Glaub mir, Duchess, meine Seele hält es nicht durch, wenn dir noch mehr widerfährt.«

»Mir geht es ähnlich. Dir fehlt nur noch die schwarze Augenklappe, Marcus, und die Hemdsärmel müßten etwas blusiger sein. Du bist ein Bild von einem Mann, bitte, trag mich mit dir fort auf deine Pirateninsel, weit fort von hier, weiter als China, aber in den Süden, wo es warm ist, wo wir in der Sonne liegen und …«

Sie blickte ihn an, kniff die Augenlider ungläubig zusammen und öffnete sie wieder. »Vielleicht habe ich den Verstand verloren.«

»Nein, das hast du phantasiert … Aber jetzt möchte ich wissen, wie es dir geht.«

Sie besann sich eine Weile, als ob sie im Geist ihren Körper abtastete. »Ich habe Schmerzen an der Seite, aber sie sind auszuhalten. Ich fühle mich schwer und benommen. Alles in mir scheint merkwürdig langsam abzulaufen. Zögernd und schleppend. Ich kann es mir nicht erklären. Was macht dein armer Kopf, Marcus?«

»Mein armer Kopf ist härter als eine Walnuß, das weißt du aus eigener Erfahrung. Du sagst, du fühlst dich so merkwürdig schwer …«

»Und deine Hand? Was ist mit der Hand geschehen?«

»Der Dreckskerl, der auf uns geschossen hat, erwischte mich am Kopf, und dann hast du dich wie der Heilige Georg auf mich geworfen. Die Kugel traf dich an der linken Seite und streifte meine Hand, mit der ich dich festgehalten hatte. Alles in allem hatten wir beide großes Glück.«

»Wer war es, Marcus?«

»Ich habe keine Ahnung. Aber Badger ist heute früh nach London gefahren, um festzustellen, ob sich unsere reizenden Wyndhams aus den Kolonien vollzählig in der Stadt befinden.«

»Tante Wilhelmina kann unmöglich auf uns geschossen haben.«

»Nein, aber sie konnte jemanden damit beauftragen. Badger wird die Wahrheit herausfinden. Sollte er Hilfe brauchen, werde ich einen Beamten aus der Bow Street anheuern. Aber laß das bitte meine Sorge sein.«

Sie nickte. »Du hast Liebste zu mir gesagt.«

»Ja.«

»Das war das zweite Mal, daß du mich so nanntest.«

»Ich habe dich mehrere Male so genannt, Duchess. Du warst nur zu benommen, um mich zu verstehen.«

»Dieses Wort höre ich sehr gern, Marcus. Wenn du willst, kannst du es öfter benutzen, ich hätte nichts dagegen.« Sie verstummte, als sie die steile Falte auf seiner Stirn entdeckte. Vielleicht war es nicht ernst gemeint, und er hatte es nur aus Angst gesagt, weil er befürchten mußte, daß sie starb. Dann sprach sie rasch weiter: »Du hast mich aus einem sonderbaren Traum geweckt. Ich saß mitten in diesem Blumenfeld ...« Sie beschrieb den Duft, die Farben und das Wohlgefühl, das sie dabei empfunden hatte. Sie berichtete von dem Erscheinen des uralten Mönches, von seinen Worten und seinem Tadel.

»Es können also janusköpfige Neunen sein oder nicht. Der Mönch sagte: ›Vielleicht ja, vielleicht nein.‹ Er sagte, das Ungeheuer lebe weiter. Jetzt sind wir auch nicht schlauer. Aber woher kanntest du den Namen unseres Vorfahren?«

»Lockridge Wyndham?« fragte sie. »Das weiß ich nicht. Der Mönch sprach von einem Baron Dandridge und fügte diesen Namen hinzu. Es kam mir alles ziemlich normal vor, nur zum Schluß wurde es unheimlich, als die herrlichen Blumen plötzlich welkten, braun wurden und faulten. Alles in Sekundenschnelle. Warum kam dieser Mönch, warum erzählte er mir das? Das verstehe ich nicht.«

»Ich auch nicht, aber mir widerstrebt es, den Mönch als eine Erscheinung zu betrachten.«

»Tja, als was dann?«

»Keine Ahnung. Vielleicht hast du im Familienstammbuch über Lockridge Wyndham gelesen. Ja, das wäre eine Erklärung.«

Plötzlich wurden ihre Augen starr vor Entsetzen.

»O nein, Marcus, nein, nein!« Dann drückte sie den Rücken durch und faßte sich an den Bauch, während sie weiter schrie: »Nein, nein, Marcus, bitte, nein, nein!«

Eine Stunde später, als die Uhr zwölf Uhr Mittag schlug, erlitt sie eine Fehlgeburt. Blut schoß aus ihrem Innern. Ihr Körper wand und quälte sich in schrecklichen Krämpfen. Dann hörte der Spuk auf, so plötzlich, wie er begonnen hatte. Sie war in einen tiefen Schlaf der Erschöpfung gefallen. Ihr Gesicht war schweißbedeckt, das Haar glanzlos und feucht. Die Lippen waren so blaß, daß sie beinahe bläulich schimmerten. Die Wunde an der Seite blutete erneut. Marcus dachte, das sei ihr Ende.

Stumm blickte er auf sie hinab.

»Es tut mir leid, Mylord«, sagte Dr. Raven, als er sich die Hände in einem Handtuch abtrocknete. »Ich hatte befürchtet, daß es eintreten könnte, aber ich wollte Sie nicht zusätzlich damit belasten. Fehlgeburten sind nichts Ungewöhnliches, aber es tut mir leid, daß es auf diese Art und Weise geschah.«

Maggie und Mrs. Emory hatten alles beseitigt, was an die Fehlgeburt erinnerte. Die Blutungen hatten aufgehört. Die beiden hatten die Duchess gewaschen und das Bett neu bezogen.

Blutleer lag sie in den weißen Kissen. Weiß der Verband um ihre Hüfte, weiß das Nachtgewand und weiß die Tücher zwischen ihren Schenkeln.

»Sie wird sich wieder erholen.«

Marcus bezweifelte es sehr.

Dr. Raven genoß es, einen Augenblick mit seiner Patientin allein zu sein. Es war das erste Mal, daß ihr Mann das Zimmer verlassen hatte. Und jetzt war sie wach.

Er lächelte sie nur an, wartete einen Augenblick, bis das Erkennen in die wunderschönen blauen Augen trat. Dann beugte er sich über sie und legte ihr die Hand unter die linke Brust. »Ihr Herz schlägt kräftig und regelmäßig. Haben Sie Schmerzen im Leib?«

Sie schüttelte den Kopf.

»Es tut mir leid, daß Sie das Kind verloren haben, aber Sie werden noch viele Kinder bekommen, Mylady. Sie sind gesund. Der Sturz war ein Trauma für Ihren Körper. Ich habe seiner Lordschaft erklärt, daß Sie beide jung und gesund sind und daß sich genügend Nachwuchs einstellen wird, wenn Sie erst einmal völlig wiederhergestellt sind.«

Sie schüttelte erneut den Kopf. »Nein, es wird keinen Nachwuchs geben. Das war das einzige Kind, und es sollte nicht leben.«

Dr. Raven verstand nicht. Sanft hob er ihre Hand und schloß die Augen, als er ihren Puls fühlte. »Bitte versuchen Sie jetzt wieder zu schlafen.« Seine Patientin lag regungslos in ihren Kissen, und der Puls schlug langsam. Der Doktor sah, wie dicke Tränen unter ihren Augenlidern hervorquollen. Sie gab keinen Laut von sich.

Als er den energischen Schritt des Grafen vernahm, trat er unwillkürlich einen Schritt zur Seite. Marcus wischte ihr liebevoll die Tränen von der Wange.

»Schscht, mein Liebstes, es wird alles wieder gut.«

»Nein, nichts wird gut. Für dich vielleicht. Jetzt ist alles so gekommen, wie du es haben wolltest.«

»Duchess …«

»Ich möchte den Mann umbringen, der auf uns geschossen hat.«

Er fuhr überrascht zurück. Erleichtert erwiderte er: »Genau das will ich auch. Wie wollen wir vorgehen?«

Sie gab keine Antwort. Sie war wieder eingeschlafen.

»Mylord.«

»Ja«, sagte Marcus und entdeckte Spears in der offenen Tür.

»Ich habe Nachrichten von Mr. Badger.«

Marcus saß seiner Mutter am Tisch im Morgenzimmer gegenüber. »Ich wußte nicht, daß sie schwanger war, Marcus. Großer Gott, hier passieren die furchtbarsten Dinge, und ich rede von Schauergeschichten. Marcus, verzeih mir. Wie töricht von mir.«

Er schwieg und stocherte nur in dem bestimmt köstlichen Fischgericht herum, das Badger vor seiner Abfahrt nach London mit Weißwein, Tomaten und köstlichen Kräutern zubereitet hatte.

»Dann wurde sie aber sehr schnell schwanger.«

»Ja, wahrscheinlich gleich in unserer Hochzeitsnacht.«

»Wem galten die Schüsse, dir oder der Duchess?«

»Mit den sechs Schüssen wollte man sicherlich uns beide umbringen, obwohl auf die Duchess bereits zwei Mordanschläge verübt wurden.«

»Spears erzählte mir, du habest Nachricht von Badger erhalten.«

Marcus nickte. »Er wird bald zurück sein. Alle Wyndhams sind in London. Ursula hat sich erkältet, Trevor anscheinend ebenfalls. Dieser verdammte Trevor, von dem Lambkin mit Hochachtung spricht. Zu Pferd sehe er aus wie ein Zentaur. Nun ja, von mir aus. Aus Angst, sich anzustecken, habe sich die alte Fregatte nicht in die

Nähe ihrer kranken Kinder gewagt. James sei mit einem jungen Mann, dessen Bekanntschaft er am ersten Tag in London gemacht habe, zu dessen Haus außerhalb Londons gefahren. Badger ist sogar dieser Spur nachgegangen. Wie sich herausstellte, ließen sich die beiden jungen Männer in Richmond mit Cognac vollaufen und spielten bis in die Morgenstunden Karten. Allem Anschein nach befand sich die ganze Familie in London, aber beeiden wollte es Badger nicht.«

»Bestimmt war es diese alte Hexe.«

Tante Gweneth kam ins Frühstückszimmer, küßte die dargebotene Wange ihrer Schwägerin, lächelte Marcus zu und sagte: »Dr. Raven scheint mir ein angenehmer junger Mann zu sein.« Marcus räusperte sich. »Ja, er ist in der Tat sehr jung.«

»Was willst du damit sagen, mein lieber Sohn?«

»Er ist zu jung.«

»Er ist älter als du, Marcus. Ich habe ihn gefragt, er ist achtundzwanzig.«

»Mag sein, aber ich bin ihr Ehemann.«

Seine Mutter lächelte ihn an. »Wie komisch. Mein lieber Sohn ist eifersüchtig. Erfrischend, dieser menschliche Zug an dir.«

Marcus spießte ein Stück Schinken auf. »Ja, sehr komisch.« Er blickte seine Mutter mit einem schelmischen Lächeln von der Seite an.

»Tja, dein berühmtes Lächeln. Damit hast du viele Mädchenherzen betört, auch das deiner Mutter. Aber nun berichte Tante Gweneth von Badger.«

Während er sprach, runzelte Tante Gweneth die Stirn und hielt den Keks, den sie mit Marmelade bestreichen wollte, unbeweglich in der Hand. »Es muß mit dem Vermächtnis der Wyndhams zusammenhängen.«

»Das hatte ich auch vermutet, als die Duchess in der Bibliothek niedergeschlagen und der Foliant gestohlen wurde. Aber jetzt! Bei sechs Schüssen muß man es auf uns beide abgesehen haben. Der Schatz? Weder die Duchess noch ich ahnen, wo sich der vermaledeite Schatz befinden könnte und ob es ihn wirklich gibt.«

»Also«, sagte Patricia Wyndham und erhob sich von ihrem Stuhl. »Ich glaube, ich habe eine Idee, nachdem ich mir alles gründlich durch den Kopf gehen ließ. Könntest du mir bitte die Zeichnungen holen, die deine Frau bei Mr. Burgess angefertigt hat? Ich möchte sie mir noch einmal genau betrachten.« Sie schenkte ihrem Sohn und ihrer Schwägerin ein strahlendes Lächeln und ließ sie sprachlos im Frühstückszimmer sitzen.

Marcus blickte auf die Seiten, die ordentlich in einer Schublade ihres kleinen Sekretärs aufeinanderlagen. Er zog die Bleistiftskizzen des Brunnens hervor und entdeckte andere Blätter, die mit Noten und dem dazu passenden Text beschrieben waren. Ein Blatt machte ihn besonders neugierig, und er las:

»Er ist nicht der Mann der Höflichkeit.
›Her mit dem Bier!‹ Das ist es, was er schreit.
Er ist ein flotter Kerl mit einer flotten Deern,
Hat derbe Späße und Schnäpse gern.
Seine Freunde sind Matrosen wie er.
Und seine Welt das große weite Meer.«

Leise summte er nach den Noten. Die Melodie kam ihm bekannt vor. Die Seeleute sangen sie in den Kneipen und am Hafen. Die Duchess war R. L. Coots? Sie hatte alle diese Liedchen verfaßt? Er ging die Blätter sorgfältig durch und erkannte beinahe jeden Vers. Es waren mindestens zwanzig Liedchen. Unter den Notenblättern befanden sich Geschäftsbriefe und Abrechnungen. Er lächelte. Donnerwetter, sie hatte sogar beachtlich daran verdient.

So also hatte sie ihren und Badgers Unterhalt bestritten. Sie ganz allein. Eine mutige Frau. Seine Frau. Stolz stieg in ihm auf und brachte ihn innerlich zum Schmelzen. Dann brach noch ein anderes Gefühl in ihm auf, ein Gefühl, das bereits tief in seinem Herzen geschlummert hatte. Die Liebe hatte ihn jetzt voll getroffen. Es war ein Gefühl, aus dem es kein Entrinnen mehr gab. Nein, das wollte er auch nicht. Vielleicht liebte er sie bereits seit ihrem neunten Lebensjahr, als er ihr den Spitznamen Duchess gegeben hatte. Mein Gott, ihm fehlten die Worte für diese tiefempfundene Liebe, die ihn sein Lebtag nicht mehr loslassen würde. Sorgsam legte er die Blätter in der vorgefundenen Reihenfolge in die Schublade zurück und schloß sie.

Die Duchess schlief fest auf der Seite. Ihr schwarzes Haar verdeckte das Gesicht. An ihrem Rücken sah er, daß sie gleichmäßig atmete.

Er erinnerte sich seiner Anschuldigungen, als er sie in ihrem Häuschen in Pipwell besucht hatte. Es lag auf der Hand, daß sie sich von einem Mann aushalten ließ. Wie sollte ein junges Mädchen, so hilflos und unbedarft wie alle Frauen, ohne männlichen Schutz und Unterstützung existieren?

Wahrscheinlich hätte sie ihn damals am liebsten geohrfeigt, aber eine Duchess tat das nicht. Die Duchess von damals hätte niemals mit der Reitpeitsche und dem Zaumzeug oder mit ihrem Reitstiefel auf ihn eingeschlagen. Ah, aber sie hatte diese Liedchen verfaßt.

Sie ganz allein.

Das hatte sie ihm verschwiegen.

Als er die Treppen hinunterstieg, hörte er im Geist die Verse, die Spears mit vollem Bariton gesungen hatte. Der Schlaukopf wußte Bescheid. Badger hatte es ihm erzählt. Wahrscheinlich wußten es auch Maggie und Sampson. Alle wußten es, nur er nicht.

Warum hatte sie es ihm nicht gesagt?

Er übergab seiner Mutter die beiden Zeichnungen und verließ das Grüne Würfelzimmer mit einem frechen Liedchen auf den Lippen.

Er betete, daß ihnen beiden ein langes Leben beschieden sein möge. Jede Minute mit ihr wollte er auskosten.

28

Badger schäumte vor Wut, als er sich mit Spears, Sampson und Maggie besprach. »Jeder aus dieser Sippschaft kann es gewesen sein. Jeder. Verdammte Aasgeier. Und wenn sie nicht genügend Mumm in den Knochen hatten, haben sie einen Mörder gedungen. Ich schwöre euch, diese alte Vettel steckt dahinter.«

»Mr. Badger, bitte beruhigen Sie sich. Wut hilft uns hier nicht weiter. Sie sagten, jedes Familienmitglied habe ein Alibi. Es ist höchst beunruhigend, daß Sie keinen Hinweis gefunden haben, der uns auf die Spur des Mörders führen könnte.«

Maggie studierte ihre Fingernägel und meinte dann: »Vielleicht suchen wir in der falschen Richtung. Vielleicht war es jemand aus unserem Umkreis. Wie hieß doch der Mann aus dem Dorf? Der Alte mit dem Buchladen, der ein unehelicher Wyndham sein will.«

»Der Name ist mir entfallen«, sagte Badger und blickte sie nachdenklich an. »Aber diese Möglichkeit ist nicht von der Hand zu weisen. Ich werde noch heute nach Reeth reiten und ein wenig mit ihm plaudern.«

»Seien Sie bitte vorsichtig, Mr. Badger. Vielleicht ist er gemeingefährlich.«

Er nahm Maggies Worte keineswegs auf die leichte Schulter.

»Ich werde mich vorsehen, meine Gute. Übrigens, dieses Kleid steht Ihnen ausgezeichnet. Eine prachtvolle Kombination. Apfelgrün zu Ihrem leuchtendroten Haar.«

»Danke, Mr. Badger«, sagte Maggie und lächelte ihm kokett zu.

»Wenn ich mich dazu äußern darf, Miss Maggie«, mischte sich Spears ein, »bevorzuge ich ein sanftes Gelb an Ihnen. Dieses Grün ist sehr grell und tritt zu sehr in den Vordergrund. Ich finde, sanftere Farben passen besser zu Ihrem Teint, Miss Maggie.«

Sampson gönnte ihr nur einen kurzen Blick und brummte: »Wen interessiert es schon, welche Farben zu ihr passen?«

Maggie lachte, zupfte sich die niedlichen Löckchen zurecht und sagte beim Hinausgehen: »Mr. Sampson hat völlig recht. Für Eitelkeiten ist nicht der rechte Augenblick. Ich gehe zur Duchess. Sie langweilt sich. Vielleicht gestattet der Graf mir heute, daß ich ihr die Haare wasche. Er gurrt wie ein Täuberich und läßt sie keine Sekunde lang allein. Sie hat sich schon bei mir beschwert. Seine Fürsorge sei manchmal zuviel, schließlich sei sie nur körperlich, nicht geistig behindert. Mir macht es Spaß, ihm zuzusehen. Es wurde auch Zeit, daß er Vernunft annahm.«

»Ja, der Graf hat endlich eingesehen, welches Glück ihm zuteil wurde. Ich bin froh, daß er es ihr gegenüber endlich eingesteht. Und doch hat er in den letzten drei Tagen ein merkwürdiges Verhalten gezeigt. Ich verstehe das nicht«, meinte Spears besorgt.

»Sie sehen Gespenster, Mr. Spears. Er ist besorgt um seine Frau. Ach, warum mußte sie das Kind verlieren?«

»Auch das geht auf das Konto dieses Teufels. Sie ist traurig und quält sich mit Selbstvorwürfen, was natürlich absurd ist, aber sie tut es.«

»Sie hat zum Grafen gesagt, daß es doch nach seinem Willen gegangen sei und er kein Kind von ihr bekomme.«

»Was hat er darauf erwidert, Mr. Badger?«

»Das weiß ich nicht. Ich möchte sie nicht mit meiner Frage quälen.«

»Wir alle in diesem Haus sind um die Gräfin besorgt. Sie ist sehr beliebt. Und was den Grafen anbelangt, so hat seine Fürsorge um sie dazu beigetragen, daß wir ihn als den wahren Herrn von Chase Park anerkennen.«

»Ja, aber er ist immer noch ein recht bockiger Esel«, meinte Maggie. »Wenn es nach mir gegangen wäre, hätte die Duchess ihn mit der Reitpeitsche schlagen sollen und nicht mit dem Reitstiefel. Ich habe ihr gesagt, daß mir ihr verändertes Verhalten gefällt. Es befreit das Innere einer Frau auf wundersame Art, wenn sie ihren Zorn hinausbrüllt. Es rückt die Dinge wieder ins richtige Licht. Ein Mann hört nur zu, wenn man ihn nachdrücklich dazu auffordert. Frauen wissen das. Eine Reitpeitsche kann Wunder wirken.«

Klugerweise enthielten sich ihre drei Zuhörer jeglichen Kommentars.

»Ich werde Mrs. Wyndham eine Weile Gesellschaft leisten. Das ist wirklich eine gescheite, höchst gebildete Dame«, meinte Spears.

Patricia Wyndham lag auf dem blaßblauen Aubusson-Teppich in der Mitte des Würfelzimmers, als Spears sie fand. Sie lag reglos auf dem Rücken, die Augen starr zur Decke gerichtet. Einen entsetzlichen Augenblick lang glaubte Spears, eine Leiche vor sich zu haben.

»Madam!«

Zu seiner Erleichterung wandte sie den Kopf in seine Richtung und lächelte.

»Hallo, Spears! Kommen Sie, helfen Sie mir aufstehen! Hoffentlich ist der Teppich sauber, aber Mrs. Emory ist geradezu ein Hausdrachen und wird dafür gesorgt haben. So, danke, Spears.«

Sie klopfte und schüttelte ihre Röcke aus und lachte Spears erneut an.

»Darf ich mir die Frage erlauben, Madam, was Sie auf dem Fußboden vorhatten?«

»Sie dürfen, Spears, aber ich werde es Ihnen nicht sagen, zumindest jetzt noch nicht. Wo ist mein Sohn?«

»Entweder gibt er der Duchess Anweisungen, was sie zu tun oder zu lassen hat, oder er kommandiert Maggie und Badger herum. Er ist sehr besorgt um seine Frau.«

»Nein, ein so goldiger Junge.«

Ein gekonntes, kleines Hüsteln kam über Spears' Lippen. »Nun, goldig ist ein Attribut, das ich dem Grafen nicht zuordnen würde, Madam. Ich … ich hätte eine Frage an Sie, Madam. Wer kann Ihrer Meinung nach geschossen haben? Wer ist für das ganze Unglück verantwortlich?«

»Ich bin nicht allwissend, Spears.«

»Aber Sie haben eine Vermutung.«

»Oh, sogar mehr als das. Ich glaube, ich werde bald in der Lage sein, dieses Geheimnis zumindest zum Teil zu lüften.«

»Ich verstehe, Madam. Vielleicht möchten Sie einem verständigen Ohr einige Ihrer Erkenntnisse anvertrauen?«

»Damit ist natürlich Ihr Ohr gemeint.«

»So ist es, Madam.«

»Jetzt noch nicht, Spears. Verstehen Sie mich recht, ich möchte mich nicht zieren, aber ich brauche erst Gewißheit. Es gibt noch zu viele lose Fäden, die nicht miteinander verknüpft sind. Und jetzt möchte ich sehen, was mein geliebter Sohn mit der Duchess anstellt. Das arme Kind. Der Verlust des Kindes hat ihr sehr zugesetzt.«

Ganz zu schweigen von dem auf sie verübten Mordanschlag, dachte Spears, aber er schwieg.

Der geliebte Sohn schrie sich die Lunge aus dem Hals, als sie den Korridor zum Schlafzimmer ihrer Schwiegertochter entlangging. Als sie die Tür öffnete, stand die Duchess am Bett und hielt sich an dem mit Engelsköpfen verzierten Bettpfosten fest. Sie sah elend und blaß aus.

»Marcus!« konterte sie mit nicht zu überhörender Wut in der Stimme, was ihrer Schwiegermutter gefiel. »Marcus, um Himmels willen, hör auf, mich anzuschreien! Es geht mir gut.«

»Du hast geschworen, im Bett zu bleiben, verdammt noch mal! Sieh dich doch an, käseweiß bist du, in Schweiß gebadet! Du gehörst ins Bett!«

»Aber, aber, meine Kinder«, unterbrach Patricia Wyndham das Gefecht und betrat das Schlafzimmer. »Du darfst ihr keine Vorwürfe machen. Es strengt sie nur an. Aber er hat recht, mein Kind. Warum bist du aus deinem bequemen Bett aufgestanden?«

»Ich wußte, du ergreifst seine Partei.«

»Tja, was bleibt einer Mutter übrig?«

»Sie mußte austreten, Mutter. Sie hatte sich eingebildet, die zehn Meter bis zum Nachttopf hinter dem Wandschirm gehen zu können. Das erlaube ich nicht, Duchess, hast du mich verstanden? Und jetzt ab ins Bett!«

»Ja, Marcus, du hast ja recht. Ich war bereits auf dem Rückweg, aber da mußtest du hereinplatzen und dich wie ein wildgewordener Uhu aufführen.«

»Willst du mir damit etwa sagen, du hättest den Nachttopf schon benutzt?«

»Ja, Marcus. Ich bin auf dem Rückweg.«

Patricia Wyndham räusperte sich. »Großartig, Kinder. Aber die Diskussion über den Nachttopf sollten wir verschieben. Komm, Duchess, ich helfe dir ins Bett.«

»Bleib, wo du bist, Mutter!« Vorsichtig, ohne ihrer Wunde zu nahe zu kommen, umfaßte er sie, hob sie hoch und trug sie die letzten zwei Meter zum Bett zurück. Bald war sie wieder auf Kissen gebettet.

»Rühr dich nicht von der Stelle, ich warne dich.«

»Wovor, Marcus?«

»Das möchtest du wohl gern wissen, wie?«

»Mein geliebter Sohn, treib nichts auf die Spitze und halt jetzt mal den Mund. Badger läßt ausrichten, daß er das Mittagessen im Schlafzimmer serviert. Wollen wir miteinander essen, bei einer gepflegten Konversation?«

»Du meine Güte, Mama, gepflegte *was?*«

»Konversation, mein Schatz.«

»Blödsinn«, erwiderte Marcus und zog für seine Mutter ein zierliches Louis-Seize-Stühlchen heran.

Spears tauchte im Türrahmen auf.

»Vielleicht haben Madam die Güte, Ihrem Sohn zu erklären, warum Sie sich im Grünen Würfelzimmer rücklings auf dem Aubusson-Teppich ausstreckten?«

»Sie enttäuschen mich, Spears. Von Ihnen hätte ich etwas mehr Diskretion erwartet.«

»Was ist denn das wieder für ein Unsinn?« fragte Marcus gereizt. »Seit wann liegst du auf dem Fußboden herum? Ist das eine neue Art von Meditation?«

»Das geht dich nichts an, mein Junge.«

Die Duchess lachte. »Vielen Dank, Schwiegermama, du hast die Attacke erfolgreich abgewehrt.«

Seine blauen Augen ruhten prüfend auf ihrem bleichen Gesicht. »Wenn du deinen Teller leer ißt und dann ein wenig ruhst, darf dir Maggie das Haar waschen.«

»Was ist mit meinem restlichen Körper?«

»Den wasche ich selbst.«

»Nein, Marcus, das ist nicht möglich, du kannst doch nicht ...«

»Ruhe, Duchess!«

Patricia Wyndham verdrehte die Augen.

Sie wußte, er würde gründlich sein. Marcus machte keine halben Sachen. Er würde die Wunde nicht berühren und zart und vorsichtig mit ihr umgehen. Aber sie schämte sich, weil sie noch immer blutete und die Tücher zwischen ihren Beinen lagen. Vielleicht würde er diesen Bereich auslassen. Er fing sittsam an, ihre Arme zu waschen, aber als er ihre Brüste entblößt hatte, schwanden seine guten Vorsätze dahin. Er preßte die Lippen aufeinander, und seine wunderbaren blauen Augen verdunkelten sich.

»Ich hatte vergessen, wie ungeheuer begehrenswert du bist. Dabei habe ich dich all die Tage an- und ausgezogen und dich von oben bis unten mit Eiswasser abgerieben. Aber jetzt haben sich die Vorzeichen geändert. Dir geht es besser, und du erwiderst meine Blicke, und ich brauche nicht mehr um dein Leben zu bangen. Nein, beweg dich nicht. Ich versuche, auf dem Pfad der Tugend zu wandeln. Dein Körper ist wie eine Offenbarung für mich.«

Leider kam er doch vom Pfad der Tugend ab, trotz aller Bemühungen. Der Atem stockte ihm. Er schloß die Augen, als er sich mit dem Waschlappen in tiefere Regionen begab.

»Bitte nicht, Marcus. Ich geniere mich und ...«

Er achtete nicht auf ihre Einwände.

Als sich ihr Körper nach dem sanften Spiel seiner Hände entspannt hatte, küßte er sie, als wolle er sie nie mehr in seinem Leben loslassen.

»So, und jetzt kommen deine entzückenden Füßchen dran.«

Nach dieser köstlichen Erfrischung, die ihr wie ein Traum erschienen war, entfaltete er saubere Leinentücher, bettete ihren Körper darauf und zog ihr ein frisches Nachthemd über.

»Sieh mich nicht wie das Ungeheuer aus dem Brunnen an! Ich bin dein Mann. Dein Körper gehört mir allein, und ich wäre dankbar, wenn du das nie vergäßest. Also schäm dich nicht vor mir.«

»Das ist nicht so einfach, Marcus. Du hast mein Vertrauen, du bist mein Mann, aber es gibt gewisse weibliche Angelegenheiten, die privat bleiben sollten.«

»Nein, das ist töricht. Du vertraust mir nur mit Vorbehalt. Jetzt hast du sogar ein wenig Farbe im Gesicht. Das kommt sicher von meiner ... Körperpflege.«

Er strich die Bettdecke glatt und warf die gebrauchten Tücher auf den Boden. Dann setzte er sich an die Bettkante. Er war plötzlich ernst geworden und blickte auf seine Hände, als er sagte: »Weißt du, Duchess, als meine Frau solltest du mir alles sagen, was du fühlst, was du denkst. Du brauchst vor mir keine Geheimnisse zu haben. Jetzt nicht mehr, nie mehr. Du kannst mich anschreien und verprügeln, wenn ich in meiner unsäglichen Dummheit etwas sage oder tue, das dir mißfällt.«

Zu seinem Entsetzen weinte sie. Kein Laut kam über ihre Lippen. Sie ließ ihren Tränen freien Lauf.

»Mein Geliebtes, bitte, wein nicht! Bitte, nicht weinen!«

Sie wandte ihr Gesicht von ihm ab. Er sah, wie sich ihre Hände zu Fäusten ballten und in die Kissen bohrten. Er streckte eine Hand nach ihr aus, zog sie aber wieder zurück.

»Weißt du«, sagte er endlich mit seiner tiefen klaren Stimme, »ich habe mich dir gegenüber entsetzlich dumm benommen, so dumm, daß du mir dieses Mal vielleicht nicht verzeihen kannst.«

Sie hörte ihm zu. Er merkte es ihrer angespannten Körperhaltung an. Sie wartete, daß er sprach. Sie hatte Angst, und er verstand sie nur zu gut.

»In Paris hätte ich dich am liebsten erwürgt. Ich war so wütend, weil du die Dinge in die Hand nahmst, ohne mir eine Wahl zu lassen. Als unbeugsamer, stolzer Mann schürte ich meine Wut und Verbitterung, versank in Selbstmitleid. Ein Mann nimmt es nur schwer hin, daß eine Frau ihm die Zügel aus der Hand reißt. Es macht ihn irgendwie verrückt, und manchmal kann er nicht einmal mehr klar denken, obwohl ich das als Mann nicht zugeben dürfte.

Du wußtest, daß ich schon als Kind aufbrausend und jähzornig war und Dinge sagte, für die ich mich schämte, wenn ich wieder bei Sinnen war. Ich weiß, ich habe dir sehr weh getan. Ich habe mich wie ein Narr benommen und mir eingeredet, im Recht zu sein.

Ich habe dich absichtlich verletzt, weil du die Tochter meines Onkels bist. Gott weiß, daß ich das alte Ekel immer noch verabscheue. Ich hasse ihn nicht nur dafür, was er mir, sondern auch dir angetan hat. So rächte ich mich an dir, denn er war tot, und nichts konnte ihn mehr treffen.

Bitte, versuch mir noch einmal zu vergeben ... Nein, wahrscheinlich wirst du deinem unmöglichen Ehemann in unserer gemeinsamen Zukunft noch öfter vergeben müssen. Duchess, laß uns Kinder haben. Chase Park soll vom Lachen deiner, meiner, unserer Kinder erfüllt sein. Erinnerst du dich noch an unsere Kinderzimmer hier in diesem Haus? Dein Vater hat nichts mehr mit uns, unseren Kindern und unserer Zukunft zu tun.«

Langsam wandte sie ihm den Kopf zu. Sie hob die Hand und berührte seine Wangen mit den Fingerspitzen.

»Willst du wirklich einen Erben? Einen Sohn, der einmal Graf von Chase sein wird, einen Nachfolger, in dessen Adern mein und dein Blut und das Blut meines Vaters fließt?«

»Ja, und er soll viele Geschwister bekommen.«

»Aber warum, Marcus? Fühlst du dich mir gegenüber schuldig, weil ich ein Kind verloren habe? Hast du Mitleid mit mir?«

»Ja, aber das ist nicht der Grund.«

»Was dann?«

»Ich liebe dich. Ich liebe dich mehr als mein Leben. Glaubst du mir? Verzeihst du mir?«

Einen Augenblick lang war sie die alte Duchess, still und in sich gekehrt. Sie blickte ihn prüfend an. Sie war sehr weit weg von ihm. Wie er das haßte! Wenn sie ihn angeschrien, geschlagen oder geküßt hätte! Dieses Schweigen war entseztlich. Sie war wieder stumm wie ein Fisch. So wie früher.

»Ich werde sogar erlauben, daß dieser junge George Raven unsere Kinder auf die Welt bringt. Aber bitte hör auf, die alte Duchess zu sein. Es macht mich krank. Schlag mich, schrei mich an, tu irgend etwas!«

»Einverstanden«, sagte sie und reichte ihm die Hand.

Er nahm ihre Hand in die seine und legte sie auf das Kissen zurück. Dann beugte er sich über sie und küßte sie zart auf den Mund.

»Einverstanden womit?« flüsterte er.

»Ich werde dich jeden Mittwoch verprügeln und jeden Freitag anschreien. Aber jetzt möchte ich, daß du es noch einmal sagst, Marcus.«

»Ich liebe dich und mißtraue George Raven immer noch. Wir werden ihm schnellstens eine Frau suchen.«

Sie lachte, und er fühlte eine wohlige Wärme im Körper.

»Ich liebe dich auch, Marcus. Wahrscheinlich liebte ich dich schon als kleines neunjähriges Mädchen. Ich habe dich zu dieser Ehe gezwungen, nicht allein deshalb, um die Ungerechtigkeiten meines Vaters dir gegenüber wiedergutzumachen, sondern weil ich dich für mich haben wollte. Nach unserer Heirat warst du zynisch und böse, und ich war überzeugt, du würdest dich nie mehr ändern. Aber ich mußte wieder die Zügel in die Hand nehmen, Marcus, um zu verhindern, daß die amerikanischen Wyndhams das bekommen, was dir rechtmäßig zusteht.«

»Du meinst, was uns beiden zusteht, unseren Kindern und Kindeskindern.«

»Ja, o ja! Bitte versteh mich. Ich konnte nicht mitansehen, daß du das, was dir gehört, nicht nehmen wolltest.«

»Und als du in der Hochzeitsnacht zu mir kamst? Wolltest du mich nur davon abhalten, daß ich wie ein Tobsüchtiger davonlief, um aus gekränkter Eitelkeit die Ehe zu annullieren?«

»Ja, wenn ich ehrlich bin, war das der Hauptgrund, obwohl ich einen Hintergedanken dabei hatte.« Sie lächelte ihn schelmisch an. »Ich hatte keine Ahnung, was sich zwischen Mann und Frau abspielt, und ahnte nicht, daß es so wunderschön sein könnte. Ich hatte einfach entsetzliche Angst, daß du eine Dummheit begehen könntest, und kam zu dir.«

»Und warum kommst du jetzt nicht zu mir und verführst mich?«

»Soll ich dich vor Lust verrückt machen, so wie George Raven, den Ärmsten? Ich werde noch viel lernen müssen, Marcus.«

»Wenn du wieder gesund bist, lachst und in der Gegend herumschwirrst, werde ich der beste Lehrer von ganz Yorkshire sein, nein, zum Teufel, von ganz England!«

Sie lächelte ihn an. Es war ein Lächeln voller Glück, frei von allem Schmerz und Weh.

»Vorhin sagte ich zu dir, daß du mir alles anvertrauen mußt, daß du keine Geheimnisse vor mir haben sollst.« Er blickte sie neugierig von der Seite an.

Sie legte den Kopf ein wenig schief, schwieg und lächelte.

Marcus fragte sich, ob sie ihm je etwas über ihre Verse oder über ihr seltsames Pseudonym. R. L. Coots erzählen würde. Wie in aller Welt war sie bloß auf diesen Namen gekommen.

Aber R. L. Coots war nicht wichtig. Nur sie zählte. Aber er hätte ihr gern gesagt, wie stolz er auf sie war. Er unterdrückte sein Bedürfnis, küßte sie und flüsterte ihr wilde Zärtlichkeiten ins Ohr.

29

Dieses Mal war es die Duchess, die ihre Schwiegermutter auf dem Aubusson in der Mitte des Grünen Würfelzimmers fand. Wieder starrte sie die Decke an. Die Duchess schwieg für eine Weile und beobachtete nur, wie Patricia Wyndham mit geradezu entrücktem Blick auf dem Rücken lag. Dieser Salon war das einzige Zimmer im Haus, dessen Decke bemalt war. Figurengruppen und Landschaften füllten die Fläche zwischen den einzelnen Deckenbalken aus. Offenbar stammten sie alle von demselben Künstler. Seit ihrem neunten Lebensjahr hatte die Duchess die Deckengemälde immer wieder betrachtet, vor allem die Szenen aus dem Mittelalter, die es ihr besonders angetan hatten. Sie hatte sie höchst aufregend gefunden, ihnen aber niemals besondere Bedeutung beigemessen. Sie waren da, waren ein Teil des Hauses und dieses merkwürdigen Raumes, den man das Grüne Würfelzimmer nannte.

Patricia Wyndham betrachtete eine kleine Szene, die das mittelalterliche Dorfleben darstellte. Im Lauf der Jahrhunderte waren die Farben etwas verblaßt, aber doch noch wunderbar lebendig, so daß man alle Einzelheiten deutlich erkennen und studieren konnte. Patricia konzentrierte sich auf die Lieblingsszene der Duchess. Ein wunderschönes junges Mädchen stand im Kreis seiner Dienerinnen. Es war in Weiß gekleidet und trug auf dem Kopf einen hohen Spitzhut, der mit einem hauchdünnen, weißen Schleier verziert war. In weichen Kaskaden fiel ihr engelgleiches, helles Haar über den Rücken. Sie saß ein wenig nach vorn gebeugt auf einem steinernen Mäuerchen und lauschte einem jungen Galan, der zu ihren Füßen die Laute schlug.

Als Kind hatte sich die Duchess derart intensiv in dieses Bild hineinversetzt, daß sie die Melodie zu hören glaubte, die der junge Mann für die Angebetete spielte. Das nächste Bild zeigte eine ähnliche Szenerie. Nur faßte der junge Mann hier nach oben, um etwas herunterzuholen, das in dem dichten Laubwerk einer Eiche versteckt zu sein schien. Wonach mochte er greifen?

Als die Duchess ihre Schwiegermutter beobachtete, bemerkte sie, daß diese noch immer völlig vertieft war in die Gemälde und sie sorgfältig zu prüfen schien. Die dritte Szene zeigte eine Dienerin, die der Jungfrau einen Becher Wasser reichte. Jetzt erst erkannte die Duchess, daß das Mädchen nicht auf einer Steinmauer saß, sondern am felsigen Rand einer Quelle. Der junge Mann hatte eine Laute aus dem Geäst der Eiche hervorgezogen. Eine Laute in einer Eiche?

Plötzlich erstarrte sie, und ihr Herz klopfte wie wild. Nein, das war doch nicht möglich! Sie schüttelte den Kopf und konzentrierte sich erneut auf die Szene. Auf dem nächsten Bild war der junge Mann mit den beiden Musikinstrumenten zu sehen, in jeder Hand eines. Er lächelte das junge Mädchen auffordernd an, als ob er ihr eine der Lauten anbieten wollte.

In der nächsten Darstellung hielt er beide Lauten in der Hand und blickte angstvoll über die Schulter, als ob er sich vor etwas fürchtete. Er hielt die Lauten an den zerbrechlichen Hälsen fest, die bauchigen Böden aneinandergelehnt. Warum hatte er sie nicht mit der flachen Oberseite zueinander gedreht? Auf diese Art hätte er sie leichter festhalten können.

»Hallo, meine Liebe, du kannst also wieder laufen und aufrecht stehen? Mein lieber Sohn hätte dich sonst wohl niemals aus dem Schlafzimmer gelassen. Ich sehe mir in aller Ruhe die Decke an. Dieser Raum hatte mich schon bei meinem ersten Besuch gefesselt. Diese vielen Darstellungen! Sie beginnen zur Zeit Wilhelms des Eroberers und reichen bis ins frühe sechzehnte Jahrhundert. Der Künstler muß um fünfzehnhundertfünfzig seine Arbeit beendet haben, da er Maria, Königin der Schotten, nur im Kindesalter dargestellt hat. Erst vor drei Tagen ist mir aufgefallen, daß die hier abgebildeten historischen Ereignisse noch ganz andere Dinge bergen. Hast du es auch bemerkt, Duchess? Ja, das sehe ich dir an der Nasenspitze an. Erstaunlich, findest du nicht auch?«

Die Duchess betrachtete ihre Schwiegermutter, die immer noch auf dem Rücken lag.

»Im Liegen kannst du alles besser erkennen. Leg dich auf den Teppich, dann zeige ich dir, was ich meine.«

Die Duchess legte sich neben ihre Schwiegermutter.

»So, meine Liebe, nun sag mir, was du siehst.«

»Das Mädchen sitzt am Rand eines Brunnens oder einer ummauerten Quelle unter einer Eiche. Aber wo sind die janusköpfige Neun und das Ungeheuer?«

»Die Beantwortung dieser Frage hat mir viel Kopfzerbrechen bereitet. Erst gestern ging mir ein Licht auf. Sieh dir die beiden Lauten genau an, Duchess!«

»Ja, die Lauten! Vorhin habe ich mich gefragt, warum er sie Rücken an Rücken gelehnt in der Hand trägt, obwohl das sehr umständlich ist.«

»Denk an die Musik, Liebes. Woran würde man denken, wenn der junge Mann sie richtigherum hielte, also Oberseite an Oberseite?«

»Oh, mein Gott, das hat nichts mit einer Neun zu tun, sondern mit der Musik! Das ist das Janusköpfige, der Doppelsinn der Neun!«

»Du hast es richtig erkannt. Ich habe mein ganzes Leben lang Klavier gespielt, und zum ersten Mal bin ich meiner Mutter dankbar, daß sie mich dazu gezwungen hat. Dadurch habe ich zwar mehrere heimliche Verabredungen im Mondschein versäumt, aber das habe ich dann mit Marcus' Vater nachgeholt, diesem wundervollen Mann. Kannst du Noten lesen, Duchess?«

»Ja«, flüsterte die Duchess. Sie war so aufgeregt, daß sie kaum sprechen konnte. »So wie er die Lauten hält, stellen sie keine zwei Neunen dar, sondern Baßschlüssel, die mit der runden Seite zueinander stehen. Du lieber Himmel, man könnte wirklich meinen, es seien zwei Neunen. Ich habe mir die Darstellungen in meiner Kindheit oft angesehen, und doch habe ich das Entscheidende nie bemerkt. Auch durch die Hinweise aus dem Buch wäre ich nie auf diese Idee gekommen!«

»Ja, jeder kennt die Gemälde in- und auswendig. Und jetzt sieh dir die nächste Szene an. Der junge Mann hat jemanden oder etwas erkannt, vor dem er sich entsetzlich fürchtet.«

»Das Ungeheuer!«

»Ja, das Ungeheuer«, bestätigte Patricia Wyndham höchst zufrieden.

»Der Mann deutet auf die Laute. Was will er damit sagen?«

»Er meint die Baßschlüssel. Darauf will er unsere Aufmerksamkeit lenken. Siehst du, erst weist er auf die unteren Äste, dann auf die zweite Laute. Mein Gott, wir waren mit Blindheit geschlagen! Die Hinweise waren die ganze Zeit vorhanden, seit Jahrhunderten, und keiner hat sich Gedanken darüber gemacht, außer dir! Weiß Gott, du bist die klügste Frau, die ich kenne!«

»Oh, vielen Dank, mein Kind, aber noch haben wir den verflixten Schatz nicht gefunden.«

»Darf ich mir die Frage erlauben, was Sie, Duchess, und Sie, Mrs. Wyndham, auf dem frisch ausgebürsteten Aubusson treiben?«

»Ja, Mr. Spears, Sie dürfen, und diesmal erhalten Sie auch eine Antwort. Kommen Sie her, und legen Sie sich neben mich. Nun werde ich Ihnen das Geheimnis offenbaren.«

Weitere zehn Minuten später betrat Badger auf der Suche nach Spears das Würfelzimmer. Er rieb sich die Augen. Mr. Spears, die Duchess und Mrs. Wyndham ordentlich nebeneinander auf dem Teppich aufgereiht. Höchst sonderbar! Und alle starrten gebannt zur Decke. Esmee, die Katze des Grafen, lag zusammengerollt auf Spears' Brustkorb und fühlte sich offenbar sehr wohl.

»Was in drei Teufels Namen geht hier eigentlich vor?«

»Mr. Badger, Sie werden es nicht glauben! Mrs. Wyndham ist dem Geheimnis auf der Spur. Es fehlt noch eine Kleinigkeit, und das Rätsel um das Vermächtnis der Wyndhams ist gelöst. Kommen Sie, legen Sie sich neben mich. Wir werden Ihnen alles erzählen.«

Als Marcus auf der Suche nach der Duchess einige Minuten später an der Tür des Salons vorbeiging, hörte er Spears fragen:

»Ja, aber wo steckt dann das Ungeheuer?«

Er warf einen Blick in das Zimmer und traute seinen Augen nicht.

Ohne sich zu bewegen, rief ihm die Duchess zu:

»Komm schnell herein, Marcus! Das Rätsel um das Vermächtnis der Wyndhams ist fast gelöst. Komm, und leg dich neben mich!«

Gehorsam schloß er sich der Gruppe an und starrte hinauf zu den Deckengemälden.

»Das darf doch nicht wahr sein. All die Jahre habe ich die Darstellungen betrachtet, die Einzelheiten, den Glanz der Farben und das Können des Malers bewundert. Aber ich wäre nie auf den Gedanken gekommen …«

»Ich weiß«, sagte die Duchess. »Ich auch nicht. Selbst wenn wir etwas von dem Schatz gewußt hätten, weiß ich nicht, ob wir ihn mit den Malereien in Zusammenhang gebracht hätten. Aber deine

Mama war so klug – und darum lag sie vor drei Tagen hier auf dem Fußboden. Sie ahnte, daß zwischen den Hinweisen der Mönche und den Gemälden ein Zusammenhang bestand. Weißt du, wie alt der Raum hier ist, Marcus?«

»Wir sind hier im ältesten Teil des Hauses. Ich glaube, das Würfelzimmer war das einzige, was nach dem Brand Anfang des vorigen Jahrhunderts übrigblieb.«

»Ganz richtig, mein lieber Sohn. Ich habe die Tagebücher des Arthur Wyndham gelesen. Er war damals der Dritte Markgraf von Barresford. Die peinlich genauen Aufzeichnungen aus seinem Alltag sind äußerst langweilig, erst der dritte Band wird interessant. Das Feuer brach siebzehnhundertdreiundzwanzig aus und zerstörte den Großteil des elisabethanischen Herrenhauses. Nur das Würfelzimmer und die Bibliothek, in der du den Folianten gefunden hast, fielen den Flammen nicht zum Opfer. Es waren die einzigen beiden Räume, die erhalten blieben. Arthur Wyndham hatte das auch betont. In seinem Tagebuch heißt es: ›Nur das Grüne Würfelzimmer und die Bibliothek sind mir geblieben, und auch diese sind so voller Ruß, daß ich nicht zu sagen vermag, ob sie jemals wieder so werden wie zuvor. Obwohl ich diese beiden Räume nie besonders mochte, werde ich sie wieder in ihren ursprünglichen Zustand versetzen. Wie ein Mahnmal haben sie die Flammen überlebt.‹ Er schrieb unter anderem, daß bereits sein Vater und sein Großvater die Deckengemälde bewundert hätten und daß das ein weiterer Grund dafür sei, daß man sie restaurieren werde. Und das ist unser Glück!« schloß Patrica Wyndham ihren Bericht.

»Warum heißt der Raum eigentlich Grünes Würfelzimmer?« fragte Marcus nachdenklich. »Ich erinnere mich, daß ich mich bereits als Kind darüber wunderte. Aber keiner wußte eine Antwort darauf, nicht einmal mein Onkel.«

Die Duchess wollte sich auf einen Ellbogen stützen, aber die Wunde schmerzte noch, und so legte sie sich wieder flach auf den Teppich. »Ja, das habe ich mich auch gefragt.«

»Keiner weiß es. Sampson war der Meinung, es beziehe sich auf die alte Kassettenverglasung der Fenster, die früher vielleicht einmal mit grünen Glasquadraten durchsetzt waren.«

»Ja, das klingt nicht schlecht. Grünes Glas in quadratischer Form«, kam es von Maggie, die mit angezogenen Knien hinter Spears saß. »Und dann fällt mir noch etwas auf. Der Raum selbst ist quadratisch angelegt.«

»Oh, ja, ganz richtig!« rief Badger aus. »Spinnen wir diesen Faden weiter: Wenn die Sonne durch grünes Glas in einen quadratischen Raum scheint, dann ...«

»Ja, dann sieht er aus wie ein grüner Würfel, Mr. Badger«, befand Spears. »Grünes Glas war früher sehr beliebt.«

»Das ist vielleicht die Lösung«, vermutete Patricia Wyndham. »In alten Häusern gibt es Räume mit den merkwürdigsten Namen.

»Ich glaube, Maggie hat das Rätsel dieses Raumes gelöst«, sagte Marcus.

»Und sehen Sie sich das an, Mr. Spears!« rief Badger und deutete senkrecht nach oben. »Ich erkenne deutlich die Quelle, und wenn ich mich nicht irre, Duchess, ist das der Eimer, von dem Sie sprachen. Aus festem Holz, mit Lederstreifen umgeben. Aber wo steckt das Ungeheuer?«

»Das existiert wahrscheinlich nicht. Ich habe weder ein bemoostes Wassergespenst noch einen feuerspeienden Drachen entdeckt.«

»O doch! Das Ungeheuer ist bestimmt da, wir können es nur nicht sehen«, widersprach die Duchess. »Ich fühle es. Geht es euch nicht auch so? Seht euch doch das Gesicht des jungen Mannes in der letzten Szene an. Er weiß, daß im nächsten Augenblick etwas Entsetzliches passieren wird. Es muß mit dem Ungeheuer zusammenhängen.«

»Also«, faßte Patricia Wyndham zusammen, »beginnen wir noch einmal von vorn. In der ersten Szene sitzt unsere Maid am Rand der Quelle. Der junge Verehrer spielt ihr auf der Laute vor. In der anderen Szene hält er die beiden Instrumente in einer Hand, mit den bauchigen Rücken aneinandergelehnt. Das führte uns zu den janusköpfigen Neunen – oder dem Baßschlüssel. Und wie die Duchess sagt: Das Ungeheuer ist da, wir sehen es nur nicht.«

»Kam das alles auch in deinem Traum vor?« fragte Marcus und strich ihr zärtlich über den Arm.

»Ich glaube schon«, antwortete sie mit einem Lächeln, das ihre Schwiegermutter für einen Augenblick alle Schätze dieser Welt vergessen ließ. Voller Freude und Dankbarkeit ruhte ihr Blick auf den beiden.

»Das schrumplige alte Mönchlein in meinem Traum sagte mir, daß die janusköpfige Neun nicht unbedingt eine Zahl sein müsse.«

»Warum diese Umstände?« rief Patricia Wyndham ärgerlich aus. »Warum haben die Mönche den Schatz nicht einfach Lockridge Wyndham anvertraut? Das Ganze ist ein einziges Durcheinander. Kein Wunder, daß nicht ein Wyndham die Spur zu dem Schatz fand und daß er in Vergessenheit geriet.«

»Ich wage die Behauptung«, mischte sich Spears ein, »daß die Mönche nicht eigenmächtig entscheiden durften, wohin der Schatz gebracht wurde. Der damalige Wyndham wußte über das Versteck Bescheid, davon bin ich überzeugt, konnte aber seinen plötzlichen Reichtum nicht zur Schau stellen. Der König oder Cromwell hätten sofort davon erfahren, ihn einen Kopf kürzer gemacht und den Schatz requiriert. Also machte er nur versteckte Andeutungen über den Verbleib des Schatzes.«

»Vermutlich starb der alte Lockridge, bevor er seinen Kindern mitteilen konnte, wo sich der Schatz befand«, meinte Badger. »Sie haben jedoch mit Sicherheit von der Existenz des Schatzes gewußt. Und dieses Wissen wurde von Generation zu Generation weitergegeben, ohne daß der Schatz gefunden wurde.«

»Und die Mönche schrieben die Geschichte des Schatzes gleich zweimal auf«, fuhr Marcus fort. »Ein Buch wurde zweifellos an Lockridge Wyndham übergeben. Aber das zweite? Wem gaben sie den zweiten Band? Das werden wir wohl nie erfahren. Zum Glück ist er bei Mr. Leonardo Burgess aufgetaucht.«

»Diese Geschichte mögen auch andere vor uns gelesen haben, aber sie verstanden nicht, worum es sich wirklich handelte«, vermutete Maggie. »Schön und gut. Es klingt alles sehr geheimnisvoll, Mr. Spears, aber wo steckt nun der Schatz der Wyndhams?«

»Irgendwo muß es hier einen verborgenen, kleinen Raum geben«, sagte Marcus nachdenklich. »Und dieser Raum, meine Freunde, muß irgendwie von diesem Zimmer aus zugänglich sein. Aber wir wissen nicht einmal, woraus der Schatz besteht.«

»Vielleicht über uns?« meinte Badger und zeigte nach oben. »Der junge Mann greift nach oben, um die zweite Neun zu holen. Das wäre ein Hinweis. Und die Quelle und das Ungeheuer befinden sich daneben – vielleicht ist dort der Schatz versteckt.«

»Aber das Wasser fließt nach unten, nicht nach oben«, warf die Duchess ein. Sie stand auf und legte unwillkürlich eine Hand an die noch schmerzende Wunde. »Der verborgene Raum, sagen wir Hohlraum, liegt unter der Eiche, unter der Quelle, also unter dem Fußboden.«

»Das ist nicht ganz richtig«, unterbrach sie Patricia Wyndham. »Um genau zu sein – und ich glaube, daß uns hier nur Genauigkeit zum Ziel führt –, müssen wir unterhalb der janusköpfigen Neun nachsehen.«

»Großer Gott!« rief Marcus. »Sampson, holen sie Horatio her!«

»Oh, ja, Mr. Sampson«, sagte Maggie aufgeregt. »Beeilen Sie sich, ich kann es kaum erwarten, den Schatz zu heben!«

Der Aubusson wurde ordentlich an die Wand gerollt, und störende Möbelstücke wurden entfernt. Horatio, ein Zimmermann, kniete auf dem Boden und klopfte die Dielenbretter mit einem Hammer ab. Gespannt verfolgten alle den Klang eines jeden Schlages.

»Mylord, hier geht kein Stützbalken durch, über die ganze Breite nicht. Ich glaube, ich habe den Hohlraum gefunden.«

Vorsichtig löste er die Eichendielen. Maggie zappelte vor Aufregung und trieb ihn zur Eile an.

»Na, na, immer mit der Ruhe! Ich möchte nicht, daß dieses schöne alte Holz splittert. Ah, die Bretter lösen sich.«

»Schnell!« rief Patricia Wyndham. »Bringen Sie Kerzen, Sampson!«

Die Öffnung war jetzt so groß, daß sich ein Mann bequem hinunterlassen konnte. Marcus übernahm diese Aufgabe als Familienoberhaupt, wenn auch unter lautem Protest der Damen.

»Hier ist es staubig und stockfinster. Alles ist voller Spinnweben. Maggie, werfen Sie mir ein Bündel Kerzen herunter. Mit einer sehe ich überhaupt nichts.«

Dann wurde es still.

»Erkennst du etwas, Marcus?« Er sah in das Gesicht seiner Frau, die in das schwarze Loch herunterstarrte.

»Nun red schon, Sohn, oder willst du, daß deine Mutter vor Neugier zugrunde geht?«

Der Hohlraum war lang und schmal und etwas über einen Meter hoch. Er schien sich über die Länge des Würfelzimmers zu erstrecken. Marcus hielt die Kerze hoch und erkannte deutlich die Stützbalken des Bodens über sich. Mehr war nicht auszumachen, nur Dunkelheit, dicke Staubwolken und Spinnweben. Gebückt wie ein alter Mann suchte er weiter. Nach etwa sechs Metern hatte er das Ende des Rechtecks erreicht. An der Wand rechts von ihm ragte etwas heraus. Er leuchtete die Stelle an und erstarrte vor Schreck. Unwillkürlich stieß er einen Schrei aus. Der aufgewirbelte Staub drang ihm in Nase und Mund und rief einen krampfartigen Hustenanfall hervor.

»Verdammt noch mal, was ist das? Es ... es sieht wie ein Skelett aus, ja, aber wie ist das möglich?«

Marcus holte tief Luft und hielt die Kerze etwas höher. Es war kein Skelett, mehr eine Attrappe, eine Stoffpuppe. Sie stellte einen Mann dar, den man offenbar symbolisch gehängt hatte. Um den Hals war ein Strick geknüpft, der über dem Kopf der Puppe am Deckenbalken festgenagelt worden war. Die Puppe trug höfische Kleidung aus der Zeit Königin Elisabeths. Vorsichtig berührte Marcus einen spitzenbesetzten Ärmel, der sofort zu Staub zerfiel. Marcus sah sich das kunstvoll bemalte Stoffgesicht genauer an. Habgier, Geiz und Grausamkeit sprachen aus den unschönen feisten Zügen. Zwei Glasaugen starrten ihn kalt und hochmütig an. Wie ein Blitz durchfuhr ihn die Erkenntnis, daß diese Attrappe den König darstellen sollte, König Heinrich VIII. Das Gesicht glich dem bekannten Porträt, das Holbein der Jüngere von dem jungen König gemalt hatte. Wahrscheinlich braucht man ein ganzes Fuder Stroh, um dem massigen Leib des Königs gerecht zu werden, dachte Marcus. Aber warum hing er hier? Verborgen in diesem Loch? Er hörte Stimmen über sich. Sie riefen und schrien seinen Namen, verlangten Auskunft. Sogar die Duchess war zu hören. Ihre Stimme klang ziemlich gereizt. Er grinste.

»Es ist kein Skelett, sondern eine Strohpuppe. Um genauer zu sein – es ist Heinrich VIII, der hier symbolisch erhängt wurde. Er hat einen Strick um den Hals. Wartet, da ist noch etwas. Wartet!«

In diesem Augenblick war ihm aufgefallen, daß der tonnenförmige Rumpf, der in Samt und Hermelin gehüllt war, in den Proportionen einfach zu groß war. Die Puppe war nicht nur mit Stroh gefüllt, sie enthielt offenbar noch etwas anderes. Vorsichtig faßte er in eine Öffnung oberhalb des Kragens und zog eine Kette mit den wunderschönsten Perlen hervor, die er je gesehen hatte. Neugierig drückte Marcus die Hände gegen die verrottete Puppe und fühlte die Umrisse weiterer Schmuckstücke. Als er tiefer in den Bauch langte, ertastete er Münzen, Rosenkränze und ein Zepter. Mit den Fingerspitzen erfühlte er die Kanten eines Buches, der Bibel vermutlich, dessen Einband wahrscheinlich mit kostbarsten Juwelen besetzt war. Das Gefäß daneben war bestimmt ein Abendmahlskelch. Sicherlich befanden sich im Bauch der Puppe noch weitere kirchliche Utensilien, die in die Puppe hineingestopft worden waren. Die Attrappe des Königs enthielt kein modriges Stroh, sondern den Kirchenschatz der Abtei von St. Swayle, der vor über dreihundert Jahren hier versteckt worden war!

»Spears«, rief er hinauf, »lassen Sie mir an Seilen eine Art Trage herunter, damit wir alles hinaufziehen können. Es müssen dicke Seile sein, das Ganze ist sehr schwer. Unsere Puppe hier ist bis zum Kragen mit Kostbarkeiten vollgestopft, mit einem wahrhaft königlichen Schatz!«

30

*H*ast du eine Ahnung, wie herrlich verrucht du aussiehst?« Sie lachte zu ihm hinauf. Die herrlichen Perlen schimmerten auf ihrer nackten Haut und reichten ihr bis zum Bauchnabel. Sie trug nichts als diesen Schmuck. Ihr Mann hatte darauf bestanden, daß sie sich nur damit bekleidete, und nun verkündete er, daß diese Perlen ihr Geburtstagsgeschenk seien – für die nächsten drei Jahre, so groß und kostbar waren sie.

»Ja, ich weiß, daß du mich wundervoll findest. Das bin ich auch! Tante Gweneth hat mir verraten, daß du im September, also schon sehr bald, Geburtstag hast.«

»Und von Fanny weiß ich, daß du Anfang Oktober Geburtstag hast. Vielleicht finde ich bis dahin ein passendes Schmuckstück für dich. Sie hat mir übrigens erzählt, daß sie sich für dich eine besondere Geburtstagsüberraschung ausgedacht hat, Marcus.«

»Hoffentlich hat sich ihre jungmädchenhafte Schwärmerei für mich gelegt, sonst stirbt sie noch als alte Jungfer.«

»Sie wird schon darüber hinwegkommen«, antwortete die Duchess. »In zwei Jahren werden die Zwillinge in London debütieren. Spätestens dann wird sie dich als alten Mummelgreis betrachten und keinen einzigen Gedanken mehr an dich verschwenden. Um noch einmal auf mein Geburtstagsgeschenk zurückzukommen: drei Jahre, sagtest du?«

»Oh, ja. Gute drei Jahre.« Er nahm die Kette in die Hand und betrachtete die Perlen genau. »Sie schimmern jetzt noch mehr, nur weil sie wenige Minuten auf deiner samtweichen, warmen Haut gelegen haben.« Er beugte sich vor und bedeckte ihren Leib mit Küssen. Sie fuhr mit den Fingern durch sein dichtes schwarzes Haar und zerzauste es voller Übermut.

»Na schön, Marcus, am Vierzehnten werde ich mich wieder in Perlen kleiden. Das war die Generalprobe. So, und womit schmücken wir *dich* jetzt? Oh, ich weiß es schon. Du wirst diesen Ring mit dem riesengroßen Rubin tragen.«

»Und sonst nichts?«

»Sonst nichts.«

»Wann sagtest du, hast du Geburtstag?«

»Mein Geburtstag beginnt in ungefähr zehn Minuten. Du hast ihn bereits auf meinem Bauch eingeläutet.«

Er lachte, beugte sich wieder über sie und küßte sie. Dann spielte er mit den Perlen. »Verdammt!« stieß er zwischen den Küssen hervor. »Wir müssen warten, bis du wieder ganz gesund bist. Es ist zum Verrücktwerden!«

»Ich bin wieder ganz gesund. Seitdem sind drei Wochen vergangen, sogar meine Wunde ist verheilt.«

Er sah sie durchdringend an und strich mit einem Finger über die noch immer rötliche Narbe an ihrer Seite. Die Spuren der Fäden waren noch deutlich zu erkennen. Er sah wieder George Raven vor sich, wie er mit der Nadel das weiße Fleisch durchstach, Stich um Stich. Er schluckte.

»Hör auf, Marcus. Es ist vorbei und überstanden. Mir geht es gut. Wir haben beide überlebt. Dein harter Schädel und deine Hand sind verheilt. Wir hatten großes Glück.«

»Du hast recht, Duchess. Der Alptraum ist vorbei, Gott sei Dank. Von nun an werde ich dich wie meinen Augapfel hüten. Und deshalb, mein Geliebtes, werden wir warten, bis du wieder ganz gesund bist, obwohl ich dich maßlos begehre, mehr noch als Badgers köstliche *Medaillons de veau poches à la sauce au Porto.*«

»Woher in aller Welt kennst du die französische Bezeichnung für pochiertes Kalbfleisch?«

»Meine liebe Frau, schließlich haben Badger und ich die Mahlzeiten gemeinsam zubereitet, als du krank warst.«

Die Duchess blickte ihn ungläubig an und kicherte.

»Bei Gott, es tut gut, dich wieder lachen zu hören. Weißt du was? Du mußt jetzt so sehr nach mir verlangen, daß du mich erschießen könntest, wenn ich nicht sofort zu dir komme!«

Ihre Augen blitzten auf, als sie ihm antworten wollte, aber er legte den Zeigefinger auf ihren Mund und stieß den Seufzer eines Märtyrers aus.

»Nein, tu es nicht!«

Schnell stand er auf und entfernte sich etwa drei Meter von ihrem Bett.

»Nein, ich bleibe hier stehen, werde dich und die Perlen anstarren und in Schweiß ausbrechen. Nun ja, vielleicht werde ich flüchtig deinen Bauch küssen, was mir aber furchtbar weh tun wird, Duchess.«

»Schwitzende Männer sind gräßlich, Marcus. Schmerz ist etwas anderes.«

»Duchess, halt deinen vorlauten Mund. Nein, beweg dich nicht. Bleib so liegen, wie eine Haremsdame auf dem Diwan. Ich werde mich in Beherrschung üben und anderen Dingen widmen. Wie du weißt, habe ich einen sehr starken Willen. Ich habe mir folgendes überlegt, Duchess. Die beiden Kelche, die Bibel mitsamt den anderen kirchlichen Utensilien werden nach Rom geschickt, auch die Reliquie mit den Fingerknochen eines uns nicht bekannten Heiligen. Alles andere bleibt hier.«

»Ja«, antwortete die Duchess, »das hatte ich mir auch überlegt. Es war sehr freundlich von dir, Maggie diesen Schmuck zu schenken.«

»Ich wüßte gar zu gern, ob sie nackt auf dem Bett liegt, nur mit der Smaragdkette bekleidet.«

»Nein, sie sitzt vor dem Spiegel, bürstet ihr Haar und bewundert das Grün der Steine, das so gut zu ihren flammendroten Löckchen paßt. Deine Mutter wird heute zum Abendessen das Diamantendiadem tragen. Ach, und die Zwillinge sind überglücklich mit ihren Armbändern.«

»Vorhin sagte ich zu Spears und Badger, sie könnten sich mit ihrem Anteil ohne weiteres zur Ruhe setzen, aber diese Bemerkung war wohl etwas ungeschickt, denn beide blickten mich zutiefst gekränkt an. Spears meinte hochmütig näselnd, er fürchte um mein Wohlbefinden, wenn er sich nicht mehr persönlich um mich kümmern könne. Badger warf mir einen so finsteren Blick zu, daß ich Angst bekam, wir müßten auf das Abendessen verzichten. Der Himmel werde mich strafen für diesen unwürdigen Vorschlag, meinte er.«

»Das mag sehr interessant sein, mein Liebster, aber ich möchte, daß du den Ring mit dem Rubin trägst.«

Sein Körper erbebte, als er sie ansah. Er begehrte sie. Wie hingegossen lag sie in den Kissen. Die Perlen umschmeichelten ihre Brüste und verliehen ihrer Pose etwas Wollüstiges.

Sie nahm seine Hand und legte sie auf ihre Brust. »Marcus«, hauchte sie zärtlich.

Er schnappte nach Luft und schluckte mühsam, als sein Blick auf die kräftige, braune Hand fiel, die auf ihrer weichen schneeweißen Haut lag.

»Mir geht es gut. George hat es heute nachmittag bestätigt.«

»Woher will er das wissen? Er ist keine Frau.«

»Und du kannst es auch nicht wissen und bist auch keine Frau. Aber ich weiß es. Du wirst sehr behutsam sein. Bitte, Marcus, leg den Ring an.«

Er brummte Unverständliches vor sich hin, bedachte sie mit einem finsteren Blick und streifte den Ring über. Sie ließ nicht von ihm ab, bis er völlig entkleidet war und nackt neben ihr lag. Der riesige Rubin funkelte in der späten Nachmittagssonne.

Spielerisch nahm er die Perlen wieder in die Hand und blickte die Duchess aus tiefdunklen Augen an. Mit unendlicher Zartheit drang er in sie ein, so behutsam wie nie zuvor. Die Süße des Augenblicks stieg heiß in ihr auf, wuchs in ihr, durchströmte ihren Leib, bis sie es nicht mehr ertragen konnte. Sie erlebte ihre Erfüllung, aber sie wollte, daß es niemals aufhörte. Er war bei ihr, als sie seinen Hals, seine Schultern küßte, und sie wußte, daß es immer so sein würde.

Als die Duchess am nächsten Morgen auf der Suche nach Marcus die Bibliothek betreten wollte, blieb sie an der Schwelle stehen. Marcus sang! Sie hatte ihn noch nie singen gehört. Sein Bariton ließ sich nicht mit Spears' voller, kräftiger Stimme vergleichen, aber er klang weich und angenehm.

Nach der letzten Strophe drehte er sich um und blitzte sie an. »Ist das nicht ein flottes Liedchen?«

»Ja, die Melodie singt sich recht gut.«

»Na ja«, antwortete er etwas gedehnt und begutachtete stirnrunzelnd seine Fingernägel. »Die Melodie läßt zu wünschen übrig, behaupte ich. Mir wäre da etwas Besseres eingefallen. Ich bin sehr musikalisch, wie du weißt. Mir fallen ständig Melodien ein, zum Beispiel für dieses Seemannsliedchen. Wenn ich wüßte, wer der Mann ist, der diese Verse schreibt, dann könnten wir Partner werden. Schade, der Text ist ganz gut, aber die Vertonung miserabel.«

»Miserabel? Daß ich nicht lache! Besser könnte man das Matrosenliedchen nicht vertonen. Man sagt, es sei sehr beliebt, ein richtiger Ohrwurm. Ein solches Lied vergißt keiner. Bei der Marine wird man es noch in hundert Jahren singen. Soviel zu deiner Kritik. Miserabel! Von wegen!«

»Gut, dann nehme ich meine Kritik zurück. Aber ich gehe jede Wette ein, daß in vier, spätestens sechs Wochen kein Hahn mehr danach kräht.«

Die dicke Tom-Jones-Ausgabe auf dem Barocktisch neben ihr bot sich als willkommenes Wurfgeschoß an. Geschickt fing Marcus den Band auf und bemerkte: »Ganz schön schwer, dieses Buch. Eine banale Geschichte auf vielen hundert Seiten. Genau wie diese albernen Liedchen. Sie sind auch nicht viel besser. Zu dumm, daß ich den Kerl nicht kenne, der sie schreibt. Der Ärmste versucht sich mühsam durchs Leben zu schlagen. Wenn er mein Talent hätte, dann ...«

Sie lief puterrot an, kam hüpfend auf ihn zu, während sie ihren Schuh auszuziehen versuchte. Aber sie vergaß die Schleife. Sie wollte sie mit einem Ruck aufziehen, mit dem Ergebnis, daß sie einen festen Knoten machte. Sie schimpfte, er lachte. Sie schrie ihn an, als sie auf dem Fußboden saß und wütend an der Schleife zerrte.

»Unverschämter Lümmel! Die Lieder sind wundervoll! Wie viele kennst du überhaupt?«

Vor ihm auf dem Boden saß die neue Duchess, die so gar nichts mehr mit der alten gemeinsam hatte. Einfach entzückend war sie in ihrem ungestümen Zorn. Sollte sie den Knoten in der Schleife aufbekommen, war sein Leben gewiß in Gefahr.

Nochmals begutachtete er seine Fingernägel und sagte gedehnt: »Ach ... ich glaube, die kenne ich alle. Es ist ja eins wie das andere ... halbwegs erträglich. Ja, doch, ich kenne alle.«

»Das ist ausgeschlossen, du Dummkopf. Ich weiß, Spears singt sie immer, aber du kennst höchstens fünf.«

Jetzt wurden die Fingernägel einzeln untersucht. »Eigentlich könnte ich einmal zu Hookhams gehen, vielleicht gibt man mir dort die Adresse von diesem armen Coots. Als Mann wird er soviel Verstand haben und mein Angebot als Geschenk des Himmels betrachten. Was meinst du, Duchess? Der Knoten ist recht widerspenstig, wie ich sehe. Darf ich dir behilflich sein? Nein? Ah, jetzt nimmst du den anderen Schuh. Wird auch Zeit. Wut hat nur Sinn, wenn man sich austoben kann. Sonst hat man ja nichts davon, nicht wahr, mein Geliebtes?«

Die Schleife am rechten Schuh löste sich ohne weiteres. Sie riß ihn vom Fuß, sprang auf die Beine und ging auf ihn los. Er lachte, als sie mit dem Schühchen auf seinen Brustkorb einhämmerte. Er zog sie an sich, hielt sie an den Armen fest und pustete ihr ins Ohr.

»Soll ich ihm nicht einmal schreiben?« flüsterte er. »Ihm anbieten, daß ich ihm zum ersehnten Erfolg verhelfen kann? Wahrscheinlich nagt der arme Musikus am Hungertuch. Was meinst du?«

»Und wenn Coots kein Mann ist? Das ist dir wahrscheinlich noch nicht in den Sinn gekommen, du Esel! Glaubst du, nur ein Mann ist kreativ ... und einfallsreich ... und klug und witzig? Du eingebildeter Affe!«

Er streichelte ihre Arme, hütete sich aber, sie loszulassen. »Aber natürlich, mein Schatz. Find dich damit ab. Du bist eine Frau. Gewiß, du hast überdurchschnittliche Qualitäten, und du bist wunderschön. Aber du bist nur eine Frau. Du mußt doch zugeben, dieser Coots besitzt die Vorzüge eines Mannes – abgesehen von seinen Melodien. Nur ein Mann versteht die Kunst des Versedichtens.«

Sie war noch immer rot und versuchte sich fauchend aus seiner Umklammerung zu befreien. Marcus warf den Kopf zurück und brach in schallendes Gelächter aus. Plötzlich wurde sie ganz still.

»Du weißt es.«

»Was weiß ich?«

»Du weißt über Coots Bescheid.«

»Natürlich, mein Gänschen.«

Er hörte zu lachen auf und umarmte sie heftig.

»Verdammt, wie bin ich stolz auf dich!«

»Mit der Tom-Jones-Ausgabe hätte ich dir weh tun können. Verzeih.«

»Ja, du hättest mir den Schädel einschlagen können, aber du hattest Pech!«

»Marcus Wyndham, hör auf, dich über mich lustig zu machen.«

»Ja, vorhin. Das gebe ich zu. Aber du hast es auch verdient. Warum hast du mir nichts von Coots erzählt? Bei meinem Besuch in Pipwell hättest du mir reinen Wein einschenken sollen, als ich dir unterstellte, daß ein Mann dich aushielt. Dein Stolz, mein Liebstes, erweckte in mir den Wunsch, dich kaltblütig zu erwürgen. Aber ich bin ja auch nicht besser.«

Lachend hob er sie auf seinen Schreibtisch, zog ihr den Schuh an und band eine feste Schleife. »Kann ich einen Knoten in die Schleife machen?« fragte er und grinste sie frech an.

»Je eher, je besser.«

Es war spät geworden. Ein Spätsommerregen trommelte gegen die Scheiben. Sie saßen noch vor dem Kamin, obwohl das Feuer bis auf einen rotglühenden Rest niedergebrannt war. Es störte sie nicht. Sie waren mit einem neuen Spottlied beschäftigt, das Napoleon und sein Liebesleben besingen sollte. Die Duchess schwor, daß die Verse ihr Schlafzimmer niemals verlassen würden.

Marcus erzählte ihr von dem Gerücht, daß die Männlichkeit des Kaisers keineswegs so majestätisch sei wie sein sonstiges Auftreten. Sie blickte ihn verwundert an und wurde ernst. »Wie merkwürdig. Ich dachte, alle Männer haben auf diesem Gebiet die gleichen Qualitäten. Ich meine, gibt es da wirklich Unterschiede?«

Marcus war empört. Er stürzte sich auf seine Frau und küßte sie, bis sie keine Luft mehr bekam und trotzdem lachen mußte.

Es klopfte an der Tür, und Marcus fluchte leise. Seufzend sagte er: »Herein.«

Es war Antonia mit einem Silbertablett.

»Nanu, was ist denn das?« rief die Duchess und hüpfte von Marcus' Schoß.

»Eine Aufmerksamkeit von Badger. Ihr sollt es beide trinken, hat er gesagt. Eine *Polenzdroge*, hat er es genannt, aber das hat er nicht zu mir gesagt, sondern zu Spears. Ich habe es zufällig gehört, was Badger nicht recht war, denn er schimpfte leise vor sich hin.«

»Eine *Potenzdroge*?« fragte Marcus und verbiß sich das Lachen.

»Ja, genau. Als ich ihn fragte, was das ist, meinte er, das sei ein Apfrodisiak, und ich wollte wissen, was das denn nun wieder sei. Aber er drohte mir mit dem Finger und meinte, ich solle mich lieber nützlich machen. Also, hier bin ich. Eigentlich wollte Fanny das Tablett hereinbringen, damit sie dich wieder anhimmeln kann, aber das wollte ich nicht.«

»Danke, Antonia«, sagte Marcus und sah die Duchess an. »Nur noch zwei Jahre.«

Die Duchess nahm Antonia das Tablett aus der Hand und stellte es auf einem Beistelltisch ab. Sie roch an dem Getränk.

»Riecht nach heißer Schokolade mit einem Zusatz, den ich nicht benennen kann. Vielleicht geriebene Schneckenzehen.«

»Ihr sollt es gleich trinken und sofort ins Bett gehen, hat Badger gesagt. Ihr wüßtet schon, was er meint.«

»Unverschämt. Ja, Antonia, wir wissen, was er meint. Dank dir, mein Püppchen. Geh jetzt zu Bett.«

Als Antonia die Tür hinter sich geschlossen hatte, nahm Marcus eine Tasse und reichte die andere der Duchess.

»Auf uns beide, die Schneckenzehen und Badgers Versuch, einen neuen Erben herbeizuzaubern!«

»Hört, hört!« gab sie zurück und trank einen großen Schluck. »Ein Erbe. Klingt nicht schlecht.«

Bald waren sie aneinandergeschmiegt eingeschlafen.

31

Das warme helle Morgenlicht schien ihr mitten ins Gesicht, und doch fiel es ihr schwer, die Augen zu öffnen. Das Licht blendete und schmerzte.

»Guten Morgen, Duchess. Es wird langsam Zeit, daß du aufwachst. Wie du siehst, hat dein lieber Mann bereits ausgeschlafen. Er sähe vergnügter aus, wenn ich nicht wäre und seine Kopfschmerzen. Wenn ich ihn nicht an Händen und Füßen gefesselt hätte, würde er mich sofort erwürgen. Deine Fesseln sind verhältnismäßig locker. Ich möchte nicht, daß du leidest. Du nicht! Niemals.«

Erstaunt blickte sie Trevor an. »Ich verstehe kein Wort. Wo sind wir, und warum sind wir hier?«

Marcus' Stimme klang so ruhig, daß es ihr kalt über den Rücken lief. »Er hat die heiße Schokolade, die Antonia uns gestern abend brachte, mit einem Betäubungsmittel vermengt.«

»Ja, ich erinnere mich. Antonia behauptete, Badger habe sie zubereitet. Das glaube ich nicht. Das ist unmöglich. Nicht Badger.«

»Oh, doch! Badger hat das Getränk zubereitet – und gab eine kräftige Portion Laudanum hinzu, so wie wir es geplant hatten«, erklärte Trevor lächelnd. »Seid ihr wirklich so naiv? Wunderte es euch nicht, daß Badger nach seiner Rückkehr aus London berichtete, die amerikanischen Wyndhams dort vollzählig angetroffen zu haben? Nein? Wie ich sehe, nahmt ihr das für bare Münze. Schade, sehr dumm von euch. Merkwürdig, daß meine Schüsse euch so wenig anhaben konnten. Jedem von euch verpaßte ich drei Kugeln – aber ihr wart nicht totzukriegen.«

»Ja, weil du ein miserabler Schütze bist«, knurrte Marcus. Langsam drehte sich Trevor zu ihm um und baute sich in voller Größe vor ihm auf. Dann ließ er mit voller Wucht den Knauf seiner Pistole auf Marcus' Schulter niedersausen.

»Laß das, du gemeiner Kerl!« Verzweifelt zerrte sie an ihren Fesseln.

»Beruhige dich, Liebling. Mir geht es gut.«

Trevor setzte sich auf eine umgedrehte Gemüsekiste, die ihm als Stuhl diente.

»Welch ein Held er doch ist, nicht wahr, Duchess? Ja, ja, mein lieber Vetter Marcus wird noch lernen, daß ich hier das Sagen habe. Obwohl er Schmerzen hat, sieht er nicht ein, daß er verloren hat. Nein, Marcus ist nicht gewohnt zu verlieren. Ach, Duchess, spare dir deinen mordgierigen Blick. Beruhige dich, wie dein Mann es verlangt hat. Um dich, liebste Duchess, tut es mir leid, aber in dieser Situation bleibt mir keine andere Wahl.

Kein Laut kommt über Marcus' Lippen. Ich weiß, daß er Schmerzen hat, Duchess. Das weiß ich. Komisch, nicht wahr? Er weiß, daß er sterben muß, und doch hält er an diesem Ehrenkodex fest. Ein Mann bittet um nichts und gibt niemals klein bei. Aber das erübrigt sich ja bald. Das Ultimatum vom sechzehnten Juni ist euch zum Verhängnis geworden. Wenn du die Ehe nicht erzwungen hättest, Duchess, dann wärt ihr mit dem Leben davongekommen. Aber ich möchte alles. Auch die fünfzigtausend Pfund, die dir dein Vater vermacht hat. Und ich möchte auch das Vermächtnis der Wyndhams, das ich für ein Hirngespinst hielt. Und ich will den Titel. Ich will alles! Und ich werde alles besitzen. Oh, erinnere mich bitte daran, Marcus, ich darf nicht vergessen, deiner Mutter zu ihrer Scharfsinnigkeit zu gratulieren, mit der sie das Rätsel gelöst hat. Ich werde das nachholen, wenn wir alle euren tragischen Tod bedauern.«

Die Duchess versuchte einen klaren Kopf zu bekommen. Sie hatte höllische Schmerzen, aber sie mußte mit ihm sprechen, um zu begreifen, was in ihm vorging. »Aber du bist doch selbst sehr vermögend.«

»Du glaubst doch nicht im Ernst, ich hätte zugegeben, daß ich arm bin? Nein, unser Vermögen ist geschrumpft. Es ist nur noch wenig Geld vorhanden. Meine Familie weiß nichts davon. Ich habe es ihr verschwiegen. Schließlich bin ich das Oberhaupt des amerikanischen Familienzweigs, und sehr bald werde ich allen Wyndhams vorstehen. Mein Vater, dein Onkel, war ein Taugenichts. Anders kann man es nicht nennen. Er hinterließ uns eine gefüllte Speisekammer, ein Stubenmädchen, das von ihm schwanger war, und sonst nichts. Ich war heilfroh, als er endlich bei einem Duell fiel. Er hatte mit einer verheirateten Frau ein Verhältnis. So wurde ich das Familienoberhaupt. Ich ganz allein. Warum, glaubt ihr, habe ich Helen geheiratet, als ich kaum zweiundzwanzig Jahre alt war? Sie war das reichste Mädchen von Baltimore, und ihr Vater war ein mieser alter Müller.«

»Aber doch ein sehr *reicher*, mieser alter Müller, oder etwa nicht?«

»Ja, meine Liebe. Er war sogar steinreich. Jedenfalls nahm ich das damals an. Ich brachte ihn um und machte Helen den Hof. Sie war sanft, unschuldig und langweilig, aber ihr hübscher biegsamer Körper bereitete mir Freude, bis er in der Schwangerschaft anschwoll. Dann war alles sehr einfach. Der Sturz vom Pferd, dem ich einen Dorn unter den Sattel gelegt hatte, verlief planmäßig. Die Ärmste lag noch über eine Stunde im Regen. Die Wehen setzten ein. Sie und der Balg starben ganz ohne Schwierigkeiten. Mich ließen sie als gebrochenen Mann zurück.

Aber das Geld ging zur Neige, und ich war immer noch das Oberhaupt der Familie Wyndham und mußte für Mutter und Geschwister sorgen. Also, was tun? Zu diesem Zeitpunkt hörten wir von Mr. Wicks – Gott segne ihn. Er war überzeugt, daß ihr beide eure Differenzen niemals beilegen würdet – welcher Art sie auch gewesen sein mögen. Aber der Alte hatte die Macht jugendlichen Begehrens vergessen. Und du, Duchess, warst bereits als kleines Mädchen hinter Marcus her. Woher ich das weiß? Nun, Ehre wem Ehre gebührt: ich bin Tante Gweneth dankbar für ihre ausführlichen Briefe, die sie in all den Jahren an meine Mutter schickte. Sie schrieb viel von dir, wie sie dich bewunderte, wie wohlerzogen, heiter und bescheiden du warst, trotz deiner unseligen Herkunft. Aber sie befürchtete, daß du deine Angel nach Marcus auswerfen würdest, da Mark und Charlie als deine Halbbrüder nicht in Frage kamen. Jede Einzelheit ihres jämmerlichen Lebens hielt sie in ihren Briefen fest. Sie war eine alte Jungfer, die von der Wohltätigkeit ihres Bruders lebte. So erfuhr ich alles. Von der Verbitterung deines Vaters, von seinem Haß auf Marcus, der nicht taktvoll genug war, mit seinen Söhnen zu ertrinken. Ich erfuhr alles über seinen kostbaren kleinen Bastard, deren Mutter er ein ganzes Leben lang geliebt hatte.

Tante Gweneth haßte deine Mutter, Duchess, weil sie ihren Einfluß fürchtete, und sie verabscheute ihre Schwägerin, obwohl deren Bösartigkeit berechenbar war. Aber deine Mutter? Was würde die Schlampe tun, wenn die Gräfin das Zeitliche segnete? Wir wissen es jetzt. Der Dummkopf hat deine Mutter geheiratet. Wahrscheinlich starb er einsam und traurig, da sie vor ihm unter die Erde kam.

Schrecklich, nicht wahr? Bedauernswerte Schicksale. Aber das gehört der Vergangenheit an. Wir befinden uns jetzt in der Wirklichkeit, und die geht ihrem Ende entgegen.

Habe ich euch erzählt, daß ich James eigentlich in Amerika lassen wollte? Der Gute, er hat ein weiches Herz und ist allem Bösen gegenüber völlig arglos, genau wie Helen. Aber er wollte unbedingt mitkommen, um euch kennenzulernen. Die Geschichte mit der jungen Dame, die er in Baltimore zurücklassen mußte, ist frei erfunden. Er ahnt nichts von den Mächten, die einen Menschen antreiben und verändern. Ich werde ihn und Ursula auf ihrem Lebensweg beschützen. Sie werden das Beste vom Besten bekommen und reinen Herzens sterben, weil sie in Unschuld gelebt haben.«

Weiterreden, weiter, weiter, red nur weiter! beschwor ihn Marcus in Gedanken, während er die Knoten der Fesseln an seinen Handgelenken bearbeitete. Er hatte Trevor für einen harmlosen, eitlen Gecken gehalten. Dann hatte er ihn als einen Mann kennengelernt, den man bewundern und mit dem man Pferde stehlen konnte. Aber auch das war ein Irrtum gewesen. Dieser Mann war abartig und gemein. Er war die Verkörperung des Bösen. Plötzlich begriff Marcus die Bedeutung der Verse aus dem alten Buch und stieß hervor:

»Mein Gott! Das Ungeheuer bist du. Es ist immer da und wartet darauf, zuzuschlagen, Leid zuzufügen, zu lügen und zu töten. Das wollte der Mönch in Duchess' Traum sagen. Und das steht auch in den Versen. Wo Leben ist, ist auch das Böse. Du bist das Böse, das warst du die ganze Zeit über.«

»Ich bin das Ungeheuer? Das ist nicht sehr freundlich von dir, mein lieber Vetter. Auch wenn du recht haben solltest, es gefällt mir trotzdem nicht. Ich tue nur, was ich tun muß. Meine Mutter ist sehr verschwenderisch. Und Ursula und James soll es an nichts fehlen. Tja, wenn Helen reicher gewesen wäre … die alberne kleine Gans! Meine Mutter kleidet sich gern nach der neuesten französischen Mode. Mir bleibt keine Wahl. Ursula wächst zu einer Schönheit heran. In zwei Jahren werden ihr die Männer zu Füßen liegen. Sie muß ihre Möglichkeiten nutzen können. *Ich* bin das Oberhaupt der Wyndhams. *Ich* bin dafür verantwortlich, daß meine Familie das bekommt, was ihr gebührt.«

»Das Oberhaupt der Wyndhams bin ich, nicht du.«

»Aber nicht mehr lange, Vetter Marcus, sondern nur noch wenige Augenblicke.«

»Also hast du nicht die Absicht, uns freizulassen und nach Amerika zu segeln, oder?« fragte Marcus.

Trevor lachte. Es war das Lachen eines Wahnsinnigen.

»Eure Freilassung wird euer Tod sein, meine Lieben.«

Zeit, lieber Gott, gib uns Zeit, dachte die Duchess. Sie mußten Zeit gewinnen. Die Fesseln um ihre Handgelenke lockerten sich allmählich. Aus Rücksicht auf sie, wenn man das überhaupt von ihm sagen konnte, hatte er den Strick nicht allzu fest zusammengeschnürt. Sie war eine Frau, und damit war sie in seinen Augen ungefährlich. Er hatte sie nicht einmal an den Füßen gefesselt. Sie mußte ihn dazu bringen weiterzureden. O Himmel, sie mußte sich etwas einfallen lassen. Er hatte Leid und Unglück über die Familie gebracht.

Sie sah Trevor offen an. Er erwiderte ihren Blick, und seine Augen wurden weich und dunkel. Sie erschrak zu Tode, behielt aber die Ruhe und nahm den Faden wieder auf. »Du hast also alles geplant? Seit wann? Und du sagtest, Badger stehe auf deiner Seite. Wie hast du den Kontakt zu ihm bekommen?«

»Ich bin etwas erschöpft und möchte jetzt nicht alles vor euch ausbreiten. Ich glaube, ihr beide versteht meine Handlungsweise. Es widerstrebt mir, dich zu töten, Duchess. Ich möchte deinen Leib besitzen, mich in ihn hineinbohren, bis er sich zu einer häßlichen Kugel aufbläht. Schwangere Frauen sollten sich verkriechen. Sie sind ein widerwärtiger Anblick. Du hättest Helen sehen sollen. Bleich und abgemagert bis auf den riesigen Bauch. Es war einfach abstoßend, bis der Gaul sie abwarf und sie am Boden lag. Dann habe ich ihr die Wahrheit ins Gesicht geschrien, und sie brüllte und bäumte sich auf – nicht aus Angst vor mir, sondern weil ihr Balg kam und ihren Leib in Stücke riß.«

Sie war frei. Trevor saß ihr gegenüber auf der Holzkiste in einer Entfernung von mindestens drei Metern. Die Pistole lag lässig in seiner Rechten. Was sollte sie tun?

»Nun, lieber Vetter, wer ist jetzt der Stärkere von uns? Wer der Klügere? Ich habe dich an der Nase herumgeführt! O ja. Das eigentliche Oberhaupt der Familie bin ich. Nur ich tauge für diese Aufgabe. Deine englische Erziehung, dein groteskes Ehrgefühl haben dich blind und leichtgläubig gemacht.«

Die Duchess sprang auf und stürzte sich auf ihn. Sie umklammerte seine rechte Hand und brüllte ihn wütend an.

Marcus warf sich auf ihn. Für Trevor war es ein leichtes, den an Händen und Füßen gefesselten Mann abzuwehren. Er fuhr herum und schleuderte die Duchess zu Boden, stolperte, fiel auf die Duchess. Marcus war wieder auf die Beine gekommen und wollte sich erneut auf seinen Gegner stürzen, aber Trevor hatte nur einen mitleidigen Blick für ihn.

»Ganz ruhig, Vetter Marcus, sonst jage ich deiner Frau eine Kugel in den schönen Mund.«

Sie fühlte das harte Metall an den Lippen. Trevor verstärkte den Druck, bis sie den Mund öffnete und das Metall schmeckte, das er ihr an die Zähne hielt.

Ungeschickt hüpfte Marcus ein paar Schritte rückwärts.

»Hinsetzen!«

Marcus gehorchte. Trevor musterte ihr bleiches Gesicht.

»Es war mir eine Freude, dich heute nacht so gut wie möglich anzukleiden. Du bist wunderbar gebaut, sehr fraulich, aber doch schlank und zierlich. Meine Ähnlichkeit mit Marcus erscheint mir seltsam, aber wir sind verwandt, und das erklärt alles. Wir sind beide groß und dunkel. Wir sehen gut aus, beeindrucken andere Männer und verführen die Frauen. Soll ich dich entkleiden, bevor ich dich töte? Nein, das lehnst du ab. Ich bin dir widerwärtig, nicht wahr, Duchess? Das war wohl vorher nicht der Fall, aber jetzt ist es so. Du liebst ihn, habe ich recht? Davon war ich schon immer überzeugt, auch wenn er zu dumm und beschränkt war, sein Glück zu erkennen. Und jetzt ist es zu spät. Zu spät, meine Liebe.«

Er gab sie frei und erhob sich langsam.

»Du hast versucht, mich außer Gefecht zu setzen, Duchess. Das gefällt mir. Du bist aus echtem Schrot und Korn. Aber jetzt ist der Augenblick gekommen, um den Schlußpunkt zu setzen. Es wird schnell geschehen, das verspreche ich euch. So grausam bin ich nicht. Ich werde euch etwas zu trinken geben. Ihr werdet schlafen, wie heute nacht, nur mit dem Unterschied, daß es kein Erwachen mehr gibt. Ich werde euch auf euren Pferden festbinden. Unglücklicherweise werden die beiden Tiere durchgehen und über die Klippen östlich vom Tressillian-Tal in die Tiefe stürzen. Stanley opfere ich nur ungern. Ein wunderbares Tier, das ich als Graf von Chase gern geritten hätte. Aber der Unfall muß glaubwürdig sein. Wenn ihr tot mit gebrochenen Gliedmaßen am Fuß der Klippe liegt, werde ich euch die Fesseln abnehmen und nach London fahren. Im Schoß meiner Familie wird mich dann die Nachricht von eurem tragischen Tod ereilen.«

»Warum hast du das nicht gleich heute nacht getan?« warf Marcus ein. »Ah, ich weiß es. Wir sollten erfahren, daß du hinter diesem genialen Plan steckst. Du wolltest dich damit brüsten und dich an unserer Verzweiflung weiden.«

Trevor stand jäh auf und hob die Pistole. Sein Gesicht rötete sich. Dann schien er sich wieder im Griff zu haben und ließ sich langsam auf der Holzkiste nieder.

»Denkt, was ihr wollt«, brummte er und zuckte die Achseln. »Es spielt keine Rolle. Das Ergebnis ändert sich nicht. Ihr werdet sterben, und ich werde der Graf von Chase.«

Sein Blick wanderte von einem zum anderen. »Tja, das Leben ist voller Überraschungen!«

Plötzlich lachte die Duchess auf. Das Lachen sprudelte aus ihr heraus, Tränen liefen ihr über die Wangen, und sie bekam kaum noch Luft. So sehr mußte sie lachen.

Trevor sprang auf und fuchtelte mit der Pistole vor ihrer Nase herum. »Hör auf damit, verdammt noch mal!«

»Aber es ist so wahnsinnig komisch«, stieß sie hervor, während sie sich vor Lachen bog. Marcus' Kehle war vor Angst wie zugeschnürt. Was um Himmels willen hatte sie vor?

»Zum Teufel, was ist daran so komisch? Hör sofort auf! Hast du gehört?«

»Oh, Trevor, du bist so komisch!« Ein Schluckauf hatte sich eingestellt, aber sie lachte noch mehr. »Du bist wahnwitzig komisch. Eigentlich bist du eine traurige Figur! Eine Witzfigur. Du? Der nächste Graf von Chase? Du? Du bist ein armer irrer Tropf, eine Null, ein Schatten. Ein Verrückter. Du bist ein Prahlhans und nichts weiter als der trübe Abklatsch eines richtigen Mannes.«

Und sie lachte und lachte. Trevor glühte vor Zorn. Er sprang auf, hob die Hand mit der Waffe und packte seine Cousine am Arm. Er würde auf sie einschlagen, brutal auf sie einschlagen. Sie sah es in seinen Augen. Klugheit, Humor und Wärme hatten in ihnen gelegen. Jetzt waren sie von todbringendem Wahnsinn getrübt.

Als er sich in blinder Wut auf sie stürzte, zog sie die Beine bis zur Brust an und stieß mit aller Kraft gegen seinen empfindlichsten Körperteil. Für einen Augenblick verharrte er reglos, die Waffe in der erhobenen Hand. Die Atmung fiel aus. Dann schrie er, krümmte sich und ging zu Boden. Er brüllte wie ein waidwundes Tier. Der Schmerz hatte von seinem Körper und seinen Sinnen Besitz ergriffen.

»Gut gemacht, Duchess!« rief Marcus und rollte zu Trevor, nahm ihm die Pistole aus der Hand und schob sie zu ihr hinüber. »Versuch mich loszubinden!«

Es gelang ihr, Marcus' Hände freizubekommen. Trevor hatte die schlimmste Attacke der mörderischen Qualen überstanden und setzte sich langsam auf. Er blickte in die Mündung der Pistole, die Marcus auf ihn richtete, und fluchte leise.

Die Duchess lachte nicht mehr. Ihre Stimme war voller Ruhe und Gefaßtheit, aber sie hatte nichts mehr mit dem abgeklärten Gleichmut der alten Duchess zu tun. Kalt und bestimmt sagte sie: »Meine Hände sind so gut wie frei, Marcus. Kümmere dich nicht um mich. Halt die Pistole auf ihn gerichtet. So, noch einen Augenblick. Jetzt ist alles in Ordnung. Steh still, dann kann ich dir die Fußfesseln abnehmen.«

Als beide von ihren Fesseln befreit waren, stampfte Marcus mit den Füßen auf, um den Blutkreislauf wieder anzuregen. Die Pistole hielt er auf Trevors Gesicht gerichtet.

»Wo sind wir hier?«

Trevor kämpfte noch immer gegen die Schmerzen an. Er schwieg einen Moment lang und sagte dann gleichmütig: »Diese Frage hätte ich jetzt nicht erwartet.«

»Warum nicht, zum Teufel? Es gibt nichts mehr zu fragen. Du hast alle Fragen beantwortet und uns die Ohren mit Eigenlob vollgepumpt. Du spielst dich unter dem Deckmantel eines treusorgenden Familienoberhauptes zum Herrscher über Leben und Tod auf. Eines möchte ich noch wissen: Weiß deine Familie wirklich nicht, was du getan hast?«

»Vielleicht ja, vielleicht nein. Meine Mutter wünscht euch die Pest an den Hals. Weiß sie etwas? Ursula ist so süß in ihrer Unschuld, zumindest erweckt sie den Anschein. Weiß sie etwas? Und James scheint die Aufrichtigkeit in Person zu sein. Aber auf deine Frage wirst du keine Antwort bekommen. Niemals.«

»Du bist krank. Du bist wahnsinnig, aber du denkst völlig logisch, und das macht es noch schlimmer. Und nun verrat mir, wo wir hier sind.«

»Das werde ich dir erst in der Hölle verraten.«

Marcus richtete die Pistole auf seinen Cousin und blickte in dieses kraftvolle, ausdrucksstarke Gesicht, das soviel Ähnlichkeit mit seinem eigenen hatte. Für den Bruchteil einer Sekunde schoß ihm der Gedanke durch den Kopf: Er ist mein Fleisch und Blut. Und er zögerte. Das genügte Trevor. Er trat nach Marcus und hechtete nach der Pistole. Marcus war um einen Flügelschlag zu langsam. Trevors Hände schlossen sich wie ein Schraubstock um sein Handgelenk und schüttelten es, aber Marcus ließ die Waffe nicht fallen.

Es war ein lautloser Kampf, bis auf das erstickte Keuchen der beiden Männer. Die Duchess blickte sich nach einem Gegenstand um, der als Waffe zu gebrauchen war. Sie fürchtete nicht für sich, sondern überlegte verzweifelt, wie sie den Kampf zu Marcus' Gunsten entscheiden könnte.

Schweißüberströmt wälzten sich die Gegner auf dem strohbedeckten Boden und kämpften verbissen um die Waffe. Da entdeckte die Duchess am anderen Ende der Scheune eine Mistgabel. Ein Fingerzeig des Himmels! Das dreizackige Gerät war völlig verrostet und wirkte nicht sonderlich stabil. Besser als gar nichts, dachte sie. Wie ein weiblicher Neptun stellte sie sich mit dem Dreizack neben die beiden Männer. Im Augenblick war Marcus obenauf, dann wieder Trevor. Sie waren einander ebenbürtig. Noch immer hielt Marcus die Pistole umklammert und versuchte sie auf Trevor zu richten, der der Mündung stets geschickt auszuweichen wußte. Sie wagte nicht zuzustechen, aus Angst, Marcus zu treffen. Sie lief um die Kampfhähne herum, um den geeigneten Moment zum Eingreifen abzupassen. Lange würde sie das nicht mehr durchstehen. Die Angst, Trevor könnte siegen, raubte ihr beinahe den Verstand.

Da flog plötzlich die Stalltür krachend auf. Helles Sonnenlicht flutete herein.

Trevor hatte Marcus in diesem Augenblick unter sich. Das Licht blendete ihn derart, daß er zurückwich. Darauf hatte Marcus gewartet. Mit einer kraftvollen Bewegung stieß er seinen Gegner von sich herunter, rollte zur Seite und sprang auf die Füße, die Pistole auf Trevor gerichtet.

Aber die Duchess war schneller. Sie hob die Gabel hoch über den Kopf und ließ den Holzstiel mit aller Gewalt auf Trevors Hinterkopf krachen. Er fiel auf das Gesicht, zuckte noch einmal und blieb regungslos liegen. Sie konnte nicht sagen, ob sie ihn umgebracht hatte oder nicht. Es war ihr völlig gleichgültig.

»Marcus!« Wie ein Blitz war sie an seiner Seite und nahm nicht einmal wahr, daß North, Badger und Spears sie anstarrten.

32

Badger tätschelte fortwährend ihren Rücken und gebärdete sich wie eine Glucke, die ihr verlorenes Küken wiedergefunden hat. Andererseits schämte er sich seiner Gefühlsaufwallung und hätte seine Erleichterung und Freude am liebsten in die Welt hinausgeschrien.

»Heiße Schokolade«, murmelte er wütend. »Allmächtiger, dieser Teufel hat das Schlafmittel in meine Schokolade gemischt. Und ich Narr bitte noch Antonia, sie Ihnen zu bringen. Ich ahnte ja nicht ...«

»Aber wie war das möglich?« fragte Marcus, während Spears die aufgeschlagenen Fingerknöchel seines Herrn untersuchte. Marcus blickte auf seinen bewußtlosen Cousin. North kniete an dessen Seite und fühlte den Puls, dann sagte er: »Ich habe mit Antonia gesprochen. Es war reiner Zufall. Mein Herz blieb stehen, als ich vor eurem leeren Bett stand. Antonia erzählte mir, daß sie sich mit Fanny gestritten habe und daß sie beide kurz in ihr Zimmer gegangen seien.« North verschwieg, daß Fanny darauf bestanden hatte, ihrem angebeteten Cousin die Schokolade zu bringen, und daß sie und Antonia sich darum gestritten hatten und schließlich in ihrem Zimmer eine Münze warfen.

»Aus irgendeinem Grund gingen die Zwillinge in ihr Zimmer. Trevor war es also ein leichtes, das Laudanum hineinzurühren, da die beiden das Tablett sinnigerweise im Flur stehenließen.«

»Verdammt noch mal, was wäre gewesen, wenn Antonia das Tablett schnurstracks zu uns getragen hätte? Wahrscheinlich hätte Trevor das Mädchen umgebracht. Aber wie in aller Welt ist er in das Haus eingedrungen?«

Das war nicht allzuschwer zu beantworten und wurde auch nicht groß diskutiert. Eine Weile herrschte Schweigen. Der Schrecken saß allen noch in den Gliedern.

Badgers Herz klopfte noch bis zum Hals, als er den Rücken seines Schützlings streichelte. Die Duchess faßte sich wieder und sah zu ihm auf. »Er wollte uns glauben machen, daß Sie mit ihm unter einer Decke stecken.«

»Wie meinen Mylady?«

Sie mußte über Spears' Empörung lächeln.

»Marcus und ich wußten, daß dies ein Ding der Unmöglichkeit war, Spears. Wir haben nicht eine Sekunde lang an Badger gezweifelt.«

»Ich bitte darum, auch in Zukunft nicht an meiner Person zu zweifeln.«

Marcus blickte zu North hinüber. Sein Freund war erst vor zwei Tagen von einem kurzen Besuch bei seinen Geschwistern in Castleford zurückgekehrt. Natürlich hatte er diese Reise erst angetreten, nachdem er sicher war, daß Marcus und die Duchess den Anschlag auf ihr Leben ohne weiteren Schaden überstanden hatten.

»Wird er am Leben bleiben?« fragte Marcus.

»Ich denke schon. Die Duchess hat ihm zwar einen kräftigen Hieb versetzt, aber Puls und Herzschlag sind gut. Wenn es dir recht ist, Marcus, schaffe ich ihn nach Darlington und liefere ihn höchstpersönlich vor der Gefängnistür ab. Bis dahin wird er rund um die Uhr bewacht.«

»Ich begleite dich. Ich werde ihn erst aus den Augen lassen, wenn er hinter Schloß und Riegel sitzt.«

»Wie ist alles passiert, Mylord?« fragte Spears. »Ich meine, wieso ist Mr. Trevor überhaupt noch am Leben?«

»Ich zielte mit der Waffe auf ihn, um ihn zu töten. Dann hielt ich inne. Er ist mein Cousin, mein Fleisch und Blut. Er ist ein Wyndham wie ich. In diesem Moment brachte ich es nicht fertig abzudrücken. Und diese Gelegenheit hat er genutzt.«

»Genug, Marcus!« unterbrach ihn North. »Hör auf, dir Vorwürfe zu machen. Ich bin froh, daß sein Blut nicht an deinen Händen klebt oder, besser gesagt, an euer beider Hände. Schickt ihn in eine Strafkolonie. Am besten nach Botany Bay. Soll er dort sein Leben unter seinesgleichen beschließen, und ihr seid in Sicherheit vor ihm.«

»Ja«, sagte Marcus nachdenklich. »Botany Bay, das ließe sich ohne Schwierigkeiten machen. Wenn möglich, möchte ich einen Skandal vermeiden. Tante Wilhelmina hätte es tausendfach verdient, aber Ursula und James sicherlich nicht. Ich möchte ihnen nicht mehr Schaden zufügen als unbedingt notwendig.«

»Ich bin ganz Ihrer Meinung, Mylord, wenn ich das sagen darf«, erklärte Badger. Er sah, daß die Duchess zustimmend nickte, und wandte sich an Lord Chilton. Als auch er zum Zeichen der Zustimmung nickte, fügte Badger hinzu: »Das wäre also einstimmig beschlossen. Ich darf noch hinzufügen, daß die arme Miss Maggie vollkommen außer sich war. Sie brüllte sogar den armen Lord Chilton an. Sie werde uns bis in alle Ewigkeit verfluchen, wenn wir die beiden nicht heil nach Hause brächten, schrie sie.«

Irgendwie gelang es der Duchess, ein Lächeln hervorzuzaubern. »Er wird uns nichts mehr anhaben können. Gott sei Dank ist dir nichts passiert, Marcus. Du bist unser Mittelpunkt, wir brauchen dich alle. Oh, Liebster, ich hatte entsetzliche Angst, daß er dich umbringt. Ich liebe dich.«

Sie löste sich aus Badgers Armen, die er schützend um sie gelegt hatte, und trat zu ihrem Mann. Er zog sie an sich und hielt sie fest. Einen Augenblick lang war es ganz still. Schließlich hob er den Kopf. »Wie habt ihr uns gefunden?«

Badger berichtete: »Nachdem ich Spears von Myladys und Ihrem rätselhaften Verschwinden erzählt und ihm meine Befürchtungen mitgeteilt hatte, eilten wir zu den Stallungen. Wir wußten nicht, daß Mr.Trevor dahintersteckte, ahnten aber, daß etwas ›faul‹ war, wie Mr. Kemble im Drury-Lane-Theater zu sagen pflegt. Stanley und Birdie standen nicht in ihren Boxen. Lambkin war einem Zusammenbruch nahe und brachte kein vernünftiges Wort heraus. Ja, und dann folgten wir Ihnen bis hierher«, fügte er noch schnell hinzu, als ob diese Tatsache das Normalste der Welt wäre.

»Sie sind uns hierher gefolgt?« Marcus blickte ungläubig von einem zum anderen. »Das übersteigt die Fähigkeiten, die von Ihnen als Kammerdiener und Koch erwartet werden. Sie können Salben und Arzneien herstellen, verstehen etwas von der Medizin, und jetzt sind Sie Stanley und Birdie hierher gefolgt ... einfach so?«

»Nun, Mylord, das war nicht so schwer. Sehen Sie, der alte Graf, der Vater der Duchess, hat vor etwa drei Jahren Stanley mit besonderen Eisen beschlagen lassen, mit sternförmigen Eisen. Fragen Sie mich nicht, warum. Ich habe nicht die leiseste Ahnung. Daher war es nicht sehr schwierig, Ihnen zur Scheune des alten McGuildy zu folgen. Der alte Mann lebt nicht mehr, und niemand kümmert sich um das Gebäude. Deshalb hat Trevor dieses Versteck ausgesucht.«

North schüttelte den Kopf. »Mir blieb nichts anderes übrig, als den Anweisungen der beiden Herrn zu folgen. Sie hatten die Situation fest im Griff. Es tut mir leid, daß ich für ein paar Tage verreist war, alter Freund. Verdammt, ich hätte wissen müssen, daß der Anschlag nur eine Vorwarnung war.«

»Ach, North, du ärgerst dich ja nur, weil du die Schatzsuche verpaßt hast!« meinte Marcus lachend und schlug dem Freund kameradschaftlich auf den Arm.

»Tja, ich fürchte, da hast du nicht ganz unrecht.«

Vom Scheunentor ertönte ein wilder Schrei. »Ha! Ich wußte, wir würden euch finden! Verflucht sollen Sie sein, Mr. Spears! Und Sie, Mr. Badger! Und dieser hinterhältige Lord Chilton! Der Spaß ist vorbei, und ich habe alles verpaßt! Alles! Das ist einfach nicht in Ordnung!«

Die Duchess sah erst Maggie an, die einen erhitzten, hochroten Sampson im Schlepptau hatte, und dann den verblüfften Marcus. »Wie konntest du nur annehmen«, fragte sie, vor Lachen prustend, »daß Maggie sich diesen Zirkus freiwillig entgehen ließe?«

»Oh, wen haben wir denn da? Das ist ja Mr. Trevor. Er liegt nicht gerade wie ein Gentleman am Boden. Was ist passiert?«

Epilog

Es war schon spät in dieser Nacht. Die Schrecken des Tages, die durchlebten Ängste und Sorgen um den nächsten klangen noch nach und schlossen einen Ring der Wärme und Nähe um Marcus, die Duchess und alle ihre Freunde, die zufällig ihre Diener waren. Sie saßen gemeinsam an der großen Tafel im Speisesaal. Marcus hatte darauf bestanden, daß sie wenigstens heute miteinander zu Abend aßen, trotz des energischen und lautstarken Protestes von Mr. Spears.

Marcus' Mutter, die gute Seele, hatte Tante Gweneth und die Zwillinge in ihren kleinen Salon gebeten und ihnen erklärt, sie würden heute ihr eigenes kleines Fest feiern. Der Graf habe nun einmal seine Eigenarten, die man respektieren müsse. Schließlich sei er das Familienoberhaupt. Sie würden also die Duchess und Marcus ihren Gästen überlassen. Ein strafender Blick hatte Fanny getroffen, die den Einwand wagte, daß Lord Chilton kein Bediensteter sei und trotzdem dabeisein dürfe.

Badgers strahlende Küchenjungen brachten eisgekühlten Champagner herbei. In diesem Augenblick erhob sich Sampson, der seit fünfzehn Jahren Butler im Hause Wyndham war und mit seinem unfehlbaren Urteilsvermögen, seinem Taktgefühl und seiner Verschwiegenheit unersetzbar geworden war. Er räusperte sich kurz und sagte: »Mylords, Mylady, Mr. Badger und Mr. Spears, ich erlaube mir, einige Worte an Sie zu richten. Miss Maggie wird auch weiterhin als Zofe im Hause bleiben und der Duchess persönlich zur Verfügung stehen. Auch ich werde weiterhin als Butler in Chase Park bleiben.«

Marcus hob fragend eine dunkle Augenbraue. »Das will ich auch hoffen. Es sei denn, natürlich, daß Sie das Gefühl haben, für ein gräfliches Haus würden hier in letzter Zeit zuviel Aufruhr und Unruhe herrschen.«

Noch einmal räusperte sich Sampson. »Das wollte ich damit nicht zum Ausdruck gebracht haben, Mylord. Ich möchte vielmehr bekanntgeben, daß Miss Maggie eingewilligt hat, Mrs. Glenroyale Sampson zu werden. Dies, Mylord, ist, ehm, mein voller Name.«

»Das ist ja wundervoll!« rief die Duchess und stand auf. Dann trat sie zu Maggie und umarmte sie. »Ich gratuliere dir, meine Liebe. Sampson ist ein großartiger Mensch. Übrigens, das Smaragdkollier steht dir ausgezeichnet.«

Maggie zwinkerte Marcus kokett zu und strahlte die Duchess an. »Ja, er ist solide und anständig. Keiner von der Sorte, der sich in Spelunken herumprügelt und ständig zu tief ins Glas schaut. Und er verspielt auch nicht den letzten Penny in diesem Teufelsnest Eglington. Ja, ich bin zu der Überzeugung gekommen, daß es besser ist, mit einem zuverlässigen Mann durchs Leben zu gehen, der mit dem Kopf denkt und nicht nur mit dem … Nun ja, lassen wir das. Jedenfalls werde ich nicht mehr zur Bühne zurückkehren.«

»Ja, er ist zuverlässig«, stimmte Badger zu, »und er hat einen wachen Verstand. Er ist treu und wird gut für Maggie sorgen. Mr. Spears hat mir versichert, daß Mr. Sampson bewundernswerte Eigenschaften besitzt.«

»Du lieber Himmel, wer hätte das gedacht?« rief Marcus aus. »Was sagst du dazu, Duchess?«

Sie lachte ihren Mann an. »Ich würde sagen, Sampson kann sich glücklich schätzen.«

»Sehr liebenswürdig, Mylady«, antwortete Sampson und räusperte sich wieder. »Aber ich bitte zu bemerken, daß Maggie das Glück geradezu gepachtet hat. Sie hat Badger das Leben gerettet. Ihre gute Tat wurde tausendfach belohnt. Sie bekommt mich zum Ehemann und Mr. Spears und Mr. Badger zum Freund. Jeder braucht Freunde, Duchess, jeder Mensch.«

»Vor allem einen Ehemann«, meinte die Duchess scherzend und zwinkerte Marcus zu.

»Seine Lordschaft hat sich inzwischen sehr gut an diese Rolle gewöhnt, finden Sie nicht auch, Mr. Spears?«

»Ja, Maggie, in der Tat. In der Tat.«

Marcus ließ eine weitere Flasche Champagner holen. Dann wandte er sich an Lord Chilton, der mit Badgers Fruchtmeringue auf Biskuitteig beschäftigt war. »Na, North? Erwärmt dieses Eheglück nicht dein sündiges Herz?«

North schluckte den letzten Bissen genüßlich hinunter und blickte in die versammelte Runde. Er lächelte die Duchess an, als er antwortete: »Um ehrlich zu sein, lieber Freund, diese Euphorie erweckt in mir eher den Wunsch, mich einmal in diesen Spelunken umzusehen, von denen Maggie vorhin sprach. Morgen mittag möchte ich mehrere Meilen zwischen mich und euch gebracht haben. Mein Bedarf an Aufregung, Frohsinn und familiärem Beisammensein ist hinreichend gedeckt. Davon werde ich mich zu Hause in Cornwall erholen. Dort werde ich einsam vor mich hinbrüten und mich an meiner Schwermut laben. Kurz, ich habe nicht die Absicht, mich zu verändern. Ich lebe glücklich allein in meiner Abgeschiedenheit und Melancholie. Ich werde mit meinen Hunden stundenlang das Moor durchwandern und düsteren Gedanken nachhängen, wie sich das für einen einsamen Mann ziemt.«

»Warten wir es ab, North. Warten wir es ab«, sagte Marcus prophetisch und hob sein Glas zu einem weiteren Toast. »Auf die Einsamkeit des Grafen North. Möge sie in nicht allzu ferner Zeit zur Zweisamkeit werden.«

»Auf den bevorstehenden Abschied dieses hübschen Mannes!« rief Maggie und prostete ihm zu. »Fürwahr kein Mann, der an Hunde und Moore verschwendet werden sollte.«

»Habt ihr das gehört?« fragte die Duchess lachend.

»Ihre Mutter, Mylord, war übrigens sehr besorgt. Verzeihen Sie, Duchess, wenn ich noch einmal auf diese unliebsamen Ereignisse zu sprechen komme. Ich habe alles gelesen, was über Botany Bay zu erfahren ist. Wir haben eine gute Wahl getroffen. Es ist in der Tat ein furchtbarer Ort. Eine unwegsame Wildnis am Ufer des Ganges. Noch keinem ist von dort die Flucht gelungen. Ich habe Ihrer Mutter das erzählt, und ihr gesagt, daß dieser Ort die Hölle auf Erden ist und daß es dort von Giftschlangen wimmelt. Sie war darüber sehr erleichtert, und ich glaube, damit ist das Thema für sie erledigt.«

Maggie schlug mit der Gabel gegen das Champagnerglas. »Mir würde es nicht genügen, ihn dorthin zu verbannen. Gewiß nicht. Die Duchess hätte ihn mit der Mistgabel wie eine Ratte aufspießen sollen. Dann wäre jetzt Ruhe. Ja, an ihrer Stelle hätte ich schon gewußt, was zu tun ist!«

»Botany Bay ist jedenfalls kein Ferienort«, mischte sich Badger ein. »Ich stimme Mr. Spears zu. Von dort aus wird Mr. Trevor gewiß keine Ausflüge mehr unternehmen.«

»Dieser Teufel hat kein Pardon verdient! Er hat versucht, die Duchess und seine Lordschaft zu ermorden. Verwandter hin, Verwandter her. Er hat alle Rechte verloren. Er hätte sie ohne Gewissensbisse ermordet.«

»Nun, jetzt ist es gut, meine Liebe«, unterbrach Sampson freundlich, aber mit solchem Nachdruck, daß die Duchess ihn erstaunt ansah.

»Wir haben dieses Thema jetzt hinreichend besprochen. Mr. Trevor wird diesen Ort nicht mehr verlassen. Wir sind vor ihm sicher und haben über Wichtigeres nachzudenken als über einen Verbrecher, der bald nicht mehr in England sein wird.«

Die Duchess mußte lachen, als sie Maggies höchst überraschtes Gesicht sah.

»Habe ich recht gehört, Sampson? Hast du in diesem Ton mit mir gesprochen?«

»So ist es, Liebste.«

»Oh, là là, dieser Mann überrascht mich! *Mich!* Das gefällt mir, Sampson. Vielleicht ... ab und zu. So zweimal die Woche ...«

»Habt ihr das gehört?« rief die Duchess und blickte ihren Mann vielsagend an. Sie spielte mit den wunderschönen Perlen um ihren Hals und lächelte unendlich glücklich.

»Nur zweimal die Woche?« fragte Marcus. »Nein, doch sicherlich öfter, oder?«

»Seine Lordschaft benimmt sich nicht wie ein Gentleman, wenn meine Meinung gefragt ist«, sagte Maggie. »Ganz im Gegensatz zu Mr. Samp ... äh, zu meinem geliebten Glenroyale.«

»Überraschungen sind etwas sehr Schönes«, erklärte die Duchess. Ihr Blick ruhte noch immer zärtlich auf ihrem Mann, während sie weiter mit den wunderschönen Perlen spielte.